O SALVADOR

O SALVADOR

J.R. WARD

São Paulo
2019

Grupo Editorial
UNIVERSO DOS LIVROS

The savior
Copyright © 2019 by Love Conquers All, Inc.
Todos os direitos reservados, incluindo os direitos de reprodução integral ou em qualquer forma.

© 2019 by Universo dos Livros
Todos os direitos reservados e protegidos pela Lei 9.610 de 19/02/1998.

Nenhuma parte deste livro, sem autorização prévia por escrito da editora, poderá ser reproduzida ou transmitida, sejam quais forem os meios empregados: eletrônicos, mecânicos, fotográficos, gravação ou quaisquer outros.

Diretor editorial
Luis Matos

Gerente editorial
Marcia Batista

Assistentes editoriais
Letícia Nakamura
Raquel F. Abranches

Tradução
Cristina Calderini Tognelli

Preparação
Nilce Xavier

Revisão
Juliana Gregolin
Nestor Turano Jr.

Arte e adaptação de capa
Valdinei Gomes

Diagramação
Aline Maria

Dados Internacionais de Catalogação na Publicação (CIP)
Angélica Ilacqua CRB-8/7057

W259s
    Ward, J. R.
       O salvador / J. R. Ward; [tradução de Cristina Tognelli]. — São Paulo : Universo dos Livros, 2019.
       528 p. (Irmandade da Adaga Negra ; v. 17)

       ISBN: 978-85-503-0459-5
       Título original: *The savior*

       1. Vampiros 2. Ficção norte-americana 3. Literatura erótica I. Título II. Tognelli, Cristina III. Série

19-1707   CDD 813.6

UNIVERSO DOS LIVROS Editora Ltda.
Rua do Bosque, 1589 – Bloco 2 – Conj. 603/606
CEP 01136-001 – Barra Funda – São Paulo/SP
Telefone/Fax: (11) 3392-3336
www.universodoslivros.com.br
e-mail: editor@universodoslivros.com.br
Siga-nos no Twitter: @univdoslivros

Dedicado a você.
Estamos de volta, você e eu.
É maravilhoso estar em casa.

GLOSSÁRIO DE TERMOS E NOMES PRÓPRIOS

Ahstrux nohtrum: Guarda particular com licença para matar, nomeado(a) pelo Rei.

Ahvenge: Cometer um ato de retribuição mortal, geralmente realizado por um macho amado.

As Escolhidas: Vampiras criadas para servir à Virgem Escriba. No passado eram voltadas mais para as coisas espirituais do que para as temporais, mas isso mudou com a ascensão do último Primale, que as libertou do Santuário. Com a renúncia da Virgem Escriba, elas estão completamente autônomas, aprendendo a viver na Terra. Continuam a atender às necessidades de sangue dos membros não vinculados da Irmandade, bem como a dos Irmãos que não podem se alimentar das suas *shellans*.

Chrih: Símbolo de morte honrosa no Antigo Idioma.

Cio: Período fértil das vampiras. Em geral, dura dois dias e é acompanhado por intenso desejo sexual. Ocorre pela primeira vez aproximadamente cinco anos após a transição da fêmea e, a partir daí, uma vez a cada dez anos. Todos os machos respondem em certa medida se estiverem por perto de uma fêmea no cio. Pode ser uma época perigosa, com conflitos e lutas entre os machos, especialmente se a fêmea não tiver companheiro.

Conthendha: Conflito entre dois machos que competem pelo direito de ser o companheiro de uma fêmea.

Dhunhd: Inferno.

Doggen: Membro da classe servil no mundo dos vampiros. Os *doggens* seguem as antigas e conservadoras tradições de servir seus superiores, obedecendo a códigos formais no comportamento e no vestir. Podem sair durante o dia, mas envelhecem relativamente rápido. Sua expectativa de vida é de aproximadamente quinhentos anos.

***Ehnclausuramento*:** Status conferido pelo Rei a uma fêmea da aristocracia em resposta a uma petição de seus familiares. Subjuga uma fêmea à autoridade de um responsável único, o *tuhtor*, geralmente o macho mais velho da casa. Seu *tuhtor*, então, tem o direito legal de determinar todos os aspectos de sua vida, restringindo, segundo sua vontade, toda e qualquer interação dela com o mundo.

***Ehros*:** Uma Escolhida treinada em artes sexuais.

Escravo de sangue: Vampiro macho ou fêmea que foi subjugado para satisfazer a necessidade de sangue de outros vampiros. A prática de manter escravos de sangue recentemente foi proscrita.

***Exhile dhoble*:** O gêmeo mau ou maldito, o segundo a nascer.

***Fade*:** Reino atemporal onde os mortos reúnem-se com seus entes queridos e ali passam toda a eternidade.

***Ghia*:** Equivalente a padrinho ou madrinha de um indivíduo.

***Glymera*:** A nata da aristocracia, equivalente à Corte no período de Regência na Inglaterra.

***Hellren*:** Vampiro macho que tem uma companheira. Os machos podem ter mais de uma fêmea.

***Hyslop*:** Termo que se refere a um lapso de julgamento, tipicamente resultando no comprometimento das operações mecânicas ou da posse legal de um veículo ou transporte motorizado de qualquer tipo. Por exemplo, deixar as chaves no contato de um carro estacionado do lado de fora da casa da família durante a noite – resultando no roubo do carro.

***Inthocada*:** Uma virgem.

Irmandade da Adaga Negra: Guerreiros vampiros altamente treinados para proteger sua espécie contra a Sociedade Redutora. Resultado de cruzamentos seletivos dentro da raça, os membros da Irmandade possuem imensa força física e mental, assim como a capacidade de se recuperar rapidamente de ferimentos. Não é constituída majoritariamente por irmãos de sangue e são iniciados na Irmandade por indicação de seus membros. Agressivos, autossuficientes e reservados por natureza, são tema para lendas e reverenciados no mundo dos vampiros. Só podem ser mortos por ferimentos muito graves, como tiros ou uma punhalada no coração.

Leelan: Termo carinhoso que pode ser traduzido aproximadamente como "muito amada".

Lhenihan: Fera mítica reconhecida por suas proezas sexuais. Atualmente, refere-se a um macho de tamanho sobrenatural e alto vigor sexual.

Lewlhen: Presente.

Lheage: Um termo respeitoso utilizado por uma submissa sexual para referir-se a seu dominante.

Libhertador: Salvador.

Lídher: Pessoa com poder e influência.

Lys: Instrumento de tortura usado para remover os olhos.

Mahmen: Mãe. Usado como um termo identificador e de afeto.

Mhis: O disfarce de um determinado ambiente físico; a criação de um campo de ilusão.

Nalla/nallum: Termo carinhoso que significa "amada"/"amado".

Ômega: Figura mística e maligna que almeja a extinção dos vampiros devido a um ressentimento contra a Virgem Escriba. Existe em um reino atemporal e possui grandes poderes, dentre os quais, no entanto, não se encontra a capacidade de criar.

Perdição: Refere-se a uma fraqueza crítica em um indivíduo. Pode ser interna, como um vício, ou externa, como uma paixão.

Primeira Família: O Rei e a Rainha dos vampiros e sua descendência.

Princeps: O nível mais elevado da aristocracia dos vampiros, só suplantado pelos membros da Primeira Família ou pelas Escolhidas da Virgem Escriba. O título é hereditário e não pode ser outorgado.

Redutor: Membro da Sociedade Redutora, é um humano sem alma empenhado na exterminação dos vampiros. Os *redutores* só morrem se forem apunhalados no peito; do contrário, vivem eternamente, sem envelhecer. Não comem nem bebem e são impotentes. Com o tempo, seus cabelos, pele e íris perdem toda a pigmentação. Cheiram a talco de bebê. Depois de iniciados na Sociedade por Ômega, conservam uma urna de cerâmica, na qual seu coração foi depositado após ter sido removido.

Ríhgido: Termo que se refere à potência do órgão sexual masculino. A tradução literal seria algo aproximado de "digno de penetrar uma fêmea".

Rytho: Forma ritual de lavar a honra, oferecida pelo ofensor ao ofendido. Se aceito, o ofendido escolhe uma arma e ataca o ofensor, que se apresenta desprotegido perante ele.

Shellan: Vampira que tem um companheiro. Em geral, as fêmeas não têm mais de um macho devido à natureza fortemente territorial deles.

Sociedade Redutora: Ordem de assassinos constituída por Ômega com o propósito de erradicar a espécie dos vampiros.

Symphato: Espécie dentro da raça vampírica, caracterizada por capacidade e desejo de manipular emoções nos outros (com o propósito de trocar energia), entre outras peculiaridades. Historicamente, foram discriminados e, em certas épocas, caçados pelos vampiros. Estão quase extintos.

Transição: Momento crítico na vida dos vampiros, quando ele ou ela transforma-se em adulto. A partir daí, precisam beber sangue do sexo oposto para sobreviver e não suportam a luz do dia. Geralmente, ocorre por volta dos 25 anos. Alguns vampiros não sobrevivem à transição, sobretudo os machos. Antes da mudança, os vampiros são fisicamente frágeis, inaptos ou indiferentes para o sexo, e incapazes de se desmaterializar.

Trahyner: Termo usado entre machos em sinal de respeito e afeição. Pode ser traduzido como "querido amigo".

Tuhtor: Guardião de um indivíduo. Há vários graus de *tuhtors*, sendo o mais poderoso aquele responsável por uma fêmea *ehnclausurada*.

Tumba: Cripta sagrada da Irmandade da Adaga Negra. Usada como local de cerimônias e como depósito das urnas dos *redutores*. Entre as cerimônias ali realizadas estão iniciações, funerais e ações disciplinadoras contra os Irmãos. O acesso a ela é vedado, exceto aos membros da Irmandade, à Virgem Escriba e aos candidatos à iniciação.

Vampiro: Membro de uma espécie à parte do *Homo sapiens*. Os vampiros precisam beber sangue do sexo oposto para sobreviver. O sangue humano os mantém vivos, mas sua força não dura muito tempo. Após sua transição, que geralmente ocorre aos 25 anos, são incapazes de sair à luz do dia e devem alimentar-se na veia regularmente. Os vampiros não podem "converter" os humanos por meio de uma mordida ou transferência de sangue, embora, ainda que raramente, sejam capazes de procriar com a outra espécie. Podem se desmaterializar por meio da vontade, mas precisam estar calmos e concentrados para consegui-lo, e não podem levar nada pesado consigo. São capazes de apagar as lembranças das pessoas, desde que recentes. Alguns vampiros são capazes de ler a mente. Sua expectativa de vida ultrapassa os mil anos, sendo que, em certos casos, vai bem além disso.

Viajantes: Indivíduos que morreram e voltaram vivos do Fade. Inspiram grande respeito e são reverenciados por suas façanhas.

Virgem Escriba: Força mística que anteriormente foi conselheira do Rei, bem como guardiã dos registros vampíricos e distribuidora de privilégios. Existia em um reino atemporal e possuía grandes poderes, mas recentemente renunciou ao seu posto em favor de outro. Capaz de um único ato de criação, que usou para trazer os vampiros à existência.

Capítulo 1

Eliahu Rathboone House
Sharing Cross, Carolina do Sul

— Vou matá-lo, é isso o que vou fazer.

Rick Springfield – não, não o cantor, e os pais dele poderiam ter se saído melhor nisso, não? – se levantou da cama queen-size e enrolou a *Vanity Fair* daquele mês, transformando-a numa arma. Que bom que a internet vinha roubando todos os anúncios e as revistas diminuíam em tamanho porque ele conseguiu fazer um rolo firme com as páginas anêmicas.

— Não podemos só abrir a janela e deixar o morcego sair?

A sugestão foi dada pela "Jessie's Girl" que ele queria impressionar – seu nome era Amy Hongkao – e, até ali, o fim de semana fora bom. Saíram do trabalho mais cedo, deixaram a Filadélfia na sexta ao meio-dia e o trânsito não fora ruim. Chegaram à pousada Eliahu Rathboone lá pelas oito, largaram-se na cama sobre a qual ele agora tentava se equilibrar e fizeram sexo três vezes na manhã seguinte.

Agora era domingo à noite e eles iriam embora no início da tarde seguinte, esquivando-se de quaisquer tempestades de neve que encontrassem pela costa...

O morcego veio na direção de sua cabeça, voando como uma mariposa, confuso com o plano de voo de um bêbado. Resgatando lembranças de seus tempos da liga júnior de beisebol, Rick se posicionou, levou o bastão de *Vanity Fair* para trás e deu uma bela tacada.

O maldito morcego desviou, mas os braços continuaram o movimento, com muito direcionamento, mas agora sem um alvo, resultando em um capote digno do Guia das Concussões.

– Rick!

Amy o agarrou pela coxa, e ele lançou a mão tentando alcançar a primeira coisa firme em sua proximidade – a cabeça dela. Quando os cabelos dela se enroscaram na palma suada, houve uma imprecação. Tanto dele quanto dela.

O morcego voltou e fez um rasante sobre eles, ao melhor estilo "estão gostando de mim agora, seus babacas?". E, num acesso de masculinidade, Rick soltou um grito agudo, se retraiu e derrubou um abajur. Os dois ficaram quase sem luz no quarto quando o homem caiu no chão, com somente o brilho na parte debaixo da porta lhes oferecendo algum tipo de referência para as retinas.

Pense em alguém caindo rápido na cama. Rick se estatelou no colchão como uma colcha, caindo achatado e arrastando Amy consigo. Nos braços um do outro, eles arfavam, apesar de não haver nada de romântico no contato.

Não mesmo. Aquele era um exercício aeróbico das antigas, dos tempos da música "I Will Survive".

– Deve ter entrado pela chaminé e saído pela lareira – ele disse. – Eles não transmitem raiva?

Acima, o carrasco do quarto 214 dava voltas no que Rick queria que fosse um pé-direito de três mil metros de altura. Todo aquele estardalhaço de asas batendo e de guinchos era surpreendentemente agourento, considerando-se que o maldito animal não devia pesar mais do que uma fatia de pão. A escuridão, no entanto, acrescentava uma ameaça primordial de morte. E ainda que seu lado másculo quisesse resolver o problema e ser um herói – para ficar bem aos olhos da mulher que começava a namorar –, o medo exigia que ele delegasse essa catástrofe.

Antes que o primeiro fim de semana que passavam juntos se transformasse numa história viral sobre os cuidados necessários em relação a morcegos ou numa sequência de catorze vacinas.

— Isso é ridículo! — Ele sentiu o hálito de Colgate de menta de Amy bem próximo ao seu rosto, e o corpo dela contra o seu era uma delícia apesar de estarem numa situação complicada. — Vamos correr para a porta e descer até a recepção. Esta não deve ser a primeira vez que isso acontece e também não chega a ser um Drácula...

A porta se abriu.

Sem nenhuma batida. Sem nenhum barulho das dobradiças. Sem nenhuma indicação clara de como se abriu, já que não havia ninguém do outro lado.

A luz do corredor foi como uma boia de segurança para um afogado, mas a sensação de alívio durou pouco. Um contorno se formou do nada, bloqueando a luz. Num momento não havia nada entre os batentes e, no seguinte, a silhueta enorme de um homem com cabelos compridos apareceu; os ombros largos como os de um boxeador peso-pesado; os braços, longos e musculosos; as pernas firmes como vigas de aço. Com a luz vindo por trás, não dava para enxergar o rosto dele, e Rick se sentiu grato por isso.

Porque tudo a respeito da aparição, do tamanho e do cheiro no ar – perfume, mas nada fabricado, nada vindo de um frasco – sugeria que aquilo era um sonho.

Ou um pesadelo.

A figura levou a mão à boca – ou pareceu fazer isso. Será que estava retirando uma adaga de alguma bainha no peito? Houve uma pausa. Logo depois, ele estendeu o indicador.

Contra todas as probabilidades e lógica, o morcego foi na direção dele como se tivesse sido chamado por seu mestre; e, quando a criatura alada pousou como um pássaro, uma voz grave e profunda, com um sotaque diferente, entrou na mente de Rick como se forçada em seu crânio não pelos ouvidos, mas pelo lobo frontal.

Não gosto de criaturas sendo mortas em minha propriedade, e ele é mais bem-vindo do que vocês.

Algo caiu daquele dedo. Algo vermelho e assustador. Sangue.

A figura desapareceu do mesmo modo como surgira, com a velocidade abrupta de um coração em pânico. E quando a luz do corredor já não estava mais obstruída pela figura, a acolhedora iluminação amarelada tirou o quarto da escuridão, revelando o desenho do tapete, as malas abertas e bagunçadas e a cômoda antiga que Amy tanto admirara assim que chegaram.

Tão normal, tão comum.

A não ser pela porta que se fechou sozinha.

Como se alguém tivesse ordenado que voltasse ao seu lugar.

– Rick? – Amy o chamou numa voz fraca. – O que foi isso? Eu sonhei?

Acima, passos, pesados e lentos, atravessaram as tábuas do piso do sótão, que deveria estar vazio.

Ocorreu-lhe outra lembrança de infância, e não do parque da cidade, tampouco da Liga Juvenil com o uniforme listrado de mini-Yankees que ele usara com orgulho. Era da casa de fazenda da avó, com os degraus que rangiam, e o corredor do segundo andar que arrepiava os pelos de sua nuca, e... o quarto dos fundos, no qual uma menina morrera de tuberculose.

Respiração chiada. Difícil. Choros sussurrados.

Toda noite, acordava com esses sons. Sempre às 2h39. E, toda vez, embora fosse despertado pelos arquejos fantasmagóricos, embora o esforço para respirar estivesse em seus ouvidos e em sua mente, ele tinha ciência, ao se sentar num rompante, apenas de um silêncio absoluto, denso, escuro, que consumia os ecos do passado e ameaçava engoli-lo também com seu repuxão gravitacional, sem deixar traços de sua versão jovem para trás, apenas um espaço vazio e aquecido na cama de solteiro onde seu corpo antes repousara.

Rick sempre soube, com a certeza de uma criança que se autopreservava, que aquele silêncio, aquela tranquilidade horrível, era o momento da morte para o fantasma da garotinha, o ápice de um ciclo infindável e tortuoso que ela revivia todas as noites no momento preciso em que desencarnara, em que a vontade perdera a batalha quando suas funções vitais deixaram de funcionar, a passagem lenta para o túmulo concluída, o fim chegando sem nem mesmo um suspiro, mas com a terrível ausência de som, ausência de vida.

Era assustador para o garoto de nove anos que ele fora.

Jamais imaginara sentir algo semelhante a essa confusão e esse terror agora que era adulto. Mas a vida tinha seu próprio jeito de entregar bagagens que atiçavam os endereços emocionais, e não havia como recusar esse serviço, não havia como não aceitar e dispensar a entrega.

O passado era permanente do mesmo modo que o futuro era apenas uma hipótese: duas pontas de um espectro onde um era concreto, e o outro, apenas ar, e o agora instantâneo, o único momento real, era o ponto fixo no qual o peso da vida pendia e oscilava.

– Foi um sonho? – Amy perguntou de novo.

Quando reencontrou sua voz, Rick sussurrou:

– Prefiro não ter certeza.

No sótão da velha mansão, Murhder retomou sua forma e andou até uma das vigas. Como vampiro, imaginou que o resgate que fizera do morcego, que lambia o sangue em seu indicador, incapaz de compreender a extensão da salvação que acabara de lhe ser concedida, poderia ser considerada cortesia profissional.

Desde que seguissem a mitologia humana.

Na realidade, não havia muito em comum. Vampiros necessitavam do sangue de um membro do sexo oposto para atingirem sua força máxima e boa saúde – uma nutrição que há anos ele não tinha, e uma necessidade que fora forçado a atender em fontes menores.

A maioria dos morcegos, por sua vez, vivia à base de insetos, ainda que, evidentemente, exceções fossem feitas como no caso do que era oferecido no momento ao atual mamífero. As duas espécies eram tão diferentes quanto cães e gatos, embora os *Homo sapiens* as unissem em todo tipo de livros, filmes, TV e coisas afins.

Abrindo metade da janela em formato de arco, esticou o braço e soltou o morcego; a criatura saiu batendo asas na noite, cruzando a lua que brilhava alto no céu.

Quando comprara a pousada Eliahu Rathboone de seu proprietário original, cerca de um século e meio antes, tinha a intenção de viver ali sozinho em sua velhice. Mas não foi assim que tudo se desenrolou. Vinte anos antes, como resultado de seu colapso nervoso, esteve no auge da vida, ainda que à beira da loucura, fatigado e ensandecido, pronto para vagar pelos cômodos vazios na esperança de que sua mente seguisse o exemplo e deixasse para trás as imagens arrasadoras que tomavam conta do seu banco de memórias.

Não teve tanta sorte, no que se referia à solidão, pelo menos. A casa viera com uma equipe que precisava de emprego, e com hóspedes que retornavam todos os anos querendo os mesmos quartos para comemorar aniversários, e reservas para casamentos que haviam sido feitas com meses de antecedência.

Em sua encarnação pregressa, já teria mandado tudo ao inferno. Entretanto, depois do que aconteceu, ele já não sabia mais quem era. Sua personalidade, seu caráter, sua alma passaram por um teste de fogo e foram reprovados. Como resultado, sua superestrutura entrou em colapso, sua construção desabou; sua formação de caráter, outrora forte e resoluta, transformou-se em escombros.

Com isso, permitiu que os humanos continuassem vindo para trabalhar e dormir e comer e discutir e fazer amor e viver ao seu redor. Foi o tipo de manobra que só alguém perdido no mundo faria, uma súplica pouco característica e desesperada, um possível "isso me manterá no planeta" de uma pessoa por quem a gravidade já não se interessava.

Santa Virgem Escriba, ser louco era uma leveza terrível. Sentir-se como um balão preso a um fio, sem chão sob seus pés, apenas uma fina amarra prendendo-o à realidade da qual, um dia, se libertaria.

Fechou a janela e caminhou até a mesa de cavalete na qual passava tantas de suas horas. Não havia nenhum computador sobre a superfície lascada, nenhum telefone nem celular, nenhum iPad, nenhuma TV de tela plana. Apenas um candelabro com uma vela acesa... três cartas... e um envelope da FedEx.

Murhder sentou-se na cadeira antiga de madeira, as pernas protestando com um rangido contra o seu peso.

Enfiando a mão por dentro da camisa preta, pegou seu talismã. Entre o polegar e o indicador, o pedaço de vidro sagrado envolto em faixas de seda preta era um *komboskini* muito conhecido. Mas era mais do que somente algo com que ocupar a mão ansiosa.

Ao esticar o cordão comprido de seda, podia ver muito bem o vidro e agora encarava sua face transparente.

Uns trinta anos atrás, ele roubara esse pedaço da bacia reveladora do Templo das Escribas, um ato absolutamente ilegal. Não contara a ninguém. A Irmandade subira ao santuário da Virgem Escriba, onde ficavam as Escolhidas, para defender o local que deveria ser sacrossanto de invasores da espécie. O Primale, o macho que atendia às Escolhidas para a procriação das gerações seguintes dos membros da Irmandade e das Escolhidas, fora assassinado, e o Tesouro, com sua fortuna incalculável, estava sendo saqueado.

Como sempre, o objetivo fora o de adquirir ganhos financeiros de maneira ilegal.

Murhder perseguira um dos assaltantes até o Templo das Escribas e, no meio da luta que se desenrolou, muitas estações de trabalho, de onde as Escolhidas observavam os acontecimentos na Terra pelas bacias de cristal e os registravam, caíram e se quebraram. Depois que matou o meliante, viu-se em meio à ruína das antigas fileiras de mesas e de cadeiras bem ordenadas e teve vontade de chorar.

O santuário nunca deveria ter sido maculado, e ele rezou para que nenhuma Escolhida tivesse se machucado – ou coisa pior.

Estava prestes a arrastar o corpo para o gramado externo quando algo brilhante chamou sua atenção. O santuário, sendo O Outro Lado, não tinha uma fonte de luz discernível, apenas um brilho em todo o seu céu branco leitoso, portanto ele não tinha muita certeza do que poderia estar brilhando daquela maneira.

E isso voltou a acontecer.

Pisando nos escombros e nas manchas de sangue, parou acima do vidro quebrado. Um pedacinho de oito por oito centímetros, no formato de um losango, mais parecendo um combatente morto num campo de guerra.

O estilhaço voltou a reluzir, um brilho surgindo do nada.

Como se estivesse tentando se comunicar com ele.

Murhder o enfiou no bolso do colete de combate e não voltou a pensar no caco. Até umas três noites mais tarde. Estava verificando suas armas, procurando uma faca da qual sentira falta, e o encontrou.

Foi nessa hora que o vidro sagrado lhe mostrou o rosto de uma fêmea.

Ficou tão chocado com isso que acabou se cortando antes de deixá-lo cair.

Quando voltou a apanhá-lo, seu sangue tornara o retrato vermelho. Mas ela ainda estava ali – e tal visão arrancou um pedaço de seu coração. Ela estava aterrorizada, os olhos tão arregalados e assustados que apenas as órbitas brancas apareciam, a boca estava escancarada, em choque, e a pele, tensa sobre as feições.

Aquela visão o gelou até os ossos e de pronto invadiu seus pesadelos. Seria uma Escolhida ferida durante a invasão ao santuário? Ou alguma outra fêmea, a quem ele ainda podia ajudar?

Anos mais tarde, descobriu de quem se tratava. E fracassar com ela foi o golpe final que custou sua sanidade.

Guardando o caco sagrado de volta dentro da camisa, olhou para o envelope da FedEx. Já assinara os documentos dentro dele, renunciando à herança deixada por um parente do qual lembrava apenas vagamente e passando para algum outro membro da linhagem, também outro do qual se lembrava apenas de maneira tangente.

Wrath, o Rei Cego, exigiu que fossem executadas. E Murhder usou a ordem real como pretexto para conseguir uma audiência.

A questão era as três cartas.

Puxou-as para si, arrastando-as pela madeira polida. A caligrafia nos envelopes fora feita com tinta de verdade, não com aquilo que sai de canetas Bic, e a letra era trêmula, a mão que usara qualquer que fosse o instrumento fora paralisada, com isso, era apenas parcialmente controlada.

Eliahu Rathboone
Eliahu Rathboone House
Sharing Cross, Carolina do Sul

Nenhum endereço. Nenhum código postal. Mas Sharing Cross era uma cidade pequena, e todos, inclusive o chefe dos correios, que também fazia as entregas e era o prefeito da cidade, sabiam onde a pousada se localizava – e estavam cientes de que às vezes as pessoas apreciavam comunicar-se com alguma figura morta da história.

Murhder, na verdade, não era Eliahu Rathboone. Contudo, colocara um antigo retrato seu no átrio de entrada da propriedade para marcá-la como sua e, assim, dera início à falsa identificação. As pessoas "viam" o fantasma de Eliahu Rathboone no terreno e na casa de tempos em tempos e, nessa era moderna, tais relatos sobre uma forma sombria de cabelos compridos impeliram a vinda de caçadores de fantasmas e depois de outros profissionais para conseguirem alguma filmagem.

Alguém até chegou a acrescentar, em algum momento, uma pequena identificação na base da moldura, Eliahu Rathboone, com as datas de nascimento e de morte.

O fato de ele ter apenas uma vaga semelhança com o humano que construíra a casa há séculos não parecia ter importância. Graças à internet, imagens granuladas de desenhos velhos a bico de pena mostrando o verdadeiro Rathboone estavam disponíveis, e, além de ambos terem cabelos compridos e escuros, pouco tinham em comum. No entanto, isso não incomodava as pessoas que queriam acreditar. Elas *sentiam* como se ele fosse o primeiro dono da casa, portanto ele *era* o primeiro dono da casa.

Os humanos eram grandes defensores do pensamento mágico, e ele não tinha ressalvas em permitir que se ocupassem de suas tolices. Afinal, quem era ele para julgar? Um louco. E depois, isso fazia bem aos negócios.

Quem escreveu a carta, todavia, sabia a verdade. Sabia muitas coisas. Deviam ter visto a pousada na TV e feito a conexão.

A primeira carta ele desconsiderou. A segunda o incomodou com detalhes que apenas ele sabia. A terceira o fez se decidir a tomar uma atitude, ainda que não soubesse de imediato como proceder. E foi nesse momento que o advogado do Rei chegou com as novidades da herança, e Murhder resolvera que caminho tomar.

No andar de baixo, no patamar da escada principal, o relógio de pêndulo começou a tocar, anunciando que eram nove horas.

Logo seria hora de voltar ao lugar do qual fugira, ver de novo aqueles em quem não gostaria de pousar os olhos nunca mais, reentrar, por um período limitado, na vida que deixara para trás, jurando jamais regressar.

Wrath, o Rei Cego. A Irmandade da Adaga Negra. E a guerra contra a Sociedade Redutora.

Embora essa última não fosse mais problema seu. Na verdade, tampouco os outros dois. Nos augustos e arcaicos anais da Irmandade, ele detinha o título notório de ter sido o único Irmão a ser expulso da irmandade.

Não, Bloodletter também fora expulso. Mas não por ficar louco.

Não existia qualquer cenário em que ele imaginava voltar a se envolver com tais guerreiros ou com o Rei. Todavia, não tinha escolha.

Era o seu destino. O caco sagrado lhe revelara.

Sua fêmea o aguardava para, finalmente, fazer o certo perante ela.

De fato, ele carregava o fardo de muitos erros na vida, muitas ações que causaram dor aos outros, magoando, ferindo ou destruindo. Fora um guerreiro, o assassino de uma causa nobre, mas cuja execução fora sangrenta. O destino, porém, encontrara um modo de fazê-lo assumir suas responsabilidades e, agora, o desejo implacável desse destino mais uma vez o oprimia.

De repente, a imagem de uma fêmea lhe veio à mente, de corpo forte, força de vontade, com cabelos curtos e olhos brilhantes encarando-o com uma franqueza nada absurda.

Não era aquela do vidro.

Com frequência via Xhex em sua mente, tinha visões dela, lembranças dos dois juntos, bem como de tudo o que acontecera depois, o único canal em que sua televisão mental sintonizava. Se estava apreensivo em levar sua mente disfuncional à órbita da Irmandade, encontrar-se com a fêmea em questão com certeza o arruinaria, disso ele tinha bastante certeza. Pelo menos não tinha que se preocupar com a possibilidade de se encontrar por acaso com ela. Sua antiga amante fora uma loba solitária a vida inteira, e esse traço, assim como a cor prateada dos olhos, era tão intrínseco à sua feitura que ele não tinha que se preocupar com ela se reunindo a alguém.

Mas é o que se faz quando se é um *symphato* vivendo em meio aos vampiros. Você deixa essa sua parte do DNA em segredo, mantendo-se tão afastado quanto possível.

Até mesmo dos machos com quem você dorme. Machos que acreditavam conhecê-la. Machos que, estupidamente, foram à colônia dos *symphatos* para libertá-la do cativeiro – só para descobrir que não havia sido sequestrada.

Tinha apenas ido visitar a família de sangue.

Esse gesto nobre de sua parte, enraizado na necessidade de ser um salvador, foi o início do pesadelo de ambos. A decisão de ir atrás dela alterou permanentemente o curso de suas vidas porque ela escondera sua verdadeira natureza.

E agora... Repercussões adicionais, imprevistas e inegáveis o alcançaram. No entanto, elas poderiam finalmente conduzir a uma resolução que ele podia levar para o túmulo com certa medida de paz.

Murhder espalhou as cartas. Uma, duas, três. Primeira, segunda, terceira.

Não estava à altura da tarefa.

E, no mesmo nível profundo em que sabia que não conseguiria lidar com a peregrinação, também tinha ciência de que seria uma jornada sem volta. Todavia, estava na hora de chegar ao fim. Assim que chegou a essa propriedade, teve certa esperança de que, com o tempo, talvez voltasse a entrar em seu corpo, a habitar sua pele, a restaurar o propósito e conexão com a realidade comum na qual todos os mortais viviam.

Duas décadas era bastante tempo de espera para ver se isso aconteceria e, nesses vinte anos, nada tinha mudado. Estava tão desconectado quanto no dia em que ali chegou. O mínimo que podia fazer era arrancar-se da infelicidade de uma vez por todas, e fazê-lo do jeito certo.

O último ato de uma pessoa devia ser virtuoso. E para a fêmea que o destino lhe provera.

De modo semelhante a deixar um quarto arrumado depois do uso, ele se encarregaria de restaurar a ordem ao caos que, sem querer, desatrelaria antes de deixar o planeta. Depois disso? Nada.

Não acreditava no Fade. Não acreditava em nada.

A não ser no sofrimento, e ele logo chegaria ao fim.

Capítulo 2

Ithaca, Nova York

— Boa noite, senhora. Sou o Agente Especial Manfred, do FBI. Você é a doutora Watkins?

Sarah Watkins inclinou-se à frente e verificou o distintivo e as credenciais que o homem mostrava. Depois olhou por cima do ombro dele. Na entrada de sua garagem, um carro cinza-escuro de quatro portas estava estacionado atrás do seu.

— Como posso ajudá-lo? – perguntou.

— Então, é a doutora Watkins? – Quando Sarah assentiu, ele sorriu e guardou sua identificação. – Importa-se caso eu entre por um minuto?

Na rua pacata, passava o Honda Accord do seu vizinho. Eric Rothberg, que morava duas casas adiante, acenou e desacelerou.

Ela retribuiu o aceno para tranquilizá-lo e ele seguiu em frente.

— Do que se trata?

— Do doutor Thomas McCaid. Acredito que a senhora trabalhava com ele na RSK BioMed.

Sarah franziu o cenho.

— Ele era um dos supervisores de laboratório, mas não na minha divisão.

— Posso entrar?

— Sim, claro. — Ao dar passagem para o homem, sintonizou sua anfitriã interna. — Gostaria de beber alguma coisa? Café, talvez?

— Seria ótimo. Vai ser uma noite longa.

A casa tinha três quartos pequenos num terreno pequeno de uma rua tranquila de jovens famílias. Há quatro anos, quando a comprara com o noivo, presumira que em algum momento em breve saltaria no trem da maternidade.

Deveria ter vendido a casa já há algum tempo.

— A cozinha fica por aqui.

— Bela casa, mora aqui sozinha?

— Sim. — Na cozinha branca e cinza, ela indicou um lugar do outro lado da mesa redonda com três cadeiras. — Tenho cápsulas K-Cups. Qual é o seu veneno... Puxa, desculpe. Má escolha de palavras.

O agente Manfred sorriu de novo.

— Sem problemas. É indiferente, contanto que tenha cafeína.

Ele era um daqueles caras calvos de boa aparência, na casa dos quarenta, que começara a perder cabelos e resolvera não se importar com esse padrão pouco aceito de masculinidade. O nariz era como uma pista de esqui torta, como se tivesse sido fraturado algumas vezes, e os olhos eram azul-claros. Suas roupas eram calças folgadas pretas, uma jaqueta corta-vento azul-marinho e uma camisa polo preta com o bordado dourado do FBI no peito. A aliança era daquelas de titânio cinza-chumbo, e sua presença a tranquilizava.

— Então, do que se trata? — Ela abriu o armário. — Quero dizer, sei que o doutor McCaid faleceu na semana passada. Ouvi na BioMed. Houve um anúncio.

— Qual era a reputação dele na empresa?

— Boa. Quero dizer, ele era do alto escalão. Há muito tempo. Mas, repito, eu não o conhecia pessoalmente.

— Ouvi dizer que a BioMed é uma empresa grande. Há quanto tempo trabalha lá?

– Quatro anos. – Ela encheu o reservatório de água da cafeteira. – Compramos esta casa quando nos mudamos para cá e começamos a trabalhar na BioMed.

– Certo, certo. A senhora e o seu noivo. Qual era mesmo o nome dele?

Sarah fez uma pausa e colocou a caneca na grade. O agente se recostava na sua cadeira da Pottery Barn junto à mesa Pottery Barn, como se estivesse relaxado. Mas os olhos azuis estavam concentrados nela como se estivessem gravando tudo em sua mente.

Ela desconfiou que ele já sabia as respostas dessas perguntas.

– O nome dele era Gerhard Albrecht – respondeu.

– Ele também era médico. Na BioMed.

– Sim. – Deu-lhe as costas e colocou o sachê K-Cup Misto de Café da Manhã na máquina. Abaixando a alavanca, houve um sibilo seguido pelo líquido vertido na caneca. – Ele era.

– Conheceu-o quando ambos estudavam no MIT.

– Isso mesmo. Nós dois estávamos no programa HST de Harvard/MIT. – Olhou de relance para o agente. – Pensei que tivesse vindo para falar do doutor McCaid?

– Chegaremos a essa parte. Estou curioso a respeito do seu noivo.

Sarah desejou não ter tentado ser educada ao lhe oferecer o café.

– Não há muito a dizer. Açúcar ou leite?

– Puro está bom. Não preciso retardar a absorção da cafeína.

Quando a cafeteira terminou, ela levou a caneca e se sentou à mesa diante dele. Entrelaçou os dedos pouco à vontade, como se tivesse sido chamada à sala do diretor da escola. Só que esse diretor em questão poderia arranjar todo tipo de acusações; acusações que levavam à cadeia e não à suspensão.

– Então, conte-me a respeito do doutor Albrecht. – Ele sorveu um gole. – Hum, está muito bom.

Sarah baixou o olhar para seu dedo anular. Se tivessem chegado a se casar, ela ainda estaria usando uma aliança, apesar de Gerry já ter morrido há dois anos. Mas não chegaram a realizar o que planejaram por apenas quatro meses, quando ele faleceu naquele mês de janeiro. E quanto a um diamante de noivado, eles pularam essa tradição para ajudar na compra da casa.

Quando teve que ligar para o salão, para a banda e para o serviço de buffet, todos eles lhe devolveram o depósito porque ouviram no noticiário o que havia acontecido. O único item que não foi devolvido integralmente foi o vestido de noiva, mas os funcionários da loja não cobraram a outra metade do custo quando ela foi retirá-lo. Doara o vestido a uma instituição de caridade quando teria sido o primeiro aniversário de casamento deles.

E, ah, também tinha o terno que compraram para Gerry na liquidação da Macy's. Não deu para devolvê-lo e ainda tinha o traje consigo. Ele sempre brincava dizendo que queria ser enterrado com uma camiseta de "Que a Força Esteja com Você".

Jamais teria imaginado que teria de honrar o pedido tão cedo.

Naquele primeiro ano depois da morte dele, Sarah teve que passar por todas as festas e feriados – o aniversário dele, o dia da morte, e aquele aniversário de casamento inexistente. O calendário fora uma trilha de obstáculos. Ainda era.

— Preciso que seja mais específico – ela se ouviu dizer. – Sobre o que quer saber?

— O doutor Albrecht trabalhava com o doutor McCaid, não?

— Sim. – Ela fechou os olhos. – Ele foi contratado pelo Departamento de Doenças Infecciosas quando se formou. O doutor McCaid era seu supervisor.

— Mas a senhora trabalhava em outro departamento da empresa.

— Isso mesmo. Estou em Terapia de Células e Genética. Sou especialista em imunoterapia para o câncer.

Sempre tivera a impressão de que a BioMed queria apenas Gerry, e que concordaram em contratá-la só porque ele o colocara como condição para a sua contratação. Claro que ele jamais confirmou nada a respeito e, no fim das contas, isso se mostrou irrelevante.

Seu trabalho era mais do que consistente, e centros acadêmicos de pesquisa do país inteiro rotineiramente tentavam contratá-la. Por que ficou em Ithaca? Refletiu a respeito nos últimos tempos e concluiu que era porque a BioMed era seu último vínculo com Gerry, a última decisão que tomaram juntos, a miragem que se dissipava do futuro que planejaram ter, felizes, satisfeitos.

Mas que, no fim, não passava disso mesmo.

Nos últimos tempos, começava a sentir que seu processo de luto estava estagnado porque ainda morava nessa casa e trabalhava na BioMed. Mas ainda não sabia o que fazer a respeito da questão.

— Minha mãe morreu de câncer há nove anos.

Sarah se concentrou no agente e tentou se lembrar a que o comentário dele se referia. Ah, sim, certo. Ao seu trabalho.

— Perdi a minha há dezesseis anos. Quando eu tinha treze.

— É por isso que faz o que está fazendo?

— Sim. Na verdade, meus dois pais morreram de câncer. O do meu pai foi pancreático. O de minha mãe, de mama. Portanto, existe um elemento de autopreservação nas minhas pesquisas. Tenho uma carga genética amaldiçoada.

— Passou por muitas perdas. Os pais, o futuro marido.

Ela fitou as unhas roídas. Todas elas mordidas até a base.

— O luto é um rio frio ao qual você acaba se acostumando.

— Ainda assim, a morte do seu noivo deve ter sido muito difícil.

Sarah se inclinou para a frente e fitou o homem nos olhos.

— Agente Manfred, por que de fato está aqui?

— Apenas fazendo perguntas para ter um histórico.

— A sua identificação mostra que vem de Washington, D.C., e não de um escritório local em Ithaca. A temperatura aqui em casa é de 22°C porque sinto frio constante no inverno e o senhor não tirou sua jaqueta mesmo bebendo café quente. E o doutor McCaid morreu de ataque cardíaco, ou pelo menos foi o que tanto os jornais quanto o anúncio da BioMed disseram. Por isso, fico me perguntando por que um agente especial importado da capital da nação apareceu aqui e está gravando esta conversa sem me informar nem ter pedido a minha permissão enquanto faz perguntas sobre um homem que supostamente morreu de causas naturais, assim como meu noivo, morto há dois anos graças à diabetes que tinha desde os cinco anos.

O agente apoiou a caneca e os cotovelos na mesa. Não sorriu mais. Não fez mais de conta que jogava conversa fora. Não fez mais rodeios.

— Quero saber tudo sobre as últimas 24 horas de vida do seu noivo, especificamente de quando chegou em casa e o encontrou no chão do banheiro há dois anos. E, depois, veremos o que mais precisarei da senhora.

O agente especial Manfred saiu uma hora e vinte e seis minutos mais tarde.

Depois que fechou a porta da frente, Sarah passou a corrente no trinco e foi até a janela. Espiando pela cortina, observou o sedã cinza recuar na entrada da garagem, manobrar de ré na rua coberta de neve e se afastar. Queria ter certeza de que ele havia partido de verdade, embora, considerando-se o que o governo era capaz de fazer, qualquer privacidade que acreditava ter certamente era ilusória.

Voltando à cozinha, despejou o café frio dele na pia e ficou se perguntando se ele tomava mesmo aquele petróleo ou se já sabia que não beberia muito e então não quis desperdiçar seu açúcar e leite.

Acabou retornando à mesa, sentando-se na cadeira que ele ocupara, como se, de alguma forma, a ação fosse ajudá-la a adivinhar os pensamentos e conhecimentos dele. Como num interrogatório clássico, ele pouco revelara, apenas concedendo-lhe fragmentos de informações que provavam que ele sabia toda a história, que poderia pegá-la no pulo e saberia caso ela mentisse. Além desses poucos pontos factuais que ele apontava num tipo de mapa particular, porém, manteve sua topografia figurativa bem escondida.

Tudo o que ela lhe contou era verdade. Gerry sofria de diabetes tipo 1, e costumava lidar com sua condição bastante bem. Ele testava os níveis de insulina e a administrava com frequência, mas sua dieta poderia ter sido melhor, e as refeições, menos irregulares. Sua única falha, se é que se poderia referir dessa maneira, foi que ele não se dera ao trabalho de colocar uma bomba de insulina. Ele raramente se afastava do trabalho e não queria perder tempo "instalando" uma.

Como se seu corpo fosse uma casa que precisava de ar-condicionado ou algo semelhante.

Ainda assim, ele controlava os níveis glicêmicos bem o bastante. Claro, houve solavancos, e ela teve que ajudá-lo algumas vezes, mas, de modo geral, ele estivera no controle da condição.

Até aquela noite. Há quase dois anos.

Sarah fechou os olhos e reviveu a chegada em casa, com as sacolas de papel da comida indiana balançando nas alças finas em sua mão esquerda enquanto ela se esforçava para abrir a porta da frente com a chave. Tinha nevado e ela não quis colocar a sacola no chão, pois o pão de alho *naan* e o frango ao curry já haviam perdido alguns BTUs no trajeto ao longo da cidade. Ela mesma já estava acalorada e suada por ter ido à aula de *spinning*, que fazia todo sábado à tarde e para a qual desejava ter mais tempo durante a semana, mesmo nunca conseguindo sair do laboratório a tempo.

Eram seis e meia. Mais ou menos.

Lembrou-se de tê-lo chamado no andar de cima. Ele tinha ficado em casa para trabalhar porque era só o que ele fazia, e por mais que lhe parecesse ruim admitir agora que Gerry se fora, o foco constante dele no projeto com o doutor McCain começara a desgastá-la. Sempre compreendera a sua devoção à pesquisa, à ciência, à possibilidade de descoberta que, para ambos, sempre estivera ao alcance das mãos. Mas a vida devia ser mais do que fins de semana iguais aos dias úteis de segunda a sexta.

Chamou-o de novo ao entrar na cozinha. Ficou aborrecida por ele não ter respondido. Brava porque provavelmente nem sequer a ouvira. Triste porque ficariam, de novo, em casa, não por ser inverno em Ithaca, mas porque não tinham outros planos. Nenhum amigo. Nenhuma família. Nenhum hobby.

Nada de cinema. Nem de sair para jantar.

Nada de mãos dadas.

Nada de sexo, na verdade.

Nos últimos tempos, eles tinham se tornado apenas duas pessoas que haviam comprado um imóvel juntas, um casal que, no início, seguiam a mesma trilha, mas que desde então andavam por caminhos divergentes, tornando-se paralelos sem nenhum cruzamento.

Faltavam quatro meses para o casamento, e ela se lembrava de ter pensado em "adiar" a data. Poderiam ter pisado no freio naquele momento e as pessoas ainda receberiam reembolso de passagens de avião e de reservas de hotel. Ithaca fora escolhida como local da cerimônia e da recepção porque Gerry não quis tirar uns dias para viajar para a Alemanha, onde vivia sua família, e já que os seus pais haviam morrido e ela não tinha irmãos, Sarah não tinha nada que a ligasse a Michigan, onde fora criada.

Apoiando as sacolas na bancada da cozinha, viu-se acometida por uma imobilidade profunda – tudo porque precisava de um belo banho. O banheiro deles ficava no andar de cima, junto à suíte máster e, para chegar lá, teria que passar pelo escritório dele. Ouvir as teclas do computador. Ver o brilho dos monitores refletindo imagens de moléculas. Sentir a frieza do isolamento que, de certa forma, era mais gélida que o clima do lado de fora da casa.

Naquela noite, Sarah alcançara a soleira da adaptação. Passara tantas vezes por aquele cômodo desde que se mudaram para lá. No começo, ele sempre olhava por cima do ombro quando ela subia as escadas e a chamava para mostrar algumas coisas, perguntar outras. O tempo foi passando, porém, e isso diminuindo para apenas um *olá* lançado por cima do ombro. E depois um grunhido. Em seguida, nenhuma resposta, mesmo quando ela o chamava logo atrás dele.

Em algum momento perto do Dia de Ação de Graças, ela se pegou subindo as escadas nas pontas dos pés a fim de não incomodá-lo, mesmo que fosse ridículo porque, quando concentrado, ele era imperturbável. Mas, se não fizesse barulho, ele não poderia ignorá-la, certo? E Sarah não se magoaria nem se desapontaria.

Não conseguia se ver na posição impensável e imperscrutável de questionar o relacionamento depois de quase cinco anos juntos.

Naquela noite, paralisada junto à bancada da cozinha, vira-se incapaz de enfrentar a realidade da sua profunda infelicidade... Contudo, já não conseguia mais negá-la. E esse dilema a prendera entre o desejo de subir e tomar um banho quente depois de ter se exercitado e o desejo de ficar onde estava e enfiar a cabeça na areia.

Porque se tivesse que passar por aquele escritório outra vez e ser ignorada? Teria que tomar alguma providência a respeito.

No fim, forçou-se a seguir para a escada, com uma banda martelando sua subida ao som de "não seja tola".

A primeira pista de que havia algo errado foi a cadeira giratória vazia diante dos computadores. Além do mais, o cômodo estava escuro, embora isso não fosse tão estranho já que os monitores de Gerry ofereciam luz suficiente para ele navegar em meio à mobília esparsa. Mas ele não costumava se levantar com muita frequência.

Disse a si mesma que ele não estava onde deveria estar porque a natureza o chamara, e ela se ressentira de pronto por ele ter que fazer xixi: pois agora teria que interagir com ele no banheiro.

O que a obrigaria a enfiar suas emoções de volta na caixa do "não toque" com ainda mais empenho.

O agente especial Manfred imaginou a cena de morte com precisão. Ela encontrou o noivo sentado contra os azulejos da Jacuzzi embutida, com as pernas estendidas, as mãos crispadas sobre as coxas, a pulseira MedicAlert frouxa no pulso direito. A cabeça pendera para um lado e havia um frasco de insulina e uma agulha ao lado dele. Os cabelos, ou o que restara das mechas loiras que lembravam as do ex-tenista Boris Becker, estavam bagunçados, provavelmente por ele ter convulsionado, e havia baba na frente da sua camiseta do show do Dropkick Murphys.

Apressou-se. Agachou. Implorou, suplicou, mesmo depois de ter verificado a jugular e não encontrar a pulsação sob a pele fria.

Naquele momento de perda, ela perdoara todas as suas transgressões, a raiva desapareceu como se nunca tivesse existido, as frustrações e dúvidas desapareceram assim como a força vital dele.

Tinham ido para o Céu. Se é que havia um lugar assim.

Ligou para a emergência. A ambulância chegou. A morte foi confirmada.

O corpo foi levado, mas tudo ficou meio enevoado a partir desse ponto; não conseguia lembrar se foram os paramédicos, a funerária ou o médico-legista... Do mesmo modo que alguém que sofreu um ferimento na cabeça, ela sofreu amnésia sobre essa parte, sobre outras partes. No entanto, lembrava-se vividamente de ter telefonado para os pais dele, e ter se desmanchado em lágrimas no segundo em que ouviu a voz com sotaque da mãe. Chorou. Soluçou. Promessas dos pais de que embarcariam no voo transatlântico seguinte, juras por parte dela de que ficaria forte.

Ninguém para ligar do lado dela.

A causa da morte foi hipoglicemia. Choque de insulina.

Os pais de Gerry acabaram levando o corpo de volta a Hamburgo, na Alemanha, para ser enterrado no cemitério da família e, simples assim, Sarah foi deixada ali naquela casinha em Ithaca com pouquíssimos objetos para se lembrar dele, porque o noivo sempre fora o oposto de um acumulador e, além disso, os pais levaram a maior parte dos pertences dele embora. E, ah, a BioMed enviara um representante para levar as cpus dos computadores daquele escritório em casa, deixando apenas os monitores.

Depois da morte, ela fechara a porta daquele cômodo e não reabriu por bem um ano e meio. Quando por fim se aventurou a passar por aquela soleira, rachaduras na armadura "tudo havia sido perdoado" apareceram no instante em que vira aquela mesa e aquela cadeira.

Voltara a fechar a porta.

Lembrar-se de Gerry como qualquer outra coisa que não um homem bom e trabalhador parecera-lhe traição. Ainda parecia.

Sarah já passara por essa remoldagem de caráter com os pais. Havia uma diferença de padrão para os vivos e os mortos. Os vivos apresentavam nuances, uma combinação de traços bons e ruins, portanto tinham todas as cores e eram tridimensionais, eram capazes de te desapontar e de te alegrar alternadamente. No entanto, depois que os entes queridos morrem, considerando-se que você de fato gostasse deles, ela descobriu que os desapontamentos somem e apenas o amor permanece.

Mesmo que seja pela força de vontade.

Concentrar-se em qualquer outro fator que não sejam os bons tempos, ainda mais em relação a Gerry, parecia-lhe simplesmente errado – ainda mais porque ela se culpava pela morte dele. No segundo encontro deles, Gerry lhe ensinou a identificar os sintomas do choque de insulina e a usar o kit de glucagon. Teve até que misturar a solução e injetá-la na coxa dele em três ocasiões diferentes enquanto estavam em Cambridge: no casamento do primo dele, Gunter, quando ele bebeu demais e não comeu. Depois quando ele tentou correr cinco quilômetros. E, por fim, quando tomou uma dose grande de insulina preparando-se para um jantar de Ação de Graças entre amigos e acabaram com um pneu furado em Storrow Drive.

Se não tivesse ficado parada diante da maldita comida indiana na cozinha, brava com ele, conseguiria tê-lo salvado? Havia um kit de glucagon na primeira gaveta junto à pia.

O SALVADOR | 35

Se tivesse subido direto para tomar banho, teria chegado a tempo de ligar para a emergência?

As perguntas a assombravam porque sua resposta era sempre sim. Sim, ela teria revertido o quadro de choque de insulina. Sim, ele ainda estaria vivo. Sim, ela era responsável pela morte dele porque o condenara por amar seu trabalho e por encontrar um propósito ao salvar a vida das pessoas.

Reabrindo os olhos, olhou para a bancada. Lembrava-se, depois que o corpo fora levado e a polícia e os paramédicos se foram, depois do telefonema para a Alemanha, que disse a si mesma para comer alguma coisa e se arrastou para a cozinha. O silêncio na casa era tão ressonante que o grito em sua mente pareceu ser o tipo de coisa que os vizinhos ouviriam.

Entrou na cozinha. Parou de pronto. Viu as duas sacolas de papel agora com comida completamente fria.

Seu primeiro pensamento foi que havia sido uma tolice preocupar-se em não deixá-las por uns segundos na neve enquanto abria a porta. A comida estava destinada a perder seu calor.

Assim como o corpo outrora vital de Gerry.

Choro renovado. Tremores. Pernas bambas que desabaram debaixo de si. Caíra no chão e chorara até a campainha tocar.

Seguranças da BioMed. Dois homens. Estavam ali para buscar os computadores.

Voltando ao presente, Sarah mudou a posição das pernas e olhou pelo arco da porta, ao longo da sala de estar, rumo à porta da frente.

Fora franca com o agente Manfred. Contara-lhe toda a história – bem, a não ser os episódios emocionais como a ligação para os pais de Gerry e o Colapso Nervoso com a Comida Indiana Fria.

E também a parte sobre se sentir responsável pela morte dele – e não só por não desejar partilhar detalhes íntimos de uma perda com um desconhecido. No fim das contas, não lhe pareceu inteligente mencionar a um agente federal que ela poderia ter desempenhado um papel, mesmo que não intencional, no assunto que levara Manfred a vir falar com ela.

A não ser por essas duas omissões, ambas não factuais, não escondera nada sobre a morte natural que tragicamente acontecera devido à diabetes tipo 1 depois de ele, sem dúvida, ter se atido ao seu esquema de insulina, esquecendo-se, no entanto, de comer o dia inteiro.

Uma maneira arrasadora, mas absolutamente comum, para alguém com a condição de Gerry morrer.

Franzindo o cenho, pensou nas declarações que deu a Manfred. Relatar a sucessão de eventos para o agente – aconteceu isto, depois isso e por fim aquilo – foi reviver a morte de Gerry do começo ao fim pela primeira vez. Nos dois anos de intervalo, tivera muitos flashbacks, mas foram não sequenciais, uma continuidade de imagens invasivas e discordantes liberadas por gatilhos imprevistos e impensáveis.

Mas, esta noite, foi a primeira vez que reviveu o filme de terror.

E era o motivo por que agora pensava, apesar de ter despendido horas demais ruminando a morte natural do noivo...

... como foi que a BioMed soube que deveria vir buscar os computadores antes de ela contar a qualquer pessoa da empresa que Gerry estava morto?

Capítulo 3

Mansão da Irmandade da Adaga Negra
Caldwell, Nova York

Nascido em um terminal de ônibus. Abandonado para morrer. Resgatado do mundo humano por um golpe de sorte.

Se a vida de John Matthew exigisse que ele andasse com uma identidade, algum tipo de cartão laminado detalhando informações essenciais, essas seriam sua data de nascimento, altura e a cor dos olhos.

Também estaria escrito mudo e casado. O primeiro detalhe não importava muito para ele, visto que jamais soubera o que era falar. O segundo era tudo para ele.

Sem Xhex, nem mesmo a guerra seria importante.

Ao entrar no estúdio do Rei – aquele santuário azul-claro se adequava a Wrath e à Irmandade da Adaga Negra tanto quanto um vestido de baile num jacaré –, ele encontrou as quatro paredes e a mobília forrada em seda repleta de corpos imensos. Estavam todos ali esperando pelo Rei, aqueles machos superiores da raça, aqueles professores e sabichões, aqueles guerreiros e amantes.

Aquela era a sua família num nível tão essencial que ele sentia que deveria agregar um "de origem" a essa palavra iniciada com "f".

No entanto, nem todos ali eram Irmãos. Ele e Blay lutavam lado a lado com eles na guerra contra a Sociedade Redutora, assim como Xcor e o Bando de Bastardos. Também havia trainees no campo de batalha, e fêmeas. E a equipe tinha um médico humano, pelo amor de Deus. E uma médica fantasma e um conselheiro que era o rei dos *symphatos*, e uma terapeuta retirada do contínuo espaço-tempo pela Virgem Escriba.

Esse era o vilarejo que brotara sob o antigo teto de Darius, todos eles morando juntos nessa montanha Adirondack, com o *mhis* a protegê-los de invasões, com o tempo passando marcado pelo objetivo comum de erradicar os *redutores* de Ômega.

Apertando-se entre Butch e V., ele foi direto para um lugar num dos cantos. Sempre ficava para trás, mesmo que ninguém tivesse pedido que ficasse nos fundos.

Apoiando-se na parede, ajustou as armas. Tinha um cinturão com um par de quarenta milímetros e seis clipes cheios ao redor do quadril. Debaixo de um braço, tinha uma faca de caça de lâmina longa e, do outro lado, uma corrente pendente sobre o ombro. Antes de ir para o campo de batalha, vestiria uma jaqueta de couro, a nova que Xhex lhe dera ou então a velha surrada pra caramba, e o acréscimo de vestimenta não se devia ao vento uivante do lado de fora.

Se havia uma lição que aprendera na guerra? Humanos eram como criancinhas. Se existia algo que poderia matá-los, eles correriam em linha reta para o evento letal como se a arma/faca/combate corpo a corpo os chamassem pelo nome com a promessa de café grátis na Starbucks.

Só havia uma regra na guerra. Um terreno em comum entre a Sociedade Redutora e os vampiros. Uma única questão na qual os dois lados concordavam.

Nada de envolvimento humano – e não porque alguém se importasse com danos colaterais da espécie barulhenta e enxerida. O que nem Wrath, nem a Irmandade, tampouco Ômega queriam era atiçar a colmeia dos *Homo sapiens*. Os humanos eram inferiores de tantas maneiras: não eram tão fortes nem tão rápidos, tampouco viviam muito tempo – diabos, os *redutores* eram imortais a menos que esfaqueados de volta ao maldito mestre sombrio deles. Os humanos, no entanto, tinham um grande ponto a seu favor.

Estavam em toda parte.

Era algo que, na época em que imaginava ser um deles – ou, melhor dizendo, uma versão muda e esquelética deles –, John Matthew não notara. Mas, pensando bem, os humanos tendiam a acreditar que eram a única espécie no planeta.

De acordo com a visão míope deles, não existia mais ninguém que andasse em duas pernas, tivesse raciocínio hiperdedutivo, gerasse filhos etc. E as únicas criaturas com presas eram cães, tigres, leões e animais afins.

E todos queriam que continuasse assim.

Wrath entrou na sala e a conversa foi diminuindo para um sussurro conforme o Rei abria caminho até o trono, isto é, a única peça de mobília de tamanho adequado na qual ele podia se sentar. E apesar de John já estar – há quanto tempo mesmo? – perto desse macho, ele ainda se admirava. Claro, todos os Irmãos eram imensos, produtos do hoje extinto – graças a Deus – programa de procriação instituído pela Virgem Escriba.

Mas o Rei tinha algo a mais.

Cabelos pretos que ultrapassavam a linha dos quadris. Óculos escuros para esconder a cegueira. Calças de couro pretas e coturnos. Camiseta preta justa e sem mangas, apesar de ser janeiro e haver mais correntes de ar do que moradores na velha mansão.

Mais força naqueles músculos do que numa bola de demolição.

Tatuagens de sua linhagem subindo pela parte interna dos antebraços.

Ao seu lado, tal qual um professor de primeiro ano ao lado de um assassino em série, um golden retriever acompanhava os passos largos; o arreio fino de couro que os unia telegrafava todo tipo de comunicação, mas, acima de tudo, transmitia absoluta lealdade e amor de ambas as partes. George era o cão-guia de Wrath, mas também – não que alguém fosse mencionar, afinal quem é que quer ser apunhalado, certo? – era o cão apaziguador do Rei.

Wrath era uma criatura muito melhor com George por perto – o que significa dizer que provavelmente só se descontrolava e gritava com as pessoas duas ou três vezes por noite, em vez de dar vazão à voz estrondosa, à impaciência épica e ao estilo brutal de comunicação toda vez que abria a boca. Ainda assim, a despeito de sua natureza, ou talvez por causa dela, era absolutamente reverenciado, não apenas ali naquela casa, mas pela espécie como um todo. O Conselho já era, aquela organização governamental da *glymera*, os aristocratas que tentaram depô-lo. Assim como o direito de nascença ao trono. Agora, ele era eleito de maneira democrática, e sua liderança, mesmo que no melhor dos cenários um tanto ranzinza, e no pior, absolutamente aterrorizante, era impecável nesse período mais perigoso da guerra...

– Você, meu senhor, é um saco de pintos.

Lassiter, o anjo caído, interrompeu o silêncio com esse comentário singelo. Mas pelo menos não se dirigira a Wrath.

John Matthew se inclinou de lado para ver quem era o destinatário de tamanho elogio, mas havia ombros largos em excesso no caminho. Nesse meio-tempo, as pessoas dispararam uma sucessão de "cala essa maldita boca", "o que há de errado com você", "você bebeu", assim como "pelo menos são pintos" – esse último evidentemente vindo do acusado.

Lassiter se unira aos habitantes da mansão havia algum tempo, e imagine impressões indeléveis. O anjo de cabelos loiros e negros com calças legging de listras de zebra *à la* David Lee Roth e gosto questionável em programas televisivos adorava seu papel de anarquista contracorrente. John Matthew não se deixava enganar. Por baixo dos comentários lascivos e das maratonas de *Supergatas*, havia uma atenta vigilância sugerindo que ele sempre estava à espera de algo.

Algo da magnitude de uma bomba-H.

Wrath se acomodou no trono do pai, a madeira anciã aceitando seu peso sem nem um gemido.

— Um civil morreu ontem à noite nas ruas e não continuou assim. Exatamente como os outros. Hollywood estava lá. Rhage, conte como foi.

John ouviu o Irmão fazer um relato que não era nenhuma novidade. Por séculos, a guerra contra a Sociedade Redutora lançara vampiros contra os humanos pálidos e sem alma, que fediam a talco de bebê e seguiam as ordens de seu líder, Ômega. Não mais. Algo diferente vagava pelas noites, passando pelos becos do centro de Caldwell, atacando vampiros, mas não os humanos.

Sombras.

E não da variedade a que pertenciam Trez e iAm.

Essas novas entidades eram sombras literalmente e eram letais; atacavam e matavam mortais ao mesmo tempo que deixavam suas roupas intactas, as vítimas morriam e renasciam em outro plano de existência como se saídos de livros infantis sobre zumbis. A Irmandade, até o momento, encontrara as vítimas reanimadas antes que os humanos. Mas por quanto tempo teria essa sorte?

Ninguém queria o BuzzFeed cravando seus dentes virais em algo como "O apocalipse zumbi é real!", nem o jornalista Anderson Cooper fazendo uma reportagem remota de um código postal cheio de cadáveres apodrecendo, mas com dentes afiados e prontos. Muito menos que houvesse manchetes da Guarda Nacional combatendo um exército de arrastadores de pernas.

Embora, conhecendo bem os humanos, talvez fosse bom para o turismo em Caldie.

Depois que Rhage terminou de partilhar os detalhes, os membros da Irmandade levantaram todo tipo de pergunta. *O que eram as sombras? Quantas foram? Eram novos soldados de Ômega?*

— Não acho que sejam — Butch respondeu. — Consigo pressentir esse tipo de merda, e não havia nada neles que me parecesse conhecido.

O ex-policial de Boston com sotaque de Fenway Park e que usava roupas Fendi/Prada saberia se houvesse uma ligação. Ele tinha Ômega *dentro* de si. Era o manifesto da Profecia do *Dhestroyer*. Era quem iria, um dia, segundo algumas pessoas diziam, pôr um fim à guerra.

Uma excelente fonte de informações, em suma.

Mais conversa, em seguida alguém se levantou e aproximou-se de John, embora ele estivesse tão absorto no assunto que não olhou para ver quem era.

No fim, o Rei encerrou a reunião. Quando o esquema dos plantões foi discutido, um aroma de primavera, não de inverno, chamou a atenção de John num ombro proverbial.

Foi Zsadist quem se aproximara dele. Não foi uma surpresa. O Irmão marcado por cicatrizes com um *modus operandi* silencioso também gostava de ficar afastado da multidão. E ele segurava... uma lembrança do passado.

O Irmão desembainhara uma das adagas negras de onde elas costumeiramente ficavam, com os cabos para baixo junto ao peito, e aproximara a lâmina afiada da casca de uma maçã verde. Dando voltas, as mãos largas e firmes tiraram a casca numa espiral, expondo as carnes brancas e ácidas.

A imagem fez John se lembrar de outra maçã na qual aquela adaga fora aplicada com tamanha destreza.

Estavam no ônibus, indo para o centro de treinamento. John Matthew foi um pré-trans menor do que todos os outros garotos de seu grupo, um forasteiro lançado não apenas no programa, mas também no mundo dos vampiros, por causa da marca de nascença em seu peitoral esquerdo. Lash, o valentão da turma, estava lhe infernizando.

Algo que o filho da mãe fazia desde o primeiro dia de John na "escola".

Isso foi antes de Blay e Qhuinn se tornarem seus melhores amigos. Antes de ele ter passado pela transição e surgido do outro lado, enorme, maior do que todos os que antes lhe foram maiores.

Isso foi antes de Wellsie, a única mãe que ele conhecera, ter sido assassinada.

Teve dificuldades enormes no treinamento, a princípio. Era mais fraco do que os demais, mais descoordenado, e por isso tão repelido e ridicularizado por todos, exceto por Blay e Qhuinn.

Mas uma maçã deu um jeito em tudo.

Algumas noites depois de sua entrada no programa, talvez apenas umas duas noites depois, mas que pareceram uma vida inteira, John Matthew entrou no ônibus, temendo o trajeto do centro de treinamento até sua casa por causa do tormento que lhe seria imposto. Pouco antes de as portas se fecharem, algo imenso e ameaçador subiu pelos degraus, o peso tão grande que inclinou a suspensão do veículo.

Zsadist era o Irmão que os trainees mais temiam. A cicatriz que descia do nariz distorcendo um dos lados da boca era assustadora, mas os olhos eram puro terror. Indiferente, imperturbável, irresistivelmente direto, o olhar do Irmão não só passava por você. Em vez disso, consumia tudo o que encarava, comendo-o vivo, apropriando-se de você e do seu futuro.

Era o olhar de um sobrevivente dos horrores, da tortura, da depravação, para quem não existiam crueldades desconhecidas.

Era o olhar de um assassino frio.

Quando Zsadist se sentou ao lado de John Matthew no ônibus e pegou a adaga negra, John concluíra que suas noites chegaram ao fim... mas o Irmão apenas descascou a maçã verde que tinha nas mãos.

Assim como fazia agora.

Na época, oferecera-lhe um pedaço. E pegara um para si. E mais outro para John. Até não restar nada além do miolo fino cercado por sementes marrons.

Uma mensagem clara de que John era protegido por pessoas que poderiam tornar a vida dos trainees babacas um verdadeiro inferno.

— ... e para tanto, teremos apenas a Irmandade.

John Matthew voltou a se concentrar no Rei, perguntando-se o que havia perdido.

Wrath afagou a cabeçorra loira de George.

— Não temos como saber que jogo Murhder está armando, portanto só quem é essencial estará presente.

Só os essenciais. Uau, essa doeu. Mas a verdade era essa mesmo.

Quando Zsadist pigarreou, John Matthew olhou para ele. Um pedaço de maçã esperava na ponta da lâmina negra, o pedacinho branco de doçura era uma tentação.

John Matthew assentiu em agradecimento e aceitou a oferta. Em seguida, todos começaram a sair, o que foi confuso até John perceber que Wrath sem dúvida marcara o encontro com o Irmão louco na Casa de Audiências. Fazia sentido. De jeito nenhum o Rei colocaria em risco as fêmeas, as crianças e a criadagem da mansão convidando um canhão descontrolado para ir até ali.

Não havia motivos para abrir a porta da frente para a versão do Coringa de Heath Ledger.

Zsadist e John saíram do estúdio juntos, comendo a maçã assim como fizeram no ônibus, pegando um pedaço de cada vez. No alto da grande escadaria, acabaram com a fruta, deixando nada além do miolo cirurgicamente entalhado, fino como um graveto no meio das duas pontas.

Z. lhe deu o último pedaço.

Ao aceitar esse presente tão simples, tentou ignorar como era difícil ser diferente de todos os que o rodeavam. Não ter voz. Não ser um Irmão. Estar ali apenas por um golpe de sorte que poderia muito bem não tê-lo ligado a Tohr.

O que significava que ele teria morrido durante a transição sem o sangue de uma vampira para sustentá-lo durante a mudança.

Quando Zsadist acenou com a cabeça em despedida, John fez o mesmo, mas, em vez de ir pegar a jaqueta no quarto que partilhava com Xhex, avançou até a balaustrada e olhou para o vestíbulo abaixo.

A mansão, cheia de graça e elegância, fora o sonho de Darius, seu pai, ou assim lhe contaram. O Irmão que morrera por conta de uma bomba no carro pouco antes de John conhecê-lo sempre desejou que o Rei e sua guarda de elite vivessem sob o mesmo teto, e construíra a imensa casa com esse propósito específico há mais de um século. O cenário como o do filme *Campo dos Sonhos*, entretanto, estivera vazio por muito mais tempo do que estava agora habitado.

A era de abandono fora um desperdício do magnífico palácio. O vestíbulo era tão luxuoso que estava mais para o Império Russo do que para qualquer referência do século XXI norte-americano. Colunas, quer de malaquita, quer de mármore *claret* polido, floreios de gesso folheado a ouro, e cristais o suficiente para reluzirem como uma galáxia, John se lembrava de ter ficado paralisado quando entrou ali pela primeira vez. Para um garoto criado num orfanato – que em seguida teve todos os luxos de viver em um apartamento que estava mais para buraco enquanto trabalhava como lavador de pratos pensando em suicídio –, fora uma situação ao melhor estilo Daddy Warbucks.

Johnny, o Pequeno Órfão.

Abaixo, no belíssimo mosaico, os Irmãos cercavam Wrath com os imensos corpos carregados de agressão. Todos odiavam quando o Rei se expunha a riscos, e a necessidade que John sentia de se unir a eles, de proteger o último vampiro puro-sangue do planeta, de servir a um macho que respeitava com todo o seu ser, era tão forte que seus olhos arderam com lágrimas de frustração.

Recusou-se a deixar a emoção transparecer.

Isso era para maricas. Além do mais, quem diabos era ele para exigir ser nomeado Irmão? Escolheram Qhuinn por sua honra, e ele não via Blay reclamando de ser deixado fora dessa.

John tocou o lado esquerdo do peito. Através da camiseta justa sem mangas, sentia o contorno das cicatrizes que formavam o círculo em seu peitoral.

Todos os Irmãos tinham a mesma marca no mesmo lugar. Sempre deduzira que era uma marca de nascença, e foi por causa do estranho sinal em sua pele que ele foi levado ao centro de treinamento. Todos queriam saber como um pré-trans tinha uma.

Mais tarde, descobriu que os iniciados recebiam a marca como parte de uma cerimônia sagrada.

E, sentindo o coração doer, esfregou as cicatrizes desiguais e desejou não ser um forasteiro.

Graças a Deus por Xhex, pensou. Pelo menos, sabia que poderia conversar com ela sobre tudo isso, e que ela ouviria, sem julgar.

Afinal, não existiam segredos entre eles.

Capítulo 4

Ao se rematerializar dentro dos limites de Caldwell pela primeira vez em vinte anos, Murhder se viu diante de uma mansão de arquitetura federalista na parte nobre da cidade. Ele conhecia bem a casa, e não se surpreendeu por ser direcionado a esse endereço.

Darius era o proprietário do local e ali morava. O Irmão sempre apreciara belas coisas, e Murhder se hospedara no quarto do porão algumas vezes. Santa Virgem Escriba, parecia que fazia apenas uma semana, mas, ao mesmo tempo, uma vida inteira, desde que passara por aquela porta pela última vez, partilhara uma refeição com Darius e pernoitara no porão ou no quarto do andar superior com as camas de solteiro.

Saber quem o aguardava ali dentro o fazia se sentir como se tivesse perdido mais do que apenas o juízo. Perdera sua família.

Seria difícil enfrentar o olhar de Darius de novo. Um aspecto positivo da loucura é que você não lamenta tudo o que perdeu, pois fica ocupado demais tentando descobrir o que é real e o que não é.

Murhder se ordenou a sair da calçada. A atravessar a rua coberta de neve até a porta da frente. Bater para anunciar sua presença – embora os Irmãos certamente já o encarassem a essa altura. Não havia luzes acesas no interior, o que significava que os guerreiros poderiam estar enfileirados atrás de qualquer um daqueles pedaços de vidro e ninguém os veria nem saberia quantos eram, ou avaliaria sua artilharia. Ficou imaginando se alguns eram, estariam do lado de fora também. Tomariam o cuidado de não se colocar contra o vento para que ele não sentisse seu cheiro, e seriam tão silenciosos quanto a neve caindo na copa dos pinheiros se tivessem que mudar de posição.

Murhder não levara um casaco ou jaqueta, nem mesmo um suéter. Esse deslize, aliado ao fato de não possuir sequer uma parca, parecia um traço revelador da sua doença mental.

Mas não se esquecera de tudo. As três cartas estavam no bolso de trás das calças, e o envelope da FedEx com os documentos, enfiado embaixo de um braço. As primeiras eram a sua prioridade. Esse último esqueceu, e quase não voltou para buscá-lo. No entanto, o advogado de Wrath esperava por esses documentos e, conhecendo o Rei, não havia como deixar de fazê-lo.

E também não havia volta. Murhder pretendia obter o que precisava e então nunca mais os veria.

Preparando-se para descer da calçada, ele...

A instalação biomédica era mais horizontal do que vertical e, de sua posição escondida na colina, Murhder decorou a planta dos edifícios de um único andar interconectados, com um prédio central do qual partiam as alas. Nenhuma janela, a não ser por aquela da entrada, e mesmo ali o vidro era escuro e minimalista. O estacionamento estava quase vazio, os poucos carros se aglomeravam perto da saída.

Finalmente, *ele pensou*. Eu te encontrei.

Não havia ninguém andando do lado de fora.

Na verdade, não havia nenhum lugar para andar ali fora.

A floresta circundando as instalações era densa, outra espécie de parede inquebrável, com os galhos entrelaçados dos pinheiros bloqueando qualquer acesso. Também havia uma cerca perimetral, a barreira de concreto tinha uns seis metros de altura, com espirais de arame farpado no alto e uma guarita que parecia equipada com vidros à prova de balas.

O que faria um humano que não tivesse as credenciais corretas? Não entraria na propriedade, muito menos no prédio.

Felizmente, ele tinha outras opções.

Fechou os olhos, concentrou-se em se acalmar, diminuindo a respiração do ritmo acelerado pré-ataque para algo mais tranquilo, compassado. Assim que conseguiu, desmaterializou-se, seguindo em frente na forma de moléculas dispersas. O ponto de entrada foi a ventilação do ar-condicionado sobre o teto plano de uma das alas, e em seu estado invisível, quase etéreo, penetrou com facilidade a tela de alumínio que cobria o tubo e prosseguiu pelos dutos.

A planta interior era-lhe desconhecida, o que tornava perigoso retomar sua forma. Caso escolhesse o ambiente errado para se materializar, poderia se ferir em lugares que não cresceriam novamente.

Mas não estava preocupado com sua segurança pessoal.

Ventilação. Mais dutos. Filtros pelos quais conseguiu passar porque não havia nenhum componente de aço neles.

Saiu pela caldeira de calefação, restabelecendo sua forma física num quarto escuro que cheirava a ar seco do deserto e a óleo de motor. No instante em que se tornou corpóreo, sua presença acionou uma luz sensível ao movimento e seus olhos arderam com o brilho intenso. Preparando-se para ouvir o alarme, empunhou uma das armas e se firmou sobre as coxas para o caso de alguém escancarar a porta diante de si.

Quando ninguém apareceu, olhou de relance para a caldeira industrial, inspirou fundo e se desmaterializou pela fenda fina debaixo da porta.

Voltando a se corporificar, viu que estava na sala de descanso. Dois homens da manutenção em uniformes verde-escuros estavam de costas para ele, ambos sentados a uma mesa, fumando e assistindo a uma partida de basquete numa TV *em preto e branco.*

— Com licença, cavalheiros — disse com secura.

Os humanos se sobressaltaram e viraram para trás. Antes que conseguissem pedir ajuda, Murhder alcançou suas mentes e os paralisou bem onde estavam. Depois escolheu o da direita e começou a abrir todas as tampas dos seus compartimentos mentais, espiando todo tipo de recordação.

Ok... Uau.

O cara traía a esposa e estava preocupado em ter contraído uma doença venérea da namorada. Sentia uma culpa imensa pela traição, mas não conseguia imaginar sua vida sem a outra mulher e estava obcecado em saber com quem mais ela vinha se deitando. Seria com o Charlie da engenharia...?

Não era nada do que Murhder estava procurando, mas o cérebro não era uma biblioteca cheia de livros. Não existia um sistema decimal de Dewey com um cartão correspondente para procurar no catálogo. As informações apareciam em ordem de importância para o indivíduo, não para o invasor temporário.

Passou para o cara da esquerda e acertou na loteria.

Esse acabara de ser promovido e estava ansioso para que a pausa obrigatória estabelecida pelo sindicato acabasse para poder voltar ao trabalho. Gostava de ter algum poder por ali.

Muito melhor, Murhder pensou.

Momentos depois, tinha a informação de que precisava. Sim, existia um laboratório de segurança máxima ali, e não ficava longe.

Murhder apagou as lembranças deles quanto a essa interrupção, e depois inseriu comandos para que voltassem a se sentar e assistir à partida.

Não havia motivo para mexer na colmeia até ser obrigado a fazê-lo.

Já no corredor, não havia mais como se desmaterializar. Estava agitado demais, com os sentidos avivados demais, e tal qual um mestre soltando um cão farejador, ele soltou a sua parte mais animalesca para que ela o levasse adiante. Andar já não era um movimento coordenado de pernas, mas um processo automático servindo a um propósito maior.

Esses humanos tinham vampiros aprisionados ali. E vinham fazendo experimentos execráveis com eles.

Sabia disso no fundo de sua alma, e faria o que era certo dessa vez. Sem distrações. Sem erros. Sem emoções.

Deixaria de lado tudo o que o levou ao fracasso antes.

Quando virou em um corredor e se deparou com dois machos humanos em jalecos brancos, partiu-lhes o pescoço e deixou os corpos onde *caíram. Vítimas inocentes? Dificilmente, e se o tempo não fosse uma questão crítica, teria levado a dor de suas mortes a um novo patamar – e não teria parado apenas com aqueles dois.*

Mataria cada entidade viva naquela câmara de tortura.

Em vez disso, seguiu em frente, atravessando corredores, desviando do campo de visão das câmeras de segurança afixadas ao teto.

O alarme soou bem quando ele parou diante de uma porta feita de aço, o único metal através do qual os vampiros não conseguiam se desmaterializar.

E tinham selado as paredes do que quer que houvesse do outro lado com uma tela, também de aço.

Esses humanos sabiam como manter as vítimas dentro da propriedade, concluiu.

Ainda bem que não pensaram em proteger todo o maldito complexo dessa maneira – sem dúvida porque estavam mais preocupados com uma fuga do que com um resgate.

Os explosivos que carregava estavam na mochila, então instalou um chumaço de C4, enfiou um detonador e recuou. Bum! é uma onomatopeia branda. Antes que a fumaça se dissipasse, a porta se despregou das dobradiças, aterrissando no chão como uma lápide.

Murhder saltou para dentro com as adagas empunhadas. Nada de pistolas. Não queria matar nenhuma das vítimas ali dentro com balas perdidas...

Era um laboratório médico repleto de prateleiras com suprimentos, uma mesa de cirurgia que lhe deu vontade de vomitar, e todo tipo de microscópios e monitores nas bancadas e mesas.

Assassinou os técnicos do laboratório em segundos. Eram três, todos homens com jalecos brancos. Não ofereceram nenhuma resistência coordenada ao seu ataque, perdendo tempo gritando e tentando fugir; ele atacou primeiro o que pegou o telefone. Ao talhar suas gargantas, os jalecos ficaram vermelhos na frente, e os crachás de identificação laminados que levavam ao redor dos pescoços ficaram com manchas rosadas.

Ao largar o último deles, Murhder se virou e confrontou as jaulas com telas de aço. Tinham dois metros de largura por cinco de compri-

mento e, através da tela fina que as recobriam do teto ao chão, viu um macho à esquerda, nu com uma tigela de comida e um recipiente de água como se fosse um maldito animal.

Havia uma fêmea na outra cela...

Santa Virgem Escriba, ela estava grávida.

Quando os olhos dela, arregalados e atormentados, o fitaram através da trama de aço, a boca se abriu em choque.

A realidade lhe atingiu em cheio.

O rosto no vidro sagrado. Aquele da bacia reveladora.

Essa era a fêmea!

— Não pode tocar nas barras — o macho disse acima da confusão do alarme e em meio à fumaça que se dissipava. — São eletrificadas.

Murhder tentou se concentrar. O macho estava de pé, mas tão magro que provavelmente teria que ser carregado para fora. E o estado da fêmea grávida era ainda pior — estava de joelhos, e ele se preocupou que talvez fosse tudo o que ela conseguiria fazer.

— Ali — o macho disse apontando para um painel de fusíveis na parede. — Há um circuito para as celas.

Não havia tempo a perder com fusíveis. Murhder trocou as adagas pela pistola e atirou seis vezes no painel de metal. Faíscas voaram e houve uma pequena explosão, mais fumaça e cheiro metálico emanando pelo laboratório.

— Para trás — ordenou.

O macho sabia o que ele estava pensando, e o pobre rapaz afastou o corpo frágil do caminho enquanto Murhder apontava para a o mecanismo de trava da cela. A bala disparada rachou a fechadura, soltando um conjunto de órgãos mecânicos internos no chão.

O prisioneiro empurrou a porta e caiu cambaleando nas pernas finas que tremiam demais, os joelhos se chocando. Os cabelos tinham sido raspados e havia eletrodos grudados ao crânio.

Murhder se concentrou na fêmea grávida.

— Não podemos deixá-la. — O sistema de sprinkler foi acionado pela fumaça, e água começou a chover sobre eles. — Preciso...

Mas não conseguiria carregar os dois e ainda tinha que ficar com uma das mãos livre para empunhar a pistola. E nem era preciso dizer que, dada a fragilidade atual, nenhum deles conseguiria se desmaterializar.

— Vou salvá-la. — Sua voz não parecia mais ser sua. — É o meu destino.

Quando Murhder se aproximou da cela, a fêmea se arrastou para o painel da frente. Por trás da tela de aço, as mãos se curvaram nas barras, a boca se movia, a voz era fraca demais para ser ouvida com o alarme tocando, com o sprinkler, com os gritos internos em sua cabeça.

Os cabelos dela também haviam sido raspados. Ela tinha hematomas nos ombros. Para poupá-la do constrangimento, ele não terminou de conferir o estado dela.

— Ela não vai sair daqui viva — o macho disse numa voz entrecortada. — Ela está prestes a dar à luz.

— Dane-se — Murhder disse ao segurar o trinco. — Eu a carregarei para fora e depois vamos atrás de cuidados médicos...

Seguranças derraparam na entrada, três homens de uniformes azul-escuros armados com pistolas automáticas. Murhder atirou neles enquanto empurrava o macho para trás de seu corpo e se movia em busca de cobertura. Virou uma das mesas e derrubou os suportes de metal que havia em cima, derramando os copos de Becker e os tubos de ensaio, espalhando seu conteúdo. Recarregou a pistola e continuou atirando, mas não tinha mira.

O macho gritou.

— Me acertaram!

Mais seguranças na porta. Murhder olhou para a cela, para a fêmea. Ela se deitara num dos cantos do jeito que conseguiu, a barriga proeminente de lado, os olhos travados nos dele como se soubesse que ele era sua única chance de sair daquele pesadelo.

Olhou para o macho e fez o cálculo de risco-benefício mentalmente. Duas vezes. Não havia como tirá-la em segurança da cela agora e, enquanto ele permanecesse no laboratório, as balas continuariam voando.

— Voltarei para buscá-la. Trarei os irmãos comigo. Juro pela minha honra.

Outra bala passou voando pela sua cabeça. Duas mais na mesa e na prateleira, os projéteis metálicos deixando marcas na frágil cobertura deles.

Ambos olharam para a fêmea. Ela ainda não fora alvejada, e estava claro o que conseguia ler em seus rostos. Ela voltou a escancarar a boca enquanto se agarrava às barras, à tela, os olhos frenéticos revelando as profundezas do inferno em que estava...

A buzina de um carro, no mesmo tom do grito da fêmea, o trouxe de volta ao presente. Ele estava parado no meio da rua coberta de neve e, ao se virar na direção do som, ficou ofuscado pelo brilho de faróis. Subiu o braço para proteger os olhos, mas não pensou em se mexer...
O carro o atingiu em cheio, os pneus travaram na neve acumulada, o peso e a aceleração em nada diminuídos na estrada escorregadia – e seu corpo bateu no capô e rolou pelo para-brisa. Teve um breve vislumbre do céu claro e noturno ao rolar por cima do teto, e depois bateu na estrada do lado oposto, caindo de cara no chão com pernas e braços todos tortos.
Praguejando, deu alguns segundos ao seu corpo para registrar quaisquer reclamações e, além disso, a neve fria estava agradável contra o rosto quente. Vagamente, notou o som das portas do carro se abrindo... foram três?
– Ai, que merda, o meu pai vai me matar...
– Você não deveria ter dirigido com tanta velocida...
– Mas que porra, Todd...
Murhder virou a cabeça e se concentrou nos três rapazes humanos parados junto à traseira de uma BMW muito cara.
– Estou bem – disse aos garotos. – Podem ir.
– Tá falando sério? – um deles perguntou.
E foi nesse momento que ele percebeu um cheiro que não sentia há muitos e muitos anos. Quando lágrimas surgiram em seus olhos, ele abaixou as pálpebras.
– Se ele estiver morto – ouviu Xhex advertir naquela sua voz implacável –, vou matar cada um de vocês. Lentamente.

Capítulo 5

Xhex não deveria estar perto desse acidente de carro por vários motivos. Primeiro, deveria estar na shAdoWs, mantendo os humanos na linha como chefe de segurança da boate, e levando-se em consideração que era meia-noite de um sábado, a diversão estava apenas começando lá no trabalho. Segundo, não recebeu nenhum convite para ir à Casa de Audiências do Rei para aquele assunto exclusivo da Irmandade.

E, terceiro, ela, na verdade, não queria ver Murhder.

No entanto, apesar de tudo, lá estava ela presenciando aquele show de horrores, envolvida demais para recuar.

Naturalmente, o trio de babacas drogados que surrupiou a maldita bmw do papai a encarava como se ela fosse o sonho erótico predileto deles ali de pé, coberta em couro. O que lhe deu vontade de socar um pouco de juízo e bons modos neles, só por princípio. Mas não havia tempo para isso. O irmão que ela acreditava que nunca mais cruzaria o seu caminho estava estatelado de cara no chão no meio de uma rua, como se estivesse paralisado ou tivesse fraturado algo muito importante para sua movimentação – e considerando que a casa da frente estava repleta de vampiros e que aquele era um bairro elegante dos humanos onde as pessoas tinham seguranças em suas propriedades e onde tinham iPhones enfiados até no cu, limpar a cena era o mais importante.

— Caiam fora daqui — ela ordenou aos rapazes. — Ou vou chamar a polícia.

Todd I, II e III se entreolharam como se estivessem se comunicando telepaticamente ou como se estivessem tão chapados e atordoados ante a aparição dela que perderam a habilidade de falar.

— Agora! — ela ladrou.

Os três escorregaram e saíram deslizando em seus sapatos de couro para voltarem ao carro e, quem quer que estivesse atrás do volante, pisou no acelerador com tanta força que os pneus lançaram neve em suas pernas.

Ao se voltar para Murhder, tivera esperanças de que ele já estaria de pé. Não mesmo. Ainda de cara no chão. E os olhos fechados, os cílios negros realçados nos malares proeminentes.

Agachando-se, engoliu em seco com força ao tentar compreender a realidade da situação e o estado real dele. Apesar de estar escuro, os postes lançavam uma luz meio cor de pêssego a intervalos regulares na rua, iluminando o bairro inteiro como se a riqueza dos proprietários tivesse sido levada até a calçada em barras de ouro. E Xhex tracejou cada nuance de Murhder à luz do brilho produzido pelos humanos.

Pelo menos, ele respirava e, assim que o notou, percebeu algo mais: os cabelos negros ainda eram compridos e com mechas vermelhas. Ele ainda era um macho grande. E seu cheiro não mudara.

Deus... Tanta coisa. Ela e Murhder haviam passado por tantas situações juntos, e tão pouco disso fora bom.

— Você precisa de cuidados médicos? — perguntou, rouca.

Como se estivesse se dirigindo a um estranho que fora golpeado. Em vez do macho com quem tinha ido até o inferno e voltado.

Bem, na verdade, essa hipérbole não era exatamente verdadeira. Ela voltara à vida. Ele, não.

– Murhder? Você está morto? – Ao sussurrar essas palavras, sua respiração saiu em lufadas conduzidas pelo ar frio.

– Que pergunta estranha para se fazer a alguém – foi a resposta grasnada.

Quando seus olhos arderam de alívio, ela olhou de relance na direção em que a BMW partira acelerada para esconder sua reação.

– Imagino que a resposta seja não, então.

Murhder fez contato visual, o impacto do passado partilhado foi tão grande que ela foi derrubada, caindo de bunda na neve gélida, o cérebro incapaz de reagir ao assalto de lembranças: ele invadindo aquele cômodo da colônia dos *symphatos*, pensando que a resgatava de um sequestro. Seu choque ao perceber que ela fora até lá por vontade própria... para ver sua família.

O que significava que ela não era quem aparentava ser.

E, depois, seus parentes aparecendo e percebendo que ela também tinha mentido para eles.

Symphatos e vampiros não se misturavam naquela época. Ainda não se misturam.

O que aconteceu depois foi um pesadelo atrás do outro. Seus parentes torturaram Murhder da maneira que somente os *symphatos* sabem fazer, entrando no subconsciente dele e bagunçando cada parte de quem ele era como macho, como vampiro, como uma entidade mortal. Depois a expulsaram da colônia – mas não a baniram. Eles a venderam para os humanos como cobaia de laboratório para fazerem seus experimentos.

E a história não terminou ali.

– Eu não deveria ter vindo – ela disse com aspereza.

E quando John Matthew lhe enviou uma mensagem de texto dizendo que estava saindo para o campo de batalha com Blay porque a Irmandade tinha uma reunião especial na Casa de Audiências? Deveria simplesmente ter-lhe respondido com a mensagem de praxe: "Tome cuidado, te amo". Depois, deveria ter guardado o celular no bolso de trás e continuado a monitorar a multidão no bar, na pista de dança, nos corredores de trás que davam para os banheiros da boate. Deveria ter ficado na sua porque ela, como qualquer outro que não fosse um Irmão, não tinha motivo algum para estar ali.

Mas, como *symphata*, sentira uma inquietação na mansão da Irmandade nas últimas noites. Era uma ansiedade profunda, que vinha da alma, e cada uma das grades emocionais dos Irmãos revelara o mesmo incômodo. Só havia uma explicação, e apesar de ter jurado a si mesma que não usaria o kit de ferramentas da sua espécie entre os vampiros que se tornaram sua família, remover a tampa das emoções de um dos guerreiros.

Murhder estava vindo da Carolina do Sul...

Vozes masculinas chamaram sua atenção e ela ergueu o olhar. Membros da Irmandade saíam da casa de Darius e vinham para a neve, com os corpos largos cobertos por grandes casacos a fim de esconder as armas.

— A ajuda está a caminho — ela anunciou ao se levantar.

— Não vá.

Sentiu uma pontada de culpa ao se virar, e não por deixá-lo ali na rua.

— Boa sorte com seus Irmãos.

— Não sou mais um deles.

Quando se desmaterializou, odiou o fato de ter sido vista. Todos os Irmãos sabiam o que acontecera entre ela e Murhder antes daquela sua última visita à colônia, e ela preferiria que não soubessem que estivera nas proximidades do macho no presente.

Sim, John Matthew sabia quem ele era, e também o que, quando e onde ela conviveu com Murhder, mas Xhex gostaria que os fatos permanecessem impessoais, assim como informações de jornal. Afinal, ela — como é que chamavam aquilo? — "processara" tudo o que aconteceu, incluindo o que fizeram com ela, como Murhder perdera a cabeça e tudo o que ele fizera depois.

Estava acabado. Concluído. No passado. E ela estava seguindo em frente, pensando no presente.

Por isso, não havia motivo para reabrir os acontecimentos...

Mesmo assim, viera encontrá-lo hoje à noite. Para vê-lo.

E ficou surpresa por saber que ele ainda estava vivo.

O fato de John não saber que ela procurara outro macho – embora, evidentemente, não para fazer sexo, se vincular ou se alimentar dele, nada do tipo – parecia uma traição ao seu companheiro, porque era uma admissão, por mais que ela odiasse e desejasse não ser verdade, de que ainda havia negócios pendentes entre ela e o Irmão expulso pela sua insanidade.

Negócios que ameaçavam cada parte da vida de que ela tanto gostava.

Não era assim que desejava retornar ao grupo, Murhder pensou. De cara na rua. Com os olhos marejados. A garganta apertada.

Quando Xhex se desmaterializou e a Irmandade se aproximou em posição de combate, ele refletiu que também não era assim que desejava ter visto aquela fêmea – embora tivesse dificuldade para definir exatamente em que condições teria escolhido encontrá-la. Ela foi o esteio da sua derrocada, o olho do furacão que o levara à loucura, o catalisador, ainda que não a causa em si, de sua desintegração.

Considerando-se tudo, foi um alívio ter que enfrentar seus Irmãos – o que significava alguma coisa, já que tampouco tinha interesse em vê-los.

Ao empurrar o tronco para longe do monte de neve e rolar para se sentar de bunda, mediu os machos que se aproximaram. Não reconheceu apenas dois, e percebeu que faltavam outros dois: Wrath não estava entre eles, nem Darius; sem dúvida o último ficara para trás para proteger o primeiro.

Quando tentou se levantar, deu-se conta de que o osso da coxa direita provavelmente estava fraturado. A dor percebida ao mover a perna foi como uma serra elétrica subindo pela coluna e açoitando o cérebro, a visão se turvando ao tentar apoiar o peso nela. Acabou de bunda no chão de novo. Portanto, teve que se contentar em olhar para cima e encarar todos eles quando formaram um círculo ao seu redor.

Como se não confiassem em como ele se comportaria.

O que fazia sentido. Com seu cérebro do jeito que estava, graças ao povo de Xhex, Murhder estava bem distante do nível de funcionalidade deles, por assim dizer, e não se ressentia desse lembrete tácito da realidade.

Sabia bem que estava acostumado a ser louco.

— Alguém me dá uma mão — ele disse com secura.

Não foi um pedido. Estava mais para se-um-de-vocês-não-me--ajudar-ficaremos-aqui-até-o-amanhecer.

Uma palma se apresentou bem na frente do seu rosto, e ele a aceitou sem nem ver de quem era. O içar foi lento e firme, e depois que se equilibrou no pé esquerdo, inspirou fundo e se deparou com um par de olhos amarelos reluzentes.

Devia saber que era Phury. Ele sempre fora um cara decente, como Darius e Tohr.

— Bem-vindo de volta a Caldwell — disse o macho.

O "meu irmão" foi deixado de lado porque já não era mais aplicável. E, de certo modo, isso doeu mais do que a perna.

Não conseguiu olhar para os demais.

— Vamos acabar logo com isso. — Murhder acenou para a casa com a cabeça. — Wrath está lá, imagino?

À guisa de resposta, Phury deu um passo para perto e segurou a cintura de Murhder.

— Apoie-se em mim.

— Costumeiramente, eu discordaria.

— Isto não é algo costumeiro.

– Espere, alguém precisa pegar aquele envelope da FedEx ali. – Na verdade, ele estava pouco se fodendo se o deixassem na rua. – Tem os papéis que Wrath quer.

Enquanto alguém se encarregava da tarefa, Murhder e Phury seguiram na direção de um montinho de neve que seria apenas um salto até o outro lado, mas que agora se apresentava como um pequeno Everest. Após atravessar o montículo, Murhder precisou de um minuto para respirar e deixar a dor passar antes de prosseguir.

Quando retomaram o caminho, movendo-se na direção da entrada elegante e livre de neve da casa, ele estava bem ciente de que ninguém dizia nada. Ninguém tocou nele, a não ser pela atenção médica requerida. Ninguém ficou perto demais.

E todos apoiavam as mãos em armas discretamente presas à coxa. Algumas eram pistolas, outras, adagas negras que ele outrora também tivera embainhadas junto ao peito.

Caramba, só porque você enlouquece e mata um punhado de humanos depois que eles torturaram sua namorada, de repente você se torna um leproso.

No caminho de entrada que estava limpo e teve o gelo retirado com sal, o vento assobiava entre os galhos, o que lhe dava ganas de cobrir as orelhas. O som agudo era bem semelhante ao grito que ele ouvia o tempo todo em sua mente.

Os degraus também não tinham gelo. A varanda, que era do tamanho da fachada da mansão, estava desprovida de mobília, sem dúvida por conta do clima inclemente.

Agora estavam diante da porta de entrada, pela qual se lembrava de ter entrado e saído inúmeras vezes com Darius.

Phury parou e o soltou.

– Temos que revistá-lo.

– Tenho pistolas, duas. Um cinturão de munição. Só isso... Não, também tenho uma faca de caça no bolso de trás. *Não* pegue as cartas.

Murhder encarou a frente da porta de madeira enquanto suas armas eram retiradas. E depois alguém o revistou.

Fechou os olhos e abaixou a cabeça.

– Não menti. Por Cristo.

– Venha. – Phury abriu a porta. – Vamos virar à direita.

– Para a sala de jantar.

– Você se lembra.

– Praticamente morei aqui. *Você* se lembra?

Graças a toda aquela caminhada, a coxa de Murhder atingira o nível atiçador de ferro em brasa em uma escala de dor em que um era uma farpa e dez era o maldito atiçador. O suor brotou em seu peito, no pescoço e no rosto e, maldição, ficou satisfeito por não ter comido antes de ir até ali, senão teriam uma tremenda lambança para limpar.

Será que Fritz ainda é o mordomo da casa?, ele se perguntou.

– Por aqui...

– Eu sei – estrepitou.

Os grunhidos que impregnaram o ambiente atrás de si foram facilmente ignorados. Se fossem matá-lo, jamais permitiriam sua entrada na casa. Teriam-no jogado no porta-malas de um sedã e dirigido até alguma localização remota.

Aquilo era um jogo de videogame com diferentes fases. E apenas uma vida.

As portas duplas da sala de jantar estavam fechadas, mas Murhder sentia a presença de Wrath do outro lado – e não pôde deixar de pensar que se tratava de um retorno aos Hábitos Antigos, à função de guarda particular da Irmandade da Adaga Negra. Nos tempos idos, isso não fora necessário porque Wrath sempre se recusara a liderar seu povo.

Algo importante tinha mudado por ali.

– Vou ter que pedir que mantenha as mãos à vista o tempo todo – disse Phury. – Nada de movimentos repentinos...

Uma voz masculina interrompeu com frieza:

— Eu te arranco a cabeça se tentar chegar perto dele.

Murhder sorriu e olhou por cima do ombro, deparando-se com um par de olhos diamantinos tão afiados quanto lâminas.

— V. Sempre tão sentimental.

O Irmão de olhos sempre gélidos e tatuagens na têmpora tinha acrescentado um cavanhaque ao rosto. Fora isso, não havia mudado em nada, sua inteligência irradiava tanto quanto sua urgência em matar. E, ora, veja só, ele ainda fumava.

— Estou cagando e andando pra você — Vishous disse ao exalar a fumaça.

— O mesmo tabaco turco. Ainda compra daquela loja na Market?

— Vai se foder.

— É o que você sempre quis...

Phury puxou Murhder de volta para a frente.

— Isso *não* está ajudando.

As portas se escancararam, e lá estava o Rei, parado no meio da sala de jantar, debaixo do lustre enorme de cristal onde a longa mesa de mogno deveria estar.

A onda de tristeza que atingiu Murhder foi tão inesperada que ele cambaleou no pé bom e piscou rapidamente, embora nenhuma lágrima tivesse surgido. Não era que Wrath estivesse diferente — inferno, ele ficaria chocado se algo tivesse mudado no líder autocrático da espécie. E também não era por estar na casa do velho amigo, Darius, ou nervoso por ver o macho de novo. Tampouco porque provavelmente estava se metendo em uma sinuca de bico.

Foi o anel no dedo indicador de Wrath.

Antigo e cravejado com um enorme diamante negro, só existira um assim.

E o macho jamais o usara antes. Recusara-se a ostentar o manto de seu direito de nascença. Afastara-se de todos os modos possíveis do que o seu pai, o pai de seu pai e o pai desse, e o outro pai ainda, fizeram com tanta humildade e eficiência.

Wrath, filho de Wrath, era verdadeiramente o Rei.

E, pela primeira vez, Murhder teve noção de tudo o que havia perdido. Os anos vagando no velho sótão na Carolina do Sul não tiveram qualquer significado: noites viraram outras noites, que se transformaram em semanas, meses e anos... e décadas... e nada disso importava. Não teve absolutamente motivo algum para atribuir sentido à passagem do tempo, tão grandes foram as profundezas que o engoliram.

Agora, fitando o anel, via a luz brilhante da inexorável marcha da mortalidade, embora não fosse a sua própria perda que o devastava.

Murhder pegou as cartas e falou antes de obter permissão formal para se expressar:

— Preciso que me ajude a encontrar esta fêmea.

Capítulo 6

John Matthew seguiu pela calçada, os coturnos esmagando o que foi neve suja em outro momento do dia, mas que agora eram fósseis das pegadas congeladas novamente. Dos dois lados da rua de mão única, havia prédios de apartamentos que foram novos há setenta ou oitenta anos, prédios de cinco ou seis andares, sem portaria, revelando cada rachadura e fenda de desgaste, com metade das venezianas defasadas ou faltando, os telhados com falhas nas telhas, as escadas de concreto até as portas de entrada desbotadas, sem grades de apoio e tão desiguais quanto as trilhas das montanhas.

Patrulhara a área muitas vezes nos últimos anos, e pensou nos meses de verão, quando o lixo apodrecendo emana gases fedorentos e os humanos estão em maior número nas ruas. Difícil saber qual época era pior: se o frio de dezembro e janeiro, quando era possível escorregar a qualquer momento, ou as complicações e o fedor dos meses quentes.

— Mais dois quarteirões — Blay disse ao seu lado.

Depois vamos a oeste, John Matthew sinalizou.

— Isso aí.

Essa era a parte "ruim" da cidade, onde os traficantes de drogas abundavam e as pessoas de bem ficavam dentro de suas casas a menos que realmente tivessem de ir a algum lugar. E supôs que já deveria ter notado antes sua localização exata dentro da zona de vinte quarteirões de violações de narcóticos. Não sabia bem o motivo de não tê-la percebido, embora estivesse se sentindo um pouco estranho, com uma espécie de premonição incomodando-o e deixando-o tenso, o equivalente existencial de pesadelos noturnos.

Parou de súbito diante de um dos prédios e encarou o exterior decadente, contando as janelas para achar o andar certo.

– O que foi? – Blay perguntou. – Viu alguma coisa?

Não, oficialmente, não. Só o lugar onde morava na época em que trabalhava como lavador de pratos. Na verdade...

Andou mais alguns metros. Sim, ali. Ali era a calçada em que Tohr o apanhara, onde seus poucos pertences foram colocados no Range Rover preto do Irmão e eles foram embora, para um mundo novo, uma casa nova... uma família nova.

Onde Wellsie descobrira que seu estômago sensível de pré-trans só suportava gengibre e arroz. Onde dormira se sentindo seguro pela primeira vez na vida. Onde conhecera outros como ele.

Por mais que tivesse acreditado nisso enquanto viveu entre os humanos.

– John?

Sobressaltou-se quando Blay pronunciou seu nome, e teve a intenção de responder, mas seu cérebro estava bloqueado. Algo mexia com suas fundações, testando a força do seu concreto, e ele não conseguia entender por que...

A vibração que disparou em seu peito foi o que precisava para voltar à realidade, e então pegou o celular. A mensagem vinha do recém-instituído sistema emergencial de alerta, através do qual as ligações dos civis eram redirecionadas por meio de uma equipe de voluntários que cuidava da central 24 horas por dia, sete dias na semana.

Um 190 para a espécie.

– Merda! – Blay disse ao olhar para a própria tela. – Temos mais um.

E era bem ao lado da shAdoWs, onde Xhex estava.

Com a Irmandade ocupada com o assunto de Murhder, ele e Blay eram os únicos disponíveis e se desmaterializaram para o amontoado de boates na velha região de armazéns da cidade. Quando retomaram suas formas a um quarteirão da localização informada, sacaram as pistolas e prosseguiram em silêncio até um beco que lhes permitiria visualizar o endereço exato.

Na guerra, nunca dava para ter certeza de quem tinha feito a ligação, e a última coisa de que precisavam era cair numa emboscada de *redutores* que tivessem dado um jeito de descobrir para que número ligar...

O cheiro de sangue de vampiro estava pungente no ar.

Mantendo-se colado à parede de tijolos, segurava sua quarenta milímetros com ambas as mãos, permitindo que ela liderasse o caminho. Com os instintos em alerta e o corpo tenso, foi um alívio escapar daquele espaço mental em que estava.

Sim, era muito melhor correr o risco de ser assassinado pelo inimigo do que ficar chafurdando no seu pântano existencial.

No cruzamento do beco com a rua maior, parou e aguçou os ouvidos. Algo se mexia na neve, sons baixos de pernas raspando no chão frio de inverno, quase imperceptíveis sob as batidas ritmadas da música que vinha da shAdoWs. O cheiro de sangue de vampiro ficava mais forte, mas não havia nenhum outro odor misturado a ele, nada do nauseante cheiro de talco de bebê dos *redutores* ou do misto de perfume/sabonete/xampu que era o cartão de visita dos humanos.

John virou na esquina do prédio, mirando a arma na direção dos sons e do cheiro.

A tragédia havia passado por ali.

Uns cinco metros adiante, um macho civil estava caído de costas e agarrava o peito com uma das mãos. A outra tentava segurar a neve suja enquanto ele mexia as pernas como se ainda estivesse fugindo do que quer que o atacara mortalmente.

— Dou cobertura — Blay anunciou.

John correu e se abaixou. Primeiro, avaliou as roupas. Nada rasgado, nem o casaco de caxemira nem o suéter por baixo dele. Mas havia manchas de sangue no peito.

– Ajude-me... – Havia um gorgolejo nas palavras, como se as vias respiratórias do civil estivessem bloqueadas. – Socorro...

Os olhos se esforçavam para focalizar, e a mão que se enterrava na neve agarrou a jaqueta de John, puxando-o para perto.

– Não... me sinto... bem.

Alertado pelo cheiro, John ergueu o olhar com os sentidos em alerta. Uma fração de segundo depois, outro macho civil, também em roupas elegantes, veio correndo dos fundos da boate – com Xhex e um dos leões de chácara logo atrás dele.

Quando o trio chegou, sua *shellan* estava evidentemente surpresa em vê-lo, e sinalizou: *Você precisa de ajuda?*

O outro civil falava rapidamente.

– Era para encontrarmos uns amigos aqui fora, e estávamos esperando... De repente, uma sombra preta apareceu de sei lá onde...

Tire-o daqui, John sinalizou. *Não queremos que ele veja o que vai acontecer daqui a pouco.*

– Ei – ela disse ao macho –, vamos voltar para a boate, você e eu...

– Ele é meu primo! Não posso deixá-lo...

Xhex encarou o civil, com os olhos cinza-escuros firmes, fixos. Hipnotizando. Um momento depois, o civil concordou e a seguiu, como um trem que muda de trilhos. O leão de chácara, que também era da espécie, cobriu a retaguarda deles.

Bem quando dobravam a esquina, Xhex olhou para John. Seu rosto estava tenso e pálido. Mas a morte provocava tal efeito nas pessoas, mesmo as mais fortes.

John sinalizou: *Pode deixar comigo, não se preocupe.*

Ela assentiu. E seguiu em frente até sumir de vista.

Nesse meio-tempo, o civil ferido ficou com os movimentos mais agitados, como se seu fim estivesse mais próximo e ele tentasse correr do seu destino da única maneira que o corpo alquebrado podia. Oferecendo compaixão, John moveu os lábios, comunicando em silêncio palavras que esperava serem capazes de acalentá-lo, se ele fosse capaz de falar e a vítima de ouvir.

Mas o macho já passara desse ponto. Os olhos rolaram para trás, deixando à mostra apenas as partes brancas, e a respiração se tornou mais dificultosa.

John ajustou com agilidade o silenciador no cano da pistola e estava ciente de que os pulmões já tinham parado de funcionar ao pegar a arma e encostá-la diretamente na têmpora do moribundo...

– Mas o que está fazendo... Que porra você está fazendo?!

John ergueu o olhar. Dois humanos que vinham da boate apareceram e, por mais que estivessem ziguezagueando na noite tranquila como se enfrentando uma ventania, ainda estavam sóbrios o bastante para reconhecer o cano de uma pistola tomando mira. Uma pena que não perceberam que o assunto não era da maldita conta deles.

Os homens vieram correndo, Bons Samaritanos no modo "salvadores", mas Blay logo foi atrás deles – ou teria ido, se o fedor doentio e adocicado do inimigo não tivesse vindo com a brisa da direção oposta, como o pior tipo de penetra.

John amaldiçoou quando Blay se desmaterializou, evidentemente indo atrás do assassino que devia estar ali por perto.

– Que *porra* você está fazendo?

O humano devia ter uns vinte e poucos anos, era alto e magro como se cheirasse muita cocaína ou fosse daqueles caras que só comia alimentos não processados com uma pegada vegana. Seu companheiro seguia a mesma linha, com roupinhas *hipster*, mas, ao contrário do cara da frente, era um verdadeiro nova-iorquino que não queria se envolver em merdas que não lhe diziam respeito. Estava encarando o chão, balançava a cabeça e seguia em frente mais devagar.

Quando, por fim, olhou adiante, se retraiu e mudou completamente de direção.

— Vou dar o fora daqui — murmurou ao se virar.

O amigo o agarrou.

— Pega o celular, perdi o meu. Liga pra polícia, grava um vídeo! Isso precisa ser gravado! Precisamos...

Quando John Matthew se ergueu em toda a sua altura, o humano se aquietou um pouco, prova de que o mecanismo de sobrevivência não fora de fato erradicado pelos tóxicos consumidos na boate.

— Não tenho medo de você! — ele gritou.

Considerando que o cara sabia que havia uma arma com silenciador acoplado envolvida na história, essa bravata superava o raciocínio lógico, mas John não queria mais ter que lidar com a interrupção. Com sua força de vontade, entrou na mente do humano, enterrando-se na massa cinzenta, dando um jeito nas funções da memória e fazendo novas ligações...

— Pooooorrrrraaaa...

Algo no tom da imprecação chamou a atenção de John e ele parou bem no meio do trabalho de limpeza. O outro humano, que estava se afastando, olhava acima do ombro de John, o rosto revelando o tipo de terror que uma pessoa sente ao se deparar com um cadáver.

Ou, como era o caso, se um cadáver se deparasse com ele.

O civil mortalmente ferido estava de pé, mas não por ter se recuperado milagrosamente dos seus ferimentos. Os olhos continuavam revirados para trás, só o branco aparecendo entre os cílios, e a boca estava aberta e mordia, com as presas completamente expostas.

Nhac. Nhac. Nhac.

A travada daquelas mordidas afiadas quando o maxilar se abria e fechava num ato reflexo era como a de uma piranha ou algo ainda pior, e por mais que o corpo reanimado não pudesse enxergar, de alguma maneira ele se concentrava em John.

A maldita criatura avançou sem nenhum aviso, e não era nada daquela merda descoordenada mostrada em *The Walking Dead*. As mãos do cadáver partiram para o pescoço de John como se treinadas na arte do estrangulamento, e quando John se esquivou, não houve interrupção no ataque. A mandíbula refez sua rota para o ombro dele, para o antebraço; o recém-morto parecia uma *banshee* desvairada com o fogo dos infernos nas veias e a força de dez mil defensores de futebol americano em seus músculos.

John empurrou-o com a palma e acertou a coisa no meio do peito, mantendo-se longe do alcance das mordidas. Em seguida, mirou a pistola no abdômen, num ângulo ascendente e deu quatro tiros. O cadáver se sacudiu com o impacto das balas. Umaduastrêsquatro...

E continuou atacando-o.

É claro, não tinha nenhum receptor de dor.

Como não sabia se uma mordida daquelas o acolheria no clube dos reanimados, John se esquivou de lado, agarrou o cadáver pela cintura e fez uma espécie de lançamento de disco, jogando o morto-vivo contra tijolos e concreto.

A besta nem sequer percebeu o impacto.

Mas John teve tempo de atirar à queima-roupa na sua cabeça.

A criatura soltou um grito agudo que fez seus ouvidos doerem e, em seguida, o cadáver perdeu forças e despencou no ar frio, aterrissando como o tampo de uma mesa na neve.

John pisou por cima dele, meteu mais duas balas no cérebro e depois esperou, com a respiração saindo como fumaça de uma locomotiva em nuvens de condensação.

Quando nada mais se moveu, ele começou a se autoavaliar num frenesi, verificando se havia lacerações na pele debaixo da jaqueta de couro, que fora perfurada algumas vezes. Ele suou frio ao ver as perfurações gêmeas das presas...

– John!

Blay veio correndo pela esquina, com o sangue negro dos assassinos manchando o rosto e a jaqueta, as adagas trocadas por pistolas.

Estou bem, John sinalizou. *Mas temos que dar um jeito nisto.*

– Pego uma ponta – seu velho amigo lhe disse.

Os dois carregaram o corpo-agora-imóvel-e-por-favor-permaneça-assim pelos pés e pelas mãos e levaram o civil mais para dentro do beco, uma trilha de sangue manchava as pegadas das botas na neve suja da cidade. Deitando o civil de rosto para baixo de novo, John pegou algemas e prendeu os pulsos do cadáver.

O som de Blay enviando uma mensagem de texto foi uma série de *tip-tip-tip* que deixou os nervos de John ainda mais trepidantes. Parado acima dos restos mortais com a arma ainda mirando a cabeça da qual escorria sangue, ele se sentiu mal, ainda mais ao ver a mancha que marcava o caminho feito quando o carregaram.

Naquele momento, ainda não havia outro cheiro de *redutor*.

Que Deus permitisse que continuasse assim. Os *redutores* costumavam trabalhar em grupos, na época em que havia mais deles.

— Acabei de mandar uma mensagem ao Tohr — Blay informou ao guardar o celular. — Vão mandar a ambulância; da garagem *bunker* devem chegar em três minutos e meio.

John só pôde assentir. Mesmo que uma de suas mãos não estivesse ocupada segurando a Smith & Wesson, ele não tinha nada a acrescentar.

Olhou para as algemas enterradas na pele dos pulsos e também para a parte de trás da cabeça. Em geral, se você prende alguém que está de cara para baixo, é preciso garantir que o indivíduo tenha uma fonte de ar, o que não era um problema ali. O nariz e a boca do civil estavam enterrados num monte de neve, mas não tinha importância.

Uma onda enorme de tristeza o atingiu ao pensar na *mahmen* e no pai que o trouxeram a este mundo sabe-se lá há quanto tempo. Na espécie dos vampiros, ter um nascimento bem-sucedido era uma bênção devido ao número incrivelmente alto de mortes no parto, tanto das mães quanto dos bebês. Os pais deviam ficar imensamente emocionados, desde que a mãe sobrevivesse também.

No entanto, tudo terminava ali, num beco de merda, na pior parte da cidade, de cara na neve com malditas algemas no cadáver porque ninguém mais sabia se o termo "morto" se aplicava permanentemente nesse caso.

Sinto muito, articulou para o cadáver.

John percebeu, chocado, como o destino era aleatório em distribuir suas bênçãos e suas maldições. Como ele acertara na loteria na última hora como pré-trans enquanto esse pobre macho acabara ficando com o palito mais curto e do modo mais aterrador.

Quem toma essas decisões?, ele se perguntou. *Quem distribui os ganhos e as perdas cósmicos?*

Diziam que era a Virgem Escriba, mas já fazia muito tempo que a mãe de V. não estava mais por ali. Então, para quem rezar quando um macho inocente morria de maneira tão horrenda?

Talvez, assim como o alinhamento das estrelas no céu noturno, todo esse panorama fosse aleatório, e apenas as mentes dos aflitos e dos opulentos tentavam, do mesmo modo, entender as grandes oscilações de sofrimentos e de graças... enquanto o universo desinteressado se agita infinita e incansavelmente num trajeto para lugar nenhum.

Quem é que podia saber...

Capítulo 7

Murhder esperou que Wrath saísse da sala de jantar, mas o Rei permaneceu onde estava, debaixo do lustre. Foi a Irmandade que se moveu. Eles se aproximaram e formaram uma muralha de frente para o "convidado".

Impressionante. Era como estar numa floresta onde as árvores eram feitas de tigres e suas roupas eram feitas de bifes.

— Assinei os papéis que você queria que eu assinasse — Murhder disse ao Rei através da barricada. — E agora você tem que me ajudar.

Wrath não respondeu, não que tivesse sido uma pergunta. E no silêncio esmagador do vestíbulo, Murhder se impacientou com o jogo...

— Não tenho que fazer merda nenhuma pra você — Wrath disse.

Ah, sim, aquela voz grave. O mesmo tom autocrático. A mesma cadência aristocrática. O mesmo vocabulário de caminhoneiro.

O Rei fitava adiante, sem virar os óculos escuros para alguém em particular — e a discordância entre o ponto focal e a direção da cabeça sugeria que a vista precária de Wrath acabara se tornando cegueira de fato.

Para confirmá-lo, Murhder inclinou o corpo para a esquerda. E, de fato, aquele rosto cruelmente belo não seguiu seu movimento.

As narinas inflaram, no entanto, pois era óbvio que o Rei testava o seu cheiro.

– Quero vê-lo sozinho.

Mas que surpresa. A Irmandade votou contra, com um coro de grunhidos e imprecações criativas explodindo daquelas gargantas grossas. Não era problema seu.

– Onde quer que eu fique?

– Deixem-no passar, rapazes. – Quando nenhum dos guardas obedeceu, o rosnado que ecoou na sala de jantar foi como se alguém tivesse ligado o motor de uma Ferrari.

– Deixem-no entrar, porra. Agora!

– Você não vai vê-lo sozinho...

Murhder não sabia ao certo quem o disse, mas, na mesma hora, a opinião não teve importância alguma. De repente, uma rajada gelada veio sabe-se lá de onde, como se a porta da frente tivesse sido escancarada – não, espere. Um frio ártico emanava do corpo de Wrath, e até mesmo Murhder sentiu a bunda arrepiar num sinal de alerta.

A Murada da Ferocidade se abriu ao meio, com os guardas desaprovadores abrindo caminho, deixando-o passar. Quando avançou pelas portas abertas, sentiu os olhares em suas costas e concluiu que era uma surpresa não ter sido derrubado de cara de novo só por causa dos raios letais.

No segundo em que passou pela arcada, as pesadas portas duplas da sala de jantar foram fechadas, e foi então que ele percebeu o cachorro. Um golden retriever estava escondido atrás de Wrath, com a cabeça abaixada, o corpanzil tenso como se procurasse proteção do vampiro que usava como escudo.

– Relaxe, Murhder – Wrath disse secamente ao se inclinar e apanhar os quarenta e cinco quilos de pelo loiro no colo. – Está assustando o meu cachorro.

– Eu? Tem certeza de que não foi a sua guarda privativa?

Wrath se virou de maneira deliberada, como se estivesse se orientando pela memória em vez de pela visão, e depois foi até a lareira. Enquanto seguia, afagava o cachorro, que havia apoiado as patas da frente em cada um dos ombros do Rei e afundara o focinho nos cabelos pretos compridos. O modo como os olhos castanhos se apertaram indicava que o animal tentava encontrar seu lugar de felicidade.

Será que tem lugar pra dois?, Murhder pensou.

O Rei acomodou o peso numa das duas poltronas e posicionou o cão no colo.

— George não gosta quando ergo a voz.

— Então ele deve ficar bem ansioso na maior parte do tempo.

Wrath apoiou a cabeça no encosto da poltrona. A mão, aquela com o anel de Rei, ficou acariciando o flanco do retriever.

— Diga por que acha que um problema seu pode ser meu — disse ele.

— Preciso da sua ajuda.

— Isso não responde à minha pergunta.

— É a verdade.

— Vinte anos, e agora você me aparece com uma exigência. Tão típico de você. Deduzo que voltou a ser quem era.

— Só tenho que encontrar essa fêmea...

— Você faz alguma ideia dos problemas que causou? A caminho do que quer que tenha sido... Um colapso nervoso?

Murhder fechou os olhos e murmurou consigo mesmo.

— O que foi? — Wrath o interrompeu com aspereza. — Está sugerindo que não tenho permissão para ter uma opinião, depois que nós limpamos a sua maldita lambança?

— Não pedi que fizesse nada por mim.

— Tolice. Você desapareceu por dois meses, depois reapareceu vindo sabe-se lá de onde, obcecado com merdas que não tinham nada a ver com a guerra contra a Sociedade Redutora. — Wrath se inclinou de lado e apanhou uma pasta no chão. — Você incendiou um laboratório biomédico. E depois foi para outro e fez *isto*.

Ao jogar a pasta, o Rei dispersou seu conteúdo, espalhando as fotos coloridas dentro dela que terminaram aos pés de Murhder como numa apresentação de slides.

Corpos. Empilhados no chão. Com os órgãos internos removidos.

Não precisava ser lembrado dessas imagens. Vira o massacre bem de perto – que é o que geralmente acontece quando você é o responsável pela carnificina.

O incêndio na primeira instalação, porém, *não* fora de sua responsabilidade. Fora obra de Xhex, que voltara lá para acertar contas – e ele jamais se esqueceria da visão dela parada com o pano de fundo das chamas, a vingança encarnada. Mas protegera os segredos dela na época e continuaria a protegê-la agora.

E ela não era a única.

— Você tem razão, tecnicamente não pediu que limpássemos a sua bagunça – disse Wrath. – Mas o que você fez com aqueles humanos fez Hannibal Lecter parecer amador. Você complicou bastante as coisas na sua saída.

Os joelhos de Murhder estalaram quando ele se agachou para recolher as fotos.

— Foi menos do que eles mereciam...

— Você eviscerou sete cientistas nas instalações de uma das maiores empresas de pesquisa médica do país.

Murhder enfiou as imagens de volta na pasta.

— Eles estavam fazendo experimentos na nossa espécie, Wrath. Um macho e uma fêmea *grávida*. O que esperava que eu fizesse, que lhes deixasse uma carta indignada e bem redigida?

Silêncio.

— Não era assim que esse assunto deveria ter sido abordado.

— Tentei tirar os dois vampiros de lá. – Murhder pigarreou quando sua voz falhou. – Mas tive que... deixar a fêmea para trás porque tudo deu errado.

Uma torrente de imagens o cegou... Todas as lembranças em que não suportava pensar: depois que o macho foi alvejado, Murhder também foi atingido na lateral do corpo por uma bala. Mais humanos chegaram. O tiroteio foi um caos absoluto. E o macho acabou morrendo nos seus braços.

Murhder não teve escolha a não ser se desmaterializar dali antes que perdesse sangue demais.

Quando conseguiu voltar, na noite seguinte, depois de ter se alimentado de uma Escolhida e recobrado as forças, a fêmea grávida já tinha sido removida.

Foi então que ele perdeu a cabeça e foi à caça daqueles cientistas. O primeiro jaleco branco com que se deparou? Vasculhou suas lembranças e descobriu que ele estivera envolvido num projeto ultrassecreto – e Murhder tinha a intenção de pesquisar mais a fim de descobrir para onde a fêmea havia sido levada. Suas mãos, contudo, assumiram o comando, a força bruta impulsionada pela vingança incontrolada depois do que os *symphatos* fizeram com ele. Estrangulou o homem até que ficasse inconsciente e o arrastou até o humano seguinte que encontrou. E ao seguinte. E a um quarto.

Todos eles haviam trabalhado no laboratório que aprisionava vampiros. Todos os sete.

Murhder fizera jus ao seu nome naquela noite. Empilhou homens como se fossem toras e os carregou para fora até a área de carga e descarga. Que foi onde encontrou as barras de ferro. E o malho.

Usou sua adaga negra somente após tê-los imobilizado.

O homem recobrou a consciência aos gritos. E, então, outros humanos apareceram correndo, mas Murhder controlou suas mentes, imobilizando-os bem onde estavam. Quando a aurora chegou, tinha uma plateia de uma centena de sentinelas letárgicos, todos encarando como zumbis o trabalho executado por ele. Wrath chamara aquilo de evisceração. Mas aquele fora apenas o resultado final.

Fez experimentos naqueles sete. Demorou-se o quanto quis, movendo-se sem pressa, trabalhando num por certo tempo antes de deixá-lo ainda com vida e partir para o outro. E o próximo, e o seguinte. Até o último... depois do qual retornou ao primeiro. Suas vítimas ouviam o sofrimento dos colegas e as súplicas por piedade – sempre sabendo que logo seria sua vez de novo.

Foi o que Xhex, o macho e a fêmea grávida passaram.

Retribuição. Entretanto, ele também pagou o preço. Desgovernado como estava, não conseguira a informação que buscava, não sabia para onde a fêmea fora levada, não tinha outros meios de conseguir sua localização. E percebeu só depois de ter voltado para Caldwell.

Voltando ao presente, limpou a garganta.

– Tive que viver por vinte anos sabendo que havia deixado uma de nós para trás. E ela estava grávida. Você faz ideia de como foi? Fui obrigado a vê-la atrás das grades de uma maldita gaiola, gritando para que eu a ajudasse, não a deixasse, não permitisse que continuassem a torturá-la, e ela estava em trabalho de parto. Você tem noção do que isso fez comigo...? – Esfregou os olhos que ardiam. – Sei que acha que sou louco por ter feito o que fiz com aqueles médicos. Sei que foi o motivo pelo qual fui expulso da Irmandade. Sei que não podiam mais confiar em mim. Entendo tudo isso. Mas fiz o que era certo e não vou me desculpar pela minha vingança.

– Claro que não – Wrath murmurou. – Por que o faria?

Murhder balançou a cabeça.

– Equilíbrio é o que a Virgem Escriba exige, correto? É a lei universal. E eu me certifiquei de ter descontado o sofrimento da nossa raça no lombo daqueles que eram responsáveis. Você costumava ser um macho do tipo "olho por olho". Já vi o que fez com assassinos. Você crê que o modo como tratou nosso inimigo foi justo só porque queria salvar a nossa raça? Tolice. Você viu seus pais serem assassinados bem na sua frente por *redutores*. Portanto, sabe exatamente o que eu estava fazendo quando me demorei com aqueles humanos.

Wrath abaixou a cabeça, como faria se estivesse olhando para seu cachorro. E a mão se moveu para a orelha acetinada do retriever.

– Recebi estas cartas. – Murhder deixou a pasta com as fotografias no chão e pegou a correspondência do bolso de trás, embora o Rei não pudesse enxergar os envelopes. – A primeira chegou uns seis meses atrás. Depois veio outra. Por fim, na semana passada, a terceira. São da fêmea grávida. Ela, não sei como, conseguiu sobreviver e escapar deles. Esta é a minha oportunidade de me redimir com ela, Wrath. Finalmente, posso fazer o que é certo para ela.

O Rei levantou a cabeça.

– Como sabe que são dela?

– Na última carta, ela descreve com exatidão o que aconteceu no laboratório. Detalhes que não contei a ninguém.

– E quer que a encontremos para você?

– Não tenho os recursos que vocês têm. Eu nem saberia por onde começar. – Murhder queria cair de joelhos, cruzar as mãos em sinal de súplica. – Só quero saber onde ela está para poder ajudá-la.

– E o que essa fêmea quer que você faça por ela?

Murhder abriu a boca. Depois fechou. A fêmea queria que ele fosse atrás do filho dela que, ao que tudo indicava, ainda estava com os humanos, e prestes a passar pela transição. Se não houvesse um vampiro do sexo oposto disponível, ele acabaria morrendo durante a transição. Isso imaginando que os humanos já não o tivessem matado.

Revelar essa missão, dado o registro de destruição e de dores de cabeça provocados por ele no laboratório? Não seria nada inteligente.

Concentrou-se mais na intenção do que nos detalhes porque, sem dúvida, o faro apurado de Wrath perceberia caso ele tentasse mentir ou esconder algum fato.

– Só quero ser o que ela precisa, seja o que for. É tudo o que importa na minha vida.

Capítulo 8

– Para qual banheiro John foi?

Quando Xhex fez a pergunta, seu homem número dois apontou para os fundos da boate.

– Para o do chefe, acho. Ele subiu as escadas.

– Obrigada. E segure as pontas por mim, ok? Vou tirar uns vinte minutos.

– Claro. Pode deixar comigo.

Xhex partiu pela pista. Daria na mesma ir pelas laterais, onde havia menos pessoas, mas uma distância maior a percorrer, ou atravessar em meio à multidão de clientes, todos agrupados e se esfregando como se a primeira providência divina da manhã seguinte fosse banir o sexo.

Nunca teve dificuldades para dar uma de bola de boliche fazendo os humanos de pinos, mas hoje, ao empurrar os corpos para abrir caminho, agiu com mais brusquidão do que o normal.

Deus... Aquela cena no beco. Devia ser mais uma daquelas sombras. Ouvira a Irmandade conversando à mesa do jantar sobre o que estava acontecendo com esse novo tipo de vítima, o chamado que os despertava de algum lugar profano reanimando o que deveria, por mais trágicas que fossem as mortes, permanecer frio e rígido. Aparentemente, o único modo de manter os cadáveres inanimados era atirar na cabeça deles com balas ocas cheias de água da fonte do Santuário.

Maldito Ômega. Um jogo novo, com novas regras. Mas, pensando bem, a guerra estava chegando ao fim, com a Irmandade finalmente abrindo vantagem em relação à população de assassinos, portanto é claro que o inimigo iria se desesperar, ficando, assim, mais criativo.

Mas não era só isso. Havia outro motivo para querer ver seu companheiro além das razões do tipo "você está bem", "aquilo foi horrível", "cara, essa guerra é uma merda mesmo".

Quando o congestionamento da pista melhorou, Xhex quase disparou a correr quando teve uma visão desimpedida da escada. E conforme subiu e foi até a porta do centro de comando de Trez no segundo andar, seu coração batia tão rápido que se obrigou a parar, a se recompor e a inspirar fundo algumas vezes.

Ao fechar os olhos, a imagem que lhe apareceu por trás das pálpebras não foi uma que a alegrou.

Merda! Murhder estava exatamente como ela se lembrava. Mesmo de cara na neve, ficou evidente que seu corpo não mudara. Ainda tinha a estrutura física que um Irmão deveria ter, as pernas longas e grossas por conta dos músculos e ombros largos como os de um guerreiro deveriam ser. E, maldição, seus cabelos... todos aqueles cabelos negros e vermelhos espalhados na neve, as mechas que se misturavam às partes de meia-noite ainda não arruivadas, como os cabelos de Blay, mas vermelhas. Um vermelho-sangue.

Na primeira vez que se viram, ela pensara que ele os tingia. Nada disso.

Não fazia a mínima ideia de que era a mutação genética a responsável por aquela combinação de cores e, por certo, jamais a vira em outra pessoa.

Falando nisso, jamais pensara que voltaria a vê-lo. Depois que ficou sabendo que ele estava naquela pousada na Carolina do Sul, enviou-lhe o endereço do seu chalé, mas ele nunca a procurou. Não o culpava. Não restava muito a ser dito entre os dois.

Não depois que ela mentiu para ele. Não depois do que a sua linhagem lhe fez. Não depois do que ele fizera então.

Rehvenge, hoje rei dos *symphatos*, foi quem providenciou a soltura de Murhder da colônia. Ela ainda estava no cativeiro da BioMed, mas fugiu logo após ele ter sido libertado. Pouco tempo depois, ficou sabendo que ele fora até outro laboratório da BioMed e cometera atrocidades. A princípio, ficou se perguntando como ele os encontrou. E por que teria ido atrás deles.

Mas logo se lembrou. Quando voltou para incendiar o lugar em que fora torturada, teve a sensação de estar sendo observada.

Era Murhder. De algum jeito, ele a encontrou, contudo não interferiu.

A ideia de que ele continuava perseguindo a empresa, mesmo depois de ela ter parado, pareceu um objetivo nobre, mas ele tinha sido permanentemente mudado pela raça dela. Não era o mesmo macho e, quanto à Irmandade, eles sabiam apenas que ele tinha enlouquecido. Ao que tudo levava a crer, Murhder jamais lhes contara que fora mantido contra a vontade na colônia dos *symphatos* e torturado.

Xhex jamais compreendera por que ele não contou. Talvez a Irmandade tivesse compreendido. Ninguém sabia mexer com os nervos dos outros como um *symphato*. Não era de admirar que Murhder tivesse acabado louco.

E tudo por culpa sua.

– Já chega – murmurou para si mesa. – Basta.

Voltando ao presente, abriu a porta do escritório de Trez e foi recebida por um cômodo desabitado. A mesa estava vazia; os computadores, desligados; os sofás de couro preto, desocupados. Também não havia luz. A única iluminação vinha dos lasers roxos que piscavam esporádicos na pista de dança e se infiltravam pelas janelas escuras da parede de vidro de Trez.

Não, havia mais uma fonte de luz.

Dando as costas para o observatório, viu o brilho num canto.

– John?

A porta do banheiro estava fechada e, quando se aproximou dela, hesitou – e não gostou nadinha dessa reticência. Nunca batera à porta para se anunciar a ele.

— John?

A água não corria. Nem no vaso sanitário.

Ela bateu.

— John?

Ele abriu a porta enquanto ajustava uma camisa de mangas compridas nos ombros.

Desculpe, eu precisava de um banho rápido. Acha que Trez vai se importar se eu pegar essa camisa emprestada?

— Não, claro que não — ela respondeu. — Como foi lá fora? Cuidou do civil? Mandei o primo dele para a clínica de Havers depois que o macho desmaiou aqui dentro.

Enquanto as mãos dele se movimentavam segundo a linguagem de sinais que ela conhecia tão bem, Xhex não acompanhou as palavras que ele formava.

A camisa ainda não estava abotoada, e a camiseta de baixo era tão justa que o tronco dele estava à mostra mesmo coberto. À claridade das luminárias do teto, os músculos peitorais e abdominais pareciam ter sido entalhados por uma mão perita, e a proeminência dos ossos do quadril se erguiam acima da cintura da calça de couro.

Pele macia. Força potente. E ela conhecia cada centímetro dele, pelo toque e pelo sabor.

John, não sabia por quê, parecia novo para ela essa noite, e isso foi outra coisa — além do modo como hesitara diante da porta fechada — que a deixou incomodada. Não podia ignorar que avaliava o tronco do seu companheiro como se o estivesse vendo pela primeira vez.

Algo em Murhder a reiniciou.

O que foi?, John sinalizou.

Isso ela entendeu. Ou talvez tenha sido a preocupação no rosto dele, os olhos se estreitando.

Não queria lhe dizer nada. Ou melhor, queria dizer que não era nada, que ela estava bem, tudo em ordem, sem problemas. Mas não achava que ele se deixaria enganar por uma cascata de negações.

Em vez disso, Xhex se aproximou dele. Apoiou as mãos por baixo da camisa aberta. Afagou o caminho do tronco até a parte baixa das costas.

No mesmo instante, o cheiro da vinculação se espalhou, e Xhex ficou muito ciente da pontada que sentia no meio do peito. E se ela tivesse lhe perguntado o que havia de errado? O "nada" dele teria sido franco, e a fragrância se espalhando no banheiro seria prova disso.

Seus lábios encontraram o pescoço dele. E enquanto esfregava a pele sobre a jugular, John cerrou as mãos nos quadris dela e os apertou. Com força. Como se a desejasse muito – e Xhex amava tal característica nele. Seu companheiro estava sempre disponível e eram bem compatíveis nesse ponto.

Um dos muitos modos em que os dois davam certo, lembrou-se.

A língua lambeu a clavícula e depois a fêmea arrastou uma presa no monte do peitoral por cima da camiseta. Em reação, o corpo dele estremeceu, e ela conhecia bem a sensação, o formigamento da tensão sexual, a hipersensibilidade ao toque, o calor que se acendia logo abaixo da pele. A antecipação. Eles partilharam tudo isso tantas vezes e, no entanto, quando caiu de joelhos diante de John, registrou a excitação dele nas novas páginas mentais e acompanhou, com novos olhos, o rubor em seu rosto e o espessamento por trás da braguilha.

Ai, Deus, ele articulou ao afastar as mãos para se segurar, o confinamento estreito do banheiro lhe dando um bom ponto de apoio entre a parede atrás da pia e a porta do cubículo do vaso sanitário.

Xhex passou a língua sinuosa por cima do ventre, cerca de um centímetro acima da cintura da calça. Ele estava tão definido pelos exercícios físicos e pelo que fazia para ganhar a vida no campo de batalha que só havia pele estendida sobre músculos tesos e veias, tudo tão rígido que era como se ela estivesse lambendo um mármore com vida.

As pontas dos dedos desceram para as coxas grossas, o calor que ele emanava deixava o couro quente ao toque. Os contornos dos músculos eram um mapa rodoviário traçado pelas corridas intensas e pelos pesos que ele levantava, saliências vigorosas oferecendo montes e vales a serem explorados.

E por falar em montes... Havia um em particular no qual estava muito interessada, e que não tinha nada a ver com as pernas.

Por trás dos botões da braguilha, o pau dele estava pronto para sair e respirar e um pouco mais; a ereção era tão grande e tão exigente que ela sabia que John devia estar sofrendo com o confinamento.

Imaginou que poderia ajudar seu macho com esse detalhe.

Um a um, botões foram abertos. O de cima. O seguinte. O próximo. Mais um... e o último.

A ereção saltou pela abertura e ela olhou para ele, dali do chão, e tomou o membro na palma.

Os olhos de John brilhavam e o peito inflava com a respiração entrecortada. Enquanto ele respirava fundo, o abdômen flexionando e relaxando sob a luz era tão erótico que Xhex quase se esqueceu do que vinha em seguida.

Não. Ela se lembrava. Mas é que gostava da vista.

Entreabrindo os lábios, esticou a língua e lambeu desde o saco pesado até a ponta pela parte de baixo da ereção. E ela gostou tanto de vê-lo cerrando a mandíbula e os olhos brilhantes que repetiu, demorando o quanto teve vontade.

E que taaaal mais uma vez só pra garantir?

Puta. *Merda*.

Enquanto John se amparava com as mãos, rezando para que as pernas o sustentassem, observou Xhex agachada junto aos seus coturnos, os olhos cinza-metálico com as pálpebras semicerradas e sensuais, a mão ao redor da ereção, a boca...

Caraca... ela ia lamber seu pau até em cima de novo.

Ele queria assistir. Queria muito. Só que, mais do que a incrível visão da língua rosada demorando-se o quanto queria enquanto ele pendia a cabeça para o lado e olhava ao redor de sua ereção...

Espere. Qual era mesmo a pergunta?

Iria gozar. Esse era o problema. Se acrescentasse a visão de tudo ali embaixo às sensações de umidade, de calor em seu saco e no seu pau, e ainda ficasse pensando se ela ia colocar ou não a cabeça dentro da boca? Chegaria ao orgasmo – o que, tudo bem, afinal era o objetivo de tudo aquilo, mas ele não queria que acabasse.

Precisava daquela poderosa distração. Depois do que acontecera com o civil, precisava deste tão-intenso-que-não-tinha-outra-opção, desta prioridade primordial, daquilo incrivelmente-tão-sensual-que--nada-mais-importava.

Só o que havia no mundo era ele e Xhex. Claro, havia uma multidão de uns quinhentos humanos lá embaixo, a música estava bombando, e, pelo amor de Deus, que Trez não quisesse usar o próprio banheiro justo agora –, mas nada disso era de fato percebido. Assim como não pensava na reanimação nem na luta... nem no modo como Manny chegou com a unidade cirúrgica móvel, e John e Blay carregaram o cadáver ainda algemado para dentro...

John levantou as pálpebras. No instante em que viu a boca da companheira pairando a um centímetro da cabeça, tudo o que voltara a lhe assombrar desvaneceu rapidinho.

Xhex era tudo o que ele conhecia.

Ela foi adiante com a língua, e o tratou com um volteio que o fez contrair os dedos dos pés, a atenção recebida pela ponta da ereção fez seu saco se retrair. Em seguida, ela o sugou, abrindo a garganta e engolindo a extensão inteira dele, que desapareceu dentro dos lábios dela.

Mais quente. Mais úmido.

E ela começou a chupar.

Com os cabelos tão curtos, não havia nada no meio do caminho, nada se enroscando ao redor do rosto dela ou do seu sexo, nada o impedindo de ver tudo: o modo como ela reagia, seu mastro brilhando na luz acima. O modo como ela avançava, com a boca esticada para acomodá-lo por inteiro. A maneira como o provocava com a língua quando o soltava da pressão imposta.

Era frustrante não ter voz. Queria lhe dizer que estava adorando aquilo. Que a amava. Que adorava quando ficavam juntos assim, meio clandestinos, semipúblicos, à beira de serem descobertos se o Sombra entrasse em seu escritório.

Mas não iria mexer nas mãos plantadas. Não mesmo. Seria capaz de despencar em cima dela.

O ritmo começou devagar, mas não continuou assim – e John entendeu que ela estava pronta para fazê-lo terminar porque deslizou a palma para seu pau. Agora na boca. Quase saindo com um giro da mão. Engolindo de novo, os lábios tocando a pele da frente dos quadris. Quase fora de novo, giro da mão e uma lambida dessa vez. De volta até o fundo, bem no fundo, o pau inteiro dentro dela.

E a ideia o fez pensar nos outros lugares em que poderia estar dentro dela. Deixando algo seu.

Mais rápido agora. E ele teve que fechar os olhos de novo porque, droga, por mais que quisesse atingir o clímax, não queria gozar. A suspensão entre o quase lá hipercarregado e a doce ferroada da libertação era um vício fatal.

Porque sua cabeça, a de cima, com certeza explodiria se ela continuasse com aquilo.

Começou a arfar com a respiração entrecortada. O ar entrava e saía de sua boca à medida que o pau entrava e saía da boca de Xhex.

Ainda mais rápido. E então ela agarrou seu saco e o apertou.

Nesse mesmo instante, ela tirou o pau da boca e a abriu bem.

Quando um jato disparou para fora dele, John se observou gozando nela. Pelo menos até os olhos se fecharem de novo por vontade própria – porque ou era isso ou eles com certeza saltariam para fora dos glóbulos, pulando como bolas de pingue-pongue quicando no chão.

Emitindo gemidos na base da garganta, a fêmea acabou com ele de vez, chupando-o de novo, ajudando-o nas ondas de prazer que foram se dissipando e fluindo por uns dez minutos mais.

Vampiros faziam a maior lambança.

Felizmente, ela gostava de limpar por ele.

Quando enfim terminaram, ela lambeu os lábios com a língua rosada dando uma volta preguiçosa na boca como se apreciasse o gosto dele – e, caramba, essa atitude quase foi o suficiente para ele recomeçar. Mas estava seco. Pelo menos pela próxima hora.

Seu pau era conhecido por ter rápida recuperação.

Quando ela se sentou para trás e o encarou por baixo das pálpebras semicerradas, John quis agradecer. Em vez disso, abaixou-se e a puxou para cima. Encostando os lábios nos dela, beijou-a na esperança de conseguir transmitir o quanto aquilo significou para ele.

Na verdade, estava feliz porque as mãos estavam trêmulas demais para sinalizar. Se estivessem funcionando bem? Bem... Então talvez tivesse começado a se explicar com palavras, teria sido incapaz de esconder o verdadeiro motivo da sua gratidão pela distração erótica.

Teria que lhe contar que fora mordido por um cadáver reanimado.

O exame rápido feito em campo não bastara e, em um nível subconsciente, sabia por que tinha corrido ali para cima depois que a ambulância retirou o cadáver de cena. Tinha a intenção de verificar adequadamente, na privacidade do banheiro, para aliviar sua consciência.

Mas a paranoia se mostrou presciente.

E ele tinha os pontos gêmeos dos dentes para provar.

Esconder o ferimento de Xhex era errado, mas o fazia sentir como se não tivesse acontecido. Que não tinha as marcas no ombro. Que não pegara emprestada uma camisa para que ela não visse.

Esconder aquilo dela... significava que não tinha que admitir para si mesmo o terror ante a possibilidade de ter sido infectado com algo maligno.

Capítulo 9

Na manhã seguinte, Sarah Watkins espiou pela janela do quarto sem mexer nas persianas. Como estavam fechadas, ela só conseguia ver pelos poucos centímetros da fenda vertical junto ao batente. Bastaria se ela contorcesse o pescoço.

Do lado oposto da rua, umas três casas mais para baixo, havia um carro estacionado com a frente voltada para a sua propriedade. De fabricação nacional. Cor clara nada chamativa. Nenhum adesivo ou crachá de estacionamento. Nada pendurado no espelho retrovisor interno.

Havia uma pessoa dentro. Não dava para saber se era homem ou mulher, e constatá-lo também não tinha importância alguma.

Parecia que seu palpite estava certo. A questão era se o FBI também a vigiava pelos fundos, mas não perderia tempo respondendo a essa pergunta hipotética.

O dia, enfim, estava claro o suficiente. Nunca fora do tipo que ficava apreciando o nascer do sol. O amanhecer, em sua opinião, sempre acontecia tarde demais, e sua chegada significava que ela poderia finalmente voltar ao trabalho, com o cérebro inevitavelmente ansioso para retornar ao que quer que tivesse deixado na noite anterior.

Antes de se mudarem para Ithaca, gostava que Gerry também fosse assim. O romance no relacionamento deles estava enraizado no apoio intelectual mútuo; como casal, eram um reservatório de pensamentos para o qual cada um deles poderia se voltar para avaliar ideias e solucionar problemas. Para ela, progressos em pesquisas sempre foram muito melhores do que buquês de flores ou olhares apaixonados sob o luar.

Tão mais práticos e importantes.

Mas a BioMed mudou isso, embora não a parte em que ela queria alguém com quem trocar ideias. Não, Gerry tinha parado de falar com ela a respeito do que andava fazendo, e não lhe dera mais oportunidades de partilhar seus próprios experimentos e triunfos. Depois que essa via de mão dupla foi fechada? Tudo o mais começou a desmoronar.

E o julgou por isso. Até hoje não entendia o que mudara para ele.

Endireitando-se, Sarah ajeitou o suéter e atravessou o carpete até a mesinha de cabeceira. Quando Gerry estava vivo, cada um tinha o seu lado da cama. O dela era o mais próximo à porta porque tinha um medo irracional de morrer queimada num incêndio e não conseguia relaxar a menos que estivesse perto de uma saída. Ele não se importava com o lado em que dormia.

Agora que ele não estava mais ali? Ela dormia espalhada.

Uma pena que a sensação era de abandono em vez de uma expressão de liberdade na cama.

Ao pegar o celular e ver de novo que horas eram, olhou de relance para onde ele estaria. Não havia travesseiro onde deveria estar a cabeça dele. Guardara o dele no armário. Também comprara roupas de cama novas, inclusive protetor e saia de colchão, e até uma cabeceira. Mesmo assim, quando não conseguiu ter uma boa noite de sono, foi comprar um colchão novo.

Nada adiantou. Ainda hoje, ela se virava e revirava.

Voltando a se concentrar no telefone, percebeu que estava olhando para as horas sem enxergar os dígitos. Oito e meia. E, já que era sábado, não tinha que estar em lugar algum.

No corredor, apertou o interruptor e acendeu a luz.

A porta fechada do escritório de Gerry era de madeira, e não havia nada de extraordinário nela. Era apenas uma porta simples, barata e funcional, especialidade da Home Depot.

De frente para ela, sentiu como se fosse a porta de um cofre do qual não tinha a combinação.

A mão tremia ao virar a maçaneta e as dobradiças rangeram com suavidade de uma maneira que provocou calafrios em sua espinha. Um ar abafado escapou como se as moléculas de oxigênio estivessem saindo de um vagão de metrô lotado.

Estava mais escuro do que se lembrava, e isso era um problema. Não queria acender o abajur por causa do carro no fim da rua. Mas os policiais federais não deviam conhecer a planta da casa, certo? Nem teriam como saber, ao verem a luz do cômodo acesa, que ela não entrava no quarto sabe-se lá desde quando porque era ali que Gerry fazia seu trabalho para a BioMed?

Além disso, aquela era a sua casa, caramba. Podia entrar onde bem quisesse.

Mesmo assim, entrou e manteve as luzes apagadas, deixando a porta bem aberta de modo que o máximo de luz do corredor pudesse entrar.

Quando sua sombra recaiu sobre a mesa empoeirada, a cabeça e os ombros formaram uma silhueta sobre a superfície de madeira. Quando os dois seguranças da BioMed apareceram para levar os computadores de Gerry, deixaram os monitores, os teclados, a impressora, o modem e todos os cabos. A desarmonia e os espaços vazios deixados para trás no espaço de trabalho a fizeram pensar num cadáver que teve os órgãos retirados, com as partes vitais responsáveis pela vida levadas, ficando para trás apenas o tecido conjuntivo e os auxiliares.

Agora desnecessários.

Ligando a lanterna do celular, formou um círculo amplo com o facho de luz. Incrível quanta poeira havia se acumulado. O que provavelmente significava que deveria trocar os filtros do aquecedor. Ou limpá-los, é claro.

A cadeira em que Gerry passara tantas horas estava de costas para a mesa, o assento e os braços voltados para a esquerda. Conseguia visualizá-lo girando-a com os pés, levantando-se... indo até o banheiro. Será que ele se sentira estranho? Será que os sinais de um choque por fim invadiram sua concentração?

Não poderia se perder nisso.

Não tinha muito tempo. Embora não soubesse por que estava com essa sensação.

Afastou a cadeira do caminho, ajoelhou-se e olhou debaixo da mesa. Em sua mente detetivesca de Nancy Drew, imaginou encontrar um envelope grudado ali embaixo com seu nome escrito. Quando o abrisse, encontraria um bilhete na letra cursiva garranchada de Gerry, dizendo-lhe o que fazer no caso de sua morte. Se deveria ficar desconfiada ou não. E, talvez, no fim, houvesse um pedido de desculpas por ter estado tão distraído e afastado dela.

Nada.

Sentou-se sobre os calcanhares. E também examinou a cadeira como um proctologista faria, olhando em cada fenda e orifício do assento acolchoado, no mecanismo inferior, nas rodinhas.

Nada.

Havia um conjunto de gavetas de arquivo na lateral e Sarah as abriu uma por uma, apontando a luz do celular para dentro. Apesar de todo o pensamento ordenado de Gerry, ele era incapaz de realizar tarefas básicas da vida, como se lembrar de pagar contas, impostos, renovar o seguro do carro, e as pastas anêmicas deitadas no fundo, em vez de estarem suspensas nas barras apropriadas, pareciam um sintoma de que suas prioridades jaziam em outra parte. Passando pelas camadas de pastas, encontrou o envelope com as orientações empregatícias da BioMed, assim como o primeiro crachá dele, que lhe dava acesso a uma parte das instalações.

Prendeu a respiração ao ver a pequena foto no cartão.

Meu Deus, ele parecia tão jovem, de barba feita, sorrindo, com os olhos iluminados.

A imagem guardava poucas semelhanças com o segundo cartão que recebera, que lhe dava acesso a partes restritas de segurança. Naquela fotografia, ele estava sério, com o cenho franzido e bolsas sob os olhos, o rosto tenso de estresse.

Onde estaria essa credencial? Ficou se perguntando... Ele sempre estava com ela, mesmo dentro de casa.

Esse sumiço não lhe pareceu relevante até então.

O resto dos documentos no armário formava uma cronologia das compras mais significativas do casal. Os documentos de transferência dos carros. O contrato, depois o financiamento da casa. Folhetos da lua de mel que pensaram em passar na Europa. Também havia cópias dos impostos referentes aos anos passados em Ithaca. Uma apólice de seguro de vida no nome dela, ainda vigente. Uma apólice para Gerry que fora aprovada preliminarmente, mas, por ele nunca ter feito o exame médico, não valia.

Lembrava-se de ter insistido no assunto, em vão. A princípio, ele postergara porque estavam ocupados demais se acomodando na casa. Em seguida, ficou ocupado demais com o trabalho. E, depois, eles já não andavam conversando muito.

Sarah fechou a última gaveta e abriu o armário do outro lado. Escancarou as portas e o iluminou.

Nada além de um trilho vazio a não ser por dois cabides de calça e uma coluna de prateleiras com uma série de parafernálias de variedade acadêmica: livros didáticos, cadernos, laptops velhos. Estava para fechar as portas quando viu um par de botas no chão.

Agachando, pegou uma delas e, quando viu que ainda havia barro preso na sola, seus olhos ficaram marejados.

Gerry gostava do ar livre tanto quanto uma orquídea. Queimava à menor intensidade de luz solar. Odiava mordidas de mosquito e ferroadas de abelha ou qualquer bicho com mais de duas pernas que andasse de pé. Mato e árvores eram elementos que ele via com suspeita, já que não passavam de habitats para criaturas rastejantes e assustadoras. E água, ainda mais aquelas com mais de um metro de profundidade, tanto parada quanto corrente? Podia esquecer. Ele ouvira dizer que havia tubarões na foz do Mississippi capazes de sobreviver em água doce.

Portanto, era possível que uma mutação do tipo tivesse subido pelos lagos até Nova York. Ou até o lago Champlain. Ou até o lago George.

Mesmo assim, Gerry foi acampar com ela no primeiro mês em que estavam em Ithaca. Os dois investiram em botas de caminhada, numa tenda e em sacos de dormir. Ela prometeu que se divertiriam. Ele não ficou muito empolgado com a ideia, mas viu que ela queria muito ir e se esforçou para que tudo desse certo.

O tempo foi horrível para um fim de agosto. Choveu por dois dias, sem trégua.

Riram da possibilidade de tubarões caindo do céu. E antes mesmo do lançamento de *Sharknado*.

Fitando a sola com lama seca, parecia-lhe inimaginável que ele já não estivesse mais ali. Que a bota tivesse sido usada tão casualmente, depois guardada sem nenhum cuidado e agora estava em suas mãos como um símbolo de tudo o que fora perdido quando ele morreu.

Estava em contato tanto a história deles quanto o futuro que nunca aconteceria. Os sentimentos que surgiram, a tristeza e o pesar eram tão fortes que se assemelhavam ao sofrimento dos primeiros dias, à ausência indigesta e incompreensível do noivo.

De acordo com o calendário, tivera dois anos para se acostumar à morte. Por que, então, ainda doía tanto?

Sarah virou a bota na mão...

Algo caiu e quicou no carpete.

Franzindo o cenho, apontou o facho de luz e o brilho metálico foi uma surpresa.

Uma chave. Era uma chave de formato estranho.

Capítulo 10

O RETRATO DE UM REI FRANCÊS DESLIZOU na parede da sala de descanso de Darius, revelando, como sempre, um lance de degraus estreitos e curvos que desapareciam terra abaixo. Um archote, preso à parede de pedra, queimava com tranquilidade, lançando uma luz amarelada na descida. O cheiro era o mesmo, cera de vela e limão.

Parado na soleira, Murhder ordenou-se a descer, entrar no quarto à direita e se deitar na cama que costumava usar.

Em vez disso, olhou para trás, por cima do ombro. Vishous estava ao computador na mesa da recepcionista, a cabeça escura do Irmão inclinada para baixo em profunda concentração, o cigarro enrolado entre os dentes soltando colunas finas de fumaça, as tatuagens na têmpora distorcidas pela carranca.

Ao longe, ouviam-se vozes. E também havia cheiro de bacon. Alguém estava fazendo um lanche.

Quatro dos Irmãos ficaram para trás depois que Wrath saiu. Vishous, Rhage, Phury e um macho forte de cabelos escuros com aroma reminiscente do Rei. Devia ser algum parente consanguíneo, mas, fora isso, Murhder não sabia nada. Nem mesmo seu nome.

Fazia horas que Vishous estava ao computador, as três cartas endereçadas com letra cursiva e enviadas a Murhder estavam espalhadas diante dele. Naturalmente, foram lidas e, em retrospecto, fora tolo ao pensar que poderia esconder o pedido que lhe fora feito. Mas, pelo menos, ninguém se opôs a procurar o filho dela.

Ainda.

Murhder ficou na sala de espera o tempo todo, o traseiro já anestesiado apesar da cadeira acolchoada que lhe fora oferecida. Fritz, o mordomo ancião de Darius, fora gentil e prestativo como sempre, insistindo em lhe dar comida, a qual Murhder comeu sem saborear. Mas quanto tempo já fazia?

O soar do relógio de pêndulo, lento e trabalhoso, começou no vestíbulo. Nove da manhã. Com todas as cortinas fechadas na casa, e as venezianas internas abaixadas, era impossível dizer se era dia ou noite.

Murhder olhou para os degraus. Inspirou novamente pelo nariz. Depois recuou para a sala e voltou a acionar o fechamento do retrato, observando-o retornar ao seu lugar.

Sentiu a dor atravessar seu peito, um pesar inesperado, ainda que não surpreendente.

— Darius morreu.

Quando não houve resposta à sua não pergunta, ele se aproximou da mesa.

— Quando?

Vishous se recostou na cadeira giratória, tragou profundamente e então bateu as cinzas numa caneca usada de café.

— Quem disse que ele está morto?

— O cheiro dele não está em parte alguma da casa. Nem mesmo nos degraus.

V. deu de ombros.

— Fritz é bom com o aspirador de pó.

— Não brinque com isso, merda.

O Irmão o fitou da outra ponta iluminada do cigarro.

— Ok. — Os olhos diamantinos se viraram e se fixaram nos de Murhder. — Não é da porra da sua conta. Que tal assim?

— Ele também era meu irmão.

— Era. Não é mais. — Vishous balançou a cabeça. — E antes que suba num pedestal e venha exigindo saber detalhes, deixe eu te lembrar de que você saiu da Irmandade.

— Fui expulso.

— Você escolheu assassinar aqueles humanos. Tem ideia do trabalho que deu limpar aquilo? Vimos no noticiário depois que os humanos encontraram a sua festinha espalhada naquele gramado. Foi um maldito incidente nacional. Demoramos duas semanas para apagar memórias e pôr panos quentes no assunto, e poupe-me da asneira de olho por olho. Você criou muitos problemas pra gente. Ainda bem que a internet não era como é hoje, ou só Deus sabe o que poderia ter acontecido...

— Como Darius morreu?

Vishous estreitou o olhar.

— Como você acha?

Murhder desviou o olhar. A guerra com a Sociedade Redutora era uma merda.

— Quando?

— Três anos e meio atrás. E é só o que vou dizer.

— Você não tem que ser um babaca a respeito de tudo.

— Ah, claro. Eu deveria dar ao macho com histórico de pouco controle de impulsos e instabilidade mental detalhes sobre alguém que não tem nada a ver com a vida dele.

Murhder se inclinou para a frente e expôs as presas.

— Lutei ao lado dele por mais de um século. Conquistei o direito de...

Vishous saltou da cadeira e bateu a palma sobre as cartas.

— Você não conquistou porra nenhuma, e se acha que vamos desperdiçar mais horas de trabalho nessa maldita toca do coelho maluco...

Corpos imensos entraram na sala a passos largos e, em seguida, Murhder viu Phury empurrando-o para trás.

— Tire as mãos de mim — Murhder rosnou ao afastar o Irmão com um empurrão. — Não vou fazer nada.

— Como é que a gente vai saber disso? — V. atiçou enquanto Rhage bloqueava o seu campo de visão.

— Cala a boca, V. — alguém disse. — Você não está ajudando.

— Ao diabo que não. Encontrei a maldita fêmea dele.

Sarah saiu de casa com óculos de sol. O que era ridículo, pois estava nublado, o céu encoberto pensando em mandar mais neve para o chão, o cenário invernal não era do tipo ofuscante, pendia mais para vários tons de cinza. Mais do que isso, porém, não havia como enganar quem quer que estivesse vigiando a casa.

Estava prestes a entrar no carro para sair e seus óculos Ray-Ban não disfarçariam isso. Apesar de que, se seguisse essa linha de pensamento, teria que arranjar um chapéu e óculos escuros para o seu Honda.

Exato, ela era perfeita para um papel num filme de 007.

Tentou agir com naturalidade ao se acomodar atrás do volante, dar a ré e seguir para a rua principal. O carro sem nenhuma identificação estacionado três horas atrás não estava mais ali, mas agora havia outro, numa posição ligeiramente diferente, e as lentes escuras foram úteis ao passar pelo sedã azul-marinho. Mantendo a cabeça virada para a frente, desviou a direção do olhar.

Havia uma mulher de cabelos escuros e curtos no banco da frente, olhando adiante.

Parece, Sarah pensou, *que todos decidiram usar óculos escuros hoje.*

O banco local em que ela e Gerry tinham contas, uma para as despesas da casa, outra de poupança, tinha agências em toda a cidade. No entanto, só iam até aquela dentro do centro comercial a uns quatro quilômetros de casa, e Sarah não demorou nada para chegar lá, encontrar uma vaga e sair do veículo.

Ao se aproximar das portas de vidro da entrada, simulou procurar algo dentro da bolsa. Em seguida, pegou o talão de cheques e suspirou, como se estivesse aliviada por não tê-lo esquecido.

O interior do banco estava aquecido; havia dois caixas atrás do balcão, muitas salas escuras e a gerente conversando com um cliente.

Sarah foi até o caixa que não estava atendendo ninguém.

– Olá, eu queria sacar, mas esqueci meu cartão. Vou ter que fazer do jeito antigo.

O homem sorriu. Era bastante jovem e tinha um crachá que o identificava como "Shawn".

– Sem problemas. Está com a sua habilitação?

– Sim, estou. – Ao pegar a carteira para retirar a identidade, ela mostrou a chave que havia caído da bota. – E poderia me dizer, por favor, se isto serviria para abrir um dos cofres?

Shawn se inclinou para a frente.

– Parece que sim.

Sarah demorou para assinar o nome no cheque e escrever 100 e o valor em letra cursiva.

– Meu noivo e eu temos uma conta conjunta aqui, quero dizer, tínhamos; ele faleceu, então tudo passou para mim. Posso acessar o cofre? Trouxe a minha procuração porque sou a executora do testamento, para o caso de estar apenas no nome dele.

Junto à porta, um toque soou quando alguém entrou. Quis se virar para ver se era a morena de óculos escuros estacionada em sua rua, mas lhe pareceu um movimento atrapalhado para alguém que tentava agir disfarçadamente.

– Deixe-me verificar a conta – Shawn disse ao inserir dados da identidade no computador. – Se for conjunta, você terá os direitos daquilo que restou na conta, e imagino que se estenda para um cofre, caso tenham adquirido o serviço quando abriram a conta. Lembra-se de ter assinado o pedido de um cofre na época?

– Não. Não me lembro...

– Ok. Deixe-me ver o que posso fazer. – Mais teclas digitadas, certeiras e rápidas. E Shawn sorriu. – Preciso verificar com a gerente. Espere um instante.

— Sem pressa. Escrevo devagar mesmo.

Pelo menos o fazia assim hoje, virando o cheque e escrevendo "apenas para depósito", como se estivesse entalhando as letras na madeira.

Mudando de posição, fitou o homem que acabara de entrar, ele esperava que o outro caixa terminasse de ajudar o seu cliente. Assim como a mulher no carro estacionado, ele olhava adiante. Jeans. Blusão dos Buffalo Bills. Tênis com neve nas solas.

Impossível saber se era ou não um agente disfarçado.

Claro, como se ela soubesse fazer a distinção.

— Então, a minha gerente... Desculpe, não tive a intenção de assustá-la.

Sarah se forçou a relaxar.

— Tudo bem. Eu que bebi café demais hoje de manhã.

— Minha gerente disse que está à disposição para ajudá-la no escritório.

— Maravilha. — Sarah quase guardou o saque falso. — Prontinho. Tudo preenchido.

Cinco notas de vinte e um "não, obrigada, não preciso do comprovante" mais tarde, ela se sentava diante de uma mulher na casa dos trinta, que parecia estar no meio da gestação. Em seu crachá se lia: Kenisha Thomas, Gerente.

— É o suficiente — ela disse, após inserir algumas informações no computador e reler, depois escanear a procuração. — Eu a acompanharei até o cofre. Parece que seu noivo assinou o cofre agregado à conta poupança sozinho. Você não recebeu nenhuma cobrança porque era um serviço gratuito na época em que abriram a conta conosco, e teria acesso se tivesse vindo com ele, apresentando uma identificação.

Sarah virou a chave na mão.

— Acho que ele só se esqueceu de me contar.

Até parece, Sarah pensou.

— Acontece o tempo todo — a gerente disse ao devolver a procuração.

Será mesmo?

— Me acompanhe, por favor.

Quando Sarah seguiu a gerente até uma área aberta, procurou o cara do Buffalo Bills. Ele não estava mais ali. Talvez só estivesse sendo paranoica.

Os cofres individuais ficavam nos fundos, dentro de um cofre que devia pesar mais do que o centro comercial inteiro. Depois que um envelope pardo foi retirado de uma gaveta estreita, Sarah foi solicitada a assinar numa das linhas em branco.

Congelou com a Bic na mão. Deparar-se com as assinaturas de Gerry foi como ver aquelas botas cobertas de lama, mas pior. Ele entrara e saíra do cofre sete vezes nos últimos doze meses antes de sua morte, aleatoriamente, a julgar pelas datas.

Foi a última que chamou sua atenção.

Foi no sábado da morte dele. E quando Sarah piscou para afastar as lágrimas, imaginou-o entrando ali assim como ela acabara de fazer. Em que vaga estacionara? Com quem falara na agência? Quem dos funcionários o acompanhou até ali para assinar o pequeno envelope?

O que estaria passando em sua cabeça?

E, assim como ela... quem estava lhe observando?

— Por que não houve uma notificação quando ele morreu? – perguntou. – Quero dizer, por que não fui avisada de que precisava passar isto para o meu nome?

A gerente da agência balançou a cabeça.

— O meu palpite é que, por ser uma conta conjunta, presumiram que você já tinha assinado.

— Entendi.

— Aqui, na última linha – a gerente apontou com gentileza. – É aqui que precisa assinar.

— Desculpe. – Concentrou-se nas iniciais ao lado de cada assinatura de Gerry. Como eram apenas rabiscos, não conseguia lê-las. – Essa aqui é sua?

— Não, do meu predecessor. Assumi a agência há nove meses.

– Ah, entendi. – Sarah rabiscou seu nome. – Só estava curiosa.

A gerente colocou suas iniciais e depois entraram no cofre, procurando pelo de número 425 na fila de portinhas retangulares. Após duas giradas de chave, Sarah segurava uma caixa metálica comprida e estreita nas mãos.

Era leve. Mas havia algo dentro dela, pois houve um deslize e um clique suave quando ela se virou e foi para uma saleta reservada sem janelas nem espelhos.

A gerente hesitou antes de fechar Sarah lá dentro. Ao apoiar a mão no ventre arredondado, seus olhos castanhos a fitaram com seriedade.

– Lamento muito por sua perda.

Sarah apoiou a mão no metal frio e se concentrou no anel de noivado da gerente e na aliança que o acompanhava. Foi difícil não pensar que, se Gerry não tivesse morrido, talvez ela estivesse como aquela mulher. Mas, pensando bem, caso Gerry estivesse vivo, quem sabe onde os dois teriam ido parar, dada a situação em que estavam.

Por Deus, como odiou pensar no assunto.

– Obrigada – sussurrou ao se sentar numa cadeira.

Sarah esperou até que a porta se fechasse para levantar o fecho e abrir a meia tampa. O corpo inteiro tremia quando olhou para dentro.

Um pen-drive. Preto com a trava deslizante branca.

E um par de credenciais da BioMed que nunca vira antes.

Franzindo o cenho, enfiou o pen-drive no bolso com zíper da bolsa. E depois verificou as credenciais. O cartão laminado tinha o logotipo da BioMed e o código de barras que era passado no escâner de segurança toda vez que se entrava nas instalações. Também havia uma faixa preta para passar nos leitores das trancas das portas e uma imagem holográfica que garantia sua autenticidade.

Mas não havia nenhuma foto, nome ou cargo.

Sarah inclinou a caixa para a frente com o intuito de se certificar de que não havia mais nada na outra ponta. Depois enfiou a mão no espaço apertado e tateou ao redor.

Nada.

Recostou-se na cadeira. Enquanto fitava a parede branca à frente, percebeu que estava esperando receber uma carta dele. Algo sincero e comovente, uma última correspondência que a ajudaria a ficar bem.

Fechou a caixa e guardou as credenciais na bolsa.

Ao se levantar, hesitou.

Depois pegou o pen-drive e as credenciais novamente, e os guardou dentro do top esportivo.

Que bom que era relativamente achatada nessa parte. Havia espaço mais que suficiente ali.

Capítulo 11

Era o pior e o mais longo dia de sua vida, Murhder pensou algumas horas mais tarde.

Ok, talvez apenas a última parte fosse verdadeira. Mas, caramba...

Enquanto claudicava com a perna machucada pela sala de estar de Darius, ficou surpreso ao ver que ainda não tinha aberto um buraco no tapete ao redor da mobília antiga de tanto que andava para lá e para cá. Santa Virgem Escriba, era difícil ficar tão frustrado com algo que não dava a mínima para o seu estado emocional. E, não, ele não estava se referindo a Vishous.

Não, o problema era o sol. A imensa bola reluzente e letal estava pouco se ferrando para o confinamento dele. O filho da puta cruzava tranquilamente seu caminho de leste a oeste, e o fato de estar nevando desde as onze da manhã não ajudava em nada. Vampiros eram incompatíveis com a luz do sol em todas as suas formas, e mesmo para alguém tão instável quanto ele, não havia a menor possibilidade de se arriscar a uma exposição, ainda que tangencial.

Pelo menos era inverno e estavam no norte do Estado de Nova York. O relógio de pêndulo anunciara três da tarde há algum tempo e a escuridão começaria a cair lá pelas quatro e meia.

Se estivessem no mês de julho? Ele ficaria louco...

Quer dizer, *mais* louco.

Mais uma hora e estaria livre. Talvez conseguisse sair dali a uns quarenta e cinco minutos.

Entrando na sala de espera, parou junto à mesa. Vishous, aquele bosta arrogante, realizou em horas o que Murhder não conseguiu fazer em vinte anos – e a resposta estava nos registros médicos.

Murhder virou cada uma das três cartas de modo que o encarassem. Sabia-as de cor. A caligrafia nas primeiras duas era cirurgicamente precisa, as palavras tinham sido escritas com cuidado. A última estava em símbolos do Antigo Idioma, que também foram desenhados com esmero.

Também havia uma folha de papel junto ao computador, e Murhder o pegou. Nada de preciso ali. Apenas um punhado de datas anotadas formando uma linha do tempo. Estabelecer a cronologia foi o único trabalho em equipe que ele e V. fizeram juntos.

Murhder lhe deu uma data inicial, a noite em que retornara àquela instalação, à procura da fêmea grávida. A partir dali, rastrearam a série de acontecimentos descrita nas cartas, desde a transferência dela para outro local, onde deu à luz o filho, os anos em que os dois passaram juntos, a fuga quando os cientistas foram transferi-la para afastá-la do filho.

Separada do filho, tentou desesperadamente encontrá-lo, procurando todas as noites pelo laboratório escondido. Com poucos recursos e nenhum dinheiro, jamais conseguiu ir muito longe, e havia outro agravante conspirando contra ela: na última carta, dizia que estava mal de saúde.

E foi assim que V. a encontrou. Havers, o curandeiro da raça, há tempos mantinha os registros médicos de seus pacientes e, recentemente, eles foram transferidos para um banco de dados ao qual o Rei tinha acesso. A ferramenta de busca fora complicada e ineficiente, ainda mais por não terem a mínima ideia do motivo de ela ter procurado um médico. Por ela ter dado à luz, contudo, Vishous partiu daí e conseguiu identificar um grupo de fêmeas que apresentou problemas comuns àquelas que, em algum momento, tiveram filhos. Extrapolando a informação, procurou as que tiveram filhos machos.

Caso a caso, ele procurou detalhes que poderiam combinar com o que a fêmea revelara, tácita ou implicitamente, em suas cartas. Foi um tiro no escuro mais propenso a uma tremenda frustração do que a uma resposta concreta. Mas, então, ele encontrou uma paciente com prolapso vaginal decorrente de um parto dez anos antes. Cuidados adicionais lhe foram dados em domicílio depois disso.

E na mesma cidade de onde as cartas foram enviadas.

Pesquisando mais a fundo, Vishous descobriu que a fêmea não era vinculada. Que não estava com o filho. E que tinha extensivas anormalidades internas associadas a cirurgias não realizadas por Havers.

Além de demonstração de sintomas de transtorno de estresse pós-traumático quando recebeu cuidados médicos, sobre os quais ela não quis dar detalhes.

Tinha que ser ela. Era a única explicação.

E Murhder bateria à sua porta aproximadamente dois segundos depois do pôr do sol.

— Sabe que não pode ir sozinho. Isso se você tiver permissão para ir.

Murhder ergueu o olhar das cartas. Phury estava parado no arco de entrada e seus olhos amarelos pareciam se desculpar enquanto declarava o que, aparentemente, deveria ter sido óbvio.

— Não, eu assumo daqui — Murhder disse. — É um assunto particular.

O Irmão balançou a cabeça, e os longos cabelos de mechas castanhas, loiras e douradas se moveram sobre os ombros.

— Não mais...

— Se um punhado de Irmãos aparecer na soleira da porta dela, vão matá-la de medo e ela já passou por coisas demais, acredite em mim. Além disso, ela pediu a minha ajuda. Não a da Irmandade, nem a do Rei.

Era mais fácil manter um tom de voz controlado ao discutir com Phury. Os dois sempre se deram bem porque, afinal, como não se dariam? O cara estava atrás de seu gêmeo, Z., desde que resgatara o macho do inferno de ser um escravo de sangue. Nunca entraram em conflito a respeito de nada porque Phury sempre teve a mais pura decência percorrendo suas veias.

— Não vou machucá-la — Murhder murmurou. — Pelo amor de Deus, que tipo de monstro você acha que sou?

Pergunta idiota de se fazer, pensou consigo.

— Não é só com ela que estamos preocupados — Phury se esquivou. — O seu histórico com esse tipo de assunto não é dos melhores.

Que diplomático, Murhder pensou.

— Olha só — ele disse ao Irmão. — Você gostaria que qualquer outra pessoa tivesse ido salvar o seu gêmeo quando ele era escravo de sangue? Teria confiado em qualquer outro além de si mesmo para fazer o que tinha que ser feito, deixá-lo em segurança e acertar as contas?

O cenho franzido de Phury se aprofundou o bastante para lançar sombras em seus olhos.

— Não estou levando para o lado pessoal aqui. E nem você deveria.

— Essa é uma conta que eu tenho que acertar, Phury. Você precisa entender. Fracassei com essa fêmea. Eu a deixei para trás, no covil dos lobos. Não consigo conviver comigo mesmo desde que tomei essa decisão. Está acabando comigo. Eu *tenho* que fazer isso.

— Trata-se de um assunto oficial agora. Se desejava que fosse de outro modo, não deveria ter vindo aqui.

— Que escolha eu tinha?

— A questão não é essa. Mas é assim que as coisas são agora. Manteremos você informado...

— Espera um segundo... Está sugerindo que eu nem poderei ir?

Quando só houve um longo silêncio, Murhder sentiu uma onda de raiva tão grande surgindo dentro de si que seria capaz de levar a maldita casa de Darius ao chão.

— Porra!

Antes que o Irmão pudesse impedi-lo, apanhou as cartas, disparou adiante, passou por ele e foi direto para a porta de entrada. Ainda que não tivesse escurecido completamente. Por mais que fosse torrar. Apesar de...

Sua mão estava quase alcançando a maçaneta arcaica que tinha o tamanho de um punho quando um braço forte o imobilizou pelo pescoço e o puxou para trás com tanta força que seus pés saíram do chão; em seguida, ele saiu voando. Ao aterrissar de cara num tapete oriental muito elegante, suas costas o lembraram de que era a segunda vez em menos de 24 horas que ele batia no chão com força. E não estava nem aí.

Empurrou Phury para longe de si e, apesar da perna machucada, voltou direto para a...

Havia Irmãos em todas as partes. Vishous diante da porta principal, parecendo uma muralha de tijolos, só que com duas adagas nas mãos. Rhage vinha correndo com um bagel enfiado na boca, empunhando duas pistolas. Phury já estava de pé, pronto para atacar novamente. E também havia aquele macho que ele não conhecia, o que o lançara sobre o tapete.

Enquanto os encarava, Murhder sabia que, se jogasse direitinho suas cartas, estaria cometendo suicídio ali mesmo, naquele instante. Com um acúmulo de agressões bem colocadas, poderia forçá-los a matá-lo, e sentiu um alívio covarde ao considerar a opção.

Estava cansado. Tão cansado de sua mente destruída. E do que acontecera naquele laboratório. E do que fizera depois. Estava completamente exausto de onde tinha ido parar, expulso não só da Irmandade, mas da vida dos machos que foram seus Irmãos, sua família.

Durante a dissociação da realidade, a perda de todos eles era apenas um ponto fugidio em seu radar, totalmente fora dos limites. Agora, ele sentia seu status de forasteiro como um túmulo aberto chamando seu nome.

Já teve orgulho no passado. Assim como também foi são em grande parte da vida. Mas ambos, orgulho e sanidade, eram *commodities* que se revelaram supérfluas.

Não se deu o trabalho de esconder o sofrimento ao abrir a boca e falar numa voz rouca:

— Por favor, juro que não vou me descontrolar de novo. Só me deixem procurá-la. — Enfiou a mão na camisa, o que os deixou alerta. Pegando o pedaço de espelho sagrado, mostrou-lhes o talismã. — Vi o rosto dela. Ele vem sendo revelado para mim há vinte e cinco anos.

Quando algumas expressões se suavizaram, Murhder se aproveitou dessa brecha.

— Vejam só, a minha vida acabou. Acham que eu não sei? Mesmo que eu faça o certo por ela, mesmo que encontre o filho dessa fêmea, não vou conseguir seguir em frente, mas, pelo menos, a minha eternidade será menos infernal nas minhas noites mortais. Imploro a vocês, por favor, deixem-me cuidar dela.

De repente, por meio de uma magia que ele não conseguia entender, o vidro revelador se aqueceu entre seus dedos. Abaixou o olhar, confuso, e percebeu que o caco começara a brilhar — e lá estava ela, o rosto que vira há tantos anos, encarando-o.

Virando a imagem para fora, sua mão tremia quando tentou mostrar aos Irmãos o que ele via. Devem ter captado a imagem porque, lentamente, abaixaram suas armas.

E então, de súbito, ele entendeu qual era a solução.

— Xhex — sussurrou. — Se não querem que eu vá sozinho, deixem que Xhex me acompanhe. A fêmea se sentirá confortada com a presença dela, ainda mais se ela lhe contar que também é uma sobrevivente.

Depois de um instante, acrescentou com secura:

— E sabemos que Xhex sabe dar conta de qualquer coisa que apareça em seu caminho. Podem confiar que ela me fará andar na linha.

CAPÍTULO 12

Sarah só voltou para casa depois das três da tarde. Presumindo que estava sendo seguida, manteve a rotina que seus sábados passaram a assumir. Apanhar roupa na lavanderia. Comprar frutas e verduras. Ir ao açougue. O fato de estar nevando a atrasara, e ela teria ido à academia, mas não com o que carregava dentro do top de ginástica. Enquanto executava suas tarefas, chegou a se perguntar se o fato de não ir à academia, mas estar com roupa esportiva contaria contra ela.

Só que isso seria exagerar. Metade do país vestia legging o dia inteiro, a semana inteira.

Ao estacionar na sua entrada para carros, deu uma espiada na rua. Nenhum veículo que levantaria suspeitas na vizinhança. Então provavelmente tinha sido observada.

Precisou fazer três viagens para levar todas as sacolas do carro, com a neve guinchando debaixo das solas dos tênis de corrida, os flocos ainda caindo do céu e se prendendo aos cílios enquanto o vento frio soprava. Depois de trancar o veículo e se fechar dentro de casa, foi até a cozinha, tirou as compras das sacolas e as guardou. Sua ineficiência em fazer compras nunca fora notada até agora, quando constatava que as três paradas eram um comportamento adaptado para preencher as horas, que em geral seriam vazias.

Nos fins de semana, quanto menos tempo tivesse para encarar as paredes da casinha, melhor seria.

Claro, agora que o FBI parecia interessado nela, tinha algo mais em que se concentrar. Contudo, não era bem esse o tipo de distração que desejava.

Dito isso...

Ajustando o alarme, desceu até o porão. Além da lavadora, da secadora e do aquecedor de água, não havia muitas coisas ali, apenas um punhado de caixas dos tempos da universidade e alguns itens da época de dormitório que não combinaram com a mobília do andar de cima e com a vida real dela e de Gerry juntos.

O velho laptop que procurava jazia numa caixa plástica junto ao futon que usara nos quatro anos de faculdade e durante seu trabalho na pós-graduação. "Velho" não era uma palavra adequada para caracterizar aquele Dell. Ela comprara o aparelho apenas cinco anos antes, e ele estava completamente operacional. "Obsoleto" era um termo melhor, considerando a velocidade nas mudanças da tecnologia.

Sentando-se no futon, conectou o carregador e ligou o laptop. A inicialização não demorou muito e logo entrou com a senha.

Quando inseriu o pen-drive que pegou no cofre do banco, estava ciente de que o coração batia forte, e seus olhos inspecionaram o porão. Não, ainda não havia nenhuma janela ali. E não havia ninguém entrando sorrateiro pelas escadas. Ou pairando sobre seu ombro.

O diretório não estava protegido por senha, o que foi uma surpresa. Mas, pensando bem, Gerry havia guardado o pen-drive num cofre a que só ele tinha acesso. Havia uma lista de títulos diferentes, e uma variedade de programas usados, todos eles padrão em pesquisas médicas, desde planilhas de Excel até documentos de Word e imagens.

O que havia em comum entre os arquivos? Todos foram acrescentados no dia anterior à morte de Gerry.

Sarah fechou os olhos e pensou na última das assinaturas dele naquele envelope do cofre.

Voltou a se concentrar. Um a um, passou por todos os arquivos. Números e combinações de letras que seguiam o mesmo sistema que ela e todos os outros na BioMed usavam para identificar o tipo de protocolo de pesquisa. Contudo, não havia nada que desse uma pista para um leigo sobre o assunto – ou um profissional não afiliado ao projeto, para falar a verdade.

Trezentos e setenta e dois arquivos.

Quando chegou ao último da lista, esfregou a região atrás do esterno, onde sentia dor. Esperara encontrar algo com seu nome, um sinal de que Gerry deixara o pen-drive não para qualquer um, mas para ela encontrar. Em vez disso, parecia que ele tinha feito uma cópia para si mesmo.

Ao se preparar para começar a abri-los, sua mente científica insistia em encontrar uma ordem, e quando não viu nenhuma evidente no diretório, começou do alto da lista.

Resultados de laboratório. De um exame de sangue completo.

Só que... o paciente em questão tinha resultados que não faziam sentido. Os índices das funções hepáticas estavam completamente discordantes. De tireoide. A contagem de leucócitos e de hemácias eram absurdos. O plasma estava... Nunca vira um resultado como aquele. O nível de ferro estava tão alto que o paciente deveria estar morto.

Leu os resultados duas vezes e depois tentou descobrir de onde vinha a análise. Não havia nome de paciente. Nem do médico responsável pelo pedido. Nenhum logo de laboratório ou de hospital, nem mesmo da BioMed. Só havia um número com oito dígitos, o que Sarah deduziu ser a identificação do paciente, e uma data, de seis meses antes da morte de Gerry.

O arquivo seguinte incluía imagens de tomografia do tronco...

– Mas... que *diabos*... é isso?

Parecia que o coração tinha seis cavidades, e não quatro. No entanto, as costelas, os pulmões, o fígado e outros órgãos internos e também a coluna eram reconhecidamente humanos.

Era concebível que um paciente, em algum lugar do mundo, pudesse ter um coração diferente como aquele. O surpreendente era que Gerry, um pesquisador de doenças infecciosas, tivesse arquivos relacionados a algo assim.

Será que tinha *roubado* arquivos de um caso como esse?

Sarah franziu o cenho e voltou para os resultados dos exames de sangue. O número de oito dígitos do relatório... Sim, era o mesmo das imagens de tomografia.

Numa rápida sucessão, abriu os seis arquivos seguintes. Todos de resultados médicos. Então, foi a vez do sétimo e, quando terminou de o ler, teve que se recostar para respirar fundo. Quando nem isso ajudou, deixou o laptop de lado e esfregou os olhos.

Literalmente não conseguia respirar direito.

O que eram aqueles resultados médicos? Todos exames-padrão num paciente do sexo masculino com resultados absolutamente anormais. Exames de urina. Cateterismo cardíaco. Teste de esforço com ecocardiograma, onde ela via as batidas do coração de seis cavidades.

Mas o sétimo arquivo era tão perturbador que teve que ler o documento três vezes. A princípio, parecia ser um relatório bem corriqueiro sobre um paciente, com um laudo registrando os resultados dos testes que pareciam ser os que ela acabara de abrir. Foi quando expressões como "avaliação de perfil de histocompatibilidade principal" e "protocolo de imunossupressão" surgiram, e ela reconheceu os nomes das drogas de antirrejeição que ajudavam os pacientes transplantados a aceitar os novos órgãos recebidos.

Eram todos tópicos conhecidos para ela, pois eram próximos ao seu campo de trabalho.

E bem quando estava se perguntando o motivo de Gerry não ter mencionado todo esse trabalho para ela, dada a sinergia de seus próprios esforços, Sarah leu a seguinte linha: "A administração intravenosa de células LLA aconteceu às 15h35".

Só existia um LLA que Sarah conhecia.

Leucemia Linfoblástica Aguda.

Caso estivesse lendo aquilo corretamente, e estava achando muito difícil encontrar uma interpretação alternativa, alguém na BioMed injetara células cancerígenas em um paciente humano depois de, deliberadamente, ter suprimido seu sistema imunológico.

Estavam torturando alguém sob o pretexto de buscar avanços na medicina.

Quando John Matthew saiu pela porta camuflada depois da grande escadaria da mansão, sentiu os aromas da Primeira Refeição sendo preparada na ala da cozinha e tentou se ater ao que lhe era familiar. Aquela noite era igual a qualquer outra. Nada de extraordinário. Nada de estranho acontecendo.

Eis um bom discurso motivador, um que ele vinha repetindo para si mesmo durante toda a sessão no centro de treinamento, enquanto tentava se convencer de que as sirenes de alerta em sua mente estavam perdendo tempo com todos aqueles sons agudos.

Uma pena que seu percentual de sucesso fosse igual a zero. Sua situação era comparável à de um guia de turismo conduzindo um grupo perto de um cadáver e dizendo: "Nada de mais para ver por aqui, vamos em frente, em frente, todos em frente".

Atravessando o piso de mosaico com o desenho de uma macieira em flor, chegou à passadeira vermelha que levava aos degraus, com a sensação de estar arrastando um carro conforme subia. Odiou essa fadiga. O fato de ter se forçado a uma série brutal de levantamentos terra e depois corrido vinte e cinco quilômetros em menos de uma hora e meia não importava. Seu objetivo era provar a si mesmo que a mordida no ombro não era um problema sistêmico, e a exaustão que sentia agora lhe causava a preocupação de que talvez fosse.

Claro, a resposta para o debate interno era pedir que a doutora Jane ou o doutor Manello examinassem o ferimento na clínica, mas ainda não havia resolvido fazê-lo. O contorno das perfurações dos dentes parecia o mesmo. Pelo menos... Bem, basicamente era o mesmo...

A quem diabos ele tentava enganar? A irritação estava pior, o inchaço também, a dor não diminuía.

De repente, parou no alto da escada. Xhex estava diante das portas abertas do estúdio do Rei, com o corpo todo armado com pistolas automáticas e facas, o rosto, pálido e tenso. Atrás dela, dentro do escritório, o Rei permanecia à escrivaninha com Tohr ao seu lado, os dois machos olhando para fora na direção de John como se não tivessem certeza se ele precisaria ser contido.

O que está acontecendo?, ele sinalizou.

– Preciso conversar com você – Xhex disse baixinho. – Podemos entrar?

Quando ela acenou por cima do ombro, John franziu o cenho.

Do que se trata.

Não foi uma pergunta. Jesus, haviam descoberto sobre a mordida? Mas não contara a ninguém...

– Murhder.

Ele se retraiu.

Quem morreu? Alguém foi morto?

– Não, não. Ah, o macho... Murhder.

John olhou para seu Rei. Depois para Tohr, que, para todos os efeitos, era a única figura paterna que John tivera. Estava na cara que, qualquer que fosse o assunto, ele fora chamado.

Sem dizer nada – naturalmente –, John foi até a entrada e esperou. Quando Xhex o seguiu, os dois entraram juntos e, quando as portas se fecharam sozinhas, ele ficou ainda mais consciente da sensação de aperto no peito.

Até então, não se preocupara com a chegada do antigo Irmão. Mas e se tinha algo a ver com sua fêmea? Ainda mais com a tensão que ela demonstrava?

— Prossiga, Xhex — Wrath murmurou ao afagar a cabeçorra de George.

Até mesmo o golden retriever parecia nervoso, embora isso, pelo menos, não fosse raro.

— Tenho que sair hoje — ela disse ao fitar John diretamente nos olhos. — E ajudar Murhder com um problema.

Okaaaay, John pensou.

De modo geral, machos vinculados não apreciavam que suas fêmeas ficassem perto de membros do sexo oposto. O que era um eufemismo para explicar a situação. John, porém, jamais gostou desse clichê, acreditando que ele e Xhex eram parte de uma nova geração de vampiros que não se deixavam levar por esse machismo babaca.

Era uma bela teoria.

Que, infelizmente, também foi lançada pela janela quando uma agressividade crescente estrangulou suas entranhas e lhe despertou o desejo de caçar e matar o macho que nunca vira antes. Ainda assim, forçou-se a pensar no que Mary sempre lhe dissera a respeito das emoções: "Você não é responsável por elas e não pode controlá-las, mas está no comando de como reagir a elas".

E recusava-se a ser um esquentadinho dando uma de homem das cavernas.

John estreitou os olhos.

Que tipo de problema? E por que justamente você precisa ajudá-lo?

Xhex pigarreou. Depois começou a andar pela sala, com os olhos fixos no tapete Aubusson.

— Eu te contei que no passado tive um desentendimento com humanos.

Desentendimento?, ele pensou. Ela fora sequestrada e torturada por humanos em uma clínica em algum lugar.

Até hoje, John desconhecia os detalhes do que ela sofrera – semelhante à situação com Lash, Xhex nunca falava sobre tal horror. Ele sempre quis ajudá-la, mas não teve escolha a não ser respeitar a linha divisória que a fêmea traçara e a privacidade que ela mantinha.

– Murhder levou para o lado pessoal. – Ela parou junto à lareira e fitou as chamas amarelo-alaranjadas. – E deu início a uma espécie de cruzada.

Quando todos os sinais de alerta que John tentara apaziguar com aquela babaquice de que estava tudo bem se elevaram ao volume de sinos de uma catedral, ele concluiu que se tornava um vidente.

E quando Xhex não disse mais nada, ele assobiou para chamar a atenção dela, que ergueu a cabeça na sua direção.

Em seu papel junto à Irmandade, correto?, ele sinalizou. *Ele ahvenge a espécie e não você, pessoalmente.*

John tinha total ciência de que havia muito mais envolvido, considerando o relacionamento entre os dois, mas lançou o comentário na esperança de estar errado.

– Não, foi mais pessoal do que isso. – Ela voltou a se concentrar no fogo. – Eu te contei sobre mim e ele.

John suspirou longa e lentamente. Ok, pensou. Saberia lidar com a questão. Não era nenhuma novidade, para começo de conversa. E, além do mais, ela estava com ele agora.

Xhex continuou:

– Depois que fugi do laboratório em que fiquei presa, Murhder continuou perseguindo os humanos que faziam experimentos com vampiros. Eu não sabia que ele estava fazendo isso... Não que seja relevante. De um jeito ou de outro, ele encontrou outro local com membros da espécie em cativeiro. Um deles era uma fêmea grávida e, embora ele tenha tentado tirá-la de lá, acabou fracassando. Depois de duas décadas, ela o procurou e, encurtando a história, ele irá vê-la hoje à noite. Por causa da... instabilidade dele... não é uma boa ideia que Murhder fique solto no mundo sem supervisão, portanto vou acompanhá-lo na visita a essa fêmea. Além do mais... você sabe, eu entendo o que ela passou.

John fechou os olhos ao pensar nas barbaridades que ambas as fêmeas tinham em comum. Depois olhou para Tohr. O Irmão estava com os braços cruzados diante do imenso peito, os olhos azul-marinho, sérios, a mecha branca em meio aos fios escuros, bagunçada no topete porque ele evidentemente ficou passando a mão nos cabelos.

— Murhder precisa de um acompanhante — Tohr explicou. — E dada a fragilidade da situação, faz sentido que Xhex vá com ele.

— A fêmea passou por muita coisa — Xhex disse. — Murhder também.

Ok, então eu vou com vocês também, John sinalizou. *Só preciso de dez minutos para um banho e...*

— Não — Xhex o interrompeu. — Não precisamos de mais ninguém.

John estreitou os olhos.

O inferno que não. E não estou usando o vínculo de macho aqui. Se Murhder é tão instável a ponto de ter sido expulso da Irmandade, e a ponto de você não confiar nele para ver uma fêmea sozinho, por que acha que é uma boa ideia ser a única na retaguarda?

— Ela não estará sozinha — Tohr interveio. — A Irmandade estará de prontidão no local. Se ele ultrapassar qualquer limite, nós o conteremos.

Tudo bem. Então eu irei com a Irmandade.

— Estamos bem, John! — Tohr disse, meneando a cabeça. — Pode deixar que cuidaremos do assunto.

Um a mais nas trincheiras não vai fazer mal.

Quando Tohr não respondeu, John fixou o olhar em Xhex, e esperou que sua fêmea se pronunciasse. Por certo, ela haveria de querer sua presença. Claro que entenderia o *quanto* ele queria estar lá.

Quando sua companheira continuou apenas encarando o fogo, John olhou para Wrath. O Rei estava sentado imponente em seu trono, com os óculos escondendo os olhos, o maxilar travado — mas quando era que aquela mandíbula relaxava?

Não vou atacar o cara, John sinalizou. *Se é o motivo da preocupação de vocês. Vinculado ou não, sei me controlar. E se ele me disser alguma asneira, vou saber lidar.*

Quando Tohr traduziu para Wrath, John se moveu na direção do Rei e bateu o pé no chão. Depois de um instante, Tohr abaixou a cabeça e murmurou algo ao grande macho.

Diga alguma coisa, John dirigiu o pensamento para o Rei. *Diga a eles que têm que me deixar ir porque sou um tremendo de um bom lutador, essa é minha companheira e eu mereço estar lá. Pode ser assunto da Irmandade, mas, se envolve a minha* shellan, *também é assunto meu.*

Quando o silêncio se estendeu, alguém riu no corredor, e depois se seguiram vozes abafadas, mas claras o bastante para que ele as reconhecesse. Rhage, era Rhage, que conversava com Qhuinn, e sem dúvida os dois desciam para a Primeira Refeição.

Irmãos agora, apesar de não terem o mesmo sangue.

John se virou e seguiu para a porta.

– John – Tohr o chamou. – Isto é por causa do Murhder. Não tem nada a ver com você, eu juro.

John não respondeu porque ou afrontava o fato de não ser da Irmandade, o que seria uma reação idiota, ou acabaria parecendo um macho que não confiava em sua companheira, o que também seria ridículo.

Oh, não, espere. Também havia uma terceira alternativa: ele podia admitir que queria matar o outro macho sem motivo algum. E, nesse caso, não seria diferente de Murhder.

Do lado de fora do escritório, seguiu pelo Corredor das Estátuas, passando por obras de arte greco-romanas em diversas poses.

Passos rápidos e ligeiros o seguiram.

– John, por favor...

Quando Xhex o segurou pelo braço, ele o puxou e virou de frente. Uma suspeita, insidiosa como qualquer doença, enraizara-se em seu coração e pintara a fêmea exatamente como ela estava, parada na frente dele. Embora nada nela, nos dois, tivesse tecnicamente mudado, tudo parecia diferente.

Dentre todas as pessoas que ele esperava que fossem defendê-lo, Xhex não assumiu sua retaguarda, e John desconfiava do motivo.

Ela não queria que ele fosse. Foi por isso que não disse nada.

— Não vai demorar... — ela alegou. — Só vamos conversar com a fêmea e ver no que podemos ajudá-la. Ela está procurando o filho.

Os olhos cinzentos como metal, aqueles para os quais ele sentia que poderia passar a vida olhando, estavam tão firmes quanto os seus, e ela de fato parecia sincera nessa vibração de jornada nobre que emanava.

Bem pensado mencionar um filho, ele pensou. Tornava ainda mais complicado se opor à missão. Na superfície, fazia com que ele parecesse ainda mais irracional por se irritar com a situação.

Antes que conseguisse detê-las, as mãos de John começaram a sinalizar:

Quando foi a última vez que viu Murhder?

— Não existe absolutamente nada acontecendo entre mim e ele.

Não foi o que eu perguntei.

Xhex desviou o olhar. Voltou a fitá-lo.

— Ontem à noite. Eu o vi ontem à noite.

John inspirou fundo.

Antes ou depois do boquete que fez em mim?

— Sério mesmo que vai seguir por esse caminho?

Pelo visto, não vou a parte alguma. John recuou um passo. *Faça o que tem que fazer. Sou a última pessoa a lhe dar ordens e pensei que fosse por isso que dávamos certo. Mas hoje? Estou achando que isso faz de mim um frouxo.*

— Você está passando dos limites.

O fato de você achar isso só me faz sentir que não estou, não. Você não quer que eu te acompanhe, e está se escondendo atrás dessa babaquice de "só a Irmandade pode ir" para não ter que admitir. Se fosse você, eu me perguntaria por que é tão difícil entender e por que quer estar sozinha com Murhder. Sei que essas são as perguntas que estão na minha cabeça agora.

– Não tem nada a ver com você.

Pois é, parece que é a fala do dia por aqui, não? John tocou no peito. *Mas deixa eu te dizer que aqui, do meu ponto de vista, é como se tivesse tudo a ver comigo.*

– Murhder é altamente instável, e isso o torna perigoso...

John jogou a cabeça para trás e gargalhou sem som.

Está tentando mesmo me dizer que é pra me proteger? Sabe muito bem que sei me defender. Não é possível que esteja preocupada que eu tenha de lutar contra ele. Acho que o que realmente te preocupa é não querer que eu veja o quanto ele ainda gosta de você, ou não querer que eu veja o quanto você ainda gosta dele.

Dessa vez, quando se virou, Xhex o deixou ir, mas John sentiu seus olhos pregados às suas costas enquanto ele seguia para o quarto que partilhavam.

Não era assim que ele esperava que a noite fosse acabar. Nem perto disso.

Mas ainda havia algumas horas de escuridão pela frente.

E só Deus sabia o que mais ainda poderia acontecer.

Capítulo 13

Hepatite C. Pneumonia bacteriana. Pneumonia viral. Sete tipos diferentes de câncer incluindo melanoma, adenocarcinoma e neuroblastoma.

Sarah se recostou no futon. Deixou o laptop de lado e esfregou as pernas, aquecidas por causa do aparelho.

Lera ou revisara cada um dos arquivos, e só Deus sabia quantas horas tinham se passado. O que descobriu, até onde conseguia compreender, foi um protocolo de pesquisa que envolvia a administração de várias doenças a um paciente vivo e residente na BioMed. O monitoramento que se seguiu teve a intenção de medir as reações sistêmicas.

Que pareciam ser nulas. Não houve absolutamente nenhuma.

Mas tinha que estar errado. Não era possível que um ser humano conseguisse ficar exposto a esse tipo de doença virulenta, além de ter seu sistema imunológico suprimido, e não ser abatido pelo câncer, por vírus, por bactérias. Tudo aquilo desafiava a lógica – e a ética. Que pessoa consentiria com tal experimento? E isso não disparava todo tipo de sinal de alerta? Quando se faz esse tipo de pergunta, o pressuposto subjacente é que ela só pode ser retórica, porque ninguém consentiria.

Ninguém jamais concordaria com tais circunstâncias. Quer dizer, então, que mentiram para o paciente? Ou pior, será que ele estava sendo mantido em cativeiro?

Não. Isso não poderia ter acontecido... Poderia?

Era como cair de paraquedas num dos livros de ficção médica de Michael Crichton, só que parecia estar acontecendo de verdade.

Sarah olhou de relance para a tela do computador enquanto refletia, pela centésima vez, sobre as imagens que vira – as tomografias, as ressonâncias, os resultados dos exames de sangue, as imagens cardíacas.

Não conseguia explicar nada daquilo. Nem o protocolo, que violava cada paradigma ético da medicina, tampouco a reação do paciente, que era inexplicável, e muito menos a participação da BioMed num estudo que podia expor a corporação a uma provável responsabilidade criminal bem como a problemas com o governo federal, com a FDA, com a Associação Médica Americana, e com todo tipo de grupos profissionais.

Também não conseguia explicar o papel de Gerry nisso tudo.

Estava claro que se tratava de um protocolo gerido pelo Departamento de Doenças Infecciosas da BioMed. Em um dos relatórios, tanto o logo da BioMed quanto a identificação do Departamento de Doenças de Deficiência Imunológica, o DDI, apareciam no pé da página, como se o documento-padrão da empresa tivesse sido utilizado por força do hábito. Era óbvio que nenhum dos líderes de pesquisa queria ter seu nome ali, e todos tomaram o cuidado de retirar as devidas identificações do laboratório. No entanto, deixaram escapar naquele único documento.

Portanto, Gerry com certeza recebera acesso ao estudo em determinado momento. Provavelmente na época em que sua autorização de segurança recebera um upgrade. Mas será que ele participou das práticas ilegais?

Só de pensar no assunto, Sarah sentiu vontade de vomitar.

Pensou em seu chefe, Thomas McCaid. Foi ele quem contratou Gerry, e ela contou ao agente do FBI que o homem era um supervisor de laboratório – o que era verdade, mas não apenas. McCaid era o único pesquisador que se reportava diretamente ao CEO, o doutor Robert Kraiten.

Não que McCaid se reportasse a alguém agora.

Sarah jamais encontrara o lendário doutor Kraiten pessoalmente. Sua contratação fora coordenada por intermédio do supervisor de laboratório. Mas vira Kraiten falar diversas vezes, tanto nos encontros anuais da empresa quanto na internet. Ele tinha uma TED Talk que circulava pela BioMed, acerca do horizonte infinito da bioengenharia.

"Ainda estamos na época das trevas na medicina...", era assim que ele abria o discurso. Depois comparava a doação de órgãos, os consequentes problemas de sistema imunológico e os protocolos draconianos de quimioterapia para pacientes com câncer ao uso de sanguessugas, às varandas em que os pacientes com tuberculose tinham que dormir e à falta de esterilização do passado. Dali a cinquenta anos, ele alegava, partes substitutas de corpos humanos seriam feitas em laboratórios, o câncer seria combatido a nível molecular pelo sistema imunológico, e o envelhecimento seria uma questão de escolha em vez de ser um destino inevitável.

Sarah conseguia vislumbrar partes do que ele afirmava. O que não gostava no homem era seu maneirismo messiânico, como se estivesse se autoproclamando o flautista de Hamelin com todas as respostas, liderando um populacho ignorante e frágil até a terra prometida da ciência, a qual apenas ele conhecia.

No entanto, pensando bem, quanto esse homem valia? Ter bilhões poderia tornar qualquer um megalomaníaco.

Se McCaid era o chefe do laboratório da DDI, ele tinha que saber dessa pesquisa. Extrapolando daí, se McCaid se reportava diretamente a Kraiten, então o CEO também tinha que saber.

Na verdade, não era difícil chegar à sólida conclusão de que os dois homens a promoviam, um ao realizar o trabalho, e o outro ao fornecer recursos e instalações.

A menos que ela estivesse deixando algo passar. Mas de que outro modo poderia explicar? Ou esse experimento ilegal acontecia no laboratório de Kraiten por parte de algum cientista que se desgarrara e tinha acesso ilimitado ao uso das máquinas de tomografia, raios-x, exames laboratoriais e um bendito paciente... Ou Kraiten estava financiando essa pesquisa ao mesmo tempo que mantinha o caso debaixo dos panos.

Mesmo que, para tanto, tivesse que matar os cientistas que realizavam o trabalho.

E, meu Deus... o que aconteceu ao paciente? Será que ainda estava vivo? Os arquivos datavam de dois anos.

Sarah recolocou o laptop no colo e revisou o diretório mais uma vez. Sabia o que estava procurando, sabia que a busca era tola e infrutífera. Sabia que estava fadada ao desapontamento.

E ficou desapontada.

Nada de Gerry. Não havia qualquer orientação sobre o que fazer com tudo aquilo. Nenhuma explicação a respeito do motivo que o levou a juntar todos aqueles dados.

E o principal: nenhuma indicação de qual era o papel dele nesse protocolo.

O Gerry que ela conheceu jamais arriscaria a vida de um paciente em busca do conhecimento e do avanço científico. Ele acreditava na santidade da vida e tinha o compromisso de aliviar o sofrimento. Ambos eram os motivos de ele ter ingressado na medicina.

Aquele era o Departamento de Doenças Infecciosas. E ele sem dúvida não procurou as autoridades com tais informações – caso contrário, a BioMed já teria fechado as portas.

Pensando melhor, o FBI estava investigando as mortes, não o trabalho.

Ou talvez estivessem sondando a corporação, e ela simplesmente não sabia o que tinha desencadeado a investigação.

– O que aconteceu com o paciente? – perguntou em voz alta ao esfregar os olhos que ardiam.

Ao fechar os olhos e se recostar de novo, veio-lhe à mente, do nada, uma lembrança de estar em seu quarto de adolescente desligando o telefone, e ela viu tudo vividamente: a colcha florida desarrumada em que estava deitada, os pôsteres do Smashing Pumpkins espalhados pelo quarto e os jeans dobrados sobre o encosto da cadeira junto à escrivaninha.

Bobby sei lá o quê. Não se lembrava do sobrenome do garoto, e quem poderia culpá-la, considerando-se a bomba que ele jogou nela?

Devastação total: ele lhe disse, apenas quarenta e oito horas antes, que iria levar outra pessoa ao baile de formatura. E não era apenas outra garota qualquer. Ele acompanharia sua melhor amiga, Sara, também conhecida como "Sem H", porque ela, Sarah, era com "H". Pense num convite matador. Bobby era um aluno relativamente novo na escola, tinha chegado no segundo ano do ensino médio, quando o pai aceitou um trabalho com o governo local. Sara e Sarah, por sua vez, se conheciam desde o jardim de infância.

O telefonema foi bem rápido, o tipo de coisa apressada porque ele se sentia mal, mas já havia tomado uma decisão.

Não era que Sarah não entendesse. "Sem H" era de arrasar quarteirões, ou se tornara depois que o corpo tinha ganhado curvas no verão anterior. Também era engraçada e simpática, o tipo de garota com quem as pessoas querem se sentar na hora do almoço porque a diversão está garantida.

Ela não era malvada. E a situação foi uma surpresa.

Sarah achou que, mesmo que Bobby tivesse essa brilhante ideia, "Sem H" jamais teria aceitado.

Seu vestido de baile estava pendurado na porta do closet, e ela se lembrou de ter olhado para ele e começado a chorar. O pai a levara para fazer compras umas duas semanas antes, o que se tornou mais uma de uma interminável sucessão de interações da série "como eu queria que a mamãe estivesse aqui". Assim como tinha acontecido quando Sarah menstruou pela primeira vez. Ou quando quis começar a depilar as pernas. Ou quando se preocupou com a possibilidade de engravidar depois de ter ficado com Bobby pela primeira vez, mesmo sem terem ido até o final.

O vestido era vermelho e justo. O pai não aprovara nenhuma das duas características, mas ela queria sair vestida de mulher pela primeira vez.

Nada mais de coisinhas de menina. Nada de tons pastel. Chega de babados. Nenhum laço grande.

Encarando o vestido, pensou em todas as noites em que, depois de ter apagado as luzes, ficou admirando a peça com um sorriso nos lábios, imaginando os momentos que teria no baile com Bobby, ele de smoking, ela gloriosa de vermelho, parecendo um casal adulto na grande comemoração. Dançando juntos. Se beijando. Talvez indo até o fim pela, ao menos para ela, primeira vez.

Depois do telefonema? Sim, claro que ainda poderia ir. Mas só faltavam dois dias para o baile e todos já tinham um par. E também havia a alegria de perceber que todos iriam de limusine, oito casais, inclusive "Sem H".

Que, ao que tudo indicava, terminara com o namorado.

Enquanto a ligação se desenrolava – inclusive a implicação de que talvez Bobby sempre tivesse gostado de Sara e só estivesse esperando o fim do namoro, e a inferência de que Sara deveria ter ligado para ela, mas provavelmente não o faria – o que Sarah queria era a mãe.

Às vezes, tudo o que você precisa é descarregar o sofrimento da alma com alguém que já trilhou o mesmo caminho.

Não que não amasse o pai. Mas ele a consolaria em outras situações.

O desejo de ter a mãe ali consigo, tão conhecido, tão pesaroso, tão inútil, apenas aumentou seu desespero.

Sarah sentia reminiscências da sensação agora.

Havia perguntas que precisava fazer. Medos que queria aplacar. Escolhas a discutir. E não com qualquer pessoa. Com Gerry.

Precisava falar com ele a respeito. Perguntar-lhe o que sabia e o que tinha feito. Exigir saber se ele era o bom homem que ela acreditava que tivesse sido ou outra pessoa completamente diferente.

Mas ele não estava mais ali, e não havia ninguém a quem recorrer.

Estava sozinha com um desejo infundado, de novo.

Depois de tantos anos vividos nesse ponto isolado, era de se acreditar que já estivesse acostumada.

Certos destinos, contudo, eram sempre um território novo, pouco importando o quanto você conhece as praças locais.

CAPÍTULO 14

Não, aquilo não era a Sibéria.

Mas quando Murhder se rematerializou nos limites da floresta, o cenário invernal diante de si era tanto cruel quanto difuso. Os montes de neve ao longo da campina aberta eram como ondas agitadas no Oceano Ártico, a camada superior entalhada em sulcos devido ao incansável vento frio. As árvores existentes pareciam torturadas pelo frio, os galhos desnudos como garras retraídas por conta da dor, os troncos esfarrapados e famintos. Acima, uma cobertura pesada de nuvens sugeria que outra tempestade se aproximava, como se o clima odiasse a Terra.

Uns trezentos metros adiante, do lado oposto do campo descoberto, um chalé aninhado em meio a um bosque de pinheiros grossos não era o paraíso idílico digno de um cartão-postal. Não havia o acolhedor filete de fumaça subindo pela chaminé inclinada nem o brilho de luz de velas ou a atmosfera de calor emanando das janelas pequeninas, nenhum refúgio seguro contra os ventos devido às laterais frágeis.

Talvez fosse o endereço errado.

Talvez V. tivesse se equivocado...

Quando Xhex se materializou ao seu lado, Murhder recuou sobre a neve apesar de ter se preparado para sua chegada. Ainda assim, a fragrância dela em seu nariz era um choque estranho.

Olhando de relance, avaliou o perfil sério. Os cabelos estavam ainda mais curtos do que na época em que a conhecera. Os olhos pareciam mais escuros – mas podia ser por causa da situação. O restante era exatamente como ele se lembrava: forte e confiante.

Trocaram poucas palavras antes de partirem da Casa de Audiências juntos. E Murhder tinha a sensação de que não teria outra oportunidade de voltar a falar com ela. Nunca mais.

– Obrigado por vir comigo – agradeceu com aspereza.

Ela balançou a cabeça, e ele deduziu que era para expressar que não estava ali por sua causa. Quando Xhex não disse mais nada, ele franziu a testa.

– O que foi? – perguntou.

Levou um tempo até ouvir uma resposta. Mas, em retrospecto, analisando o histórico dos dois, quantas coisas havia sobre as quais jamais conversaram? Havia tanto a escolher.

– Por que continuou indo atrás deles? – Xhex olhou para ele. – Você sabe, aquele laboratório. Os cientistas. Os humanos. Por que os perseguiu?

Murhder se retraiu.

– Está falando sério? – Quando ela simplesmente continuou a encará-lo, Murhder praguejou baixinho. – Como eu poderia não fazer isso? Eles te machucaram. Quase te mataram.

Xhex voltou a se concentrar na campina adiante.

– Não éramos assim, você e eu. Eu não era uma companheira a ser *ahvenge*.

– Da minha parte, éramos.

– Menti para você.

– Sei disso.

Quando ela suspirou fundo, a respiração saiu no frio como uma neblina que logo se dissipou.

– Sinto muito. Por tudo. Por não te contar sobre quem eu sou. Pela minha família e pelo que fizeram com você na colônia. Eu sinto muito mesmo.

Murhder abriu a boca. Tinha a intenção de dizer que estava tudo bem. Que ele estava bem. Que...

Mas ambos sabiam que não era verdade, e ele se recusava a mentir. Isto é, pelo menos em voz alta.

— Nunca te culpei por isso – disse com brusquidão. – Por não ter me contado sobre o *symphato* em você, quero dizer.

— Por quê?

— Você estava se protegendo. Como guerreiro, entendo.

Na época, ninguém de sangue misto ousaria se expor, temendo uma deportação. E ele presumia que devia continuar sendo assim... Embora não pudesse ter certeza, com o tanto que havia mudado desde então.

De repente, Xhex se virou de frente para ele. Seus olhos estavam turvos e não só pelo fato de não haver lua no céu. Estavam turvos de dor, e ele sabia como era a sensação.

Quando o vento frio agitou seus cabelos e a tristeza escureceu ainda mais a noite, Murhder compreendeu que, ainda que os dois não estivessem destinados a ficar juntos, tampouco ficariam completamente afastados. O relacionamento entre eles entalhara runas nas pedras dos leitos de suas almas, o sofrimento em ambos os lados mais duradouro do que qualquer alegria ressonante poderia ter sido.

— Você me fez sentir vergonha de mim mesma... – ela confessou, rouca. – Você continuou perseguindo aqueles humanos. Eu parei. Se não tivesse, talvez eu teria conseguido salvar essa fêmea. E o filho dela.

Murhder meneou a cabeça.

— Não se culpe. Não existe uma resposta certa quando se trata de nos curarmos dos efeitos de uma tragédia. Você cuidou de si mesma. É o que importa.

Nossa, quanta asneira. Ele não tinha curado nada em si, portanto não tinha autoridade alguma para falar sobre a recuperação de algo mais sério do que uma fratura. Ainda assim, queria aplacar a consciência dela. Depois de tudo o que sofrera, Xhex merecia liberdade, e não apenas da jaula em que fora mantida.

— Você estava lá na noite em que incendiei o laboratório, não estava? — Quando Murhder assentiu, ela continuou: — Como sabia que eu estava lá?

Ele fechou os olhos e lutou contra o passado. E se não fosse a convicção arraigada de que jamais voltariam a se encontrar depois do momento em questão, provavelmente teria encerrado o assunto.

No entanto... surpreendeu-se respondendo, as palavras borbulhando garganta acima e saindo da boca em sílabas roucas.

— Quando o seu povo te entregou para os humanos lá na colônia, eu me soltei e tentei te salvar. Vi quando foi colocada numa van de janelas escuras, vi o logotipo dela. Eu queria ter seguido o veículo, mas... — Bem, os parentes da fêmea controlaram seu cérebro e isso basicamente o dominou. — Depois que Rehv me resgatou de lá, um tempo depois, procurei o laboratório com aquele logo. Foi pura sorte tê-lo encontrado na noite em que você ateou fogo lá.

Pura sorte... Ou parte dos planos grandiosos da Virgem Escriba para quem é de acreditar nesse tipo de coisa.

Ele tocou no caco de vidro por cima da camisa. Foi através da van que acabou encontrando os dois outros vampiros. E quando observou Xhex contra o pano de fundo do incêndio, não prestou muita atenção a um veículo que saiu de lá. Só mais tarde, depois de ter decidido deixar Xhex em paz e se desmaterializado para longe do local, ele se lembrou de que era o mesmo veículo da noite em que ela fora levada da colônia dos *symphatos*.

Foi assim que suspeitou que devia ter outros em cativeiro.

E tinha razão.

— Eu não sabia da existência de outros. — Xhex pigarreou. — Quero dizer, enquanto eu estava lá, eles me mantiveram sozinha, provavelmente porque eu os atacava toda vez que se aproximavam.

Murhder fechou os olhos e balançou a cabeça.

— Aquilo nunca deveria ter acontecido. Nem com você, nem com ninguém.

— Não o culpo por ter se afastado de mim. O que não consigo entender é: por que disse à Irmandade que foi você quem provocou o incêndio no laboratório?

— Isso importa agora?

— Sim. Quero dizer, até hoje eu ainda não tinha entendido o motivo. Por eles te culparem de tudo. Primeiro do incêndio e depois do massacre no segundo laboratório.

Murhder deu de ombros.

— Quando os Irmãos juntaram o que você fez com todos os meus erros, foi apenas a gota d'água. Resolvi que você não precisava de mais problemas do que já tinha e Deus bem sabe o quanto eu já estava afundado.

— Eles sabem sobre mim. Sobre quem eu sou.

— Imaginei que sim. Que bom que eles a aceitaram...

— Sou vinculada agora.

— Parabéns — ele já tinha se ouvido dizer.

— Ele é um bom macho.

Melhor que seja, Murhder pensou. *Ou eu o mato com minhas próprias mãos.*

Quando Xhex não disse mais nada, Murhder esperou que sentimentos de ciúme e de posse borbulhassem em seu peito. Algo se acendeu de fato, bem lá no fundo, mas foi uma emoção muito tênue para ele entender do que se tratava. No entanto, tinha certeza de que não era a reação de um macho vinculado.

— Não vim aqui pra te causar problemas — ele esclareceu. — Vim por causa dessa fêmea, de verdade.

— No que eu puder ajudar, conte comigo. — Xhex desviou o olhar para o chalé. — Devo isso a ela, apesar de não conhecê-la.

Murhder não teve a intenção de tocá-la, mas seus braços se esticaram antes que ele pudesse pensar a respeito... E, em seguida, Xhex estava em seus braços, os dois se abraçando, os ventos invisíveis da dor e do sofrimento transformando-os no olho do furacão.

Era o que ele queria ter feito na noite do incêndio, mas não teve coragem.

— Eu também sinto muito — disse.

— Pelo que está se desculpando? — ela perguntou.

— Por tudo.

John Matthew estava contra o vento, na direção de Xhex e de Murhder quando os dois se abraçaram às sombras do aglomerado de pinheiros.

O grunhido que surgiu de sua garganta foi baixo e perigoso para seus próprios ouvidos. Além do fato de suas palmas terem, automaticamente, encontrado as duas adagas e as desembainhado.

O som de um galho se partindo atrás de si foi o que o impediu de sair correndo pela campinha e atacar o antigo Irmão.

Quando John se virou, deu de cara com Tohr.

— Maldição, John. Que diabos está fazendo aqui?

John só conseguia respirar. A ira do macho vinculado que despertara dentro dele era tão dominante que os instintos de atacar, proteger e defender superavam qualquer pensamento. Ou, pelo menos, a maior parte. Ainda restava o bastante para lembrá-lo de que não queria ferir seu pai de criação.

— Filho — Tohr disse —, não faça isso, ok? Não faça nada disso.

A imagem de Xhex se aproximando daquele macho, do seu ex-amante, um Irmão, foi como gasolina no fogo do seu humor. E Tohr deve ter entendido que ele estava prestes a agir porque o segurou pelo ombro direito...

Bem em cima da ferida da mordida.

Caso John tivesse uma voz operante, teria gritado alto o suficiente para fazer cair a neve das nuvens pesadas ali no céu.

A dor lancinante que o atravessou foi tão intensa que, provavelmente, nada mais poderia ter superado seu macho vinculado. Cambaleando à frente, temporariamente cego, ele tombou sobre Tohr, que amparou sua queda.

— Está machucado? John!

Tohr o rolou e o deitou de costas no chão e, enquanto seu sistema nervoso brigava com as sensações que o atravessavam, as adagas foram retiradas de suas mãos e o rosto do Irmão apareceu acima do seu.

— Fale comigo, filho, o que está acontecendo?

Com reflexos atrapalhados, John tentou tocar na região do ombro, para afastar a mão do Irmão daquilo que o estava matando...

Ok, escolha ruim de palavras.

Com um puxão violento, Tohr abriu sua jaqueta de couro.

— Você não está sangrando... — O Irmão pegou o celular e acendeu a lanterna. — Tire a camiseta pra eu...

Por mais agitado que estivesse, John soube quando Tohr viu a mordida debaixo da camiseta. O rosto do Irmão congelou, a tranquilidade fugindo de suas feições. Na verdade, ele chegou a perder o foco por uma fração de segundo.

Quando se recobrou, a voz estava falsamente inflexível.

— Quando isso aconteceu e por que não contou a ninguém?

John só balançou a cabeça, a neve debaixo do crânio emitindo ruídos devido ao frio — o que o fez ponderar por que não sentia a temperatura invernal. Na verdade... de repente não sentia mais nada, nem o peso do próprio corpo, nem o zunido de agressividade, nem mesmo dor.

Pelo menos a última parte era uma boa notícia.

Outras vozes agora. Graves e baixas. Tohr chamou alguém(ns), mas John não se deu ao trabalho de tentar ver quem era.

Em vez disso, encarou o imenso céu cinzento. Engraçado como, antes de sua transição, achava que tinha boa visão — ou talvez fosse mais o caso de não ter visão ruim. De perto ou de longe, conseguia enxergar tudo o que queria.

Mas depois da mudança? Foi como se um filme nublado tivesse sido removido, sua habilidade de perceber detalhes ínfimos em objetos e nas pessoas à distância de um campo de futebol na mais absoluta escuridão foi um choque tão grande que ele se lembrou de ter pensado que tinha superpoderes.

Agora, enquanto observava o céu, conseguia enxergar os diferentes tons de cinza por baixo do ventre da tempestade, as correntes de vento movendo em câmera lenta as nuvens inchadas de neve. O efeito era tranquilo, belo... pacificador, como seda ondulando por uma porta aberta.

Parecia que Xhex e aquele macho estavam há quilômetros de distância. Mas, pensando bem, também a sua forma corpórea, mesmo que dali ele soubesse que não estava tendo uma experiência externa ao corpo.

Estou morrendo?, ele perguntou sem emitir som algum.

Quando ninguém respondeu, não se surpreendeu. Não podiam ouvi-lo, e mesmo que pudessem, John não conseguia se conectar com nada que o rodeava.

A tristeza o assolou. Não queria deixar a situação daquele jeito com Xhex.

Mesmo que apenas ele soubesse que estavam distantes.

CAPÍTULO 15

Murhder e Xhex recuaram do abraço ao mesmo tempo e, quando ele baixou o olhar para a fêmea, descobriu qual fora sua emoção quando ela lhe contou que estava vinculada a alguém. Fora alívio. Uma porta se fechando sem bater, com apenas um clique.

Não que tivesse ido até ali pensando que teriam algum futuro juntos. Foi apenas parte de uma resolução que não esperava encontrar, e mesmo assim valorizava mais do que poderia ter imaginado.

— Se um dia ele te fizer mal — Murhder disse —, arranco a pele dele vivo.

— John? — Ela balançou a cabeça. — Ele é um príncipe. Na verdade, acho que você iria gostar dele.

Por Deus, fazia tanto tempo que Murhder não pensava em termos de gostar ou desgostar de qualquer ser vivo... É o que acontece quando se pensa apenas em sobreviver. E quando seu cérebro é uma massa incerta.

— Vamos em frente — ele disse ao olhar através da campina coberta de neve.

Xhex assentiu e começaram a andar lado a lado, as botas e os sapatos pesados atravessando a cobertura de gelo e comprimindo os flocos mais macios debaixo de ruídos abafados. Antes de deixarem a antiga casa de Darius, os Irmãos lhe deram um casaco pesado, calças adequadas à neve, luvas e sapatos. Nenhuma arma. E ele não pediu as suas de volta.

Investigando ao redor, não viu nada além de árvores na periferia. Eram alvos fáceis. Os dois atravessaram a área aberta, sem nenhuma cobertura, mas Murhder não estava preocupado. Não havia cheiros estranhos no vento frio, e os Irmãos sem dúvida estavam no limite das árvores, bancando as babás. Se alguém tentasse atacá-los?

Ia dar merda.

Quanto mais se aproximavam do chalé, pior a estrutura parecia. Considerando o telhado afundado, as janelas tortas e as tábuas soltas, o lugar parecia moribundo — e ele sentiu uma onda renovada de culpa. Não que arrependimentos em relação àquela fêmea um dia precisaram de ajuda para se instalar em seu íntimo.

Se ao menos tivesse retornado mais rápido ao laboratório... Se o macho não tivesse sido alvejado. Ou se...

— Como você a encontrou? — Xhex perguntou.

— Eliahu Rathboone. — A respiração saiu da boca em lufadas enquanto ele falava. — A minha pousada. Ela disse que viu um retrato meu na TV.

Quando um vento cortante os atingiu, Murhder enfiou as mãos cobertas pelas luvas emprestadas nos bolsos do casaco emprestado e pensou em Fritz providenciando as roupas invernais. O mordomo não se mostrara surpreso em vê-lo e lhe oferecera o mesmo sorriso enrugado de outrora. Nos olhos, porém, a tristeza do *doggen* era evidente e Murhder o compreendeu. Em sua vida pregressa, tantas vezes dormira na casa de Darius, como parte da família. Agora? Ser um pária era pior do que ser um desconhecido.

Ele era o membro problemático da família.

E, além de tudo? Darius, o Irmão que aproximara o mordomo e Murhder, agora estava morto, o conduíte entre eles inexistente, mais um espaço vazio para acrescentar à longa lista de pessoas que não estavam mais ali.

Falando nisso... deviam estar a vinte metros quando as janelas escuras do chalé o preocuparam. Esperava encontrar quaisquer vidros externos fechados durante o dia, mas o sol não era um problema agora. Então por que não havia luz? Observando os fios anêmicos que saíam da floresta e se ligavam a um dos cantos do telhado, calculou que talvez não tivesse mais eletricidade.

Ou será que talvez ela tinha se mudado do local em que recebera auxílio médico da equipe de Havers, mas permanecera na cidade? Murhder não estranhara o fato de as cartas não incluírem um endereço de remetente nem número de telefone porque ela não tinha certeza de onde ele estava, assim como ele não tinha certeza a respeito da identidade da fêmea. Como vampiros vivendo num mundo dominado por humanos, todos eram cautelosos.

Ainda mais alguém como ela, que fora torturada pela outra espécie.

Mas agora ele se questionava. Seria um ardil? Mas como ela saberia do que tinha acontecido quando ele invadiu o laboratório?

Tais perguntas lhe ocorreram na curta distância até a porta da frente e, pelo canto do olho, percebeu que Xhex agora empunhava sua pistola.

Cerrando o punho, ele bateu à porta para anunciar suas presenças – e não gostou nada, nada, do modo como a tábua sacudiu no batente. Quando não obteve resposta, bateu de novo.

Havia um fecho antiquado de ferro em vez de uma maçaneta moderna, e quando Murhder levantou o peso, esperou o material se desprender do lugar onde estava afixado. Em vez disso, sentiu resistência quando tentou empurrar a porta para abri-la.

Bateu uma terceira vez. E então seu treino e experiência como Irmão assumiram o comando. Aquela posição à porta era exposta demais, independentemente dos vigias na floresta.

Murhder virou o ombro para a barreira frágil e a empurrou, aterrissando com o corpo no meio do cômodo gelado.

Silêncio.

Acendendo uma lanterna pequena, moveu o facho de luz ao redor, a poeira fina transformando o ponto de luz numa invasão. Havia um sofá gasto. Uma TV, que o surpreendeu até ele notar que era um modelo dos anos 1990. Uma mesa com...

Atravessando as tábuas do assoalho, apontou a luz para uma carta parcialmente escrita num papel igual ao das cartas enviadas para ele. E não foi surpresa ver a mesma caligrafia numa saudação a Eliahu Rathboone.

Não perdeu tempo lendo os dois parágrafos e meio.

— Ela está aqui. Ou esteve...

O gemido foi baixo, quase abafado pelo rangido no chão debaixo dele. Apressando-se em direção ao som, Murhder se deslocou até um cômodo que parecia ser uma cozinha simples, mas onde tudo estava impecável nas bancadas, e a geladeira, vinda dos anos 1970, produzia um som de engasgo ritmado.

O quarto ficava nos fundos à direita, e agora ele sentia o cheiro da fêmea. Mas ela tinha um visitante terrível consigo.

A morte.

Havia o cheiro acre e dolorosamente melancólico dos mortos no ar parado e frio e, quando Murhder atravessou a soleira, segurou o caco do espelho visionário outra vez.

— Você me encontrou — murmurou uma voz frágil.

A luz da lanterna revelou uma cama e, sobre ela, debaixo de camadas de mantas, uma fêmea estava deitada de lado, de frente para ele, o rosto esquelético repousando num travesseiro fino. Mechas de cabelos, grisalhos e crespos, formavam um halo ao redor dos ossos proeminentes, a pele dela estava da cor da neblina.

Murhder se aproximou dela, ajoelhando-se.

Quando os olhos encovados procuraram os dele, uma lágrima escapou e deslizou pela extensão do nariz.

— Você veio.

— Eu vim.

Eram desconhecidos. No entanto, quando ele lhe segurou a mão, uma conexão familiar se estabeleceu.

— Não me restam mais luas — ela sussurrou. — Meus céus noturnos estão ficando sem estrelas.

— Farei o que precisar que eu faça — ele apressou as palavras caso ela falecesse naquele instante mesmo. — Encontrarei seu filho, e trarei ajuda médica para você...

— É tarde demais... para mim.

Murhder olhou por sobre o ombro para Xhex.

— Chame os Irmãos. Traga-os aqui para ajudá-la a...

Ela apertou sua mão.

— Não, está tudo bem. Sei que não fracassará... Não consigo esperar mais, e não quero que meu amado filho me veja assim.

Xhex desapareceu, e ele ficou aliviado. Ela traria ajuda.

— Qual é o seu nome, fêmea? — perguntou quando as pálpebras abaixaram.

— Ingridge.

— Onde estão seus parentes?

— Fui desonrada. Deixe-os em paz... Eu lhe disse onde meu filho está. Vá, salve-o, leve-o a um lugar seguro. Ele teria me procurado aqui se tivesse fugido. Ele sabe da existência deste lugar. Era para nos encontrarmos aqui caso nos separássemos.

— Ingridge, fique comigo — Murhder a chamou quando ela se calou. — Ingridge... aguente firme...

— Encontre meu filho. Salve-o.

— Não quer vê-lo novamente? — Ele sabia muito bem que não poderia prometê-lo, mas diria o que fosse preciso para mantê-la deste lado do túmulo. — Aguente firme, a ajuda está a caminho...

— Salve-o.

Por debaixo das mantas gastas, o corpo estremeceu e ela inspirou profundamente, como se uma dor repentina se apossasse dela. Em seguida veio o suspiro que durou uma eternidade.

— Ingridge... — ele disse, emocionado. — Você precisa ficar aqui...

Enquanto Murhder tentava encontrar as palavras que a incitariam a ficar viva em vez de aceitar a morte, pensou nos relatos dos viajantes, aqueles que chegaram ao limiar da morte e, no entanto, retornaram para junto dos vivos, as histórias de um cenário nebuloso que se dividia, revelando uma porta branca. Se você abre essa porta, fica perdido para o mundo terreno para sempre.

— Não abra o portal — ele falou com rispidez. — Não o atravesse. Ingridge, volte do portal.

Ele não fazia ideia se o comando fazia sentido ou sequer se ela conseguia ouvi-lo. Mas, em seguida, ela abriu os olhos e pareceu se concentrar nele.

— Natelem é o nome dele. Eu lhe disse onde encontrá-lo...

— Não, você não me disse...

Ingridge começou a falar no Antigo Idioma, as sílabas arrastadas em certos pontos, as palavras se unindo umas às outras:

— *Em meu fim mortal, e com a Virgem Escriba velando por mim, eu aqui lhe passo todos os direitos e responsabilidades sobre meu filho, Natelem. Busco sua aprovação nesse pedido precioso em nome de sua honra como macho de valor.*

Murhder virou para trás. Queria que a Irmandade estivesse entrando apressada com um médico.

Nada disso estava acontecendo.

Plano B.

Puxou a manga justa do casaco para cima, mas, como não conseguia ir muito longe, arrancou a jaqueta e puxou a manga da camisa para revelar o pulso.

— Prometa! — ela implorou. — Para que eu possa morrer em paz.

— Prometo. — Ele a fitou nos olhos. — Mas você irá viver.

Quando ela suspirou aliviada, Murhder perfurou a própria veia e depois aproximou a ferida da boca da fêmea.

— Sorva, beba de mim...

Ingridge ainda respirava, os olhos se fechavam, o corpo afrouxava, mas ela abriu a boca, preparada para aceitar o que ele lhe oferecia...

— Ingridge! — ele a chamou com urgência. — Ingridge, beba de mim.

O sangue, rubro, quente e vital, caiu nos seus lábios. Mesmo assim, ela não reagiu. Não houve movimento em direção à fonte, a boca não se fechou na veia, não houve absolutamente qualquer reação.

O coração de Murhder batia forte.

— Ingridge! Acorde e beba!

Com a mão livre, desajeitado por baixo do braço esticado, ele sacudiu o corpo dela com gentileza. Depois repetiu, com mais vontade...

Ela rolou, ficando de costas, mas o movimento foi como o de blocos caindo de uma pilha, nada que representasse vontade própria.

Ela se fora.

— Não... — Murhder engoliu em seco. — Não vá. Não agora... *por favor.*

Enquanto discutia contra a realidade diante de si, seus olhos se prenderam ao rosto emaciado, rezando por alguma recuperação, que seu sangue descesse pela garganta e entrasse no corpo, reavivando o que já não estava mais animado.

Em vez disso, ela permaneceu imóvel. E o contraste entre o vermelho vital que ele queria que Ingridge tomasse e o branco descorado e mortal dos lábios inertes fez sua alma gritar ante a injustiça da vida.

Com a mão trêmula, alcançou a boca de Ingridge. Queria deixar seu sangue onde estava, mas não suportava a ideia de que ela parecesse descuidada em sua morte. Esquecida. Negligenciada.

Limpando a mancha o melhor que pôde, sussurrou rouco:

— *Encontrarei seu filho e garantirei que ele encontre um lar seguro. Este é o meu voto para você.*

Puxando as mantas até debaixo do queixo, como se assim pudesse impedir o resfriamento do corpo, Murhder ficou dilacerado, ainda que estivesse fisicamente intacto. Por mais que a fêmea fosse apenas uma desconhecida, foi impossível não pensar nela como um parente de sangue, pois os dois se uniram por acontecimentos que forjaram um elo inquebrável.

Inclinando-se sobre a cama, cobriu os frágeis restos mortais; a proteção de seu apoio chegara tarde demais, pois a foice do ceifador já executara seu trabalho.

Por que estava sempre atrasado?, Murhder ponderou ao pegá-la nos braços.

Desespero, um pântano muito familiar, o afundou nas raias da tristeza, e ele se retraiu para as profundezas de sua mente quando começou a chorar.

Encontrarei um pai adequado ao seu filho, jurou em silêncio. *Nem que seja a última coisa que farei antes de encontrá-la novamente no Fade.*

Capítulo 16

Xhex terminou a ligação para a clínica do centro de treinamento e olhou pela campina. A Irmandade estava ali em algum lugar entre as árvores e ela acenou para chamar a atenção deles. Imaginando que deduziriam o que o sinal significava, voltou para dentro da casinha, pisando nas tábuas do assoalho que rangiam e passando por cômodos silenciosos e frios.

Quando chegou ao quarto, parou de pronto na soleira. Tinha a intenção de entrar.

Mas não entrou.

Do outro lado do quarto gelado quase desprovido de mobília, uma cena de luto digna de integrar uma tapeçaria dilacerou sua alma e lhe disse tudo o que precisava saber sobre a futilidade da ajuda médica. Murhder cobrira o corpo da fêmea com o seu, e o tremor dos ombros bem como o cheiro das lágrimas representavam um momento tão particular que Xhex recuou.

Abaixando a cabeça, cobriu a boca com a palma da mão enluvada e passou o outro braço pela cintura. Às vezes, chegar em cima da hora não bastava, e foi impossível não se colocar na posição de Murhder.

Meu Deus, aquele macho nascera sob uma estrela sombria. Parecia destinado a sofrer.

Estava parada no meio do cômodo principal quando Rhage e Vishous apareceram na varanda.

— Ei, e aí... — Rhage não terminou a frase. Os cheiros no ar diziam tudo. — Merda!

— Ela está morta. A fêmea morreu. — Xhex encarou V. — E não, ele não a matou.

O Irmão arqueou as sobrancelhas.

— Eu disse alguma coisa?

— Consigo ler sua grade emocional. — Ela apontou para o meio do peito. — *Symphata*, lembra?

— Como podemos ajudar? — Rhage interrompeu. — O que podemos fazer?

Xhex olhou para trás e, quando viu Murhder debruçado sobre o cadáver, quis berrar contra o destino, dizendo que o pobre-diabo merecia uma folga.

— Nada... — murmurou. — Não há nada a ser feito.

— Não podemos simplesmente deixar o corpo aqui. — V. pegou um dos cigarros enrolados. — Teremos que...

— Não acenda essa porra aqui.

O olhar diamantino se estreitou.

— Como é que é?

— Tenha um pouco de respeito. E se você disser que ela está morta, terei a sua garganta em minha mão antes que você consiga pronunciar a última palavra. Esta ainda é a casa dela, maldição!

Quando os olhos de V. brilharam agressivos, Xhex desejou que o Irmão avançasse. Queria brigar com algo que pudesse atingir fisicamente. Mas, em vez disso, ele se virou e foi para a porta, resmungando baixinho. Ainda assim, palavrões foram audíveis.

Xhex arrancou o chapéu e passou as mãos pelos cabelos. Por falar em grades emocionais... Com a intensidade da raiva dentro de si, estava perigosa e não acrescia valor algum à situação, já tão carregada. E a última coisa de que Murhder precisava era de mais drama.

Marchando para a porta aberta, inclinou-se para fora. V. se acomodara contra a coluna e soprava uma espiral de fumaça na noite.

— Sinto muito por ter te atacado — disse com brusquidão. — Esta situação toda é uma merda.

O Irmão olhou para ela. Tragou o cigarro lenta e longamente, a ponta brilhando alaranjada. Quando exalou, falou em meio à fumaça:

— Você está certa. Eu não deveria ficar acendendo cigarros dentro da casa dos outros. É falta de educação.

Xhex assentiu. Vishous assentiu.

Ela voltou a entrar, mas parou. Murhder saía do quarto e, além dos olhos injetados que brilhavam bastante, ninguém saberia que ele se descontrolara. Ele é um bom macho, ela pensou.

Demonstrar fraqueza diante dos Irmãos não parecia boa ideia.

— Eu a envolvi nas mantas — Murhder anunciou com voz rouca. — E me certifiquei de que as janelas estão trancadas. Vamos trancar a casa toda. O frio irá preservar o corpo dela até a cerimônia do Fade.

Murhder sabia que seus lábios se mexiam e deduziu estar comunicando algo que fazia um mínimo de sentido porque Xhex e Rhage assentiam para ele. Sua mente, contudo, estava em outro lugar.

Eu lhe disse onde encontrá-lo.

Só que ela não dissera.

E ele já tentara descobrir se existiam outros laboratórios como aquele. No decorrer dos anos, quando se sentira particularmente agitado, procurou na internet pistas de que tais pesquisas ainda estavam em curso. A empresa farmacêutica original fechara as portas e não havia outras instalações registradas sob o mesmo nome. Considerou tal resposta um bom sinal e tentou se valer da informação para aplacar a consciência...

Enquanto a conversa se desenrolava ao seu redor, seus olhos se deslocaram para a escrivaninha.

Murhder se apressou pelo cômodo vazio como se a carta parcialmente escrita fosse a sua saída de um incêndio de grande escala.

Pegou o pedaço de papel com mãos trêmulas, leu os símbolos do Antigo Idioma – e respirou aliviado. Ok. Muito bem. No fim, ela lhe dissera.

Agora sabia para onde ir. Ithaca. Havia um laboratório associado ao original funcionando sob outro nome em Ithaca. Ela o encontrara depois de pesquisar os websites da PETA que rastreavam empresas farmacêuticas com violações aos direitos dos animais.

Abrindo a boca, virou-se para Xhex – e em seguida a fechou. Rhage pairava num dos cantos, uma enorme montanha loira que mascava um chiclete de uva como um grande tubarão branco.

Melhor ficar calado, pensou ao enfiar a carta no bolso das calças.

– Onde está o filho dela? – Rhage perguntou ao mastigar o doce. – Podemos ajudar a trazê-lo para cá.

Murhder meneou a cabeça.

– Ele morreu. Não sobreviveu. Ela me contou pouco antes de morrer.

O Irmão abaixou a cabeça e imprecou.

– Lamento muito.

– Eu também. É tragédia demais. – Estava ciente de que Xhex parecia confusa ao fitá-lo, mas se recusou a lhe dar atenção. *Symphatos* sempre sabiam demais. – Acho que só nos resta ir embora, então...

– Não podemos deixá-la aqui. – Rhage se aproximou da frágil porta de entrada e a sacudiu. Ela tinha ficado aberta porque o interior da cabana estava da mesma temperatura do que o exterior. – Esta porta não é resistente o bastante, mesmo se a trancarmos.

– Para manter o vento pra fora basta, sim.

– Existem pegadas de lobo em toda a floresta, e sentimos o cheiro de uma matilha quando atravessamos a campina. Dê a volta até os fundos. Você verá que eles já andaram farejando a propriedade.

Murhder esfregou os olhos para se livrar da irritação do choro.

– Trancaremos tudo. A porta. A porta da frente.

Ele não fazia a mínima ideia do que estava falando.

Xhex se pronunciou:

— Rhage está certo. Ela não está segura aqui. Vamos levá-la até o meu chalé e, Murhder, você pode ficar com ela o tempo todo. Pode fazer a cerimônia do Fade lá. O lugar está fechado para o inverno, por isso estará frio, e é uma construção sólida.

Maldição, só me deixem ir embora, ele queria berrar. Precisava encontrar a exata localização do laboratório renomeado e avaliar o lugar. De jeito nenhum meteria os pés pelas mãos num ataque arriscado. E precisava de armas. Suprimentos. Um plano.

— Você pode se certificar de que ela estará bem cuidada. — Xhex disse em tom neutro. — Você não vai querer correr o risco de que os restos mortais dela sejam profanados.

Antes que ele conseguisse responder, Vishous enfiou a cabeça dentro da casa.

— Xhex. Preciso que você volte para casa comigo agora.

O instante de silêncio que se seguiu levou Murhder de volta aos seus tempos na Irmandade. Havia uma combinação de palavras num determinado tom de voz que você jamais gostaria de ouvir.

Essa combinação?

Era uma delas.

Capítulo 17

John estava sentado nu sobre uma mesa de exames no centro de treinamento com as mãos sobre as coxas, os dedos remexendo a barra da manta que estava enrolada em sua cintura. A doutora Jane e o doutor Manello, também conhecido como Manny, tinham ido confabular no corredor e, no lado da porta designado ao paciente, ele tentava traduzir os murmúrios.

Era como ler as folhas de um chá. Apenas sinais vagos.

Estava exausto, mas não iria se deitar. Já tentara fazer isso, e sentiu uma onda de pânico, como se estivesse preso ou amarrado. Sim, continuar sentado era melhor.

O fato de dois médicos, que ele considerava amigos, se distanciarem do paciente para trocar informações sugeria que não faziam a mínima ideia do que estava acontecendo com a mordida. Que maravilha, considerando-se que uma mancha negra se formara nas últimas duas horas, o que antes era vermelho e inchado quando verificara na academia agora parecia simplesmente corroído...

Quando seus instintos formigaram, John se sentou mais ereto e olhou para a porta. Na mesma hora, aproveitando a deixa, um aroma acentuado emanou de seu corpo, o perfume pungente que era como um cartão de visita que, pela primeira vez, não estava interessado em carregar.

Xhex empurrou a porta da sala de exames de maneira apressada, quase arrancando o piso de ladrilhos ao derrapar graças à neve que tinha sob a sola das botas. Os olhos cinza-metálico dispararam para o seu ombro. Estreitaram-se. Ali permaneceram.

– Que diabos aconteceu? – ela exigiu saber.

Ainda estava vestida para o ambiente externo, as faces ainda coradas pelo frio, e os cabelos mais espetados do que o normal. O fato de não carregar o cheiro de outro macho sugeria que ela e Murhder deixaram o assunto no abraço, mas ele se perguntou por quanto tempo ficaria assim.

– John? – ela o chamou. – Você está bem?

Ele a observou quando Xhex se aproximou da mesa, e quando o macho não respondeu, ela moveu a mão diante de seu rosto como se acreditasse que ele estivesse num coma vertical.

Para se distrair, John olhou para a porta que lentamente se fechava sozinha. Era óbvio que Vishous viera direto ao centro de treinamento com ela, porque estava do lado de fora conversando com os médicos. Fazia sentido. Ele também era paramédico, além de filho da grande Virgem Escriba.

Deviam estar perguntando a respeito de Ômega, era quase certeza.

– John?

Ele levantou as mãos, retraindo-se quando o ombro se opôs ao movimento.

Vi vocês dois juntos. Você e Murhder – e não ouse reclamar de eu ter te seguido até a floresta. O fato de você ter abraçado o cara justifica totalmente a minha...

– Não há nada entre mim e ele...

Não me diga que não há nada entre vocês. Eu vi o modo como olhavam um para o outro. John meneou a cabeça. *Sou um idiota. Não me preocupei quando as pessoas falavam que ele viria para cá. Afinal, achei que não tinha nada com que me preocupar.*

– Não é assim.

A porta se abriu e Vishous entrou fumegando como se estivesse indo para uma batalha.

– Vamos dar uma olhada no que você tem aí, filho – disse o Irmão. – Tenho jeito com essas coisas.

Pela primeira vez, John se ressentiu dessa coisa de "filho". Ele era um macho adulto que vira ação real no campo de batalha. Não era um pré-trans qualquer sendo atormentado pelos colegas de classe.

Mas disse a si mesmo que de nada adiantaria começar uma briga com o macho.

Além do mais, ficou abruptamente distraído quando Xhex se afastou, cruzou os braços e ficou encarando o piso de ladrilhos. Não era necessário ser da raça dela para entender seu humor; ela estava uma pilha de nervos, a carga tóxica de suas emoções tão intensa que até interferia no brilho da luz do teto.

Que bom, John pensou. Mesmo que fizesse dele um cretino. Mas, de repente, estava farto de ser o cara bonzinho. Sempre seguia as regras, fazia o que era certo, cuidava dos outros. E aonde isso o levou?

– Não se assuste.

Quando V. falou, ele olhou para o Irmão – e se retraiu. Vishous estava tirando a luva negra com forro de chumbo que sempre cobria sua maldição, revelando a palma iluminada.

Os pelos de seus braços se eriçaram num sinal de alerta e suas entranhas arderam. Aquela coisa era capaz de incinerar prédios inteiros, sendo parte maçarico, parte bomba atômica.

Que toda aquela merda de dedo-de-Deus se danasse. V. nascera com um a porra de um Big Bang na mão.

E o cara o estendia na sua direção.

– Não vou tocar em você – V. disse, sério. – Só quero ter uma conversa com essa coisa.

Ah, maravilha, John pensou. *Que tal se a gente puxar um punhado de cadeiras para ver minha pele derreter que nem o rosto daquele cara em* Caçadores da Arca Perdida?

A doutora Jane e Manny entraram na sala de exames, mas ficaram para trás, os dois jalecos brancos parando na exata mesma posição, com braços cruzados diante do peito, literalmente pilares do conhecimento e da experiência médica.

– Apenas respire, John – V. orientou ao diminuir a distância entre a maldição brilhante e a marca de mordida.

John se retraiu. Não deu para evitar. Mas então um calor, parecido com quando se está próximo demais de uma fogueira, irradiou para dentro do seu ombro. À medida que o calor se intensificava, ele teve que combater o desejo de se afastar – só que, de repente, já não era mais possível, mesmo que ele quisesse. Alguma amarra metafísica aconteceu entre a luz branca brilhante da mão de V. e a ferida negra, com tentáculos de energia emanando da palma e flanando ao redor da infecção.

Um grunhido chamou a atenção de John. V. estava se esforçando, gotas de suor surgiram em sua testa, o peito arfava, os músculos da garganta, dos ombros e do peito se contraíam...

Como um elástico estourando, a conexão foi interrompida e Vishous foi lançado para trás, chocando-se contra o armário com porta de vidro, quebrando tudo tal qual num acidente automobilístico. John também foi lançado para o lado, e quando braços fortes o seguraram, ele se agarrou.

A Xhex.

O rosto da fêmea estava pálido e ela tremia, por mais que tivesse força de impedir sua queda até o chão.

V. xingou e se afastou das prateleiras abalroadas. Havia vidro em todo lugar – especialmente em sua pele – e ele despiu a camiseta preta sem mangas.

A doutora Jane se aproximou e o virou. Ele tinha diversos cacos grandes de vidro cravados nas costas, tal qual um porco espinho.

– Vamos ter que cuidar disso – sua *shellan* determinou, séria.

– Temos problemas maiores. – V. puxou um dos cacos sem cerimônia alguma e jogou o objeto cortante com a ponta ensanguentada no chão. – *Isso* não é o Ômega. E não faço a mínima ideia do que seja.

Horas se passaram, e Xhex ficou com John o tempo inteiro. Ela se preocupou que ele talvez a obrigasse a sair, mas, apesar de a relação estar um pouco tensa, ele não o fez. Observando a equipe médica trabalhar – colhendo amostras para cultura de bactérias e testes de resistência a antibióticos, trocando ideias com Havers, falando com Ehlena, a enfermeira da clínica –, Xhex confiou em seu lado *symphato* para ler as grades emocionais não só da equipe, mas também do companheiro.

A equipe médica, inclusive V., estava alarmada.

John um pouco menos. Porque o coração dele sofria por causa de Murhder, e era o que mais importava para ele.

E se isso não acabava com ela...

– Então, a situação é a seguinte... – A doutora Jane se aproximou da mesa de exames e apoiou uma mão no joelho de John.

Manny estava bem ao lado dela. Assim como Ehlena. Vishous estava mais para o lado, com as costas enfaixadas, vestindo a camiseta novamente, o vidro que estava no chão fora varrido pouco antes por Fritz, o mordomo.

Xhex ouviu parcialmente expressões como "nenhum sinal de infecção", "infiltração nas primeiras camadas da pele" e "preocupação com o alastramento que vem ocorrendo". Ela estava mais interessada nas emoções da médica. Jane estava em pânico absoluto. Por baixo da fachada calma e da voz controlada, sua superestrutura emocional – que aparecia no lado *symphato* de Xhex como um sistema de vigas tridimensional, como a estrutura de um arranha-céu – estava aceso em áreas bem no centro da consciência dela. Normalmente, quanto mais longe do centro, mais superficiais as emoções, e as cores e os padrões indicavam setores: felicidade, tristeza, raiva ou medo.

O que a médica sentia? Terror absoluto vermelho e raiva roxa de si mesma por não ter respostas melhores. E essa merda estava bem no meio do coração dela.

Tenho que ficar aqui?, John sinalizou.

— Não – Jane respondeu. – Você pode ir. Mas queremos que fique fora dos turnos até sabermos o que está acontecendo.

— O que vai mudar? – Xhex perguntou. – Sobre o quanto vocês sabem, quero dizer. Vocês já investigaram tudo.

Aquela mancha preta tomaria conta dele? Iria matá-lo? Ou pior...?

— É uma pergunta válida. A Escolhida Cormia está indo para a biblioteca da Virgem Escriba agora mesmo. Ela vai pesquisar nos livros com todas as outras fêmeas sagradas. Se houver algo lá, vão encontrar.

— Ok. Faz sentido. Mas e se não houver?

— Pensaremos na questão se for o caso.

Mais conversas, nada relevante. Só o que Xhex queria era um minuto a sós com seu companheiro. Uma hora sozinhos. Uma vida inteira.

Quando, por fim, foram deixados a sós, John se deitou na mesa de exames. Na mesma hora voltou a se sentar.

— John. – Quando ela disse seu nome, ele a fitou. – Não importa o que aconteça, estarei com você. Estou aqui. Eu te amo.

Desviando o olhar, ele fitou o chão e inspirou fundo. Quando o silêncio se prolongou, a ansiedade dela aumentou e Xhex se viu quebrando uma regra fundamental. Por respeito a John, ela não lia seu estado emocional – normalmente. Algumas coisas devem permanecer particulares, e ela sempre desejou que ele partilhasse o que quisesse, como um presente em vez de um segredo roubado.

Agora, no entanto, ela o leu assim como lera todos os outros da sala.

Sofrimento. Um sofrimento absoluto e profundo. John não parecia nem um pouco preocupado com seu estado de saúde, mas esse era o significado de ser um macho vinculado. Sempre pensando em sua companheira, e não só porque era o certo a fazer. Esse tipo de foco estava na criação deles, literalmente fazia parte do DNA deles.

E por mais preocupada que estivesse com a ferida no ombro, pelo menos Xhex podia fazer algo em relação ao coração partido.

— Posso provar que não há nada entre mim e Murhder.

John voltou a lhe encarar, e ela odiou a cautela que viu nos olhos dele.

— De verdade. – Ela assentiu. – Sei o que fazer.

Capítulo 18

Na noite seguinte, Sarah amarrou os cadarços dos tênis de corrida primeiro do pé direito, depois do esquerdo. Ao se levantar, os pés estavam bem bonitos e acolchoados ali embaixo.

As solas também eram boas, bem o tipo de aparato de que você precisa caso tenha que sair correndo.

Vestindo o agasalho, ajeitou uma alça da mochila no ombro e apanhou as chaves. Junto à porta que dava para a garagem, olhou para trás e se perguntou se voltaria a ver a sua casa.

Passou o dia fazendo faxina nos banheiros, aspirando tapetes, levando o lixo para fora e passando pano no chão da cozinha. Imaginou que era uma espécie de reflexo, como se certificar de estar usando roupa íntima limpa e em bom estado antes de uma longa viagem.

Vai que acontece um acidente de carro.

Antes que perdesse a coragem, acionou o alarme, saiu e trancou a porta. Dando a ré no carro, tentou fingir que aquilo não era nada de mais. Apenas mais uma noite de domingo em que teve de ir para o trabalho verificar o resultado de um teste. Felizmente, já fizera isso antes. Não o tempo todo, mas dependendo da fase em que se encontrava no trabalho, muitas vezes teve de ir ao laboratório em horários não comerciais. Em dias de folga. Até mesmo em feriados como véspera de Natal, Ano-Novo e 4 de julho.

Embora nos últimos dois anos, esses eventos tivessem sido mais uma desculpa para se distrair da solidão da casa. Da vida. Do futuro.

Seguindo pela rua, ficou olhando para a frente. Não parecia haver nenhum sedã insuspeito por perto, mas quem é que podia saber onde os federais se escondiam.

Ao passar pelas casas conhecidas do bairro, virar nas esquinas habituais ao chegar em cruzamentos, parar nos faróis de costume, Sarah pensou se tratar de uma experiência bizarra. A maioria das pessoas não sabia que estava se despedindo quando fazia algo pela última vez. Só em retrospecto, depois que algo muda para sempre, é que percebem que um período de suas vidas, de uma era, chegou ao fim.

Considerando-se o que estava prestes a fazer? Eram grandes as chances de que não voltaria para casa.

Não tinha ligado para ninguém.

Não havia ninguém a quem chamar. Nada a dizer, na verdade.

Quando arquitetou o plano, certificou-se de se ater à rotina dos sábados e domingos, indo dormir e se levantando no horário de sempre, mantendo o ciclo regular de luzes acesas e apagadas no interior da casa.

Nada fora do lugar. Fora de sintonia. Fora de ordem.

Seu coração batia forte à medida que seguia a rota até a BioMed, e quando parou diante dos portões da instalação, teve vontade de vomitar.

Em vez de ceder ao enjoo, abaixou a janela e sorriu em antecipação à abertura da porta deslizante da guarita do segurança. Quando foi aberta, preparou-se para ter uma arma apontada para sua cabeça.

Em vez disso, o segurança sorriu.

— Ei, doutora Watkins. Como tem passado?

— Bem, Marco, bem. — Ela lhe entregou o crachá de identificação e rezou para que não notasse o tremor em sua mão. — Está bem frio hoje. Está quentinho aí dentro?

— Ah, a senhora sabe... — Ele aproximou o leitor do código de barras abaixo da foto dela e o aparelho emitiu um bipe. — Só estou assistindo ao jogo dos Heat contra os Bulls.

— Isso vai te manter aquecido.

— Vai mesmo. — Ele lhe devolveu as credenciais. — Até o segundo tempo.

— Só vou demorar uma horinha. Preciso dar uma olhada em algumas coisas.

— Sem problemas.

Ele fechou a porta da guarita. Ela subiu a janela. E logo um portão de ferro de seis metros de altura deslizou para o lado e a barra se ergueu.

O complexo do laboratório estava localizado a certa distância da guarita, e enquanto Sarah prosseguia pelo caminho de duas pistas, limpo de neve, tudo lhe parecia conhecido e, ao mesmo tempo, completamente fora de lugar. Ainda havia o caminho bem iluminado com lombadas para contenção da velocidade a cada vinte metros, mais ou menos, e barreiras de concreto de cada lado. Ainda estava lá o amplo complexo térreo ligado por passarelas. Ainda havia dois estacionamentos à sua escolha, com cerca de uma centena de vagas para os veículos.

Quando virou à direita para estacionar o carro, um dos seguranças que circulavam pela BioMed passou por Sarah em seu sedã, que acenou para ele. O homem retribuiu o gesto.

Nesse meio-tempo, sua boca ficou tão seca que ela não conseguia mais engolir.

Havia cerca de uma dúzia de carros ali, muitos dos quais ela reconhecia, todos estacionados o mais perto possível da entrada. Escolheu uma vaga da qual conseguiria sair de frente.

Meu Deus, nunca teve que pensar numa rota de fuga antes. Mas, considerando-se a segurança ali, se o plano não saísse como ela queria, dificilmente deixariam que ela voltasse ao estacionamento...

Saiu do carro com a mochila, fechou o veículo e quase foi andando sem trancá-lo. Seu coração ainda estava acelerado atrás do esterno, e as lufadas da respiração no ar frio eram tão evidentes que ela espiou ao redor para ver se estava sendo seguida por alguém que pudesse suspeitar dela. Será que o FBI poderia entrar na propriedade?

Provavelmente não sem um mandado.

Haviam limpado a escada e espalhado sal num trecho sobre os degraus de mármore e, quando chegou ao topo, houve o som conhecido da tranca sendo aberta por conta da sua aproximação. Já no interior, ela parou no átrio aquecido e estendeu o crachá para o funcionário sentado atrás do balcão.

— Está assistindo aos Heat? — perguntou ao ouvir o som de uma torcida abaixo do balcão.

— Pode apostar. — Mais um bipe quando o segurança escaneou seu crachá. — Estão fazendo a senhora trabalhar até mais tarde, doutora Watkins?

— Claro que estão. — Ela se forçou a sorrir com casualidade. — O que se pode fazer?

— O chefão também está aqui hoje.

Sarah hesitou ao passar o cordão do crachá pelo pescoço.

— O doutor Kraiten?

— O próprio. Ele veio com uns dois caras de terno.

O FBI?, ela se perguntou.

— Bem, parece que teremos uma festa. — Ela forçou um sorriso. — Te vejo depois.

Sarah não fazia a mínima ideia do que estava dizendo, nem da resposta dele. E precisou de toda a sua concentração para aguardar tranquilamente até que a porta fosse liberada para ela poder entrar.

Pisos de mármore, paredes brancas, longos corredores em três direções. Câmeras de segurança em toda parte.

Enquanto seguia adiante, reparou no retrato do doutor Kraiten pendurado entre as bandeiras dos Estados Unidos e do Estado de Nova York. Sabia-se que ele abrira sua primeira empresa com um colega de quarto enquanto ainda estava no MIT, quarenta anos antes, e aconteceram muitas reencarnações desde então, as fusões e aquisições transformaram a empresa de biotecnologia numa líder global em pesquisas farmacêuticas e médicas. Kraiten, hoje com seus sessenta anos, provavelmente devia valer bilhões de dólares, e não demonstrava sinais de estar desacelerando. Seu sócio original, por sua vez, não chegou aos quarenta.

Lembrava-se de Gerry lhe contando que o homem tivera um fim terrível no incêndio de um dos laboratórios vinte anos antes.

E isso agora a fazia pensar.

Kraiten, no entanto, certamente prosperava, por mais que ela considerasse sua figura pública insensível e indiferente. Mas talvez esse fosse o segredo do seu sucesso. Permanecer afastado de tudo sem dúvida poupava suas emoções ao tomar decisões corporativas.

Sem querer, deu a volta e parou diante da fotografia na moldura larga de prata. A imagem em branco e preto não melhorava em nada a severidade e esperteza no olhar do homem.

Só conseguia pensar em Gerry. E o que ele levara para o túmulo.

Não, havia mais uma peça. Ficou pensando em quem o teria colocado lá.

Precisou de muita disciplina para se virar e manter os passos tranquilos e firmes ao seguir pelos corredores até seu laboratório. Enquanto seguia em frente, tomou nota de cada câmera de segurança no teto, e passou por diversas divisões de pesquisa diferentes. As plantas dos escritórios/laboratórios eram sempre as mesmas, paredes de vidro fosco brilhando pela luz difusa e bloqueando o olhar dos curiosos que poderiam espiar o trabalho executado atrás das portas fechadas e protegidas com senhas.

Não havia transparência em lugar algum. Mesmo dentro da empresa, acesso e autorizações eram distribuídos como se o lugar fosse o Pentágono e todos fossem espiões. Inferno, até mesmo os laboratórios não recebiam o nome de suas divisões, mas um código numérico que ela, mesmo depois de quatro anos ali, ainda não compreendia por completo.

Seu próprio departamento ficava na parte leste do complexo, e ela deslizou seu crachá no leitor junto à porta de aço. Quando a entrada foi liberada, ouviu o som da tranca sendo destravada e logo ela se viu na porção frontal da planta.

Essa parte se parecia com qualquer escritório-padrão, cubículos com divisórias cinza perfiladas, uma mesa de reuniões, uma pequena área reservada para as pausas. Sua mesa ficava à direita e Sarah foi até lá para apoiar a mochila. Passara tantas horas nessa cadeira, diante do seu computador corporativo, no telefone da empresa, discutindo sobre a pesquisa, as descobertas, os testes clínicos sobre como as células cancerígenas poderiam ser eliminadas pelo sistema imunológico sob certas condições. Seus contatos incluíam colegas, pesquisadores e oncologistas no mundo todo.

Percebeu que fizera um bom trabalho. Apesar de tudo o que acontecera.

Mas ela já saíra, não era verdade? Ao olhar para os cubículos dos seus colegas pesquisadores na BioMed, viu fotos de maridos, esposas, filhos, cachorros. Bugigangas. Recordações. Piadas do *Dilbert*. Memes da internet.

Muitas citações de Einstein.

No seu cubículo? Nada. Depois da morte de Gerry, fora incapaz de se concentrar com fotos dele ao seu redor, por isso levara todas para casa.

Pelo menos não tinha que se preocupar em estar deixando algo para trás.

Dito isso, virou-se e atravessou o carpete cinza, indo na direção de outro par de portas jateadas. Usando seu cartão de acesso uma vez mais, entrou no laboratório de fato, uma área de temperatura controlada, amplamente estéril, de aço inoxidável e azulejos brancos cheia de microscópios, refrigeradores, equipamentos de testes e centrífugas. Um dado sempre verdadeiro em relação à BioMed era que eles não economizavam em equipamentos.

Por um instante, esqueceu-se do porquê havia entrado. Daí olhou para uma das unidades de estoque das lâminas de patologia. Estava cheia de tumores e amostras de sangue de pacientes considerados verdadeiros heróis em seus esforços, os que contavam de fato, pioneiros mais corajosos do que Sarah jamais seria.

Mesmo considerando o que faria essa noite?

Bem, por certo estava agindo como uma mulher de verdade, de uma maneira que nunca teria previsto.

Quando a escuridão por fim caiu, Murhder despertou num cômodo desconhecido, embora não tenha demorado a reconhecer os contornos modestos do chalé de caça de Xhex. Dormira sentado numa cadeira no cômodo central de onde imaginava que, caso afastasse as cortinas pesadas que cobriam cada uma das janelas, teria uma vista do rio Hudson basicamente congelado, nas margens invernais da água, e dos prédios com luzes piscantes em Caldwell e da estrada além.

Gemeu ao se sentar mais adiante, a coluna de alguma forma desenvolvendo uma espécie de relacionamento íntimo com o encosto da cadeira que, pelo visto, não queria terminar. Todo o resto de seu corpo estalou e rangeu quando ele se levantou, mas se esqueceu das dores e da rigidez quando olhou para a porta fechada do quarto.

Ingridge estava ali. Na cama. Envolvida em lençóis brancos limpos.

Devia estar uns seis graus negativos naquela parte da casa; apenas o cômodo principal, o banheiro e a cozinha estavam aquecidos. O corpo dela aguentaria.

A princípio, frustrou-se com o quanto demorou para transportar seus restos mortais do chalé dela até ali. Mas logo Rhage lhe emprestou um celular e foi assim que ele pesquisou o laboratório que Ingridge mencionara em sua carta parcialmente escrita – fez tal pesquisa de forma a parecer que lia o *New York Times* enquanto o Irmão cochilava num canto.

Murhder tomou o cuidado de apagar o histórico de navegação ao devolver o aparelho. E logo o zunido agudo dos motores dos *snowmobiles* interrompeu o silêncio da campina, bem como devem ter arruinado o cenário de neve antes praticamente imperturbado.

O corpo fora acomodado num trenó, e os Irmãos deixaram a Murhder a honra de dirigir com ela pelos trinta e poucos quilômetros de floresta até onde uma van de vidros escurecidos aguardava numa estrada rural. Quando conseguiram terminar de ajeitar tudo ali no chalé, já era tarde demais para ele partir rumo ao local que havia confirmado. Não teve escolha a não ser passar o dia ali. Nesse meio-tempo, Xhex não retornara de onde quer que tivesse ido, e Rhage insistira em bancar o anfitrião reserva ao aquecer parte do chalé e garantir que houvesse água corrente. E também comida. Bebida. Um celular pré-pago com o número do Irmão só para o caso de Murhder precisar de algo.

A gentileza fora inesperada, mas não uma total surpresa. Rhage sempre fora o Irmão com os apetites mais vorazes, mas também tinha um quê de bom companheiro. Bem como uma natureza conversadora. Enquanto ajeitava o chalé, atualizou Murhder de alguns acontecimentos dos últimos vinte anos.

O fato de o macho ter se vinculado foi um choque, dado o seu histórico com as damas, e, no entanto, ele parecia feliz. Em paz.

E até tinha uma filha a quem amava.

E não foi só isso. O Rei tinha uma rainha. Até Z. tinha se assentado. E Vishous também.

A notícia de que a Wellsie de Tohr fora assassinada fez os olhos de Murhder arderem. O macho ter encontrado outra companheira foi um milagre, um presente da Virgem Escriba.

Quem, por falar nela, abandonara a raça, ao que tudo levava a crer.

Havia muitas novidades para contar. Os tempos mudaram. Os Irmãos mudaram.

No entanto, ele permanecera o mesmo, preso ao passado, à sua loucura.

Voltando ao presente, foi até o banheiro, usou as instalações e resolveu não perder tempo no chuveiro. Antes de ir até o laboratório, teria que passar em Rathboone House para pegar armas em seu estoque. Munição também. E, dessa vez, estaria usando um maldito colete à prova de balas quando se infiltrasse.

No entanto, não desejava deixar o chalé. Era como se Ingridge estivesse viva e soubesse estar num lugar estranho, sozinha, e era o motivo pelo qual Murhder sentia a necessidade de ficar com ela.

Levando a mão à frente da camisa, puxou o pedaço de vidro sagrado. Fitou a superfície reflexiva, esperou que a imagem aparecesse. E lá estava ela. Ingridge como fora antes que a idade e a doença tirassem sua vida, o rosto jovem e radiante, os cabelos puxados para trás, os olhos arregalados fitando-o em sinal de surpresa.

O som da porta de trás se abrindo o fez erguer a cabeça.

Antes que conseguisse encontrar uma arma improvisada, Xhex apareceu vinda do frio. Usava o mesmo casaco de antes e as faces estavam coradas por conta do vento gélido. Ela parecia intensa.

– Oi! – disse ela. – Desculpe ter te abandonado ontem à noite. E antes que negue, sei que vai atrás do filho da fêmea, e que não contou a ninguém onde encontrá-lo. Também preciso que conheça alguém.

Ela deu um passo para o lado.

O macho que entrou atrás dela era enorme. Evidentemente um Irmão, embora Murhder não reconhecesse seu rosto – mas foi aí que a aura do desconhecido acabou. Os olhos azuis que o atingiram como um soco o imobilizaram, e não só pela agressividade. Havia algo no modo como eles se estreitavam, uma centelha de agressividade, de energia emanando deles.

– Eu te conheço – Murhder disse com suavidade.

De súbito, o macho começou a tremer, e o corpanzil pendeu para a frente quando braços e pernas tremeram e os olhos se reviraram para trás como se ele estivesse sendo eletrocutado.

– John! – Xhex gritou ao amparar seu companheiro.

Capítulo 19

Sarah ficou enrolando na parte do escritório em que ficava o seu departamento, sentando-se no cubículo, ostensivamente verificando os formulários de pedidos para novas lâminas e para um microscópio mais moderno que haviam recebido permissão para comprar na semana anterior. O que de fato fazia era tentar avaliar se a presença de Kraiten no laboratório significava que ela devia desistir. No fim, acabou decidindo que não podia fazer uma avaliação estatística sensata da probabilidade de sucesso porque seus dados eram insuficientes.

Ou, em termos leigos, estava tão no escuro a respeito de tantas questões que isso era irrelevante.

Faltando dez minutos para as dez, foi casualmente até a mochila e pegou seu cartão de refeições, certificando-se de que ele ficasse visível para as câmeras de segurança. O que manteve escondido foi a credencial de Gerry que pegou no cofre do banco. Escondeu-a no bolso da blusa de moletom com capuz.

Com a mochila pendurada em apenas um ombro, saiu do laboratório, caminhando rapidamente pelo corredor. O departamento de Gerry tinha dois níveis de liberação, o único na empresa que era assim. Quando chegou a vez de ele ter o acesso ampliado, ele comentou que teve de ir até o RH para assinar uma pilha de documentos. Também tiraram suas impressões digitais, fizeram exames de detecção de drogas e, como ele mesmo dissera, só faltaram colocar um microchip igual aos que os veterinários colocam nos cachorros.

O refeitório ficava na metade do caminho entre o seu laboratório e o departamento de Doenças Infecciosas, e Sarah passou por ele. Os seguranças trocavam de turno às dez, algo que descobrira em uma das vezes em que trabalhou à noite, e queria ter certeza de entrar durante a troca.

Quando chegou ao laboratório do departamento, suas palmas suavam e ela respirava com dificuldade. Tirando as credenciais do bolso, sentiu o tempo começar a se arrastar, e uma parte de si berrava: *Não! Não faça isso!*

Porque não haveria volta. Seu rosto, sua infiltração seriam gravados, e, caso estivesse errada, se o que havia no pen-drive de Gerry estivesse incorreto ou se o programa tivesse sido descontinuado nos últimos dois anos, ela seria demitida e processada por invasão de propriedade particular. E jamais encontraria emprego em seu campo de trabalho porque nenhum programa de pesquisa no país iria querer um delator que, na verdade, é o pastor de ovelhas da fábula de Esopo.

Além disso, estaria ocupada num dos papéis de *Orange is the New Black* por uns tempos.

Mas, então, pensou naqueles exames de imagens. Nos relatórios. No câncer sendo inserido num ser humano...

Sua mão se moveu decididamente pelo leitor, e o nanossegundo que se seguiu durou uma eternidade.

A luz ficou verde. O ar passou pela trava.

Não perdeu tempo na parte administrativa do espaço e a planta era exatamente a mesma do seu departamento, o que facilitou bastante. Nos fundos, à esquerda, havia outra porta trancada, e ela passou o cartão de novo, deduzindo que deveria dar acesso ao laboratório.

A tranca se abriu, e quando empurrou a pesada porta de aço, parou.

Ali o espaço era diferente, a distribuição das mesas de trabalho e dos equipamentos não era a que estava acostumada. Não importava, disse a si mesma ao entrar. Caminhando entre as bancadas e prateleiras de aço inoxidável, olhou em todos os cantos, o som do nitrogênio refrigerando as unidades era um som familiar como pano de fundo.

Tudo estava imaculadamente limpo, dos microscópios às prateleiras de suprimentos e bancadas de trabalho. Nada fora do lugar. Nada incomum.

Começou a pensar que estava louca.

Mas, convenhamos, o que esperava? Painéis secretos deslizando para o lado e revelando um laboratório clandestino?

Meu Deus, ela podia muito bem não conseguir nada além do suicídio profissional essa noite.

Depois de ter passado pelo ambiente três vezes, concentrou-se no laboratório de isolamento. Por trás dos vidros transparentes e grossos, enxergou a antessala onde vestiam trajes especiais, a área de descontaminação, e, atrás disso, uma câmara trancada com sinais de alerta para materiais contagiosos em toda parte.

O cartão de acesso lhe permitiu entrar na antessala e Sarah rapidamente colocou o equipamento de segurança, vestindo um macacão azul de isolamento por cima da mochila, cobrindo a cabeça e o pescoço com um capuz, e luvas que iam até quase os cotovelos. Depois de se certificar de que tudo estava bem vedado, ela entrou na estação de trabalho de fluxo de ar negativo, coifas de aspiração interna... e nada mais.

O som de sua respiração ecoando na câmara do capuz só aumentava sua ansiedade e o plástico transparente pelo qual tinha que olhar lhe dava a impressão de estar debaixo d'água.

Para acoplar-se à alimentação de oxigênio, ela puxou um dos cabos que pendiam do teto e ligou a mangueira à abertura de trás no seu macacão. Na mesma hora, o ar com cheiro de plástico entrou no capuz, e o cheiro artificial lhe fez sentir que ia sufocar.

Ordenando-se a superar essa sensação, deu a volta no cômodo de seis por seis metros.

Sarah encontrou o teclado do lado oposto das coifas e, a princípio, quase não o viu, uma vez que não parecia estar conectado a nenhum tipo de porta. Daí ela viu uma fenda finíssima na parede.

Era uma porta.

John estava acostumado às convulsões. Ele as tinha de vez em quando desde que entrara no mundo dos vampiros. A primeira, pelo menos aquela que lhe oferecia uma lembrança concreta, acontecera ao ver Beth. Sim, houve outras, mas essa que aconteceu quando viu a *shellan* do Rei pela primeira vez foi significativa por muitos motivos.

Os tremores de hoje, agora que estava se recuperando, traziam os sinais de algo relevante outra vez, mesmo que ele não entendesse o motivo.

A tempestade elétrica em seu sistema nervoso central recuou basicamente como qualquer outra tempestade de raios e trovões ou de neve, a intensidade foi diminuindo, a calmaria foi retornando, uma avaliação de danos como primeira parada a caminho da normalidade. Quando os olhos de John se abriram, não registraram de imediato o que o rodeava. Estava ocupado demais executando uma avaliação interna e, quando recebeu o sinal de que estava tudo bem, sua visão lhe deu todos os detalhes das pessoas pairando acima de si.

Xhex foi um alívio. Já o macho de cabelos compridos negros e vermelhos? Nem tanto – e não só porque John queria rasgar a jugular do cara por princípio: a mera visão dos singulares cabelos de Murhder, os brilhantes olhos azuis, o desenho do queixo e a amplitude dos ombros, bastavam para que o zunido voltasse, disparando todas as suas terminações nervosas.

Mas John conseguiu controlar essa merda toda.

Mesmo quando a voz de Murhder, que, não sabia por quê, mas lhe parecia estranhamente familiar, disse:

– Você me lembra muito um velho amigo.

John se sentou e avaliou tudo no macho. Daí sinalizou: *Já nos vimos antes?*

As sobrancelhas negras de Murhder se arquearam diante da linguagem de sinais.

— Desculpe, não estou entendendo...

Xhex, que estava encarando John como se tivesse visto um fantasma, pareceu voltar à realidade.

— Meu *hellren* é mudo. — Ela se reposicionou sobre os joelhos com uma careta. — E, ah... ele quer saber se vocês já se viram antes.

Murhder estreitou os olhos.

— É a sensação que tenho.

Por determinada razão, mesmo que não fizesse sentido, John sentiu o macho vinculado dentro de si recuando. Era raro para ele acreditar em alguém à primeira vista, mas esse ex-Irmão, por mais louco que os boatos dissessem que fosse, parecia ser alguém digno de confiança.

No entanto, talvez fosse apenas resultado da convulsão. Talvez seus sensores de autopreservação ainda não estivessem funcionando muito bem.

— Eu queria que John conseguisse... — Xhex disse com aspereza. — Merda!

John estava para perguntar o que era, mas havia tanto a escolher que ele se concentrou no antigo Irmão — e se lembrou de que embora os instintos a respeito de outras pessoas pudessem ser algo muito bom, a realidade da situação era que não conhecia de fato o cara.

Não quero ter que te matar, sinalizou.

Murhder olhou para Xhex.

— O que ele disse?

— Que ele não quer te matar — ela murmurou.

John estava pouco se fodendo se estava apenas parcialmente recuperado. Se o outro macho tivesse alguma reação agressiva a essa tradução, de qualquer mínima maneira, ele partiria direto para a jugular do outro e dilaceraria a maldita coisa com suas presas...

O sorriso lento que surgiu no rosto de Murhder foi um tanto agridoce.

— Fico feliz que se sinta assim. — Então olhou para Xhex. — Você não merece menos do que isso e fico muito feliz por você. Foi um caminho muito longo... e difícil, e você mais do que merece ter uma vida boa.

John se virou para sua companheira. Os olhos dela estavam marejados ao fitar o macho do outro lado. Mas não havia arrependimento em seu rosto; ele não sentiu que sua *shellan* desejava ter ficado com o antigo Irmão.

Eles estavam mais para dois irmãos que sobreviveram a um incêndio doméstico que a tudo destruíra.

John levantou a mão para sinalizar. Mas, em seguida, esticou a mão da adaga, oferecendo a palma para o outro macho.

O aperto de mão de Murhder foi firme.

— Que bom. Obrigado.

Xhex pigarreou.

— Ok. Já basta disso tudo. Você não vai até lá sozinho. Nós dois vamos junto. E nem perca tempo fingindo que não vai.

John apertou a mão do outro macho, tentando comunicar que ele também estava dentro. Onde quer que aquela fêmea tivesse estado, onde quer que o filho dela estivesse, se Xhex iria, ele iria junto.

Murhder olhou para a porta fechada do quarto.

— Você sabe que é mais seguro assim — Xhex argumentou. — Terá mais chances de ser bem-sucedido.

— Os Irmãos sabem?

John meneou a cabeça e formou com os lábios: *Somos só nós. Prometo.*

Capítulo 20

SARAH FICOU DIANTE DO TECLADO, ciente de que os segundos estavam passando. Poderia tentar um punhado de códigos numéricos, mas quais eram as chances de acertar quando nem sequer sabia a quantidade de dígitos? E também poderia acabar ficando trancada ali do lado de fora se expirasse o número de tentativas.

— Merda! — sussurrou, olhando ao redor através da frente plástica do seu capuz.

Mas até parece que colocariam um bilhetinho na parede com a combinação correta...

Se desse meia-volta e saísse dali, talvez ainda tivesse uma possibilidade de não se meter em apuros. Nenhum alarme fora disparado, e se os seguranças a tivessem visto nos monitores, poderiam ter pensado que ela tinha autorização para estar ali.

Olhou para as credenciais. Virou o cartão laminado.

Na parte de trás, escrito com caneta permanente, havia sete dígitos que ela pensou ser um número de telefone.

Inclinando-se na direção do teclado, digitou-os um a um, a luva volumosa camuflava o quanto sua mão tremia.

Não aconteceu nada.

Enquanto esperava, o coração disparava e a garganta se contraía, o suor escorreu dentro de um olho e ela foi tentar enxugá-lo, mas acabou batendo no capuz com a luva, o que só piorou tudo...

A cerquilha.

Apertou a tecla de jogo da velha, e a luz passou de vermelha a verde, e Sarah ouviu o som do ar escapando pela trava.

O painel desapareceu para dentro da parede, revelando um cômodo baixo de aço inoxidável com cerca três metros de comprimento por 1,5 metro de largura. O chão estava repleto de engradados, cheios de materiais não perecíveis em desordem, como latas de sopa, caixas de macarrão, cereais, sacos de Doritos e de pretzels. Prateleiras estreitas presas às paredes continham xampu, sabonete, papel higiênico e lenços de papel.

A porta deslizante começou a se fechar atrás dela e Sarah a impediu com a mão. Havia outro teclado na parte interna e, por mais que cogitasse deixar a porta aberta, temeu o disparo de um alarme. Teria que se arriscar e torcer para que a mesma senha funcionasse na saída.

Soltando a mangueira de oxigênio que alimentava o interior do macacão contra materiais perigosos, ela a deixou cair, e depois se fechou ali dentro.

No segundo em que a porta se fechou por completo, outro painel oposto à porta deslizante se retraiu, revelando uma luz branca e forte.

Engolindo em seco, deu dois passos à frente e parou junto à porta.

Sentiu uma onda de revolta e de indignação tão grande que quase vomitou.

Do lado oposto do ambiente clínico, numa jaula grande com algum tipo de metal ao redor, havia uma figura, trajando o que parecia uma camisola hospitalar, deitada numa cama simples de costas para ela. Havia uma espécie de fonte de água na lateral, pendente de um gancho, e uma bandeja com pratos vazios que fora empurrada no chão para fora de uma portinhola. Atrás da jaula, equipamentos médicos de monitoramento com ventoinhas emitiam bipes.

Sarah estendeu a mão e apoiou-se às cegas em uma parede quando o mundo pareceu girar ao seu redor...

Mas que diabos? As paredes e o teto estavam cobertos pelo mesmo tipo de tela que a gaiola. E o chão... Estranho, o chão era de aço inoxidável.

O paciente na gaiola se sentou e se virou para ela – e Sarah ficou sem ar como se tivesse sido golpeada no peito.

Era uma criança. Um garotinho pequeno e frágil.

Tomada de horror, Sarah cambaleou para a frente. Caiu de joelhos. Caiu enquanto a porta interna voltava ao seu lugar, trancando-os ali.

Com mãos muito trêmulas, ela descobriu que a criança a encarava com olhos desconfiados. Mas ele não emitiu nenhum som de protesto, e não saiu do lugar onde estava na cama.

Estava claro que ele aprendera que nada que pudesse fazer impediria o que lhe seria infligido. Estava indefeso. Preso. À mercê de quem era muito mais poderoso do que ele.

Minutos se passaram e eles continuaram fitando um ao outro, através da tela que a impedia de enxergá-lo com nitidez.

— Vai me dar a próxima injeção? — ele disse, por fim, numa voz aguda. — Disseram que seria à meia-noite... mas são apenas dez.

Dois anos desde a morte de Gerry. Já estavam fazendo experimentos na época. Há quanto tempo estavam torturando essa criança?

— Olá? — ele perguntou. — Você está bem? Você não é um dos meus técnicos de costume.

Sarah engoliu em seco. As implicações da situação eram tão gigantescas que beiravam a incompreensão. Mas, ao invés de perder tempo tentando entender, ela se concentrou no problema mais imediato.

— Meu bem, eu... eu preciso te tirar daí. Agora mesmo.

A criança se pôs de pé.

— A minha mãe mandou você? Ela está viva?

Nessa hora, um alarme disparou.

Murhder já realizara essa missão antes e, teve que admitir, o treino de vinte anos antes ainda era lembrado, apesar de duas décadas terem se passado entre as duas invasões. Ele também contava com uma bela equipe de apoio desta vez: ele, Xhex e John estavam preparados com armas e coletes à prova de balas que o casal levara para o chalé numa suv. E, depois de lá, se desmaterializaram, saindo de Caldwell, para essa localização isolada em Ithaca.

Entraram pelos dutos de ventilação que ficavam no telhado da imensa construção. Como da outra vez. Interceptaram o segurança. Como da outra vez.

Foi aí que a situação começou a se desviar do passado. Desta vez, ele fez com que o guarda os levasse até a parte de segurança máxima das instalações, um guia turístico sem vontade própria.

Tantos corredores desprovidos de decoração. Tantas portas sem sinalização em paredes feitas de vidros jateados.

Tantas câmeras de segurança.

Murhder carregava a pistola junto à lateral do corpo atrás do guarda zumbi. John estava bem ao seu lado, Xhex vinha atrás e andava de costas, garantindo que ninguém os abordasse pela retaguarda. O complexo de pesquisas parecia deserto, sem clínicos nem funcionários, a vantagem de ser domingo à noite no mundo humano. No entanto, havia outras pessoas no local – seus cheiros estavam distantes e enfraquecidos pelo tanto de ar falso sendo despejado pelo sistema de ar-condicionado, mas o olfato de vampiro de Murhder os percebeu.

Ao se aproximarem de um cruzamento, o segurança não titubeou e foi reto, andando como um autômato.

Murhder olhou de relance para John. O macho estava completamente concentrado, movendo-se com passos seguros, a pistola abaixada junto à coxa também.

Sinistro. Apesar de terem acabado de se conhecer, Murhder podia jurar que já tinham feito esse tipo de missão juntos incontáveis vezes.

John também olhou de relance para ele. Assentiu...

E nessa hora o inferno se abateu.

Da esquerda, uma porta de vidro se abriu para o corredor, e um macho humano de terno e o colarinho da camisa aberto saiu. Aparentava ter uns sessenta anos, a cabeça toda coberta por cabelos escuros e grisalhos, era forte e os olhos tinham o brilho letal dos vidros verdes.

O segurança em transe parou, seu treinamento sobrepondo-se ao controle mental imposto por Murhder.

— O que está acontecendo aqui? – o homem de terno exigiu saber. Com uma autoridade que sugeria que era o dono do lugar.

Xhex assumiu o comando, saltando para a frente e encostando o cano da pistola na garganta dele enquanto girava-lhe o braço para trás das costas e o rendia com força.

— Fique quieto e eu não atiro em você – ela disse baixinho –, doutor Kraiten.

O homem olhou para trás, para o rosto dela, e empalideceu.

— Você...

— Surpresa! Pensou que não me veria novamente? Bem, eu voltei para acabar o que comecei com o seu sócio. Quem poderia imaginar que eu teria tanta sorte...

Enquanto Xhex falava, seu companheiro expôs as presas. Os lábios superiores de John se curvaram para trás como os de um lobo – e Murhder se viu tentado a deixar que o casal fizesse o que bem entendesse com o sujeito. Estava na cara que Xhex conhecia o humano de sua experiência prévia, e era difícil argumentar contra o direito dela de se *ahvenge*. Porém não havia tempo para esse tipo de demora.

— Em frente! – Murhder ordenou ao segurança.

— Não vão se safar com isto! – o homem de terno, doutor Kraiten?, disse. – Vou trancar esta instalação agora mesmo e...

— Ande – Murhder estrepitou para o segurança ao apontar a pistola para o homem uniformizado.

O guarda fez uma careta, como se as têmporas latejassem de dor. E, então, afastou-se do chefe e continuou em movimento. Quando voltaram a andar, as palavras do doutor Kraiten foram interrompidas, decerto porque Xhex outra vez encostara o cano da pistola na laringe dele.

Tinham avançado uns dez metros quando os alarmes dispararam.

— Filho da mãe! – Xhex murmurou. – Maldita Apple. Me passa esse maldito relógio.

Evidentemente, o homem acionara algo pelo pulso, e Murhder olhou para trás quando uma briga começou. John acabou segurando a parte de trás da cabeça do homem e empurrou a cara dele numa superfície de vidro jateado, esmagando as feições sob a pressão, o sangue se espalhando assim que o nariz começou a sangrar.

Tiraram o que quer que o homem levava no pulso, depois John o algemou e enfiou uma bandana na boca dele enquanto Xhex dava cobertura.

De novo, mas agora com sentimentos, Murhder pensou ao retomarem o movimento pela segunda vez. O doutor Kraiten continuava se debatendo, mas, sem dúvida, Xhex daria conta do recado.

Um pouco mais adiante, o guarda parou em frente a uma porta e passou seu cartão. Após deslizar o cartão, entraram em um escritório, mas não havia nada além de mesas nos cubículos, uma mesa de reuniões e uma pequena área de descanso.

— Maldição! — Murhder murmurou. Num tom mais alto, ladrou para o segurança: — Não. Nós queremos ir para o laboratório onde eles mantêm...

O som de uma tranca se soltando fez todos se virarem para a direita. Nesse momento, o coração de Murhder parou no meio do peito.

Duas figuras entraram correndo no escritório. Uma delas era um garoto pré-trans de cabelos escuros e pernas e braços esqueléticos aparecendo sob a barra e as mangas da camisola hospitalar.

E a outra...

... era uma fêmea humana usando o que parecia ser um equipamento de proteção brilhante. Tinha os cabelos presos atrás da cabeça e, quando olhou para Murhder, seus belos olhos se arregalaram de medo.

Santa Virgem Escriba, ele não conseguia respirar.

Todos esses anos... ele esteve errado.

Era *dela* o rosto que vira no vidro sagrado.

Essa era a fêmea a quem ele estava destinado.

Capítulo 21

Sarah não acreditava no que estava vendo e, instintivamente, colocou o corpo na frente do menino para protegê-lo.

Por algum motivo totalmente inexplicável, seu cérebro lhe dizia que, bem quando ela se perguntava como é que sairia dali com aquela criança, três soldados vestidos de preto e cobertos de armas apareceram não só com um dos seguranças que parecia hipnotizado, mas também com o próprio doutor Kraiten, algemado, amordaçado e preso pela garganta.

A boa notícia? Aqueles tipos militares pareciam igualmente surpresos ao vê-la – tanto que não apontaram suas armas para ela. Mas temia que fosse a variedade de situação em que um "ainda" se aplicava.

Será que eram de alguma espécie de... governo estrangeiro... atrás de segredos...?

De repente, seu cérebro ficou off-line, todo o seu sistema cognitivo parando de uma vez.

O soldado de cabelos negros e vermelhos foi quem provocou a reação. Apesar de todos os motivos para permanecer plugada no perigo imediato, parte dela assumiu o volante do cérebro e concentrou toda a atenção nele e apenas nele. O cara era incrivelmente alto e forte, e aquele cabelo era incrível, comprido, grosso e evidentemente tingido por um profissional. Mas, por que um soldado perderia tempo cuidando da aparência? E o rosto dele... era absolutamente lindo, tipo um Jon Hamm, com feições fortes que, mesmo assim, não eram rústicas.

E também havia os olhos. Deslumbrantes olhos azuis que a fitavam como se, por um motivo desconhecido, ele a reconhecesse...

— Vocês são da minha espécie — a criança saiu de trás dela. — A minha mãe, ela mandou vocês aqui?

A voz do garoto, enquanto falava acima do som do alarme, fez com que todos despertassem; Sarah de supetão, o soldado balançou a cabeça como se clareasse as ideias.

— Sim! — disse o soldado com voz rouca. — A sua mãe nos enviou, e temos que ir embora...

Sarah pôs a mão sobre o ombro do menino e o impediu de se aproximar mais.

— O único lugar aonde ele e eu iremos é para as autoridades adequadas...

— Não! — o soldado a interrompeu. — Ele tem que vir conosco.

— Então me mostre uma identidade. — Talvez fossem da SWAT, só que sem uniforme? — São do FBI, então?

O doutor Kraiten cuspiu o lenço da boca e acrescentou num tom frio e sarcástico à festa:

— Doutora Watkins, o que está fazendo nesta área restrita?

Só mesmo o cara para se preocupar com suas preciosas autorizações de acesso em vez de pensar em seu status de refém.

Dito isso, ele que se fodesse.

— Que diabos *você* estava fazendo com esta criança?! — ela berrou. — Sabia que estão injetando doenças nele! Você sabe tudo o que se passa por aqui...

Kraiten gritou de volta, muito acima do som do alarme:

— Vou mandá-la para a cadeia por invasão de propriedade particular! Você não tem permissão para estar aqui...

Deixa para a câmera lenta.

O SALVADOR | 179

Antes que Sarah se desse conta de suas ações, uma fúria cega pelo fato de que o homem nem sequer negou que estavam torturando a criança a impeliu a agir. Num salto, ela se lançou sobre o homem sem saber o que estava fazendo. Um soco? Um chute? Um pouco mais de gritos?

E o ataque não foi só pelo programa médico antiético e secreto.

Gerry esteve envolvido.

Gerry, tão brilhante, tão gentil, tão cheio de princípios, esteve ali, trabalhou ali... e se viu em meio a algo que o mudou fundamentalmente ou que o obrigou a praticar o impensável.

Jamais saberia qual tinha sido o caso.

Mas, maldição, ainda podia machucar Kraiten fisicamente.

E o fez. Sarah Watkins – cientista, meio nerd, uma moça sempre muito boa que andou na linha a vida inteira – deu um gancho de direita no rosto de Robert Kraiten.

Mirou no nariz.

Acertou no olho direito.

Só conseguiu chegar até aí. Em seguida, Kraiten estava curvado na altura da cintura, xingando, e ela foi puxada para trás por mãos gentis, porém firmes.

Sarah soube quem a conteve sem nem ter que olhar para trás. E o perfume do Preto-e-Vermelho era incrível. Um misto de especiarias sensuais e envolventes, o tipo de fragrância que nunca sentira antes, entrou em suas narinas e não parou ali. O cheiro, de alguma forma, penetrou todo o seu corpo.

– Cuidaremos dele – o soldado disse em seu ouvido. – Não se preocupe.

Ela olhou por cima do ombro. Bem para cima.

Aqueles olhos azuis eram muito radiantes, e não por ele estar drogado ou sob efeito de determinada substância. Era mais como se estivessem iluminados por alguma energia etérea, as íris azul-esverdeadas capazes, ao que parecia, de brilharem no escuro.

Foi quando ela encarou aquela cor incrível que a combinação de palavras proferidas por ele foi captada pelo centro de fala do seu cérebro.

Cuidaremos dele.

Tudo no homem, desde o colete à prova de balas diante do peito até as armas sobre o resto do corpo, sugeria que, o que quer que ele tivesse dito a respeito de Kraiten, ir pelos canais legais adequados não seria uma opção. E o resultado final incluiria uma lápide e um buraco fundo na terra.

Nada contra o qual ela fosse protestar.

— Quem são vocês? — ela sussurrou.

— Viemos resgatar o menino — disse o homem numa voz rouca. — Ele ficou aqui tempo demais.

— Vocês são do governo?

— Somos do setor privado. Mas o manteremos seguro, prometo. Não sofrerá qualquer mal enquanto eu estiver por perto. Foi o que jurei à *mahmen* dele.

Seus instintos lhe diziam para confiar naquele homem. Mas e quanto a confiar nos seus instintos? Esteve prestes a se casar com um homem que, no fim, ela desconhecia; e trabalhava ali na BioMed por todo esse tempo em que eles vinham escondendo aquele segredo horrendo? Como poderia confiar em seus sentidos para...

Simples assim, o tempo pareceu sair do seu estupor e voltou a se mover no ritmo normal quando a soldada falou:

— Onde está a porra do seu carro?

Sarah respondeu:

— No estacionamento...

— Não o seu... — a mulher puxou Kraiten até ele ficar reto. Quando ele cuspiu o sangue que escorria pelo rosto, ela o sacudiu — ... o dele!

Murhder enfrentava dificuldades para se concentrar. A fêmea que ele segurava tão perto do seu corpo ocupava boa parte de seu espaço cerebral, apesar da situação de vida e morte em que estavam: a cada inspiração, ficava mais cativado pelo aroma fresco e limpo dela. A cada piscada de olhos, percebia novos detalhes dela, desde os cabelos castanho-aloirados até a cor das faces, a curva do rosto, o mel-claro dos olhos. A mulher vestia um macacão azul folgado de proteção, e ele ficou imaginando como seria o corpo dela por baixo. Não importava qual era a aparência dela... ele iria desejá-la.

Porque já desejava.

Merda! Tinha que se ater ao plano ou a situação já caótica se tornaria nuclear.

— Responda à pergunta — ele estrepitou ao homem de terno malcomportado e que agora tinha um olho roxo.

Cara, ele amou o jeito como a mulher desferiu o soco. Belo movimento. Mira excelente. E quem poderia discordar do estrago feito, considerando-se o fluxo de sangue existente? O bastardo ficaria com um belo hematoma no dia seguinte — se não o matassem depois de pegarem o veículo dele.

De repente, Murhder se perguntou por que diabos estavam perdendo tempo à espera de que lhes desse respostas de livre e espontânea vontade? Entrando na massa cinzenta de Kraiten, levantou as tampas de muitas lembranças — e ficou horrorizado com o que encontrava...

— Seu maldito doente — Murhder sussurrou. — Filho da puta!

Enquanto todos encaravam Kraiten, os olhos do homem saltaram, como se ele soubesse que seus segredos haviam sido revelados e não entendia como. Mas já era hora de acabar com a situação.

— Leve-nos aonde precisamos ir para sair daqui. — Murhder ordenou ao inserir o comando na mente do homem e recolocar o pano em sua boca.

Kraiten lutou mentalmente contra o impulso, um sinal de sua inteligência. Todavia acabou se dobrando depois de uma briga metafísica, superado por um poder maior do que, o seu próprio, enquanto humano. Sem dizer nada, virou-se e começou a sair do escritório.

– Você – Murhder ordenou ao segurança –, diga aos demais pelo rádio que foi alarme falso. Depois vá até o sistema e apague as gravações em que aparecemos. Garanta que pareça que nada disto aconteceu.

Enquanto Murhder falava, foi apagando todo tipo de lembranças da mente do humano, substituindo-as por imagens vazias do escritório, com mal funcionamento inexplicável do alarme, e absolutamente nada de desconhecidos vestidos de preto atravessando os corredores e removendo um garotinho de um laboratório, tampouco de levarem esse cara chamado Kraiten como refém. Em reação, o humano esfregou a têmpora como se ela doesse. Depois balançou a cabeça e acionou o aparelho de comunicação preso à lapela do uniforme.

– Cinco-dez para base, cinco-dez para base. Alarme disparado verificado no departamento de Doenças Infecciosas. Repito, sem problemas com o alarme. Voltando para a base agora, desligo.

Como um robô, ele marchou pela porta e virou à esquerda.

A humana falou com rispidez:

– Como fez isso? Como você...

Murhder olhou para o filho de Ingridge.

– Venha, filho, vamos tirá-lo daqui.

E depois olhou para a humana. Teriam que apagar as lembranças dela? Foram as ações dela ou as deles que acionaram os alarmes? De todo modo, ela evidentemente libertara o jovem e preparava-se para tirá-lo dali, portanto havia muita limpeza a ser feita na memória dela.

E ele não tinha tempo de fazer isso agora. Tinham que sair dali.

– Você não está segura aqui, deve saber já. Precisa desaparecer por um tempo. Podemos ajudar.

Qualquer coisa para assegurar que ela fosse com o grupo.

– Vocês estão com a PETA? – ela perguntou.

Vendo que ela parecia quase aliviada com tal possibilidade, Murhder fez que sim.

– Temos que ir! – Xhex disse.

— Vou junto! — a mulher disparou ao passar o braço ao redor do garoto.

Perfeito, Murhder pensou, com um sentimento de posse tomando conta de si que chegou a assustá-lo.

Quando Xhex deu um empurrão em Kraiten, o homem de terno os conduziu porta afora rumo à direita. Eram um bando bem diversificado, três guerreiros muito bem armados, um rapaz em camisola hospitalar, uma humana e o senhor Sangramento. Enquanto passavam por baixo das câmeras de segurança presas ao teto, Murhder rezou para que o segurança fizesse um bom trabalho apagando as gravações.

A situação era muito instável, Murhder pensou. Cedo ou tarde, outro integrante da equipe de segurança acabaria vendo o grupo nos monitores e ficaria intrigado com as armas e as algemas.

Aquilo parecia um sequestro.

Porque era.

Para melhorar a situação, Kraiten parou diante de uma porta que não era de vidro jateado, mas de aço inoxidável. Havia uma placa vermelha acima onde estava escrito "SAÍDA", mas, quando Murhder empurrou a barra, ela se recusou a abrir.

— Dê-me a senha ou me passe o cartão de acesso — ele exigiu de Kraiten.

Quando o cara se negou, balançando a cabeça como se fosse uma cadelinha, Murhder já estava farto de todo o atraso. Então, recuou dois passos e chutou a maldita porta com tamanha força que ela se desprendeu das dobradiças.

Precisou de todo o seu controle para não virar na direção de Kraiten e lançá-lo pelo buraco.

Quando saltou para o lance das escadas, olhou para trás. A humana o encarava com aqueles olhos arregalados e o garoto o admirava como se ele fosse o Super-Homem. Xhex, por sua vez, ria baixinho como se soubesse da verdade.

E daí, ele quis dizer. *Quis me exibir um pouquinho para a mulher. Pode me processar.*

– Tínhamos que passar pela maldita porta – ele reclamou com Xhex.

– Claro... – Xhex disse com uma piscadela. – E, olha só, nós passamos.

Quando Murhder se virou, podia jurar que a fêmea terminou a frase com um "He-Man"; mas não iria dar trela. Porque estava corando, caramba!

O grupo o seguiu escada abaixo, movendo-se mais e mais rápido, galgando a descida até o nível subterrâneo.

Quando já tinham descido uns belos três andares, a mulher disse:

– Espere, espere!

Ante o som da voz dela, o corpo de Murhder parou de pronto, como se tivesse uma correia ao redor do pescoço e a humana estivesse segurando a guia. Preocupado que alguém estivesse ferido – que não fosse Kraiten, claro –, olhou para trás... e teve a estranha sensação de que jamais seria o mesmo.

Enquanto Xhex segurava Kraiten, e John os protegia com todas as suas armas, a mulher se agachou diante do pré-trans. O rapaz tremia e parecia de súbito muito fraco, e Murhder se xingou mentalmente por não ter refletido sobre como seria para o garoto ser apressado pelas instalações por completos estranhos, mesmo sabendo que foram enviados pela mãe.

Sua agora falecida mãe.

A mulher segurou as mãos frágeis do garoto nas suas e murmurou algo para ele. As palavras não foram audíveis. Sua compaixão dava a volta ao mundo: havia uma nuvem de lágrimas nos olhos quando levantou a mão e passou nos cabelos do menino, puxando-os para trás. Depois de um instante, ele assentiu.

Em resposta, a mulher passou os braços fortes ao redor do garoto e o suspendeu, encaixando-o ao seu quadril. Enquanto o garoto passava os braços ao redor dos ombros dela e enfiava a cabeça em seu pescoço, Murhder soube que esse simples ato de gentileza com um garotinho assustado em meio a um pesadelo era...

Bem, era o tipo de atitude que lhe dizia tudo o que se precisava saber sobre o caráter da humana, não é mesmo?

Inconscientemente, seus olhos desceram para o dedo anelar da mão esquerda dela. Os humanos marcavam seus vínculos dessa maneira. O dedo estava despido.

O que foi um tremendo alívio.

– Você consegue pegá-lo no colo? – Murhder perguntou com suavidade.

Os olhos cor de mel encararam os seus.

– Sim, consigo.

Bem, então prepare-se, ele pensou. *Porque tenho quase certeza de que você também me pegou.*

Capítulo 22

MURHDER VOLTOU A SE CONCENTRAR e empurrou Kraiten pelo ombro, retomando a descida, a fila marchando pelas escadas de concreto, mais se arrastando do que indo rápido. Embaixo, Kraiten parou e parecia querer falar.

Murhder arrancou o pano de sua boca.

— O que foi.

— Preciso... — O homem ainda estava brigando contra os comandos recebidos e sua voz saiu arrastada. — Credenciais.

— Onde estão? — Xhex perguntou.

— No meu bolso do peito.

A fêmea enfiou a mão livre no bolso do paletó de Kraiten e tirou uma carteira preta de pele de jacaré, o controle de um carro e um cartão de acesso. Passou este último pelo leitor acoplado junto à porta de aço e, depois que a trava foi liberada, todos saíram para um galpão de carga e descarga no subsolo.

Um SUV Lexus preto brilhava sob as luzes fluorescentes do ambiente e, quando Xhex apontou o controle para ele, suas luzes piscaram.

Ainda bem que não é um carro de dois lugares, Murhder pensou.

Guiando o rapaz e a mulher até lá, acomodou-os no banco de trás, e depois olhou para Xhex e John.

— Vou tirar estes dois daqui. Podem brincar o quanto quiserem com Kraiten.

O homem de terno começou a balbuciar todo tipo de ameaças, seus instintos de sobrevivência em parte sobrepondo-se ao controle da mente.

Murhder se adiantou e segurou o cara pela garganta. Inclinando-se, quase encostou a boca no ouvido do humano.

— Eu poderia arrancar seu coração com você ainda vivo e comê-lo por tudo o que você fez... — Afastou-se e avaliou o terror nos olhos do executivo. — Mas vou deixá-lo com meus amigos... Com ela, em especial. O que ela é capaz de fazer é muito, muito pior.

Ao sentir as presas se alongando, quis arrancar um pedaço da lateral da garganta do homem, mas estava ciente da mulher dentro do carro. Ela o observava através do vidro enquanto segurava o pré-trans com firmeza.

Recuando, Murhder assentiu para John e Xhex, depois pegou a chave com a fêmea, o cartão de acesso e, como garantia, a carteira. Dando-lhes as costas, deu a volta na frente do carro e se acomodou atrás do volante. Pelo espelho retrovisor, viu o jovem e a mulher se abraçando um ao outro, fitando-o.

Minha nossa, aquele rosto, pensou ao se concentrar na mulher. Ficou olhando para a face dela por vinte e cinco anos... e agora ela estava ali.

Era como se um fantasma tivesse se tornado real.

Mas por que ela tinha que ser humana? E por que tinham que se conhecer dessa forma?

— Apertem os cintos! — Murhder avisou. — E você terá que me dizer por ali.

Deu a partida no carro e ajustou a marcha enquanto todos colocavam os cintos.

A mulher se inclinou à frente.

— Já sei onde estamos. É por ali.

Quando ela apontou para a porta de metal da garagem, Murhder acelerou. A passagem se abriu ante a aproximação do veículo, e logo eles saíam para a noite, na pista limpa de neve que contornava as instalações.

– Vire à esquerda...

Ela foi eficiente ao passar as instruções, ajudando-o na condução até a única entrada das instalações. A boa notícia? Nenhuma lanterna acesa no prédio. Nenhum segurança na sua cola. Nenhum policial humano chegando apressado.

– A guarita está ali na frente – ela disse –, mas não sei como passaremos pelo segurança.

– Eu cuido disso.

Aproximaram-se do posto de controle e Murhder foi desacelerando. O sistema de grades que cercava a propriedade equivalia ao de uma penitenciária federal, com uns seis metros de altura e toda equipada com câmeras de segurança. Quando freou, preparando-se para parar de vez, rezou para que os alarmes não começassem a tocar bem quando ele lidava com a mente do guarda...

A porta da guarita deslizou ao lado deles, e um braço se esticou para fora, acenando de leve. Em seguida, os portões começaram a se abrir.

Mas é claro. As janelas do SUV eram todas escuras e estavam fechadas por causa do frio. Enquanto Murhder atravessava, olhou adiante e ergueu uma mão como imaginou que Kraiten faria. Depois acelerou para longe dali.

Quando saíram de vez da propriedade, ele virou à direita e disparou para longe.

– Todos bem aí atrás? – perguntou.

– Sim, estamos bem – respondeu a humana.

– Tudo bem – disse o pré-trans.

Murhder começou a sorrir.

Conseguiu, pensou ao apertar o volante. *Conseguiu*, porra! O rapaz estava fora daquele buraco infernal, e nada aconteceria com ele agora.

Não desapontara Ingridge.

De repente, essa estranha energia apoderou-se não apenas do corpo e da mente de Murhder, mas também de sua alma. Depois de tudo o que tinha passado com seus pensamentos irreais e sua loucura atordoante, foi difícil acreditar em tal descarga. Mas, caramba, era como se a luz do sol tivesse penetrado em si, e todos os espaços obscuros entre suas moléculas tivessem sido iluminadas pelo brilho celestial, setores inteiros de sua personalidade, antes eclipsados pela tristeza penetrante, sendo banhados pelo calor acolhedor.

Com a mesma brusquidão com que antes falhara, o painel de controle da sua mente agora estava completamente operante e pronto para voltar à ativa, os circuitos acesos, os fios descruzados, as funções voltando a um estado normal que, antes, ele julgara garantido, como só os sãos e saudáveis sabiam fazer.

O sorriso repuxava os cantos da boca com força. E então, como um atleta depois do aquecimento, seus lábios se estenderam mais amplamente. Sim, era indiscutível que estava num carro roubado, pertencente a um homem prestes a morrer de maneira horrenda, e tinha um órfão e uma humana no banco de trás, e ambos precisavam de proteção.

Só que, depois de duas décadas vagando numa terra perdida, finalmente se sentia ele mesmo de novo.

Ao diabo com isso, ele se sentia um super-herói.

– Você está me levando até minha *mahmen*? – o garoto perguntou.

Os olhos de Murhder se desviaram para o espelho retrovisor. Quando se deparou com aquele olhar esperançoso, sentiu uma dor atravessando-lhe o coração, e todo o seu otimismo ruiu.

– Precisamos conversar, filho – ele disse com seriedade.

Apesar de todos os motivos que tinha para dilacerar Kraiten ali mesmo onde o bastardo estava, Xhex decidiu não seguir por esse caminho. Seria fácil demais. Ele conquistara um destino muito pior e ela era exatamente a *symphata* certa para lhe conceder isso.

— Pode segurá-lo para mim? — pediu ao companheiro.

Quando John assentiu, ela transferiu Kraiten para o gancho de braço que faltava pouco para partir o pescoço do homem — e, sim, reconsiderou por um instante. Seu *hellren* tinha as presas expostas e fitava o cara como se pronto para transformá-lo em refeição.

— John — ela disse —, você precisa afrouxar um pouco essa pegada no pescoço. Ele já está ficando azulado... Isso, assim está melhor. Respirar faz bem aos vivos.

Certa de que John estava controlado, apesar dos rosnados sedentos, ela se acalmou e entrou na mente do humano.

A grade emocional de Kraiten era interessante, e nada incomum em sociopatas. Ele quase não tinha qualquer registro ao redor do centro da sua superestrutura, o que significava que nada o afetava profundamente. Tudo era superficial para ele, os setores de ego eram os únicos que se acendiam.

Ele protegia muito bem sua posição de superioridade.

Bem, a situação estava prestes a mudar. E ela lhe ensinaria uma lição sobre a sensação de não ter controle algum.

Usando seu lado *symphato*, Xhex conduziu o humano num caminho que o levaria à loucura e, enquanto trabalhava nisso, agradeceu à força maior por ter a oportunidade de acabar com ele. Nunca imaginou que se depararia com Kraiten, um bônus por ter libertado o pré-trans.

Ao terminar, a fêmea apagou todas as lembranças que ele tinha daquela infiltração, de ter sido mantido refém, do resgate, certificando-se de que ele não se lembraria de nada. Depois acenou para John, que soltou o homem, empurrando-o na direção da porta que dava para as escadas. Observaram-no cambalear e depois bater na porta.

Sem dúvida, era a primeira vez que Kraiten ficava trancado para fora do próprio negócio.

– Pronto para ir? – ela perguntou ao companheiro.

As mãos de John foram rápidas ao sinalizar: *Me diga que fez o bastante.*

– Mais do que o bastante. – Xhex inclinou-se para o lado dele e o beijou na boca, demorando-se no contato. – Obrigada por vir comigo. E por acreditar em mim no que se refere a Murhder. Temos uma história partilhada, mas não um futuro juntos. É você que eu amo assim. Ninguém mais.

O sorriso furtivo e ligeiro que ela estava acostumada a ver apareceu no rosto de John. Era um sorriso especial. Uma expressão que ele não dedicava a mais ninguém. Era como ele lhe dizia "eu te amo" sem usar as mãos.

De repente, ela sentiu um alívio e uma gratidão tão grandes que teve que piscar rápido.

– Vamos embora.

Um depois do outro, eles se desmaterializaram, deixando a área de carga e descarga através das fendas minúsculas entre as lâminas do portão. Voltaram às suas formas na área perimetral, nos campos de neve do outro lado dos muros cimentados. Nenhum alarme. Nenhum sinal de que a infiltração fora percebida ou registrada. Haveria um pouco de confusão entre os seguranças quando vissem as imagens gravadas, mas, com um pouco de sorte, o guarda de Murhder cuidaria bem do assunto.

John deu uma batidinha no seu ombro. *Tem certeza de que está bem deixando tudo desse jeito?*

Quando suspirou, a respiração saiu dela numa nuvem branca. Era impossível não comparar essa partida com a fuga anterior, aquela em que dava para torrar marshmallows e algo mais. E a verdade era que jamais ficaria perfeitamente conciliada com a circunstância, nem com o que os seus parentes fizeram a Murhder. Com certeza não com o que lhe foi infligido no corpo pelas mãos do humano cujo cérebro ela acabara de embaralhar.

Mas incendiar o laboratório e matar um punhado de humanos inocentes da equipe de segurança não lhe traria mais paz.

Além disso, cuidara do assunto no que se referia à empresa farmacêutica. Kraiten tinha um projeto especial que colocaria em prática nos dias seguintes.

— Sim, estou bem.

Virou-se e ficou de frente para seu companheiro. Quando uma brisa fria soprou, como se estivesse determinada a congelar todos os locais que ainda não estavam sob o gelo, os cabelos de John balançaram para o lado.

Quando Xhex esticou a mão para ajeitá-los, ele capturou sua mão enluvada e beijou o meio da palma.

Ela pensou no encontro de John com Murhder – e na convulsão. Depois pensou no que sabia, mas que não contara a ele, a respeito de sua grade emocional. E sobre a cicatriz no peito, aquela que ele alegara ser de nascença.

John assobiou num tom ascendente, seu modo de perguntar o que estava acontecendo.

Xhex conferiu o perímetro da propriedade e ponderou se não deveriam sair logo dali. Mas que importância tinha? Se algum humano os visse, poderiam simplesmente se desmaterializar.

Ou matar os cretinos.

Estava mais do que na hora de contar aquilo, e por que não ali?

— John... o seu lugar é a Irmandade. E não só porque você é um bom guerreiro.

Ele franziu o cenho. E depois deu de ombros.

— Eu sei, não é uma decisão sua, nem uma escolha. Mas... você reconheceu Murhder, não foi? – Sim, era uma pergunta que pedia uma resposta específica. – No seu coração, você o conhece. Você conhece toda a Irmandade. Já se perguntou o porquê?

John deu de ombros de novo e soltou a mão dela.

É assim que é. Eu me dou bem com eles.

– É mais do que isso. E você também sentiu.

Seu amado companheiro tinha uma anomalia absurda no que se referia à grade emocional. Na verdade, jamais vira coisa semelhante. A estrutura das emoções dele e o sentido de identidade eram perfeitamente normais, o norte e o sul, o leste e o oeste de suas emoções dispostos na orientação exata que deveriam ter. O que não era assim? O fato de haver uma grade-sombra diretamente abaixo da dele, um eco do padrão que refletia exatamente qualquer emoção que John sentisse, de maneira a apresentar uma imagem dupla. Muitas vezes, Xhex ficou se perguntando se ele não teria um irmão gêmeo que morrera... mas não havia como sabê-lo porque os detalhes de seu nascimento e o paradeiro da *mahmen* de John eram desconhecidos.

E, mais especificamente, ela teria visto essa formação antes, caso fosse verdade.

Só existia outra explicação e, só de pensar a respeito, ela sentia como se estivesse *invocando* a situação.

Não significava que o fantasma de um Irmão morto tivesse se apossado do interior dele – e manifestado a cicatriz em forma de estrela no peitoral de John.

Seria loucura.

Não sei bem o que você está dizendo, John sinalizou. *Mas desejo muito que um dia...*

Você já é um Irmão, ela pensou para si mesma.

Manteve a reflexão para si, no entanto, porque o anseio no rosto do macho partiu seu coração – e a deixou com raiva da Irmandade. Por que aqueles machos não podiam fazer o que era certo? E não daqui a uns cinquenta anos ou alguma merda assim. John era um tremendo de um guerreiro. E merecia o reconhecimento e a honra.

– Venha. Vamos para a segurança da nossa casa. – Xhex chamou. – Está frio aqui.

Capítulo 23

Quando o suv de Kraiten desacelerou e o soldado ao volante embicou na entrada de uma garagem, Sarah franziu o cenho ao olhar através da janela lateral da parte de trás. Estavam a cerca de uma hora de Ithaca, mais ao norte, e o fato de ela nunca ter estado naquela região não era novidade. Ela e Gerry não viajavam muito para o norte do Estado.

Risque a parte do "entrada de garagem", aquilo estava mais para uma entrada sinuosa, limpa, que contornava árvores perenes cobertas de neve e muito unidas.

Após uns duzentos ou trezentos metros, as definições de conforto foram atualizadas, surgindo tal qual num cartão-postal, na forma de uma casa de tijolos com chaminés expelindo espirais de fumaça como se alguém tivesse montado uma maquete para um comercial natalino.

Sarah baixou o olhar para o colo quando o veículo parou diante da entrada. O menino estava todo aconchegado, dormindo no seu colo, a cabeça esquentando suas pernas; ele tinha cruzado os braços e enfiado as mãos debaixo do queixo. Pensou em lhe dar o macacão contra materiais perigosos como coberta, mas o aquecimento estava ligado no máximo, e ele adormecera quase que de pronto assim que chegaram à rodovia.

Estava bem desconfortável porque ainda tinha a mochila nas costas por baixo do macacão azul e porque uma de suas pernas estava dormente, aquela que o menino usava como travesseiro, mas isso não importava. Só o que Sarah queria era que a criança descansasse um pouco.

Também estava preocupada que talvez ele estivesse com febre. Sua pele estava quente.

— Ele está profundamente adormecido — o soldado concluiu com suavidade.

Ela olhou para o motorista. Ele fitava a criança com uma tristeza que a preocupou quanto ao que iria dizer ao menino. Mentalmente, ponderou se a mãe estava morta, mas já sabia a resposta, e não queria que essa fosse a conversa que acordaria o garoto.

— Precisamos levá-lo a um médico — sussurrou.

— Temos pessoas que podem cuidar dele.

— Quando eles chegam? — Pensou nos exames de imagem. — Fizeram... experimentos nele.

Meu Deus, como aquilo foi acontecer? Seu cérebro simplesmente não conseguia assimilar. Será que ele tinha sido sequestrado? Ou... vendido como mercadoria?

— Preciso usar um telefone. Um telefone fixo.

— Vai ligar para o seu companheiro? — o soldado perguntou.

— Companheiro? — Ela balançou a cabeça. — Ah, entendi. Não, não tenho ninguém para ligar. Mas tenho informações que o FBI precisa ver.

Só não sabia se o menino era uma delas. Ele já tinha passado por tantas coisas, e Sarah não tinha certeza se jogá-lo num lar temporário seria um bom plano caso o pai não fosse um guardião adequado. Mas talvez ele tivesse parentes. Parentes normais e bons, uma tia ou um tio que tivessem uma casa como aquela à sua frente.

— Venha — disse o soldado. — Vamos levar vocês dois lá para dentro.

O menino se espreguiçou quando o homem abriu a porta e o ar frio entrou. Em seguida, Sarah o entregou com relutância para o soldado porque ela não teria como carregá-lo pela porta de entrada com as pernas dormentes do jeito que estavam. Mas se preocupou que ele pudesse pegar pneumonia por causa do frio...

Ele já teve pneumonia, ela se lembrou com tristeza. Há dois anos.

Praguejando, ela deslizou pelo banco e quase caiu ao apoiar o peso no pé esquerdo. Antes que conseguisse se segurar, o soldado esticou a mão e a sustentou pelo braço.

A força dele era... inacreditável. Mesmo com o menino nos braços, ele a impediu de despencar na neve como se ela não pesasse nada, o corpo dele mal registrando a carga que Sarah representava. Ele era praticamente um carvalho.

Lembrou-se dele chutando a porta de aço como se fosse uma portinhola de casinha de bonecas em vez do painel de metal reforçado preso ao batente por uma fechadura.

Sarah puxou o colarinho do macacão quando uma onda de calor a trespassou. Só tivera encontros com colegas nerds, e seus três ou quatro namorados pertenciam mais ao grupo de rapazes sérios e indiscutivelmente mais para o lado dos magros. Veja bem, nerds também podiam ser gostosos, ok? Mas esse homem? Com aquele... corpo?

Território desconhecido.

Com uma topografia que a fez pensar que, se ele era potente assim na vertical, imagine só que diabos ele poderia fazer com uma mulher na horizon...

– Olá? – ele perguntou com insistência. – *Eeeei?*

Como se estivesse tentando chamar a atenção dela.

Sarah balançou a cabeça.

– Desculpe, eu...

Só estava imaginando se você é bom de cama, ela terminou dentro da cabeça.

Os olhos do soldado se arregalaram e ele se retraiu.

– Ai... caramba – ela sussurrou. – Por favor, não me diga que falei em voz alta. Na verdade, não responda. Esqueça que me conhece... Na verdade, você não me conhece. Não sabe meu nome. *Eu* não sei mais o meu nome a esta altura! Puxa, que farra!

Ela balbuciou tudo aquilo enquanto dava a volta nele e chegava ao caminho limpo de neve como se tivesse tomado meio litro de cerveja e o único banheiro do planeta estivesse logo adiante.

– A porta deve estar destrancada! – o soldado disse às suas costas.

– Fantástico, porque nem sei o que estou fazendo. Sou Sarah, a propósito. Doutora Sarah Watkins.

Cara, que merda. O sorriso lento que se formou naquele rosto lindo era mais sexual do que o melhor orgasmo que ela já tivera.

– Devo chamá-la de Sarah ou de doutora Watkins?

Pode me chamar quando você quiser, ela pensou.

– Pode ser Sarah. Está bom assim. Quero dizer. Sim, por favor.

Merda.

Sarah saltou para uma varanda charmosa e, ao tentar abrir a porta, descobriu que ele estava certo. O brilho que vinha do interior, o calor, o aconchego... Basicamente era como ela menos esperava que aquela noite terminasse.

Não que fosse o fim.

Ela não ia ficar ali com o soldado e seus amigos durões – ainda que, parabéns pela decoração, ela pensou ao examinar ao redor. Em vez de um *bunker* de guerra, o lugar estava decorado ao estilo americano do início do século anterior: tapetes de tramas tecidas no chão, mantas penduradas como se fossem papel de parede, e um sofá acolchoado saído de uma revista de decoração.

– Esta casa é sua? – ela perguntou ao segurar a porta aberta.

– Não. É de uma amiga minha.

Faz sentido, ela refletiu. Ele tinha cara de quem morava em um *bunker*... Então seria de uma namorada? Da esposa? Não, espere, hum, da mãe.

Tinha que ser da mãe. Ela praticamente sentia o aroma de uma torta de maçã assando no forno. E a ideia de que ele gostava o bastante da mãe a ponto de levar dois fugitivos para casa? Ora, se isso não era de derreter o coração.

Sarah fechou a porta enquanto o homem depositava o menino no sofá e o envolvia com uma coberta. O fato de o menino nem sequer se mexer a deixou paranoica, com medo de que ele tivesse morrido. Mas não, o peito miseravelmente magro ainda subia e descia.

O rosto estava corado demais, ela avaliou ao estender o braço e apoiar a mão na testa dele.

Balançou a cabeça e se endireitou.

— Precisamos levá-lo a um hospital. Ele está com febre.

— Vou chamar alguém.

Nessa hora, o casal que esteve com eles no laboratório veio descendo as escadas. O homem e a mulher tinham acabado de tomar banho, a julgar pelos cabelos molhados, e vestiam as mesmas roupas ou então outras idênticas às de antes.

E também traziam armas na cintura.

— Vou mandar uma mensagem para Jane — disse a mulher. — Ela virá o mais rápido possível.

— Ela é uma médica formada? — Sarah perguntou com rispidez. — Ou é estagiária?

A mulher fez que sim.

— Ela cuida de todos nós. Na verdade, é cirurgiã.

— Escute, esta criança foi deliberadamente infectada com...

— Eu sei! — foi a resposta ríspida. — Fizeram o mesmo comigo.

Sarah empalideceu e olhou para o menino. Depois para a mulher, alarmada. Mas não houve contato visual. A soldada estava entrando na cozinha, e o namorado/marido/parceiro dela a acompanhou.

— Você acordou.

Voltou a se concentrar na criança quando o homem falou. Os olhos se abriam lentamente, e os membros magros começaram a tremer debaixo da coberta.

— Onde está minha *mahmen*?

O homem ergueu o olhar para Sarah.

— Pode me dar um minuto com ele?

Um impulso forte de continuar onde estava – ou melhor ainda, de tomar a pobre criança no colo de novo – apoderou-se dela como um desígnio divino. Algo no modo como aqueles dois se fitavam, no entanto, sugeria que eles partilhavam uma história.

— Você é da família dele? – perguntou ao homem.

— Sim – ele respondeu. – De todas as maneiras que importam agora.

Sarah concordou e recuou para o corredor. Foi até perto da arcada da cozinha, cruzou os braços diante do peito e sentiu que seu coração se partia.

Não conseguia ouvir nada do que se passava entre eles. Só viu o homem esfregando o rosto e estalando as juntas das mãos.

E depois se sentou no sofá e olhou nos olhos do menino.

Os lábios do homem se moveram, e a expressão do garoto se transformou numa máscara de dor. O menino perguntou algo. O homem respondeu.

Mais uma pergunta.

Outra resposta.

O menino baixou o olhar para a manta em que estava enrolado. Quando começou a chorar, o homem pareceu tão dilacerado quanto Sarah se sentia.

Pegou o menino nos braços fortes e o abraçou.

Quando aqueles olhos estranhamente iluminados se voltaram na direção de Sarah, por cima da cabeça do menino, ela cobriu a boca com a mão. E se perguntou exatamente o quanto alguém jovem como ele conseguiria aguentar.

Inferno, a maioria dos adultos não aguentaria metade do que ele já enfrentara. Era tão injusto.

— ... ele está prestes a passar pela transição. Então precisamos de uma Escolhida aqui antes que amanheça, só como garantia.

Sarah franziu o cenho e olhou para trás. A soldada falava com urgência ao telefone.

Transição?, Sarah pensou.

Quando a médica da Irmandade chegou, dez minutos mais tarde, Murhder se retirou para a cozinha de modo que a doutora Jane, como se chamava a fêmea, pudesse consultar o garoto com privacidade.

A doutora Sarah Watkins estava sozinha junto à mesa, já sem metade da parte de cima do macacão azul e uma mochila meio de lado. Ela tinha uma caneca de café diante de si, e o olhar estava perdido em dado ponto perto da caneca. Quando ele entrou, porém, ela o fitou.

E sustentou o olhar.

Será que ela tinha mesmo se perguntado como ele era na cama? Puta merda, aquilo foi sensual demais. E, sabe de uma coisa, sua libido exigia que ele se aproveitasse da oportunidade para esclarecer que sim, sempre foi bom de cama, apesar do hiato de secura de duas décadas.

Mas, em vez de tocar no assunto, perguntou:

— Como você está?

— Parece que não consigo fazer meu cérebro funcionar... — murmurou. — É tão estranho.

Murhder se sentou de frente para ela, e combateu o impulso de pegá-la no colo para poder abraçá-la. Afinal, eram desconhecidos.

— É totalmente compreensível. — Procurou certificar-se de manter o tom suave porque, às vezes, é possível abraçar alguém sem tocar, certo? — Você não está acostumada a lidar com nada parecido com o que aconteceu hoje à noite.

— Sou apenas uma cientista... — Ela se inclinou para o lado, como se espiasse o garoto na sala da principal. Depois voltou a olhar para a caneca. — Ou costumava ser. Acho que ninguém mais irá me contratar depois de hoje. Esse lance de invadir propriedade, roubar informações, procurar as autoridades... São questões meio que condenadas pela indústria farmacêutica.

— Ninguém vai saber de nada do que aconteceu.

Ela o encarou subitamente.

— Tá de brincadeira? Kraiten irá acobertar os vestígios e o laboratório secreto e chamará a polícia.

— Não, ele não o fará.

— Sem querer ofender, mas não seja ingênuo. Além disso, vou entregar tudo para a polícia federal. Assim que terminar este café, vou ligar para o agente que me procurou há dois dias.

— Kraiten não vai mais causar problema.

— Exato. Porque eu tenho provas! — Ela balançou a cabeça, pesarosa. — E, sabe, já perdi mesmo minha paixão pelo trabalho. Está na hora de encontrar outro rumo para mim na vida.

Murhder perscrutou o rosto da mulher. Ela tinha uma pinta pequenina na face. E os olhos castanho-claros eram salpicados com pintinhas verdes. Ela soltara os cabelos do rabo de cavalo, e as mechas naturalmente mais claras se espalhavam sobre a blusa azul que ela vestia.

Ela tinha cheiro de uma campina no verão, e a voz, hipnotizante. Ele literalmente poderia passar a noite inteira só observando seus lábios enunciando sílabas aleatórias, enchendo seus ouvidos com os sons que ela produzia, sentindo a pele se arrepiar com uma percepção sensual a cada movimento minúsculo que ela delineava.

— O que você faz? — ele perguntou de repente, ciente de ter permanecido calado por tempo demais.

— Sou geneticista molecular. Trabalho em busca da cura do câncer usando o próprio sistema imunológico. — Ela o fitou. — Precisamos contar à médica o que fizeram com o garoto. Tenho os exames de imagem e as informações sobre os protocolos, tudo, são de dois anos atrás... Mas depois que eu procurar os federais, tenho certeza de que conseguiremos os resultados mais recentes. Devem existir registros, isto é, presumindo que não tenham parado com os experimentos. Transmitiram doenças terríveis ao menino e...

— A médica sabe o que fizeram com ele.

A doutora Watkins — quer dizer, Sarah — piscou.

— Ela também sabe sobre a soldada? — Quando Murhder não respondeu, ela insistiu: — A soldada disse que fizeram o mesmo com ela.

— A médica sabe de tudo.

— Existe alguma possibilidade de Kraiten estar fazendo o mesmo com alguém mais, em algum outro lugar?

Murhder pensou no que vira quando entrou na mente do homem.

— O garoto era o último. Ele estava tentando conseguir outros.

A mulher inclinou a cabeça.

— Você tem uma maneira tão estranha de dizer as coisas. E esse seu sotaque. Não é francês, e... Bem, sei que não é alemão. De que parte da Europa você é? O meu noivo era de Hamburgo.

Murhder se retesou na cadeira.

— Noivo? Você está noiva?

Uma tristeza permeou o rosto dela.

— Estava. Ele morreu.

O alívio que experimentou fez Murhder se sentir um completo babaca.

— Permita-me oferecer-lhe os meus pêsames. — Murhder sentiu a tensão abandonando o corpo. — Posso perguntar o que aconteceu?

Sarah se recostou na cadeira. Virou de lado para espiar o menino.

— Para onde foi o casal?

— O que disse?

— O homem e a mulher que estavam aqui com você.

Passos ecoaram acima, e Murhder ergueu o olhar.

— Acho que estão se ajeitando para ir dormir.

— Ah... — Ela pôs a mão sobre a mochila e fez menção de se levantar. — Preciso dar um telefonema para entregar os arquivos para o FBI.

Isso não pode acontecer, ele pensou.

Murhder estendeu o braço e colocou a mão sobre a dela. Na mesma hora, uma descarga de eletricidade subiu pelo seu braço... chegando a lugares que não estavam despertos há muito, muito tempo.

— A médica ainda não terminou... — Ele observou enquanto mudava de posição na cadeira. — Vamos esperar até que termine, caso ela precise nos dizer alguma coisa.

A mulher retirou a mão e a esfregou na coxa. Era evidente que também sentira a conexão: Murhder percebeu a fragrância de excitação que ela emanava, e era paradisíaca ao seu olfato, uma combinação erótica de bergamota com ginseng.

E ele quis sentir mais. Queria senti-la em toda a sua pele nua, enquanto penetrava no sexo dela e a sentia se agarrando a ele em resposta...

Murhder desceu a mão discretamente sob a mesa e rearranjou a ereção repentina e inapropriada que projetava seu pau contra a braguilha das calças.

— Por que está sorrindo? — ela perguntou.

Porque não sabia se essa maldita coisa ainda funcionava, ele pensou.

— Desculpe. — Murhder empurrou a cadeira pesada para trás. — Não foi nada.

— Ah, não se desculpe. — Ela voltou a se sentar. — Bem que uma piada cairia bem... Os últimos dias foram bem complicados.

Apesar de tantos outros problemas com que se preocupar, ele se viu querendo saber o que havia debaixo daquele macacão azul folgado que ela vestia. Como seriam os cabelos dela espalhados sobre o peito nu. Que sons será que ela emitiria enquanto ele lhe desse prazer.

Loucura, isso era loucura.

Porque ela teria de voltar ao seu mundo, sem nenhuma lembrança de um dia tê-lo conhecido.

Primeiro, contudo, ele precisava obter os arquivos que ela mencionara.

Capítulo 24

Foi difícil determinar exatamente quando o cérebro de Sarah começou a lhe enviar os sinais de alerta de que nem tudo era como parecia ser – ou o que exatamente levantou suas suspeitas.

Mas quando se inclinou para o lado pela terceira vez e espiou a sala através do corredor, e soube que havia algo estranho ali. Ao observar a doutora pegando um estetoscópio de uma maleta antiquada de médico e auscultando o peito do menino... e quando mediu a pressão sanguínea com a braçadeira do tamanho adequado às crianças... quando a mulher de jaleco verificou as pupilas com uma luz e examinou os ouvidos dele... nada na cena lhe pareceu certo.

A médica e o paciente conversaram o tempo todo, mas com as vozes tão baixas que Sarah não conseguia ouvir o que diziam. E não conseguia encontrar nenhuma falha na atenção dada pela médica, que estava completamente centrada no garoto, com o rosto compenetrado, o corpo voltado para ele.

Mas aquilo não estava certo.

Sarah desviou o olhar para o seu soldado – para *o* soldado, melhor dizendo.

– Uma ambulância está a caminho, certo? Vão levá-lo para um hospital?

– Sim. Claro.

– Qual?

– A uma clínica particular.

Sarah franziu o cenho e balançou a cabeça.

– Olha só, você precisa ser honesto comigo. Que diabos está acontecendo aqui?

O soldado encolheu os ombros largos.

– Como pode ver, ele está sendo examinado por uma médica.

Ela pensou no coração com seis cavidades. Nos estranhos resultados dos exames de sangue. Nos resultados dos testes que indicavam uma profunda resistência a doenças, mesmo com o sistema imunológico comprometido.

Uma lição que lhe ensinaram na faculdade de medicina foi que, ao ouvir o som de cascos, não pense em zebras. Em outras palavras, não conclua de imediato que um nódulo é maligno, que sintomas de gripe podem ser Ebola, que uma tosse pode configurar um caso de Peste Negra.

Na maior parte das vezes, era um bom conselho. Até o instante em que os sintomas que lhe são apresentados revelam-se mesmo casos de câncer ou de uma peste.

Inclinou-se sobre a mesa.

– Essa criança deveria estar morta a essa altura. Deveria ter morrido há dois anos, se os arquivos que encontrei forem dele, se os relatórios se referirem a ele. Nada faz sentido.

Nessa hora, a médica entrou. Era uma bela mulher de cabelos loiros curtos e olhos verde-escuros. E era preciso ser grata pela seriedade com que parecia avaliar a situação. Mas havia algo... bem, algo estranho nela.

Como se tivesse uma energia diferente ou...

– Ele passou por maus bocados – a médica anunciou. – Mas seu estado de saúde é bom. A não ser por... – Olhou para Sarah. – De qualquer maneira, eu gostaria de levá-lo para fazer outros exames...

— Irei aonde quer que ele vá! – Sarah se levantou. – Não vou sair do lado do garoto. E alguém, por favor, me explique por que não estamos a caminho da polícia ou de um centro médico agora mesmo?

A médica lançou um olhar ao soldado, como se ele fosse o encarregado de algo ali. Depois disse:

— Eu gostaria de examinar John antes de ir embora.

— Ele está lá em cima. – O soldado também se levantou. – E vou cuidar de tudo.

— Do que você vai cuidar? – Sarah perguntou determinada enquanto a médica se locomovia até a escada e chamava o outro homem.

— Eu sinto muito – ele sussurrou.

— Pelo quê?

Passos pesados desceram a escada e, ao espiar pelo corredor, Sarah viu o homem do casal sem camisa e evidentemente preocupado... quando ele apresentou um ferimento bem feio no ombro para a avaliação da médica.

— Sarah? Pode olhar para mim?

Num ato reflexo, ela olhou para o soldado – só para se retrair ante a intensidade da expressão dele. Em seguida, de lugar nenhum, surgiu uma dor dilacerante nas têmporas, como se ela tivesse comido sorvete rápido demais...

— Isto está piorando – ela ouviu a médica dizer ao longe.

Interrompendo o contato visual com o soldado – algo estranhamente difícil de fazer, como se seus olhares tivessem criado um laço tangível –, inclinou-se para o lado da mesa e investigou de novo o corredor. A médica apalpava o ferimento. E antes que conseguisse se conter, Sarah levantou-se depressa e se aproximou dos dois.

A médica pareceu surpresa – e Sarah não se preocupou em conferir a expressão dos demais. Estava fascinada pelo ferimento. Não se parecia com nada que já tinha visto antes e, uau!, era bem feio. Havia uma erosão pretejada na primeira e na segunda camadas da pele ao redor de uma parte infeccionada que começava no ombro e terminava no peitoral.

— Já experimentaram antibióticos? — perguntou. — O que tentaram até agora?

Quando todos a encararam e o soldado veio da cozinha, Sarah observou ao redor do grupo que agora incluía a namorada/esposa, que descera as escadas.

— Desculpem... — Ela recuou um passo e olhou para o paciente. — Não tive a intenção de me intrometer, mas sou geneticista molecular. Sou especialista em sistema imunológico e só fiquei curiosa com o que está acontecendo com você. O seu corpo evidentemente está brigando contra alguma coisa, e a pesquisadora dentro de mim quer saber o que é e o que vocês estão fazendo para ajudar na cura.

Ficou surpresa quando o homem levantou as mãos e sinalizou:

Fui ferido lutando. Não tentamos antibióticos porque não é esse tipo de infecção.

A namorada/esposa pigarreou.

— Ele não quer falar sobre o assunto...

Sarah respondeu, também usando a linguagem de sinais: *Que tipo de infecção é?*

Inteligência é sexy.

E também superinconveniente quando se está tentando entrar na mente de alguém, assumir o comando dos seus pensamentos e apagar a memória recente... e enviar essa pessoa de volta ao mundo dos humanos, onde é o seu lugar.

Murhder tinha muita experiência em apagar memórias e substituí-las por diferentes versões dos eventos, mas jamais começara o processo e viu seu alvo se afastando do controle mental e concentrando-se em um tópico absolutamente diferente de modo a expulsá-lo de sua consciência.

Muito prazer, Sarah.

P. S., adorou o nome dela.

Enquanto Sarah e John conversavam por meio de sinais, Murhder estava muito ciente de que teria de entrar na mente dela de novo, e não apenas terminar desde a interrupção, mas retomar do começo. Em vez disso, ficou ali parado que nem um idiota, deliciando-se ao vê-la se comunicar com John, gesticulando as mãos com graciosidade de uma posição a outra.

Muitos acenos de ambos os lados.

Depois Sarah olhou para a médica conhecida como Jane.

– Não preciso saber os detalhes de como o ferimento aconteceu. Respeito a privacidade dele. Mas não entendo que infecção é essa, não mais do que você, pelo visto, entende. E tenho a sensação de que vocês não irão levá-lo a um centro médico, e não, não vou causar problemas. – Deu uma olhadela para todos ao seu redor. – Mas eu posso ajudar se vocês quiserem alguém que conheça muito bem as reações do sistema imunológico para tentar acabar com isso.

Xhex falou do degrau de baixo.

– Que tipo de ajuda?

– Não vou mentir. Não tenho nenhum tratamento adequado pronto na minha cabeça agora. Mas não gosto ver pacientes sofrendo ou com medo do futuro. Trato de pacientes com câncer e, podem acreditar, depois de ter perdido meu pai e minha mãe para essa doença, sei muito bem como é se sentir aterrorizado com a sua saúde. Por outro lado, a pesquisadora em mim está fascinada com essa ferida. Quero saber qual é a aparência do tecido no microscópio. Quero saber a contagem dos glóbulos brancos. Quero pesquisar e descobrir o que está acontecendo no nível celular. Claro, não existe resposta fácil. A imunoterapia ainda é uma ciência nova e não é como uma pílula mágica ou uma vacina que eu possa recomendar e garantir que funcionará. Mas adoraria ajudar, e essa é a minha área de atuação.

Murhder esperou que a médica da Irmandade freasse a ideia. Então, olharia para Xhex e a veria meneando a cabeça. Por fim, veria John agradecendo, mas recusando.

Quando nada disso aconteceu, tentou não ficar muito animado. Falhou.

E teve de lembrar a si mesmo que, no fim, não daria certo. Sarah não poderia permanecer no seu mundo, e quanto mais ela se envolvesse com os vampiros, mais lembranças teria e mais difícil e doloroso seria extirpá-las dela.

Lembranças recentes eram uma coisa. As mais longevas eram uma história completamente diferente.

Sarah deu de ombros.

— E, depois desta noite, estou mesmo desempregada. Provavelmente com a carreira destruída quando eu revelar o que sei.

A médica da Irmandade falou:

— Qual é o seu nome? Desculpe, acho que não sei.

— Doutora Sarah Watkins. — Estendeu-lhe a mão. — Como disse antes, sou especialista em imunoterapia para pacientes com câncer e estou prestes a ter muito tempo livre.

— Jane. — As duas apertaram as mãos. — Doutora Jane Whitcomb.

— É um prazer conhecê-la! — Houve uma longa pausa. — Importa-se se eu der uns telefonemas antes?

Murhder se adiantou.

— Sarah? Por favor, olhe apenas para mim. Só por um instante.

Dessa vez, sem aquele intelecto incrível distraindo-a com os assuntos pelos quais ela mais se interessava, o macho conseguiu entrar em sua consciência e ali permanecer com mais facilidade.

Imagens surgiram das profundezas de suas lembranças, como barcos afundados flutuando na superfície do mar particular dela. Murhder viu um humano e deduziu que fosse o noivo – sem nenhuma surpresa, desgostou do cara à primeira vista. Também viu o interior de um laboratório não muito diferente daquele que invadiram. Viu uma casa simples, com mobília comum e uma cama desarrumada apenas de um lado.

Também viu lembranças de um agente do FBI aparecendo à porta da casa... e de como ela atendera à porta e preparara café para o homem, sentando-se com o homem só para que ele começasse a fazer perguntas sobre o noivo falecido.

Sarah ficara nervosa com a situação.

Murhder colocou um remendo por cima das lembranças associadas ao agente do FBI, fazendo desaparecer com eficiência qualquer traço mental do visitante e do interrogatório. Tudo sumiu. Como se ela nunca o tivesse visto.

Quando ele se retirou de sua mente, Sarah fez uma careta e esfregou as têmporas.

— Alguém teria um remédio? Estou morrendo de dor de cabeça.

— Vou pegar para você — Xhex disse ao se virar e subir as escadas.

Murhder inspirou fundo.

— Sarah, quanto exatamente você tem a mente aberta?

E não foi bem uma pergunta. Estava mais para uma esperança que ele tinha.

Capítulo 25

Enquanto a doutora Jane se afastava para algum canto com seu celular colado à orelha e a voz num sussurro, e Murhder e a pesquisadora humana voltavam para a cozinha, John se virou para o sofá e contemplou o pré-trans que estava sentado, enrolado em uma manta, e observava tudo com olhos arregalados e exaustos.

John levantou a palma para o garoto.

– Oi! – o rapaz respondeu. – Você não fala?

John meneou a cabeça e foi até a cadeira de balanço. Quando se sentou, a peça de mobília rangeu como se estivesse perdendo sua integridade física sob o peso dele, mas, mesmo assim, a antiguidade conseguiu sustentá-lo.

– O que aconteceu com a sua voz? – o jovem perguntou. – Você se machucou?

John negou com a cabeça e depois deu de ombros.

– Você nasceu assim e não sabe por quê? – Quando John confirmou, o garoto pareceu triste. – Sinto muito.

John deu de ombros novamente e levantou as palmas, expressando "o que se pode fazer?". Depois apontou para o outro cômodo, para a doutora Jane, e ergueu os polegares para o menino.

– Você confia nela? – John levou a mão ao coração, fechou os olhos e assentiu. – Você confia nela com a sua vida?

John fez o sinal de ok. Depois apontou para o garoto e repetiu o sinal.

– Você acha que vou ficar bem?

John acenou positivamente, fez uma cruz diante do peito e depois apontou um dedo, como se fosse uma arma, para a têmpora e apertou o gatilho.

O garoto sorriu.

– Você jura por tudo o que é mais sagrado ou morre por isso.

John fez que enfiava um dedo no globo ocular.

– E enfia um dedo no olho.

John repetiu o sinal de ok.

O menino ficou sério.

– No fundo, eu sabia que a minha *mahmen* estava morta. Ontem à noite, estava dormindo na jaula e, de repente, senti alguém me cutucando para eu acordar. Quando me sentei... senti que ela estava sentada ao meu lado, do jeito que costumava ficar, nós dois juntos. Me deu tanta saudade dela. E depois a sensação sumiu. Foi como se ela tivesse me visitado a caminho do Fade.

John fez que sim e levou a mão ao coração, esfregando.

– Obrigado. Agradeço por isso. – Quando John assentiu, o garoto inspirou fundo. – Contei à médica como foi o último mês. Os humanos, no laboratório, estavam ficando animados porque os meus exames começaram a ficar todos confusos. Minha *mahmen* me disse que, se eu vivesse até aqui, teria que ficar atento aos sinais de aproximação da minha mudança. Ela também me disse que eu tinha que sair do laboratório antes que a transição acontecesse, pois os humanos não saberiam o que fazer para que eu sobrevivesse.

John sacudiu a cabeça. Depois mostrou seu relógio, apontou para ele e então apontou para o menino.

– Quantos anos eu tenho? Vinte. Ou pelo menos acho que é isso. Às vezes não tenho certeza se conto os anos direito. Fica tudo

O SALVADOR | 213

confuso na minha cabeça. Minha *mahmen* explicou que a transição costuma acontecer lá pelos vinte e cinco anos, mas que o estresse pode acelerar ou retardar o processo.

John deixou o garoto falar o que sentia vontade, ponderando que o lado bom de ser mudo era ser capaz de dar espaço para as pessoas partilharem com ele o que sentiam, o que estava acontecendo. E quanto mais o menino se abria, mais ele retornava ao próprio passado, para a época em que era magrelo e morava naquela ratoeira, em que ligava para o número de Prevenção ao Suicídio, rezando para ouvir a voz de Mary do outro lado.

O garoto estava tão perdido quanto ele esteve.

E, assim como John, fora socorrido bem a tempo.

Puxa vida, ficava enjoado só de pensar no que teria acontecido ao pré-trans caso não o tivessem encontrado – porque o menino estava certo. Aqueles humanos não teriam encontrado uma fêmea da espécie a tempo – inferno, provavelmente nem saberiam que seria necessário fazê-lo. E se o garoto chegasse à transição sem uma veia adequada da qual sorver, morreria de pronto.

Infelizmente, às vezes os jovens morrem mesmo assim. Mesmo obtendo ajuda.

Uma preocupação imensa enraizou-se no peito de John enquanto ele olhava através da casa segura. Por algum motivo, não queria que mais nada de ruim acontecesse àquele garoto.

Interessante como as características em comum com um desconhecido podem torná-lo um membro da família bem rápido.

— Você ficou assustado quando passou pela transição? – o garoto perguntou.

John fez que sim. E depois apontou para si mesmo e mostrou os polegares erguidos.

— Mas você conseguiu. E hoje é grande e está bem.

Quando John fez que sim de novo, o garoto inspirou fundo.

— Acha que eles vão deixar a fêmea humana ficar comigo? E o macho grandalhão?

John assentiu, apesar de não saber o que iria acontecer. Mas, convenhamos, a Irmandade poderia dar uma folga ao garoto, não? E ele estava tão próximo da transição. John sentia isso no ar.

— Eu só não... — Os olhos dele marejaram de lágrimas. — Fiquei sozinho por muito tempo e estou com medo.

John apontou para o garoto. Depois apontou para o meio do seu próprio peito. Em seguida, contraiu o lábio superior e bateu numa presa com o indicador. Depois disso, fez um gesto de corte diante da garganta.

— Você também ficou sozinho? No mundo humano.

John assentiu com seriedade.

— É mesmo? Pensei que eu fosse o único... — O garoto inspirou fundo. — É um alívio saber que não.

Quando John assentiu outra vez, o garoto deu um meio sorriso.

— Sem querer ofender, eu preferiria que tivéssemos em comum o fato de termos ganhado na loteria.

Os dois riram, o menino com som, John sem.

Não que a diferença importasse.

Ao lançar o comentário sobre a imunidade, Sarah jogou a carta que tinha em mãos. Seus instintos lhe diziam que seu tempo com aquele grupo estava chegando ao fim. De alguma maneira, ou eles sumiriam, ou sumiriam com ela — embora não num sentido letal: não houve momento em que se sentiu ameaçada ou temendo pela própria vida. Mas o grupo era tão cheio de segredos... Ela não sabia o que eram... Tinham recursos, talentos e informações e, evidentemente, passavam despercebidos.

Pensou no segurança na BioMed. No próprio Kraiten. Não conseguia achar uma explicação sobre como os soldados pareciam controlá-los. O fato de não entender tantos detalhes do que acontecera despertou seu interesse de querer saber mais sobre tais pessoas. Seria a pesquisadora dentro dela?

Ou talvez algo mais primitivo?

Do outro lado da cozinha, recostado à bancada, o soldado de cabelos negros e vermelhos a mirava com uma espécie de especulação normalmente reservada para mulheres que não eram como Sarah. E, não, não estava dizendo que não era atraente. No entanto, aqueles olhos sensuais, o olhar fixo, o ar erótico ao redor do corpo imenso, frequentemente eram direcionados às mulheres que colocavam sua sensualidade à mostra e encorajavam a troca sexual e a atração com os homens.

Nesse meio-tempo, ela estava toda mal arrumada dentro de um macacão contra materiais perigosos.

A menos que, é claro, ele tivesse um fetiche com balcões de medição climática.

– Você não chegou a me falar o seu nome... – ela disse num rompante. Quando ele hesitou em responder, ela teve que sorrir. – Ultrassecreto, hum?

– E importa?

– É por onde as pessoas costumam começar quando querem conhecer uns aos outros.

De repente, a voz dele ficou mais baixa; seu tom, mais grave.

– Você quer me conhecer?

As palavras eram simples. A pergunta por trás daquelas sílabas não era nada simples.

Sarah olhou para as próprias mãos. Fazia tanto tempo, pensou.

– Sinto muito – ele murmurou.

– Sim – ela respondeu sem erguer o olhar. – Quero te conhecer.

Aquele perfume, a colônia que ele usava, voltou às suas narinas, e Sarah podia jurar que o aroma a inebriava de repente, pois flutuava dentro do próprio corpo.

— Sarah.

Inspirando fundo, ela balançou a cabeça.

— Não sou boa nisso.

— No quê?

Ela queria lhe contar que não esteve com ninguém depois que Gerry morreu, mas não queria tocar no assunto. As pessoas tinham o direito de seguir a vida, não? E já fazia dois anos desde que ele se fora. Dois anos... que foram precedidos por muitas noites solitárias.

E era engraçado que, no meio de tamanho drama, dessa tempestade de escopo incompreensível e de magnitude inédita, ela se encontrava querendo se libertar de tudo. Da sua vida monótona, do luto complicado, da sensação de que, de alguma forma, perdia o seu futuro porque nada acontecera como deveria ter acontecido.

Gerry se fora. Ela estava sozinha. Agora seu trabalho corria perigo — porque invadira seu maldito local de trabalho, resgatara um paciente-refém e fugira com um bando de soldados tão secretos que até tinham uma equipe médica própria.

E, até então, o mais perto que esteve de cometer um crime em toda a sua vida foi ter estacionado perto demais de um hidrante.

Sarah esfregou a cabeça dolorida. Que inferno, talvez o mar turbulento de emoções em que se encontrava fosse parte da atração que sentia pelo sujeito. Ele representava uma via de escape para toda a energia que ela parecia incapaz de conter sob a pele...

Quando uma tábua de assoalho rangeu, Sarah ergueu os olhos.

Ele estava parado à sua frente. Aquele homem incrivelmente alto com todo aquele cabelo, aqueles olhos... e que corpo...

Ok, tudo bem. Concluiu que a atração talvez se devesse também ao seu físico. Ah, como ele ficaria incrível deitado nu sobre lençóis bagunçados, com a variedade de músculos à mostra e sua... espada do amor... toda ereta e...

Espada do amor? Sério mesmo que seu cérebro cuspira isso?

E, pelo amor de Deus, que ela tivesse guardado o devaneio somente para si.

– Sarah...

O modo como o soldado pronunciou seu nome foi uma carícia, uma expressão tátil em vez de apenas um som no ar. E quando ela permitiu que seus olhos descessem pelo peito até os quadris, ficou absolutamente claro que ele mais do que poderia dar prosseguimento à tensão sexual entre ambos.

Ele estava completamente excitado. E não dava a mínima para esconder.

– Sim – ela disse.

E, quando falou, estava ciente de que respondia à pergunta comunicada pela excitação dele: não sabia quando nem onde, mas ela e esse desconhecido ficariam juntos.

A médica passou pela porta.

– Ok. Vamos levá-la conosco. Você está dentro.

Sim, Sarah pensou ao se levantar da mesa. *Eles iriam*.

Capítulo 26

Throe, filho de Throe, estava sentado numa namoradeira Luís xv na sala de estar amarelo-claro de uma mansão que herdara de um parente distante devido a um homicídio. Ou, pelo menos, era como ele encarava a situação. Na realidade, ele não tinha nenhum direito legal sobre o lar em questão e não tinha nenhum parentesco com o falecido a não ser terem partilhado do mesmo status social. Ainda assim, era dono da construção, e isso não seria reclamado por herdeiros legais visto que ninguém sabia que o proprietário anterior estava morto. E, entre os aristocratas, sempre havia a existência de um bom DNA e da tradição.

Pois bem, no passado partilharam do mesmo status. Mas os laços genéticos eram imutáveis.

E ele, de fato, teve uma ligação de sangue com o macho de valor que fora esfaqueado.

Porque Throe ordenara o homicídio.

Olhando ao redor para o papel de parede adamascado, para o tapete Aubusson, para os retratos a óleo de machos distintos e de fêmeas encantadoras, ele sentia uma tranquilidade existencial florescer dentro de si. Permaneceu excluído por muito tempo, seu período forçado com o Bando de Bastardos era uma época da vida que preferia esquecer: os séculos de lutas e de sobrevivência no Antigo País com o grupo de soldados desgarrados de Xcor fora uma interrupção anômala entre seu ponto de origem e o ponto presente, um surto de gripe existencial, uma infecção passageira que seu destino conseguira vencer e do qual se curara.

Apoiou a mão no Livro.

— Está tudo bem, minha querida.

Quando a palma entrou em contato com o tomo envelhecido de capa de couro, ele sentiu um tremor subindo pelo braço até o coração. E o eco em seu peito se assemelhou ao que alguém sente quando é abraçado ou elogiado, um brilho reconfortante de felicidade, uma mudança sutil de bem-estar se acendendo onde é mais necessário.

Suas ambições enfim atingiam de novo um momento crucial, e tudo graças ao Livro. Por causa de seus poderes, ele conjurara armas usando simplesmente o ar.

Sombras que obedeciam às suas ordens.

As formas fantasmagóricas eram guerreiros perfeitos, capazes de matar após um mero direcionamento seu, sem requerer armas, munição, alimento ou descanso. E, tão importante quanto, elas não tinham vontade própria nem qualquer aspiração. Estavam contentes em servi-lo como ele bem quisesse, sem nenhuma possibilidade de discussão, ameaça ou motim.

Também eram terrivelmente eficientes. Throe encenara ataques no centro da cidade, com alvos escolhidos a dedo: filhos da *glymera* no auge da vida. Com os aristocratas já enraivecidos porque Wrath dissolvera o Conselho, a classe alta se mantinha instável e descontente. Acrescente a isso o fato de que a Irmandade da Adaga Negra e o Rei não conseguiam proteger a preciosa prole masculina?

Era a inquietação social perfeita, uma chaleira prestes a se superaquecer — e Throe estava em condições excelentes de se aproveitar do medo e da raiva, e de influenciá-los a reivindicar o trono.

Sua primeira tentativa em relação ao objetivo fracassara. Dessa vez? Com suas sombras? Com seu Livro?

Obteria o que desejava, superando a zombaria e a vergonha dos séculos anteriores, reivindicando seu lugar de direito na *glymera*.

E a ideia de que o Bando de Bastardos, agora alinhados a Wrath, sofressem? Ah, isso só lhe dava ainda mais satisfação. Tudo bem, com o passar do tempo, acabou se unindo a eles, acreditando que tais machos fossem a sua família. Mas foi um ardil criado pelas circunstâncias. A proximidade forçada com os modos rudes daqueles machos não equivalia à afinidade verdadeira.

Ele só precisava do Livro e das suas sombras, e seu futuro estaria garantido.

Abrindo-o numa página aleatória, afagou os símbolos do Antigo Idioma que foram gravados a bico de pena no pergaminho e, em resposta, eles estremeceram de leve à medida que seus dedos os delineavam...

Lá no fundo de sua mente, ele sabia que aquilo não estava certo.

Imagens gravadas à tinta em pergaminhos não deveriam se mover, e pessoas em juízo perfeito não conversavam com objetos inanimados como se tivessem um relacionamento com eles.

Numa série confusa e indistinta de lembranças, Throe relembrou a ida até o estabelecimento da vidente, e de o Livro ter se materializado para ele, chamando-o com seu poder sedutor, considerando-o merecedor dos seus muitos dons. Lembrou-se de ter aberto a capa e ter sido incapaz de traduzir as runas nas páginas – só que, em seguida, bem diante dos seus olhos, a tinta se rearranjou sozinha no Antigo Idioma para que ele conseguisse ler.

Numa série vívida de imagens, lembrou-se de ter ido até ali e invocado sua primeira sombra...

De repente, um calor o atravessou, a quentura chegando ao seu cérebro e embaralhando seus pensamentos.

Não, está tudo bem, disse a si mesmo. *Tudo está bem. Tudo está como deveria ser.*

– Tenho a minha fé e minha fé me tem – ele sussurrou. – Tenho a minha fé e minha fé me tem...

Quando o mantra escapou da sua boca, uma vez depois da outra, ele se concentrou no tampo da mesa. Ali jazia o mapa de lugares para os vinte e quatro convidados na sala de jantar. Os convidados foram escolhidos a dedo, cada um dos casais não só era da *glymera*, mas todos os *hellrens* haviam sido membros do Conselho que Wrath achara por bem desmantelar.

Como se os aristocratas não soubessem de nada.

Tudo estava pronto para a festa. Os canapés, o cardápio, as harmonizações dos vinhos – e, mais especificamente, o entretenimento.

Após as mortes encomendadas no centro da cidade, era hora de Throe e suas sombras partirem rumo a um objetivo maior. No momento certo, a festa seria "infiltrada" por esse terrível inimigo novo da espécie, a escória do centro da cidade, o assassino místico dos seus filhos.

E não haveria nenhuma Irmandade, nenhum Wrath, para salvá-los. Assim como não houvera nenhuma Irmandade, nenhum Wrath, para salvar os filhos deles.

Em vez disso, Throe seria aquele a dizimar a ameaça. Protegendo a eles e a suas *shellans*. Colocando-se em perigo a fim de garantir a segurança e a sobrevivência de todos.

Mas nada disso era muito relevante quando, na verdade, se está no comando do ataque.

Throe afagou o Livro ao se imaginar numa posição de verdadeiro poder, não mais um membro repudiado de uma boa família.

Em vez disso, o Rei.

Sem o Livro, nada disso seria possível, disse a si mesmo. Portanto, quaisquer estranhezas que tivessem acontecido em relação às suas páginas, quaisquer detalhes que não conseguia explicar sobre a maneira como ele fora parar em suas mãos – ou ele nas mãos do

Livro, na verdade –, quaisquer preocupações que pudesse às vezes ter sobre não estar no controle de si, nada importava contanto que destronasse Wrath, filho de Wrath, pai de Wrath...

Não, uma vozinha interna insistia. *Nada disso estava certo, nada disso fazia sentido...*

A capa do Livro se abriu, empurrando a sua palma. As páginas se viraram num ritmo frenético, o movimento mais rápido do que os olhos conseguiam acompanhar, prosseguindo até as últimas folhas dentro da encadernação.

– Ora, minha querida... – ele disse. – Não vamos agir assim.

As páginas desaceleraram.

– Perdoe meus pensamentos indóceis. – E as páginas foram virando mais devagar. – Jamais teria a intenção de ofendê-la.

Por fim, o Livro se aquietou.

– Não quero brigar...

Inclinando-se para a frente, franziu o cenho ao notar a página em que o Livro parara. Os símbolos do Antigo Idioma começaram a girar num ponto no meio da página aberta. Giravam cada vez mais rápido, uma galáxia se formando e depois se contraindo num buraco negro tão ressonante e intenso, tão vasto que não havia como compreender o seu fim – ou talvez não existisse um fim.

Inclinou-se para mais perto.

Encarando o vazio, seus olhos se ajustaram à intensa escuridão... e foi então que ele reconheceu um contorno ao redor das margens. O padrão era irregular e, mesmo assim, previsível.

Pedras, ele pensou. Pareciam que pedras tinham sido arrumadas próximas num círculo enterrado no solo.

Um poço.

Throe...

Ao ouvir o som do seu nome ecoando, uma descarga de medo o fez se afastar da escrivaninha e, por uma fração de segundo, o apelo da voz, ou do que quer que houvesse na base do vazio, prendeu-se a ele, impedindo-o de interromper o contato visual.

Tragando-o – sim, aquilo o tragava para dentro...

A sedução se interrompeu tal qual uma corrente que chegou ao limite e, de repente, ele se viu livre e caindo contra o encosto da cadeira com um baque que quase o lançou para trás no carpete. Quando apoiou as mãos para se equilibrar, o coração batia forte e a cabeça estava tonta, como se ele tivesse acabado de impedir uma queda fatal, como se sua vida tivesse sido salva numa fração de segundo e por um golpe de sorte.

Quando ergueu o olhar, todas as quatro sombras estavam diante da escrivaninha.

– O que estão fazendo aqui? – perguntou com aspereza.

Era a primeira vez que elas agiam por vontade própria.

Capítulo 27

Quando se sentou na parte de trás de uma van com vidros escuros e bancos individuais, Sarah sabia que precisava procurar as autoridades para falar sobre a BioMed e seu laboratório secreto. No entanto, toda vez que esse impulso passava pela sua cabeça, uma dor lancinante interrompia seus pensamentos. E ela tinha provas. Provas a serem entregues para algum agente.

Ela só não sabia exatamente a quem procurar. A polícia do Estado de Nova York? Ou talvez o FBI. Sim, o FBI...

A dor em seu lobo frontal voltou, e Sarah se distraiu do desconforto analisando o interior da van. O garoto, o soldado e a médica estavam com ela nos bancos acolchoados que cercavam o compartimento traseiro. No início do trajeto, ela achou que aquilo decididamente se parecia com o interior de um avião de carga do qual pulariam pela porta de trás usando paraquedas quando atingissem três mil metros de altitude.

Não sabia quem dirigia. Para onde iam. Muito menos o que aconteceria quando chegassem ao destino.

Mas a cabeça do menino repousava em seu colo, e alguém lhe dera um delicioso sanduíche Reuben e uma Coca-Cola antes de partirem, e havia ar quente e agradável aquecendo seus tornozelos.

Haveria tempo para procurar os federais. Ou qualquer outra pessoa. Mas não naquela noite.

Enquanto seguiam por uma estrada muito bem pavimentada, os mais diferentes pensamentos invadiam sua mente e nenhum deles durava tempo suficiente para se desenvolver: o fato de ainda estar vestindo o macacão contra materiais perigosos, a estranha dor de cabeça, o modo como o soldado continuava a observá-la.

Tudo bem, este último durou mais tempo.

Considerando-se as contingências, ela devia estar aterrorizada por ter colocado a vida nas mãos de desconhecidos armados e cheios de segredos: não havia ninguém em casa para dar pela sua falta. Nenhum parente à espera de um telefonema seu. Nenhum amigo para ver como ela estava. Puxa, isso fazia com que se sentisse um fantasma.

No trabalho, contudo, sentiriam sua falta – ainda que, considerando-se o que fizera? Invasão de propriedade, o sequestro do garoto, o roubo da SUV de Kraiten, pelo amor de Deus... Haveria caos na empresa no dia seguinte e as pessoas perceberiam sua ausência.

Então, um pequeno desvio talvez não fosse ruim. Poderia lhe dar algum tempo para pensar num plano a fim de enfrentar a confusão em que se metera. A verdadeira pergunta, imaginou, deveria ser como Kraiten distorceria a situação.

Seria complicado se apresentar às autoridades, exigindo que as leis fossem aplicadas para defender suas próprias práticas ilegais.

Seria como um traficante de drogas ligando para a polícia reclamando que seu estoque foi roubado.

Mas Kraiten dispunha de enormes recursos – e nem todos eles eram do tipo "autoridades adequadas", Sarah estava disposta a acreditar. Diabos, ouvira dizer que seus seguranças particulares eram ex-soldados da Defesa Israelense.

De repente, pensou em Gerry. Em Thomas McCaid, o chefe dele. No próprio sócio de Kraiten que teve um fim horrendo duas décadas antes.

Uma ansiedade, do tipo letal, invadiu seu coração...

– O que foi?

Quando o soldado falou, ela ergueu a cabeça de imediato. O movimento súbito fez o menino se mexer, mas Sarah acariciou o braço fino e ele voltou a se aquietar. Seu nome era Nate, pelo que lhe contaram. Ou, pelo menos, esse era seu primeiro nome. O sobrenome não fora mencionado. Ainda.

Com certeza, ele devia ter família em algum lugar.

– Conte-me – o soldado pediu num tom suave.

Sarah olhou de relance para a médica. A mulher estava entretida com o celular, enviando mensagens.

– Ah, não foi nada.

– Conte-me mesmo assim.

A van desacelerou. Parou.

– Onde estamos? – ela perguntou.

– São os portões. Ainda temos certa distância a percorrer. Responda à minha pergunta.

Não sei o que pensar, ela refletiu. *Sobre tudo. O garoto, o paciente com o ferimento no ombro, o que fizemos na BioMed... o que sei a respeito da empresa.*

– Não vou deixar que nada aconteça com você.

Havia falado em voz alta de novo? Não tinha certeza.

Balançando a cabeça e baixando o olhar para o menino, calou-se e se concentrou nas paradas e partidas do veículo. Depois de algum tempo, houve uma descida, como se estivessem saindo de uma colina ou descendo para um nível subterrâneo. E, por fim, a van parou, o motor foi desligado e as portas de trás abertas...

Sarah teve que olhar duas vezes ao ver quatro ou cinco homens, todos armados, parados ao redor da traseira do veículo.

Mas que diabos, pensou. *Será que existia alguma fazenda hidropônica por ali onde faziam esses garotões brotarem de tubos de ensaio?*

Os soldados – e definitivamente era o que eles eram – eram todos como o seu soldado, imensos, tranquilos e surpreendentemente acolhedores ao olharem para ela e para a criança. Dito isso, preferia não provocá-los.

Vejam só essas armas.

— Olá! — disse o loiro. — Precisa de uma mãozinha aí?

Quando ele sorriu, Sarah piscou como se tivesse sido atingida por um raio de sol. Considerando-se os cintilantes olhos azuis, os dentes ofuscantes e o rosto lindo demais, ele poderia estar em Hollywood.

O cara fazia Chris Hemsworth querer se candidatar a uma cirurgia reconstrutiva.

— Pode deixar — ela respondeu ao segurar o menino nos braços.

Foi deslizando de lado até a parte de trás, e Nate se mexeu quando foi atingido pelas luzes fortes de...

Aquilo era uma garagem. Estavam em alguma garagem municipal, de um estabelecimento profissional, e no que parecia ser um dos andares mais subterrâneos.

— Por aqui! — outro soldado disse quando foi andando até uma porta de aço reforçada sem nenhuma placa.

Ok, esse tinha cabelos compridos multicoloridos e olhos amarelos e gentis, ainda mais ao repousarem sobre o menino.

Sarah, no entanto, ficou parada, mesmo quando a médica se apressou pela entrada como se tivesse outro paciente para consultar. Instintivamente, Sarah esperou que seu soldado saísse e se juntasse a ela, e depois os dois entraram no prédio com Nate ainda parado nos seus braços. O menino só acordou de vez quando estavam na metade de um corredor com paredes de concreto, piso de azulejos e luzes fluorescentes tão claras no teto quanto a lua num céu límpido invernal.

Muita grana, ela pensou ao passarem por inúmeras portas fechadas. *Estas instalações estão à altura das da BioMed.*

Portanto, quem era o Kraiten por trás daquilo?

Mais adiante, um homem de cabelos escuros num jaleco branco saiu de uma das portas. Ele vestia um uniforme hospitalar, trazia um estetoscópio ao redor do pescoço e parecia saído de uma agência de atores.

— E aqui está o nosso paciente! — o homem disse quando pararam diante dele. — Ei, amigo, como você está? Sou o doutor Manello, mas pode me chamar de Manny.

Quando ele ofereceu a mão para o menino, Sarah se virou de modo que Nate pudesse apoiar a palma minúscula sobre a do homem.

— Meu nome é Nate — ele respondeu. — É o apelido de Natelem. E tenho orgulho de ser filho de Ingridge.

Que formalidade mais estranha, Sarah pensou.

— Bem, Nate, bem-vindo ao meu humilde lar. Fiquei sabendo que você ficará um tempinho conosco. — Então ele olhou para Sarah e sorriu. — E você deve ser a doutora Watkins. Bem-vinda.

— Obrigada.

— Quer trazê-lo aqui para dentro? Tenho uma suíte luxuosa preparada para ele.

O médico abriu a porta e revelou um quarto hospitalar contendo todo tipo de equipamento que se poderia querer para um paciente de trauma — e apesar de se estar confusa com tudo, Sarah sentiu-se imediatamente melhor em relação ao menino.

Olhou de relance para o seu soldado, que a fitava com os olhos meio estreitados, como se estivesse aguardando para ver sua próxima ação.

— Vamos nos acomodar — ela sugeriu a Nate ao entrar. — E quem sabe comer alguma coisa. Que tal assim?

Sem dúvida, a Irmandade melhorara as coisas por ali, Murhder pensou ao seguir Sarah e Nate para dentro do quarto hospitalar.

O velho buraco em que Darius ficava na parte riquinha da cidade não era nada comparado a este subterrâneo. A Irmandade parecia ter um hospital completo ali, e só Deus sabia o que mais.

Não que ele estivesse dispensando muita atenção às instalações.

Não, sua massa cinzenta estava concentrada na humana. Em cada movimento seu. Nas nuances de suas expressões. No som da voz...

E, bem, talvez também estivesse meio que, um pouquinho, quem sabe, um tanto interessado em onde os Irmãos estavam e o que faziam. Como, digamos, o quanto estavam se aproximando de Sarah. Se ela parecia notá-los ou eles a ela. Se algum deles anotava o número do celular dela.

O que, aliás, ele não tinha.

Desconsiderando-se a ausência dos nove dígitos e, felizmente para a sua natureza possessiva, nada do que o preocupava — uma atração inicial se transformando em desejo que levaria ao vínculo eterno de amor e adoração entre Sarah e Rhage ou Phury ou Tohr — parecia estar acontecendo enquanto ela levava o menino até o leito hospitalar. Os Irmãos agiam num nível estritamente profissional e, se valia de alguma coisa, a única outra forma de vida baseada em carbono que Sarah parecia notar, além do menino, era o próprio Murhder.

Mas a eterna vigilância e tal... sério, o que ele faria se visse algo de que não gostasse? Aquela mulher não era sua para ele clamar qualquer tipo de direito...

Quando seu lábio superior tremulou e as presas ameaçaram descer, Murhder tentou usar de razão com a fera masculina sob sua pele, e não teve muito sucesso. Era o mesmo que lançar um desafio matemático a um urso-pardo: você se frustra e o urso não dá a mínima.

— ... descanse um pouco — disse Manny, o médico humano... Humano? — Volto daqui a pouco com algo para todos comerem. Gostaria de algo em especial, doutora Watkins?

— O que trouxer está bom para mim. E pode me chamar de Sarah. Apenas Sarah.

Quando o médico sorriu e saiu, Murhder se sacudiu para voltar a se concentrar. Os Irmãos já tinham se retirado, o menino estava deitado sobre alguns travesseiros e a mulher que não era sua estava despindo aquele saco de plástico do corpo.

E vejam só. Quando finalmente se livrou da roupa larga, o que foi revelado pareceu belo para Murhder – não necessariamente por causa da aparência dela, mas por ser *ela*. As pernas longas, as curvas graciosas do tronco, a proporção entre ombros e quadris, tudo isso poderia ser combinado de muitas formas, poderia ter qualquer tamanho, existir mais ou menos em qualquer parte, e ainda assim ele iria querer tocar nela, saboreá-la, possuí-la.

– Estou com medo – Nate disse.

Murhder e Sarah se viraram na direção do garoto, e ele estava bem ciente de ser o único a saber sobre o que o menino falava. A transição estava chegando. E logo.

– Gostaria que eu ficasse aqui com você? – ela perguntou.

– Sim, por favor.

Quando Nate olhou para Murhder, a resposta foi fácil.

– Claro! – ele disse. – Também vou ficar com você.

Havia duas cadeiras encostadas na parede oposta à cama, e Murhder deixou Sarah escolher a que preferia. Para ele, não fazia diferença, porque, de todo modo, estaria sentado ao lado dela. Quando se acomodaram, desejou segurar sua mão. Ela parecia preocupada.

Ainda mais enquanto fitava Nate. O menino parecia muito cansado; a pele, pálida demais; a respiração, fraca; os olhos, se fechando, parecendo uma máscara mortuária.

Era a transição.

– Meu Deus, o que fizeram com ele naquele laboratório... – ela murmurou baixo.

Sim, ele pensou. Mas também o que o menino teria que passar – e quando a realidade da iminente transição se revelou, Murhder ficou imaginando como diabos aquilo se explicaria para Sarah. Ela acabaria descobrindo sobre a raça, quer por tentar tratar o ferimento de John Matthew ou por causa do que iria acontecer no quarto hospitalar em bem pouco tempo.

E depois? Será que sentiria repulsa?

Inclusive de Murhder?

Sem pensar, acabou pegando a mão dela, e só depois de sentir a palma quente contra a sua é que percebeu o que tinha feito. Olhando de relance para ela, seus olhos se encontraram e esperou que ela se afastasse, que desviasse o olhar...

Sarah, no entanto, apertou a mão dele e continuou a segurá-la.

Uma sensação de calor se espalhou pelo peito de Murhder, e os dois voltaram a fitar o menino tão frágil na cama hospitalar enorme. Certo tempo depois, um *doggen* uniformizado trouxe-lhes a refeição, bife com batatas para Murhder e Sarah, arroz branco com molho de gengibre para o estômago sensível do jovem.

Os dois comeram em silêncio – Nate parecia não tolerar nada, nem mesmo a refeição costumeira para aqueles prestes a passar pela transição – e, em seguida, Murhder viu as bandejas sendo levadas, o rapaz voltar a dormir, e ele e Sarah se encararam.

Sabia exatamente o que se passava pela mente dela. Era o que também se passava na sua.

Mas não era hora de fazerem sexo. E ali não era o lugar para...

– Vai me contar o que está acontecendo aqui? – ela perguntou baixinho. – Vocês todos. Estas instalações. A equipe. Nada disso é uma operação normal, costumeira, e eu quero entender o que está acontecendo aqui.

Ok... Talvez não estivessem pensando a mesma coisa.

Capítulo 28

Ao fazer a pergunta, Sarah não esperava que seu soldado respondesse com total honestidade. Algo tão extenso quanto aquilo? Algo tão *dispendioso* quanto aquilo? Eles não queriam ser conhecidos e tinham os recursos para que a situação continuasse assim – portanto, ele não revelaria segredos a uma mulher que acabara de conhecer.

Só que havia outro motivo para ela perguntar. Queria ouvir sua voz, aquele sotaque diferente em seu ouvido... observar os lábios em movimento ao pronunciarem as palavras.

Como ele fazia agora mesmo.

Caramba, ela precisava prestar atenção.

– ... cuidar do nosso pessoal, é só – ele disse com uma resolução que sugeria que não iria além nessa conversa.

Antes que Sarah pudesse dar qualquer tipo de continuidade, Nate começou a se debater na cama, as pernas finas se agitando debaixo das cobertas, a cabeça virando de um lado a outro no travesseiro. Bem quando ela já se perguntava se não deveria se levantar para chamar ajuda, ele se aquietou, parecendo adormecer novamente.

– Mas quem são vocês? – ela disse sem pensar ao olhar para o menino. Quando não houve resposta, ela se voltou para o soldado. – Quero dizer, a que grupo estão afiliados?

O soldado baixou o olhar para as próprias mãos.

– E isso importa?

– Só quero saber quem vocês são... – disse ela. E, engraçado, ao dizê-lo, ela não estava certa do que a preocupava mais, se com a resposta dele ou... o desespero com que queria sabê-la.

Bem... desde que a explicação fosse tolerável. Ou que não fosse uma mentira.

Pensou em Gerry e, desconfortável, mudou de posição na cadeira.

– Pode, pelo menos, me dizer o seu nome? – perguntou.

Nessa hora, houve uma batida à porta e os dois responderam com um "entre" o mais baixo que podiam. Quem entrou foi... inesperado.

A mulher era alta e delgada e, em vez de estar usando roupas normais, ou um jaleco hospitalar, estava coberta por um tecido branco drapejado desde os ombros até o chão. Com os cabelos negros presos no alto da cabeça e as mãos escondidas dentro das mangas do manto, ela parecia uma figura saída de uma cerimônia religiosa. Da Grécia, ou de Roma. Lá dos anos 1500 a.C.

Uma virgem vestal.

Mas isso não descrevia nem metade. A mulher possuía uma beleza etérea, extraordinária, a pele parecia brilhar, uma aura a cercava e, de alguma forma, carregava o ar com elétrons celestiais.

Uma santa.

De repente, ela parou logo após passar pela soleira, retraindo-se ao ver o soldado.

– És tu! – Dito isso, fez uma mesura bem baixa, de modo que Sarah conseguiu ver o nó elaborado do coque feito no alto da cabeça. – Senhor, retornaste.

A voz dela tinha o timbre de um violino de concerto sendo tocado por um especialista, a fala não se tratava tanto de palavras, mas de notas musicais.

Um anjo.

O soldado pigarreou.

– Como tem passado, Analye? Esta é Sarah.

Houve uma breve pausa de confusão. A mulher voltou a se curvar.

– Senhora, é uma honra minha servir. Permita-me aproximar-me do jovem?

Sarah ficou sem ação.

– Sim! – o soldado interveio. – E talvez seja melhor lhes dar um pouco de privacidade.

Quando ele fez menção de se levantar, a voz de Nate cortou o constrangimento.

– Não me sinto bem...

Sarah franziu o cenho quando a mulher se aproximou da cabeceira. O brilho extraordinário pareceu se intensificar, como se o manto com seus fios estranhamente iridescentes tivesse sido iluminado por luzes cenográficas, em vez das luzes fluorescentes do teto. E Sarah teve que esfregar os olhos porque evidentemente sua vista devia estar bem cansada. Uma distorção, como aquela que se vê no asfalto quente em pleno verão, criava ondas no ar entre a mulher e o garoto, distorcendo o que antes estava liso como a parede atrás deles, a cama, o travesseiro no qual a cabeça de Nate repousava...

O soldado ficou na frente dela, bloqueando a visão. Numa voz baixa e séria, ele disse:

– Temos que sair agora.

Um estranho formigamento fez Sarah puxar as mangas da blusa e, quando olhou para os braços, ambos tinham os pelos arrepiados, a pele se eriçando com um frio que não podia ser explicado por uma queda de temperatura no quarto.

A porta que dava para o corredor se abriu e a médica colocou a cabeça para dentro do quarto. Ela deu uma olhada no menino e depois encarou o soldado.

– Você precisa tirá-la daqui. Agora.

Sarah sabia muito bem que a ordem se referia a si. Mas recusou-se.

– Não vou sair de perto dele. Não sei que diabos está acontecendo aqui, mas não vou sair...

– Não me sinto bem... – Nate disse, rouco. – Não...

Sarah se pôs de pé.

– Precisamos do desfibrilador!

A mulher de manto olhou com tranquilidade para o soldado.

– Está na hora, senhor. A transição se aproxima.

– O que há com vocês? – Sarah se virou para a médica. – Façam alguma coisa! Parece que ele está tendo uma convulsão!

Pelo amor de Deus, se ela fosse médica em vez de apenas uma cientista pesquisadora, já teria pulado na cama para começar a fazer massagens cardíacas – ou o que fosse necessário para estabilizá-lo. Nesse meio-tempo, todos os outros simplesmente observavam o menino, cujas mãos se agarravam aos lençóis, em punhos ao lado do corpo. As costas arqueavam, ele abriu a boca e emitiu um som que não era nada humano.

Era um grito... de animal.

Quando o grito agudo sumiu no quarto, Sarah sentiu o sangue abandonando sua cabeça, com um alarme repentino atravessando a consciência.

Pensou nos experimentos feitos em laboratório. Nos resultados inexplicáveis. Nos sotaques estranhos, no covil secreto, na mulher de manto.

Perdendo o equilíbrio, caiu na cadeira e encarou o corpo poderoso do soldado.

De repente, percebeu que estava fazendo a pergunta errada.

Não era "quem".

– O que são vocês? – sussurrou.

Murhder esfregou a mão no rosto. Aquilo estava indo rápido demais, profundo demais, para a humana. Acreditou que haveria determinado tempo até a transição, tempo para que ela desse uma boa examinada no ferimento de John Matthew, tempo para que ela ponderasse a respeito, tempo para que ele e ela...

Explorassem a atração que sentiam.

E só então ela teria que voltar para sua vida no mundo humano.

Em vez disso, a transição chegara e não havia como detê-la – sem dúvida o estresse da fuga e a ida até ali apressaram o processo. Ou talvez o corpo de Nate sempre esteve destinado a mudar nesta noite específica.

Que diferença fazia?

– Preciso alimentá-lo! – avisou a Escolhida com urgência. – Tenho o consentimento de vocês como guardiões?

Murhder engoliu em seco. Depois olhou para a doutora Jane. Uma parte sua queria pedir que a fêmea médica desse o consentimento. Ele, com certeza, não se sentia nem um pouco perto de ser um bom exemplo de pai. Mas teve que se lembrar do que prometera a Ingridge.

– Sim, tem o meu consentimento – ouviu-se dizer.

A doutora Jane então falou:

– Tire-a daqui. Ela não pode ser parte disto.

Os olhos injetados de Nate se arregalaram, e ele perscrutou ao redor do quarto em frenesi.

– Quero a Sarah! Não a mandem embora!

Foram as últimas palavras compreensíveis que proferiu.

Quando começou a murmurar, Sarah estreitou o olhar encarando Murhder.

– Vão ter que me arrastar para fora deste quarto. Estou sendo bem clara?

Murhder se recostou e esfregou as palmas nas coxas, para cima e para baixo. Ao sentir o olhar da doutora Jane, murmurou:

– Vou cuidar do assunto.

A doutora Jane reclamou:

– Isso não está certo e não é bom. Para ela.

Com esse comentário jovial, a médica retirou-se do quarto – e assim que saiu, Murhder entendeu muito bem por que Sarah ficar e assistir àquilo era uma péssima ideia. Quanto mais vívidas as lembranças, mais difícil seria apagá-las. Mas ele já teria que dar conta de uma boa porção de lembranças dela, não é mesmo? O que seria uma a mais?

Ok, com base em seu histórico de vida, essa provavelmente era a pergunta errada para se fazer ao destino.

– O que ela está fazendo? – Sarah sussurrou. – Meu Deus... o que essa mulher está fazendo?

Murhder olhou para a cama, mesmo que não precisasse ver para saber o que estava acontecendo. A Escolhida prendera a manga esquerda nas dobras do manto e aproximara o pulso da boca – e agora perfurava a veia com as presas.

Nesse meio-tempo, Nate estava no limiar da transformação. O pobre menino se debatia na cama, o corpo se contorcia de dor debaixo da pele, de fome em seu cerne, da necessidade que suas células tinham de receber o sustento que somente as integrantes do sexo oposto poderiam lhe dar...

Só que, quando o cheiro do sangue invadiu os seus sentidos, ele se imobilizou no meio do sofrimento. Em câmera lenta, virou a cabeça para a Escolhida.

Não havia pupilas em seus olhos. Não havia nada a não ser o branco em meio às pálpebras escancaradas.

E, em seguida, abriu a boca e emitiu o grito agudo de novo, como uma ave de rapina prestes a atacar a carne fresca oferecida.

– *Para o seu sustento* – a Escolhida anunciou no Antigo Idioma.

A fêmea sagrada estendeu o pulso acima dos lábios abertos, e quando a primeira gota de sangue bateu na língua do jovem, o corpo inteiro dele começou a tremer com tanta intensidade que ele parecia levitar acima do colchão.

Murhder sentiu um tapa no braço e pontos de dor.

Sarah se agarrara a ele, provavelmente sem nem perceber, as unhas enterradas em sua pele. A outra mão se apoiava na parede, o rosto estava contraído em linhas de terror.

Merda, devia mesmo tê-la tirado dali enquanto podia.

A Escolhida abaixou a veia até a boca do garoto, e Nate se agarrou ao braço e antebraço dela, como se temesse que sua fonte de vida lhe fosse tirada antes que ele tomasse o que precisava.

— O que eles estão fazendo... — a voz de Sarah foi sumindo. — O que...

Murhder deixou a cabeça pender e ficou se perguntando que diabos estava pensando ao permitir que a humana fosse até ali, participasse, visse, de fato, o que não podia ser visto. Fora egoísta. Tão egoísta.

A questão era que, depois de tantos anos flutuando sozinho no mar agitado da insanidade, ele sentiu falta de conexão, de pés no chão, e não só com relação ao que o cercava, mas a alguém especial.

Todavia, isso custaria muito à humana.

Mais um item na sua longa lista de arrependimentos.

Capítulo 29

Depois de mais ou menos uma década dedicada ao treinamento e estudo científico, Sarah estava bem a par do funcionamento do corpo humano: o funcionamento dos mecanismos da visão e da audição, como os canais de informação se juntavam e processavam ao longo dos caminhos neurais, como o cérebro lidava com as correntes dos sentidos e dos pensamentos.

Toda essa asneira acadêmica foi por água abaixo enquanto ela olhava para o leito do quarto hospitalar e observava o menino abrindo a boca para se prender... ao pulso de uma mulher.

Ele estava bebendo.

Sangue.

Sarah via a garganta dele se movendo enquanto ele engolia repetidas vezes.

A lógica lhe dizia que ela tinha que impedir o que estava acontecendo. Não havia nenhum motivo para um humano dar seu sangue oralmente a outra pessoa. Isso tanto era perigoso, devido às patogenias transmitidas pelo sangue, quanto desnecessário.

Mas pensava e repensava nas imagens dos exames.

— O que vocês são? — repetiu sem despregar os olhos da cama.

Estava vagamente ciente de estar agarrada ao braço do soldado – e não tinha como soltá-lo. De um modo estranho, estava convencida de que ele era o único elo que a mantinha na Terra.

E, em seguida, coisas começaram a acontecer com o menino.

Coisas que... não tinham explicação.

O primeiro sinal do que estava por vir foi um estalo, como o de uma junta de um dedo sendo estalada. E depois outro. Mais alto dessa vez. Como uma vértebra sendo alongada depois que uma pessoa ficava algum tempo sem se mexer.

E então começou a transformação. Debaixo das cobertas, embaixo onde estavam os pés de Nate, algo se movia – e não de um lado a outro. Estava crescendo.

Sarah arregalou os olhos quando, debaixo das cobertas finas que o cobriam, os pés dele começaram a aparecer na peseira da cama. A princípio, disse a si mesma que, por causa da dor, ele esticara os pés, apontando os dedos. Mas tal explicação se sustentava até certo ponto.

Mais estalos. Cada vez mais altos.

E os pés se moveram ainda mais... como se as pernas estivessem crescendo.

Sarah o observou agarrando o braço da mulher, prendendo a fonte de sangue à boca. Bem diante de seus olhos, viu o cotovelo se distorcer debaixo da pele, a saliência do osso parecia se curvar num punho e girar – *tec!* Ficou numa posição diferente.

O mesmo aconteceu com o maxilar dele. A princípio, Sarah deduziu que a deformação no rosto acontecia porque a boca estava aberta e agarrada ao pulso, mas agora via que o mesmo que acontecia com as pernas e com os braços afetava o corpo inteiro. Nate estava crescendo. Mas não em milímetros. Crescia a olhos vistos...

De repente, sua testa pareceu borbulhar, ondulando sob a pele, as orelhas se moviam para fora.

Mais estalos.

Sarah sentiu algo úmido na mão e olhou para onde estava segurando o braço do soldado. Suas unhas tinham se enterrado tanto na pele dele que havia sangue nas meias-luas.

Quando, alarmada, encarou Murhder, os olhos dele pareciam distantes. Como se o que acontecia no quarto não fosse um mistério.

Sarah afastou a mão e a limpou nas calças.

Passou sua vida profissional inteira em busca de revelações para os mistérios do corpo humano, dias e noites devotados à busca de descobertas no conhecimento e avanços no imaginário hiperdedutivo que, em última instância, aliviassem o sofrimento e curassem doenças.

Ela nunca, jamais, esperou que a maior descoberta de sua carreira não teria absolutamente nada a ver com humanos.

Sarah não fazia a mínima ideia de quanto tempo durou. Podiam ter passado horas. Dias. Quem é que sabia?

Mas ela assistiu ao... o que quer que aquilo fosse, inteiro... sem sentir a cadeira em que estava sentada, sem se preocupar em ir ao banheiro, sem perceber mais nada além do processo de maturação do menino.

Essa era a única estrutura na qual poderia encaixar o que testemunhara.

Nate, no começo, tinha a aparência de uma criança de nove anos de idade. Então, algum tipo de necessidade se apossou dele, e aquela mulher chegou. Mordeu-se no pulso, levou a ferida à boca do menino... e ele bebeu do sangue dela, e os braços e pernas foram crescendo, centímetro após centímetro, e não foi a única mudança. O rosto se tornou o de um homem, o maxilar e a testa se ampliando. O peito dobrou de tamanho, depois triplicou, até rasgar a camisola hospitalar nas laterais.

A dor foi incrível. Terrível. Em retrospecto, no entanto, ficou claro que o crescimento foi descoordenado, alguns ossos e músculos crescendo antes das juntas, outras partes se demorando mais. Impossível para Sarah determinar o que estava acontecendo no âmbito interno, mas os órgãos dele – o coração, os pulmões, o estômago, os intestinos, o fígado e os rins – tinham que fazer o mesmo.

Em algum momento, no meio da situação toda, a mulher afastou o pulso e pareceu fechar as mordidas com a própria boca. Em seguida, fez uma mesura para o soldado e se retirou do quarto. Parecia exausta, a pele estava pálida como a neve, os passos mais arrastados. Quando cambaleou para fora do quarto, havia pessoas no corredor para ampará-la, e a equipe médica logo entrou para verificar Nate. Auscultaram seu coração, mediram a pressão e inseriram um acesso intravenoso. Soro para hidratar?, Sarah ponderou.

Ninguém se manifestou. Todos estavam tensos.

Os instintos lhe diziam que era um momento perigoso, a julgar pelo nervosismo nos médicos. Mas, convenhamos, houve um enorme e evidente esforço no corpo dele.

Depois que a mulher se foi, Nate continuou a se transformar na cama: as pernas se remexendo conforme ainda cresciam, o tronco se virando e arqueando para trás, tensionados e depois relaxados.

Em determinado momento, ele arquejou e lançou a cabeça para trás e, dessa vez, Sarah viu os olhos dele, agora com pupilas. Pupilas em rosto de homem.

Cravadas nela.

– Ajude... – ele pediu com uma voz rouca e fraca, num tom uma oitava mais grave do que aquela voz do laboratório. Do chalé. Da van a caminho dali. – Está doendo...

Uma lágrima escapou, rolando de lado e escorrendo pela face que já não era mais a de uma criança.

O menino, todavia, ainda estava ali dentro. E implorava que Sarah fosse até ele, mesmo que não houvesse nada que ela pudesse fazer por ele.

E quando ele suplicou por ajuda, o tempo desacelerou – e no meio da sua confusão e do pânico, um pensamento se cristalizou com a nitidez dos sinos de uma igreja tocando numa noite de neblina: se ela se aproximasse dele, se ficasse com ele, se tentasse atenuar o sofrimento dele, perderia uma parte de si própria para sempre.

Porque não pertencia a esse mundo. Ao mundo dele.

Não era para ela estar ali. Não era para saber nada daquilo. No entanto, algo lhe dizia que, embora não soubesse como, eles se certificariam de que ela voltaria ao seu lugar com a ignorância e o desconhecimento de antes.

De jeito nenhum permitiriam que ela retivesse a informação, a experiência. Bastava lembrar da fuga do laboratório e do modo como o soldado pareceu colocar os seguranças numa espécie de transe, e como controlara Kraiten, como fez coisas acontecerem através das mentes das pessoas.

Acabaria fazendo o mesmo com ela.

Só que... ela seria capaz de apostar que os laços emocionais não seriam tão facilmente apagados. E não havia nada mais poderoso para o coração do que o vínculo entre mãe e filho – que era o modo como Nate lhe implorava agora.

Ele era uma criança. E estava sofrendo. E precisava de alguém para acalentá-lo.

O que está fazendo, Sarah?, ela pensou.

– Você não tem que fazer isso! – o soldado disse com brusquidão.

Sarah se amparou nos braços da cadeira e lentamente se ergueu. Quando as pernas rangeram em protesto, porque os músculos estavam rígidos por causa do tempo que passara sentada, ela pensou no que Nate suportara – e estava suportando.

Encarou o soldado.

– Sei o que você vai fazer comigo. – Quando ele abriu a boca, ela balançou a cabeça. – Pare! Não minta para mim. Acha que não sei como você age? Meu único pedido é que me avise quando for controlar a minha mente e deixe eu me despedir dele antes que me obrigue a ir embora.

O soldado olhou para baixo.

— Sarah...

— Jure.

Ele inspirou fundo, com o peito se expandindo. Em seguida, os belos olhos azuis se fixaram nos dela.

— Eu juro. Pela minha honra.

Ah, Deus, ela estava certa. Seu palpite estava correto.

Sarah pigarreou e olhou para a cama.

— Deixe eu me despedir dele.

Aprumando as costas, ela foi até lá e acomodou o quadril com cuidado no colchão. Outra lágrima escapou do olho de Nate, e ela se esticou para puxar um lenço de papel da caixa. Mesmo enxugando com muita suavidade, ele se retraiu como se ela o tivesse tocado com arame farpado.

— A sua pele está sensível? — ela sussurrou. Quando ele assentiu, ela assentiu em resposta. — Imaginei que sim...

— Você acha que eu sou um monstro.

Quando a voz grave saiu pela boca, o coração dela parou, e Sarah teve que se conter para não se retrair. Era tudo complexo demais para ela entender. No entanto, se havia algo que entendia muito bem era que nada daquilo era culpa de Nate, tampouco algo que ele tivesse se prontificado a fazer.

Balançou a cabeça.

— Não. Não acho que você seja um monstro.

— Sim, você acha. Vejo nos seus olhos.

Ela se recusou a mentir para ele.

— Eu só não sabia...

— Sobre nós.

Ela quis perguntar exatamente o que "nós" significava, mas já tinha um palpite. E a realidade a assustava.

– Não vou te machucar – ele disse, como se tivesse lido a mente dela. – Prometo.

– Nisso eu acredito piamente.

– Eu ainda posso morrer... – ele murmurou. – Ainda não acabou. Eu... estou com medo.

– O que vai acontecer agora? – Deus, de repente Sarah ficou com muito medo por ele, e segurou a mão na sua como se pudesse mantê-lo vivo com esse contato. – Você precisa dos médicos?

– Não sei.

O soldado se levantou da cadeira.

– Vou chamá-la. – Algo deve ter transparecido na expressão de Sarah, porque ele encolheu os ombros, impotente. – Às vezes, as coisas param de funcionar. Só o que podemos fazer é esperar e ver o que acontece.

Quando ele saiu, a porta se fechou lentamente.

Sozinha com Nate, Sarah se inclinou para a frente e afastou os cabelos dele para trás. Estavam mais escuros, mais grossos... mais ondulados. Eram os cabelos de um homem, não de um menino. E o mesmo ocorreu com os cílios, estavam mais longos e espessos. E a barba começava a despontar.

– Isso acontece com todos nós – Nate explicou. – É assim... que acontece.

Sarah assentiu porque queria tranquilizá-lo, mas, dentro do crânio, seu cérebro estava acelerado.

– Você é diferente de mim.

– Sim, eu sou.

– Mas isso não faz de você um monstro para mim. – Uma força invadiu sua voz. – Entenda: você *não* é um monstro.

Ele a encarou por um bom tempo. Depois suspirou aliviado.

– Você não sabia sobre nós, não é mesmo?

– Não.

– Então como foi me resgatar?

Ela pensou em Gerry, e sentiu uma onda de raiva pelo que ele fizera, por tudo em que ele estivera envolvido.

– Eu, ah... encontrei os resultados de alguns dos seus exames. Não era para eu tê-los encontrado, mas... depois que os vi, não pude deixar de investigar. Não pude... deixar de tentar te encontrar. Eu nem tinha certeza de onde ir... para saber mais.

– Fico feliz que tenha ido. Fico feliz que tenham deixado você vir com a gente.

Sarah concordou.

– Tente descansar agora.

– Você não vai embora, vai? – Antes que ela conseguisse responder, os olhos dele se estreitaram com astúcia. – Claro, eu quero você aqui. Mesmo não sendo uma de nós, você apareceu quando ninguém mais foi até mim. Confio em você.

– E confia neles?

– Quer dizer, se confio no macho que está com você? É isso o que realmente quer saber.

– Você lê mentes?

– Não. Só estou me colocando no seu lugar. E, respondendo à sua pergunta, sim, confio. E você também pode confiar. Ele está vinculado a você. Não deixará que nada de ruim aconteça com você e morrerá tentando protegê-la.

Dessa vez, Sarah não conseguiu esconder sua reação. Sentiu a surpresa estampada no rosto – e também algo a mais. Algo mais próximo a...

A porta voltou a se abrir, e o soldado retornou com a médica.

Sarah se afastou da cama para dar espaço para a doutora. Quando olhou para o soldado, não se surpreendeu ao ver que ele a encarava, a expressão reservada sugerindo que sabia exatamente o que ela estava pensando.

– ... pedir que vocês saiam um minutinho? – a médica dizia. – Eu gostaria de fazer um exame completo nele e acredito que precisaremos de um pouco de privacidade para isso, sim?

Quando Nate olhou para Sarah, ela segurou sua mão e a apertou de leve.

– Vou ficar no corredor. Assim que tiver acabado, eu volto. Está bem?

Quando ele retribuiu o aperto e concordou, ela cedeu a um impulso que não considerava necessariamente apropriado: inclinou-se e o beijou na testa.

Como se ele fosse uma criança.

Apesar de, obviamente, não ser.

Capítulo 30

Murhder manteve a porta aberta para Sarah, e em seguida estavam juntos no corredor. Cruzando os braços diante do peito, ele se encostou na parede de concreto e olhou para a direita. Havia uma série de portas fechadas. E depois uma sequência delas sugeria que deveria haver uma academia ou algo assim ali. Ao longe, captava o cheiro de cloro, como se existisse uma piscina nas instalações.

Não havia ninguém mais por perto. Não... não era bem assim. Ele sentia o cheiro de machos, de fêmeas, mas estavam todos distantes. Atrás de portas fechadas.

Que bom. Porque ele tinha uma sensação do que estava por vir.

Os olhos de Sarah ardiam ao fitá-lo, mas ele não conseguia encará-la de volta. Simplesmente não conseguia. Não queria ver algo que jamais esqueceria. Nojo. Medo. Repulsa.

Já tinha bagagem suficiente para carregar consigo.

— Explique o que aconteceu ali dentro — ela disse.

E *lá* iam eles.

— É assim que nos tornamos adultos.

— Então eu estava certa... — ela murmurou. — Aquilo foi o processo de maturação. Então, me diga, o que exatamente são vocês?

— Você sabe o que nós somos.

– Será? – Quando ele assentiu, ela balançou a cabeça. – Acho que não. O que sei é que vocês têm corações com seis cavidades. Uma contagem estranha de glóbulos vermelhos e brancos. Diferentes reações a distúrbios como câncer e doenças biológicas. Mas eu...

– Vampiros. – Dessa vez Murhder olhou para ela. – Nós somos... vampiros.

Ah... Lá estava. Exatamente o que ele queria evitar.

Sarah arregalou os olhos e cobriu a boca com a palma, como se contivesse um grito. E, quer saber, estava farto de mentir para a humana, então, contaria toda a verdade.

Retraindo o lábio superior, fez as presas se alongarem, sentindo-as tinir enquanto se esticavam abaixo dos incisivos.

Sarah empalideceu como se estivessem em um romance de Bram Stoker. Mas ele não era um desalmado depravador de virgens, e ela não era uma dama vitoriana em apuros. Por mais irreal que aquilo parecesse, por mais chocada que estivesse, e é claro que estava, a realidade não guardava muita semelhança com as invenções humanas, e Murhder rezou para que ela tivesse uma mente suficientemente aberta para lhe dar uma chance de explicar.

– Lamento muito – disse seco.

Deduziu que seria bom começar com essa velha tática. Afinal, havia tanto pelo que se desculpar. Para começar, o fato de ela estar ali. E também por ter assistido à transição de Nate.

Ah, e também havia a questão de apagar as lembranças dela, o que logo teria de executar.

Não vamos nos esquecer do mais importante, Murhder pensou.

E, já que estavam naquela situação, ele disse:

– Nós evoluímos paralelamente aos humanos. Não caçamos a sua raça à procura de sangue. Não podemos mordê-los e transformá-los. Não somos metade morcego, e aquela coisa da capa não tem nada a ver. Apenas vivemos nossas vidas em paz, e a única maneira de isso acontecer é mantendo segredo. Nada tão misterioso assim.

Quando a amargura se infiltrou em sua voz, parou por ali. Ficar na defensiva não ajudaria em nada.

– Olha só, eu vou levá-la de volta quando anoitecer. E você tem razão: não se lembrará de nada disso. De tempos em tempos, pode ter sonhos estranhos, mas nada muito relevante.

Sarah piscou. Depois esfregou o rosto como se tentasse assimilar as informações. Enquanto ela parecia reformular seus pensamentos, ele não teve escolha a não ser aguardar até que processasse a avalanche que tinha caído em sua cabeça...

– Primeiro – ela anunciou –, não vou a parte alguma até saber que Nate está a salvo do que quer que tenha acontecido com ele, e até que eu tenha chance de avaliar aquele ferimento sob uma perspectiva imunológica. Se levar um dia ou uma semana, não dou a mínima. Segundo, como é possível que tenham guardado segredo...
– ela se interrompeu. – Controle mental. Vocês usam, e muito, o controle da mente.

– Facilita as coisas.

– Sem dúvida.

Após um instante, a expressão dela mudou. Os olhos desceram do alto da cabeça de Murhder, passando pelo peito... até o abdômen... chegando às pernas.

E foi nesse momento que aconteceu.

Foi nessa hora que... o cheiro dela mudou.

Imediatamente, o corpo dele se acendeu em resposta, o impulso sexual atravessando seu sangue, engrossando os músculos.

Engrossando outras partes também.

– Sim – ele confirmou num grunhido baixo. – Fazemos do mesmo jeito que os humanos fazem. E sim... eu quero você.

Os olhos dela se arregalaram de novo, mas não de medo. Longe disso.

Merda, ele pensou. Ela também o desejava.

Ou... talvez não chegasse a tal ponto. Talvez estivesse apenas curiosa. De qualquer maneira, estava tão desesperado que não se importava.

— Fale comigo, Sarah.

Ele manteve a voz baixa. Já estava bastante encrencado com os poderosos, por tantos motivos, passados e atuais. A última coisa de que precisava era piorar a situação com a humana adicionando um elemento erótico, mas e se ela quisesse uma demonstração de como um vampiro fazia amor?

Ele seria seu porquinho-da-índia. E o que mais Sarah quisesse.

Murhder virou o corpo para ela, e não fez nada para esconder a ereção que lhe pressionava na região do quadril.

— Diga o que quer de mim. Seja o que for, eu te dou.

Ela fechou os olhos e inspirou fundo.

— Não sei... o que estou fazendo neste exato momento.

— Sim, você sabe. Sinto o cheiro. Sei exatamente o que você está fazendo.

Ela balançou a cabeça.

— Talvez não passe de um sonho.

— Não é — e logo ele acrescentou: — Um dia será, mas não esta noite.

De repente, ela o encarou.

Não, não foi bem assim. Ela olhava para a boca de Murhder.

Sabendo muito bem que brincava com fogo, ele passou a língua pelo lábio inferior.

— Farei com que seja bom para você — disse com suavidade. — Tão bom que você não se arrependerá.

Sarah levou a mão à boca. E conforme passava os dedos pelos lábios, que era por onde Murhder queria começar a beijá-la, deu um sobressalto como se o contato a tivesse surpreendido.

E logo fechou a cara e seu cheiro de excitação foi interrompido.

— Está colocando esses pensamentos na minha mente agora? Está fazendo isso para que... para que eu te deseje?

Murhder balançou a cabeça.

— Não, eu jamais faria isso. É uma completa violação.

— Mas como posso ter certeza? — Ela apontou para o quadril dele. — Quero dizer, você está... excitado, e isso faria com que você conseguisse o que quer.

— Estou excitado. Na minha cabeça, as minhas mãos estão na sua pele, minha boca na sua, e estou prestes a entrar em você. — Murhder sorriu de leve, mas logo ficou sério. — Mas não, não estou fazendo nada para que se sinta assim. A sua reação é só do seu corpo, é o seu livre-arbítrio e nada mais. E, acredite em mim, o fato de você me desejar por livre e espontânea vontade? É o que há de mais sensual em você agora.

Sarah não teve tempo para responder a nada daquilo. Sobre o que o seu soldado lhe revelara sobre si mesmo e... sobre a sua raça. Nem sobre a ligação sexual que os unia. Tampouco suas dúvidas a respeito do controle da mente.

Antes que conseguisse prosseguir, a médica saiu do quarto de Nate e, em vez de deixar a porta se fechar devagar sozinha, ela a puxou.

— Acho que ele está indo bem. Nada como o sangue de uma Escolhida. Mas continuaremos a monitorá-lo.

Quando a mulher sorriu, Sarah se concentrou nos dentes dela. Não havia presas.

Forçou-se a voltar ao presente.

— Como funciona esse processo? A nível celular, por exemplo... Não estou entendendo nada.

A mulher olhou para o soldado. Olhou de novo para ela.

— As glândulas pituitárias levam cerca de vinte e cinco anos para amadurecer e, durante esse tempo, seus corpos e órgãos são basicamente nascentes. Quando as pituitárias atingem o tamanho e funcionamento correto, a versão deles do hormônio de crescimento é secretado de uma vez só, disparando uma tempestade de atividade celular e de alterações que podem ser letais. Quando adultos, eles precisam de alimento regular proveniente do sexo oposto, e têm que fazer isso dali em diante para permanecerem saudáveis.

— Você diz "eles". Quer dizer que você não é...

A médica sorriu de novo.

— Não, não sou. Olha só, vou dar mais uma checada em John. Quer ir comigo? Conferir o estado dele? Já que está aqui, não custa nada.

A cientista interior em Sarah despertou no mesmo momento, e ela deu uma olhadela para a porta do quarto de Nate.

— Alguém virá me procurar se ele precisar de alguma coisa?

— Pode deixar — o soldado respondeu.

Antes de se afastar com a médica, Sarah também olhou para o soldado. Ele a observava com aqueles olhos sensuais semicerrados, o corpanzil emanando ondas de calor que a médica certamente também podia sentir, não?

O fato de as mãos estarem entrelaçadas frouxamente à frente dos quadris, diante da ereção, a fez corar.

— Está tudo bem — ele murmurou.

Sarah não sabia muito bem o motivo de ele querer tranquilizá-la. Mas, por alguma razão... o fato de ele se importar o bastante aqueceu seu peito.

Forçando a mente a não pensar em... bem, em tudo aquilo, concentrou-se na médica e a acompanhou.

— Há quanto tempo você... está aqui? — Sarah perguntou.

— Já faz um tempo. — A médica empurrou uma porta sem identificação. — É uma longa história.

Quando entraram num consultório, o soldado alto — hum, o vampiro — com o ferimento no ombro, que estava junto à mesa de exames, ergueu o olhar para elas. Estava sem camisa e cutucava a estranha mancha escura na pele.

Está muito maior, Sarah pensou.

— Está maior — a médica murmurou.

O soldado olhou para ela e concordou com seriedade.

Sarah se aproximou do homem – vampiro, meu Deus – e se inclinou para perto com o intuito de observar melhor.

– Parece uma espécie de celulite. – Fitou a médica. – Fez exame para averiguar a presença de fungos?

– Fiz teste para todo tipo de diagnóstico.

Sem pestanejar, o cérebro de pesquisadora de Sarah assumiu controle total. Assim como um campo de futebol vai acendendo os refletores à noite, seção por seção, sua mente foi se iluminando com perguntas, ponderações, observações, ideias.

Aos poucos percebeu que vinha funcionando no piloto automático no trabalho já há algum tempo, fazendo o que tinha que ser feito no laboratório, com competência, mas sem ser extraordinária.

Só agora que o entusiasmo a acelerou é que reconheceu o torpor em que permanecera.

Endireitou-se e se dirigiu à médica.

– Quero ver tudo o que você tem.

A loira olhou para o soldado.

– John, você autoriza que ela...

Quando ele assentiu com vigor, a médica deu um sorriso de leve.

– Venha, Sarah, vamos para o meu computador. Podemos começar por ali.

Capítulo 31

Xhex avançou pelo corredor subterrâneo que interligava a mansão da Irmandade ao centro de treinamento a passos largos. Queria correr, mas não tinha forças, por mais que seus nervos estivessem como fios desencapados sob a pele, o corpo, um diapasão para ansiedade, e a cabeça, um liquidificador para coquetéis cheio de Malditos Frozen Mojitos. Só tinha voltado ao seu quarto e de John para tomar um banho e trocar de roupa, mas só nisso já parecia ter perdido tempo demais longe dele.

Quando chegou à entrada para o centro de treinamento, inseriu a senha, a trava foi liberada, e ela entrou num armário de suprimentos digno de uma loja da OfficeMax. Do lado oposto de todas as prateleiras com papel para impressora, fitas adesivas e canetas Bic, ela saiu através da porta do escritório e chegou ao corredor.

Só para parar de vez.

Murhder estava na metade do caminho. Encostado na parede. Com os braços cruzados e um pé por cima do outro. Cabeça abaixada.

Retomando os passos, aproximou-se do antigo Irmão, e Murhder olhou na sua direção, com os cabelos negros e vermelhos espalhados sobre os ombros.

— Como está o rapaz? — ela perguntou.

— Nate está bem. Isto é, tão bem quanto esperando. Opa, esperado. — Ele esfregou os olhos como se a cabeça doesse. — Jane e Sarah estão com o seu macho. Duas portas mais abaixo.

Xhex ainda não sabia muito bem como se sentia em relação a ter uma humana qualquer se metendo nos problemas da pessoa mais importante de sua vida. Porém, uma vez que ninguém do lado dos vampiros teve uma ideia genial sobre o que devia ser feito... E tudo seria avaliado antes. Melhor dizendo, era bom que fosse.

Quando Murhder voltou a encarar o piso de concreto, ela ficou surpresa ao constatar o quanto tal postura lhe era familiar. Era assim que ele ficava toda vez que remoía os pensamentos.

Mesmo querendo ir para junto de John, recostou-se na parede fria de concreto, cruzando os braços exatamente como Murhder.

— Vai perguntar se ela pode ficar? — Xhex esfregou o nariz como se ele coçasse por estar ali no subterrâneo. — Ela quer?

— Bem, se ela encontrar uma maneira de ajudar John... talvez possa ficar? — Ele deu de ombros. — Quero dizer, há humanos em toda parte por aqui agora. As regras obviamente mudaram desde a minha época.

Sim e não, Xhex pensou.

— Então, você está planejando ficar? — ela perguntou.

Quando Murhder abriu a boca só para fechá-la rapidamente, Xhex teve a impressão de que ele não tinha pensado em nada disso antes: não refletira sobre a evidente atração que sentia pela humana, nem sobre sua presença na órbita da Irmandade, muito menos no longo prazo de qualquer situação.

— Não tenho mais papel aqui — ele disse após um momento.

— Você foi bem eficiente na infiltração do laboratório.

— Velhos hábitos... — Ele olhou de relance para ela. — Vou voltar para a Carolina do Sul. Depois... quero dizer, assim que...

— Vai levá-la consigo, então?

— Ah... Não cheguei nesse ponto.

Quando Xhex lhe avaliou o perfil do maxilar, sentiu a tensão no corpo dele como se fosse sua.

— Você merece ser feliz — ela murmurou.

Ele balançou a cabeça.

— Não perca seu tempo sentindo pena de mim. Estou bem.

— Não é pena. — Ela pensou em seu relacionamento com John, e desejou que Murhder encontrasse isso com alguém. — Só é justo.

Ele franziu a testa e abaixou os olhos de novo.

— Tenho uma pergunta.

— Fale.

Quando o silêncio se prolongou, Xhex lembrou de como haviam se conhecido, duas pessoas numa boate nos anos 1990, atraídas uma pela outra por serem os únicos vampiros lá. Um encontro fortuito, uma noite só se transformando num hábito — antes de terem ido parar na parte *symphata* de sua família. E depois o caos, a tortura e os lugares sombrios, tão sombrios para ambos.

De jeito nenhum teria imaginado que acabariam ali, no centro de treinamento da Irmandade, ela vinculada, ele interessado numa humana.

— O que fizeram comigo... — Ele apontou para a cabeça. — Lá na colônia. O que eles... revelaram e usaram contra mim.

Xhex fechou os olhos e amaldiçoou sua linhagem.

— Sim.

— É permanente? O estrago, quero dizer. Eles me quebraram ou só me feriram?

Malditos *symphatos*. Suas armas não deixavam cicatrizes aparentes, nenhum talho numa pele que sangra, nenhum osso fraturado, nenhuma deformação que não cicatrizasse. Mas a destruição que causavam era quase pior do que tudo isso.

A mente é um instrumento delicado na vida de uma pessoa, capaz de definir toda a sua experiência mortal.

O que acontece se você mexer com ela? A maioria das pessoas acabava numa terra de ninguém.

A voz de Murhder diminuiu para um sussurro.

– Eles me levaram a certos lugares... mesmo que meu corpo nem se mexesse.

Xhex mal podia imaginar.

– Claro que eles não te quebraram – ouviu-se dizer.

Quando voltou a abrir os olhos, deparou-se com Murhder encarando-a, e ficou impressionada com o quanto ele devia ser forte para superar tantas dificuldades.

– Você nunca mentiu para mim antes – ele disse, sério. – Considerando-se o que está em jogo, vou te pedir para, por favor, não começar agora.

Xhex inspirou fundo e sentiu que o chão se abria debaixo de seus pés, como se estivesse prestes a ser tragada por uma versão do inferno. Ela era responsável por tudo o que lhe fora feito.

– A verdade é... – Xhex desejou ter uma resposta melhor. – Não sei. As pessoas são diferentes. Umas, no fim, se recuperam. Outras...

– Continuam loucas, certo? – Quando ela não respondeu, ele murmurou: – Caramba, Xhex, preciso saber em que ponto estou. Tive um breve retorno ao que parecia ser normal quando nos tirei daquele laboratório, mas agora... não sei se foi apenas um instante ou uma trajetória para a cura.

– Não posso responder a essa pergunta. Ninguém pode.

– Fiquei vinte anos afastado do planeta, sem conseguir me ligar a nada. Acho que só tinha esperanças de que o modo como me senti enquanto estávamos fugindo significasse que eu estou... bem.

A tristeza em sua voz estava amparada no medo, e Xhex se viu querendo esmurrar a parede.

– É tudo minha culpa...

– Não! – ele a interrompeu. – Você não tem culpa de nada disso. Eu decidi ir atrás de você, e os seus parentes fizeram o que fizeram comigo. E o que fizeram com você também.

— Mas você não fazia ideia de onde estava se metendo. E isso é culpa minha. E depois me protegeu quando incendiei o laboratório, deixando que a Irmandade acreditasse que havia sido você.

— Quando a gente sabe no que está se metendo? — Murhder argumentou em voz baixa — O destino não é um caminho reto. Está cheio de curvas e todas elas são escuras. Nós viramos e... e percebemos onde estamos.

Quando ele parou de falar, Xhex percebeu o quanto lhe devia.

A pergunta era: como pagar uma dívida que ele se recusava a reconhecer e receber?

Quando Sarah consultou o relógio de novo — aquele do lado direito inferior da tela do computador —, a sequência numérica mostrava cinco e dezoito. Recostando-se na cadeira de escritório, ela estalou a coluna e ficou se perguntando se eram cinco da tarde ou da manhã. Tinha que ser da tarde, concluiu, fim de tarde, quase vinte e quatro horas depois de ter dirigido para a BioMed com sua mochila e aquelas credenciais do cofre do banco.

Bem como com a vaga ideia de resgatar alguém que não sabia se existia.

Que dia. Depois de horas e horas estudando o caso de John, sua mente estava num turbilhão com tamanhas descobertas. Depois de avaliar lâminas e resultados de exame, e de falar com diferentes pessoas da equipe médica, e de processar tudo pelo filtro do seu aprendizado e experiência, ela estava...

Entusiasmada.

Era a única forma como conseguia descrever a sensação. Sentia-se viva. Animada. Concentrada.

Não gostava do fato de John ter algo de errado. Nem de que seus entes queridos estivessem preocupados. Mas a ideia de resolver um problema? De curá-lo e ajudá-lo a recobrar a saúde? Nesse novo terreno de anatomia e de sistema imunológico? Considerando-se que ninguém tinha certeza de qual era a patologia?

Era a chance de uma vida num horizonte totalmente novo.

E, claro, nos recônditos da mente, ficava se perguntando como isso tudo poderia ajudar os humanos com câncer. Vampiros, pelo que tinha visto, eram como tubarões. Não tinham câncer. Então, por que não? Ainda mais quando as duas raças eram tão semelhantes.

Embora também fossem tão diferentes.

– Com fome?

O som de uma voz grave masculina atrás de si eriçou os pelos de sua nuca – e não por estar assustada.

Girando a cadeira, ergueu o olhar para o soldado. Ele tinha tomado banho e trocado de roupas, embora ainda estivesse todo de preto, como os demais homens – machos. Os longos cabelos negros e vermelhos estavam úmidos nas pontas e o cheiro dele... era celestial.

– Nate está bem? – ela perguntou.

– Ele está se saindo bem. Comeu um pouco e agora está descansando.

– O que ele comeu? – ela quis saber como se Nate fosse seu filho ou parente. – Aquele arroz com gengibre...

– Rosbife.

– Ah, que ótimo! Uma ou duas porções podem ajudar na quantidade de ferro.

– Não foi apenas uma porção. Ele comeu um rosbife inteiro. Digamos... umas sete costelas assadas. Acho que disseram que pesava uns sete quilos.

Sarah piscou.

– Uau... O que foi a sobremesa... Uma torta inteira?

– Sorvete de baunilha.

– Ah, parece mais razoável. E não deve ter comido litros de sorvete.

– E a torta.

– O quê?

— Ele comeu uns litros de sorvete de baunilha com uma torta de maçãs. E agora está em coma alimentar.

Sarah lançou a cabeça para trás e gargalhou. Em parte, por estar aliviada. Em parte, por privação de sono. Mas também... em parte por causa do sorriso no rosto do soldado.

Porque ele se sentia como ela, e a reciprocidade os conectava.

E ela gostava de se sentir ligada a ele.

— Qual é o seu nome? — ela perguntou ao recobrar o fôlego. Quando ele hesitou, Sarah deu de ombros. — Ah, qual é, já sei de tudo. Bem, sei de muitas coisas, de qualquer maneira. O que muda se eu souber do seu nome diante de tudo que já sei, não concorda?

O soldado pigarreou.

— Venho de uma tradição de guerreiros.

Ela passou os olhos de alto a baixo sobre o corpo magnífico.

— Jura? E eu aqui pensando que você era padeiro.

O fato de ele rir de novo fez Sarah se sentir bem.

— Não. Não asso pães nem bolos.

— Já tentou?

— Hum, não.

— Tudo bem, não se sinta mal por isso. Eu também não. O que você dizia? Que é fodão?

O sorriso dele se ampliou, mas logo sumiu com uma careta.

— Então, os nossos nomes... recebemos nomes que inspiram medo. São identificadores de nossa natureza como defensores da raça...

Sarah ergueu as mãos.

— Só me diga. Não pode ser tão ruim, certo?

— Murhder. O meu nome é Murhder.

Ela riu. Em seguida, ficou boquiaberta antes que pudesse se impedir.

— Espere. Está falando sério? — Quando ele assentiu, Sarah tentou se recompor. — Hum... Uau. E isso é... é o seu nome ou sobrenome?

— Sobrenome. O nome é Impassível. — Sarah o fitou de novo, então sorriu timidamente. — Estou brincando. É só Murhder.

J.R. WARD

Sarah explodiu numa risada.

— Você fez uma piada?

Ele corou.

— Acho que sim. Fiz uma piada.

Murhder estava tão hesitante, tão... ternamente inseguro do seu senso de humor... que ela quis abraçá-lo.

— Foi uma boa piada! — Levantou-se da cadeira. — E eu estou morrendo de fome. Sabe onde tem comida?

— Sei. Todos foram para aquela casa grande para a Primeira Refeição, mas há uma sala de descanso no fim do corredor. E, sim, Nate está sendo monitorado por máquinas cheias de alarmes. Se ele precisar de alguma coisa, as pessoas irão correndo, inclusive nós.

— Que bom. Vamos lá.

Sarah seguiu o soldado — Murhder — pelo corredor e chegaram ao quarto de Nate. Abrindo a porta, ela se inclinou lá para dentro a fim de se certificar de que, de fato, ele estava profundamente adormecido, e um ronco baixo saía da garganta agora de homem.

— Ainda não consigo acreditar no que ele passou... — ela murmurou.

A voz de Murhder também estava baixa.

— É assim que funciona para nós.

Garantindo que a porta se fechasse em silêncio, seguiram pelo corredor, caminhando lado a lado — e isso pareceu normal. Natural. Como se ela já andasse ao lado dele há anos.

— Como vai o seu trabalho com John?

Sarah suspirou.

— Bem, eles se recusam a me contar como ele se machucou. Essa é uma peça que eu não tenho e, francamente, estou trabalhando ao redor dela. Mas, no fim das contas, o "como" não é tão importante quanto o "onde".

— No ombro, você diz?

— Não, no status do ferimento. Quero dizer, a nível molecular, onde estamos... Está piorando? O que podemos fazer para que melhore? Esse tipo de coisa. – Ela olhou ao redor. – Falando no assunto, onde estamos? – e depois ela ergueu uma palma. – Sei, você provavelmente não pode me contar, mas eu só... Quem paga por tudo isto? De onde vem tanto dinheiro?

– Chegamos, deixe-me abrir a porta para você.

Quando Murhder passou à frente dela para abrir a porta de um espaço parecido com um refeitório, Sarah soube que ele não responderia a essas perguntas – e isso foi um lembrete de que era apenas uma visitante. Não uma nova moradora.

Sarah parou ao ver os sofás, as mesas com cadeiras, as máquinas de doces e salgadinhos e o buffet de alimentos frios e quentes que mantinha as comidas com um aroma delicioso.

– Não vou me lembrar de nada disso... – ela disse com voz rouca. Quando ergueu o olhar, os olhos dele fitavam os seus.

– Não. Nada.

No silêncio que se alongou entre os dois, Sarah tentou memorizar tudo sobre ele, o modo como aqueles cabelos incríveis caíam, o lindo rosto, os ombros largos, o peito amplo e as pernas compridas, compridas. Quando seu olhar voltou ao dele, o ar entre eles estava carregado, uma descarga elétrica ligada, a atração sexual sem volta e ressurgindo à superfície porque, na verdade, nunca a desertara. Com todas as distrações de lado e o fato de estarem sozinhos, juntos, ela ficou bem consciente do próprio corpo... e do dele.

– Sarah... – ele disse daquele jeito dele, num grunhido baixo.

O primeiro pensamento que lhe passou pela cabeça foi que já que se não se lembraria de nada daquilo, por que não se libertar para dar seguimento a essa conexão? Nunca julgara ninguém por fazer sexo casual, e por Deus, quem poderia culpá-la por desejá-lo? Além do mais, não haveria nenhuma repercussão, nenhum arrependimento, porque ela não teria nenhuma lembrança de ficar com ele, pouco importando como seria o sexo.

Só que no instante em que esses pensamentos passaram pela sua mente, Sarah os descartou. Para começar, porque tinha mais respeito próprio – seria responsável pelas suas decisões, quer tivesse ou não alguma lembrança de como seria o sexo. E, também, porque esse tipo de pensamento o desumanizava, transformando-o num brinquedinho sexual que usaria num proverbial quarto de hotel durante uma viagem de negócios – nada além de uma travessura em sua rotina de normalidade da qual não precisaria sentir culpa porque não contaria já que estaria descontextualizada.

Espere, "desumanizar" não era a palavra certa. Devia ser "desvampirizar". Ou algo assim.

Caramba!

– Não vou te machucar – Murhder disse.

Nos recessos de sua mente, Sarah percebeu que era a segunda vez que ele lhe dizia isso. E acreditava nele. Bem em seu íntimo, tinha essa fé estranha e permanente que, a despeito do que mais estivesse sendo escondido dela, no que se referia a mantê-la a salvo, ele dizia a verdade.

Sarah levantou a mão na direção do seu rosto. E como se ele soubesse o que ela queria, Murhder se inclinou para baixo, oferecendo-lhe o calor da sua pele, a sutil aspereza da barba por fazer, o formato de seu maxilar.

No instante em que o contato foi feito, ela sabia que faria aquela escolha de todo modo. Escolheria esse homem – esse macho, corrigiu-se –, mesmo se continuasse com as lembranças que a fariam sentir saudades pelo resto da vida. E a força dessa convicção foi tamanha que desejou poder se lembrar dele. Na verdade, desejou muito mais além disso, coisas que não conseguiria daquilo... O que quer que aquilo fosse.

Coisas como um futuro. Um relacionamento. Uma parceria.

O que era loucura. Mal o conhecia – e acabara de saber da existência da raça dele.

— Em qualquer lugar... – ele grunhiu. – Toque em mim onde quiser.

Quando Sarah olhou para a porta e se perguntou se alguém entraria para interrompê-los numa hora inoportuna, houve um clique sutil, como se ela tivesse sido trancada. Antes de conseguir decidir se isso era alarmante ou não, Murhder apontou para si.

— Eu fiz isso, para não nos atrapalharem. Mas você é livre para ir embora. A tranca está do lado de dentro e eu jamais a impediria de sair.

— Você sempre lê a minha mente.

Ele abriu a boca para responder – só que as pontas dos dedos dela resvalaram em seu lábio inferior e o contato lhe fez perder o fio do raciocínio.

— Não estou te usando – ela lhe disse –, só para deixar claro.

— Eu não me importaria se estivesse.

Sarah apoiou as mãos no peito dele e deslizou-as sobre os músculos fortes até os ombros. Ondas do perfume do macho entraram novamente em seu nariz, como se a conexão sexual tivesse acendido todos os seus receptores sensoriais, amplificando tudo.

Caramba, ele era grande. E firme.

Em toda parte.

— Me beija! – ela pediu ao inclinar a cabeça para trás.

A despeito de toda a força evidente, Murhder foi gentil, as mãos deslizaram pela cintura dela puxando-a contra si até que as roupas apenas se encostassem. Graças à proximidade, o calor corporal ricocheteou e aumentou no espaço entre eles, mas logo Sarah não estava mais pensando nem nisso.

Murhder abaixou a cabeça... e a beijou.

E... Uau! Os lábios eram de veludo, uma carícia suave e lenta como uma brisa de verão ao amanhecer. E até poderia ter chamado o contato de meigo, só que não. O corpanzil enorme... aquele corpo misterioso, incrivelmente forte e nada humano... tremia. E foi o que tornou tudo absolutamente erótico: o tremor sutil significava que ele se continha, refreando o impulso, amarrando, prendendo o que havia dentro de si.

Havia uma fera do outro lado dessa força de vontade, uma criatura selvagem batendo nas grades de ferro, uma força tão maior do que tudo o que ela podia compreender.

E ela queria o monstro dentro dele. O desatrelado. O enlouquecido.

Contra toda a lógica, Sarah queria que Murhder a devorasse, que a dominasse, que a deitasse no chão ali mesmo naquele instante e a prendesse sob o corpo nu, penetrando-a até que não lhe restasse nenhum pensamento coerente sobre quem ou o que ele era.

Quem ou o que ela era.

— Apague a minha memória... — ela se ouviu dizer contra os lábios dele. — Tire tudo de mim até que só reste você. Faça tudo desaparecer... a não ser você.

Ela ficou dois anos chafurdando em tristeza, isolamento e desilusões, estagnada e presa a um passado que seu presente não apagaria e que seu futuro não conseguiria sustentar. E também havia o que descobrira no laboratório, o menino, e a toca do coelho na qual se enfiara para estar ali, nesse estranho lugar com Murhder, com o povo dele.

Estava cansada de se sentir perdida. De se questionar a respeito de tudo sobre Gerry. E de se preocupar quanto aonde ir num mundo repleto de oportunidades que um dia foram excitantes, mas que agora lhe pareciam consolações para uma morte que ainda não havia superado.

Esse homem — esse vampiro — podia fazer tudo sumir. Mesmo que por breves instantes, ela queria que o peso fosse suspenso, o refugo tóxico afastado, queria o caminho livre de entulho.

Sua alma, enterrada sob o manto úmido do luto do qual não conseguia se livrar, precisava respirar.

— Por que está chorando? — ele sussurrou.

— Eu estou?

O polegar afagou sua face e ele o mostrou para ela. O brilho da lágrima no dedo sendo refletido na luz.

– Não quero pensar – ela lhe disse. Implorando.
Depois de um momento, Murhder assentiu com seriedade, como se eles tivessem selado um pacto.
– Então vou fazer você sentir.

Capítulo 32

Murhder disse a si mesmo que deveria odiar o sofrimento no âmago dessa humana que ali estava diante dele, excitada, confiante. Disse a si mesmo que deveria eliminar quem quer que tivesse causado aquele pesar dilacerante e profundo que, até então, não sentira nela. Disse a si mesmo que as lágrimas dela significavam que não estava pronta para o que estavam prestes a fazer.

E tudo isso era verdade.

Só que havia mais por baixo disso.

Ao fitar o rosto de Sarah, sentiu que olhava para um espelho. Ela estava onde ele estivera – e permanecia lá. Murhder conhecia o fardo agonizante da perda que ela carregava – não os particulares que a causaram, não os detalhes e as especificidades, mas certamente a tristeza esmagadora e a confusão que surgiam quando o mundo vira de cabeça para baixo e você não faz ideia de onde pode parar em segurança.

Afastados pela divisão das espécies.

Idênticos em seus destinos.

Dessa vez, ao beijá-la, sabia que não iriam parar porque o que Sarah queria dele era recíproco da parte dele. Murhder também queria esquecer. Precisava de um respiro do passado que também o atormentava. Estava tão exausto de carregar pesares e arrependimentos quanto Sarah.

E, sagrada Virgem Escriba, que sensações ela lhe provocava: a boca se movia contra a sua como se tivessem sido feitas para se encaixar, e o corpo também vicejava ao encontro do seu, as curvas femininas se acomodando aos seus contornos masculinos, a estatura tão menor dela completamente desproporcional ao poder que tinha sobre ele.

Murhder a levou até o sofá no canto, e a ideia de que fariam amor no refeitório, com a televisão ligada no mudo, uma fila de refrigerantes na geladeira e o zunido baixo de uma lava-louças como pano de fundo o fez rezar para que não fosse a única vez.

Como se ele não fosse pedi-lo de um jeito ou de outro. Ainda nem a possuíra e já estava desesperado pela próxima vez.

Sentaram-se juntos num dos cantos, numa confusão de braços e pernas, e, para dar um jeito nessa contorção, Murhder rolou de costas e puxou Sarah para cima de si. *Isso aí!* Os quadris se arquearam para cima, a ereção sentindo a pressão do corpo dela e querendo mais dessa fricção enquanto se esfregavam um no outro. Logo as mãos subiram, afagando-a nas costas e segurando-a pelos quadris... antes de deslizarem para as coxas.

Quando as enfiou por baixo da blusa, sentindo a pele macia e quente, ele gemeu e Sarah se afastou dos beijos.

— Faz um tempo que não faço isso — ela disse.

— Eu também.

Os dois sorriram. E voltaram ao encontro de lábios e línguas, à ondulação dos quadris, à junção das pernas. Foi ela quem tirou primeiro o blusão e a camiseta...

— Sarah — ele sussurrou.

Ela se ergueu um pouco sobre os quadris dele, com as pernas abertas por cima, o sutiã dando uma pista do que havia por baixo. Com mãos trêmulas, ele afagou o ventre e deslizou as pontas dos dedos pelos seios. Bem quando estava pronto para implorar para vê-

-la, Sarah o prendeu pelo olhar enquanto abria o fecho, removendo a barreira.

Gemendo, Murhder assumiu dali, erguendo-se, firmando-a contra sua boca ávida, atiçando e capturando um mamilo de cada vez.

— Também quero te ver — ela disse.

Não foi preciso pedir duas vezes. Ele arrancou a camisa emprestada tão rápido que rasgou uma das mangas. Deliciaram-se explorando um pouco mais o corpo um do outro, ela passando as mãos pelos músculos do peito e do abdômen dele — mas, por melhor que fossem as preliminares, o sangue dele rugia, a antecipação se transformando em desespero puro.

Sarah evidentemente compartilhava a sensação ao se afastar, levantar-se e segurar a cintura das calças e da calcinha. Centímetro a centímetro, ela as removeu pelas pernas, chutando-as para longe e arrancando as meias.

— Você é linda... — Ele esfregou os olhos. — Meu Deus...

Dessa vez, quando ela subiu nele, parou de repente.

— Caramba!

Pense num ataque cardíaco.

— O que foi? Você está bem? Eu fiz alguma...

— Estou sem preservativo. Você tem?

— Eu... — Ele balançou a cabeça. — Você não pode... não está no seu período fértil. Não posso engravidá-la e também... não posso te passar... você entende, nada.

Ora, ora, se ele não sabia ser sutil com a conversa sobre DSTs.

A cabeça dela se inclinou para o lado.

— Sério? Então a transmissão é impossível ou as duas espécies são suscetíveis a vírus diferentes? Será que se estudarmos...

Capturando o rosto dela entre as mãos, ele lambeu um caminho até a boca dela, fazendo com que ela voltasse a se concentrar.

Quando ela se afastou, sorria.

— Não é hora para discutirmos ciência, certo?

– Que tal depois que tivermos terminado?

– Combinado.

Foram as últimas palavras que disseram um ao outro. As mãos dela encontraram o zíper das calças de combate e libertaram a ereção. Pelo modo como seus olhos se arregalaram, ela se surpreendeu com o tamanho, e Murhder tentou não ficar satisfeito demais com isso.

– Quero te saborear – ela gemeu.

Ora se isso não o levou ao limite.

Mas ele a trouxe de volta para o seu colo.

– Sim. Mais tarde...

– Não! Agora.

E quando Sarah agarrou seu membro, ele quase partiu a coluna ao arquear-se para trás no sofá. Em seguida, ela se posicionou entre seus joelhos, no chão, e a boca aberta partiu para sua cabeça.

– Agora também serve! – ele murmurou ao observá-la engolindo-o fundo. – Ai, cacete! Agora também é muito bom.

Murhder agarrou o encosto e um braço do sofá enquanto Sarah recuou e a língua rosada se esticou e executou uma dança ao redor da parte mais sensível de todo o seu corpo. Logo ela o tomava de novo, engolindo-o por inteiro, tudo quente e escorregadio e...

Nos recônditos de sua mente, ele percebeu um estalo bastante premonitório. Preocupado com a segurança dela, mesmo não querendo que ela parasse JAMAIS – que maravilha. Estava prestes a arrancar o braço do sofá.

Relaxando a pegada, arqueou as costas e os quadris começaram a se mover com ela à procura de um ritmo. Tudo na mulher era o mais erótico que ele poderia imaginar, desde o modo como os lábios se abriam para acomodar sua espessura, e os cabelos espalhados no seu ventre, até o olhar cintilante.

Começou a arfar e depois a ronronar no fundo da garganta. Quando houve uma pausa no meio de uma chupada, ela pareceu curiosa com o som, embora retornasse ao seu empenho anterior.

Caceeeeete, Murhder não conseguiria aguentar muito mais...

... mas quem sabe só mais um pouco.

O vampiro de Sarah estava completamente entregue.

O corpo impressionante estava todo espalhado no sofá no qual caberiam três pessoas, mas que mal o continha. Os cabelos negros e vermelhos estavam soltos e espalhados sobre os ombros nus. O abdômen firme se contraía como se tivesse sido entalhado em uma rocha.

E as calças estavam bem abertas, a maior ereção que ela já vira se projetando dos quadris.

Os olhos dele faiscavam ao observá-la.

E aquele som de ronronar.

Enquanto lambia de novo o membro dele, ele sibilou, o lábio superior se afastou. Presas. Ele tinha presas de verdade. E quando deu uma boa olhada nelas, tão afiadas, tão brancas, ficou imaginando o que ele faria com elas – e não sentiu medo. Queria saber tudo, sentir tudo, ser uma parte dele, e não apenas com um objetivo científico de pesquisa.

Porque era ele.

Deus, só de pensar que fazia algum tempo que ele não tinha ninguém, Sarah sentia mais uma vez que estavam ligados. Eram mais parecidos do que diferentes. Apesar das diferenças óbvias.

– Chega – ele grunhiu ao se sentar de repente e puxá-la para si. – Preciso estar dentro de você.

Quando se deu conta, Sarah já estava acomodada no sofá com ele por cima, o peso a prendendo, suas coxas estavam abertas ao redor da pelve dele, e aquele sexo um mastro em seu centro. Com alguns movimentos de quadril, ele se colocou no ângulo certo, e ela se preparou para uma penetração poderosa.

Mas sem arrependimentos, pensou.

Não se arrependia de nada daquilo. Ele era uma bênção que ela jamais teria tido a coragem de pedir.

– Estou pronta – ela disse quando ele hesitou.

– Só não quero que acabe.

Engraçado, ela sabia exatamente o que ele queria dizer.

Com um grunhido, ele baixou a boca e a beijou enquanto deslizava para dentro dela, cada lento e delicioso centímetro. Não houve qualquer movimento apressado depois que a preencheu até o fundo. Um recuo e um avanço, suave... gentil. E Sarah ficou feliz por isso. Por mais que desejasse a paixão desmedida, ele era bem grande e fazia mesmo muito tempo.

No entanto, o autocontrole custou bastante para ele. O suor lhe brotava nos ombros, os músculos dos braços se contraíram até sofrerem espasmos, as veias do pescoço pareciam cordas.

Mas foi incrível. As entradas e as saídas, a fricção, o calor...

O prazer, já num nível formidável, avolumou-se dentro de Sarah até estourar numa libertação gloriosa, ondas de sensação irradiando de seu centro, certo como se seu corpo fosse um receptáculo recebendo raios dourados.

Contra os lábios dele, no meio do orgasmo, ela sussurrou:

– Não se segure. Eu aguento.

Porque queria que ele experimentasse a mesma sensação, ao mesmo tempo.

Mas Murhder manteve o ritmo, lento e firme, deixando que Sarah seguisse no seu prazer.

Quando o êxtase terminou, ele fechou os olhos e aninhou a cabeça no pescoço dela.

– Não quero te machucar.

– Não vai. – Sarah pigarreou. E depois inclinou a cabeça para trás. – Você quer...

– O quê?

– Isto! – ela disse ao afagar a própria garganta.

Quando ele a encarou assustado, ela repetiu.

– Quer isto?

O ronronado voltou, mais alto, mais profundo, mais urgente. E esse som levou Sarah ao limite de novo, ainda mais quando ela imaginou as presas afiadas enterradas em sua veia. Jogando a cabeça para trás, ela se moveu contra o corpo estático do macho, rebolando na excitação dele, seguindo seus impulsos enquanto Murhder começava a gozar junto com ela.

Quando ele jorrou dentro dela, preenchendo-a, o sexo dela se contraiu e então começou a soltar a ereção, e ele voltou a se mover, mas rápido dessa vez. Mais rápido e mais forte.

Sarah só percebeu em seguida que ele a segurava com firmeza, um braço ao redor de seus ombros e o outro envolvendo um dos seus joelhos por trás, erguendo a perna. A força dele, o poder, o corpo pesado eram uma gaiola erótica da qual ela sabia ter a chave. Não teve medo dele enquanto flanava.

Confiava nele. E ele não parou.

Enquanto um humano teria parado depois do primeiro orgasmo, Murhder seguiu em frente, mais gozos para ele assim como para ela, o prazer parecia interminável, o sexo suspendendo a ambos num infinito cheio de sensações.

Em dado momento, porém, ele se prendeu ao quadril dela pela última vez e despencou, largando o tronco nas costas do sofá como se não desejasse esmagá-la.

No silêncio, os dois arfavam, os corpos emanando calor, as pernas entrelaçadas.

A paz que se seguiu foi tão profunda quanto a paixão havia sido.

No entanto, quando enfim a encarou, havia um brilho nos olhos dele que não tinha nada a ver com felicidade.

– O que foi? – ela perguntou.

Murhder só balançou a cabeça e ela entendeu exatamente o que ele estava pensando. Não havia um felizes-para-sempre para os dois, nada a longo prazo, nada de isto-é-só-o-começo.

– Não pense nisso – Sarah lhe disse de repente.

– Você tem razão.

Mas o modo como ele a abraçou – como se ela fosse preciosa, como se pudesse se partir ao meio – revelava que eram palavras apenas para tranquilizá-la.

Quanto tempo teriam?, ela se questionou.

No entanto, não perguntaria. Mesmo se tivessem um ano, uma década, um século, nada bastaria.

Para a paixão que tinham acabado de descobrir? Somente a eternidade serviria.

Capítulo 33

Murhder não queria vestir as roupas. Tampouco queria que Sarah se vestisse.

Ter a pele dela coberta pelo que quer que fosse além de sua boca, mão e corpo seria um crime, em sua opinião. Mas não podiam fingir que teriam verdadeira privacidade ali. Cedo ou tarde, acontecendo ou não a Primeira Refeição, alguém iria querer ir até lá para pegar uma Coca-Cola na geladeira ou uma das frutas vindas direto da Flórida que estavam no cesto ali ao lado.

E, mesmo que não fosse da conta de ninguém, não queria que ficasse evidente que ele e Sarah tinham acabado de transar. Ela não era uma qualquer para quem ele não dava a mínima, caramba!

Portanto, vestiram as blusas, e Sarah colocou o agasalho também. Depois ela usou o banheiro que havia do outro lado, fechando-se ali e deixando a água correr. Quando saiu, as calças já estavam no devido lugar, e ele subira as suas.

Quando os olhos dela o procuraram, Murhder podia jurar que havia um sorrisinho secreto naqueles lábios que ele tanto beijara. Ou talvez ele só estivesse tentando se convencer disso. Santa Virgem Escriba, que fêmea – mulher, tanto faz. E ela também quis que ele sorvesse de sua veia?

Cerrando as pálpebras, reviveu o momento em que ela deslizou a mão pelo pescoço, e pairou sobre a veia jugular. Ficou desesperado para saboreá-la, beber dela, senti-la em suas próprias veias, mas fazia certo tempo que não se alimentava e isso teria sido perigoso. Não achava que estava com fome a ponto de machucá-la – porém, se existia a mínima chance de isso acontecer, não se arriscaria. Às vezes, quando os machos estavam muito envolvidos no sexo e a alimentação entrava no jogo, podiam acabar passando dos limites sem ter a intenção e, como ela era humana, Murhder não seria capaz de entregar seu sangue em troca, garantindo que ela tivesse o necessário.

– Bem... – Sarah disse. E pigarreou ao se aproximar das máquinas de alimentos. – Quer alguma coisa? Temos uma bela seleção de salgadinhos à nossa disposição, e também doces. Muitos doces. E, olha só, é tudo grátis.

Ela apontou para o teclado onde se podia fazer a seleção e o vislumbrou por cima do ombro.

Só que, então, ela franziu o cenho e desviou os olhos para a esquerda. Virando de lado, Murhder quis ver o que ela via, mas era apenas a TV sem som exibindo o noticiário local noturno.

– Sabe onde está o controle remoto? – ela murmurou.

Sem esperar a resposta, Sarah atravessou a sala de descanso e foi procurá-lo, e ele se aproveitou da oportunidade para destrancar a porta mentalmente. Não que pudessem esconder sua ação recente. Os machos sentiriam o cheiro de Murhder nela inteira e, maldição!, como isso o deixava satisfeito.

Quando os murmúrios aumentaram de volume até chegarem a um nível audível, Sarah cruzou os braços e ficou logo abaixo da tela. Alguém de terno e gravata falava sobre um assunto político e também deu a notícia de um carro roubado.

– Não está no jornal. – Ela o encarou. – O que fizemos ontem à noite não foi noticiado. A BioMed é uma corporação nacional que vale bilhões de dólares. Não há como uma invasão não ser transmitida mesmo que apenas em Caldwell. Caramba, esse é o tipo de notícia que seria transmitida pela CNN. Você tem um celular? Quero ver se acho uma notícia em algum lugar.

– Nem tenho celular. Desculpe...

A porta foi escancarada e Xhex entrou. O primeiro pensamento dele é que ela parecia confusa.

– Você tem um celular? – Sarah perguntou à fêmea.

Xhex piscou como se estivesse traduzindo mentalmente o que ouvira.

– Ah, sim, claro.

Pegou o aparelho do bolso de trás, inseriu uma senha e encontrou com Sarah na metade da sala.

– Fique à vontade. Murhder, posso falar com você?

Curioso, ele assentiu e a seguiu até o corredor.

– O que aconteceu?

– Viu o John aqui embaixo?

– Não, mas eu estava com Nate no quarto dele. Sei que Sarah e a médica estiveram com seu *hellren* há um tempo, mas acho que depois elas ficaram no fim do corredor, trabalhando nos computadores.

– Não sei onde ele está... – Xhex passou a mão pelos cabelos curtos. – Depois que falei com você, fui até o quarto dele e fiquei lhe fazendo companhia. Acho que devo ter cochilado em dado momento. Quando acordei, uns quinze minutos atrás, ele não estava mais lá. Fui até a mansão, imaginando que ele tivesse subido para a Primeira Refeição, mas ninguém o viu por lá. Procurei no quarto, passei pela academia e pela sala de pesos aqui embaixo. Ele não está em lugar nenhum.

Murhder enfiou a cabeça na sala de descanso.

– Sarah, quando foi que viu John pela última vez?

A cientista desviou a atenção do telefone em suas mãos.

– Mais ou menos uma hora atrás. Ele disse que iria para a casa grande, como ele mesmo a chamou, para trocar de roupa...

— Merda! — Xhex murmurou.

— O que está acontecendo? — Sarah perguntou ao se aproximar.

— Acho que ele sumiu.

Sarah devolveu o celular para a *shellan* de John, que era como eles chamavam as esposas. A mulher — ou melhor, fêmea — o pegou e pareceu verificar se havia alguma mensagem. Depois digitou uma, e o aparelho emitiu um bipe de envio.

— Qual era o estado dele? — Xhex perguntou.

— Como antes. — Sarah encolheu os ombros. — Quero dizer, a infecção não melhorou, mas ele não demonstrou incômodo; pelo menos do ponto de visto medicamentoso. Mas ele pareceu... Bem, não o conheço, mas ele pareceu distraído, e tem motivos para tanto.

Xhex encarou o celular como se estivesse esperando uma resposta. Quando não recebeu nenhuma, ela o guardou.

— Ele está afastado dos turnos. Está proibido de lutar.

— Quer dizer que os Irmãos não estarão à sua procura — Murhder acrescentou.

— Não. — Xhex se virou para ir embora. — Ninguém estará à procura dele.

Enquanto se afastava, a fêmea caminhava com determinação, as botas pisando duro no piso de concreto. Estava na cara o que pretendia fazer: iria atrás do companheiro por conta própria.

Murhder ficou olhando para a amiga, com os braços esticados ao longo do corpo, os punhos cerrados e o maxilar travado.

— Vá! — Sarah lhe disse com suavidade. — Ficarei bem aqui.

— Está tudo bem...

— Você quer ir e ela precisa de ajuda. Além disso, estarei mais do que segura aqui. Jane deve voltar após a refeição e vamos retomar o trabalho.

Murhder olhou para Sarah. Passou a mão pelos cabelos compridos. Passou o peso para a frente e para trás.

– Pode ir. – Ela deu um tapinha no peito dele. – Não vou a parte alguma. Eu nem sei onde estou, caramba, e ninguém vai me procurar. Xhex precisa mesmo de um amigo agora, e eu não a culpo por estar preocupada.

Murhder começou a balançar a cabeça em concordância. Depois praguejou, depositou um beijo firme nos lábios de Sarah e disse algo apressado.

Antes que ela conseguisse decodificar as sílabas, ele correu atrás da fêmea. Xhex já havia se distanciado bastante, então, quando parou com a aproximação dele, Sarah não tinha como ouvir sobre o que estavam conversando.

Parados ali juntos, era evidente que se conheciam há bastante tempo. Havia confiança entre eles, mesmo quando começaram a discutir, com os braços cruzados, o cenho franzido e palavras sendo trocadas rapidamente.

Em seguida, Xhex revirou os olhos e deu de ombros num gesto clássico de "faça o que achar melhor".

Depois do qual, os dois desapareceram por uma porta de vidro.

Sarah voltou para a sala de descanso e se serviu de dois chocolates Snickers, um saquinho de pretzels e uma lata de Coca-Cola. Consumiu as calorias sistematicamente, e se lembrou da época em que ela e Gerry engoliam escolhas ruins entre as aulas, os seminários e o tempo passado nos laboratórios da universidade. Na época em que estudavam, ele era tão jovem e tão cheio de ideias e mais ideais. Ela também.

Agora, estava sozinha num ambiente clínico subterrâneo administrado por vampiros.

Onde teve o melhor sexo da sua vida com um membro de outra espécie.

No sofá. Aquele mesmo. Lá no canto. Bem ali.

Ao observar o sofá onde fizeram sexo, era impossível não notar que um braço e a parte do encosto pareciam ter sofrido um acidente. O pobre móvel estava curvado para fora da estrutura que mantinha o estofado unido, todo desconjuntado.

Voltou-se para a TV. Estava passando *Roda da Fortuna* e Sarah silenciou os apresentadores Pat e Vanna.

Não conseguia acreditar que não havia nada nos noticiários nem na internet sobre a invasão da noite anterior. Kraiten berrara que a processaria por invasão de propriedade privada. Puxa vida, até o carro dele fora roubado. Mas talvez ele tivesse percebido que envolver as autoridades seria capcioso. Seria preciso explicar o motivo que levou o grupo de invasores até lá, e revelar as experiências em seres humanos...

Nate não era humano, ela se lembrou.

Quando pensou nos bilhões e bilhões de dólares pelos quais a Indústria Farmacêutica competia, Sarah não pôde deixar de ponderar que Kraiten haveria de querer que os detalhes dos experimentos secretos de sua empresa fossem mantidos em sigilo não só por quaisquer implicações criminais — será que as leis humanas se aplicavam a espécies não humanas? Seria essa uma questão a ser tratada pela Proteção e Defesa dos Animais? —, mas porque assim outras empresas de pesquisa tentariam conseguir seus próprios vampiros nos quais poderiam fazer testes.

Era um modo doentio de encarar a questão, mas as descobertas farmacêuticas valiam somas incalculáveis de dinheiro e o CEO da BioMed era ganancioso o suficiente para...

Um instante. As lembranças dele também foram apagadas, não?

Lentamente, virou-se de novo para a TV. E se o homem nem soubesse sobre o acontecido? Mas como funcionaria? Os vampiros apagaram as lembranças dele sobre tudo, inclusive o laboratório secreto? Nesse caso, o que aconteceria quando os pesquisadores do departamento de Gerry aparecessem para trabalhar em algo que o CEO nem acreditava capaz de existir?

Puxa, as implicações eram como testes de vestibular que forçavam a capacidade do cérebro humano. Onde as lembranças começavam e onde terminavam?

Pensou na morte de Gerry. E na do chefe dele.

Kraiten cometera muitos erros. E Sarah tinha provas. Os vampiros estavam de volta ao seu mundo, seguros. Mas quando ela retornasse para o dela, precisaria procurar as autoridades para...

De novo, a torturante dor de cabeça atacou seu crânio com ferraduras de aço, a dor eclipsou todos os pensamentos sobre o que precisaria fazer quanto ao que sabia. Esfregando o rosto, lembrou-se do porquê não era uma boa ideia comer montanhas de açúcar, sal e cafeína de uma vez só depois de ultrapassar os vinte anos.

— Você está bem?

Sarah sobressaltou-se quando alguém falou, e isso foi miraculoso. Quando abriu os olhos para se concentrar em Jane, a dor de cabeça desapareceu de vez.

— Trouxe comida para você. — A médica depositou uma bandeja grande em uma das mesas. — Gosta de cordeiro? É o prato predileto de Wrath. Também trouxe batatas cozidas no vapor e cenouras.

Ao erguer a cloche, um aroma celestial de alecrim se espalhou pelo ar, e Sarah concluiu que precisava de comida de verdade.

— Você foi enviada pelos deuses! — ela disse ao se sentar e pegar um dos pratos. — Estou morrendo de fome.

Jane se sentou e sorriu.

— Eu deveria ter pedido que Fritz lhe trouxesse a refeição assim que nos sentamos à mesa. Não temos sido bons anfitriões.

— Vocês têm sido ótimos! — Sarah começou a comer, as batatas em primeiro lugar, que eram prova da existência de Deus, em sua modesta opinião. — Ei, por acaso você viu John enquanto estava lá?

— Não, por quê?

Passando a faca para a mão direita e o garfo para a esquerda, Sarah pensou em como poderia responder àquilo.

— Por nada. Puxa, isto está delicioso... Assim que eu terminar, estarei pronta para voltar ao trabalho.

— Tem certeza de que não quer dormir um pouco? Temos um quarto que você pode usar. E onde Murhder está? Foi tirar uma soneca? Pensei que estaria com você.

Mantendo os olhos abaixados, Sarah assentiu e depois apontou para as embalagens vazias do seu lanche.

— Quanto a mim, estou eletrizada.

E também não sabia quanto tempo mais teria. Qualquer instante não dedicado ao caso de John parecia desperdiçado, ainda que, realisticamente falando, não sabia se seria capaz de lhes dar alguma solução em que eles ainda não tivessem pensado.

Descobertas não aconteciam assim; elas eram conquistadas com muito suor.

Pelo menos era no que Sarah e Gerry acreditavam.

Quando uma onda de tristeza se abateu sobre seu espírito, ela logo conteve a emoção ao se lembrar do que o noivo fizera no laboratório. Como pôde ter torturado Nate e a mãe dele daquela maneira? Só com o objetivo de dar lucro para um homem como Kraiten? Pensar que o estudante que amou se transformara num homem que ela não reconhecia partia o seu coração.

Um homem que fez coisas terríveis com um menino inocente.

Voltando a se concentrar no presente, sabia que precisava de um plano para quando voltasse à sua vida real. Não tinha certeza de que era seguro voltar para casa, uma vez que não sabia do que Kraiten se lembrava a respeito da noite anterior. Mas para onde iria? E como se esconder de um bilionário poderia dar certo?

Kraiten dispunha de recursos infinitos.

Sarah possuía o equivalente a um ano de salário guardado, e seu plano de aposentadoria.

Não era o suficiente caso precisasse desaparecer para sempre.

De repente, percebeu que talvez tivesse que evitar não apenas Kraiten... Porque se deu conta de algo ao olhar ao longo da mesa na direção da médica que lhe trouxera o jantar: não existia um modo de procurar as autoridades sem expor estas pessoas e a clandestinidade em que viviam. Afinal, como poderia revelar os experimentos e os resultados dos testes sem informar aos humanos que outra espécie vivia entre eles?

Enquanto considerava as ramificações dessa importante revelação, constatou que o plano não era uma boa ideia. Ainda mais levando em conta como a raça humana costumava tratar o que considerava como "outros"? A ideia de que todos soubessem da existência dos vampiros fez seu coração acelerar em pânico ao considerar a segurança da espécie.

Quanto a isso, Sarah e Kraiten estavam de mãos atadas por motivos completamente diferentes. Nenhum deles de fato poderia envolver as autoridades, certo?

Uma pena que era ele quem tinha experiência em matar pessoas enquanto ela era apenas uma cientista.

Onde está o Homem de Ferro quando você mais precisa?

— Um tostão pelos seus pensamentos? — Jane disse com suavidade.

— Você lê mentes?

A médica meneou a cabeça.

— Não.

— Ah, é mesmo, eu me esqueci. Você não é um deles... — Sarah limpou a boca ao engolir a verdade. — Quanto aos meus pensamentos, eu só estava pensando no que posso fazer por John. A propósito, esta geleia de menta é fantástica. É artesanal?

Jane deu um leve sorriso.

— Para falar a verdade, é sim.

Capítulo 34

O vento batia frio no rosto de John enquanto ele galgava a subida e olhava ao longo do parque municipal na direção da floresta de arranha-céus do centro da cidade. Estava às margens do Hudson, junto à casa de barcos onde remadores baixavam seus barcos na água durante os meses quentes. À sua esquerda, havia um parquinho com tubos coloridos nos quais as crianças podiam brincar, e também muitos balanços vazios, cujos assentos agora tinham uma fina camada de neve.

Tudo estava coberto pelo manto branco de neve, apenas as pegadas leves das patas dos esquilos marcando a vastidão a céu aberto.

Quando a sirene de uma ambulância ecoou da estrada, John olhou para as pontes que cruzavam o rio e viu os lampejos das luzes vermelhas em meio ao trânsito. O veículo vinha na sua direção, em vez de se afastar, o que fazia sentido. O pronto-socorro do Saint Francis estava ali perto.

Ficou pensando em quem estaria na parte de trás. Que doença teria? Será que sobreviveria?

Seu ombro doeu mais quando esses pensamentos atravessaram sua mente, mas não achou que fosse porque o ferimento tivesse piorado muito mais. Ou talvez sim. Quem podia saber.

John se concentrou na neve e lembrou-se dos Natais passados no orfanato – que lugar estranho para sua mente visitar. Antes de encontrar seu lugar no mundo dos vampiros a que pertencia, recusara-se a perder tempo pensando em como sua infância havia sido – nada de bom poderia surgir com essas lembranças. E, depois, quando encontrou seu verdadeiro lar? Disse a si mesmo que o passado não importava mais porque estava onde deveria estar.

Deixe pra lá, disse para si mesmo.

Agora, porém, seu cérebro desenterrava a velha lembrança de uma época natalina. Ele foi levado ao orfanato católico – porque Nossa Senhora da Misericórdia era basicamente tudo o que Caldwell tinha a oferecer para crianças indesejadas, além dos programas governamentais de lares temporários – e se lembrou de que sempre lhe diziam que ele era um dos sortudos. Um dos escolhidos.

Ninguém nunca lhe disse quem fizera tal escolha, e visto que fora encontrado recém-nascido naquele terminal de ônibus, não tinha lembrança de seu resgate. Quanto a esse status especial? Sempre teve a impressão de que as pessoas que trabalhavam no Nossa Senhora da Misericórdia diziam isso para as crianças porque queriam se sentir parte de um plano mais elevado, de um parâmetro virtuoso, melhor do que qualquer outro programa.

Piedade desempenhada, ele pensou.

Mas tudo bem, tanto faz, ele fora um dos escolhidos, ficou afastado do sistema de lares temporários, foi salvo de um terrível destino que sem dúvida seria digno de um Charles Dickens do século xxi.

Na realidade, descobriu que crescer sem pais, sempre na esperança de que algum casal surgisse e declarasse o desejo de adotar um garoto magricela que não podia falar, também era bem difícil, por mais que tivesse um lugar aquecido onde dormir, três refeições diárias e tratamento dentário.

Ah, e também havia a época do Natal.

Por motivos que, em retrospecto, passavam-lhe totalmente despercebidos, todos os Natais os órfãos eram levados num ônibus até o shopping local. Não tinham permissão para se sentarem no colo do Papai Noel porque o motivo da celebração não era esse – mas recebiam instruções para andar por lá, ver os presentes que não ganhariam, todas as famílias às quais não pertenceriam e toda a normalidade da qual, apesar de não terem culpa, não poderiam participar. E foi antes ainda das compras on-line, quando multidões lotavam os shoppings, carregando inúmeras sacolas cheias de presentes até as vagas do estacionamento onde havia espaços apenas para carros novos.

Jamais entendera o motivo daqueles passeios.

Levando a mão ao ombro, tocou o ferimento e girou a articulação. A dor lhe trouxe outra lembrança. Na época em que estava crescendo, lembrava-se das freiras e dos adultos no orfanato dizendo às crianças que a juventude era desperdiçada nos jovens.

Assim como o passeio ao shopping no Natal, nunca entendeu o motivo de se sentirem tão impelidos a apontar um dedo acusatório para algo que uma criança não podia evitar, muito menos entender. Você tem a idade que tem, e a morte não é uma preocupação para alguém que está no planeta há apenas oito anos. Dez anos. Quinze anos.

Mais precisamente, se você já perdeu a mãe, o pai e não tem ninguém que se importa com você no mundo inteiro, que importância tem todo o resto? Se morrer significa que você perde tudo, ei, e daí? John nem sequer tinha roupas que eram realmente suas. Ou livros. Até mesmo o travesseiro, no qual deitava a cabeça todas as noites, estava escrito "Orfanato Nossa Senhora da Misericórdia".

Nenhuma posse ou controle sobre seu destino. Nada à sua frente.

Sempre pensou que tudo bem se já estivesse morto.

Quando o vento gélido passou por suas pernas, o frio fez o cenário adiante substituir as imagens do passado. E, por determinado motivo, pensou em quantos anos tinha. Segundo o calendário, não tinha nem trinta anos. Para um humano, equivalia ao trecho final na passagem para a vida adulta de fato. Para um vampiro, era apenas uma gota num balde, um nada numa expectativa de vida de muitos séculos.

Desde que não se morra jovem.

Pensou no ferimento e na mancha que se espalhava em sua pele.

A morte se apossara dele. Sabia disso sem sombra de dúvida.

Então agora entendia o papo de a juventude ser desperdiçada nos jovens. Era difícil compreender completamente a perspectiva de estar morrendo, o modo como consome sua mente e sua alma, a maneira como eclipsa o que antes eram preocupações "importantes", o modo como reordena as prioridades até forçá-lo a encarar o túmulo de frente.

Não era apenas a mortalidade que as crianças eram incapazes de apreciar, mas também havia o fato de que, ao nascerem, tinham feito um acordo. Este, apesar de não ser consentido, permanecia obrigatório, e seu pagamento tinha data de validade.

Tudo o que vive morre.

O melhor a fazer por quem respira é chegar à idade madura, esquivando-se dos estilingues e das flechas acidentais, e das fraquezas biológicas, até conseguir relaxar com suas dores e sofrimentos e lamentar a perda da própria relevância, da sua geração, do seu espaço na hierarquia social.

Nunca tinha pensado na morte. O que era estranho, já que enfrentar o inimigo todas as noites era a sua vocação.

Mas ali estava ele, a céu aberto, à mercê de um *redutor*, sem se preocupar por não ter armas, celular, retaguarda.

Em contraposição, já havia decidido que sua vida era irrelevante. A dúvida era: o que queria fazer com o tempo que lhe restava?

O que era importante para ele?

Quem importava?

O SALVADOR | 289

Privacidade numa parceria era algo complicado.

Quando retomou sua forma contra o vento que soprava às costas de seu companheiro, e fitou o parque coberto de neve, Xhex não soube o que fazer. John não estava respondendo às suas mensagens, não lhe contou que sairia de casa, e estava sozinho, não apenas na realidade, mas no plano existencial.

E não, não era um exagero. Seu lado *symphato* sabia que era verdade: a grade emocional do macho estava acessa no centro seguindo uma linha de separação, de isolamento.

Embora seu corpo não estivesse a mais de cem metros de distância, John estava praticamente intocável.

— Vai falar com ele?

A voz de Murhder a sobressaltou e a lembrou de que, ao contrário de John, ela não estava só. Xhex e o antigo Irmão deixaram o centro de treinamento pelo túnel subterrâneo usando a rota de evacuação, parando apenas para vestirem agasalhos e luvas integrantes de um suprimento emergencial de equipamentos e provisões junto a uma porta reforçada de aço.

Usar essa saída provavelmente era uma infração de segurança, mas Xhex sabia o que se passava no coração e na alma de Murhder graças à grade emocional dele — e sabia que não causaria nenhum mal nem deixaria que algo de ruim acontecesse com a Irmandade e com os moradores da casa.

Assim que surgiram no lado mais distante da montanha, ela conseguiu localizar John graças ao seu sangue nas veias dele. Desse modo, ali estavam ela e Murhder, parados mais atrás do seu companheiro, e as preocupações de John eram tão grandes que ele nem mesmo se dava conta da presença dos dois.

— Xhex? Você vai até lá?

Ela fez que não.

— Ele precisa de espaço.

Assumi-lo a matou por dentro. Mas se cruzasse a distância que lhe era imposta, John enxergaria como invasão, e não como apoio.

Às vezes você só tem que sentar e aguardar enquanto seus entes queridos tentam resolver seus problemas. E Xhex procurou se lembrar de que John sabia que ela sempre estaria ao lado dele, sempre.

— Não é por minha causa, é? — Murhder perguntou.

— Não. É coisa dele.

— Merda. O machucado.

— Sim. — Ela balançou a cabeça. — Acho melhor eu ir trabalhar. Mas vou te levar de volta primeiro. Você não vai conseguir passar pelo *mhis* se eu não o fizer.

Quando Murhder não respondeu, Xhex olhou para ele. Ele não estava observando John, mas os prédios altos da cidade.

— Não quero voltar ainda... — murmurou.

Não havia motivos para ele não poder ficar ali à noite. Murhder podia não ser benquisto na mansão, mas não significava que estivesse sendo preso oficialmente. Tampouco extraoficialmente.

— Estarei na shAdoWs. — Ela lhe passou o endereço. — Encontre-me lá quando estiver pronto para voltar. Vou avisar os seguranças que estou te esperando.

— Obrigado. Não vou demorar. É só que já faz muito tempo que não vejo Caldwell à noite.

— Não se meta em brigas. — Ele lhe lançou um olhar entediado e Xhex só revirou os olhos. — E não olhe assim para mim. É perfeitamente aceitável eu supor que você queira brigar. Você é um Irmão, lembra?

— Costumava ser... — ele murmurou ao se desmaterializar. — Costumava ser.

Suas palavras pairaram no ar enquanto ele se desmaterializava, como um fantasma falando.

Xhex cruzou os braços e ficou se perguntando se estava agindo corretamente — ou se deveria interromper. Quando John não se virou por ter sentido sua presença, ela pegou o celular e mandou uma mensagem para ele.

A mensagem mostrava que havia sido entregue, mas ele não fez menção de pegar o celular. Talvez o aparelho estivesse no silencioso. Ou talvez ele não o tivesse levado.

Talvez só quisesse ficar sozinho.

No fim das contas, Xhex guardou o celular e fechou os olhos. Demorou um tempo para conseguir se desmaterializar.

John sabia onde ela estaria; na mensagem avisara que estaria trabalhando. E ela tinha fé de que o companheiro a encontraria depois.

O destino não permitiria que fosse de outra forma.

Pelo menos... foi o que ela disse a si mesma.

Capítulo 35

Pouco depois de ter se desmaterializado para longe do parque, Murhder retomou sua forma na base de um arranha-céu de quarenta andares com porta de vidro e um saguão do tamanho de um pequeno país, com o nome de um banco em letras iluminadas acima das portas giratórias, trancadas à noite. Lá dentro, atrás de um balcão de granito, havia um segurança em serviço, apesar de o estabelecimento não estar aberto para negócios.

O prédio era novo para ele, e também o nome do banco.

Assim como tantos outros estabelecimentos no centro da cidade.

Escolhendo uma direção aleatória, começou a andar pela calçada limpa, olhando para cima, vendo o céu noturno acima de todas as torres cheias de janelas. Havia tantos prédios novos e tantos nomes desconhecidos nos restaurantes e nas lanchonetes. Starbucks. Bruegger's Bagels. Spaghetti Factory.

Nada era como costumava ser quando esteve ali, há vinte anos.

À medida que avançava, foi imaginando as ruas tomadas por homens e mulheres em roupas formais de trabalho, todos apressados, indo e saindo de reuniões depois de largarem seus carros em estacionamentos duas ou três vezes o tamanho do que ele se lembrava.

O que permanecia igual? Não havia muitos humanos nas ruas numa noite fria como essa. Sim, claro, de tempos em tempos, uma

SUV qualquer passava por perto. Um sedã. Um caminhão da prefeitura de Caldwell. Mas, fora isso, não havia ninguém na rua enquanto Murhder caminhava no frio.

Ainda assim, apesar de estar sozinho, tinha a impressão de que muitas vidas se passavam em meio às construções altas e estreitas, caixas onde os humanos moravam durante as horas do dia, estocados uns em cima dos outros. Era uma multidão incalculável, ainda mais quando se pensava que existiam centros assim em toda a nação. Em todo o mundo.

Pensou em John parado sozinho no campo deserto.

Ele mesmo percorrera esse trajeto de solidão nas duas últimas décadas.

Mas nas últimas vinte e quatro horas, tivera um vislumbre de outra vida. Merda, Sarah *precisava* ter a oportunidade de ficar no mundo deles. Pelo amor de Deus, havia humanos em toda parte agora – ou pelo menos na porção do que vira dentro das instalações da Irmandade.

Com certeza ela poderia ficar. Se quisesse.

Dito isso... será que conseguiria convencê-la a ficar? Ela disse que não havia ninguém esperando por ela. Nesse caso, para o que ela tinha que voltar...?

Cacete. No instante em que pensou a respeito, sentiu-se um tremendo arrogante. Até parece que ele estava oferecendo uma existência maravilhosa na Carolina do Sul? Numa pousada? Ela era uma cientista. O último tipo de "para todo o sempre" de que ela precisava era ficar olhando para ele através do tampo da mesa do sótão no terceiro andar de Rathboone House...

Murhder parou onde estava. Redirecionou a cabeça para a esquerda. Inspirou tão fundo que sentiu as narinas arderem.

Instintivamente, seu corpo se virou por vontade própria, e ele farejou o ar frio de novo. Só para o caso de estar errado.

Quando um par de faróis surgiu e o iluminou, ele teve a leve impressão de que, de novo, havia parado no meio da rua. Dessa vez, ele se moveu antes de qualquer buzina ou impacto.

Não por estar evitando aborrecimento com um possível atropelamento e fuga. Não, quando os pés encontraram um ritmo de corrida e seu corpo se moveu com agilidade por um beco, ele ia atrás de uma presa. E o fedor adocicado que rastreara era mais do que um guia. Era um agente espessante em seu sangue, uma fonte de calor para a sua agressividade, uma descarga de consciência que fez seu cérebro ganhar vida.

O inimigo não estava distante. Um membro da Sociedade Redutora... não estava nada longe.

No fundo de sua mente, sabia que não lutava há muito tempo. Que estava desarmado. Que não havia mais ninguém ali consigo, e que não dispunha de um celular para pedir reforços.

Inferno, nem sequer sabia para que número ligar, mesmo que tivesse um aparelho.

Nada disso importava.

Assim como com todos os membros da Irmandade, ele era parte do programa de procriação da Virgem Escriba, projetado ainda antes do ventre para caçar e matar, manufaturado como um instrumento para provocar a morte de quem ameaçava a espécie.

E, por mais enferrujado e fora de forma que estivesse, não dava para ignorar o canto da sereia que o ligava ao propósito de sua concepção. Mesmo que o matasse.

Bem longe dos becos do centro da cidade, na região das mansões particulares de Caldwell, Throe destrancou a porta de seu quarto e se inclinou para fora do corredor. Depois de olhar para os dois lados, saiu e trancou tudo de novo com uma chave de latão antiquada.

Ao seguir para o térreo, trazia o Livro pressionado junto ao peito, como uma proteção à prova de balas, e disse a si mesmo que estava sendo paranoico.

Depois parou e espiou por cima do ombro.

Nada no corredor atrás de si... a não ser pelas mesinhas com arranjos florais. As cortinas de brocado estavam fechadas diante das janelas. Os retratos pendurados entre os batentes das portas das suítes.

Retomando os passos, achou irônico que, depois de ter encomendado as mortes de todos os *doggens* que trabalhavam na residência, agora desejava não estar sozinho debaixo daquele teto.

Parou de novo. Verificou o corredor.

Nada.

A grande escadaria na parte da frente da mansão tinha uma curva elegante, a melhor forma de exibir as fêmeas da linhagem conforme desciam em seus vestidos de gala para as recepções. Nenhum vestido de gala essa noite. Nenhum jantar formal tampouco. E, ao contrário das *shellans* e das filhas, ele se encostou na parede e ponderou se seria melhor usar essa escada ou aquela de serviço nos fundos. Mas resolveu que a última seria mais complicada devido ao espaço estreito, no caso de um conflito.

Tinha uma pistola escondida no paletó que vestira sobre a camisa e as calças elegantes.

Quando os chinelos com monograma por fim chegaram ao piso de mármore preto e branco do andar inferior, observou ao redor. Aguçou os ouvidos... mais ainda. Não havia nada que parecesse ameaçador. As saídas de ar do piso térreo sibilavam enquanto expeliam o ar quente forçado pelos dutos a partir do porão. Um som de rangido dentro das paredes sugeria que o frio de janeiro penetrara nos ossos da casa.

Água corrente.

Na cozinha.

Throe espalmou a pistola no bolso e seguiu até a sala de jantar. No canto mais afastado, havia uma porta vaivém para os criados passarem trazendo a comida e a bebida durante as refeições, e ele se manteve fora de vista, de olho na janela de vidro, encostado aos painéis.

Com uma virada rápida, moveu-se de modo a enxergar o interior da cozinha.

Uma de suas sombras estava diante da pia, lavando pratos, sua forma de balão dividida na metade superior de modo a poder executar a tarefa.

Foi então que ele sentiu o cheiro do peru.

A sombra preparara o jantar que ele ordenara na noite anterior. Conforme instruído.

Isso era bom, Throe pensou. Era... como devia ser.

Nada mais de pensamento independente.

Adentrando a cozinha, estava preparado para atirar – mesmo tendo visto que as balas surtiam pouco efeito em seus soldados fantasmagóricos. Ainda assim, que outra arma possuía caso elas se voltassem contra ele?

– Pare! – ordenou.

A sombra não hesitou. Parou onde estava, inclinada sobre a pia cheia de espuma, com a esponja debaixo da água.

– Prossiga.

A sombra continuou o trabalho, limpando a assadeira com seu par de extensões semelhantes a braços. A comida pronta estava sobre a bancada que ocupava o centro da cozinha industrial, a louça de porcelana fina com os acompanhamentos estava tampada, o peru jazia sob uma cloche grande. A bandeja que seria levada ao seu quarto quando ele a pedisse tinha sua louça Herend predileta, o garfo, a faca e a colher de prata estavam dispostos sobre um guardanapo de linho passado e engomado.

A garrafa de vinho requisitada estava gelando.

Havia uma taça de vinho e outra de água ainda para serem enchidas.

A sombra tirou a assadeira de dentro da água com detergente e a enxaguou na torneira. Depois a deixou de lado para secar, e a água escorria de forma translúcida, caindo no chão sem obstáculos através da parte inferior do corpo.

Seu soldado, nascido de seu sangue, conjurado de um feitiço, virou o rosto para ele e aguardou um comando. Nada além de um receptáculo da sua vontade. Completamente obediente.

Talvez estivesse equivocado, pensou ao abaixar o Livro. Essas suas entidades, letais ou dóceis segundo seus desejos, decerto não tinham pensamento independente.

Portanto, por que tinha presumido que se esgueiraram?

– Outros! – ele chamou em voz alta. – Venham cá!

Numa voz baixa, exigiu:

– Você me protegerá contra qualquer ameaça. Não importa a fonte. Compreendeu?

A sombra assentiu com a parte superior, o movimento fazendo com que a forma flutuante balançasse um pouco enquanto pairava um tanto acima do chão.

– Não importa o que os outros três façam, você deve me proteger sempre. Esse é o seu único objetivo.

Enquanto a sombra assentiu outra vez, Throe se virou e se encostou no forno quente. Contudo, não sabia com precisão o que o preocupava quando aproximou o Livro dos órgãos vitais novamente.

Como se fosse um escudo à prova de balas.

Essas sombras não tinham vontade própria, disse a si mesmo enquanto uma a uma as três entidades entravam na cozinha e paravam obedientemente. Pacientemente.

Estupidamente.

Esses assassinos translúcidos eram criação sua, para fazer o que ele bem quisesse. O Livro assim lhe prometera, um exército para as suas ambições – e lhe dera. Tudo daria certo.

Certamente se equivocara com a situação junto à escrivaninha.

Deve ter se equivocado ao pensar que se esgueiraram até ele.

Capítulo 36

Murhder rastreou sua presa dois quarteirões adiante, dentro de um beco, e aproximou-se do assassino sem fazer som algum, seus sentidos e sua mente trabalhando em conjunto para se ajustar à direção do vento, mudando de posição, seguindo a mudança do *redutor* para que o cheiro não entregasse sua presença. Em perseguição, ele era um mecanismo mortal, músculos e sangue, até mesmo os ossos, engrossando com uma descarga de hormônios que o tornava mais animal do que civilizado.

Virando na última esquina, entrou numa rua formada pelos fundos de um arranha-céu e pela construção atrás dele...

Droga! Humanos conduziam algum tipo de manutenção municipal a dois quarteirões dali, o brilho de seus refletores e as batidas do que quer que estivessem fazendo se infiltrando no cruzamento.

Seus olhos se ajustavam à escuridão quando uma rajada repentina de vento surgiu às suas costas.

De imediato, o *redutor* parou e girou, obviamente atraído pelo cheiro que lhe foi levado pelo vento.

Ele era jovem, tanto em termos de transformação quanto em relação ao tempo em que estava sob o comando de Ômega. *Redutores* perdiam a pigmentação com o passar do tempo, independentemente do tipo de pele, cabelo e olhos que tivessem antes da possessão, empalidecendo até que os corpos ficassem como suas almas: um vazio existencial.

Apenas máquinas mortíferas.

Esse tinha os cabelos ainda escuros e a pele ainda não se tornara branca como lenço de papel. Também estava malvestido, e não por causa do estilo. A jaqueta de couro estava rasgada e manchada; os jeans, esfarrapados; e os cadarços das botas, soltos e arrastando. Ele estava mais para órfão do que para líder de equipe...

Mais além, onde os humanos executavam as obras, um som agudo de metal contra metal rasgou o ambiente da cidade adormecida, o barulho de broca perfurando uma superfície que oferecia resistência.

Foi o sino perfeito para o primeiro *round*.

Murhder apoiou o peso sobre as coxas e ergueu as mãos. Focando ligeiramente à esquerda do assassino, visto que sua visão periférica era aguçada, quis certificar-se de que havia apenas um. Os cheiros no vento sugeriam que sim, e com as rajadas que sopravam às costas, perceberia se houvesse outros atrás de si.

Mesmo assim, não dava para ter certeza.

Avaliou a postura do *redutor*. Ele estava com as mãos na frente. E a jaqueta de couro estava fechada, o que tornaria mais difícil sacar uma arma – o que o levou a concluir que o assassino estava tão desarmado quanto ele. Mesmo com os humanos tão perto, facas não produziam sons. Tampouco nunchakus. Ou pistolas com silenciadores.

Não, aquele era um jovem mal equipado.

E inseguro.

Algo mudou, Murhder pensou ao saltar para a frente.

O assassino desencantou da imobilidade bem quando Murhder se lançou num voo paralelo ao chão, com as botas na dianteira, as solas dos pés tamanho 47 mirando o peito como se o *redutor* tivesse um alvo pintado ali. O jovem se virou para desviar, mas Murhder também tinha agilidade suficiente para mudar sua trajetória, o impacto acertando o assassino no braço e fazendo-o voar. Quando ambos rolaram no chão, engalfinhados, a cena se tornou um jogo de quem agarra o outro primeiro.

Murhder lutou sobre a neve com o inimigo, cuja jaqueta de couro subiu e revelou que não havia coldre, cinto para facas ou qualquer volume nos bolsos dos jeans. Não demorou para Murhder assumir o controle, virando o assassino de costas e montando sobre corpo dele enquanto prendia sua garganta com a mão, pressionando-a com toda a força.

Os olhos do *redutor* se esbugalharam e suas mãos imundas se agarraram à mão que o estrangulava.

Fechando a outra mão num punho, Murhder o socou na cabeça. Uma vez. Duas. Uma terceira.

Enquanto sangue negro se empoçava no olho socado, o fedor de carniça foi ficando mais forte e o assassino começou a se debater, chutando a neve. Quanto mais ele lutava, mais força Murhder aplicava, até virar uma espécie de jaula em cima do antigo humano, prendendo-o...

Uma bala passou assobiando perto de sua cabeça, a milímetros de distância do seu lobo frontal.

Murhder desviou e rolou com o assassino, usando o corpo do outro como escudo contra quem quer que tivesse metido bala. Afundando os calcanhares na neve, foi se movendo em busca de abrigo nas sombras.

O assassino caolho socou Murhder no rosto, retribuindo o realinhamento cosmético, e depois o acertou com uma cabeçada – ou tentou fazê-lo. Murhder virou de lado e mordeu a nuca do assassino.

Isso o fez berrar.

Mas não adiantou nada. Acima do ombro do assassino, o segundo *redutor* apareceu e, sim, empunhava uma pistola com cano extralongo – e o silenciador fez seu trabalho novamente, abafando o som da bala disparada a vinte e poucos metros de distância.

Talvez eu esteja em apuros aqui, Murhder pensou ao abaixar a cabeça e garantir que seus órgãos vitais estivessem protegidos pelo assassino que segurava à sua frente.

O *redutor* rápido no gatilho se aproximava, avançando rapidamente com o cano erguido. Não havia como saber quantas balas ele ainda tinha, mas o que Murhder sabia muito bem é que, até sofrer um golpe no coração com um objeto de aço, o *redutor* permaneceria vivo, mesmo estando cheio de buracos. Portanto, o fato de que seu camarada em perigo estivesse sendo usado como escudo não dissuadiria o outro redutor de esvaziar a arma – não que assassinos se importassem muito uns com os outros.

Mais balas disparadas, e Murhder avaliou os arredores à procura de uma saída...

Uma ferroada quente na coxa lhe disse que fora alvejado.

Desmaterializar-se já não era uma opção, mesmo se conseguisse se concentrar o bastante para dar uma de fantasma – algo difícil de fazer quando se está distraído esquivando-se de balas.

– Filhodaputa! – Murhder ladrou quando o assassino rendido conseguiu meter um dedo, ou talvez o braço inteiro, na ferida de bala na sua coxa.

Erguendo-se, ele levantou o *redutor* bem à sua frente e foi andando para trás como um caranguejo até alcançar uma soleira estreita. Como se fazê-lo o fosse ajudar de alguma forma...

O outro *redutor* se livrou do clipe vazio e enfiou um novo.

Tudo desacelerou, e Murhder só tinha um pensamento em mente.

É assim que vai acontecer? É assim que eu morro?

Ficou mais aborrecido com a própria estupidez do que arrependido – até pensar em Sarah, ainda no centro de treinamento, trabalhando de boa-fé para salvar um vampiro que nem conhecia, enquanto esperava que Murhder voltasse para ela.

Santa Virgem Escriba, e se os Irmãos não agissem dignamente com ela? E se não cuidassem dela? E se ela voltasse para o mundo humano e acabasse sofrendo as consequências do resgate de Nate?

Um pânico genuíno inundou as veias de Murhder, dando-lhe forças extras. Obrigando-se a levantar do chão, manteve um braço ao redor do tronco sangrento do assassino enquanto tateava para achar a maçaneta...

Trancada. Claro.

O *redutor* armado ergueu o cano e o apontou para a cabeça de Murhder. O assassino estava a quinze metros de distância. Dez. Cinco...

Pelo canto do olho, Murhder percebeu uma figura entrando no beco na ponta oposta, a silhueta escura cortando a fumaça saída de uma boca de lobo, branca e espumosa como uma nuvem, iluminada pelas luzes da rua.

Algo no modo como a figura se movia, a amplitude dos ombros, os cabelos curtos fez Murhder recuar em vinte anos.

– Darius...? – ele sussurrou.

John Matthew parou na entrada do beco. Humanos trabalhando no esgoto principal isolaram com faixas a área do cruzamento seguinte da rua, as luzes fortes, o agrupamento de caminhões municipais, a conferência de capacetes de segurança ao redor de um buraco do tamanho de um quarto no asfalto, tudo sugeria que logo desceriam com seus equipamentos.

Mas ainda não estavam no subterrâneo e todos tinham celulares.

Concentrou-se no beco. Uma nuvem de vapor o cercava, atrapalhando sua visão, mas não precisava de olhos para saber que uma briga sangrenta se desenrolava na escuridão. Captou uma combinação de sangue de vampiro e de assassino no vento ao sair do parque, tênue a princípio, porém mais forte à medida que se aproximava.

Não era de nenhum dos Irmãos com quem trabalhava.

Mas sabia de quem era. E ele não morreria enquanto John estivesse ali, maldição.

Bem quando o assassino mirou à queima-roupa em Murhder, John se desmaterializou sobre o morto-vivo e afastou o cano da pistola automática.

A bala ricocheteou na viga de metal do prédio, e uma centelha laranja brilhou no escuro da noite.

E assim foi. John lutou para obter o controle da pistola, segurando o pulso do assassino com ambas as mãos, grunhindo, amaldiçoando, enquanto ele e o *redutor* caíam na neve congelada marcada pelo sangue derramado da luta de Murhder.

Quando se briga em dupla, é preciso garantir que você saiba onde a sua outra metade está, ainda mais quando há armas de fogo envolvidas. A última preocupação de que precisa é um dano colateral de um erro seu. E por um golpe de sorte... ou mágica... ele sempre sabia o que Murhder ia fazer. E vice-versa. O antigo Irmão se afastou com o *redutor* que rendia e dançou atrás da luta terrestre de John, como se eles tivessem coreografado a porra toda.

Por que diabos achou que seria uma boa ideia sair desarmado?

E, cacete, já estava farto daquela merda.

Imobilizando o *redutor* de cara no chão, montou nas costas dele, bateu no cotovelo e puxou o seu pulso, fraturando os ossos do braço, com um estalo igual ao de um pedaço de madeira sendo lançado ao fogo. Quando o *redutor* começou a berrar, John afundou sua boca na neve e o som foi abafado.

Falando em silenciadores...

Em seguida, apanhou a Glock da mão agora frouxa e encostou o cano na cabeça do *redutor*. *Um! Dois! Três!*

As balas atravessaram o crânio e o cérebro, como faca na manteiga, e as pernas e os braços tremeram a cada impacto.

John se levantou num salto, segurou a pistola com ambas as mãos, apontou-a para o outro redutor e...

Murhder estava no chão de novo, prendendo o assassino, com os braços dobrados, a cabeça abaixada sobre ele.

Quando levantou, arrancou um naco de pele, e qualquer que fosse a parte de anatomia ali, estava pendurada nas presas expostas, o sangue negro cobria seu queixo, o pescoço e a parte frontal do agasalho que vestia.

Cuspiu para o lado.

Debaixo de si, o assassino se agitava de um jeito lento e descoordenado – e, ah, olha que interessante. Ele estava de barriga para cima. Boa parte da pele do rosto já era, os ossos da face e as raízes dos dentes se destacavam, brancos, em meio a tendões e ligamentos negros reluzentes.

Com os cabelos negros e vermelhos emaranhados sobre os ombros, o corpo imenso pronto para provocar mais danos no *redutor* debaixo de si, as presas brancas brilhantes e largas, os olhos cintilantes, Murhder parecia um demônio.

E começou a gargalhar.

Mas não de maneira demoníaca.

Foi mais como alguém cujo time acabava de abater o rival no último segundo da partida. O som foi um "toca aqui" de pura alegria.

— Foi irado pra cacete! — ele disse. — E você chegou na hora certa, eu estava quase morto!

John piscou. Era a última coisa que esperava ouvir da boca do cara — ainda mais se considerassem no que estiveram metidos há pouco.

— Vamos acabar com esses dois logo... e ir atrás de mais alguns!

Como se o campo de batalha fosse uma sorveteria e eles tivessem mais uns cinquenta sabores para experimentar.

Que loucura, John pensou. Ele mesmo estava machucado – e absolutamente afastado até segunda ordem ou até quando estivesse em seu leito de morte. Tinham apenas uma arma para os dois – graças ao assassino agora de braço fraturado – e uma quantidade questionável de balas restantes. E, além dos assassinos, havia outras criaturas vagando pelas noites, sombras sobre as quais John aprendera do jeito mais difícil.

E, ah, esse macho com sangue negro em todo o rosto era notoriamente louco.

Mesmo assim John começou a sorrir.

Em seguida, já desmontava do seu *redutor* e pegava uma chave de roda descartada na neve. De volta ao morto-vivo, deu dois socos no peito do assassino e enterrou a ponta cega que deveria ser usada nos parafusos de pneus onde havia um coração no passado.

O estalido e a centelha de luz o cegaram momentaneamente. Mas logo voltou ao trabalho, fazendo o mesmo com o assassino a quem Murhder dera um tratamento facial.

Depois que a luz e o som sumiram, John esticou a mão, oferecendo a palma para o antigo Irmão.

Murhder sangrava, o sangue fresco sugeria que ele fora alvejado pelo menos uma vez em dada parte do corpo. Mas os olhos do macho brilhavam com alegria incontida, e John soube que o cara não deixaria que isso o aborrecesse ou o detivesse, assim como o ferimento no ombro não deixaria John de lado.

Chocaram as palmas e John levantou o macho da neve com o braço bom. Em seguida, caminharam pela noite, lado a lado.

John pensou que era quase como se já o tivessem feito antes.

Murhder começou a assobiar uma melodia alegre, e John acabou se virando para ele.

Depois de uma gargalhada silenciosa, John se juntou a ele, encontrando uma perfeita harmonia: "Don't Worry, Be Happy". Quando Murhder começou a saltitar a cada terceiro passo, John também deu uma de Fred Astaire. Apenas dois vampiros procurando mortos-vivos, prontos para apreciar um bom e velho derramamento de sangue.

Como melhores amigos.

Capítulo 37

Tohr ouvira falar que pais têm um sexto sentido em relação aos filhos. Que mesmo quando estão crescidos, já passaram pela transição e sobreviveram a ela, mesmo prontos para uma vida própria ao lado de uma companheira, os pais ainda têm um radar que dispara quando eles precisam de você. Quando se desgarram. Quando acontece algo de errado e eles ainda não o procuraram para conversar.

Enquanto rondava o território que ele, como comandante da Irmandade, designara para si próprio, Tohr não conseguia se livrar da ideia de que John estava em apuros.

O macho não compareceu à Primeira Refeição. Mais exatamente, Xhex aparecera na sala de jantar apenas pelo tempo suficiente de ver quem estava ali e saíra tão depressa quanto chegara. O que sugeria que ela não sabia o paradeiro de John.

Além do mais, havia o ferimento.

— E aí, cara?

Olhou para Qhuinn. Nos últimos dois meses, ele vinha trabalhando junto com o Irmão, embora, no papel, essa combinação não fizesse muito sentido. Tohr era da Velha Guarda e era tão disciplinado quanto um soldado podia ser, em relação a tudo, desde o corte de cabelo escovinha até a camiseta sem mangas muito bem passada, da rotina de exercícios físicos à ingestão diária de calorias, sua postura em combate e suas armas, o seu olhar era aguçado para encontrar erros tal qual um patologista à procura de células cancerígenas.

Qhuinn? Piercings cor de chumbo em toda uma orelha. Tatuagens por toda parte, algo que vinha acrescentando com a ajuda de V. E o Irmão fazia exercícios quando lhe dava na telha, comia caixas de chocolates ou sacos de Cheetos quando bem entendia, e não dava a mínima para um corte de cabelo adequado.

Tingira os cabelos negros de roxo há duas semanas.

Dali a sete dias era possível que estivessem rosa-choque.

Mas havia um detalhe. Qhuinn era o pai muito feliz de um casal de gêmeos e totalmente dedicado ao seu *hellren*, Blaylock. Também era um lutador do caramba, leal ao Rei, e extremamente protetor em relação à Irmandade.

Portanto, valores verdadeiros e tal.

Além do mais, ele e Tohr gostavam das séries *American Horror Story* e *Stranger Things*. E, na verdade, nos dias em que fugia da dieta, todos sabiam que Tohr comia um pouco de Cheetos.

Ciente de que uma resposta era aguardada, Tohr parou e olhou ao redor, para os armazéns abandonados, esqueletos de ferro que eram tudo o que restava da antiga pretensão de fama de Caldwell como porto essencial nas rotas de comércios fluviais do St. Lawrence.

— Só estou com uma sensação ruim a respeito... — Seu celular vibrou e ele o pegou. — Maldição! Temos que ir para o centro.

Ao informar o endereço bem no coração do distrito financeiro para Qhuinn, o Irmão não pediu nenhuma explicação — outro aspecto que fazia Tohr gostar do cara. Qhuinn sempre estava preparado para o que desse e viesse, a qualquer hora.

O que provavelmente explicava o lance do cabelo.

Os dois sumiram no ar e voltaram a se materializar num beco atrás do imponente monumento ao capitalismo que era o prédio do banco Citicorp.

Xcor, líder do Bando de Bastardos, estava ao lado do seu garoto, Balthazar. Fora este quem enviara a mensagem de texto, visto que Xcor estava se alfabetizando agora. Diante deles, na neve suja, havia duas marcas de queimado que ainda não tinham voltado a se congelar na temperatura abaixo de zero.

Tohr caminhou até as marcas e se agachou. O fedor do sangue de *redutores* ainda estava bem forte a ponto de arder em suas narinas.

— E vocês não fizeram isso?

— Não – Xcor respondeu. — Encontramos isso enquanto fazíamos a nossa ronda.

— Maldição! – Tohr murmurou ao olhar ao redor.

Também havia cheiro de pólvora, portanto alguém ou alguéns estava armado. Que diabos Murhder estava fazendo ali, matando *redutores* sem permissão?

Quando se ergueu, uma britadeira soou no cruzamento adjacente.

— E bem ao lado dos humanos. Bem o estilo dele.

Xcor pareceu confuso.

— Então sabe quem fez?

— Você ainda não teve o prazer de conhecê-lo. Se tiver sorte, ele já terá saído de Caldwell antes que você tenha de apertar a mão dele.

— Querem ajuda para encontrar quem quer que seja essa pessoa?

— Não. Voltem a monitorar o seu território. Mas liguem para mim se encontrarem algo a mais.

Tohr chocou a palma com as dos dois lutadores e ficou para trás enquanto eles seguiam em frente. Depois olhou para o brilho forte na área em que os humanos trabalhavam.

— Então, quem foi? – Qhuinn perguntou.

— Um sopro do passado. Venha, vamos encontrar o idiota antes que ele se mate.

Sarah fez uma pausa e desviou o olhar da planilha, alongando o pescoço e depois se levantando do banquinho que estava usando. Já fazia um bom tempo que não apreciava a amnésia decorrente de um trabalho científico envolvente, no qual o cérebro se acendia com extrapolações e perguntas, deixando o corpo para trás enquanto ela caía num vórtice intelectual.

Unindo as mãos acima da cabeça, alongou-se para a esquerda. Para a direita.

Em toda a superfície da mesa de exames que tinha diante de si, espalhadas como a neve que cobria tudo no Estado de Nova York, havia páginas e mais páginas de arquivos de pacientes. Estava claro que a espécie tinha um problema em relação à estocagem de sangue, tanto para transfusão quanto para a alimentação. A menos que o líquido viesse direto de uma veia, ele se tornava clinicamente inútil. E se alguém tivesse um ferimento arterial ou passasse por uma queda vertiginosa no volume de sangue? Ou se estivessem passando por um parto e houvesse uma hemorragia uterina? A menos que um membro da espécie estivesse a postos com uma veia à disposição, o paciente morreria. E o mesmo valia para a alimentação, ainda mais no momento de uma transição. E se você estivesse preso dentro de casa por causa da luz do dia e ninguém pudesse chegar até você quando a transição começasse? Você morreria.

Era um problema fascinante e se relacionava ao ferimento de John de maneiras distintas. Primeiro, transfusões eram um problema. A contagem de glóbulos brancos de um receptor inevitavelmente explodia depois que o sangue era dado de modo intravenoso. Toda vez. Portanto, algo no sangue inoculado o transformava num corpo estranho do qual era necessário se defender, e Sarah ficou calculando, a princípio, se não seria uma solução para John: dar-lhe um pouco de sangue para incitar seu sistema imunológico a trabalhar. Infelizmente, qualquer transfusão em tais condições era potencialmente fatal; portanto, não era uma alternativa, visto que Sarah não sabia se isso o ajudaria.

A equação risco/recompensa não funcionava.

Mas talvez houvesse outra solução ali.

E o outro modo em que os estudos se ligavam a John era pelo lado da alimentação. Ela deduzia que o macho estivesse bem alimentado.

Mas talvez, ela pensou, *nós precisamos nos certificar de que ele tenha tomado a veia de Xhex...*

Sarah parou. Investigou ao redor da sala de exames. Baixou o olhar para as planilhas.

Incrível como em apenas vinte e quatro horas ela já dizia "nós" em vez de "eles".

Dito isso, foi até a porta e saiu para o corredor.

O quarto de Nate ficava a duas portas e ela bateu antes de entrar. Quando ouviu a voz dele, inclinou-se para dentro.

– Quer companhia?

O garoto – hum... o homem – se sentou mais ereto na cama.

– Por favor.

Sarah entrou e aproximou uma cadeira da cama. Sentando-se, cruzou as pernas e sorriu.

– Você parece ótimo.

– Disseram que estou liberado para ir embora amanhã à noite. – Nate franziu a testa. – Mas não tenho para onde ir.

Pois é, eu entendo, ela pensou.

– Tenho certeza de que você encontrará... – ela pigarreou. – Bem que eu gostaria de ajudar. Mas estou do outro lado do assunto.

Interessante o quanto isso lhe desapontava.

– Como soube? – ele perguntou. – Que eu estava lá, quero dizer. Você não me contou.

– Trabalho para a BioMed. Bem, eu trabalhava. Tenho certeza de que agora estou desempregada.

Sarah acessara remotamente seu telefone de casa e não havia nenhuma mensagem dos Recursos Humanos, nem do seu supervisor.

Mas não tinha ido trabalhar e se a tendência perdurasse – visto que ainda não havia notícia quanto ao ataque à BioMed no ar – imaginava que alguém procuraria localizá-la.

Apressou-se em preencher o silêncio.

— Mas eu não estava envolvida no... Não tive nenhuma participação nos experimentos que fizeram em você.

— Eu sei. — Nate afastou as mãos como se ainda estivesse admirado com a transformação pela qual passara. — Mas como me encontrou?

— Você conhecia as pessoas que fizeram os testes em você? Pelo nome? — O coração de Sarah começou a acelerar. — Você os conhecia?

— Eles sempre usavam máscaras e procuravam não falar na minha frente. Às vezes, deixavam escapar alguma coisa, mas nunca nomes.

Sarah inspirou fundo.

— Meu noivo trabalhou no departamento... — Quando Nate ficou tenso, ela o tranquilizou. — Ele está morto. Morreu há dois anos... Na verdade, foi assassinado. Não estou com ninguém que tenha feito mal a você.

Não mais, ela pensou.

Sarah pensou em Gerry sentado diante do computador, de costas para ela, todo compenetrado em seu escritório de casa. Mantendo segredos, segredos ruins.

— Ele foi assassinado? — Nate perguntou.

Quando Sarah confirmou, suas têmporas começaram a latejar de dor e ela fez uma careta, esfregando a cabeça.

— Ele era diabético. Mas acredito que tenha sido morto.

— Por quem?

— Não sei exatamente. Mas ele estava metido em negócios sujos. Não sabíamos o que acontecia na BioMed quando começamos a trabalhar lá, é claro.

— Você corre perigo?

Sim.

— Não. — Ela forçou um sorriso. — Estou perfeitamente bem.

– Eles não vão deixar que você fique, vão?

– Aqui, você quer dizer? Acho que não. Vou ajudar pelo tempo que puder, mas creio que logo terei que voltar para o meu lugar.

– O seu lugar é aqui.

Sarah pensou em ficar com Murhder e não se viu levantando objeções. Mas era a emoção falando mais alto, não a razão.

– Bem que eu gostaria que fosse verdade... – Deu um tapinha no pé de Nate. – Mas chega de falar de mim. Quero que saiba que me certificarei de vir me despedir antes de ir embora, está bem? E não irei embora até estar satisfeita com a existência de um plano para o seu futuro, um que te deixe à vontade. É você quem importa aqui. Não eu.

Houve uma longa pausa. E o rapaz – homem, na verdade – balançou a cabeça com seriedade.

– Não. Você também importa. E muito.

Quando lágrimas surgiram em seus olhos, Sarah abaixou a cabeça e piscou rápido. Foi o que, no fim das contas, ela sentiu falta no seu relacionamento com Gerry: ela já não era mais importante para ele, e depois de sua morte? Não era importante para ninguém mais – nem para si própria.

Se você é amado, se tem pessoas que se importam contigo, pode ficar sozinho e nunca se sentir solitário. Mas e se ninguém se importa? Você se sente isolado mesmo em meio a uma multidão.

– Não chore. – Nate disse com sua voz agora grave.

– Não estou... – ela mentiu num sussurro.

Capítulo 38

Robert Kraiten brigou mentalmente tanto quanto pôde.

Seus pensamentos, distanciando-se dos caminhos sensatos a serem seguidos, tragaram-no para uma floresta de caos ameaçador da qual não encontrava a saída. E agora ele tropeçava em sua casa de vidro, cambaleando e caindo de cara no chão, arrastando-se ao longo do piso de mármore, contornando os cômodos do segundo andar antes de escoar, como água numa máquina de lavar pratos, pelas escadas.

No térreo, prendeu a respiração e tentou combater o impulso que o controlava, mas seu corpo se recusava a parar.

Estava nu, os joelhos e cotovelos em carne viva, as palmas suadas, guinchavam no assoalho lustroso do qual tinha vagas lembranças de ter mandado instalar há dois anos: Alabastri di Rex, da Florim. Em madrepérola.

As lembranças de ter passado meses escolhendo o piso eram um eco distante, um alfinete caindo no meio de um estádio lotado. Tudo era assim. Negócios. Fortuna. Segredos.

Ele tinha segredos. Terríveis segredos. Segredos que...

A tempestade em sua cabeça girou mais rápido, palavras se formando e se desintegrando, dilaceradas por uma fúria desmedida que, decerto, seu crânio não conseguiria conter por mais tempo.

Não queria ir até a cozinha. Não queria ir procurar o que seu cérebro lhe dizia que ele precisava. Não queria usar o objeto que sua mente lhe dizia que desejava.

Em vez disso, queria ir...

Robert Kraiten, há tempos o senhor do seu destino e do destino de outros, não conseguia se apegar a um pensamento. A um direcionamento. A um desejo.

Depois de uma vida inteira de determinação, algo se desprendera dentro dele. Tinha apenas uma vaga lembrança de como tudo começara: quando deixou o laboratório na noite anterior. Num carro que não era seu... em um dos veículos de segurança cujas chaves obrigara um dos guardas a lhe entregar.

E voltara para casa.

O veículo de segurança ainda estava na sua garagem. Não sabia onde estavam as chaves do seu SUV, nem onde estavam sua carteira e seu celular. Mas entrara em casa usando sua impressão digital.

Viera para casa.

Viera para casa para...

Algo aconteceu no laboratório na noite anterior. Encontrou-se com alguém que precisava controlar em seu escritório, e tinha uma vaga lembrança da reunião ter sido satisfatória — um desvio nos seus interesses que fora efetivo. Mas, então, antes de ir embora, uma interrupção. Uma invasão perigosa de Nível 1...

Seu corpo parou. A cabeça virou para trás.

Com um golpe brutal, a cabeça se moveu para a frente por vontade própria, o lobo frontal batendo no alabastro com tanta força que foi como se um raio atingindo uma árvore ecoasse pelo espaço aberto até o teto acima de si.

O sangue pingou, rubro e brilhante, caindo do nariz para o chão.

Kraiten o lambuzou no chão ao engatinhar, criando marcas das mãos e borrões com seu próprio sangue. Sangue vivo. Caindo, pingando – agora fluindo. Um rio descia pelo seu rosto, entrando nas narinas, na boca, uma baba com sabor de cobre escorrendo.

O avanço se tornou mais difícil, o progresso na pedra polida dificultado pela lambança escorregadia que produzia.

Com uma fixação incansável, sua mente movia o corpo adiante por mais que sua consciência, sua vontade própria, o norte do compasso do seu ser consciente dissesse: *Não! Volte! Não faça isso!*

A desintegração e a degeneração de sua mente começaram assim que chegou em casa. Parado no hall dos fundos, junto ao controle do alarme e do sistema de computadores que controlava a casa inteira, foi inexplicavelmente bombardeado por lembranças da infância, as imagens, sons e cheiros atingindo-o como balas de canhão, golpeando o seu interior até que ele caísse de joelhos.

Todas as coisas ruins que tinha feito: toda a alegria obtida à custa dos outros, a vergonha e a humilhação com que controlara os irmãos, tais quais fantoches. Os colegas de sala. Ou de equipes esportivas. Ou seus adversários.

Perdido na confusão de lembranças, viu a versão jovem de si mesmo galgando a horrenda, ainda que no fim triunfante, escada para a própria criação, a notoriedade sustentada pelos poderes estruturais que criou e usou em benefício próprio. Trapaceou em provas. Entregou trabalhos redigidos por alunos mais inteligentes que tinham segredos que precisavam proteger. Falsificou os resultados dos seus SATs e entrou na Universidade de Columbia com uma redação escrita por um colega mais velho que tinha feito sexo oral no professor de inglês. Na faculdade, vendeu drogas e usou mulheres, incitou um tumulto no campus só para se divertir. Provocou a demissão de uma professora de física sob acusações de assédio sexual das quais ela não era culpada, só para saber se era capaz. Chantageou um reitor que participara de um *swing* só porque estava entediado.

Obteve o diploma sem ter aprendido nada de substancial academicamente, e tudo o que importava em matéria de explorar a fraqueza dos outros.

Cinco anos mais tarde, fundou a BioMed. E, sete anos depois, estava dirigindo da sua casa de veraneio no lago George, tarde da noite, quando se deparou com um acidente de carro numa estradinha rural na metade do caminho entre Whitehall e Fort Ann.

Nunca entendeu o motivo de ter parado. Não era de sua natureza. Mas algo o impeliu a parar.

Atrás do volante, encontrou uma mulher que não era bem uma mulher. Era uma fêmea de outra espécie. O cervo que ela atingira ainda se debatia no chão e, quando morreu, a boca aberta dela lhe mostrou um tipo de anatomia que ele desconhecia completamente.

Presas.

Ela teve parada cardíaca em seu carro a caminho do laboratório. Duas vezes. Nas duas, ele parou e a reanimou.

Conversou com o sócio, que de pronto viu as possibilidades. Enquanto trabalharam nela, descobriu onde encontrar outros. Ampliar os negócios.

Sete deles. Durante trinta anos. Machos e fêmeas. E o que nasceu em cativeiro, resultado de um programa de procriação.

Aprendera tantas coisas. Ele...

Robert Kraiten de repente percebeu que se levantara do chão; estava de pé, na cozinha. O sangue havia escorrido pelo peito e pela barriga. Ao vislumbrar a si mesmo, notou que vinha escondendo seu corpo ancião por baixo de ternos de alfaiataria: corpo mole, flácido, coberto de pelos grisalhos.

Um dia tinha sido um homem em forma...

Suas mãos se moviam, abrindo uma gaveta que revelou instrumentos que refletiam como espelhos debaixo das luzes do teto.

Facas. De chef. Recém-afiadas. Facas de mestre.

Lágrimas se formaram em seus olhos, escorrendo pelo rosto misturando-se ao sangue que pingava e pingava... Pingando na gaveta, sobre as facas.

A mão direita, a que usava para escrever, esticou-se e apanhou uma de trinta centímetros. A ponta da lâmina era minúscula. Na base, devia ter uns seis centímetros. Era a faca que costumava usar para fatiar peru e rosbife.

Sempre esteve no controle de tudo. A vida toda, comandou todos ao seu redor.

Agora, no fim da vida, não controlava nada.

— Não... — disse em meio ao sangue em sua boca.

Robert Kraiten observou a mão virar a faca ao contrário e a outra se juntar à companheira, os nós dos dedos em alto relevo sob a pele branca que os cobria.

Os lábios recuaram, expondo os dentes quando ele os cerrou e lutou em busca de deter o esfaqueamento. Sem sucesso. Era como lutar contra um inimigo, um terceiro participante, um atacante que o abordara por trás.

Veias saltaram nos antebraços trêmulos.

Um som reverberou no ambiente, um som alto que ecoou ao redor dos armários fechados, das prateleiras vazias e dos eletrodomésticos cromados.

Seu grito foi o de um assassino impiedoso... quando enterrou a faca no próprio abdômen e a virou de um lado e do outro, repetidamente, transformando seu trato digestivo numa sopa dentro da terrina de sua bacia pélvica.

Morreu numa bagunça desintegrada três minutos mais tarde.

Capítulo 39

Cerca de duas horas depois que a festa da matança começou, Murhder mandou um terceiro *redutor* de volta a Ômega. Com a chave de roda. E depois a jogou para John Matthew, que despachou o número quatro.

Estavam há diversos quarteirões de onde brigaram com o primeiro par, pelo menos uns dois quilômetros de distância a oeste e, à medida que avançaram, ficou chocado com a pouca quantidade de assassinos à solta. Meio que frustrante quando você procura quantidade – e, p.s., a qualidade daqueles lutadores era péssima. Cada um era recém-transformado, mal equipado e maltrapilho como o primeiro.

Mas achado não é roubado e tal...

Quando o flash de luz e o espocar de John matando o outro *redutor* ecoou na rua vazia, Murhder gargalhou.

Apenas jogou a cabeça para trás e gargalhou alto o quanto quis.

Do outro lado da rua, havia luzes na calçada, e humanos circulavam, não que ele se importasse.

John se endireitou e jogou a chave de roda para o alto, voltando a pegá-la no ar, sorrindo. Murhder assentiu sem que o cara tivesse que perguntar nada. Mais. Eles precisavam de mais.

A liberdade era inebriante, a cidade se estendia aos seus pés, um campo para caçar e encontrar o inimigo, um parquinho de diversões onde eliminaria aqueles cujo único objetivo era matar machos e fêmeas inocentes – sem nenhum outro motivo a não ser o fato de Ômega querer destruir o que a Virgem Escriba criara.

Murhder olhou para o céu. A posição das estrelas sugeria que algumas horas tinham passado, mas ainda havia tempo até o amanhecer, impedindo-os de prosseguir em seus esforços. Não bastava. Queria noite após noite após noite dessa eletricidade, dessa caça mortal e dessa sensação de estar fazendo um trabalho importante.

– Aonde todos foram? – Ele apontou para a rua ao redor. – Deveria haver dúzias de *redutores* à solta, mas só vimos quatro?

John fez um gesto de corte diante do pescoço.

– Estão morrendo todos? – Quando John confirmou, Murhder franziu o cenho. – Ômega não pode morrer. Ele é tão imortal quanto a Virgem Escriba.

John meneou a cabeça de novo.

– Espera, o quê? – Ele estava vagamente ciente dos humanos se movendo atrás das janelas iluminadas, e se protegeu nas sombras no início do beco. – Não entendo. Ômega já era?

Mais menear de cabeça.

– A *Virgem Escriba* já era? Mas que diabos tem acontecido aqui...

– Vocês dois se desgarraram. É essa porra que acabou de acontecer.

Murhder olhou por cima do ombro e abriu um sorriso largo.

– Tohr! E aí, cara! Tudo bom?

O Irmão com reputação de ter a cabeça no lugar não parecia particularmente equilibrado no momento. Ele estava puto da vida, com os lábios afinados e a postura inclinada adiante como se estivesse prestes a golpear alguém.

E, olha só, pelo jeito Murhder era o primeiro da fila.

– John – disse o Irmão –, volte para casa. Agora.

Murhder franziu o cenho.

– Como é que é?

Tohr apontou o indicador para o meio do peito de Murhder.

– Fique fora disso. John, vá embora logo daqui, caralho...

– Não fale com ele desse jeito.

– É uma ordem, John!

– Ele não é criança, sabia? Ele é um macho crescido que pode muito bem fazer a porra que quiser...

Tohr interrompeu Murhder, aproximando os rostos nariz a nariz.

– Ele está machucado. E você não tinha porra nenhuma de direito de trazê-lo para campo. Acha que é apenas uma brincadeirinha vocês dois trabalhando fora do sistema, assumindo riscos com os quais não têm como lidar e colocando o restante de nós em perigo?

– Fora do sistema? Que sistema? – Murhder inclinou a cabeça para o lado e levantou a voz. – E não assumimos nenhum risco que não podíamos. Ainda estamos de pé e mandamos quatro *redutores* de volta a Ômega. Que porra é essa? O que há de errado com você? Lá atrás, não precisávamos de um sistema...

Tohr o empurrou pelos ombros.

– Não trabalhamos mais sem um plano coordenado. E, caso você ainda não tenha notado, finalmente estamos vencendo esta guerra... sem a sua ajuda!

Murhder também empurrou o cara.

– Seu merdinha arrogante...

– Quantas armas vocês dois têm?

Quando Murhder fez uma pausa para tentar responder do melhor modo possível, o Irmão prosseguiu:

– Celulares? Algum de vocês? Porque sei que teve gente que tentou entrar em contato com John, por isso estou pensando que ou ele está ignorando sua própria *shellan*, ou deixou o aparelho em casa. Xhex está preocupada com ele, mas aqui está você, levando-o a uma missão suicida, sozinhos...

Um som agudo e perfurante fez ambos se virarem. E, quando John Matthew conseguiu a atenção deles, deu um pisão na neve. Depois fez um gesto com a cabeça para Tohr e apontou o polegar, indicando que estava indo embora.

— Pelo menos um de vocês tem juízo — murmurou o Irmão. — Filho, por favor, volte para a clínica. Você não deveria estar aqui e sabe disso.

John concordou. E depois estendeu a palma para Murhder.

Quando Tohr xingou, Murhder aceitou a mão oferecida.

— Foi divertido. Obrigado por me lembrar do quanto eu adorava esse trabalho.

Mas em vez de soltá-lo, John o puxou.

— Ah, não. Não mesmo! — Tohr ralhou. — Ele não vai voltar com você. A partir de agora, ele não tem mais permissão de estar na propriedade da Irmandade.

— Como foi a transição?

Assim que a pergunta saiu de sua boca, Sarah balançou a cabeça.

— Sinto muito, Nate. Essa pergunta foi invasiva...

— Não, tudo bem. Eu só... não me lembro muito da minha transição, para ser franco. — O rapaz olhou para as suas agora longas pernas. — Me senti estranho por um tempo antes de tudo. Por exemplo, eu tinha uma vontade doida de comer chocolate com bacon, sabe? Eu podia comer um ou outro no laboratório, mas não os dois ao mesmo tempo. Eles me alimentavam bem, mas eu não podia fazer pedidos. De qualquer maneira, não conseguia comer muito.

O estômago de Sarah se rebelou ante a ideia dele numa jaula. Sozinho. Sofrendo.

Os experimentos. Os testes.

— Sabe quando chegamos aqui, vindo daquela casa? Eu me sentia todo quente. Mas era por dentro. Tipo uma febre. E fui ficando cada vez mais quente, até que senti umas ondas passando por mim. Senti como se cada parte do meu corpo estivesse explodindo em pedaços, e o meu sangue estava acelerado...

De repente, a atenção de Sarah se dividiu. Metade continuava ouvindo o que Nate dizia, com isso assentia nos momentos certos e emitia murmúrios de apoio. Outra parte sua, contudo, retraiu-se para os dados que estava revisando.

Inclusive os exames de sangue de John Matthew, que revelavam um nível anormal de glóbulos brancos para um vampiro...

– ... se curou muito bem.

– Desculpe... – ela falou, balançando a cabeça para se concentrar no momento. – O que você disse?

– Que meu ferimento se curou muito bem. – Nate puxou uma parte da coberta sobre a perna. – Tropecei e caí na jaula, e me cortei. Eles fizeram um curativo, mas não deu muito certo. Mas agora está tudo bem.

Sarah fez uma careta ao se lembrar do cativeiro dele. Depois se inclinou para baixo e examinou a pele macia e sem pelos de uma perna bem forte. Do lado de fora da panturrilha havia uma linha tênue, denteada e um tanto longa.

– E você disse que a ferida se curou... – Sarah levantou o olhar. – Depois da transição?

– Sim, pelo que a médica disse, é assim que funciona. Vampiros alimentados adequadamente têm um incrível poder de cicatrização.

Sarah se recostou.

– Foi o que ouvi dizer. Estou muito feliz *mesmo* que você esteja se sentindo bem.

– Eu também. Acho... – Nate voltou a se cobrir. – A médica daqui disse que o alto poder de cicatrização é para compensar o fato de que não posso mais ver a luz do sol. Não que eu tivesse tido uma oportunidade de ver antes.

– Você nunca saiu?

– Não.

Sarah fechou os olhos e tentou imaginar como teria sido a vida de Nate. E como seria para ele passar por outro tipo de transição, do cativeiro para a liberdade.

– Nate, sinto muito por tudo a que você foi submetido.

– Foi o que tinha que ser. A pergunta é... e agora?

– Entendo. Confie em mim.

Permaneceram sentados em silêncio por um tempo e... Bem, Sarah não diria que foi exatamente bom que ambos não tivessem ideia de como seria o resto das suas vidas. Mas foi bom não estarem sozinhos.

Sem gostar muito do direcionamento de seus pensamentos, concentrou-se naquela perna, agora coberta.

– Será que o machucado cicatrizou por causa da alimentação ou por ter passado pela transição? – ela perguntou a si mesma.

Nate deu de ombros e depois sorriu.

– Talvez tenha sido a transição. Você sabe, dando um jeito em todas as minhas marcas. Um recomeço...

Sarah se empertigou tão depressa que quase caiu da cadeira. Numa sucessão de imagens, lembrou-se de como o corpo dele crescera durante a transição, e o tipo de tempestade celular que isso representava... no nível molecular.

– O que foi? – ele lhe perguntou.

Quando Sarah não respondeu, Nate também se sentou mais ereto.

– Por que está olhando para mim assim?

Enquanto a cientista se orgulhava por ter se adiantado 150 quilômetros, a humana pela qual se orgulhava de ser ficou quieta.

Não, ela pensou. *Não é certo*.

– O que não é certo? – Nate perguntou.

Sarah balançou a cabeça.

– Desculpe. Eu só... você já suportou coisas demais.

– Demais como?

— Ah, sabe, experimentos. Foi espetado, furado e teve agulhas dentro de si para servir aos propósitos de outras pessoas.

— Sobre o que está falando?

— Está tudo bem. Não é nada.

— Sarah! – Nate exclamou num tom de voz que não só sugeria que ele tinha vinte anos, e não doze, mas que ainda era muito mais velho do que isso. – O que você está pensando?

Capítulo 40

— TE DEVO UMA! — Murhder disse uma hora mais tarde. — De verdade.

Quando ele e Xhex se aproximaram de uma fila de rochas ao lado de uma montanha, Murhder parou e olhou ao redor. O cenário coberto de neve estava distorcido, o *mhis* impossibilitava determinar a localização exata.

Vishous, ele pensou. *E seus velhos truques.*

Mas ela estava errada em pensar que ele não sabia onde estavam. Murhder conhecia muito bem o lugar: a mansão de Darius no alto da montanha. A Irmandade devia enfim ter se mudado para lá, exatamente como o Irmão sempre quis. Murhder se lembrava de ter acompanhado a construção, no início dos anos 1900, e de ter visto a magnífica casa sendo erguida, guindastes a vapor ajustando vigas, paredes de pedra erigidas, tudo construído por experientes artesãos vampiros seguindo especificações.

De modo que a construção durasse séculos.

— Não, você não me deve nada. — Xhex se enfiou entre as pedras do tamanho de carros. — Mas teve sorte de termos encontrado uma troca de roupas no escritório de Trez.

E também pelo chuveiro, ele pensou ao se espremer no esconderijo baixo. Após ter saído da zona de conflito, estava coberto por todo tipo de sangue, e a última coisa que queria era que Sarah o visse daquele jeito. Na esperança de encontrar exatamente o que acabou encontrando, foi até a boate de Xhex e se identificou a um leão de chácara vampiro que monitorava a entrada. O macho foi legal o bastante para levá-lo até Xhex sem fazer muitas perguntas.

Ela tampouco perguntara alguma coisa. Ainda mais depois que Murhder lhe contou que estava com o companheiro dela. Ficou evidente que estava magoada, mas, como era típico dessa fêmea, ela não deixou nenhuma emoção transparecer.

Inclinando-se à frente, Xhex apertou um botão escondido e um painel de rocha falsa deslizou, revelando um teclado. Depois de inserir uma senha, a trava foi liberada e parte de uma parede inteira da caverna se abriu.

Contudo, ela não lhe deu passagem. Em vez disso, pousou os olhos cinza-metálico nos dele.

— Olha aqui — ela disse —, você precisa ser honesto perante a Irmandade e cuidar daquela humana. Ela não pode ficar no nosso mundo, Murhder. Diga seu adeus, apague as lembranças dela e depois a leve de volta ao lugar a que ela pertence. Ou eles vão cuidar da questão por você.

— Ela vai ajudar John. — Quando a fêmea desviou o olhar, ele apoiou as duas mãos nos ombros dela. — Xhex, ela vai descobrir uma maneira.

Os olhos duros voltaram-se para os dele.

— Não quero ser cruel, não mesmo. Mas você não conhece essa mulher. Está atraído por ela, então essa química ardente faz você pensar que são íntimos, mas não tem a mínima ideia de como ela é de verdade. E me recuso a confiar em uma humana qualquer que, por acaso, trabalhava para a empresa que vem torturando membros da espécie há mais de duas décadas.

A raiva se retorceu no íntimo dele.

— Quer dizer que você vai deixar John morrer?

— Como é que é? — Xhex, brava, o encarou. — Não acreditar num sonho impossível não é o mesmo que deixar meu *hellren* morrer. E vá se foder por tocar nesse assunto.

Murhder deixou a cabeça cair para trás e inspirou fundo algumas vezes. Quando voltou a se endireitar, a fêmea havia cruzado os braços e encarava um ponto distante.

Podia apostar que, mentalmente, ela o acertava nas bolas com o joelho.

— Desculpe... — ele murmurou. — Foi um golpe baixo.

Os olhos dela voltaram a se fixar nos dele.

— Obrigada. Agora facilite tudo para você mesmo e faça o que é certo. Será melhor para todos.

Quando ela se afastou, ele a segurou pela mão.

— Xhex...

Demorou um pouco para ela o fitar. E, quando o fez, havia emoções demais no rosto geralmente composto.

— Me deixa ir... — a fêmea pediu. Todavia, não puxou a mão da pegada frouxa.

— Fale comigo. Você parece... — Atormentada, como ele se sentia. — Só me diz o que posso fazer pra ajudar.

— Caramba, Murhder! — ela disse numa voz que falhou. — Só estou... cansada. Estou... exausta de estar sempre sofrendo. É como se não conseguisse me desviar dos golpes. Eles não param de vir na minha direção, e toda vez que acho que me recuperei, sou atingida de novo... E agora? Com o machucado do John? Será uma ferida letal para nós dois se eu o perder.

Quando Xhex esfregou os olhos, Murhder imprecou e a puxou para junto de si. Houve certa hesitação, mas logo os braços o circundaram e ela o abraçou com força. E foi nesse momento que o sonho terminou para ele e a realidade se abateu sobre sua cabeça.

Perderia Sarah.

E ela perderia John.

Eles sempre tiveram muito em comum. Uma pena que eram apenas sofrimentos.

Quando, por fim, se afastaram, Murhder disse:

— No que se refere a Sarah... farei o que é certo.

— Você sempre faz... — ela murmurou, derrotada.

Dessa vez, Xhex recuou e Murhder ultrapassou uma porta pesada de metal, certificando-se de fechar tudo atrás de si. Indo em frente, chegou a uma prateleira de armas, de alimentos não perecíveis, de água e de roupas para o ambiente externo.

Era o lugar ideal para estar se o apocalipse zumbi acontecesse.

Prosseguindo pelo túnel, enfiou as mãos nos bolsos das calças emprestadas e vislumbrou uma breve fantasia dele e de Sarah morando em Rathboone House — e, claro, em sua versão da realidade, eles eram como aqueles casais românticos que se aninhavam numa cama e ficavam admirando as chamas da lareira de mãos dadas sem motivo aparente. Mas tudo isso era ridículo. Não podia esperar que ela sacrificasse seu trabalho científico por uma inexistência noturna, sem nada para fazer na pousada.

Você não conhece essa mulher.

Mas conhecia. Ele viu como ela agira com Nate. Com John...

Era uma fêmea de valor.

Só que, mesmo com essa convicção, ele tinha que admitir que Xhex estava certa num ponto: ele não sabia como Sarah chegara à BioMed nem quando tinha descoberto os terríveis experimentos. Estaria envolvida neles? Não sabia como era possível, mas, e se ela estivesse mentindo para todos? Esteve dentro da mente dela, verdade... Mas podia confiar que tinha enxergado tudo com clareza?

Afinal, ele era louco.

Quando chegou à entrada do centro de treinamento, inseriu a senha que Xhex lhe deu e passou por um depósito de suprimentos. Não havia ninguém no escritório, o que foi um bônus, e não se deparou com ninguém enquanto seguia para a clínica – outro bônus, visto que estava tecnicamente banido das instalações. Mas a ordem que se danasse... e Tohr também.

Estava na metade do caminho quando Sarah saiu do quarto de Nate com uma bandeja de aço nas mãos e todo tipo de tubos cheios de sangue de pé num suporte.

– Ele está bem? – Murhder perguntou, alarmado.

– Você voltou. – Ela sorriu e se aproximou. – Nate está ótimo. É um grande homem... macho. É uma pessoa muito boa, de verdade.

– O que está fazendo com tudo isso? – Murhder estampou um sorriso no rosto para não revelar a suspeita que de repente o dominou. – Quero dizer, é apenas um controle do estado de Nate, certo?

– Na verdade, estou trabalhando numa teoria para o caso de John. Fiquei imaginando se... – Ela franziu o cenho. – Onde estão as suas roupas?

Murhder baixou o olhar para si.

– Eu, hum, tive que me trocar.

– Estou vendo. Bem que eu queria ter umas roupas minhas aqui.

Quando encarou o rosto de Sarah, quando fitou os olhos sinceros... Murhder vasculhou procurando sinais de que talvez ela o estivesse enganando... e seu coração lhe disse o que ele não confiava na mente para saber: ela era uma curandeira, não uma destruidora.

As pontas dos dedos entreabriram o colarinho da camisa e encontraram o pedaço de espelho sagrado.

Não, ele pensou ao esfregar o caco entre o dedo e o polegar. Xhex estava errada. Tinha que estar. O rosto de Sarah foi o que viu naquele vidro há muito tempo, a mulher com quem ele deveria ficar.

E assim que Murhder se apegou a esse fato, apenas um pensamento ocupou sua mente. Como diabos apagaria a memória dela, como a levaria de volta ao seu mundo, deixando-a viver o resto da vida sem ele?

O vidro sagrado lhe mostrara seu rosto, mas não um futuro juntos.

O destino ditara apenas que se encontrariam. Mas não que ficariam juntos por muito tempo.

– Você está bem? – ela perguntou. Quando o macho não respondeu de imediato, porque sua garganta estava apertada demais para permitir a passagem da fala, Sarah assentiu para a esquerda, na direção de uma porta. – Deixe-me entregar isto para Ehlena, para ser testado no laboratório. E depois vamos... Tem algum lugar aqui em que possamos andar ou algo assim?

– A academia? – Ele apontou por cima do ombro. – Ali atrás.

– Só preciso de um minuto.

As instalações eram muito maiores do que Sarah tinha pensado a princípio, e ela aprendeu a planta em primeira mão quando desceu com Murhder pelo corredor, afastando-se da parte da clínica. À medida que andavam, passaram por vestiários. Uma sala de pesos. A mencionada academia. Um escritório. Também havia uma piscina, sem dúvida de tamanho olímpico, na qual alguém nadava.

– Que lugar espaçoso – ela murmurou enquanto circulavam.

– Pois é.

Vislumbrou-o de relance. Murhder estava de cabeça baixa, as sobrancelhas franzidas sobre os olhos, os ombros largos tensos.

– Você parece alguém tentando determinar *pi* até a trigésima casa decimal.

Murhder olhou para ela, os cabelos negros e vermelhos caindo para a frente.

– Oi?

– Ah, desculpe. Piada de cientista.

– Disse que tem uma ideia para o tratamento de John?

Sarah parou.

– O que está acontecendo? Me conta. O que quer que seja, vou saber lidar.

Murhder estendeu o braço e acariciou a face dela. Quando o silêncio se prolongou, Sarah teve a sensação de que ele selecionava mentiras dentro do cabeça.

A verdade, contudo, foi o que acabou dizendo:

— Estamos ficando sem tempo.

O primeiro pensamento que lhe ocorreu — na verdade, o único — foi que não poderia deixá-lo. Nem a Nate. Ou John. Mas a lógica lhe dizia que o desespero que sentia era porque não tinha uma vida para a qual voltar. Não podia ser porque... se apaixonara por um vampiro. Em vinte e quatro horas.

Puxa...

— Eu sei — ela concordou com tristeza.

— Vem cá.

Quando ele passou os braços ao redor da mulher, Sarah foi de livre e espontânea vontade para junto do corpo dele. E, em seguida, só se deu conta de que estavam se beijando, que os lábios derretiam, que as línguas se encontravam.

Quando os dois começaram a arfar, Murhder a pegou pela mão e a puxou através de uma porta. Sarah não fazia ideia de onde estavam e não se importava. O que quer que estivesse do outro lado estava escuro, o que significava que teriam momentos de privacidade.

Escuro. Estava bem escuro.

Quando se trancaram ali dentro, Sarah não conseguia enxergar absolutamente nada, qualquer que fosse o cômodo, estava no mais absoluto breu e, que estranho, a situação a fez se lembrar de como era ir nadar nua à noite, com o corpo flutuando no vazio.

Pelo menos agora não teria que se preocupar com tubarões. Na verdade, não se preocupava com nada que pudesse atacá-los fisicamente. Murhder cuidaria do assunto — e a defenderia.

As mãos dele foram rudes ao arrancar o jaleco que Sarah pegou emprestado depois de tomar um banho rápido durante o dia, tirando o uniforme hospitalar folgado, encontrando a pele dela. O fato de estar cega devido à escuridão significava que cada toque era ampliado, e quando Murhder capturou os seios nas palmas, Sarah arquejou ao encontro de sua boca.

Ela estava atrapalhada com os botões da camisa de seda dele, impaciente. Quando ele ajudou arrancando a peça, ouviu o som de um rasgo. Mas logo voltaram a se beijar, e a parte de baixo do uniforme hospitalar se foi, as calças dele desabotoadas – porque nenhum dos dois queria perder mais tempo com o que não fosse absolutamente necessário.

Murhder a suspendeu e Sarah se agarrou aos seus quadris com as pernas, os braços fortes a suspenderam do chão. A penetração foi firme, nada gentil nem lenta dessa vez, a ereção entrando num golpe só, tão fundo que ela quase teve um orgasmo ali mesmo. Desesperado para encontrar um bom ritmo, o macho os levou até uma parede, e ela sentiu a superfície dura e fria nas costas nuas quando Murhder a ancorou ali. E então ele a bombeou, movendo o corpo com intensidade, ardente, dominante.

E ela só se segurou.

E só queria mais.

Prendendo os braços ao redor do pescoço dele, Sarah enfiou o rosto nos cabelos longos. Murhder os lavara com xampu e ainda estavam úmidos por baixo, e ela inspirou o perfume de... Não, aquilo não era xampu. Era o cheiro dele.

E ele estava fazendo aquele som erótico de novo, aquele som profundo na garganta, parte grunhido, parte ronrom.

Quando ele começou a se libertar, ela o acompanhou, os corpos ultrapassando o limite juntos, o prazer tão intenso que beirava a dor, a divisória entre o orgasmo e a agonia se misturando, as explosões dentro de si dilacerando sua alma...

De uma vez só, todas as luzes se acenderam, e filas de gaiolas numa sala comprida de teto baixo se iluminaram uma a uma, sequencialmente até algum ponto terminal.

Era uma sala de prática de tiro ao alvo. Estavam numa sala de tiro ao alvo.

Quando ambos se imobilizaram ante a súbita claridade, Sarah mudou de posição nos braços dele e começou a tatear atrás de si, tentando encontrar o interruptor acionado. A porta tinha um vidro, e ela não queria que ninguém...

— Meu Deus! — Empurrou os ombros de Murhder. — O que aconteceu com você?

Encarando o magnífico peitoral, ela viu o cordão de couro que ele usava com um pedaço de quartzo pendurado — mas não era para o objeto que olhava. Hematomas. Havia grandes hematomas no peito e nos ombros dele, e as marcas roxas maculavam a pele bronzeada.

— Está tudo bem, não está doendo.

Murhder deve ter encontrado o interruptor porque de repente estavam de novo no escuro. Mas quando ele tentou beijá-la, Sarah virou a cabeça e o empurrou de novo.

— Você está machucado! — ela disse na escuridão. — Quero saber o que aconteceu.

Capítulo 41

Murhder sequer pensara nas marcas preto-azuladas. Ele as vira no espelho ao se despir no banheiro do chefe de Xhex, mas não lhes deu importância. Na manhã seguinte, já teriam sumido – e mesmo o ferimento à bala na coxa não passava de uma lesão superficial. Ele estava perfeitamente bem, os machucados da batalha não eram nada de mais nem de menos se comparado ao que já sofrera quando costumava entrar em campo para enfrentar o inimigo.

– Murhder, estou falando sério. – Os olhos castanho-claros de Sarah estavam carregados de preocupação. – O que aconteceu? Você está ferido.

– Não, não estou.

– Então, o que é isso, tinta? Vamos lá.

Ele queria acompanhar o que ela dizia e responder adequadamente. Mas ela se mexia em seus braços e o movimento causava o tipo de fricção que fazia os machos terem dificuldades de concentração: o pau estava duro e ultrassensível; o centro dela, quente e estreito, e as escorregadas e os deslizes iam direto para sua cabeça, impedindo-o de raciocinar.

Por mais que tentasse se conter, começou a gozar, ejaculando numa série de jorros bem dentro dela. Refreou-se o máximo que pôde, cerrando os dentes e praguejando, mas quando a estratégia não adiantou, tentou sair – mas Sarah apertou as pernas ao redor dos quadris e se arqueou contra ele, enunciando seu nome com frustração e prazer.

Murhder não teve a intenção de recomeçar a investir, mas, em seguida, viu que se esfregavam e se uniam, os corpos assumindo o comando outra vez, o desejo do prazer, da união, da conexão se sobrepondo a tudo o mais.

Pelo menos temporariamente.

Quando, por fim, pararam, ele confiou na parede para ajudá-lo a permanecer de pé, a respiração escapando da boca e o corpo emanando todo tipo de calor enquanto apoiava o peso nos braços de modo a não esmagá-la.

Sentiu as mãos dela subindo pelo seu pescoço... até o rosto.

– Como se machucou? – ela perguntou no escuro.

Não era uma exigência. Apenas uma simples súplica.

Murhder fechou os olhos. Quis mentir e lhe dizer que se distraíra e fora atingido por um carro – o que não era exatamente uma mentira se considerasse o acidente diante da Casa de Audiências de Wrath. Isso, entretanto, só serviria para alarmá-la ainda mais, e ele já decidira que mentir para Sarah nunca lhe faria bem.

De repente, as luzes se acenderam de novo, o som de cada lâmpada acesa ecoando na instalação de concreto. Ao observar por cima do ombro, viu uma fila de cabines de tiro e alvos de papel pendurados a diferentes distâncias na sala de treino de tiro ao alvo.

Quando encarou Sarah de novo, ela piscava por conta do brilho súbito, pois os olhos humanos necessitavam de mais tempo para se ajustar do que os dele.

Com relutância, Murhder afrouxou a pegada na cintura e permitiu que ela se soltasse e descesse para o chão. Sarah pegou o uniforme hospitalar e se vestiu de novo com uma eficiência que ele respeitava. Também não queria que outra pessoa a visse nua.

Quando suspendeu as calças, encarou o tronco nu dele. E depois seus olhos.

— Fui treinado para lutar — ele explicou num tom sem emoção. — E lutei hoje à noite.

Ele puxou as calças e fechou o zíper. Depois pegou a camisa emprestada jogada no piso e a vestiu. Sem conseguir ficar parado, ficou andando diante das cabines de tiro. Cada uma delas tinha protetores de ouvido pendurados em ganchos. Caixas de munição afixadas à esquerda. Óculos de proteção amarelos.

— Somos caçados — ele murmurou de costas para ela. — E não por humanos. Fui treinado para proteger a espécie. Era o que eu costumava fazer.

— Não faz mais, então? Faz outra coisa agora?

Sarah pareceu quase aliviada, como se reconhecesse o perigo que ele enfrentara.

— Não estou mais lutando. — Ele se concentrou no alvo à sua frente, odiando a si mesmo. — Tive um problema.

— Físico?

Ficou se perguntado se ainda conseguiria atirar bem. O alvo estava a cinquenta metros. Houve uma época em que atingir um dedal a essa distância não seria nada de mais.

Pensou no apoio daquele primeiro assassino que quase o matou à queima-roupa. Se, por um golpe de sorte, John não tivesse aparecido... estaria morto agora.

— Que tipo de problema você teve?

— Mental. — Ao tocar a lateral da cabeça, não teve coragem de fitá-la diretamente. — Perdi o juízo. Apenas pirei.

— Por causa de estresse pós-traumático? Por ter lutado?

— Não... — Balançou a cabeça. — Eu só não conseguia mais pensar direito.

— Não é incomum nas pessoas que...

— Não foi nada relacionado ao meu trabalho. — Ele fez uma pausa. — Xhex foi vendida para a BioMed... Você se lembra que ela disse que também fizeram experimentos nela? Bem, meti na cabeça que iria encontrá-la... e muitas coisas deram errado. Ela acabou se libertando sozinha e depois... Bem, depois simplesmente não consegui deixar para trás, sabe? Precisava garantir que eles não estavam fazendo isso com mais ninguém. Por isso, continuei caçando os humanos que a feriram, os humanos para os quais você trabalha.

Dessa vez, ele a fitou por sobre o ombro.

— Foi assim que conheci a *mahmen* de Nate. Eu a conheci. E a desapontei. Mas ela acabou conseguindo escapar e, no fim, me localizou.

— Então foi o motivo de você estar no laboratório naquela noite.

— Sim.

Murhder voltou a encarar os alvos. Seria mais fácil manter a compostura assim. Os olhos dela eram... gentis demais.

— Você e Xhex... — ela começou a dizer.

— Éramos amantes. Não mais, é claro. Essa época ficou para trás há tempos tanto para ela quanto para mim, e não há arrependimentos de nenhuma das partes. Somos apenas amigos.

— Fico feliz. Apesar de não ter direito nenhum de estar.

— Você tem todo o direito.

— Nós dois sabemos que não é verdade. — Antes que ele pudesse dizer uma palavra a mais, Sarah cruzou os braços e fixou o olhar no alvo adiante. — Que tipo de inimigo a raça tem?

— Sarah...

— Não posso falar sobre nós agora. Vou começar a chorar e estou cansada demais para isso. Por favor... só me conte quem é o inimigo de vocês.

Murhder praguejou baixinho e tentou se lembrar de algo, de qualquer informação sobre a Sociedade Redutora.

— Uma fonte de mal. E não estou me referindo a um humano de caráter ruim. Ômega é muito, muito pior, e consegue transformar homens em máquinas letais imortais como ele até que sejam despachados para o além com uma punhalada. Ele é pura malevolência e tem poderes especiais para agir de acordo.

Quando Sarah não se manifestou, Murhder esfregou a cabeça que latejava. Ela agora encarava frente a frente, mas sem nada enxergar, é claro.

— Este é, de fato, um mundo diferente... — ela murmurou. Depois balançou a cabeça e olhou para ele. — Foi o que infectou John?

— Não sei. Talvez seja uma versão de Ômega. Também não estão me contando muita coisa.

O menear da cabeça dela não foi muito encorajador.

— Eu gostaria de ter mais tempo.

Murhder pensou no que Xhex dissera a respeito de Sarah, sobre ele ter de fazer o que era certo. Apagar a sua memória. Mandá-la de volta ao seu mundo.

Então tocou no caco de vidro sagrado e olhou para os alvos. Pensou em quando tirou Sarah do laboratório. Teria lutado contra qualquer um que a tivesse atacado, ele a teria protegido com a própria vida.

Por que a decisão da Irmandade a respeito de sua permanência seria diferente?

Aquilo era um monte de asneira. Ela não tinha que voltar, não mais do que todos os outros humanos que agora trabalhavam ali.

— Vou falar com o Rei! — anunciou. — E convencê-lo a mudar de ideia. Você deveria poder ficar aqui pelo tempo que quiser.

Houve um silêncio demorado. E, então, Sarah proferiu as palavras que Murhder queria ouvir.

— Eu gostaria... de ficar. — Os olhos dela eram calorosos quando o mirou. — Com você.

Aproximando-se dela, Murhder a beijou e a trouxe para junto do peito.

— Vou mudar a decisão deles. Não sei como, mas vou.

— Posso ir também? — ela pediu junto à camisa dele. — Também tenho muito em jogo aqui, ainda mais se Kraiten quiser dar um jeito em mim, e não estou me referindo a um pacote de demissão. Seria algo mais na linha da minha cabeça dentro de uma caixa.

Murhder se afastou.

— Você acha que está correndo perigo?

Até que enfim, Xhex pensou ao receber uma mensagem de John. Levou apenas um segundo para sair da shAdoWs e se desmaterializar de volta à mansão, e quando reapareceu nos degraus frontais da imensa mansão gótica da Irmandade, não sentiu nem um pouco o frio. Uma combinação de raiva e alívio a entorpecia.

Pelo visto, ele voltara para casa. Já estava ali há algum tempo e só agora pensou em avisá-la.

Como se fosse qualquer outra noite. Como se ele não tivesse aquela ferida no ombro que ninguém sabia explicar nem curar. Como se não tivesse saído sem lhe dizer absolutamente nada.

Estendendo a mão, puxou a porta pesada e enfiou a cara na câmera de segurança da entrada. Assim que Fritz abriu a porta, Xhex invadiu o vestíbulo, o interior multicolorido ao estilo dos czares russos não a impressionou nem um pouco.

— Está procurando pelo senhor? — Fritz indagou ao recuar para não ser atropelado.

— John... Sim, estou procurando por John.

— Ele está na brinquedoteca.

Xhex parou.

— O que está fazendo lá?

— Ele acabou de pedir chocolate quente.

Xhex agradeceu o *doggen* e galgou os degraus de dois em dois. Ao virar à esquerda, diante das portas fechadas do escritório de Wrath, sentia a raiva crescendo, e o sentimento foi aumentando à medida que avançava pelo Corredor das Estátuas e empurrava as portas duplas ao final dele. Do outro lado, estava o que originalmente fora uma ala de empregados. Nos últimos anos, porém, tudo ali fora reformado, primeiro para acomodar um cinema da melhor qualidade... e, depois, com todos aqueles bebês aparecendo, uma brinquedoteca.

Passando pela entrada do cinema, seguiu para a suíte de dois quartos recentemente convertidos na terra dos brinquedos de pelúcia, robôs que dançavam, iPads, Legos e materiais de arte – era só pensar em algum brinquedo que os Tios da Irmandade encomendavam na Amazon.

Até ela já sabia o que eram Melissa & Doug.

Ao se aproximar de toda a atmosfera de alegria e leveza, não precisou da sua audição de vampira para captar os sonzinhos dos bebês e a conversa dos adultos. A porta do espaço estava bem aberta, e os cheiros sugeriam que alguém cortava morangos e que a fralda de alguém fora recém-trocada. Sentia o cheiro adocicado de ambos – e também o perfume do seu macho.

John estava ali. E, caramba, o que Xhex mais queria era entrar marchando e interrompendo quaisquer conversinhas cheias de afagos em curso a fim de dizer na sua cara que ela estava sendo corajosa e forte, estava tentando não enlouquecer e lhe dar espaço para lidar com aquilo de que ele próprio, John, estava morrendo de medo – mas, droga, ele precisava atender a porra do telefone!

E não sair para caçar *redutores* com o maldito Murhder, cacete! Ainda mais desarmado e ferido.

E será que você poderia atender a porra do celular, filho da mãe?!

Mas, mesmo que seus instintos maternos fossem iguais ao de um boxeador peso-pesado numa noite boa – e essa definitivamente *não* era uma uma noite boa –, Xhex não queria assustar as crianças.

– ... você se lembra, John? – Bella, a *shellan* de Z., era quem falava. – Mary nos apresentou. E chamei a Irmandade. É tão misterioso como tudo aconteceu.

– Mas que maravilha que aconteceu. – Agora era Beth, a Rainha. – E todos nós acabamos aqui.

— Era para ser. — Mary, a companheira de Rhage. — Falando nisso, eu poderia segurar Sua Alteza?

— L.W. adora a titia Mary.

Xhex diminuiu os passos. E quando chegou perto a ponto de espiar pelos batentes, ficou imobilizada.

Em meio a todas as bolas coloridas, John estava sentado encostado em uma parede pintada num tom azul-claro com nuvens, o desenho de uma árvore crescendo num gramado verdejante que parecia ultrapassar o topo da sua cabeça. Com as pernas esticadas à frente do corpo e as mãos no colo, ele concordava com as três fêmeas que o cercavam, sorrindo com os lábios... mas não com os olhos.

A grade emocional dele estava manchada de tristeza enquanto ficava ali sentado com aquelas que foram tão fundamentais para sua união à Irmandade: Beth, com quem, sendo seu meio-irmão, sempre teve uma ligação especial. Mary, que atendera ao seu telefonema no número de emergência de Prevenção ao Suicídio. Bella, que o levou ao centro de treinamento por causa da cicatriz de nascença.

Só estava faltando Wellsie.

As fêmeas não fazem a mínima ideia de que ele está se despedindo, Xhex pensou.

Mas ele sabia.

Xhex recuou um passo. E mais um. Quando bateu na parede diante da entrada da sala, abraçou a cintura e sentiu o coração acelerar de puro terror. Uma coisa era ler a grade emocional dele e enxergar sua alma. Outra completamente diferente era vê-lo começando a deixar seus assuntos em ordem.

Ele estava morrendo mesmo.

Quando sentiu uma pressão na parte baixa do rosto, Xhex percebeu que, involuntariamente, sua mão soube que era uma boa ideia cobrir a boca. Para o caso de a angústia em seu peito conseguir escapar.

De repente, John desviou o olhar e a fitou.

As três fêmeas continuavam relembrando o passado e os mistérios do destino. Enquanto passavam as crianças de colo em colo. Enquanto sorriam.

John a fitou com tristeza no olhar em meio à alegria que o rodeava.

E quando a raiva de Xhex se dissipou como se jamais tivesse existido, ela refletiu que, quando se tem pouco tempo, você descobre que é muito mais fácil distribuir perdão e aceitação.

Levando as mãos à altura do peito, ela moveu os dedos com deliberação.

Eu te amo, sinalizou para John. *Venha me encontrar quando estiver pronto.*

Ele assentiu, e ela saiu antes que as outras a vissem.

Não porque não amasse as fêmeas.

É só que, ao lidar com um processo de luto, é comum querer privacidade.

Em especial quando se está processando o luto pela própria morte.

Capítulo 42

— Então, aonde estamos indo?

Quando Sarah fez a pergunta, foi porque sabia apenas parte da resposta: ela e Murhder estavam num Volvo emprestado e depois de terem saído das instalações subterrâneas e passado por uma sequência impressionante de portões – e também por uma neblina estranha através da qual foi quase impossível enxergar –, seguiam para uma cidade que ela havia entendido ser menor do que a Grande Maçã, mas muito maior do que Albany, a capital do Estado de Nova York.

Só passara por Caldwell antes, e de carro.

– O Rei possui uma localidade em que se reúne com as pessoas. – Murhder relanceou em sua direção – Fica numa parte boa da cidade, não se preocupe.

– É tipo uma Corte? – Imagens do Palácio de Buckingham passaram pela sua cabeça. – Ele tem um trono e tudo o mais?

Enquanto pensava nas possibilidades, uma admiração infantil tomou conta de Sarah, mas o momento de curiosidade não durou muito. Passavam por um complexo de lojas e as redes de restaurantes que apareciam na frente dos estabelecimentos – Panera, Zaxbys, Applebee's, TGI Fridays – que a lembraram de que a vida real ainda acontecia ao seu redor.

Não podia continuar com a cabeça enfiada na areia. Tinha uma casa. Conta no banco. Boletos para pagar. Impostos, seguros, carro – que ainda estava no estacionamento da BioMed. Se aquilo desse certo, e pudesse continuar no mundo de Murhder, teria uma bela limpeza para fazer antes.

– Eles sabem que estamos indo para lá? – perguntou.

– Vai ficar tudo bem.

Ela olhou para ele.

– Tem certeza?

No fim, acabaram se afastando das lojas e entraram numa área residencial – não que as casas fossem remotamente parecidas com aquelas da rua em que vivia em Ithaca. Tratava-se de mansões, afastadas das ruas, com todo tipo de arandelas penduradas nas varandas, com diversas molduras e floreios ao redor.

Não era exatamente o castelo onde esperava-se que o rei dos vampiros passasse o tempo, mas também não era um cortiço, é claro.

A casa diante da qual Murhder acabou parando era um belíssimo exemplo da arquitetura federalista que, sem dúvida, devia ser autêntica, em vez de uma construção moderna copiando o melhor do passado.

Quando Murhder desligou o motor, ficou encarando através do vidro do para-brisa. O perfil dele era impressionante, as linhas másculas da face, do nariz e do queixo numa composição de beleza masculina. Sem falar nos cabelos.

E tudo o que conseguia fazer com aqueles lábios quando eles...

Ok, não era hora de pensar a respeito.

– O que foi? – Sarah perguntou.

Mesmo que já tivesse um palpite. Desconfiava de que ele tinha pegado o carro "emprestado" – ou seja, sem permissão e na esperança de que desculpas adiantariam caso fossem pegos em flagrante. E tinha quase certeza de que seria uma visita-surpresa.

– Não temos que fazer isto... – ela disse. Mesmo sem saber que outra escolha tinham.

– Sim, nós temos. – Ele se virou no banco. – Mas não quero que você descubra quem sou de verdade. Quero que acredite que sou algum herói. Que te salvei e também ao Nate. Que valho alguma coisa... Porque sinto que, se você acreditar nisso, pode ser verdade. E não é.

– Sei quem você é...

– Não, não sabe. Mas vai saber.

Dito isso, ele abriu a porta e saiu. Quando o ar frio entrou, Sarah tentou não pensar na questão como sinal de mau agouro, e quando um tremor percorreu seu corpo, disse a si mesma que era apenas por causa da temperatura invernal.

Murhder esperou que ela contornasse a frente do carro, e depois seguiram juntos pelo caminho livre de neve que levava até a porta onde Sarah esperava ser atendida por um mordomo uniformizado...

A pesada porta foi aberta. Mas não por um mordomo. Não mesmo. A menos que estivessem armando e enviando os senhores Carson para zonas de combate cheias de armamentos: o macho tinha um corte de cabelo militar – e também uma mecha branca no meio de todo aquele preto – roupas militares, botas militares. E os olhos azuis eram como canhões a laser.

Tinha uma vaga lembrança de tê-lo visto nas instalações subterrâneas.

– E suas ideias brilhantes continuam surgindo hoje – ele disse com rispidez. – Está querendo algum tipo de recompensa?

– Preciso falar com Wrath.

– Não, o que você precisa é levá-la de volta ao lugar dela! – Ele olhou para Sarah. – Sem querer ofender, moça.

Os lábios de Murhder começaram a tremer.

– Não pode me impedir de ver o Rei...

– Ao inferno que não posso...

Murhder se meteu na cara do macho.

— O que há com você, hein? Qual é a *porra* do seu problema...

— Você levou o meu filho adotivo para o campo de batalha sem que nenhum dos dois estivesse preparado ou equipado e meteu o louco com ele! — O macho expôs as presas. — O meu *filho*. Você faz ideia do quanto esse garoto é importante para mim? Só existe outra pessoa no planeta que significa mais para mim do que John, e estou vinculado a ela. É *por isso* que estou puto com você.

Murhder xingou. Mas recuou.

A voz do outro macho diminuiu de volume.

— Olha só, não tenho nenhum problema com você. Mas tenho problemas com o caos que você leva aonde quer que vá. Temos problemas de verdade aqui. Problemas sérios. E aí vem você, pela tangente, trazendo mais dramas. Não precisamos de nada disso e tampouco está fazendo bem para você. Agora, por favor, leve-a e vá embora também, faça o que é certo para vocês dois. Que é dar o fora daqui.

Sarah abriu a boca. Antes que conseguisse falar, no entanto, Murhder interveio:

— Tudo o que você disse é verdade. Tudo. E sinto muito por ter levado John a campo. Só nos deixe ver Wrath e iremos embora em paz. Você tem a minha palavra.

— A sua palavra não vale muito por aqui.

Sarah apoiou a mão no braço de Murhder, caso ele resolvesse partir para a agressão de novo, e esperou até que ele olhasse para ela.

— Está tudo bem. Posso contar a Jane o que estou pensando para tratar o caso de John e ela pode levar os planos adiante. Ela é uma boa médica e será capaz de fazer tudo. — Então encarou o militar. — E, com licença, mas talvez queira considerar o fato de que ele resgatou um menino de uma fábrica humana de tortura, me tirou de lá em segurança e esse é o único motivo pelo qual o seu filho tem a mínima chance de obter uma solução clínica para uma ferida mortal. Portanto, vê se não amola, Sargentão Sabe-Tudo.

Eeeeeee foi assim que foram parar na sala de estar formal esperando por Wrath.

Quando Sarah foi inspecionar o retrato de parede inteira do rei francês, Murhder ficou para trás e não pôde conter o sorriso.

Não existiam muitos machos adultos que conseguiam se impor a Tohrment, filho de Hharm. Ainda mais quando o Irmão estava armado e de mau humor. Sarah, no entanto, teve disposição para se arriscar a um grande perigo físico em prol de defender aquilo em que acreditava.

Em quem acreditava.

Uma pena que estivesse depositando sua fé no lugar errado.

— Esta casa é incrível! — Ela girou nos calcanhares. — E quem poderia imaginar? Isto é, que vampiros morassem em um bairro como este. Quer saber, eu esperava que o Rei vivesse num castelo grande no alto de uma montanha, com gárgulas no telhado e um fosso ao redor. Em vez disso, essa casa aqui parece ter saído de uma revista de decoração tipo *Town and Country*.

Como é que vou deixar você ir embora..., ele ficou se perguntando.

Sarah foi até Murhder e pegou suas mãos.

— Muito bem, esfinge. Você precisa falar comigo antes que nós entremos para ver o todo-poderoso. Conte-me tudo. Deu para perceber que você não está à vontade aqui, ao redor de todos esses machos...

— O problema não são eles. Não me importo mais com isso.

— Não mais?

— Eles eram meus Irmãos. Todos eles. Mas foi há muito tempo. Há uma eternidade.

Ela franziu o cenho.

— Família não deixa de existir. Não existe um tempo passado para a família, Murhder.

Murhder só balançou a cabeça. Não tinha energia para discutir a questão nem para se explicar. Em vez disso... Ah, ele sabia há eras que o tempo estava passando rápido e que essa missão iniciada com tanto propósito estava se transformando num absoluto "claro que não" contra o qual não teria como contra-argumentar.

— Preciso você saiba de uma coisa — ele sussurrou ao fitá-la nos olhos. — Mesmo que só possa saber disso agora e por pouco tempo.

— O quê? — ela sussurrou.

— Eu te amo. — Ele acariciou a pele macia do rosto de Sarah. — Me apaixonei por você e... algumas verdades precisam ser ditas, mesmo que sejam erradas.

— Mas não é errado. — Ela virou a cabeça e beijou a palma dele. — Não é errado isto entre mim e você. Nada disso é errado...

Ao ver a expressão de Sarah quando o encarou, Murhder quis acreditar na existência de uma força maior. No entanto, a vida lhe ensinara o contrário, e não havia como desaprender a lição de que o destino era um babaca e que a perda era mais provável que o ganho.

Colocou a mão dela sobre seu coração.

— Sou seu. E é para sempre, mesmo que as suas lembranças de mim não sejam.

— Me recuso a acreditar que você possa tirar tudo isso de mim. Como pode penetrar tanto na minha mente, em mim? — Balançou a cabeça. — Você é permanente na minha vida. Em mim. E também te amo.

Encontraram-se na metade do caminho, ela se erguendo nas pontas dos pés, ele se abaixando. E quando os lábios se encostaram e se derreteram, o beijo foi uma espécie de jura, uma promessa de um "para sempre" que, no fim, não seria mantido por ela, mas sempre por ele.

Murhder, porém, não aceitaria de outro modo.

Preferia carregar a dor de tudo o que poderia ter sido pelo resto de suas noites a vê-la sofrer por um dia sequer com o fardo daquele sofrimento.

Além do mais, pensou consigo mesmo que, ainda que o amor deles fosse unilateral, era bem melhor do que jamais ter existido.

As portas se abriram. Tohrment parecia sério, mas, pensando bem, o Irmão nunca foi a alegria em pessoa.
— Wrath os verá agora.

Capítulo 43

Ok. Uau, Sarah pensou ao ser conduzida para dentro de uma sala imensa e vazia com um lustre do tamanho de uma suv pendendo do teto e um tapete mais parecido com o gramado de um parque no centro. Não que tivesse passado muito tempo verificando esses dois itens. Não, basicamente só o que viu foi o gigantesco macho sentado junto à lareira acesa. Ora, ora, era *assim* que ela esperava que fosse o rei dos vampiros. Ele tinha longos cabelos lisos e pretos que partiam de um bico de viúva na testa, óculos pretos ajustados à cabeça, usava calças de couro preto e camiseta preta justa sem mangas, e um rosto que se alternava entre belo e cruel. Tatuagens desciam pelo lado interno dos braços e uma pedra imensa brilhava num dos dedos.

O golden retriever deitado aos pés dele foi uma surpresa e, claro, a poltrona em que ele estava estacionado não era exatamente um trono à altura de George R. R. Martin, mas a impressão que ele transmitia era tão dominadora que poderiam tê-lo colocado numa piscininha de criança de *Encontrando Dory* que, ainda assim, ele pareceria durão.

E, ah, os machos perfilados atrás dele não eram menos ameaçadores, e ela reconheceu o loiro bonito da sua chegada ao centro de treinamento. Ao lado dele, havia outro macho com cavanhaque e tatuagens numa têmpora, outro fortão com roupas saídas de uma revista GQ, e um terceiro com um olho de cada cor, cabelos roxos e muitos piercings.

Ninguém sorria. Não, espere, o cara loiro com eletrizantes olhos azuis fez um leve aceno.

— Então esta é a sua humana — o Rei disse com voz grave. — Qual é o seu nome?

Sarah pigarreou.

— Doutora Watkins. Sarah Watkins.

— É um prazer conhecê-la. Soube que conheceu nosso garoto aqui enquanto tentava resgatar um dos meus civis daquele laboratório. Gostaria de agradecê-la pelos seus serviços prestados à espécie.

— De nada. — O que mais ela poderia dizer? — Muito bem, se eu puder só...

O Rei falou por cima dela — o que era melhor do que ser decapitada, Sarah concluiu.

— No entanto, você não pode ficar no nosso mundo. Não posso permitir que fique...

Murhder o interrompeu:

— Há humanos em toda parte do centro de treinamento...

— Eu *sei* que você não acabou de me interromper — o Rei estrepitou para Murhder. Depois se concentrou em Sarah. — Entenda, sei que não pretende nos fazer mal. Sinto no seu cheiro. — Ele tocou na lateral do nariz. — Você não tem motivos dissimulados e não está mentindo. Mas...

— Ela está correndo perigo! — Murhder o interrompeu. — Já mataram o noivo dela quando ele ficou sabendo do laboratório secreto. Farão o mesmo com Sarah. Ela está pedindo asilo por conta do CEO...

Aquele com a tatuagem no rosto mostrou a tela do celular.

— Ele está morto. Imagino que estejam falando do doutor Robert Kraiten, CEO da BioMed. Ele foi encontrado morto no chão da cozinha de sua casa há duas horas, com uma faca nas mãos e os intestinos esparramados por todo o lugar. Portanto, se é essa a ameaça a qual se referem, ela já foi neutralizada.

– Maldição! – Murhder disse baixinho.

Sarah piscou.

– Ele se suicidou?

– Ele se estripou, seria um termo mais correto – disse o vampiro com o celular. – E, sim, ele fez esse trabalhinho com as próprias mãos, sozinho.

– Há mais alguém da empresa que você acredita que possa querer o seu mal? – o Rei perguntou.

– Não que eu saiba... – Sarah balançou a cabeça. – Mas quem pode ter certeza? De uma coisa eu sei, não trabalho mais lá...

De jeito nenhum iriam aceitá-la, afinal...

– Ninguém mais vai voltar a trabalhar lá. – O vampiro tatuado deu de ombros e guardou o celular. – Foi tudo fechado. O cara com vazamento abdominal encerrou todas as atividades ontem. Fechou as duas instalações. Despediu todo mundo.

– Então não preciso me preocupar em passar no RH... – Sarah disse enquanto tentava assimilar as consequências de tais informações.

Encerrar as atividades de toda a corporação? Fazia sentido e, aparentemente, Kraiten não faria mais nada no futuro além de germinar margaridas no cemitério. Ainda assim, e se houvessem outros laboratórios pelo país fazendo os mesmos experimentos?

Quando ela se calou, Murhder começou a discutir em favor de sua segurança e, de imediato, a atmosfera na sala tornou-se mais agressiva, os machos começando a avançar. Eram sempre os mesmos argumentos, que outros humanos tinham permissão para ficar naquele mundo, que Sarah estava ajudando John, tudo que já tinham falado antes.

– Tudo isso não passa de desculpa esfarrapada! – Murhder ralhou. – O problema de vocês é comigo e não com ela, certo?

O macho tatuado falou acima do debate:

— Enfim você entendeu. Não vai ficar por aqui, garotão. Então, ela também não. É simples assim.

— Posso cuidar dela...

— Você não consegue nem cuidar de si próprio...

— Vá se foder!

— Parem! — Sarah ladrou alto. — Apenas *parem*.

Com a cabeça latejando e as emoções à flor da pele, ela inspirou fundo algumas vezes no silêncio subsequente. Todos os homens — machos — se concentraram nela. Sarah encarou o Rei.

A petição não daria em absolutamente nada. Por mais que soubessem que ela não tinha nenhum motivo escuso, era evidente que jamais confiariam em Murhder e era por esse motivo que ela não tinha permissão para ficar.

Com o coração pesado, pensou no que ele lhe dissera no carro, lá fora. Não queria que ela soubesse quem, de fato, ele era.

Só que, na verdade, esses machos é que não sabiam quem ele era. Mas, divirta-se tentando convencê-los do contrário.

— Não quero causar problemas — ela disse ao Rei. — E não cabe a nós questionar a sua decisão. Voltarei para o meu lugar. Eu só... prometi a Nate que me despediria antes de partir, e também quero passar as minhas ideias sobre um possível tratamento adequado para John. Permitirá que eu faça isso antes de ir embora?

O Rei inclinou a cabeça.

— Sim. E quanto ao jovem, nós nos certificaremos de que ele tenha um lugar dentro da espécie.

— Ele precisa de uma família — Sarah ouviu-se dizer. E depois lembrou-se de que, na realidade, ele jamais vira o mundo do lado de fora. — Por favor, lembre-se também de que ele não tem referência do mundo externo ou de como é a liberdade que todos nós damos como garantida. Ele foi mantido em cativeiro a vida toda. Vocês terão que lhe dar algo além de três refeições diárias e um teto sobre a cabeça se quiserem que ele supere os traumas e o aprisionamento. Isso depende de vocês, não dele. Nate já passou por problemas demais.

O Rei abriu um sorriso, revelando as presas enormes.

– Gosto de você.

– Obrigada – ela disse, resignada. – Agradeço por isso.

– Volte ao centro de treinamento. Despeça-se. E depois você terá que partir.

– Está bem – Sarah respondeu com um peso no coração. – Farei isso.

John retomou sua forma corpórea na entrada para carros da Casa de Audiências bem a tempo de ver Murhder e a cientista humana saindo pela porta da frente. Ao seguirem pelo caminho da entrada até o Volvo de Mary, nenhum dos dois dizia nada, mas estavam de mãos dadas, ambos concentrados na neve sob os pés.

Não estavam felizes, e ele conseguia deduzir o porquê. Puxa, como gostaria de poder ajudar.

Entrando pela cozinha, nos fundos, cumprimentou os dois *doggens* que preparavam cupcakes para a sala de espera, e depois foi para o vestíbulo da entrada. Não havia civis esperando na sala à direita, um fato surpreendente. Ainda havia umas boas horas noturnas nas quais Wrath poderia receber as pessoas.

Mas com Murhder ali? Acompanhado de uma humana? Sem dúvida o lugar fora evacuado por excesso de cautela.

O arco de entrada para a sala de jantar estava aberto, as enormes portas afastadas em suas dobradiças de latão, e John sentiu uma pontada de inveja ao olhar para dentro. Tohr, V., Rhage e Butch estavam ao redor de Wrath, os cinco sem dúvida discutindo "assuntos da Irmandade".

Tohr ergueu o olhar. Sorriu. Gesticulou para que se aproximasse.

– Venha, John.

Uma parte sua quis recusar o convite. Mas o que ele queria provar com isso, e para quem?

Entrando na sala de jantar, olhou para o lustre reluzente e para o elegante tapete oriental, e depois para as arandelas e as cortinas pesadas e fechadas.

Tudo muito diferente do apartamento de merda que conseguia pagar com seu salário de lavador de pratos.

— E aí, tudo bem? — Tohr perguntou de modo casual. Os olhos dele eram francos e diretos demais para aceitarem um "tanto faz". — Você parece bem.

Bom, tinha tomado banho antes de organizar o encontro com Beth, Mary e Bella.

Wrath ergueu o olhar apesar não vê-lo. Quando as narinas do Rei inflaram, John teve um instante de ansiedade — e, como esperado, as sobrancelhas desapareceram por trás dos óculos escuros.

Será que ele sentia o cheiro da morte?

— Fiquei sabendo que você foi a campo esta noite — disse Wrath. — Não foi uma ideia genial, mas ouvi que foi bem-sucedido.

John ergueu as mãos e gesticulou: *Murhder é um lutador incrível. Formamos uma boa equipe.*

Tohr desviou o olhar depressa, V. traduziu aquilo junto ao ouvido de Wrath, e John continuou: *Por que todos vocês o odeiam tanto?*

— Não vamos nos concentrar nele — Tohr falou sem perder a compostura. — Quero saber: como você está se sentindo?

Na verdade, vim ver você, John sinalizou.

— Ah, sim, claro. Quer conversar? — Quando John assentiu, Tohr se afastou do Rei, dos Irmãos, e se aproximou do filho. — Algo errado?

Quando Tohr apoiou o braço pesado nos ombros de John, este conteve um retraimento de dor e deixou que o Irmão o conduzisse. Em seguida, estavam fechados numa saleta que parecia saída de uma das histórias de Agatha Christie: os painéis de carvalho nas paredes, a lareira acesa exatamente onde todos os suspeitos se reuniriam no fim para ouvir a conclusão de quem era o culpado.

Aprendera sobre Agatha Christie com Mary.

– O que foi? – Tohr sentou-se num sofá de couro vinho-escuro. – O que posso fazer para ajudar?

John ficou andando de um lado a outro. Em sua mente, quando rascunhou a lista de pessoas com quem tinha ligações, visualizara esse encontro com Tohr como uma cena comovente entre pai e filho, os dois se abraçando. Refreando lágrimas. Fazendo declarações másculas do tipo "tive a honra de ser seu filho" que seriam respondidas com "você foi o melhor filho que eu poderia ter tido".

Mas agora que estava ali? Foi parecido com o que aconteceu com as fêmeas. Quis fazer todo tipo de pronunciamento sublime para Beth, Mary e Bella, mas, em vez disso, apenas ficou lá sentado com elas, lembrando-se de como fora no início, o começo da ligação dos pontos que o levou até a mansão.

Nesses fracassos dos ápices dramáticos e emocionais, John se sentia como um garoto imaginando o próprio funeral – e que depois apareceria como fantasma só para descobrir que todo o sofrimento e choro imaginados não aconteceram. Em vez disso, apenas lenços de papel e narizes escorrendo, e então todos iriam se servir no buffet oferecido.

Na verdade, isso também não estava certo. O fracasso pertencia a ele. Não às fêmeas, que nem sabiam que ele estava morrendo, e John não teve coragem de lhes contar.

Era tão mais difícil lidar com emoções quando elas não eram hipotéticas. Quando se está, de fato, diante de alguém para quem precisa dizer algo difícil, quando a garganta aperta e é difícil respirar direito e o cérebro – que antes disparava trilhas sonoras dignas de imagens do Instagram com o sol se pondo na praia e picos de montanhas com nuvens – se torna um branco como a neve e Todos-os--Momentos-Perfeitos-e-Importantes-de-Hollywood dão em merda.

Dito isso, lá estava ele com Tohr – e estava mais frustrado do que no clima para uma despedida.

Só pra você saber, John sinalizou. *Murhder não me levou para o campo de batalha. Eu o encontrei lutando e me juntei a ele. Se está me colocando na lista dos erros dele, precisa rever isso.*

Tohr murmurou algo e olhou para a lareira.

— Juro que esse cara é encrenca. Não consigo me livrar dele...

John assobiou para que Tohr olhasse de novo para ele.

Por que você haveria de querer isso? Sabe que há um inimigo novo por aí. Precisamos de lutadores — precisamos de Irmãos.

— Não é tão simples assim, John.

Então me explique as dificuldades. Explique para mim por que um cara que não fez nada a não ser ajudar as pessoas está sendo tratado como criminoso. E quanto a obrigar Sarah a ir embora, a shellan *de Rhage era humana. A de V. também. O* hellren *de Payne ainda é humano. Até Assail teve permissão para ficar com Sola. Por que não querem deixar que...*

— Já considerou a possibilidade de a doutora Watkins ser uma espiã? Alguém que está aqui para juntar informações sobre a espécie e usá-las contra nós?

Wrath sente o cheiro de mentiras. Ela acabou de vê-lo. Ele saberia.

— As coisas mudam. As pessoas mudam. Puxa, John, a sua própria companheira esteve num desses laboratórios. Você sabe o que esses humanos são capazes de fazer. Por que está brigando por causa disso?

Eu estava lá com Sarah. Eu a vi com Nate. Ela saiu do laboratório secreto com ele, foi até lá para salvá-lo. Alguém que nos quer para pesquisas não vai ajudar e instigar uma fuga.

— Ok, tudo bem, então vamos fazer de conta de que não há nada de errado com ela. Mesmo assim, Sarah não tem um patrocinador no nosso mundo. Murhder não vai ficar em Caldwell, e não precisamos de uma humana qualquer solta por aí.

Ele está vinculado a ela.

— Talvez por dez minutos. Olha só, John, você não o conhece como nós conhecemos. Não podemos confiar em Murhder. E não vou mais discutir isso com você.

Por quê? Porque é assunto da Irmandade?

— John, sabe que não é isso. E por que está agindo assim? O que Murhder andou dizendo para você?

Sei o que é ser excluído. Passei a minha vida inteira assim — e isso ainda é verdade. Por isso tenho empatia pelo macho. Mais especificamente, não sei que diabos aconteceu no passado, mas Murhder não foi nada além de muito direto comigo. Não sei quanto tempo mais eu tenho, por isso não tenho nada a perder, e vou falar o que penso, porra! Vocês o estão tratando como se ele fosse o inimigo.

Tohr esfregou o rosto como se tudo dentro do crânio doesse.

— John. Você não vai morrer por causa...

Com um movimento rápido, John arrancou a blusa e puxou a camisa de manga longa pela cabeça. Quando Tohr sibilou chocado ao ver a ferida preta e feia, John se inclinou para mais perto, só para garantir que o Irmão não deixasse de notar todos os detalhes.

Não me diga que isso não vai me matar, está bem?, sinalizou. *E não me diga que Murhder não pertence à Irmandade. Porque essas duas afirmações são umas mentiras do caralho.*

Capítulo 44

Sarah entrou no centro de treinamento segurando a mão de Murhder, e a sensação da palma grande envolvendo a sua parecia certa por inúmeros motivos: Nós contra o mundo. Somos um casal. Um "eu te amo" bilateral, e não apenas de um dos lados.

Uma pena que estivessem numa contagem regressiva.

Como ambos sabiam o que estava por vir, nenhum deles falou muito no trajeto de volta e, quando chegaram à série de portões, Sarah se distraiu observando o cenário invernal na floresta, que voltou a ficar nebuloso. Tão estranho. Era como uma ilusão de ótica.

Que pena que não tinha mais tempo ali. Havia magia nessa parte do mundo, eventos sobrenaturais que ela adoraria aprender, vivenciar, experimentar em primeira mão. Em comparação, o mundo humano parecia ter apenas uma dimensão. Era desinteressante. Pouco notável.

Ou talvez fosse a perspectiva de uma vida sem Murhder.

— Vou fazer companhia a Nate enquanto você fala com a doutora — ele disse.

— Eu te procuro quando tiver terminado...

Ao longe, uma porta da parte clínica das instalações foi escancarada e a médica em questão derrapou para fora do corredor. Quando viu Sarah, foi correndo na direção dela, os Crocs batendo no piso, o uniforme hospitalar e o jaleco balançando atrás de si.

— Meu Deus, é o Nate! — Sarah disse. — O que...

— Você estava certa! — A doutora Jane segurou a mão livre de Sarah. — As amostras de sangue estão do jeitinho que você queria ver! A contagem de glóbulos brancos está disparada, e a atividade do sistema imunológico está tão alta... É o que você tinha esperanças de encontrar!

Sarah soltou a mão de Murhder.

— Mostre pra mim!

As duas correram para a clínica e por pouco não demoliram a entrada para a saleta das instalações que usavam para exames rudimentares. Ehlena, a enfermeira, estava sorrindo junto a um refrigerador com um adesivo de "risco biológico" na frente.

A doutora Jane puxou uma folha da impressora que estava num canto.

— Aqui estão os resultados.

Sarah leu as informações e, enquanto as revisava, teve que se lembrar de que o normal dos vampiros era diferente.

— Ok... — murmurou para si mesma. — Então a reação imunológica é notável. Em termos evolutivos, faz sentido. Por causa da imensa quantidade de mudanças sofridas pelo corpo durante a transição, as infecções podem acontecer com facilidade em decorrência de hemorragias no trato digestivo ou do transbordamento dos pulmões. E então a contagem de glóbulos brancos tem que voltar ao normal. Deixe-me ver se Nate pode nos dar mais uma amostra de sangue. Se a contagem dos glóbulos brancos estiver ainda menor, a minha teoria pode estar correta. Nesse caso... podemos tentar enganar o organismo de John a acreditar que está passando pela transição novamente, o que irá estimular uma reação imunológica.

Jane assobiou baixinho ao recostar-se na bancada junto ao microscópio.

— Pode ser catastrófico.

— Sabe o hormônio do crescimento, aquele que dispara a transição? — Sarah bateu no papel. — Aposto que deve ser um gatilho da pituitária. O mesmo acontece com os humanos, só que, para nós, o HGH é secretado no decorrer do tempo, o que permite que a maturidade seja um processo gradual. O mecanismo para os vampiros deve ser semelhante, só que é disparado de uma vez. Se queremos acelerar o sistema imunológico de John, poderíamos disparar a transformação sinteticamente.

— Mas e se não funcionar? — Jane disse ao esfregar a nuca como se ela estivesse rija. — Algo que descobri sobre os vampiros é que as regras normais da medicina nem sempre são aplicáveis. E se isso o matar? Ou o deformar?

Sarah encarou as colunas de números sem enxergá-las.

— Que pena que não podemos testar isso antes...

— Eu testo.

As três olharam na direção da porta. Murhder estava parado na soleira, logo na entrada do laboratório, o corpanzil apequenando o espaço. Os olhos estavam tranquilos e firmes; o rosto, composto.

Como se não tivesse acabado de se prontificar para ser cobaia de um experimento que poderia levá-lo ao túmulo. Mesmo estando perfeitamente saudável.

— O que foi? — ele perguntou quando Sarah e as duas fêmeas continuaram a encará-lo. — Vocês precisam de alguém para experimentar essa hipótese, essa coisa da transição. Precisam saber se vai funcionar e se é seguro, certo? Antes de fazer isso em John. Então, eu me voluntario.

Sarah pigarreou.

— É apenas uma teoria bem especulativa. Há riscos enormes envolvidos, e nem tenho certeza de que estou certa.

— E daí?

Sarah deixou a folha de lado e se aproximou de Murhder.

— Com licença um instante, sim? — ela disse para ninguém em particular.

No corredor, certificou-se de fechar bem a porta ao sair.

— Isto é inerentemente perigoso.

— Estou ciente.

Erguendo o olhar para aquele rosto lindo, Sarah ficou abismada com a necessidade de protegê-lo da sua própria ideia.

— Não posso deixar que você faça isso...

— Você não está me obrigando a nada. E também não pode me impedir de ajudar.

— Murhder, não quero ser responsável por te matar. A questão é essa. Não vou conseguir viver sabendo que...

— Você não vai se lembrar! — Ele esticou a mão e tocou em seu rosto. — Meu amor... Você não se lembrará de nada.

Lágrimas inundaram os olhos de Sarah, tudo o que estava tentando conter escapando de uma vez. Quando despencou em cima dele, chorou pela perda que estava por vir, e pela coragem que ele demonstrava, e pelo fato de que, de todas as perdas que poderia ter tido na vida, por que... por que a sua tinha que ser a do amor verdadeiro?

Murhder a abraçou enquanto Sarah chorava, afagando suas costas, seu corpo a aquecendo mesmo enquanto ela sentia um frio de gelar os ossos. Quando, por fim, ela se afastou, ele a beijou com suavidade.

— Sarah, preste atenção. — Ele desviou os olhos dela, focando acima do ombro, no corredor que seguia até a garagem. — Quando vim para Caldwell, a fim de pedir à Irmandade que me ajudasse a encontrar o que no fim acabou sendo Nate... Eu sabia que não voltaria para o lugar em que estive até então. Sabia muito bem que seria o fim para mim, e fiquei em paz com isso. Nas últimas duas décadas, não tive lá uma grande vida, e está claro que não me encaixo mais em lugar nenhum. Viver no sótão de uma casa antiga conversando com morcegos, observando os humanos seguirem suas vidas ao meu redor? É tudo o que tenho e é só com o que sei lidar. Conhecer você...

— Seu olhar voltou para ela. — Ah, Sarah. Você foi a melhor coisa que já aconteceu comigo. Mas, por mais que eu queira lutar por você, por nós... o Rei e a Irmandade não aceitarão, e mesmo que você e eu possamos fugir, eles nos encontrariam. É assim que eles são. Diabos, eles encontraram Ingridge. Podem encontrar qualquer um. Você vai voltar para o seu mundo humano e acabarei voltando àquele sótão para apodrecer.

Murhder juntou as mãos dela, os polegares afagando as palmas.

— Então, vamos fazer pelo menos isso juntos. Vamos, eu e você, tentar salvar a vida de John. E se eu morrer? Estarei em paz por ter morrido fazendo uma boa ação, e você não se lembrará de nada deste sofrimento. Também estará livre. Pode ser o nosso legado juntos, a nossa marca no mundo. Mesmo que eu morra e que você não tenha nenhuma lembrança de mim, se John viver? Ele será a prova de que você e eu existimos.

Sarah piscou para afastar novas lágrimas. Não bastou. Elas escorreram pelo seu rosto. Para muitos casais, ter um filho era a maneira de cimentar o amor. Ela e Murhder jamais teriam essa imortalidade.

Mas se salvassem a vida de John? Os filhos dele também seriam seus, de certo modo.

— Não chore, meu amor... — Murhder disse naquela voz carregada de sotaque. — Este é um fim melhor do que qualquer um que eu podia ter imaginado.

Demorou um tempo para Sarah conseguir falar.

Estendendo a mão, ela afagou o rosto dele e tentou se lembrar de cada uma das feições com o intuito de que, talvez, algo dele permaneceria depois que roubassem as suas lembranças.

— Só para você saber — ela pontuou, rouca —, você é *exatamente* o macho que penso que é.

Capítulo 45

Tiros disparados. Esquinas em becos. Falta de claridade no caos, a morte uma consequência de uma decisão ruim...

– Cuidado, John!

Na tela plana, o avatar foi atingido na cabeça e o sangue jorrou, o zumbi que o acertara se afastando para perseguir Blay e Qhuinn.

O primeiro foi responsável por vingá-lo, mirando suas armas virtuais para atingir o cadáver animado até que ele estivesse tão varado de balas que o filho da mãe poderia escorrer água de macarrão. E a morte foi atingida: os alto-falantes do sistema de som tocaram uma sinfonia ampliada de balas sendo disparadas, com toda a magia do cinema com seus graves e agudos.

Ao se recostar na base da cama, John esticou as pernas no tapete e pensou que os tiros na vida real não se pareciam em nada com a cena. Estouros surdos e abafados no ouvido eram mais prováveis de se ouvir quando uma pistola ou um rifle eram acionados. Espingardas eram um pouco mais dramáticas, mas também nada como a TV ou a tela grande retratavam.

Olhando para seus melhores amigos, lembrou que, quando os três começaram a brincar com tais jogos, não sabiam o que era uma guerra de verdade. Eram pré-trans num programa de treinamento, animados com a perspectiva de aprender a lutar, de sair para brigar com o inimigo, percebendo seus potenciais como machos de valor.

John fora o mais esquelético dos três, um alvo fácil para Lash – caramba, que pé no saco aquele cara foi. E, em meio a tudo isso, Blay e Qhuinn já eram melhores amigos, sem nenhuma pista de que acabariam juntos para sempre. Que foi o que aconteceu. Afinal, certas coisas simplesmente fazem sentido, e o ruivo de temperamento sério e franco formando um par com o macho selvagem e durão cheio de piercings era uma das equações cujas soluções são inevitáveis.

E eles ainda eram bons no videogame. Ambos estavam inclinados na direção dos controles, as sobrancelhas franzidas, concentrados, os polegares e os indicadores se mexendo rápido à medida que iam de um lado a outro.

E tinham mesmo que ser bons. Passaram incontáveis horas, os três, sentados assim, no carpete, diante da peseira da cama de um deles, com tigelas de nachos, garrafas de Mountain Dew e embalagens de M&Ms espalhadas pelo chão. Agora que John pensava naquela época, foi legal perceber que teve a experiência de uma infância normal, no fim das contas.

Claro, em meio a vampiros, sendo um vampiro – que surpresa! Mas, graças a Blay e Qhuinn, soube o que era pertencimento.

E eles estiveram ao seu lado durante as transições, as vinculações... assim como ele esteve presente no nascimento de Lyric e Rhampage.

Enquanto continuavam a jogar, recostou-se e ficou observando. Pelo menos, sabia que os dois ficariam bem quando ele se fosse. Tinham um ao outro e os gêmeos.

– John?

Quando Blay proferiu seu nome, ele voltou ao presente e assobiou num crescente, seu modo de perguntar "e aí?".

– Está tudo bem? – o macho abaixou o controle. – Você está muito calado.

Sou mudo, lembra?, ele sinalizou com um sorriso.

— Rá-rá.

Qhuinn ainda jogava, e todo fanfarrão, virando à esquerda e à direita, correndo para a frente e para trás, coordenando os movimentos dos dedos à perfeição para controlar o avatar na tela.

Ele é bom mesmo nisso, John sinalizou.

— Foi por isso que o aceitaram como Irmão.

Enquanto Blay fitava o companheiro, seus olhos brilhavam com amor acanhado e afeto evidente, e John tentou recordar a última vez em que os três passaram algum tempo juntos. Meses atrás? Mais ainda? Sempre havia tantas ocupações, ainda mais agora que eles tinham filhos. Também havia a questão dos turnos de trabalho que às vezes os colocava juntos, às vezes não.

Senti falta de vocês, ele sinalizou.

Blay desrosqueou a tampa de um Mountain Dew.

— Já faz tempo, né? Por que não fazemos isso com mais frequência?

A vida se mete no meio, John sinalizou ao voltar a se concentrar na tela.

Os dois começaram a torcer pelo último homem que resistia.

Que pena, John pensou, que foi preciso a morte chegar para ele apreciar tanto os vivos.

Quando imaginava que dispunha de um tempo infinito, não tinha urgência em se aproximar e se conectar com quem lhe era importante. Graças à sensação de que poderia fazer algo assim em qualquer noite que bem quisesse, deixou-se levar pela complacência que permitia ao desimportante em sobreposição ao que contava de verdade.

A juventude desperdiçada nos jovens.

A vida nos vivos.

— Tem certeza de que está tudo bem, John? — Blay perguntou.

— A boa notícia é que a noite está quase acabando. — Murhder disse ao fechar o quarto do paciente. — Não podem me obrigar a te levar agora. Não conseguirei dirigir até a sua casa em Ithaca a tempo.

Inferno, odiava a ideia de ter que deixá-la.

Sarah deu um sorriso de leve.

— Nada de luz do sol para você.

Ele não gostou dos círculos escuros ao redor dos olhos dela, e da palidez de Sarah. Enquanto ela e Jane trabalhavam no laboratório, analisando amostras de sangue e consultando Havers, o curandeiro de uma vida inteira da raça, Murhder lhes levou uma refeição preparada por Fritz de acordo com suas exatas especificações. Frango. Arroz pilaf. Vagem. Pãezinhos e torta para sobremesa. Café.

Isso tinha sido horas antes... Mais ou menos no momento em que confirmaram com Havers que uma versão sintética do hormônio do crescimento, humano em sua derivação, pelo menos em teoria funcionaria – e, pelo jeito, "funcionaria" significava "não mataria completamente o porquinho-da-índia". Não que Murhder se importasse.

Lutou por tanto tempo: com *redutores*, com humanos quando necessário, com seus Irmãos quando havia discussão. E, depois, brigou com os parentes de Xhex. Com aqueles cientistas.

Com a insanidade.

Esta foi o pior e o mais duradouro de seus inimigos.

Agora, porém, estava pronto para abaixar a espada e o escudo. Estava preparado para se entregar ao decreto do destino, sem nenhum controle com o resultado de vida ou morte – e isso não o preocupava.

Era algo bastante fácil. E tranquilo.

Uma aceitação plácida acalmando águas turbulentas.

Concentrou-se em Sarah. Ela andava de um lado para outro, e por mais que quisesse tranquilizá-la, sabia que não adiantaria tentar acalmar seu nervosismo.

— Havers vai pegar a somatropina de uma fonte confidencial num hospital na Nova Inglaterra. — Sarah se abraçou e continuou a andar para a frente e para trás no espaço pequeno. — Devemos recebê-la lá pelas três da tarde. Se você... — Ela parou e pigarreou. — Considerando-se que você consiga tolerá-la e dependendo das suas reações físicas, podemos obter uma segunda dose para John.

Ela parou de repente e o encarou.

— Tem certeza de que quer fazer isto? — Quando Murhder assentiu, ela se aproximou com urgência. — Preciso que entenda os riscos envolvidos. Não temos a mínima ideia de como reagirá à dose suficiente para estimular o que acontece durante a transição. Sei que providenciou alimentação antes de irmos em frente, mas isto é...

Murhder parou diante de Sarah e encostou um dedo nos seus lábios.

— Psiu. Temos um pouco de tempo agora. Não vamos desperdiçá-lo.

— Murhder, estou falando sério. Estou preocupada com isso. Todas as conclusões lógicas no mundo às vezes não fazem sentido...

— Tem água quente ali dentro. — Ele apontou por cima do ombro. — Que tal um banho? Eu lavo as suas costas, você lava as minhas?

Sarah o encarou.

— Você não vai me deixar falar sobre o experimento, vai?

— Não. Já tomei a minha decisão.

O rosto da cientista ainda estava intenso, os olhos brilhavam, os lábios estavam contraídos, mas ela se deixou conduzir até o banheiro. E logo ele foi dar uma olhada no chuveiro. O box tomava conta de uma parede inteira e até tinha um banquinho. Barras de apoio. Onde poderiam se segurar.

Nem ele poderia ter projetado de maneira melhor.

Deslizando a porta de vidro, ligou a água quente e se virou para sua fêmea.

— Quero te saborear. Inteira.

Em determinado momento ela tinha vestido um jaleco e, um a um, ele foi abrindo os três botões grandes da frente. Tirando-o dos ombros, partiu para o uniforme hospitalar por baixo, arrancando a blusa folgada por cima da cabeça e soltando o cordão das calças que desceram pelas coxas.

Ela estava sem calcinha. Vestia um sutiã esportivo de sustentação e nada mais.

— Peguei emprestado — ela murmurou puxando uma das alças elásticas. — Eles oferecem novos para as trainees, caso o delas arrebente durante os exercícios.

Murhder estava absolutamente distraído pela visão do sexo de Sarah, mas retomou o processo de despi-la, deslizando os polegares por baixo do elástico e suspendendo-o. Quando os seios se libertaram, ele não pôde resistir. Agarrou um dos mamilos, lambendo, chupando, beijando.

Quando ela afundou os dedos em meio aos cabelos compridos dele, e o incitou a se aproximar mais da sua pele nua, Murhder arrancou a camisa emprestada, rasgando a seda ao meio, e os botões saíram voando no piso de ladrilhos. Tampouco foi gentil com as calças, puxando, empurrando...

Por fim, estavam nus.

Debaixo do jato de água quente, encontrou os lábios dela enquanto as mãos navegavam pelas curvas do corpo. Sabendo que provavelmente seria sua última vez com ela — apesar de ser apenas a terceira, caso estivesse contando —, não teve pressa, afagando as nádegas, acariciando a pele.

As presas se alongaram, e ele quis partir para o pescoço de Sarah. Mas se conteve.

Ajoelhando-se diante dela, deixou uma trilha de beijos no abdômen, provocando o umbigo com a língua, espalmando os seios enquanto a admirava.

– Minha Sarah... – grunhiu ao circundar a coxa com a mão. – Me dê o que quero.

Suspendendo a perna dela, apoiou-a sobre seu ombro e foi em frente, abrindo caminho com a língua, sondando o seu sexo, adorando-a com a boca. Sob a queda d'água, ouviu-a gritar seu nome antes de sentar-se no banco.

Perfeito. Tinha mais acesso assim.

Deu-lhe prazer com a boca até ela atingir o orgasmo contra seus lábios; ela rebolava o quadril, seu centro retribuiu o beijo quando gozou. E Murhder não a deixou parar. Havia muito a aprender, ainda mais quando acrescentou os dedos, penetrando-a, encontrando um ritmo novo.

Observou-a o tempo inteiro, a cabeça pendente, a água escorrendo, uma chuva cálida nos olhos fechados, na boca aberta, nos mamilos e nos seios enrijecidos.

Ela era a coisa mais linda que ele já vira.

E desejou que tivessem mais tempo.

Capítulo 46

Sarah estendeu os braços nos azulejos aquecidos do chuveiro e deixou a cabeça pender para trás. Não conseguia se lembrar de ter se sentido tão livre com seu corpo. Não estava pensando se os seios estavam caídos para os lados, ou quando fora a última vez em que depilara as axilas, ou se o homem entre as suas pernas lhe dava prazer porque achava que devia fazer daquele jeito em vez de querer de verdade.

Não tinha nada na cabeça a não ser a sensação dos dedos entrando e saindo de dentro de si e na maneira incrível como a língua lambia ao redor do seu sexo... Baixou o olhar para ver o que ele estava fazendo.

Ao se deparar com os brilhantes olhos azuis, teve orgasmos demais para serem contados.

E ele parou.

Erguendo-se, ela sustentou a cabeça que agora pesava uns quinhentos quilos e tentou se concentrar...

Murhder sorria. E não do jeito sensual do tipo "eu sou demais". Mas de um jeito "você é linda".

Quis retribuir o sorriso, mas notou o quanto as presas dele estavam alongadas. A avidez dos olhos. A intensidade do perfume.

Sentando-se ereta no banquinho, mas mantendo as pernas afastadas, Sarah abriu a boca dele com o indicador e acariciou um dos caninos compridos.

— Quero saber como é... — Quando ele de pronto meneou a cabeça, ela disse: — Esta é a minha única chance. E sei que você também quer.

O peito amplo dele começou a arfar, e aquele ronrom vibrou pela garganta.

— Sarah...

Retomando a postura relaxada no banco, ela virou a cabeça de lado, expondo a jugular.

— Venha.

Não havia maneira adequada de descrever o modo erótico como os lábios dele se afastaram e as presas afiadas reluziram à luz do teto.

— Não vou tomar demais — ele jurou com uma voz gutural.

— Eu sei. Confio em você.

— Não deveria.

Ela balançou a cabeça com tristeza.

— Sempre terei mais fé em você do que você mesmo.

Os olhos reluziram num neon quando Murhder se posicionou acima dela, tomando-a num beijo arrebatador. E, depois, entre as pernas, Sarah o sentiu entrar de novo, não com a ereção, mas com os dedos. Dois dedos. Deslizando para dentro e para fora.

Devia estar saciada a essa altura, mas ele a deixou faminta de novo.

E bem quando Sarah voltava ao orgasmo, Murhder interrompeu o beijo, e ela se preparou para a penetração na garganta.

A mordida não foi dada no pescoço.

As contrações ritmadas do seu sexo se espalharam por todo o corpo numa explosão de êxtase, e ela sentiu uma dor afiada na parte interna da perna, onde a coxa se unia ao tronco... a menos de um centímetro do sexo pulsante.

Gritando, e suas pálpebras se abriram, ela baixou o olhar para a cabeça abaixada.

Ele estava em sua pele, em sua veia, e... ah... ele começou a chupar, os lábios sedosos sugando, os cabelos negros e vermelhos espalhados sobre o seu quadril, os dedos ainda entrando e saindo...

Não havia palavras para descrever o que sentia, a sobrecarga de sensações levando-a até outro plano de existência, libertando-a da forma corpórea, lançando-a ao paraíso. A dor onde as presas penetraram era como a de uma faca e recomeçava a cada gole sorvido, mas o prazer era um rugido, um fogo selvagem absoluto que consumia tudo em sua intensidade e duração.

Certo tempo depois, ele suspendeu a cabeça. Os olhos pareciam preocupados.

– Mais... – ela pediu rouca. – Quero mais...

O ronrom foi tão audível que abafou o som da água caindo, e, então, ele afastou os lábios e revelou as presas.

Dessa vez, quando ele atacou, Sarah sabia o que esperar, e estava ansiosa pelas ferroadas gêmeas, bem ciente do prazer subsequente. Murhder não a desapontou. Mais uma onda da paixão vulcânica se levantou, sobrenatural, inacreditável.

Ela estava com outra criatura, algo que não era humano. Uma entidade capaz de matá-la.

Um vampiro.

E ela o amava.

Murhder só queria continuar. Queria beber de Sarah, bem junto ao sexo dela, tão perto que conseguiria saborear seu cerne junto com o sangue, pelo resto de sua vida e da dela.

No entanto, jamais a colocaria em perigo.

Teve que se forçar a soltar sua carne, a veia deliciosa – mas foi recompensado por uma vista incrível. Erguendo a cabeça, ele a encontrou perdida em êxtase, com os seios duros, o rosto corado, as pernas frouxas e totalmente abertas para ele.

Guardaria a imagem para sempre pelo tempo que lhe restava.

Em seguida, foi cuidar dela. O sangue se empoçava nas marcas das perfurações que fizera – o segundo par –, e ele sentiu a fome ressurgir dentro de si novamente. Mas não. Selaria a veia dela, lhe daria mais prazer e depois os dois se sentariam sob a água aquecida, abraçando-se... até que chegasse a hora de ele tomar a droga.

Abaixando-se de novo onde esteve antes, esticou a língua e a passou pelas marcas gêmeas que deixou nela. Lambeu. Sugou. Certificou-se de que estavam fechadas e depois lambeu o sexo um pouquinho mais porque tampouco conseguia se fartar daquilo.

Em seguida, afastou-se dela, seu corpanzil muito maior dominando o corpo gracioso, o predador clamando seu desejo, sua necessidade.

Segurando o pau, colocou a cabeça no centro dela, empurrando fundo. Os seios registraram a penetração, empinando-se sob o jato de água enquanto balançavam com o impulsos, e ele os tocou, acariciando os mamilos com os polegares.

Cerrando os dentes, bombeou dentro dela, e Sarah o segurou com firmeza, ainda que o restante do corpo estivesse completamente relaxado. Alcançando uma das barras afixadas à parede, ele se segurou com força, usando-a para ir ainda mais fundo.

Pouco antes de gozar, afastou-se e jorrou sobre o sexo dela, sobre o ventre, até sobre os seios com a sua essência. Marcando-a. Em seguida, voltou a penetrá-la e a encheu por dentro também.

Murhder gozou por mais tempo do que em toda a sua vida. E quando, por fim, expeliu o último jato, despencou sem aviso, batendo de mau jeito com a cabeça na barra. Não que se importasse.

Respirava fundo. Estava tonto. Estava perdido e havia se encontrado ao mesmo tempo.

Os olhos de Sarah se abriram lentamente. E seu sorriso foi o amanhecer que ele nunca veria do lado de fora.

Só que, nessa hora, ela franziu o cenho.

– Por que está chorando?

Engraçado, ele pensou. Foi a mesma pergunta que ele fizera quando ficaram juntos da primeira vez.

– Estou? – ele sussurrou.

Sem esperar uma resposta, ele a pegou nos braços e ficaram sentados juntos no chão, Sarah em seu colo. Enquanto se abraçava a ele, ela apoiou a cabeça no peitoral, e Murhder se acomodou de novo junto à parede.

Com a água quente caindo em sua cabeça, sua visão estava borrada, e ele comentou consigo mesmo que as trilhas quentes que escorriam em suas faces e desciam pelo maxilar eram apenas a água do chuveiro fazendo o seu trabalho.

Também se lembrou de que o encaixe perfeito de seus corpos era significativo, ainda que apenas momentâneo.

O encontro das suas almas era eterno.

Pouco importava o que aconteceria em seguida.

Capítulo 47

— *Não* vou deixar você dizer.

Quando Xhex falou daquele jeito mandão, meio emburrado, estava junto à porta do do quarto que dividia com John. Ele estava do outro lado, no banheiro, nu diante do espelho acima da pia, cutucando a maldita ferida, flexionando o braço, virando desse lado e do outro como se tentasse avaliar a evolução do machucado.

A área da infecção – ou o que diabos aquilo fosse – estava muito maior, e não havia dúvidas sobre a piora.

— Ouviu o que eu disse? – ela estrepitou.

Ele parou a investigação e olhou para ela.

Aproximando-se dele, ela apoiou as mãos nos quadris, sabendo muito bem que estava incitando uma briga.

— *Não* existe um adeus para mim e você! – ela anunciou. – Portanto, pode parar com essa bobeira agora mesmo. Sei muito bem o que anda fazendo, indo procurar as pessoas aqui da casa, indo de um lado a outro, quer individualmente, quer em grupos. E tudo bem. Mas *não vai* fazer isso comigo porque me recuso a acreditar que você vai morrer por causa dessa coisa.

Quando John levantou as mãos para começar a conversar, Xhex deu um tapa nelas e apontou o dedo bem na frente do rosto dele.

— Vou lutar por você! Não sei o que tenho que fazer nem aonde temos que ir, mas isso. — Ela apontou o dedo na direção do ferimento. — Não vai ficar no nosso caminho. Não vai acabar com a gente. E você precisa aceitar o meu otimismo, John Matthew! Eu te amo. Você me ama. Somos sobreviventes. Você me ouviu?!

A voz dela foi ficando cada vez mais alta, e talvez tenha batido o pé no chão uma ou duas vezes. Mas, maldição, se o seu companheiro está desistindo, às vezes é preciso dar um belo chute no traseiro dele e...

Elas acham que encontraram uma nova abordagem, ele sinalizou. *A doutora Jane e Sarah, a humana. Acreditam que podem enganar o meu corpo a pensar que está passando pela transição de novo e, como resultado, o meu sistema imunológico reagirá agressivamente e matará a infecção.*

As mãos dele se moveram super-rápido, os dedos voando de posição em posição — como se soubesse que sua *shellan* iria dar uma de mandona de novo e falar por cima dele caso não contasse a novidade de uma vez.

— Espera. O quê? — ela disse, balançando a cabeça. Como se a ajudasse a traduzir a linguagem de sinais. — O que tem a infecção?

Sarah, a cientista, acredita que o meu sistema imunológico — se, por exemplo, for adequadamente estimulado, eu acho — poderá ganhar. Vai matar a ferida. Vai acabar de vez com essa porra. Elas acabaram de me ligar.

Era a última coisa que esperava que ele fosse dizer.

— Quando... O que... — Xhex esfregou os olhos para acabar com o ardor neles. — Desculpe, eu... Você disse que elas iriam experimentar fazê-lo passar pela transição de novo?

O plano é esse.

Xhex abaixou as mãos.

— Isso não vai te matar?

Elas vão fazer um teste em alguém antes.

— Em quem?

No Murhder. John pegou a camiseta e a vestiu. *Apesar de estar expulso daqui com a humana, ele está disposto a arriscar a vida por mim. Esse é um macho de valor.*

Espere... o quê?, ela pensou.

— Murhder vai permitir que elas façam experimentos no corpo dele? — Ok, muito bem, apenas uma pergunta retórica. Mas mesmo assim. — Ele deve ter perdido o juízo.

Assim que o disse, quis retirar as palavras, embora só ela e John estivessem ali. Parecia-lhe desrespeitoso diante de tudo o que Murhder já passara. E, p.s., que porra ele estava pensando?

Mas... e se pudesse mesmo salvar a vida de John?

— Acho que ele está determinado a ser um salvador — ela disse com a voz embargada.

Sem perceber que havia decidido se mexer, Xhex foi para a beirada da jacuzzi e se sentou. Quando ainda assim se sentiu tonta, abaixou a cabeça entre os joelhos e inspirou lenta e profundamente pela boca.

Caramba, o mundo estava girando ao seu redor, girava... e girava.

John se aproximou e se sentou ao seu lado. Quando passou o braço ao redor dos seus ombros, ela se apoiou nele, algo que não fazia com muita frequência. Sempre preferia ficar de pé sozinha. Mas, Deus... Não conseguia acreditar que Murhder estava se apressando para salvar algo de novo. Alguém, de novo.

Dessa vez seu companheiro em vez dela. Ou o macho tinha a maior consciência do mundo ou estava determinado a ser um mártir. Um *rahlman*.

— Temos que ajudá-lo — Xhex disse. — Não sei como... mas temos que ajudá-lo.

Depois que Murhder vestiu a roupa hospitalar e saiu do quarto de paciente com o intuito de se alimentar de uma Escolhida, Sarah estava secando os cabelos junto à pia quando Ehlena bateu e entrou. A cientista desligou o aparelho, recebeu a notícia de que as drogas haviam chegado antes do previsto e desejou desacelerar o tempo.

Tudo parecia acontecer rápido demais – o que, é claro, era o que a pesquisadora dentro de si queria. Seu coração, por outro lado, só queria que tudo se desenrolasse num ritmo arrastado.

– O pó está sendo misturado agora mesmo por Jane – informou a enfermeira.

– Ok. A sala de operações está pronta?

– Sim.

– Muito obrigada.

Quando Ehlena saiu e fechou a porta, Sarah olhou de volta para o chuveiro e pensou no que Murhder disse sobre a veia da qual se alimentaria. Ele lhe garantira que, assim como na transição de Nate, não haveria nada de sexual no encontro, e até a convidou para assistir se isso a tranquilizasse. Ela recusou por dois motivos: primeiro, confiava em Murhder; e segundo, era bem provável que ficaria com ciúme.

Apesar de ser, ok, questão de saúde, como uma transfusão, pelo amor de Deus. Ainda assim, agora que sabia como era? Observá-lo fazendo isso com qualquer uma era mais do que conseguiria suportar.

Seguindo para a porta que dava para o corredor, descobriu que era difícil deixar o quarto. Parecia haver uma linha divisória tão difícil de transpor entre o que ela e Murhder partilharam ali dentro e todo o desconhecido que os aguardava...

Murhder abriu a porta.

Sarah ficou sem ação. E depois deu um pulo para trás.

– Você cortou os cabelos! Caramba!

Murhder passou as palmas pelo cabelo recém-cortado, as madeixas vermelhas e pretas tinham sumido, deixando apenas uma corte rente muito mais leve do que aquilo que ele deixara crescer no decorrer do tempo.

– O que você fez...? – ela sussurrou ao levar as mãos à boca.

Enquanto ele explicava – algo a respeito de não ter cortado o cabelo em vinte anos –, ela só conseguia pensar no filme *Flores de aço*. Quando a bendita Julia Roberts cortou a gloriosa juba antes do transplante. Porque quis "simplificar as coisas".

E, pouco depois, ela teve um colapso e foi acoplada a todo tipo de fios e aparelhos, e a mãe acabou sentada à cabeceira de sua cama, lendo matérias sobre maquiagem para a filha.

E depois a garota morreu.

— Sarah?

Ela voltou ao presente.

— Desculpe. Você tem razão. É apenas cabelo.

Murhder esfregou a palma grande pelo comprimento curto.

— Está tão sedoso. Experimenta.

Ela o atendeu, e ele estava certo quanto à maciez. Mas só conseguia pensar que talvez ele não estivesse mais por ali para deixá-lo crescer mais uma vez.

Não era de se admirar que o departamento que liberava o uso de medicamentos novos fosse tão rígido em relação aos experimentos das drogas. O que eles estavam prestes a fazer era loucura — e jamais aconteceria com um humano. Contudo... mesmo quando pensou no assunto, teve que considerar os corajosos pacientes com câncer que se prontificavam a tomar os remédios que ela e seus colegas desenvolviam no campo da imunoterapia. Isso não era diferente.

Só que Murhder não estava doente.

— Vai ficar tudo bem — Murhder a tranquilizou. — Tudo vai acabar do jeito que precisa acabar.

Sarah lançou os braços ao redor do macho e o abraçou com força. Ao apoiar a cabeça sobre o seu coração, pensou em como se sentiria se esse teste o matasse. Se sentiria uma assassina.

— Vou ficar bem.

Ela levantou o olhar para o queixo dele e não quis verbalizar o que estava pensando: *Você não tem certeza disso.*

— Confie em mim — ele disse. — E, espere, tem algo que quero te dar.

Murhder se afastou um pouco e levou as mãos à nuca. Quando as trouxe para a frente de novo, o colar que sempre usava pendia nas pontas dos dedos.

— Quero te dar isto — ele murmurou ao prendê-lo nela.

O quartzo reluzia em meio à trama de couro que o mantinha no lugar, pendurado muito mais baixo nela do que acontecia com ele. Quando ela pegou a pedra, olhou para ela e...

Sarah se retraiu e olhou para ele.

— É um retrato seu.

— O quê?

— Está vendo? — Ela virou a pedra reta para ele. — O seu rosto.

Murhder se inclinou para baixo para ver melhor. E depois um sorriso, lento e triste, se formou em seus lábios.

— Sou eu. E quando era eu quem o usava... ele me mostrava você.

— O quê?

Ele o enfiou dentro da blusa do uniforme hospitalar dela.

— É um pedacinho de magia para você levar depois disso tudo.

— Mas e quanto às minhas lembranças?

— Será um souvenir especial que você recebeu de um homem misterioso que nunca chegou a conhecer. Mas toda vez que olhar para ele... sua mente lhe dirá que você foi amada.

Sarah segurou o colar por cima da roupa.

— Venha. — Ele manteve a porta aberta. — Vamos lá fazer isso.

Estava entorpecida ao atravessar o corredor com ele, e só escapou desse estado dissociativo quando entraram na sala de operações. Ehlena, a doutora Jane e o parceiro médico dela, Manny, estavam ali, e o lugar estava pronto, com um leito hospitalar debaixo de uma luz forte bem no meio, cercada por equipamentos de monitoramento.

Murhder cumprimentou a equipe médica. Subiu na cama. Se esticou.

Murhder trajava a calça do hospital e uma camiseta justa. Quando Jane sugeriu que o peito deveria estar nu, ele se sentou e tirou a parte de cima.

Sarah foi até a cama e apanhou o lençol dobrado sob os tornozelos dele. Sacudindo-o, cobriu as pernas. Depois segurou sua mão.

– O composto está pronto? – perguntou a Jane, que assentiu. – Ok. Vamos colocar um acesso, o aparelho de monitoramento cardíaco e de pressão a postos. Ehlena, está pronta para os exames de sangue? – Quando a enfermeira confirmou, Sarah se dirigiu a Murhder: – Vamos lhe dar uma série de injeções e monitorar as reações fisiológicas a cada uma delas. Queremos saber as reações do seu sistema imunológico, mas temos que tomar cuidado para não causar pancreatite.

Ou algo pior.

– Confio em você – ele afirmou ao fitá-la.

Ele estava tão calmo. Tão em paz.

Enquanto descansavam após a sessão de sexo no chuveiro, ele lhe contou que, se algo acontecesse, tinha pedido que Xhex se encarregasse de levá-la de volta a Ithaca e de apagar suas lembranças. Disse que confiava na fêmea. Também jurou a Sarah que ela seria protegida por algum tempo, só para garantir que não haveria consequências por conta da invasão à BioMed, mesmo depois do encerramento das atividades da corporação.

Enquanto pensava no plano de contingências, achou irônico que desejasse que Murhder fosse o responsável por lhe apagar a memória de tudo e do relacionamento que tiveram.

Pois é. Que reviravolta.

Eu te amo, ele balbuciou com os lábios ao fitá-la.

– Também te amo! – ela respondeu enquanto a equipe médica o ligava às máquinas que lhes diriam se ele estava ou não morrendo.

Na calmaria entre a administração das substâncias, Sarah desejou muito ser religiosa porque rezar parecia a única atitude capaz de afetar o resultado. Mas era loucura.

Apertando a mão dele mais uma vez, tocou o colar que o macho lhe dera e olhou para a equipe médica.
— Vamos começar.

Capítulo 48

Murhder virou a cabeça de lado para ver o que estava acontecendo com seu braço. A agulha que inseriram numa veia na dobra do cotovelo era bem pequena, apenas um fio de metal que perfurou delicadamente sua pele. Depois que prenderam a agulha no lugar com uma fita, afixaram um tubo que subia até uma bolsa suspensa num gancho.

— Sinto gosto de sal na boca... — ele constatou depois de um minuto.

— É o soro. — Sarah deu um leve sorriso. Mas o movimento dos lábios não foi duradouro. — Está pronto?

— Estou.

Ela pegou uma seringa de algum lugar atrás de si e a inseriu num intervalo do tubo com soro. Quando o êmbolo chegou ao fim e as drogas foram injetadas, ele não sentiu nada. Não sentiu nenhum gosto diferente. Inspirou fundo.

No fim, parecia que havia se preparado mentalmente à toa. Depois de vinte minutos, tiraram uma amostra do sangue por meio de um acesso inserido no outro braço. Ouvia uns bipes sutis, sem dúvida atrelados ao músculo cardíaco, eram um metrônomo sem sinfonia. Apenas bipe... bipe... bipe...

As costas começaram a doer enquanto permanecia deitado — sem dúvida tudo o que fizera com Sarah no chuveiro ativara músculos que não eram usados havia muito tempo. Queria virar de lado, mas não era possível.

— Vamos aumentar a dosagem.

Sarah administrou mais somatropina, como chamava a droga, e ele pigarreou, como se prestes a fazer um discurso. Cantar um contralto numa ópera. Recitar versos do poeta Robert Burns.

Mais tempo de espera. De tempos em tempos, olhava para os dois médicos, o humano de olhos intensos e a fêmea de cabelos loiros curtos. Esta última tinha um cheiro estranho — nada desagradável, mas não era um odor característico de vampiros. Curioso o caso dessa doutora Jane. Ela não era vampira, mas tampouco se passava por uma *Homo sapiens*. Contudo, não perguntaria detalhes. Seria rude e não era da sua conta.

Mais testes. Uma terceira dose. Mais espera. Mais testes de novo.

E então uma batida à porta. O humano foi até lá, entreabriu-a e falou com alguém num tom baixo. Depois se aproximou da doutora Jane. Quando esta assentiu, ele se aproximou da cama.

— John e Xhex estão aqui. Querem entrar para lhe prestar uma homenagem, se estiver tudo bem para você.

— Ainda não morri, sabe... — Murhder sorriu. — Não vamos planejar o meu...

Funeral, ele pensou. A palavra era "funeral".

Por dado motivo, entretanto, não conseguia pronunciar as sílabas. Tentou novamente, forçando a boca a se mover enquanto empurrava ar pela garganta e pelas cordas vocais.

Vagamente, teve ciência de que o metrônomo atrelado ao seu ritmo cardíaco acelerara de repente, o som assumindo um bipebipebipebipe-biiiiiipebipe. E logo depois que o seu cérebro registrou esse aumento com um estranho retardo, uma onda de calor fluiu por seus braços e pernas: começando pelas pontas dos dedos, o calor percorreu seus membros como se fossem pavios de dinamite... como se alguém tivesse aproximado um fósforo das suas extremidades e o TNT ali colocado acenderia o que havia sido esticado em seu tronco.

O corpo saltou sobre a mesa. Voltou a cair.

Começou a se debater com violência.

O humano se apressou e jogou o peso de seu corpo sobre os músculos em espasmos de Murhder, e amarras – pretas e largas instaladas em toda a volta da mesa – foram acrescidas para que o médico pudesse se afastar.

Um anel de fogo.

Murhder estava sendo consumido por um anel de fogo.

Seu último pensamento consciente foi o de se concentrar em Sarah. Mas já era tarde para qualquer reação coordenada. Era como se estivesse montado numa besta selvagem... segurando-se para não cair e morrer.

Sarah queria estar ali no meio. Tomar uma atitude para atenuar o sofrimento de Murhder. Aplicar massagens cardíacas – embora ele não estivesse tendo uma parada cardíaca, que era para isso que a massagem serviria.

E esse último impulso foi o motivo de recuar. Cientistas que estudam o sistema imunológico não eram médicos clínicos, mesmo que tivessem o título de "doutor" diante dos nomes, uma cortesia do programa de treinamento conjunto da universidade.

E, quanto à parada cardíaca, temia que fosse um caso de "ainda não". O monitor cardíaco estava praticamente sapateando ali.

Recostando-se à parede, cobriu a boca com uma mão e agarrou o colar com a outra. Murhder puxava as amarras dos braços, e as veias que desciam até as mãos cerradas estavam saltadas, como cordas tesas repuxadas num navio que brigava em águas turbulentas. Debaixo do lençol com que o cobrira, ele chutava e não conseguia fazer muito mais que isso, porque as amarras o mantinham preso à mesa.

Jane gritou alguma coisa, Ehlena se aproximou com uma seringa. O doutor Manello olhou para Sarah.

– Acho que precisamos parar. Agora. Não podemos prosseguir sem arriscar danos permanentes.

– Concordo...

– Não!

Todos eles se viraram na direção da palavra que explodiu do paciente. Os olhos de Murhder estavam arregalados e travados em Sarah. Através dos dentes cerrados, ele emitiu um rugido de dor.

E depois disse:

– Continuem. Vocês... continuem. Continuem...

A força de vontade dele foi um impacto físico, como se tivesse se levantado da cama e ido até ela.

– *Não pare, Sarah...*

O rosto dele estava rubro, o suor cobria a testa, a mandíbula tão travada que parecia prestes a escapar das juntas.

– Última... coisa... que faço.

Sarah olhou no fundo dos olhos dele, procurando a escolha certa a fazer. Mas entendeu que isso estava errado. A decisão já havia sido tomada... por ele.

– Ehlena – ela disse, rouca –, o que os exames de sangue mostram?

– Que a contagem dos glóbulos brancos está subindo.

Tem certeza?, perguntou mentalmente a Murhder.

Assim que o pensamento atravessou sua mente, podia jurar que ouvira a voz dele ressoando em sua mente, clara como água:

Sim, tenho certeza.

– Deem a dose final! – Sarah exclamou. – Agora.

Capítulo 49

Sarah ficou bem ao lado de Murhder. Depois da última dose de somatropina, ele foi tragado pelo sofrimento, sem conseguir sustentar nem o seu olhar, nem o de mais ninguém, tampouco responder a qualquer estímulo externo. O ritmo cardíaco estava enlouquecido. A pressão sanguínea subira até o teto. As convulsões eram tão fortes que ele rasgou duas das amarras.

No fim, o guerreiro grande e loiro de olhos azul-claros teve que trazer correntes.

Pouco depois de aferrar as correias de metal, Sarah se sentiu desmoronar por dentro. Um tremor tomou conta de si, como se acompanhasse Murhder nesse quesito, e sentiu que não conseguia mais respirar.

– Com licença – murmurou ao se lançar para fora do quarto.

No corredor, cambaleou e começou a cair.

Mãos a ampararam. Mãos fortes.

Olhou para cima e viu o rosto da soldada.

– Estou aqui com você – Xhex disse.

Sarah não estava pensando direito. Não estava pensando. Agarrou-se àqueles ombros e se sentiu um abraço.

John estava logo atrás da companheira, os braços cruzados diante do peito como se também estivesse abraçando Sarah, mas apenas virtualmente. Seus olhos estavam sombrios de emoção, e ela entendia por quê. Com as correntes sendo ruidosamente balançadas como estavam, era evidente que Murhder sofria – e, ou o macho ali dentro morreria, ou ele, John, teria que passar por aquilo.

Atendo-se ao profissionalismo – porque fazê-lo lhe dava algo com que se ocupar, uma tarefa na qual se concentrar além do pesadelo que se desenrolava na sala de operações –, Sarah se afastou e pigarreou.

– Os exames de sangue estão mostrando o que eu tinha esperanças de que fosse acontecer. Por isso, não se concentre em como vai ser difícil para você, pense na cura...

John franziu o cenho e começou a sinalizar, furiosamente.

– Ele diz que não se importa com mais nada a não ser saber se Murhder vai ou não ficar bem...

Sarah interrompeu a voz masculina que traduzia.

– Sei o que ele disse.

Virou-se e ficou surpresa ao ver que... havia uma dúzia de machos parados no corredor. Não os notara antes, o que era surpreendente considerando-se o tamanho que eles tinham.

Nos recônditos de sua mente, maravilhou-se em como rostos tão diferentes podiam ter a mesma expressão.

Puro terror.

– Não vamos administrar mais doses – informou ao grupo. – Portanto, agora só temos que esperar para ver como ele se comporta. A contagem dos glóbulos brancos está... Bem, está como pensei que estaria. – Olhou para John. – É o que acredito que você precisa.

– Ele vai morrer?

Sarah fitou o macho que falara. Era aquele com corte de cabelo militar e mecha branca no meio. Aquele que, se ela se lembrava bem, tinha chamado de "Sargentão Sabe-Tudo".

– Não sei... – De repente, ela ergueu os ombros. – Mas posso lhes prometer que farei tudo o que puder para garantir que ele saia dessa vivo.

Interessante como estar a serviço de outros pode suscitar forças que você nem sabe que tem. Voltando a se concentrar, e com um objetivo claro, Sarah empurrou a porta e voltou para o lado do leito.

As correntes machucavam os tornozelos de Murhder, e ela apanhou duas toalhas de uma pilha. Aguardando que as pernas relaxassem um instante, ela as deslizou nos espaços dos dois lados de modo que os aros de metal não raspassem a pele.

Depois retornou ao seu posto de vigia junto à parede. Enquanto Murhder continuava convulsionando, a equipe médica monitorava tudo — e por mais que ela não duvidasse da competência deles, nada parecia bastar.

— Temos que matar esses filhos da puta!

No corredor, John se virou quando Vishous falou. O Irmão acendia um cigarro enrolado à mão, que tinha entre os dentes, enquanto a mão enluvada ativava o isqueiro Bic. As sobrancelhas retas estavam tão baixas que distorciam as tatuagens na têmpora.

— Essas malditas sombras precisam ser dizimadas! — ele murmurou.

John voltou a se concentrar na porta fechada da sala de operações. Era impossível não se sentir responsável pelo que Murhder estava passando. Mesmo ciente de que não se prontificara a ser atingido, sua reação à ferida... aquela merda agora com Murhder... jamais se perdoaria se o macho morresse por sua causa.

— John... — A voz de Xhex estava baixa, pouco acima de um sussurro. — Não é culpa sua. Você não provocou nada disso.

Dando as costas para o grupo, para que ninguém conseguisse traduzir, ele sinalizou: *Eles agiram bem.*

— Do que está falando?

O barulho das correntes se infiltrando pela porta fez John fechar os olhos. Era só o que conseguia fazer em vez de gritar.

Voltando a se concentrar, sinalizou:

Não me deixar entrar na Irmandade. Eles fizeram o que era certo.
Xhex sacudiu a cabeça e disse com suavidade:
— O que está dizendo? Todos já se machucaram em um momento. *Não assim.*
— Pode parar! — ela protestou, exausta. — Não está fazendo nenhum sentido.

John se virou e ficou de frente para a porta. Os golpes e as batidas, o rangido das correntes, as ordens ladradas da equipe médica do outro lado do painel — configuravam a trilha sonora de um pesadelo. E enquanto ouvia os diferentes sons, separando cada componente do sofrimento, sentiu algo mudando dentro do peito.

Xhex estava certa. Estava sendo ridículo. Lutara com coragem e força, e o que lhe acontecera poderia ter acontecido com qualquer um. Que diferença fazia ele ser ou não um Irmão?

Murhder já não era, e veja que macho de valor, sacrificando-se por alguém que mal conhecia, arriscando a própria vida.

Lutarei pela sua honra, jurou ao macho na mesa de operações. *Vou passar por esse processo de cura depois que tiverem terminado com você e, se eu sobreviver, lutarei para sempre por você.*

Xhex lhe deu um tapinha no ombro.
— Sinto muito. Não quis ser dura.
Eu te amo, ele sinalizou. *Com todo o meu coração. Sempre.*

Sua *shellan* o abraçou com força. E depois, quando se aninhou contra seu peito, ela fixou os olhos cinza-metálico na porta. Enquanto John estudava o perfil dela, concluiu que teve sorte na vida. Apesar de todos os tropeços e do começo complicado, ela era a sua sorte. Xhex era a sua boa sorte. A estrela-guia que o orientava até um porto seguro.

Olhando para a Irmandade, para seus amigos, para as *shellans* ali presentes, John concluiu que, qualquer que fosse a força maior estabelecida depois do desaparecimento da Virgem Escriba, decerto reagiria à preocupação coletiva com quem, sem sombra de dúvida, era um macho de valor.

Certamente isso ajudaria.

Com certeza quem os observava o veria como um salvador e não um inimigo.

Capítulo 50

Murhder estava completamente alheio à passagem do tempo. O calor estrondoso dentro de si acabara com tudo e, mesmo assim, enquanto queimava no fogo, sabia que sobreviveria. Já estivera ali antes. Sobrevivera aos *symphatos*, à tortura da mente se virando contra o corpo – e, embora esta fosse uma situação reversa, o corpo contra a mente, sabia que sobreviveria.

A força não existia a menos que fosse testada.

E já fora testado antes.

Não havia um fim em vista, nenhuma pista de calmaria, nenhum abrandamento em nada daquilo, mas também não existira nada disso antes. Tal era a natureza da tortura – não era apenas a dor; era não saber quando, nem mesmo se, o fim chegaria. Mas sabia que não deveria acreditar em tamanha bobagem. Haveria um acontecimento final: ou o sofrimento cessaria ou ele morreria.

E até que uma das duas possibilidades se concretizasse, sua experiência não passava de um infeliz jogo de espera – que ele conseguiria suportar.

Inferno, o caos no cérebro causado pelos *symphatos* foi muito pior. Pelo menos agora, no meio de toda aquela tempestade, ainda era ele mesmo. Mesmo cego, incapaz de ouvir, perdido no mar do sofrimento, ainda sabia quem era. Sabia onde estava. Sabia o motivo do sofrimento.

Mais importante: sabia a quem amava.

Quando os *symphatos* mexeram com sua mente, quando a encheram com imagens e pensamentos terríveis – gatilhos, gatilhos, em toda parte –, Murhder se perdera e perdera seu caminho. Sem uma âncora, sem nada de significativo pelo qual viver, flutuou e entrou no universo da loucura. E, depois, quando a tortura acabou, foi incapaz de reencontrar o seu caminho de volta.

Pouco importando o quanto tentasse *ahvenge* Xhex.

Agora, contudo, a estufa de calor inacreditável, aliada à sua vinculação a Sarah, o forjava em aço, as partes remanescentes e dispersas dentro de si se unindo e endurecendo... formando uma unidade incontestável... selando tudo, fazendo as rachaduras sumirem.

Sua fundação uma vez mais se tornava sólida e forte.

O instante de convicção chegou, e Murhder se libertou do corpo espasmódico, a alma flutuando acima da mesa que o prendia, os olhos fechados ainda assim enxergando os braços e as pernas repuxando e se mexendo, as costelas se expandindo em busca de ar, a cabeça se debatendo.

Ele se observou.

E à equipe médica. E especialmente à sua Sarah. Ela estava junto dele, bem ao lado, a mão no ombro dele pouco importando o quanto o tronco girasse e empurrasse. Ela era o seu anjo, garantindo a superação do trauma.

– *Volto logo, meu amor* – ele disse do seu posto de observação flutuante. – *Estou aqui com você agora...*

Sarah ergueu o olhar de imediato, como se o tivesse ouvido.

Vou voltar. Prometo.

O que Murhder percebeu em seguida foi o silêncio. A calmaria.

Despertou, mas estava dentro da gaiola do seu corpo. Seus olhos estavam fechados – era isso ou a cegueira experienciada era permanente – e não conseguia de fato sentir a cama debaixo de si. Nem sequer sabia se estava ou não tendo convulsões.

Bipe. Bipe. Bipe...

As pálpebras se ergueram lentamente. Só enxergou branco e, por um momento, pensou: *Maldição, eu morri. Todo esse cenário branco é o Fade.* Depois de toda a ladainha de "vou conseguir superar", acabou ali...

O rosto de Sarah surgiu acima do seu, bloqueando a luz ofuscante.

– Oi... – ela saudou com suavidade. – Você voltou.

Murhder começou a sorrir. Não sabia muito bem como conseguira. Sua boca parecia mole como um novelo de lã.

– Voltei... – a voz saiu como lixa. – Para você.

Ela foi gentil ao afagar os cabelos recém-cortados junto à têmpora.

– Você foi tão corajoso.

– O que... aconteceu? Resultados?

– Parecem bons. Bem promissores. Encomendamos uma segunda leva da droga. Havers disse que deve recebê-la ao anoitecer. Se eu estiver certa, essa é a melhor chance de John se curar.

– Você vai... estar... certa.

Quando as pálpebras ficaram tão pesadas quanto portões de garagem, Murhder se esforçou para mantê-las abertas.

– Tudo bem – ele a ouviu dizer. – Descanse.

– Fica... comigo?

– Pode apostar a sua vida que sim.

A segunda vez é a que vale. Dessa vez, quando a consciência retornou, as funções sensoriais estavam muito mais normalizadas: Murhder sabia que não estava tendo convulsões, sentia a cama sob o corpo e a audição retornara.

Os olhos se abriram. Inspirou fundo. E se sentou, erguendo-se do travesseiro, no colchão.

– Sarah?

Olhou ao redor. Ah. Lá estava ela. No chão, enrolada de lado contra a parede, as mãos enfiadas debaixo do pescoço, como um cobertorzinho reconfortante feito por ela própria. Os cabelos despenteados escapavam do rabo de cavalo, mechas tocavam o rosto, e as feições estavam tensas, como se, mesmo em repouso, aguardasse más notícias. Se preocupasse com ele. Com John.

Murhder olhou para as próprias pernas e ficou na dúvida se elas sustentariam seu peso. Um lençol o cobria, e ele o levantou de lado – só para parar na metade do caminho. Havia marcas horríveis na frente das canelas, as linhas gêmeas de hematomas evidentes em tons de roxo e vermelho.

Ao vê-las se lembrou do fogo. Do calor.

E sorriu. Depois de décadas flutuando, estava de volta à terra firme, muito obrigado. Tudo bem, ainda não sabia se conseguiria ficar de pé, mas era apenas uma forma de estar fundamentado.

Seus pensamentos estavam claros como antes dos acontecimentos na colônia dos *symphatos*.

Bem, está na hora de pôr os pés para trabalhar, pensou ao virar as pernas para a lateral da cama, uma a uma. As juntas pareciam nunca terem sido lubrificadas. E tinha fios ligados ao peito. Por cima do ombro, espiou a frente do equipamento e encontrou o botão de desligar. A máquina silenciou e se apagou quando ele o apertou, e então removeu os sensores conectados ao seu peito com uns círculos grudados na pele.

Já tinham retirado os acessos intravenosos. Ainda bem.

O piso de azulejos estava frio sob os pés descalços, e Murhder ficou aliviado quando as pernas o sustentaram de pé. Deu passos como se fosse um bebê. Pequeninos passos arrastados de bebê. E quando se abaixou para ficar ao lado de Sarah, usou a parede como se fossem muletas, amparando-se até chegar ao chão.

Sarah despertou bem quando sua bunda bateu no piso, e ela se soergueu como se um alarme tivesse sido disparado.

— Oi — ele disse. — Foi a primeira palavra que você disse para mim depois de tudo, a propósito. Ou, pelo menos, a primeira que ouvi.

— Como está se sentindo? Precisa que vá buscar...

— Só você. É só de você que preciso.

Murhder se deitou com Sarah, amparando o corpo da mulher por trás de modo a ser ele mesmo a parede na qual ela podia se apoiar. Claro, poderiam ter se transferido para o quarto de antes, ou ido para a cama sob a luz forte. Mas era trabalho demais. Ele estava exausto até os ossos.

Quando se acomodou junto ao peito dele, usando o braço do macho como travesseiro, Sarah disse:

— Estão administrando a droga em John agora mesmo.

— Puxa, espero que dê certo.

— Eu também. Murhder?

— Hum?

— Você foi muito corajoso.

— Vou apagar as luzes, está bem?

Ao seu comando, o enorme lustre de oito luzes no meio da sala — aquele que o fez acreditar estar no Fade — se apagou. E os spots ao longo do teto se seguiram. Manteve apenas a linha debaixo dos armários acesa, o brilho tornando tudo um pouco menos estéril e médico. O que era bom.

— Você foi corajoso — ela murmurou.

— Você também.

Murhder fechou os olhos e suspirou longamente. Só tinha uma vaga lembrança da transição; ela acontecera séculos atrás, afinal. Mas se lembrava da sensação de frouxidão, de cansaço posterior, a saciedade da alimentação multiplicada por mil. O que não teve foi uma fêmea como Sarah com quem se aninhar, a quem abraçar, para amar.

Mulher, ele quis dizer.

Não uma fêmea.

A realidade da situação deles, eclipsada por todo o drama médico, voltou às pressas, como se estivesse brava por ele ter se distraído. E quando Sarah bocejou e deu um beijo na parte interna do seu cotovelo, os olhos dele voltaram a se abrir.

A semiescuridão já não era mais uma camuflagem tranquilizadora que borrava o fato de estarem numa sala de operações.

Era um lembrete de que a noite chegaria, se é que já não tinha chegado. E eles teriam que trilhar caminhos diferentes.

Sua recuperação poderia lhes dar umas vinte e quatro horas a mais. Mas graças à Escolhida que lhe cedera a veia, Murhder estava forte e se recuperaria por completo e sem demora. Quer John se curasse ou não da infecção, Sarah teria que ir para casa.

Assim como ele.

Fechando os olhos de novo, atraiu sua mulher para si e a abraçou ainda mais forte.

Esse era o adeus mais demorado que já teve. Mas, pensando bem, duraria a vida inteira.

Capítulo 51

Quando a noite seguinte caiu, Sarah enxugou as lágrimas dos olhos e bateu na porta vizinha ao quarto que ela compartilhava com Murhder depois de saírem da sala de operações. No momento, seu macho estava tomando banho e depois...

Bem, não queria pensar a respeito.

– Entre.

Empurrando a porta, entrou no quarto. Perto da cama, a aglomeração da equipe médica com os uniformes hospitalares azuis rodeava a cabeceira de John, com Xhex e Tohr do outro lado. Todos estavam inclinados sobre o paciente deitado, e o quadro vivo a fez se lembrar de algumas das *pietàs* que estudara nas aulas de história da arte.

Não sou parte deles, pensou.

Mas estava envolvida, e se lembrou do seu trabalho na luta contra o câncer. Suas drogas, teorias e experimentos levaram-na a incontáveis cenas como aquela em todo o país, em todo o mundo.

Era um trabalho importante. Mesmo sem Murhder, tinha um trabalho importante a fazer.

Quando uma sensação de vazio se apossou de seu peito, Sarah inspirou fundo e...

Xhex ergueu o olhar. Chamou-a com um gesto apressado.

– Você tem que ver isto!

Sarah se controlou e se aproximou do leito. Ao chegar perto, todos se endireitaram e ela teve uma visão completa de John. O macho parecia ter corrido uma maratona e depois feito levantamento de peso com algumas toneladas: tinha círculos escuros ao redor dos olhos, parecia quinze quilos mais magro e o rosto estava pálido. Mas ele sorria. Puxa, como sorria.

O tamanho da ferida no ombro fora reduzido pela metade, a infecção negra recuava como se as forças inimigas estivessem sendo aniquiladas por uma poderosa defesa. Na área em que estivera antes, a pele estava pregueada nas bordas, como queimaduras, mas a cor era normal — e o anel de cicatrização parecia crescer a olhos vistos...

John esticou os braços compridos e, a princípio, Sarah ficou confusa a respeito de quem ele chamava. Mas logo percebeu que era ela.

A equipe médica recuou e sorriu quando Sarah se aproximou dele, se inclinou e o abraçou.

— Estou tão feliz por você estar melhorando.

Quando se endireitou, ele começou a sinalizar e Sarah se concentrou nos movimentos executados com destreza de uma posição à outra.

Xhex começou a traduzir, mas Sarah a deteve.

— Ele diz que me deve a vida e que se sente muito grato. — Ela meneou a cabeça. — Você não tem que me retribuir de modo algum. Só estou feliz que a minha intuição estava correta.

Xhex pigarreou.

— Também sou muito grata.

— Somos três, então — Tohrment acrescentou, emocionado.

Sarah sentiu o rosto corar.

— Como disse, só estou feliz que a minha extrapolação funcionou.

Começaram a conversar nesse ponto, John olhando para Tohrment e sinalizando, e o macho sorriu respondendo que sim, John teria permissão para voltar a campo assim que a equipe médica o liberasse. Depois a doutora Jane e Manny falaram dos exames de John, todos com resultados positivos.

Sarah respondeu às perguntas de todos. Não tinha muita certeza do que saía de sua boca. E logo teve a percepção de que precisava partir antes que desmoronasse.

Ao se afastar, sabia que a cena era muito mais um adeus do que um até breve. Mas não tocaria no assunto. Todos partilhavam um momento de intensa felicidade e não havia motivo para acabar com o clima. Além do mais, não acreditava que sentiriam muitas saudades dela depois dessa noite e, não, não estava se lastimando. A realidade era que ela era uma forasteira enquanto eles eram uma família.

De volta ao corredor, parou junto à porta do quarto de Nate. Ele ficaria ali, no centro de treinamento, até que arranjassem um lugar para ele morar, o que era ótimo. Mas estava um pouco preocupada por ele não demonstrar a menor vontade de abandonar as quatro paredes em que estava desde sua chegada ao centro de treinamento. Não que não o entendesse. Ele fora mantido num laboratório diminuto a vida inteira. O quarto atual copiava aquela experiência até certo ponto. Mas ele tinha que se desafiar.

– Pode entrar – a voz dele ecoou através da porta.

Sarah empurrou a porta.

– Como sabia que era eu?

Nate tocou a lateral do nariz.

– Bom farejador.

Sarah se aproximou da cama e segurou-lhe a mão. Quando acariciou a palma grande, preocupou-se como se ele ainda fosse o garoto que imaginara que ele era quando o viu na jaula.

– Vou ficar bem – Nate lhe disse.

– A Irmandade tomará conta de você. – Acabara de aprender como eles eram chamados. – Você não estará sozinho.

– Gostaria que você pudesse ficar.

– Eu também.

E então ela o abraçou.

– Estou com medo... – ele confessou, emocionado. – Não sei como viver neste mundo...

– Você está entre amigos. – Sarah se afastou e apoiou a mão no seu ombro. – E você é mais forte do que imagina ser. Acredite em mim.

Os dois tinham lágrimas nos olhos quando o silêncio se instalou entre eles. E Sarah não teve escolha a não ser abraçá-lo pela última vez e sair.

Enquanto procurava se recompor, pensou em algo que ouvira sobre amigos. Alguns entram na sua vida por uma estação; outros, por uma razão. E também havia um terceiro grupo: as amizades duradouras mantidas por estações e por razões.

Murhder saiu do quarto que dividiram.

Estava vestido com o uniforme hospitalar de novo, assim como ela, os trajes tamanho único incapazes de esconder sua estrutura larga, sua altura... a amplitude dos ombros e as coxas grossas. Ainda teria que se acostumar aos cabelos curtos dele, mas considerou-o mais lindo do que nunca.

– Oi – ele disse baixinho. Como se não tivessem se visto há apenas vinte minutos.

– Oi.

Abriram a boca ao mesmo tempo para falar, mas nenhuma palavra foi emitida de nenhum dos lados. A porta do quarto de John se abriu e Tohrment saiu, fechando-a atrás de si.

Murhder ergueu as mãos.

– Por Cristo, já estou indo, ok? Estou partindo e vou levá-la comigo, como vocês querem, por isso podem me dar um tempo até trazerem o carro...

O Irmão marchou até ele, e Sarah recuou, com a intenção de ir chamar a equipe médica quando a briga começasse.

Maldição, não era assim que ela queria partir.

Quando Tohr avançou sobre Murhder como um tanque de guerra, ele colocou-se em posição de luta. Não conseguia acreditar que, depois de tudo o que acontecera nas últimas vinte e quatro horas, o Irmão partiria para cima dele assim – diante de Sarah, do lado externo do quarto de John, que aparentemente sobreviveria à infecção, perto do quarto de Nate...

Os braços fortes que o circundaram não o giraram nem aplicaram uma chave de braço. Não o jogaram contra a parede de concreto. Não foram precursores de socos a serem desferidos.

Tohr o abraçou, atraindo-o para junto de um corpo tão trêmulo que era um milagre o macho continuar de pé.

– O meu filho... – o Irmão disse, rouco. – Santa Virgem Escriba, o meu filho... Você salvou o meu filho.

O cheiro das lágrimas macho se assemelhava a uma invasão da maresia no centro de treinamento subterrâneo, e enquanto Tohr abaixava a cabeça no ombro de Murhder, o Irmão chorava copiosamente.

Murhder lentamente ergueu as mãos e as apoiou nas costas do Irmão. Em seguida, não estava apenas retribuindo o abraço de Tohr, mas o sustentava durante o choro.

– O seu filho está bem... – Murhder sussurrou. – O seu filho vai ficar bem...

A demonstração de alívio tão extrema era difícil de compreender. Mas não havia motivo para questionar sua sinceridade. E Murhder estava mais do que disposto a ser paciente. Por mais que ele e Tohr tivessem tido conflitos recentes, como não dar um tempo para o cara?

No fim, Tohr recuou. Afastou-se. Esfregou o rosto.

Quando voltou a focar em Murhder, parecia ter mil anos de idade.

– Perdi um filho. – A voz dele estava emocionada. – Não teria aguentado perder outro. Sei que ele é sangue de Darius, mas ele é meu no coração.

– Espere, John é filho de Darius?

— Sim.

— Meu Deus... Agora eu estou entendendo... — Lembrou-se de quando o macho apareceu naquele beco... e em como confundiu o filho com o pai. — Ele luta como Darius lutava. E... puxa, eu... Eu não sabia que você e a Wellsie...

Tohr enxugou os olhos com a camiseta.

— Mataram a minha *shellan*. Os *redutores*. E ela estava grávida do nosso filho quando meteram aquelas balas no corpo dela.

Uma sensação estranha tomou conta de Murhder, uma combinação de torpor gélido e de paixão infernal.

— Que merda, Tohr... Eu não sabia.

— John é o único filho que posso vir a ter nesta vida. É por isso que... quando descobri que você estava com ele no campo de batalha, ele machucado daquele jeito... foi por isso que me descontrolei. Sinto muito. Minhas emoções falaram mais alto.

Murhder estendeu o braço e apoiou a mão no ombro do guerreiro.

— Está tudo perdoado. Entendo perfeitamente.

Sem se dar conta, percebeu que Xhex se juntara a eles no corredor. Sem dúvida, o seu lado *symphato* lhe dissera que havia um distúrbio do lado de fora do quarto de John, e agora ela estava ali, observando tudo.

No fim do corredor, junto à garagem, a porta de aço foi aberta por Fritz, e ele entrou com seu caminhar saltitado que lhes dizia que permanecia jovial a despeito das linhas que lhe marcavam o rosto. E a aproximação dele pareceu restaurar as emoções no grupo, com todos se contendo.

— Trouxe o carro para vocês, senhor. — Ele sorriu e parou diante de Murhder, curvando-se. — Quando estiverem prontos.

— Obrigado, Fritz.

Xhex olhou para Sarah.

— Você pegou tudo?

— Sim. Só que deixei a mochila no quarto que...

– Deixa que eu pego – Murhder disse e entrou no quarto deles.

Houve um momento de constrangimento. Mas logo ele voltou com as coisas dela.

Sarah tentou sorrir para Xhex.

– A doutora Jane e Manny sabem tudo o que sei. Havers está à disposição para qualquer tipo de consulta, se houver mudanças. Mas creio mesmo que tudo ficará bem.

Enquanto esses nomes deslizavam pela sua língua, como se ela conhecesse aqueles personagens a vida inteira, Murhder foi atingido por uma tristeza profunda.

Houve abraços. Entre as duas fêmeas. Entre ele e Xhex. Não com o *doggen*, porém. Fritz desmaiaria com esse tipo de atenção.

Em seguida, Murhder e Sarah saíam sozinhos. Seguindo na direção da porta de aço. Deixando o resto para trás.

Sentia os olhares às suas costas, mas não se virou.

Em vez disso, estendeu a mão para Sarah, que simultaneamente esticou a sua para ele.

Capítulo 52

Quando Sarah e Murhder foram embora de carro do centro de treinamento, ela se consolou com o fato de que o trajeto de Caldwell até Ithaca levaria umas boas duas horas. Pelo menos. Uns cento e vinte minutos. Pelo menos. Sete mil e duzentos segundos.

Pelo menos.

Todavia, todo esse tempo depois, quando apontou para a sua casinha naquela rua pacata, e Murhder estacionou junto à calçada, e puxou o freio de mão da Mercedes... pareceu-lhe que a viagem levara apenas um nanossegundo. Não mais do que uma piscada ou uma batida do coração.

– Então... Esta é a minha casa... – ela disse. Estupidamente.

Só que quando disse essas palavras que denotavam a propriedade, sentiu que não reconhecia nada do arranjo das janelas, a ponta do telhado, os arbustos que ela mesma desbastava uma vez por ano, todo mês de agosto.

Morava ali mesmo? Tinha comprado a casa com Gerry?

Ah, Gerry. Sua vida com ele fora no século passado. Ou antes até.

– Você quer entrar...

– Sim – Murhder disse. – Quero.

Saíram juntos do carro e foram até a entrada. Sarah limpara o caminho uns dois dias antes de partir e agora havia neve nova cobrindo as antigas marcas que ela fizera com a pá. Abrindo a porta de tela, manteve-a aberta com o quadril ao abrir o zíper da mochila.

— Só preciso encontrar as chaves... — Sarah olhou para Murhder — Só preciso de um segundo.

— Aposto que consigo abri-la.

Quando ela se colocou de lado, ainda vasculhando a mochila, não se importou se ele forçasse a porta com o ombro, estragando tudo no processo. Nada naquela casa parecia importar mais...

A porta se abriu sozinha, a tranca se retraindo, a madeira se afastando dos batentes. Lá dentro, o alarme começou a emitir bipes.

— Puxa! — ela disse ao se apressar e ir até a cozinha. — Você até que é bem jeitoso.

O controle do sistema de segurança ficava nos fundos, junto à porta da garagem, e quando chegou perto dele, ficou imaginando se lembraria da senha. Mas logo os dedos encontraram a sequência conhecida de quatro dígitos: 0907. O dia em que ela e Gerry se conheceram numa aula de biomecânica.

Apertando a tecla de jogo da velha, o som dos bipes foi silenciado, e Sarah olhou ao redor. Andou ao redor. Ficou surpresa por estar ali de volta à casa.

Imaginou que seria presa quando a deixara. Ou algo pior. Quem teria pensado que o que de fato aconteceu seria muito mais dramático do que o que tinha imaginado.

Murhder estava parado perto da porta da frente, que acabara de fechar, e Sarah não sabia bem quem seguia o exemplo de quem ao avaliar as quatro paredes: ele observava todas as suas coisas.

Sarah balançou a cabeça e foi até o sofá. A manta estava amontoada por conta de uma noite insone, e ela a dobrou com cuidado, deixando-a sobre as almofadas do encosto do sofá.

— É como estar numa loja de móveis — ela observou ao afofar as almofadas.

— Como assim?

Foi até uma poltrona que ficava diante da lareira a gás.

— Nunca me interessei muito por decoração. Gerry e eu... — Ela pigarreou. — Ele e eu compramos o sofá com estas duas poltronas e a mesinha de centro quando fomos à loja de móveis Ashley. Tinham tudo em liquidação e nós dois pensamos que era muito mais fácil já comprar o conjunto todo. Lembro-me de ter andado pela loja e olhado os mostruários. Era tudo muito impressionante e ao mesmo tempo banal. No fim, meus olhos já não percebiam mais nada e, graças a Deus, ele acabou diante disto. — Ergueu os olhos para o teto. — Foi a mesma coisa com o conjunto do quarto. Duas mesinhas de cabeceira. Uma cômoda. A cabeceira.

— Já está mais adiantada do que eu — ele murmurou. — Nunca comprei mobílias.

— Às vezes, você dá sorte e consegue se livrar. — Ela não conseguiu sustentar o sorriso por muito tempo. — Resumindo, voltar para cá me faz sentir de novo naquela loja. Apenas um espaço tomado por objetos úteis aos quais não me sinto ligada. Só que... moro aqui.

Quando Murhder não disse nada, Sarah olhou na direção dele.

— Eu faria um tour com você, mas...

Murhder se aproximou a passos largos e ela estava pronta, erguendo a boca para seu beijo, lançando os braços ao redor dele. Estavam desesperados e foram rudes com as roupas emprestadas, puxando, arrancando, jogando longe, e logo estavam no sofá anônimo que ela comprara há tantos anos com outro homem.

Que acabou se mostrando um estranho.

As mãos afagaram os cabelos macios de Murhder. Depois desceram pelas omoplatas. Acariciaram as faixas de músculos que se uniam como uma corda tesa ao redor do tronco. Agarraram os quadris.

Quando ela abriu as pernas e se ofereceu para ele, Murhder penetrou com força, indo fundo, provocando um grito nela.

O ritmo foi punitivo. Bem como Sarah queria que fosse.

Tinha esperanças de que se o sexo fosse intenso, seria mais impossível apagá-lo de suas lembranças.

Murhder sentiu Sarah se arquear quando a penetrou. Foi duro, e sabia que estava sendo... Mas não conseguia parar, e ela não queria que ele parasse. Falava isso junto ao seu ouvido, suplicando:

— Mais forte... Vem mais...

Ele levantou uma perna dela, mudando o ângulo e penetrando ainda mais fundo. E, à medida que bombeava, o sofá foi se movendo sobre o tapete, deixando uma trilha. Um objeto caiu. Os cabelos dela se emaranharam.

Ela atingiu o orgasmo. Ele também. Os dois juntos.

Murhder queria que durasse para sempre. Mas o sexo terminou cedo demais.

Para se cerificar de não esmagá-la — algo com que sempre se preocupava —, largou o peso no encosto do sofá, e acariciou-lhe os cabelos. Os olhos cor de mel estavam tristes, mesmo enquanto o rosto permanecia corado por conta do prazer e do esforço.

— Me desculpe... — ele disse.

— Pelo quê?

— Por tudo.

Quando tudo cessou e o silêncio se fez, os olhos dela procuraram o rosto dele.

— Não faça isso. Não tire minhas lembranças.

— Tenho que fazer...

— Quem disse? — ela o interrompeu. — Prometo que não vou revelar nada do que vi e do que fiquei sabendo. Nem sei onde fica o centro de treinamento. Vou seguir o meu caminho e jamais incomodarei a raça. Juro.

— Sarah...

— Preste atenção. Se apagar a minha memória, será o único a sofrer. Não é justo. Mais do que isso, se não posso ficar com você, permita que pelo menos fiquemos unidos pela nossa dor. Vamos ficar juntos assim.

— Vai ser mais fácil para você se eu...

— Não quero nada fácil. Quero você. E se não posso te ter, então quero me lembrar de você pelo resto da vida. Além do mais, você estaria tirando algo que não te pertence ao servir a pessoas às quais não está mais ligado.

— Não me importo com eles. Só estou pensando no quanto vou sentir saudade de você... e em como posso te poupar disso.

— Não faça isso. Você tem a minha palavra. Não vou te procurar. Não vou procurá-los. Por isso, ninguém jamais saberá de nada! — Ela ergueu o colar com a pedra estranha. — Mas vou saber quem me deu isto. E vou saber quem me amou.

Murhder se recostou, a ereção afrouxada deslizando para fora dela e odiando o frio externo. Quando Sarah fechou as pernas e se sentou sobre elas, puxou a manta que havia dobrado por cima da nudez.

— Já tirei algumas de suas lembranças, Sarah.

Ela se sentou ereta.

— Quando? E quais foram?

Murhder olhou ao longo do sofá. Ela estava incomodada e ele não a culpava. Mas em vez de explicar, entrou na mente dela com sua força de vontade e encontrou os remendos, soltando-os.

Ela sibilou e baixou a cabeça nas mãos como se doesse. Depois de um momento, ergueu os olhos.

— O agente do FBI. O que veio aqui e me fez perguntas sobre Gerry.

— Não podia arriscar que você o procurasse enquanto estava no nosso mundo. Eu não sabia das suas motivações e o risco era grande demais. Coisas demais a serem expostas.

— Você escondeu algo mais?

— Não.

Ela pareceu esperar que ele se pronunciasse de novo. Quando ele não o fez, ela murmurou:

— Você não vai fazer, vai?

Murhder teve que desviar o olhar. Seus laços com a Irmandade eram mais profundos do que imaginara; a ideia de que dera sua palavra a Tohr, ao próprio Rei, ainda tinha significado, mesmo que não fosse mais um deles... Mesmo não estando no mundo deles, assim como Sarah.

Velhos hábitos são difíceis de esquecer.

Mas Sarah significava mais para ele do que a palavra que dera àqueles machos. E mesmo sabendo muito bem que seria mais fácil para ela — melhor para ela — retomar a vida sem ter conhecimento consciente dele ou da espécie, ele não retiraria — como ela mesma observara, com toda a propriedade — algo que pertencia a ela, e que Murhder não tinha o direito de remover.

Seria uma violação.

— Não, não vou fazer.

— Obrigada — ela sussurrou.

— Mas não posso mais te ver. Sempre vou querer e sempre vou sentir saudades suas. Mas a Irmandade saberia. Eles sabem de tudo. Vão verificar a sua casa para ter certeza de que não ando por aqui. Pode até ser que eles te vigiem por vários anos... Quero dizer, você viu como é o centro de treinamento deles. Sabe o tipo de tecnologia que eles podem bancar. Se eu voltar e você me reconhecer? Só Deus sabe o que farão.

— Eu juro que não vou incomodar ninguém.

Houve uma pausa. Em seguida, ele perguntou:

– O que você vai fazer?

Os olhos de Sarah se desviaram para a lareira e se fixaram nas chamas ali.

– Tenho uma oferta em aberto para uma entrevista de emprego na Califórnia. Posso ir trabalhar lá. Não quero mais ficar aqui em Ithaca. E eu já tinha chegado a essa conclusão antes... Bem, antes de tudo isto.

Tudo nele queria lhe comunicar que a acompanharia até o oeste. Que a encontraria lá. Que... ficaria lá com ela.

– Com a morte de Kraiten – ela prosseguiu – e o fechamento da BioMed, tudo o que me preocupava já não importa mais.

– Se o FBI te procurar, você não poderá...

– Eu sei. – Ela voltou a olhar para ele. – Quero dizer, sinto que tenho amigos no seu mundo. Jane, Manny e Ehlena. John. Nate. E também tem você... Eu jamais colocaria algum de vocês em perigo. Nunca. Vi como os humanos tratam a sua raça, e é abominável.

Quando Sarah o fitou, Murhder se sentiu responsável pelo modo como a relação estava terminando. Talvez se não tivesse ido procurar impulsivamente Xhex há tantos anos... Se os parentes dela não tivessem controlado a sua mente... Se não tivesse saído obcecado em encontrá-la de novo...

Se não tivesse assumido a responsabilidade pelas ações da fêmea no primeiro laboratório, se não tivesse feito a mesma coisa depois.

Talvez a Irmandade não fosse tão...

Que importância isso tinha? Pouco importava como ele e Sarah chegaram a esse ponto, mas ali estavam.

– É melhor eu ir... – ele disse, emocionado.

Inclinaram-se um para o outro e se encontraram na metade do caminho, as bocas se unindo num beijo que estraçalhou sua alma. Depois a aninhou junto ao peito.

De todo o sofrimento que passara, nada se comparava a isso.

Capítulo 53

A AURORA CHEGOU À MANEIRA da estação invernal, o sol se aproximando devagar no horizonte, ao contrário do brilho com que chegava no verão.

Conforme a luz gelada se infiltrava através das cortinas da sala de estar de Sarah, ela virou a cabeça e tentou adivinhar que horas seriam. Não que a resposta fosse muito importante.

Umas sete e pouco, deduziu.

Quando tudo ficou mais claro do lado de fora, continuou onde estava, no sofá, ainda envolvida na manta. Tinha a vaga sensação de que os dedos dos pés estavam frios e os ombros também, mas não estava disposta a fazer nada para resolver isso.

Ao lado, ouviu a porta da garagem do vizinho se erguendo. Momentos depois, o sedã deles descia o caminho dos carros de ré, com os pneus esmagando o gelo. Não enxergava a rua onde estava, mas soube quando o carro passou pela sua casa e acelerou, era mais um dia de trabalho diante deles.

Que dia da semana era mesmo?

Forçando-se a ficar de pé, deu a volta do sofá e quase irrompeu em lágrimas ao ver as marcas que a peça de mobília deixara no carpete quando estavam fazendo amor e empurraram o móvel de sua posição original.

Deixou o sofá onde ele estava apesar de não estar mais alinhado, e, costumeiramente, objetos tortos não eram algo que ela tolerava.

Segurando a manta ao redor do corpo, seguiu na direção da escada, mas parou diante da porta de entrada. Sua mochila estava bem ao lado dela. Murhder evidentemente a levara para dentro, sem que ela tivesse notado.

Apesar da tentação de deixar tudo do jeito que estava quando ele saiu, pegou a mochila e a carregou para o segundo andar. Quando chegou ao patamar no andar de cima, olhou para o escritório de Gerry. Ver a escrivaninha onde ele realizava seu trabalho foi um lembrete de tudo que ela tinha que resolver. Das suas obrigações. Das pontas soltas.

Telefonemas a retornar. Alguns poucos itens de uso pessoal para retirar no laboratório.

E também havia o carro no estacionamento.

As primeiras tarefas ela poderia deixar para trás, mas precisaria do carro.

No banheiro, largou a mochila na bancada e ligou a torneira do chuveiro. Deveria comer alguma coisa. Mas, puxa, parecia uma tarefa insuperável: o que escolher, onde encontrar... E depois, claro, ter que mastigar...

Um trabalho imenso.

Debaixo do jato de água, tentou não pensar no que ela e Murhder fizeram no chuveiro do quarto na clínica. E quando saiu e se enxugou, tentou não pensar em tudo o que acabara de tirar de si.

Pouco a pouco, estava perdendo partes de si mesma. Deles dois juntos. Da sua felicidade.

Estava familiarizada com o fenômeno. Depois da morte de Gerry, monitorou o esquecimento gradual. Como a primeira noite em que conseguiu dormir direto. O primeiro dia que passou sem pensar nele nem uma vez. Ou a primeira semana sem chorar.

Isso também aconteceria com Murhder, a contingência que não permitira a ele infligir de uma vez à sua mente aconteceria de um jeito ou de outro, só que com a passagem do tempo.

Mas, pelo menos agora, não seria um apagão completo.

Ao se vestir diante da cômoda, teve a sensação de estar pegando as roupas de uma desconhecida. E ao escovar os cabelos molhados e prendê-los, havia uma desconhecida no espelho. E quando se sentou na cama para usar o telefone fixo, não se lembrava de qual era o número da central da BioMed.

O que não era tão importante de fato. Mesmo depois de ter se lembrando da sequência numérica depois de algumas tentativas, ouviu apenas uma mensagem gravada informando que o laboratório estava fechado.

No entanto, ouviu algo interessante em sua caixa de mensagens. Seu colega de Stanford queria encontrá-la, e não apenas para dar indicações. Ele finalmente tinha um cargo disponível num laboratório que estava abrindo.

Teria que pensar a respeito.

Antes de sair do quarto, foi até a mochila e resolveu esvaziá-la para ter onde colocar os objetos pessoais que tinha em sua estação de trabalho. E talvez houvesse também algum pacote referente à demissão ou algo assim.

Quem é que podia saber. Quem é que se importava.

Agachando, abriu o zíper de cima e...

O cheiro de Murhder, aquela incrível fragrância sensual que ela tanto amava, saiu de dentro da mochila, e ela teve que piscar rápido quando os olhos marejaram de tristeza. Demorou um minuto até conseguir desarrumar a mochila e, ao tirar as roupas para fora, a camisa e as calças, a blusa, o sutiã...

– Ah... Meu Deus... – sussurrou.

Afastando as roupas da frente, pôs a mão dentro e puxou uma corda trançada grossa e pesada.

Era vermelha e preta, e as duas pontas estavam presas com tiras de couro.

Os lindos cabelos de Murhder.

Deslizando o peso maravilhoso pelas mãos, caiu para trás no chão e abaixou a cabeça. Percebeu então que ele os cortara para dar para ela.

Ele quis deixar algo mais pessoal com ela, mesmo que não pudessem ficar juntos.

Dessa vez, piscar não bastou para conter as lágrimas quando Sarah embalou junto ao coração o presente inesperado, e depois tocou no colar que ele prendera ao redor do seu pescoço. O talismã e a trança eram tudo o que ela tinha dele.

E chorou até ter certeza de que sua alma estava partida ao meio.

O sótão na Casa de Eliahu Rathboone mantinha o mesmo cheiro.

Quando Murhder se sentou à mesa feita de cavaletes, sua única companheira foi uma vela em um castiçal antigo, que queimava continuamente diante de si. A pequena chama pairava imóvel na ponta, o brilho amarelado perfeitamente arredondado na parte baixa onde alimentava o pavio, o topo como a ponta de um pincel fino.

A suavidade da luz que a vela lançava lhe fez pensar na cabeça de um dente-de-leão se desmanchando, gentil e delicado.

Abaixo, conseguia ouvir os humanos se movimentando pela casa. Portas fechando. Vozes se alternando em conversas. Passos. O fato de que esse era o período ativo deles, que as horas iluminadas do dia que ele não podia aproveitar eram a base das vidas dos homens e das mulheres, era um lembrete da divisória existente. Que não deveria ser ultrapassada.

Não poderia ser cruzada no caso dele e de Sarah.

Murhder pegou uma caneta barata jogada sobre o velho painel de madeira da mesa. Tinta azul, o corpo de plástico marcado pelo logotipo de um consultório de um ortodontista da Virgínia. Algum hóspede a esqueceu, e ele a usou para assinar os papéis solicitados por Wrath.

Os hóspedes o faziam com frequência, deixavam objetos para trás, objetos esquecidos na pressa de juntar tudo o que trouxeram para aquele intervalo de suas vidas normais. Os achados e perdidos na recepção eram uma sucessão de caixas plásticas debaixo do balcão nos quais todos os detritos dos humanos eram guardados para o caso de os proprietários ligarem atrás de óculos de sol, óculos de leitura, óculos normais. Blusas. Meias. Aparelhos ortodônticos ou placas de mordida. Chaves. Cintos. Livros.

Orientara seus empregados a sempre enviar os objetos para a casa dos hóspedes, mesmo que o valor da postagem fosse superior ao valor intrínseco do objeto.

Como um exilado daquilo que considerava um lar, na Irmandade da Adaga Negra, sempre se sentia mal pelos objetos deixados para trás.

Encarando a chama, visualizou o rosto de Sarah com toda especificidade que a sua memória poderia oferecer, tudo desde a curva dos lábios até o arco da testa, e a pinta na bochecha. Nunca a vira de maquiagem. Os cabelos eram penteados sem exageros falsos. O corpo era coberto sem prestar atenção à moda. Jamais se apresentara como outra pessoa que não ela própria, e ele a amava por isso e por tantas outras qualidades.

O que teria acontecido com eles num futuro distante, visto a sua expectativa de vida muito maior? E quanto à família dela? Sabia que ambos os pais estavam mortos – ela partilhara a informação num dos momentos tranquilos que tiveram –, mas decerto ela devia ter amigos. Parentes mais distantes. Conhecidos.

Enquanto sua mente pensava em tudo o que Sarah teria que desistir para ficar no mundo dele, entendeu que tentava encontrar apoio na realidade de já não estarem mais juntos.

Grandes perdas, como a morte, exigiam um tempo para se tornarem reais. O cérebro precisava ser treinado para a ausência, para o nunca mais, para o "existiu, mas não mais".

Emoções, afinal, podiam ser tão fortes a ponto de deturpar a realidade – não no sentido de que a dor da perda poderia trazer à vida aquilo que foi perdido, mas algo no sentido de que a dor pode amplificar as lembranças a níveis inimaginavelmente dolorosos a ponto de você acreditar ser capaz de chamar a pessoa, tocar nela... abraçá-la.

O cérebro tinha que aprender a aceitar a causa do sofrimento.

Sarah, seu amor, era uma humana que ele não podia ter. Era como se já estivesse morta.

E Murhder deveria ter apagado a memória dela. Cometeu um erro. Ela o enfraqueceu com a sua lógica, e ele deveria ter feito o certo mesmo contra a vontade dela.

Tohr tinha razão.

A natureza de Murhder era impulsiva e foi o motivo, além de sua insanidade, pelo qual a Irmandade o expulsou: jamais se curvara mesmo diante das regras mais frouxas deles, mesmo na época em que lutava ao lado deles a serviço da raça.

Nascera um solitário.

E também morreria assim.

Recostando-se na cadeira de pernas finas, o rangido da madeira foi um som audível e conhecido no sótão silencioso, e Murhder refletiu sobre o quanto estava certo. Quando partiu para Caldwell, atraído pelas cartas de Ingridge, soube que não retornaria. Que aquela seria a sua missão final.

E estava certo.

Um macho vinculado sem sua fêmea? Ele estava morto embora seu coração ainda batesse e ainda conseguisse inspirar oxigênio.

O destino que soube que chegaria na verdade já acontecera. Quanto a cometer suicídio? Visto o quanto se sentia frio e entorpecido? Era simplesmente redundante.

Capítulo 54

— Pensei que o lugar estava fechado. Não viu no jornal?

O motorista do Uber parou em frente à guarita da BioMed, e Sarah se sentou mais à frente no banco.

— Eu trabalhava. Preciso entrar para pegar o meu carro. Não podem simplesmente passar a chave em tudo e dar as costas.

— Ficou sabendo do que o cara fez consigo mesmo? — O senhor fez o sinal da cruz. — Minha neta me mostrou umas fotos da internet. Quem faz isso com si próprio?

— Não faço ideia.

— Bem... O que vai querer fazer?

Não havia ninguém na guarita, e Sarah não pretendia pular o muro e dar uma pirueta por cima do arame farpado. Não conseguia ver o complexo dali, algo que nunca lhe pareceu significativo porque, oras, sempre teve seu cartão de identificação consigo e nunca se demorara nos portões. Mas, é claro, havia uma bela subida ali por um bom motivo.

Puxa.

— Acho que vou ter que voltar...

— Alguém está chegando atrás da gente.

Sarah virou para trás. Era um sedã sem identificação. Escuro. E ela reconheceu o homem atrás do volante.

— Eu o conheço. Pode me dar um minuto?

— Sim, claro.

Abrindo a porta, ela saiu do Camry e tomou o cuidado de deixar as mãos à mostra ao andar. O agente especial Manfred imediatamente saiu do veículo.

— Ora, ora, se não é a doutora Sarah Watkins. É muito difícil encontrar a senhora.

— Lamento muito.

— Andei ligando para o seu telefone fixo. E para o seu celular.

Uma vez que ele trabalhava para o maldito FBI, Sarah imaginou que seria estupidez perguntar onde conseguiu os números. Além disso, ela tinha coisas mais importantes na cabeça.

Por exemplo, se ele iria ou não prendê-la por invasão de propriedade particular ou algo pior.

Só que, enquanto aguardava que o agente lesse seus direitos antes de algemá-la, ele parecia esperar que Sarah respondesse à pergunta implícita sobre seu paradeiro.

Hum... Pelo visto não haveria algemas num futuro próximo. Pelo menos não dali a dez minutos.

— Mais uma vez, peço desculpas por não ter atendido aos seus telefonemas. — Ela apontou para os portões fechados. — Sabe como posso recuperar os meus pertences? E o meu carro?

— Sim, sim, esteve aqui no domingo à noite, não é mesmo? — Ele sorria, mas a expressão não chegava aos olhos. — Trabalhando tarde num fim de semana.

— Sem dúvida, o senhor deve saber o que é isso.

— Pode apostar que sei.

Houve uma pausa. E Sarah deu de ombros.

— Bem, se não pode me ajudar, acho melhor eu voltar para casa.

— Por onde andou, doutora Watkins?

Quando uma brisa fria passou por ela, suas orelhas doeram de frio.

— Em lugar nenhum.

O SALVADOR | 421

— Então a senhora tem o hábito não atender a telefonemas de agentes federais? Quando o CEO da empresa onde trabalha foi encontrado morto?

— Nunca recebi antes. Quero dizer, telefonemas de agentes federais.

— Que tal se eu e a senhora entrarmos? Pode responder a algumas perguntas, e dar a esse motorista de Uber a possibilidade de, de fato, dirigir, em vez de ficar parado.

— Estou sendo levada sob custódia por algum motivo?

— Se eu a estivesse prendendo, a senhora estaria algemada e na parte de trás do carro.

— O senhor leva muito jeito com as pessoas, Agente Especial Manfred. Alguém já lhe disse isso?

— A minha ex-mulher. Por dez anos seguidos.

Sentada no banco de passageiro do carro sem identificação do Agente Especial Manfred, Sarah não teve como não se inclinar sobre o painel ao subirem pela entrada de carros até a construção larga, simples e sem janelas da BioMed. Com toda aquela neve no chão, as paredes brancas e o telhado cinza se misturavam à paisagem. O que não se misturava? Todos os veículos do FBI e da força policial estacionados junto à entrada, desconsiderando as faixas amarelas que delimitavam as vagas do estacionamento, tampouco as setas de direção no asfalto.

Manfred parou torto ao lado de um SUV de janelas pretas, deixou o câmbio no ponto de estacionar e desligou o motor.

— Aquele lá é o seu carro, não?

Sarah olhou pela janela do passageiro. Bem onde o deixara. Puxa, com tudo o que acontecera, ela quase esperava que o veículo estivesse capotado com as rodas girando e em chamas.

— Sim.

— Já faz um tempo. Veja a neve sobre o capô.

Pensou na entrada de casa, que já não estava mais limpa de neve.
— Sim.
— Me diga uma coisa, se veio trabalhar no domingo à noite e deixou o carro aqui, como foi embora? Quero dizer, presumo que não tenha resolvido voltar a pé para casa. Quase quinze quilômetros é muita distância para cobrir. À noite. Num inverno como este.

Quando Sarah se virou de frente para o agente federal, surpreendeu-se com sua calma. Mas, em retrospecto, não sentia que lhe restava muito pelo que viver. E isso pode deixar qualquer um pouco impressionado, mesmo diante de alguém com o poder de prendê-lo.

— Gostaria de entrar? — ela propôs. — Está ficando frio aqui.
— Claro. — O tom dele foi seco. — Eu detestaria ser acusado de prisão sob falsos pretextos.

Os dois se encontraram na frente do para-choque dianteiro e caminharam até a entrada juntos. Alguns oficiais da polícia estadual de Nova York protegiam a porta interior e Manfred mostrou suas credenciais a um deles.

— Temos uma testemunha — Manfred anunciou. — Vamos entrar.
— Sim, senhor. Siga em frente, senhor.

Sarah atravessou o saguão, mas não até o corredor. Em vez disso, foi até o retrato de Kraiten. Enquanto o encarava, lembrou-se dele na outra noite, alternando-se entre ameaçador e... confuso e complacente.

— Ele está morto mesmo? — ela murmurou.
— Gostaria de ver as fotos?

Quando meneou a cabeça, lembrou-se de tudo daquela noite. De ter saído do laboratório secreto com Nate. De ter visto Murhder, John e Xhex. Da fuga deles e de terem levado Kraiten até a ala de carga e descarga. De terem usado o SUV de Kraiten...

— Doutora Watkins? Olá?

Sarah se virou para o agente.

— Quem é o proprietário da empresa agora?

— Ninguém. Kraiten encerrou as atividades um dia antes de se suicidar. A senhora não estava aqui trabalhando?

O brilho astuto nos olhos dele aconselhava cautela para as próximas ações da cientista.

— Poderia me levar ao meu laboratório?

— Claro. — o mesmo tom seco. — Seria um prazer.

Seguiram pelo corredor, passando por todas as divisões com paredes de vidro opacas e portas fechadas. De tempos em tempos, cruzavam com um policial ou agente. Sarah manteve os olhos fixos à frente.

Quando chegaram ao seu laboratório, Sarah parou. Olhou para o agente.

— Quer que eu use o meu cartão para entrar?

Ele deu um leve sorriso. E empurrou a porta.

— As trancas estão desligadas.

Sarah passou por ele e parou. As estações de trabalho estavam como ela se lembrava, os cubículos com as mesas dispostos do mesmo modo, as cadeiras onde sempre estiveram, os cestos de lixo no chão.

Mas os computadores haviam sido retirados.

— Aquelas fotos são minhas. — disse ao se aproximar da área designada para ela. — Tudo bem se eu as pegar?

— Claro.

Sarah abaixou a mochila. Abriu o zíper. Descobriu que era impossível olhar atentamente para as imagens dela com Gerry. O fato de todas serem da época da universidade nunca lhe pareceu significativo — até agora.

Nenhuma foto deles juntos depois da mudança para Ithaca.

— Que tal me contar sobre seu domingo à noite aqui? — Manfred se sentou numa das mesas vazias. — E, por favor, seja criativa. Eu gosto de um desafio.

Sarah franziu o cenho e encarou o homem. Era difícil interpretar a expressão dele, mas a implacabilidade profissional sem dúvida era parte de seu treinamento. No entanto...

Ele não sabia nada sobre a invasão, sabia? De algum modo, os vampiros de fato conseguiram sumir com todas as provas da invasão e do resgate – inclusive a sua participação.

– Só o que fiz foi checar um trabalho e o pedido de compra de um microscópio. Só isso. – Quando Manfred desviou o olhar, houve uma pontada de desapontamento em seu rosto. – Disse que Kraiten fechou a empresa? O que isso quer dizer, de fato?

– Ele a dissolveu. Legalmente, a BioMed não existe mais.

– E quanto a todas as patentes? As pesquisas? As pessoas que trabalhavam aqui?

– Vamos voltar ao que falávamos. Depois que terminou seu trabalho aqui, como voltou para casa se deixou seu carro aqui?

– Sejamos claros, o senhor percebe que eu não matei Kraiten, certo? Ele era uma das pessoas mais paranoicas do planeta. Não me diga que não tem imagens de como ele morreu.

– Para falar a verdade, sim, nós temos. Mas o que estou pensando agora é por que acha que é suspeita.

Sarah pensou bem quanto ao que dizer.

– Vou ser franca com o senhor.

– Ótima maneira de começar. Parabéns.

Inspirou fundo.

– Acredito que Robert Kraiten tenha matado o meu noivo há dois anos. E acredito que tenha matado o chefe de Gerry na semana passada. Não sei por quê, exatamente. Gerry era muito reservado a respeito do trabalho. Não falava comigo sobre o que fazia, nunca. Não faço ideia dos projetos em que o Departamento de Doenças Infecciosas trabalhava ou por que Gerry poderia ser uma ameaça para Kraiten e os seus negócios. Mas eu sei que Gerry administrava bem a sua condição de diabético, e não acredito nem por um segundo que ele tenha morrido de causas naturais.

Os olhos de Manfred se estreitaram.

– Por que estava aqui no domingo à noite, de verdade?

— Eu lhe disse. Vim para verificar protocolos. Eu estava trabalhando em marcadores de tumores em células renais com carcinoma. Às vezes, não consigo desligar a mente do trabalho por dois dias inteiros.

— Quando foi embora?

— Lá pelas onze. O meu carro não deu partida no frio.

— Então com quem pegou carona?

Sarah fez uma pausa.

— Com Kraiten. Fui para casa com Kraiten.

Capítulo 55

Quando a noite caiu em Caldwell, John Matthew virou estrelas pela grande escadaria da mansão da Irmandade. Literalmente. Mãos para cima, mãos para baixo – pés no ar. Aterrissando, coturno, coturno. Mãos no ar. Aterrissando, mão, mão. Pés no ar. Nos degraus acarpetados em vermelho.

Estava se saindo muito bem, equilibrando-se com maestria – só que acabou escorregando e descendo pelo resto como uma bola, com pancadas e estrondos até a base. Onde acabou se estatelando no piso de mosaico tal qual um boneco num teste de impacto de um carro.

Rindo até não poder mais.

Mudo, mas ainda assim, rindo.

O rosto de Tohr apareceu no seu campo de visão, bloqueando o teto alto pintado com as figuras de guerreiros montados em cavalos.

– Tudo bem aí, grandão?

John ergueu os dois polegares tão alto que o Irmão teve de recuar para não ter o nariz espetado.

Mas, pensando bem, John fizera amor com sua *shellan* por umas sete horas sem parar – Xhex ainda estava na cama, descansando da maratona sexual – e na sequência devorou uma bandeja de comida levada da cozinha pelo próprio Fritz.

Quatro cheeseburgers. Duas porções de batatas fritas. Três litros e meio de leite orgânico.

E três barras de Hersheys congeladas. Tamanho grande.

John se levantou num salto, aterrissando com firmeza nos coturnos. Ajeitando a bainha das adagas no lugar certo, saudou Tohr e depois bateu o pé.

Tohr sorriu e puxou o filho para o um abraço rápido e forte. Depois o soltou.

– Ok, ok. Ouvi da doutora Jane que você está liberado para lutar, portanto, sim, pode voltar a campo. – Quando John comemorou com um punho cerrado, o Irmão franziu o cenho. – Na verdade, por que não vem comigo à Casa de Audiências? Recebemos uma mensagem estranha durante o dia, e estamos investigando. Um punhado dos rapazes já está lá. Eu é que estou atrasado.

John assentiu. Umas cem vezes.

Quase saiu aos pulos pela porta do vestíbulo, com toda a alegria primaveril nos passos apesar de ser pleno inverno. Ele teria saltitado como o Coelhinho da Páscoa para fora da mansão – só que a sensação de estar sendo observado o fez parar. Bem quando Tohr abriu a porta para ambos saírem, John olhou de relance para a sala de bilhar.

Além das mesas, junto a um dos sofás de couro, uma figura alta estava parada nas sombras. Olhando fixamente na sua direção.

Um tremor o percorreu.

– John? – ele se sobressaltou, e Tohr disse: – Algo errado?

John meneou a cabeça e o seguiu, porta afora. Quando ele e Tohr saíram para a noite, fechou os olhos e tentou se concentrar. O fato de Tohr ter se desmaterializado primeiro não foi surpresa.

Por que Lassiter estava olhando para ele daquele jeito?

O anjo caído de cabelos loiros e morenos raramente ficava sério. E, sem dúvida, nunca nas sombras.

Tentando se livrar de uma estranha sensação de mau agouro, forçou-se a se acalmar...

... e logo voava pelo ar frio em moléculas esparsas, direcionadas para a casa antiga que Wrath dedicava a seus encontros com os civis. Tohr esperava por ele nos fundos quando John retomou sua forma, e ambos entraram na cozinha.

— Hum, pão doce... — o Irmão disse ao ir na direção de uma bandeja de prata sobre a bancada. — Estou precisando de um pouco de pão doce agora.

Quando Tohr se serviu de quatro unidades com cerejas no topo, destinados à sala de espera, John teve que sorrir. Tinha a sensação de que o Irmão perdera a Primeira Refeição e "estava um pouco atrasado" pelos mesmos motivos que ele.

Às vezes, um macho precisava de tempo sozinho com sua fêmea. Ainda mais depois de todo aquele estresse ridículo dos últimos dias?

John levou a mão ao peito e massageou o ombro. Havia ainda uma rigidez residual, mas a infecção sumira, de acordo com a doutora Jane e Manny. Não havia mais descoloração. E o enrugamento que aparecera quando o ferimento foi diminuindo também não estava mais ali.

Tudo graças a Murhder. E Sarah.

Uma tristeza o invadiu. Ainda lhe parecia errado que os dois não pudessem ficar. Mas, como em tantas questões no mundo da Irmandade, não era uma decisão que lhe cabia.

— Quer alguns? — Tohr perguntou ao oferecer a bandeja cheia de pães doces.

Quando John recusou, o Irmão pegou mais um, agradeceu aos chefs *doggens*, e seguiram juntos para a sala de jantar. Quando se aproximaram, vozes graves saíam pelas portas abertas, chegando à recepção como se, na verdade, os machos estivessem junto à porta de entrada.

Tohr entrou primeiro.

E quando John entrou...

Todos pararam de falar e o encararam. Quando ninguém se mexeu, ele olhou para Tohr, pensando que talvez o Irmão estivesse errado quanto à reunião? Talvez fosse apenas para os...

– John.

Quando a voz do Rei soou, corpos grandes e másculos se afastaram para revelar Wrath sentado em uma das poltronas junto à lareira.

– Bem-vindo de volta, filho.

Foi nesse momento que os abraços começaram. Rhage e Butch. Phury. Blay e Qhuinn, seus melhores amigos. Z. bateu a palma na dele, o que era um milagre considerando-se que o macho não gostava muito de tocar nas outras pessoas. Até mesmo Vishous se aproximou e o puxou para um abraço breve e forte.

A cada contato, a cada toque, John sentia o rosto corar mais e mais. E o próprio Rei se aproximou, com George o conduzindo pelo tapete oriental.

– Estou feliz que esteja bem! – Wrath sorriu, revelando as presas enormes. – As coisas não seriam as mesmas por aqui sem você.

Interessante como tudo se desenrolava. John jamais se prontificaria espontaneamente ao ferimento que teve. Com certeza, não teria escolhido trilhar sozinho o caminho de uma doença letal, descobrindo a sensação de perceber que os seus amigos e a sua família continuariam vivendo sem ele no planeta. Claro que não quis passar por uma versão da transição já adulto.

Mas precisou desse momento de comunhão com a Irmandade. Precisou dessa... validação deles.

Esse "você é um dos nossos apesar de não ser".

E, em contrapartida, conseguia entender por que a questão de Murhder era de fato apenas assunto da Irmandade. Dada toda a história que o macho tinha com os demais? Bem, às vezes até o mais íntimo dos amigos necessita de momentos de privacidade.

Mas Murhder já fora embora, e por mais triste que fosse, a situação havia sido recalibrada, voltando ao normal.

John não precisava ser um membro oficial da Irmandade.
Aquilo estava mais do que bom para ele.

A noite já havia caído quando Sarah voltou para casa. Mas, considerando-se que era janeiro no norte de Nova York, significava que às cinco da tarde já estava escuro como o interior de um chapéu, como dizia seu pai.

Ela se virou para o Agente Especial Manfred.

— Obrigada pela carona.

Ele pôs o câmbio do sedã sem identificação no ponto de estacionar, mas manteve o carro ligado.

— Acha que se esse lance todo de ser agente federal não der certo, posso ser motorista de Uber?

— Claro que sim. Eu certamente usaria seus serviços de novo.

No espaço restrito do banco da frente, com o brilho do painel iluminando-lhe o rosto, Sarah concluiu que ele era bonito o suficiente. Para um humano.

— O que foi? — ele disse.

— Não entendi.

— Você estava sorrindo.

— Só pensei numa coisa engraçada. Humor politicamente incorreto. Sabe como é.

— E como sei. Olha só... você tem o meu cartão. Se vir alguém perto de sua propriedade, se receber telefonemas estranhos, se sentir que corre perigo, ligue para mim, está bem? De todo modo, voltarei daqui a uns dias para você como está.

— Não vou me arriscar. Obrigada. Ah, talvez tenha uma entrevista de emprego na Universidade de Stanford. Na Califórnia. Tudo bem se eu viajar? Quero dizer, eu lhe direi onde estarei e quando pretendo estar de volta.

— Claro! — Não havia mais o tom seco. — Só preciso saber onde encontrá-la caso precise falar com você.

— Tudo bem. — Ela pegou a mochila do meio dos pés. — Obrigada de novo pela carona. Vou mandar um reboque buscar o meu carro amanhã ou no dia seguinte. O frio acabou mesmo com a bateria.

— O inverno tem dessas coisas.

Sarah saiu e fechou a porta. Não ficou surpresa por ele esperar até que ela destrancasse a porta de casa e estivesse lá dentro, em segurança, antes de ir embora.

Ele era um cara decente, pensou ao trancar a porta. Um cara decente num trabalho difícil.

Voltando ao presente, foi até a cozinha com a intenção de comer alguma coisa, mas não havia nada de inspirador disponível. Comida congelada no freezer. Miojo no armário. Acabou se contentando com uma tigela de cereal açucarado, e nem comeu muito.

O que provavelmente era uma boa ideia. O leite desnatado estava vencido há um dia.

Sentada à mesinha de sua casa silenciosa, a magnitude do isolamento era aterrorizante. Sem família. Sem amigos, na verdade.

Sem Murhder.

A única pessoa para quem poderia ligar caso precisasse de algo? Um agente do FBI.

Para não começar a hiperventilar, pensou em tudo o que conversou com Manfred. Ele não pareceu surpreso demais quando ela lhe disse que havia ido embora para casa com Kraiten. Ele até perguntou por que, em nome de Deus, ela entraria no carro do homem se acreditava que ele era responsável pela morte do noivo.

Sarah mentira e dissera a Manfred que quis ver se Kraiten tocaria no assunto das mortes. Se o homem tinha algo a dizer a respeito de Gerry e do chefe dele.

Muito descuidada, o agente lhe disse. *Muito perigoso, na verdade.*

Sarah o encarou.

Quando o amor da sua vida se vai, nada mais é assustador.

E foi assim.

Uma vez que tudo foi esclarecido, soube que o FBI não dispunha de nada que contradissesse a sua história a respeito de domingo à noite. Nenhuma prova. Nenhuma fita gravada. Nenhum dos seguranças com versões divergentes sobre a verdade. Manfred, na verdade, não lhe contou muito, mas quanto mais à vontade ficava com Sarah e sua história, mais a sua frustração com o caso começava a aparecer. E não era difícil deduzir que não havia nada que incomodasse mais os agentes das forças policiais do que ausência de evidências.

Ainda mais quando seus instintos lhes diziam que um crime, ou crimes, tinha sido cometido.

Se não soubesse o que Murhder podia fazer com a mente humana — se ela própria não tivesse vivenciado esse truque –, jamais teria compreendido como era possível que três indivíduos pudessem invadir um local muito bem protegido, resgatar alguém e partir sem deixar rastros.

Embora Kraiten os tivesse ajudado. O que foi um golpe de sorte...

Ou não? Até onde ela podia saber, Murhder poderia ter programado Kraiten para se livrar de todas as provas. Apagar não só a filmagem, os servidores, os arquivos, mas a própria empresa.

O próprio CEO.

Sem deixar pistas.

Como se nada tivesse existido.

Sarah levou a mão ao coração e massageou a dor no peito. Teria que se acostumar ao perpétuo peso atrás do esterno, não é mesmo?

Quando pensou no laboratório secreto e no que foi feito com aqueles inocentes... rezou para que nenhum outro vampiro estivesse sendo mantido em cativeiro.

Ah, Deus, mas e se houvesse? Como alguém poderia saber? Kraiten fora cuidadoso em manter o que vinha fazendo em segredo.

Assim como as pessoas que trabalharam naquele laboratório. Outras corporações fariam o mesmo.

Amaldiçoando tudo aquilo, fitou o teto e pensou em Gerry à escrivaninha. Dissera a verdade sobre ele ao Agente Manfred: Gerry jamais lhe contou no que estava trabalhando. Nem uma vez.

Nem mesmo nas provas que deixara para trás após sua morte.

Colocou-se de pé e foi até a porta que dava para o porão e desceu até o cômodo frio. Quando chegou ao fundo, acendeu as luzes.

As lâmpadas fluorescentes nas vigas do teto baixo se acenderam e Sarah conferiu os restos de sua vida estudantil naquelas caixas. Em seguida, tomou a direção contrária e foi até a máquina de lavar e a secadora. Abaixando-se, puxou o painel de baixo sob a secadora e o deixou de lado. Esticando-se, enfiou a mão dentro até o fundo e empurrou a sujeira acumulada.

Pegou o pen-drive que Gerry deixara no cofre do banco. As credenciais que o acompanhavam, que usou para entrar no laboratório, foram deixadas no escritório de Jane – um deslize de sua parte quando estava guardando as roupas de antes.

Mas que importância tinha agora? Seriam destruídas por alguém daquela parte da história.

Junto às máquinas de lavar e secar havia uma mesinha estreita de madeira, que nunca fora usada nem por ela nem por Gerry. Colocando o pen-drive ali, olhou ao redor, procurando algo que servisse como martelo.

No chão, havia uma lata com restos de tinta látex, de quando ela e Gerry pintaram os quartos. Uma lata de quase quatro litros.

Ela pegou a lata e a levantou acima da cabeça.

Depois bateu o fundo dela no pen-drive.

Repetidas vezes.

Capítulo 56

Na sala de jantar da Casa de Audiências, John Matthew sentou-se ao lado de Butch, o antigo detetive de homicídios, e de Vishous, que, como de costume, havia acendido um cigarro. Wrath e George estavam de volta à poltrona à esquerda da lareira. Além da Irmandade, havia um notável acréscimo ao grupo: Abalone, o Primeiro-Conselheiro do Rei. Pelo que John sabia, o macho tinha raízes profundas na aristocracia, mas era um cara decente, bem o oposto daqueles babacas preconceituosos.

Sua filha passara pelo programa de treinamento e estava vinculada, com as bênçãos do macho, a um civil.

Não havia mais ninguém na Casa de Audiências, além da recepcionista. Algo incomum, visto que estavam no começo da noite. Costumeiramente, haveria uma fila de cidadãos comuns na sala de espera, prontos para apresentar questões ao Rei.

– Senhor – Abalone disse curvando-se diante do Rei –, com a sua permissão, posso trazer o súdito?

– Sim. Estamos prontos.

Abalone passou pelas portas abertas e desapareceu na sala de espera. Quando retornou, trazia um macho consigo, que John reconheceu.

– Permita-me apresentá-lo Rexboone, filho de Altamere.

Boone, como o macho era conhecido, curvou-se profundamente, apesar de Wrath não conseguir enxergá-lo.

— Obrigado por permitir que eu viesse, meu senhor.

O cara era bem alto e forte, e tinha uma beleza clássica e bem definida, que fazia John se lembrar das figuras entalhadas no Corredor das Estátuas na mansão. Ele passou pelo programa do centro de treinamento, e não causou problemas, uma presença silenciosa e atenta que, até onde John sabia, saíra-se especialmente bem nos desafios físicos.

Mas, fora isso, John não sabia muito, embora também não participasse dos treinamentos.

— O que podemos fazer por você? — Wrath disse ao se inclinar para baixo a fim de pegar George. Acomodando o golden retriever no colo, afagou os pelos compridos que cresciam nas laterais do corpo. — E saiba que fui informado de que vem trabalhando duro para nós em campo. Acabou com dois *redutores*. Gosto disso. Continue assim.

Quando Boone corou e se curvou novamente, sua resposta foi um murmúrio, mas o rubor era mais evidente que um grito — e John apreciou o sinal de humildade.

— Não tenho certeza se isto... — O soldado pigarreou e olhou ao redor para os Irmãos. — Talvez não seja nada, mas meu pai foi convidado para um jantar. Amanhã à noite.

— O que será servido? — Rhage perguntou. — Se for cordeiro, eu também vou.

Wrath encarou na direção de Hollywood e depois voltou a se concentrar em Boone.

— Prossiga.

— Bem, o jantar está sendo organizado por um aristocrata conhecido como Throe.

No mesmo instante, o clima na sala mudou, e a Irmandade se empertigou, mudando o peso de cima dos coturnos.

— Sei que o Conselho foi desfeito por vocês... — Boone olhou de novo ao redor. — E que a *glymera* está proibida de se reunir, a menos que seja com fins sociais. Mas meu pai não conhece bem esse macho e, quando perguntou quem mais seria convidado, ficou sabendo que os onze membros sobreviventes aos ataques também faziam parte da lista.

— Então, o jantar é basicamente um encontro do Conselho... — Wrath murmurou.

— Organizado por um conhecido agitador — alguém mais completou.

— Meu pai não irá, e me pediu que viesse até aqui lhe contar sobre isso porque estou no programa do centro de treinamento e ele deduziu que seria menos suspeito. Como já disse, meu pai não quer se envolver em intrigas, e com certeza não deseja uma guerra civil na espécie.

As narinas do Rei se inflaram.

— É tudo o que tem a me dizer?

— Sim, meu senhor. — Houve uma pausa. — Eu lhe imploro, envie alguém para lá. Vocês devem... Isso não está certo. Eles não deveriam estar se reunindo assim. Isso semeia a revolta, eu sei.

— Mais alguma coisa?

— Posso lhe dar o endereço.

— Ah, você pode. E qual é?

Boone informou o endereço de uma rua que não ficava muito distante da Casa de Audiências.

— Será à meia-noite, meu senhor. Eles se reunirão à meia-noite.

John olhou para o Rei. E depois verificou a expressão dos Irmãos. Quando ninguém disse nem fez nada, ficou confuso. Aquilo era um possível golpe em ação...

— Isso é tudo? — o Rei incitou Boone mais uma vez.

— Sim, meu senhor. Exceto... Por favor, não conte a ninguém que meu pai me enviou para alertá-lo. Ele não quer problemas. Quer ficar fora do assunto.

Wrath continuou afagando os pelos de George, a mão da adaga se movendo ao longo dos pelos dourados do cachorro.

— Filho, agradeço que tenha vindo aqui. Para nos alertar.

— Então enviará alguém. E os deterá...

— Mas você e eu temos um problema.

Boone balançou a cabeça.

— Não há problema algum. Sou absolutamente leal ao senhor. Não há nada que eu não faça para servi-lo.

— Então por que está mentindo para mim? — Wrath deu uma batidinha na lateral do nariz. — Posso ser cego, mas meus outros sentidos funcionam muito bem. E você não está sendo sincero.

Boone abriu a boca. Fechou.

— Por que não tenta de novo, filho?

O macho cruzou os braços sobre o peito. Encarou o chão. Depois andou de um lado para outro.

— Sei que está numa posição complicada — Wrath disse tranquilamente. — Por isso, pode levar o tempo que precisar. Mas serei bem claro: as consequências recairão onde devem e não existe uma versão manufaturada que pode impedi-lo. Entende o que quero dizer?

Quando Boone por fim parou, estava de frente para o Rei, e sua voz saiu aguda, como se a garganta estivesse apertada.

— O meu pai...

— Vá em frente. Diga de uma vez. Não é culpa sua, está bem? Você não será culpado por nada, contanto que diga a verdade.

Boone inspirou fundo e fechou os olhos.

— Meu pai participará. Ele irá ao jantar. Ele...

— Não é tão leal a mim quanto você.

O macho esfregou o rosto.

— Venho dizendo a ele para não ir. Que não está certo. Estou fazendo o que posso para dissuadi-lo de comparecer... Acredito que ele cederá. Ele tem que ceder. Simplesmente tem. E, nesse meio-tempo, eu não poderia deixar isso acontecer, seria errado. Não sei ao certo o que estão planejando, mas por que estão se encontrando assim? Meu pai não conhece bem esse macho. Throe apareceu de lugar nenhum e tomou parte de um encontro em que planejavam assumir o controle do trono há um tempo. E agora está morando na mansão daquele macho ancião? – Boone meneou a cabeça e retomou sua caminhada na sala, as palavras se formando cada vez mais rápido.

– Conhecemos o proprietário da casa. É um parente nosso. Por que ele está permitindo que Throe se hospede com ele e com sua *shellan*, que, a propósito, passou pela transição há meros dez anos? E por que está permitindo que Throe seja o anfitrião da festa? Aquela não é a casa de Throe, ele não está numa posição de autoridade. Quero dizer, na *glymera*, é uma tremenda quebra de protocolo que outra pessoa faça um convite, mesmo que para um chá da tarde, quanto mais para um jantar formal... – Boone parou e, de novo, ficou de frente para o Rei. – Não faz sentido. Nada disso faz.

As narinas de Wrath inflaram de novo. Em seguida, o Rei assentiu.

– Essa é a verdade conforme você a conhece. Agora está sendo verdadeiro.

Boone ergueu as mãos em sinal de derrota.

– Insisto para que meu pai não vá. Estou tentando convencê-lo, mas ele... ele nunca se interessou pela minha opinião. – Boone olhou ao redor, para a Irmandade, e de novo. – Mas, vejam, talvez eu esteja errado. Pode ser apenas paranoia da minha parte e, nesse caso, estou apenas me envergonhando aqui, questionando a lealdade do meu pai e trazendo vergonha para a minha linhagem.

– Não creio que precise se preocupar com isso, filho. – Wrath meneou a cabeça. – Estamos bem familiarizados com Throe e seu pequeno comitê de planejamento. Mesmo que não haja nada acontecendo, você não perdeu seu tempo, e sua lealdade a mim jamais será esquecida.

– Eu não sabia o que mais fazer... – Boone disse com franqueza.

Caramba, que posição para se estar, John ponderou. Pelas Leis Antigas, uma traição contra o Rei era punível com a morte.

Portanto, esse filho bem podia ter acabado de colocar a cabeça do pai no bloco para o algoz.

— Venha cá, meu soldado! — Wrath estendeu o braço comprido, as tatuagens da sua linhagem aparecendo na parte interna. Passando a falar no Antigo Idioma, ele disse: — *Aproxime-se e apresente sua fidelidade a mim, jovem rapaz.*

O trainee caminhou e se abaixou de joelhos. Inclinando-se à frente, beijou o enorme diamante negro na mão de Wrath.

— *Minha devoção ao senhor e ao seu trono, para sempre* — Boone replicou com a voz emocionada.

Wrath se sentou ereto e se esticou ao redor do cão. Apoiando a mão larga na lateral do rosto de Boone, proferiu em sua voz grave:

— *A sua lealdade traz honra sobre toda a sua linhagem, os vivos e os mortos. Isso não será esquecido por mim, e será considerado proferiu serviço ao trono e à minha pessoa. Siga em frente e saiba que executou uma função vital ao seu Rei, motivo pelo qual jamais esquecerei.*

Voltando a falar em inglês, Wrath prosseguiu:

— Não é, de verdade, uma falha sua, filho. Portanto, não se culpe. Não importa o que aconteça, você tomou a única atitude que podia.

— Eu suplicaria misericórdia para o meu pai... — Boone murmurou ao fitar o rosto do Rei. — Mas temo que ele não seja merecedor.

— Isso é escolha dele. E não uma responsabilidade sua.

Boone assentiu e se levantou. Depois de se curvar para Wrath novamente, virou-se para a Irmandade e fez o mesmo. Depois, Abalone o acompanhou até a saída, fechando as portas atrás dos dois em silêncio.

Ninguém disse nada. Os Irmãos simplesmente encararam Wrath, que continuou sentado na poltrona com o cachorro no colo, afagando, afagando... afagando.

Depois de a porta da frente se abrir e fechar, Abalone voltou à sala de jantar e fechou novamente as portas, apesar de não haver ninguém a não ser os *doggens* leais à mansão.

— Vão investigar o local hoje — Wrath ordenou. — E quero todos os lutadores reunidos lá amanhã.

Vishous apagou o cigarro na sola do coturno.

— Vou plantar microfones ao redor pelo lado de fora pouco antes do amanhecer.

— O que diremos a Xcor? — Tohr perguntou. — Meu irmão irá querer saber sobre isso. Quero dizer, Throe foi seu segundo comandante por um século.

— Ele pode estar lá amanhã, se quiser — Wrath praguejou. — Mas o resto do Bando de Bastardos tem que ir para o centro da cidade. Não podemos relaxar com a Sociedade Redutora nem por uma noite. Estamos muito perto do fim desta maldita guerra.

— Os trainees podem cobrir o território, se supervisionados pelos Bastardos — Tohr propôs. — Definitivamente precisaremos de toda a Irmandade na casa, de John, Blay e Qhuinn também. Se for um golpe, terá que ser encerrado lá mesmo.

— Você está mais do que certo. — Wrath olhou ao redor do grupo. — Se for concluído que estão conspirando contra mim? Quero todos mortos. Estamos entendidos? Matem-nos onde estiverem. Estou de saco cheio dessa porra dessa *glymera*.

John assobiou e todos olharam para ele.

E quanto a Murhder? Ele poderia ajudar se precisamos de mais lutadores.

Houve um silêncio constrangedor. Então, Tohr disse:

— Aprecio a sua lealdade ao cara. Mas…

Eu o vi lutar. Ele é foda!

— O que John está dizendo? — Wrath estrepitou. — Alguém pode, por favor, traduzir essa porra?

Capítulo 57

Parada ao lado da pista de dança da shAdoWs, Xhex estava sorrindo. Embora os fachos de laser roxo incomodassem seus olhos e a música fizesse seus tímpanos tinirem, e apesar dos humanos bêbados, chapados ou hipersexualizados que demandavam supervisão constante, ela estava gloriosamente feliz. Positivamente radiante por dentro. Jovial pra caralho!

Como... um cartão bem alegre.

Podia até estar usando um laço cor-de-rosa na cabeça e chinelos felpudos...

Quando a briga começou entre dois homens, um deles acabou sendo empurrado na sua direção, com os braços rodando, o equilíbrio todo comprometido, os pés desencontrados sapateando ao ritmo de "Cocaína Demais e Aquela que eu Acabei de Apalpar não era a Minha Namorada".

Xhex o apanhou com as duas mãos e o endireitou.

— Quer parar ou voltar?

O cara olhou para o lado onde estava o outro, pilhado com olhar de "vou te foder" que aguardava pelo segundo round.

— Quero brigar com ele! Posso fazer o que eu quiser! Ela não era ninguém...

— Entendido. Pode ir.

Xhex acatou os desejos dele empurrando-o de volta para o cara que provavelmente usaria o rosto dele como saco de pancada – e, isso mesmo. Lá estava ela, a hora da briga.

– Pensei que era seu dever pôr um fim nesse tipo de coisa?
Ela se virou e olhou para Tohr.

– Ei! Tudo bem?

– Você não faz parte da segurança? – Bateram as mãos. – Não que eu esteja reclamando. Adoro assistir a amadores... Hum, já foram para o chão.

Os dois combatentes caíram no chão, todos descoordenados, mãos frouxas e lombos saltitantes.

– Aposto cinco no de camisa rosa! – Xhex disse.

Tohr sacou a carteira. Deu uma olhada no dinheiro.

– Eu topo. Mas vai ter que me dar troco pra cem. É só o que tenho.

– Não esquenta.

Ficaram afastados e esperaram o resultado. Que infelizmente aconteceu quando um dos leões de chácara se intrometeu e afastou os dois gatos selvagens.

– Que droga! – ela resmungou ao puxar a nota dobrada do bolso de trás da calça. – Por que eu contrato pessoas eficientes nas suas tarefas...?

Quando um segundo segurança se aproximou e os combatentes foram levados para a saleta dos fundos para averiguação dos fatos, Tohr guardou os cinco dela na carteira.

– Queria falar comigo? – ele perguntou.

– Quero. Sim. – A diversão tinha acabado. – Vamos lá pra cima.

– Trez está por aí? – o Irmão perguntou quando chegaram à escada que dava para o escritório. – Faz tempo que não o vejo.

– Ele anda por aí.

– Aquela coisa da Selena...

– Horrível. Simplesmente terrível. Se existe mesmo alguém encarregado deste show lá de cima, precisam dar um jeito nessa coisa. –

Ela parou na metade das escadas. – Eu sinto muito. Não quis sugerir que a morte de Wellsie não seja... Merda. Que droga!

Tohr a pegou pela mão e deu um aperto.

– Tudo bem. Sei o que quis dizer. E tudo está do jeito que deveria.

Xhex retribuiu o aperto e seguiu em frente, abrindo a porta do escritório de Trez. Quando se fechou ali com o Irmão, a música foi abafada para uma batida forte.

Tohr foi até a parede de vidro e ficou olhando para os humanos abaixo. Seu reflexo era de tristeza, e ela lhe deu um momento para que voltasse do passado e da sua perda incomensurável.

Inferno, depois de chegar tão perto de perder John Matthew, não conseguia imaginar como Tohr conseguira lidar com a perda de sua *shellan*. Mas, de alguma forma, ele seguiu com sua vida, encontrando e se apaixonando por Autumn.

Era possível seguir adiante.

O Irmão se virou e ajeitou a camiseta nas calças de couro, mesmo ela não estando desarrumada. Depois ajeitou a jaqueta de couro também.

– Ok – disse ele na sua voz normal. – O que foi?

– Preciso reparar um erro. – Xhex plantou as botas no chão e se preparou, apesar de nada estar indo contra ela. – Há tempos eu deveria ter feito isso... Está na hora.

Murhder saiu do sótão pela janela, desmaterializando-se na neve que salpicava o gramado. Precipitando-se contra o frio, andou pela alameda de carvalhos, imaginando as árvores frutíferas no jardim ao lado vicejando, a grama verde, o céu repleto de estrelas com uma lua cheia em pleno verão.

Ficou se perguntando se Sarah teria gostado da casa. Da confusão dos humanos. Das pessoas que trabalhavam na propriedade. Talvez ela poderia ter encontrado trabalho numa universidade próxima dali. Havia algumas boas estaduais que tinham todo tipo de...

O pensamento veio e se desintegrou, como a respiração acima do seu ombro.

Afastando-se das duas fileiras de árvores, atravessou a fina camada de neve, seguindo para o aglomerado de árvores que crescia junto ao riacho. Ao se aproximar de lá, o gorgolejo da água era baixo, quase imperceptível. À esquerda, dois cervos se assustaram com sua presença, balançando os rabinhos brancos e saltando para longe em meio à vegetação.

Murhder parou à margem e ficou junto à água.

Depois de algum tempo – que pode ter sido um minuto ou uma hora –, desembainhou a adaga que estava enfiada no cinto às suas costas. Segurando-a com a mão dominante, fitou a arma, tracejando a lâmina com os olhos, lembrando-se das vezes em que a usara. Vishous fizera a adaga só para ele, Murhder, com o cabo talhado sob medida para a sua palma, com o peso como ele preferia, e o fio da lâmina sempre afiado pelo Irmão.

Pensou no que Kraiten fizera, cortesia das sábias sugestões de Xhex. E teve que se perguntar se perder Sarah seria uma espécie de punição existencial pela morte do humano. Mas não fazia sentido. A Virgem Escriba gostava de equilíbrio. Do bom e do mau. Do preço e do pagamento. Alfa e Ômega.

Assim como ela e seu irmão no mundo, o par estabelecido pelo Criador para manter tudo equilibrado.

Kraiten fora puro mau. Recebeu o que merecia.

Murhder levantou a manga da malha.

Olhando para trás, conseguia ver as luzes da casa ao longe. Estava frio demais para a alguém sair esta noite. E no dia seguinte? Verificara a previsão do tempo. Frio e límpido.

Embora a luz do inverno não fosse tão forte quanto os raios no verão, ainda assim tinha a força de fazer seu corpo desaparecer.

Ninguém saberia de nada. E deixou instruções na mesa de cavaletes quanto ao que fazer com seu dinheiro e a casa.

Tudo estava em ordem.

Aproximou a lâmina da garganta. Uma vantagem de ser vampiro era que ele conhecia a anatomia do pescoço como a palma da mão.

O que é bem vantajoso ao procurar a veia grossa que alimenta o cérebro.

Um único golpe era só o que seria preciso. Um puxão do braço. Um movimento da esquerda para a direita com aquela lâmina mantida muito bem afiada por Vishous. E então seu sangue se esvairia assim como água dentro de uma bexiga furada.

Apenas um movimento rápido da mão da adaga.

Algo que fizera incontáveis vezes com os *redutores*.

Cerrando os dentes, fechando os olhos, pendeu a cabeça para trás.

— Vá em frente... apenas faça... Vá...

O corpo inteiro começou a tremer e o suor brotou na testa apesar do frio. Um gemido subiu e atravessou seus lábios.

— Cacete! — gritou para a floresta. — Porra...!

Abaixando o braço, respirou fundo e praguejou um pouco mais. Era tão simples. Só o que ele tinha que fazer era se matar ali, naquele bosque escondido. O sol surgiria pela manhã. Seu corpo desapareceria.

O sofrimento acabaria.

Encostou a lâmina onde ela estivera.

Dessa vez, daria conta daquela merda.

Capítulo 58

Throe deu a volta na mesa de jantar, distribuindo as plaquetas que indicavam a disposição dos lugares. Vinte e quatro lugares à mesa posta com o melhor do melhor: pratos Old Imari, da Royal Crown Derby, talheres de prata Chrysantheum, da Tiffany, copos de água e taças de vinho Baccarat. E, no meio da mesa, castiçais de prata foram colocados a cada 1,20 metro com espaços entre eles para as flores. Havia também saleiros de vidro azul ao lado de pimenteiros em número suficiente.

Quando terminou de distribuir os lugares, recuou para avaliar o cômodo inteiro com olhos críticos, procurando falhas e imperfeições. Os retratos a óleo nas molduras folheadas a ouro dos aristocratas não faziam parte da sua linhagem direta, mas se pareciam com ele – porque toda a *glymera* era aparentada, mesmo que distante, uns dos outros. A lareira estava apagada naquele momento, mas no dia seguinte estalaria com madeira seca. Os aparadores estavam prontos para receber vasos de flores e garrafas de vinho.

Que não chegariam a ser servidas.

Na verdade, nenhum dos lugares seria ocupado e nenhum prato seria servido com a comida que começaria a ser preparada ao cair da noite. Mas tudo precisava representar seu papel e a casa devia ter o aroma certo. Além disso, quanto à refeição, precisaria comer depois que tudo estivesse terminado.

Satisfeito, deixou o cenário montado e foi até a sala de estar.

Ao entrar no cômodo gracioso, as antiguidades representavam o antigo no melhor senso da palavra, e o sofá e as poltronas eram estofados com uma seda adorável combinando com as paredes adamascadas. Lindos tapetes Aubussons cobriam o piso. Um estupendo lustre russo pendia de um medalhão de gesso no centro da sala.

Mandara trazer uma mesa dobrável grande que estava guardada no porão e a cobrira com uma toalha com monograma. Taças estavam alinhadas num dos lados. Garrafas de licor e misturadores uns ao lado dos outros. Haveria fatias de lima e de limão dispostos antes da chegada dos convidados, bem como um balde de gelo.

Serviriam a si mesmos.

Odiava isso. Mas como teve de matar todos os *doggens* da propriedade, não dispunha de criados para orquestrar a noite, e não havia motivos para tentar contratar nenhum apenas por uma noite – ainda mais se considerasse o ataque planejado. Além do mais, a única coisa entrincheirada no mundo dos vampiros acima até da *glymera* era o fato de haver *doggens* trabalhando para os aristocratas.

Nunca havia contratações à disposição no curto prazo nesse setor.

Portanto, sim, seus convidados teriam que se servir sozinhos. Em seguida, iria se certificar de que suas sombras executassem sua apresentação de agressão assim que os convidados estivessem de taças nas mãos. A falha de etiqueta logo seria esquecida quando corressem para salvar suas vidas.

Precisava que dois deles morressem.

Não as fêmeas, claro. E não porque se apiedasse do sexo frágil. Tinham que ser dois machos porque eles detinham o poder, e se os outros testemunhassem pessoas de sua classe sendo assassinadas por um inimigo do qual a Irmandade não conseguia protegê-los?

Bem, isso apenas tornava tudo mais interessante, não?

De volta à entrada, conferiu a escadaria.

Depois se virou e fitou a porta de entrada.

Uma sensação de inquietação o atravessou e Throe rapidamente olhou por cima do ombro. Nada ali. Ou melhor... nada que não devesse estar ali. Apenas uma estátua de mármore. E um corredor de retratos que conduzia aos cômodos nos fundos da casa. E o aparador com o espelho antigo acima dele.

Nenhuma sombra onde não deveria estar.

Tudo estava como deveria estar.

Na verdade, tudo estava como tinha que estar. Ele merecia estar numa casa como aquela, executando uma jogada como aquela. Retornara às suas raízes de sangue azul, ao dinheiro e ao prestígio...

Throe girou rapidamente e olhou para a sala de estar.

Nada ali.

Afrouxando o lenço ao redor do pescoço, inspirou pelo nariz e se certificou de que não havia nenhum cheiro que não deveria estar no ar.

Quando a tensão nos ombros se recusou a deixá-lo, suas ambições titubearam. Atento a passos, a rangidos, a cliques de gatilhos sendo acionados, sua mente começou a querer enganá-lo, captando barulhos de decibéis muito baixos infiltrando-se em seus tímpanos.

Percebeu que não poderia chamar ninguém.

Ninguém iria ajudá-lo.

Pensou em Xcor. Quando fez parte do Bando de Bastardos, Throe teve lutadores que o ajudariam. E ele os ajudaria também.

Nada disso agora.

E o resultado do seu status solitário? O trono seria seu e apenas seu. Não precisaria dividi-lo nem partilhá-lo. Ele seria o rei...

Um farfalhar o sobressaltou, mas logo reconheceu o som.

– Minha querida? – ele chamou.

Voltando à sala de jantar, encontrou o Livro na cabeceira da mesa. O tomo se abrira sozinho e suas páginas viraram como sempre, um número infinito de folhas em meio à capa antiga.

Quando elas se aquietaram, ele sorriu quando a tinta se rearranjou sozinha nos símbolos do Antigo Idioma.

— Eu tenho o meu amor — ele traduziu — e o meu amor me tem. Eu tenho o meu amor, e o meu amor me tem...

As palavras saíram de sua boca, não como uma expressão consciente dos pensamentos, mas como um cântico que surgia de um poço dentro de si, de sua alma.

Erguendo o Livro, Throe o fechou e o segurou junto ao coração. Continuando a entoar o cântico, foi até as escadas e começou a subir, como se estivesse no piloto automático.

Só quando chegou ao patamar de cima que um pensamento lhe ocorreu e encontrou um espaço em meio às palavras repetidas.

Como foi que o Livro chegou à cabeceira da mesa?

Ele o deixara no andar de cima.

No fim, Murhder não conseguiu se matar.

Tentou algumas vezes. Junto ao rio.

Porém, no fim, teve que sair dali, com a adaga novamente guardada junto à lombar, e retornou para casa. De novo na alameda. Desta vez pela varanda, onde subiu as escadas de madeira e parou na escuridão, longe da claridade das luzes de segurança.

Olhando através dos vidros, teve a visão desimpedida da sala de estar principal iluminada por velas. No sofá, havia alguém sentado, uma humana. Devia ter trinta e poucos anos, estimou, tinha cabelos escuros compridos e lindos olhos negros. Parecia agitada em seu belo vestido azul, mexendo na saia, ajeitando as mangas. Mas logo se levantou e começou a andar de um lado para outro.

Murhder a viu com o homem que a levou para jantar fora. Observara-os entrando no carro, afastando-se rumo a algum lugar na cidade. Devem ter voltado de onde partilharam a refeição enquanto ele quase cometera suicídio no bosque.

Dois tipos de noite bem diferentes...

De repente, a mulher se virou para o arco de entrada. E as mãos subiram para o rosto. E a surpresa surgiu em seus olhos.

O homem com quem ela estava hospedada entrou com um buquê de rosas vermelhas. Murhder sentiu o perfume das flores quando trouxeram a encomenda para a casa durante o dia, e ficou curioso quanto a quem as receberia. Pergunta respondida.

O homem se ajoelhou diante da mulher. Os olhos dela marejaram, e a sua felicidade era uma aurora naquela luz de velas.

Quando ela aceitou as flores, o namorado ofereceu uma caixinha de veludo preta. Os lábios se moveram quando ele levantou a tampa.

Ela arquejou. Sorriu. Assentiu. Muitas vezes. E depois se agachou e o beijou.

— Foi por isso que não consegui... — Murhder disse para o ar frio.

Enquanto Sarah estivesse viva, ele também viveria.

Mesmo sem poder estar com ela...

Um rangido nas escadas atrás de si o fez virar. Quando viu quem era, franziu o cenho.

— Tohr? — Balançou a cabeça, perguntando-se se sua mente não tentava enganá-lo. — O que está fazendo aqui?

— Eu queria falar com você. — O Irmão subiu lentamente os degraus que rangeram. — Eu teria ligado antes, mas você não tem telefone.

Por conta do treinamento e dos instintos, Murhder acompanhou os movimentos do macho poderoso, procurando indícios de agressividade ou de um ataque iminente.

Talvez acabasse usando sua adaga, no fim das contas.

— Bela casa! — Tohr olhou ao redor. — Nunca vim aqui para o sul.

— Virou turista agora?

— Não, estou aqui por causa de assuntos oficiais.

Puta merda! Como foi que a Irmandade descobriu? Devem ter colocado escutas na casa de Sarah.

— Olha só, não quero problemas e, francamente, sou só um cidadão comum, por isso não é da sua conta...

– Por que não nos contou o que fez?

Murhder ergueu as mãos.

– Isso não vai afetar nada. Sério, que consequências reais pode trazer para vocês? Estou vivendo a minha vida, estou longe de vocês, e se ela nunca cruzar o caminho de vocês, por que isso é importante? Vocês têm que tirar tudo de mim?

Tohr pareceu confuso.

– Não estou entendendo.

– E daí se eu não apaguei a memória dela! Não é da porra da sua conta! Nem da Irmandade, tampouco do Rei! – Contendo-se, ele abaixou a voz. – Não vou me desculpar por isso, e você não vai fazer nada a respeito. Sarah não está na minha vida e, porra!, vocês devem estar felizes com isso. Todos os seus Irmãos têm apreciado o meu sofrimento nestes últimos vinte anos e isso vai continuar, oba! Portanto, pode pegar a pipoca e o seu senso de superioridade e acrescentar Sarah à lista, mas coloque-a no topo, sim? Porque com certeza ela é o pior dos meus sofrimentos.

Murhder calou a boca e cruzou os braços diante do peito. Quase desejou que o Irmão lhe dissesse algo. Estava com vontade de brigar – ainda mais se a assunto descambasse para o lado físico.

– Não foi por isso que eu vim... – Tohr disse lentamente.

– Como que é?

– Não tem nada a ver com isso.

Murhder assobiou baixinho. Revirou os olhos.

– Maravilha. Entããão... Alguma possibilidade de eu conseguir retirar tudo o que eu disse?

– Eu, hum... – O Irmão balançou a cabeça como se estivesse redirecionando a mente para outros trilhos. – Vamos começar pelo motivo que me trouxe aqui? Por que não contou o que aconteceu de verdade com Xhex? Em relação ao primeiro incêndio daquele laboratório? Ou que você foi mantido em cativeiro pelos parentes dela?

Puxa.

Tohr prosseguiu.

– Você nos deixou acreditar por duas décadas que havia nos abandonado quando precisamos de você. Em vez disso, estava sendo torturado naquela colônia. Durante meses. E quando saiu, graças a Rehvenge? Foi atrás dela. Era o que você estava fazendo. E ela iniciou o incêndio, matando aqueles cientistas. Não você.

– Mas eu fiz a outra merda! – Murhder bradou com rispidez. – No segundo local. Espera, como ficou sabendo disso?

– Xhex veio falar comigo.

Murhder esfregou os cabelos curtos. E ficou se perguntando se Sarah teria encontrado a trança que deixou para ela. Planejara deixá-la com ela e dizer ao cérebro dela que era algo querido a ela, algo que ela jamais quereria perder – mesmo que não se lembrasse exatamente de como passara a ser dela.

Um regresso a uma Era Vitoriana na qual os amantes davam mechas dos seus cabelos uns aos outros.

– Por que ela fez isso? – perguntou.

– Porque queria que a verdade viesse à tona. Porque você estava sendo culpado por algo que não fez e sendo castigado por desertar a Irmandade quando não fez nada disso. Porque erramos ao culpá-lo e não sabíamos disso.

Imprecando baixinho, Murhder foi até a grade da varanda e fitou o gramado, na direção do rio.

– Ela me contou o que fizeram com você na colônia – Tohr prosseguiu. – A tortura mental.

– Está tudo bem.

– O diabo que está.

– Estou bem agora. É o que importa.

– Murhder. Meu Irmão.

Ele se virou.

– Não me chame assim. Não sou mais o seu Irmão, lembra?

– Sim, você é. – Tohr se aproximou. – Lamento muito. Todos nós lamentamos. Eu queria que você tivesse nos contado o que aconte-

O SALVADOR | 453

ceu de verdade; poderíamos tê-lo ajudado... ou, sei lá, não o estou culpando pela escolha de ter permanecido em silêncio. Você teve os seus motivos, estava protegendo Xhex, e entendemos. Mas eu queria que tivéssemos sabido da verdade.

Dentre todas as conversas que esperava ter? Essa não era uma delas. Nem perto disso.

— Desculpas aceitas — Murhder disse, emocionado. — Agradeço por isso... Bem, obrigado por vir.

Tohr meneou a cabeça.

— Isto não é apenas um pedido de desculpas. Queremos que você volte. Queremos que lute conosco, que seja um de nós... De novo.

Murhder não se deu ao trabalho de esconder a surpresa.

— Como é que é?

— Queremos ter você de volta. Na Irmandade.

— E vocês podem fazer isso?

Tohr riu num rompante.

— A Irmandade decide as questões da sociedade. Você sabe disso. Você e eu indicamos Darius lá atrás.

— Wrath sabe?

— Foi ele quem me mandou vir.

— Mesmo? — Murhder se afastou do Irmão e voltou para junto da grade. — Então o Rei está dando sua bênção.

Houve um longo silêncio. E Tohr disse:

— Precisamos de ajuda. Temos uma questão importante amanhã à noite. Uma reunião de prováveis insurgentes.

— Então, simples assim, você acha que estou pronto para o trabalho de campo. De volta à sela do cavalo. Pronto para agir. Não estou mais louco.

— Xhex disse que leu a sua grade emocional. Ela sabe o ponto em que você está.

Murhder fechou os olhos.

— Agora ela virou assistente social. Puxa...

— Estávamos errados, Murhder. Agimos de acordo com os fatos que conhecíamos na época, mas estávamos errados. E sentimos muito por isso. Todos nós.

Murhder relembrou os momentos passados com John nos becos frios. Sentiu-se tão vivo. Tão pronto para a luta, com o coração acelerado, cheio de coragem. Sentira como se estivesse seguindo seus objetivos de novo. Servindo a raça. Executando um papel vital para a sobrevivência da espécie.

Mas não havia motivos para estar. A questão a respeito da Irmandade era que... aquele grupo de machos era unido além da luta. Havia confiança, lealdade, amizade entre todos eles, e esses laços emocionais eram tão importantes quanto as habilidades em combate.

Xhex estava certa. Já não estava mais louco.

Mas não poderia retornar à Caldwell, entrar novamente na Irmandade, e ser quem precisava ser para estar com eles. Quem ele tinha que ser.

Esse tipo de conexão já não fazia mais parte de si.

— Não consigo — ele disse. — Lamento. Deixei essa versão de mim para trás há muito tempo.

— Tem certeza?

— Tenho. — Olhou de volta para o Irmão. — E esse é o problema quanto a não estar mais louco. Sei de verdade em que pé estou. E estou aqui.

— Existe algo que eu possa fazer para você mudar de ideia?

E quanto a Sarah?, ele pensou.

Só que repensou esse golpe. Sim, havia humanos trabalhando junto à Irmandade, mas, se ele fosse a campo todas as noites, que tipo de vida estaria reservada para ela? Ficaria sentada, esperando, imaginando se ele estava ou não ferido. E quanto aos objetivos científicos dela?

Pesquisou na internet e procurou o nome dela. Não sabia o que achava que ela fazia, mas, no fim, descobriu que ela era uma referência mundial em seu campo de trabalho. Como poderia pedir que ela desistisse disso tudo por ele?

– Murhder?

– Não – ele respondeu. – Não há nada que você possa fazer que me convença a mudar de ideia. Mas obrigado por ter vindo.

– Ok. Tudo bem.

– Isso aí. Tudo certo.

Outra longa pausa. E, então, Tohr disse:

– Acho que já vou embora, então. Sabe onde nos encontrar se precisar de nós.

Quando Tohr se virou e seguiu na direção dos degraus, Murhder perguntou:

– O que vai fazer em relação a Sarah?

O Irmão franziu o cenho.

– Sarah?

– Você sabe... Sobre o que eu falei.

– Você a mencionou? – Tohr deu de ombros e começou a descer.
– Hum... Acho que deixei escapar. Não ouvi nada a respeito dela.

Capítulo 59

Na noite seguinte, Sarah estava sentada à mesa da cozinha onde espalhara suas contas: tv a cabo e internet, com a linha fixa junto também. O celular. As parcelas do carro. Seguro do carro. Seguro de vida. Hipoteca da casa. Seguro da casa. Tinha um cartão de crédito, mas não havia nada a pagar ali.

Seu último extrato bancário estava no colo enquanto conferia o saldo e o montante investido. Tinha o fundo de pensão e algumas centenas de milhares de dólares em ações em uma conta de investimento, resultado da herança deixada pelo pai após seu falecimento.

A casa ainda tinha um belo saldo a pagar de uns duzentos mil. Mas, de acordo com o corretor que consultara à tarde, o lugar valia de trezentos a trezentos e vinte mil. Depois de pagar a comissão dele, iria embora com pelo menos uns setenta mil depois de pagar os impostos sobre ganho de capital.

Recostou-se e olhou ao redor da cozinha. O corretor lhe traria os formulários a serem preenchidos logo pela manhã, e a casa seria aberta para exposição no domingo se tudo corresse conforme o planejado.

Não era um pé-de-meia ruim para alguém da sua idade. E haveria mais.

Pegou o envelope da FedEx que recebera mais cedo. Dentro dele havia o pacote de demissão enviado por um advogado que estava representando os interesses dos funcionários da BioMed. Estavam dando a todos os empregados do seu nível seis meses de salário, o que era... absolutamente inédito, pelo que sabia da empresa. Kraiten só esteve disposto a pagar por duas coisas: talentos de alto nível e instalações de primeira. Todo o resto era de segunda ou terceira ordem, e os funcionários menos graduados não recebiam quase nada de benefícios.

O acordo de Gerry, por exemplo, fora muito melhor do que o seu. Mas, em retrospecto, o trabalho dele acabou levando-o ao túmulo.

– Ah, Gerry...

Pegou o celular e verificou que horas eram. Na Costa Oeste, ainda eram quatro da tarde.

Passou pelos seus contatos, encontrou o número de Lorenzo Taft-Margulies e apertou o botão de chamar. O homem atendeu no terceiro toque, bem quando ela começava a formular mentalmente o recado que deixaria na caixa de mensagens.

– Enzo, aqui é a Sarah Wat... Ah, oi! Sim, sou eu. O quê? – Ela puxou outra cadeira com o pé para esticar as pernas, cruzando-as na altura dos tornozelos. – Pois é, dá pra imaginar? Quem é que poderia pensar que isso aconteceria? Eu? Não, não. Eu não fazia parte do alto escalão na BioMed. Sou apenas uma humilde pesquisadora, não alguém com quem Kraiten tivesse muito contato... Como o meu pai costumava dizer, às vezes a gente dá sorte.

Conversaram um pouco mais sobre o acontecido na BioMed. E, então, ela disse:

– Olha só, Enzo, a respeito da oferta de emprego, estou muito lisonjeada, de verdade... Sim, lamento, mas isto é um não. Sim, sei que estou sem trabalho no momento. – Sorriu ante a piada do amigo. – Mas estou trabalhando direto desde que me formei e, por mais que eu perceba que o plano era exatamente esse, preciso de um tempo. Onde? Não sei. Talvez eu fique na Nova Inglaterra ou quem sabe eu recomece num lugar totalmente diferente. Talvez lecione em alguma faculdade. Talvez faça uma mudança ainda mais radical. Acho que só preciso sair daquela rodinha do hamster e ver como me sinto.

– Sarah – falou a voz do outro lado. – Você está no auge de uma grande carreira. Sei que a rotina é difícil, mas, se sair agora, pode nunca voltar ao ponto em que esteve. Seu destino remete a coisas grandiosas. Sempre enxerguei isso em você.

Sarah piscou.

– Você é muito gentil em dizer isso.

– Não estou sendo gentil. Não jogue fora tudo pelo que trabalhou até agora.

Quando mudaram de assunto de comum acordo, Enzo voltou a ser como antes, incentivando, mas com toques de brincadeira, e quando chegou a hora de desligar, Sarah prometeu que o procuraria caso mudasse de ideia.

Refletindo sobre o que o homem lhe dissera, ficou imaginando o quanto daquilo seria exagero... e o quanto era uma verdade que jamais reconhecera em si mesma. Enzo sempre fora franco. Era dez anos mais velho do que ela e Gerry, mas um companheiro já formado no programa de Harvard/MIT na esfera de trabalho de Sarah, motivo pelo qual se conheceram. Ele ficou impressionado com Gerry – Deus bem sabia que todos se impressionavam com ele –, mas sempre se mostrou mais interessado em Sarah.

Profissionalmente, é claro. E se lembrava de ter ficado lisonjeada por ele ter lhe oferecido trabalho. Foi uma mudança boa, não estar mais à sombra de Gerry. Não que, na época, tivesse se ressentido com Gerry por tal motivo.

Não, o ressentimento aconteceu mais tarde. E não por terem competido por empregos.

Será que estava certo? Desistiria de tudo se desse um tempo? Passara muito tempo diminuindo os seus esforços – porque não estivera à altura de Gerry. Mas talvez isso fosse mais uma insegurança sua em vez de uma avaliação apurada da realidade.

Levantando-se, enxaguou o prato no qual tinha comido o jantar e o pôs na lava-louça. Não havia mais nada a limpar porque comera um daqueles pratos prontos congelados. Na verdade, bem que poderia ter colocado de volta o prato no armário porque ele fora usado mais como bandeja em vez de louça porque ela tinha comido na bandeja de plástico que colocara no micro-ondas.

Indo para a sala de estar, ficou tentada a assistir a uma maratona de qualquer série, mas nunca foi muito ligada na TV e não fazia a mínima ideia de quais eram os programas que as pessoas andavam comentando. *Ozark. Supernatural. Making a Murderer.* E que diabos era um podcast?

Sim, claro, cair no mundo dos vampiros foi um choque total, mas o quanto ela sabia do mundo dos humanos em que supostamente vivia?

Na universidade, estudava o tempo todo. E, depois da graduação, durante o emprego na BioMed, trabalhava o tempo todo. E depois Gerry morreu. Então ela passou a trabalhar ainda mais o tempo inteiro.

Sim, foi possível fazer isso.

Tinha que existir outro caminho para ela. E, certamente, haveria um lugar diferente onde viver.

Já lamentara a morte de um homem naquela casa.

Não o faria novamente.

— Todos estão cientes de suas posições? — Tohr perguntou aos Irmãos que estavam reunidos no átrio da mansão. — Tudo entendido?

Estava ciente da sensação de mau presságio subindo pela nuca e a esfregou, tentando se convencer de que apenas dormira de mau jeito.

— Na verdade, estou confuso... — Rhage mordeu um pirulito de cereja. — Estou absolutamente lindo visto da esquerda... — Ele mudou de lado. — Ou da direita? Esquerda... direita. Esquerda. Direita...

— Vou quebrar o nariz dele! — Vishous disse. — Juro por Deus, vou arrebentar a porra do septo dele só pra pôr um fim nessa conversa.

— Acho que esquerda *e* direita! — Rhage anunciou. — Não existem ângulos ruins.

— Tem certeza, Barbra Streisand? — alguém perguntou.

As vozes da Irmandade encheram o espaço assim como os imensos corpos cobertos de couro, e Tohr deixou que os Irmãos seguissem trocando farpas verbais. Era a típica energia nervosa surgindo, e ele sabia que não adiantava tentar acabar com a tagarelice.

Em vez disso, aproximou-se do meio-irmão. Xcor estava parado como uma estátua, o rosto composto demais. O corpo tenso demais.

— Tudo bem? — Tohr perguntou baixo, certificando-se de ficar de costas para o grupo para que ninguém os ouvisse. Mas até parece que todos ali não sabiam o que o macho teria que enfrentar nessa noite.

Xcor também falou baixo.

— Só para você saber, eu mesmo matarei Throe se ele estiver cobiçando o trono. Não hesitarei. Sei onde está a minha lealdade.

Tohr apoiou a mão no ombro do macho.

— Não tenho dúvida, meu irmão. Nunca.

Os olhos de Xcor brilharam no rosto brutal, marcado pelo lábio leporino, e, não pela primeira vez, Tohr ficou grato por ter aquele guerreiro do seu lado. Ele era formidável num dia bom. Numa noite como aquela? Era mais que letal.

E o bom era que tinham mais um fator a favor deles. Wrath não iria para a Casa de Audiências. Graças a Deus. De maneira quase inédita, o Rei dera ouvidos à razão. Ficou na mansão, com Phury e Z. de guarda junto a Payne. Rehvenge, com todos os seus truques de *symphato*, também passaria a noite ali. Só por precaução.

E os *symphatos* tinham armas especiais.

Murhder o aprendeu em primeira mão, Tohr pensou com pesar.

— Ok, vamos em frente — ele disse ao se dirigir à porta da entrada.

Atravessando o átrio, sabia muito bem que estava faltando uma peça. Mas Murhder era livre para tomar suas próprias decisões, e pelo menos John estava de volta, pronto para lutar. Junto com Qhuinn e Blay, eles estavam todos prontos para servir ao Rei...

Tohr parou sem dar aviso, de modo que John, que estava logo atrás dele, bateu nas suas costas logo após passarem pela porta.

Uma figura alta e imponente estava nos degraus de pedra, no vento, imóvel apesar das rajadas fortes que varriam o topo da montanha. Com os pés bem plantados no chão, as mãos abaixadas e a cabeça erguida, o macho estava preparado para aquilo que fora criado.

Lutar defendendo a espécie.

Tohr começou a sorrir ao voltar a andar.

– Mudou de ideia, então?

Ao oferecer a mão da adaga para Murhder, não esperava rever o macho de novo.

Às vezes, a separação era o que o destino providenciava, a despeito dos seus desejos. Tohr viveu, lutou, e amou por tempo suficiente para aprender essa lição do jeito mais difícil. Mas, cara... seria bom pra cacete se, no caso de Murhder, o desfecho fosse diferente.

Capítulo 60

Murhder foi incapaz de dormir o dia inteiro. O que não era extraordinário. A novidade na sua insônia crônica foi que, em vez de sua mente ficar pensando no quanto estava louco, ele passou as horas do dia revisando sua vida e todas as pessoas que conhecera, amara e perdera. Especialmente esses últimos.

Havia nomes novos na lista. Sarah, evidentemente. Mas também Nate. John.

A Irmandade e o Rei.

O que vai fazer em relação a Sarah?

Você a mencionou? Não ouvi nada a respeito dela.

Essa troca com Tohr, bem quando o Irmão estava de saída, foi o que mais atormentou Murhder – no bom sentido. Foi um lembrete da lealdade que teve no passado junto à Irmandade, e também uma declaração poderosa e evidente de que isso ainda estava à sua disposição.

Claro, Tohr não teria guardado um segredo que colocasse a segurança do Rei, da Irmandade ou da raça em perigo. Mas apoiou Murhder, e fazia muito tempo que alguém tinha feito isso pela última vez. E, mais importante, entre machos de valor, a lealdade era como confiança e respeito: conquistada e recíproca. Com essa oferta de Tohr, Murhder estava inclinado a fazer o mesmo, e não apenas para um Irmão.

Mas para todos eles.

E era o que se precisava no campo de batalha. Era o que ele precisava antes de sequer pensar em voltar. A porta, destrancada. A peça final que lhe faltava, encontrada.

No entanto, não foi o que ficou ruminando. Também pensou nos séculos de lutas. Primeiro nas florestas e ao redor dos vilarejos do Antigo País. Mais tarde, nas ruas da virada do século em Caldwell. E, mais recentemente, no mundo moderno.

Acabou percebendo que, se era o que acreditava ser – um guerreiro –, então por que diabos não estava lutando pelo que queria? Pelo que precisava. Pelo que tinha direito de ter.

Sarah.

Mudou de ideia, então?

Enquanto a mão da adaga ainda esperava pela sua no vento frio, Murhder olhou para a Irmandade que estava mais para trás. John estava com eles, o macho jovem parecendo otimista – e também preocupado.

Murhder olhou para a fachada ameaçadora da enorme mansão cinza e se lembrou de Darius a construindo há tanto tempo. Ela envelhecera nos últimos vinte anos, mas não muito. Algumas manchas a mais nas pedras, as árvores mais crescidas, novas plantações ao redor da propriedade.

O Irmão a construíra para durar. E agora, bem como ele desejara, a Irmandade e o Rei moravam juntos sob o mesmo teto.

– Sim, mudei de ideia – Murhder disse. – Quero voltar. Mas preciso de duas coisas de vocês e do Rei.

A palma de Tohr se abaixou.

– Diga.

– Preciso de Sarah. A minha vida não é nada sem ela. Não vou voltar se ela não receber permissão para estar no nosso mundo se assim ela o quiser. Creio que não deve ser nenhuma novidade.

Tohr inclinou a cabeça.

— Estamos a caminho de um possível confronto e Wrath está escondido no momento. Seria aceitável cuidarmos desse assunto assim que voltarmos? Estou preparado para oferecer o meu apoio. Se alguém consegue entender a importância de uma fêmea na vida de um Irmão, esse alguém sou eu; e tenho certeza de que o Rei concordará comigo nesse caso.

O Rei estava escondido?, Murhder pensou. *Mas que diabos estava acontecendo ali?*

— Qual é o segundo pedido? — Tohr perguntou.

Murhder olhou para a Irmandade e se concentrou em John. Depois abaixou a voz para um sussurro. Quando terminou de falar, Tohr fechou os olhos.

— Sim — o macho disse, rouco. — Concordo.

Foi a vez de Murhder estender a mão.

— Bom. Temos um acordo.

Quando apertaram as mãos, ficou ciente de uma onda de emoção enchendo seu peito. No entanto, havia muitas pontas soltas ainda antes de comemorar. Por exemplo, o Rei teria que aprovar Sarah.

E isso foi o grande fator decisivo. Mas, lá no fundo, ele tinha a sensação de saber para que lado penderia a situação. O resto dependeria dela.

— Quer esperar na Casa de Audiências? — Tohr perguntou apontando por cima dos ombros. — Voltaremos para lá depois que...

— Precisam de outra adaga?

Tohr começou a sorrir. Depois se virou para o grupo que, de pronto, erguia os polegares, dava socos no ar e erguia as palmas no ar.

Então Tohr não mentira. Todos eles o queriam de volta.

Isso fez o Irmão se sentir acolhido, de verdade.

Interessante como tudo voltava rápido.

Quando Murhder retomou sua forma na lateral do gramado de uma mansão graciosa, seu corpo rufava com força e poder, e ele tinha todos os tipos de armas e equipamentos que um lutador precisava para compor isso tudo: as bainhas das adagas logo foram ajustadas cruzando o peito, um peso muito familiar. Tinha pistolas ao redor da cintura. Coturnos pesados de combate nos pés. Um colete à prova de balas. Roupas de couro.

Equiparam-no num piscar de olhos, com os equipamentos extras dos outros irmãos, trazidos por um Fritz positivamente contente.

E agora, ali estava ele, na neve e no frio, olhando para as janelas que revelavam uma típica festa da *glymera*, com todas as figuras bem vestidas, os narizes empinados, as sobrancelhas arqueadas e com ares de superioridade em relação a todos os ali reunidos...

Aquilo era um bar self-service?

Murhder balançou a cabeça. Fazia tempo que estava afastado, mas tinha certeza de que algumas coisas não mudavam tanto assim: os aristocratas nunca se serviam sozinhos. Nem mesmo as bebidas.

Mal assoavam os próprios narizes.

A julgar pelas expressões trocadas pelos machos de smoking enquanto serviam vinho para suas *shellans* e se serviam de uísque com gelo, o grupo ali presente também não parecia muito impressionado.

Uma rápida contagem revelou que havia umas vinte pessoas lá dentro, e ele deduziu quem era o anfitrião ao ver quem mais circulava de um lado a outro. Um macho, bonito, de cabelos negros e gravata, ia de um lado a outro na sala, saindo para atender a porta, voltando com um convidado, fazendo as apresentações.

Onde estavam os *doggens*? Afinal, numa casa como aquela? Um macho como aquele?

Numa festa como aquela?

Informaram Murhder de que o nome do macho era Throe, e que ele viera recentemente do Antigo País. Uma longa história sem muita relevância para esse acontecimento em questão, por isso não se demoraram muito no assunto. O que realmente importava para Murhder era que o cara tivera uma brilhante ideia em relação ao trono num passado bem recente – e provavelmente estava tendo de novo.

Sem desviar a atenção do que acontecia lá dentro, disse com suavidade:

— Estão discutindo o tempo ali dentro? Ou a falta de uma boa criadagem?

A voz de Vishous foi seca.

— Ambas as coisas. Juro por Deus, prefiro uma maratona de *Bubble Guppies* a uma festa como essa.

Murhder olhou para ele.

— *Bubble* o quê?

— Não vai querer saber. Ah, o que você aprende quando há...

— *Você* vive com crianças? Quero dizer, ouvi dizer que há algumas crianças agora...

— Não estou falando dos fedelhos. Estou falando da porra do Lassiter. O Anjo Caído. Logo você vai conhecê-lo. Diabos, ele provavelmente já sabe que você está aqui. — Os olhos diamantinos olharam para ele. — A propósito, estou feliz que tenha voltado. Voltado para ficar.

Murhder olhou de relance para ele de novo. Vishous sempre fora o mais inteligente dos Irmãos, mas também o mais cínico — por isso foi meio que comovente ele ter deixado a irritabilidade de lado, só para variar.

— Obrigado, cara! — Murhder exclamou.

— Meu Irmão.

Quando uma mão enluvada lhe foi apresentada, Murhder bateu nela. E os dois voltaram ao trabalho.

Como nos velhos tempos.

Capítulo 61

Ainda faltava chegar um casal e, em qualquer outra circunstância, Throe teria mandado o mordomo mandá-los embora. Trinta minutos de atraso! Quanto desrespeito.

Tudo bem que não havia mordomo algum, mas a ofensa ainda existia.

No bar, serviu-se de xerez, e o bebeu em dois goles. A não ser por aquele atraso, tudo estava indo bem. Após os cumprimentos iniciais, todos muito calorosos e efusivos como sempre, as conversas passaram para os ataques recentes no centro da cidade. Como todos ali conheciam alguma família que tinha perdido um filho para esse novo inimigo nefasto. Como a Irmandade não chegara a tempo de resgatá-los. Como os ataques voltaram a acontecer. E depois, uma terceira vez.

Sim, esse era exatamente o motivo pelo qual Throe enviara suas sombras atrás dos filhos daquelas pessoas. Preparara o palco. Para depois instaurar o caos ali, naquela festa.

Onde salvaria os convidados, a não ser dois que tinham que morrer para causar efeito. E assim a maré viraria.

Na direção ordenada por ele.

Antes de dar início à execução do plano, tomou nota do cenário, e foi uma vista primordial para um macho como ele: os remanescentes das melhores linhagens da *glymera* conversando com animação, as joias das fêmeas reluzindo debaixo do lustre de cristal, o fogo crepitando na lareira, o ambiente combinando com o prestígio da decoração.

Uma lástima como tudo teria que terminar.

– Foi um tanto rápido demais, não?

Throe se virou para o cavalheiro que lhe dirigira a palavra.

– Perdão? O que disse?

– O seu xerez é bom demais para ser tomado com tanta agilidade. – O macho sorriu languidamente. – Mas suponho que todos nós tenhamos maneiras diferentes de agir.

Altamere, Throe pensou. O nome daquele macho era Altamere.

– O gato comeu sua língua, velho amigo? – Altamere pôs a mão no ombro de Throe e o empurrou para baixo. – Ainda que "velho" seja um pouco forçado demais para nós, não acha? Você acabou de chegar.

Throe estreitou os olhos.

– As nossas linhagens se relacionam há séculos.

– Mas não você e eu. Você chegou há pouco em Caldwell. Um novo-rico, por assim dizer. – O macho indicou o salão. – Diga-me, onde está o verdadeiro dono desta casa? Ele sabe que você está usando a propriedade dele para seus propósitos particulares? Ou ele se juntará a nós?

Throe sorriu com frieza.

– Não, ele não virá.

– Um intruso fazendo as vezes de senhor da casa. – O macho se inclinou para perto dele. – Um verdadeiro clichê.

– Poderia me dar licença? – Throe disse. – Preciso ir verificar o jantar.

– Por quê? Você o cozinhou para nós?

Quando o macho sorriu com malícia, Throe apoiou o cálice no bar.

– O seu filho está no programa de treinamento, não está? Não crê que isso esteja abaixo de vocês? Quero dizer, lutar não é algo que a nossa classe faça. A menos que esteja tentando lhe ensinar uma lição de humildade social?

O macho cerrou os dentes.

— É uma honra para Rexboone servir à raça. E com os nossos filhos morrendo no centro de Caldwell, eu diria que essa é uma habilidade excelente que a minha classe deva ter.

Um golpe bem aplicado, não acham?

Foi a vez de Throe se inclinar para perto dele.

— Se de fato acreditasse nisso, teria anunciado a participação dele no programa. Diria que ele é um guerreiro. Que está trabalhando para a Irmandade. E eu só descobri através da fêmea que joga tênis com sua *shellan*. Você não anda, exatamente, declamando isso aos quatro ventos, anda?

Quando os olhos do macho dispararam ao longo do salão na direção de sua companheira, Throe sentiu satisfação por provocar a discórdia entre o casal. Nessa era moderna, era uma vergonha ter um macho e sua linhagem empunhando uma arma em defesa da espécie.

— Os boatos percorrem a sociedade, não? — Throe murmurou ao se virar. — É difícil manter segredos. Agora, se me der licença.

Saindo pelos fundos do salão, entrou no escritório que mantivera escuro de propósito — e o que ele mais queria era apunhalar o maldito com as próprias mãos.

— Venha aqui — ordenou na escuridão.

Sua sombra favorita, aquela que ordenara que o protegesse, materializou-se ao seu lado, um vazio ondulante com um mínimo de tremeluzir denotando seus contornos.

— Está vendo aquele macho? — Apontou para Altamere. — É com ele que elas devem começar. Estamos entendidos?

Mais ondulações de concordância, não que esperasse qualquer tipo de desobediência. E o casal que estava atrasado que se danasse. De toda forma, ninguém chegaria mesmo à mesa do jantar.

Throe verificou as horas no relógio de pulso.

Olhou para seus convidados mais uma vez.

— Acho que agora está bom. Acredito que devamos começar... agora.

John Matthew tinha sido colocado junto a Qhuinn e Blay na vigilância da festa, e os três estavam agrupados na metade do caminho entre a casa e a cerca escura, entre postes que iluminavam o extenso gramado. Deviam esperar pelo sinal para se infiltrarem e, enquanto observava as pessoas circulando no salão muito elegante, ele não teria querido ter que se sentar numa daquelas cadeiras, e desejava muito que aqueles tipos não estivessem planejando algo contra Wrath.

John já despachara muitos *redutores* de volta a Ômega, mas nunca matara membros da espécie antes. Não que fosse hesitar caso eles estivessem cometendo uma traição.

As ordens de Tohr eram claras. Se o sinal fosse dado, a Irmandade e os guerreiros na propriedade se infiltrariam e levariam os convidados reunidos sob custódia. A situação só se tornaria letal se alguém fizesse alguma idiotice.

Throe, por sua vez, era uma história totalmente diferente...

John franziu o cenho e se inclinou para a frente. Falando do diabo... O anfitrião acabara de se retirar da festa e tinha entrado num cômodo escuro. Com a silhueta marcada pelas luzes do salão, deu para distinguir que ele se inclinou à frente, como se estivesse conversando com alguém.

Batendo no ombro de Qhuinn, John apontou para a janela.

– Pois é – o Irmão sussurrou –, também percebi. Que diabos está acontecendo?

Uma sensação premonitória fez John levar a mão à pistola; ele tinha um pressentimento muito ruim a respeito daquilo tudo.

Throe não estava sozinho no cômodo. No entanto, não parecia haver outra forma corpórea com ele.

Quando o macho retornou para a festa, John se moveu com ele, acompanhando o aristocrata de janela em janela tomando o cuidado de permanecer na escuridão. Chegando próximo a V. e Murhder, cutucou os dois e sinalizou.

Tem algo errado...

O ataque aconteceu em câmera lenta. Num momento, a recepção estava a todo vapor, as pessoas conversando e gesticulando com a educação exagerada da *glymera* – no seguinte, o pior dos pesadelos de John invadiu o salão.

Uma sombra.

O mesmo tipo de entidade que o feriu. E quase o matou.

Vishous ladrou no microfone acoplado ao ombro:

– Agora. Agora. *Agora!*

Sem pensar, John deu duas passadas para tomar impulso e saltou no ar, protegendo a cabeça e rolando para a frente de modo que os ombros protegidos pelo couro quebrassem o vidro. Passando as pernas por cima da cabeça para completar a cambalhota, ele aterrissou sobre os coturnos com as armas em punho.

Mas já era tarde demais para o macho que fora atacado. Antes que John pudesse disparar uma rajada das balas sagradas da Irmandade, a entidade atacou o convidado, perfurando-o no peito, e os gritos agudos do macho foram pavorosos até serem interrompidos por um corte em sua garganta.

O sangue jorrou pela artéria aberta do pescoço do aristocrata, o arco tão gracioso quanto a violência foi terrível.

Facas. A sombra estava armada com um par de facas.

John ajeitou sua posição, mirou as armas... e apertou duas vezes assim que conseguiu uma mira desimpedida. Foi só o que ele conseguiu fazer, no entanto. No pânico típico criado por leigos, os convidados da festa formaram um bolo desorganizado, tropeçando nas barras dos vestidos, passando uns por cima dos outros, correndo em todas as direções como as ovelhas assustadas que de fato eram. Ele não teve tempo de disparar com perfeição, mas, pelo menos, conseguiu atingir a sombra uma vez.

Porque o grito agudo dela se fez ouvir mesmo acima de todos aqueles gritos e dos pés apressados.

E a sombra se virou para ele.

John sorriu. E apertou o gatilho de novo. Duas vezes mais. E uma quarta...

A cada bala, a sombra era rechaçada para trás, as balas de chumbo tratadas com a água sagrada da fonte da Virgem Escriba forçando a entidade a recuar. Mesmo quando barbatanas vazavam para fora do centro negro translúcido, e todas aquelas facas voaram em todas as direções, John estava muito certo de si enquanto perseguia a coisa que quase o matara.

Menor. Os contornos da sombra estavam encolhendo, seu tamanho ia diminuindo. E, felizmente, a multidão e os outros guerreiros estavam às margens, portanto ele tinha o espaço de que precisava para acabar com aquela maldita coisa.

John se livrou do clipe vazio. Recarregou um cheio.

E tomou cuidado para não se aproximar demais.

Não tinha a mínima intenção de ser atingido de novo...

– John! Cuidado!

Antes que pudesse se virar na direção da voz, um corpo imenso o derrubou, fazendo com que quase voasse pelos ares. Continuou atirando mesmo enquanto ia em direção ao chão, concentrado no alvo. Pouco antes de bater no carpete, a sombra se acendeu por dentro, um brilho maligno emanou do centro de sua forma bulbosa. Num piscar de olhos, o brilho ondulou para fora...

John bateu no chão com Murhder por cima de seu corpo, o ar escapando dos seus pulmões... na mesma hora em que a sombra explodiu, um lodo negro, em parte alcatrão, em parte sangue coagulado, sujando a antes imaculada parede atrás da forma, bem como o carpete, um quadro e um sofá.

Foi como se esgoto tivesse sido disparado por um canhão.

John só conseguiu encarar o espetáculo. E foi enquanto seu cérebro foi repassando quadro a quadro o que acontecera que ele se lembrou de uma segunda forma atacando-o pela lateral.

Murhder sem dúvida salvara sua vida.

Pela segunda vez.

Capítulo 62

Parado na parte oposta da sala, junto às armas e facas que discretamente escondera numa estante, Throe estava pronto para se armar e defender seus convidados contra a "ameaça". Mas bem quando estava prestes a pegar as armas, ouviu o som de vidro se quebrando – quase no mesmo instante em que uma das suas sombras atacava Altamere.

Não conseguia entender o que havia quebrado o vidro nem o que estava acontecendo.

Mas logo tudo ficou bem claro.

Seu plano, de ser o "defensor" dos aristocratas enfrentando as sombras, de ser aquele que salvaria os membros indefesos da *glymera* e assim conseguir seu apoio, armando um cenário para destronar o Rei depois que a Irmandade não resgatasse os filhos deles, foi completamente destruído; assim como o vidro das janelas pelas quais os Irmãos e os guerreiros invadiam a casa entrando no salão pelo lado externo.

Throe se jogou no chão para não ser atingido pelo fogo cruzado, e observou, sem conseguir acreditar, a Irmandade tomando conta do ataque, protegendo os civis, combatendo as sombras... salvando vidas.

Throe não ficou ali nem mais um minuto sequer.

Deitado no carpete, ele foi se arrastando com os lustrosos sapatos sociais até se afastar de todo aquele caos. Assim que chegou ao vestíbulo, ergueu-se de cócoras, levantou os braços para proteger a cabeça, e correu na direção da escada. Subiu dois degraus de cada vez, e o tiroteio, os gritos, os guinchos, diminuíram um pouco quando chegou ao segundo andar.

Quando chegou à suíte principal, pegou a chave do bolso. Vampiros conseguiam destrancar qualquer fechadura que não fosse de cobre com o poder de suas mentes, motivo pelo qual o dono da casa certificara-se de proteger seu quarto adequadamente.

Throe deixou a chave cair. Apressou-se em pegá-la novamente...

Por fim, passou pela soleira e girou para bater o pesado painel de carvalho com as palmas...

Throe congelou quando uma brisa estranha soprou seus cabelos. Uma brisa que tinha uma força de atração.

Quando seus instintos se eriçaram alarmados, um medo nauseante fez com que sua pele arrepiasse e sua respiração se tornasse superficial.

Não olhe para trás, uma voz dentro da sua cabeça ordenou. *Saia daqui, agora!*

Throe não perdeu tempo. Não se importava com o que havia do outro lado, agarrou a maçaneta...

– Ai! – Retraindo a mão, balançou-a por conta de uma ardência. – Mas que diabos?

Arrancando o paletó do smoking, envolveu a palma com ele e...

Um gemido oco atravessou o quarto, e as luzes tremeluziram. Mesmo sabendo que não deveria olhar, que não deveria olhar jamais, percebeu sua cabeça virando de lado.

Quando viu o que havia atrás de si, Throe gritou.

Murhder não saiu de cima de John, mesmo sabendo que devia estar esmagando-o. Com tantas armas sendo descarregadas? Se alguém fizesse um súbito movimento na vertical, acabaria ficando sem a cabeça.

Balas passavam silvando, acertando em abajures, transformando pinturas a óleo em peneiras, estilhaçando peças de porcelana e pratos com detalhes em ouro. Segurando John pelo ombro, ele rolou a ambos para fora do caminho, conseguindo cobertura atrás de um sofá amarelo.

Jesus, era como se *Duro de Matar* estivesse sendo filmado dentro de um museu. E que porra eram aquelas sombras?

Murhder mirou numa próxima, que estava tentando atingir Rhage, e quando puxou o gatilho de uma pistola pela primeira vez em vinte anos, sua mira foi péssima. Acabou atingindo uma arandela de cristal à esquerda da lareira, e as lâmpadas se apagaram depois de terem sido vaporizadas.

Não cometeu o mesmo erro duas vezes.

Acertando o ritmo, conseguiu disparar diversas vezes, possibilitando que Rhage resgatasse duas fêmeas que se abraçavam escondidas atrás de uma poltrona de seda. Com o Irmão como acompanhante, elas fugiram, os tornozelos se torcendo em cima dos saltos altos finos, as saias dos vestidos erguidas até as cinturas, os outrora penteados elaborados agora um ninho emaranhado de pássaros.

John virou o cano da pistola, e acertou na sombra em que Murhder vinha tentando acertar, descarregando suas próprias balas...

Houve um guincho profano, um som mais agudo que um flautim e mais grave que o motor de um jato. Em seguida, a entidade explodiu como a primeira, com um lodo oleoso voando, batendo na cornija da lareira e no que sobrara da janela que Murhder quebrara com o corpo ao entrar.

Era como se alguém estivesse espalhando esterco de vaca pelo lugar.

Faltavam duas ainda.

Só que...

Elas não estavam atacando nada. As entidades estavam lado a lado, paradas sob arco que dava acesso ao escritório escuro atrás delas, como balões de fumaça presos a um ponto fixo no chão.

Murhder e John apontaram os canos das armas para elas.

Ninguém se moveu: eles não se mexeram; seus alvos não se mexeram.

Mas não era o que acontecia no restante da casa. Os outros Irmãos e guerreiros conduziam às pressas os convidados para locais seguros, com passos urgentes, vozes abafadas e cheias de medo, ladrando ordens que eram audíveis do salão.

– Precisamos matá-las agora – Murhder disse baixinho. – É o único modo de...

Puf! Puf!

As entidades desapareceram, uma depois da outra.

Bem quando um grito ecoou de algum lugar no andar de cima.

Throe tentou girar a maçaneta de novo, mas ela queimava mesmo através do tecido do paletó – em seguida, sair da suíte já não era mais uma opção. O que havia começado como uma brisa se transformou num vácuo, numa força arrastando-o para longe da porta...

Caiu de joelhos. Agarrou-se a tudo o que aparecia em sua frente: uma cadeira de pernas finas, a lateral de uma mesinha auxiliar, a cômoda. Lutou e tentou se segurar, bateu as pernas, travou os olhos na porta que dava para o banheiro como se fosse fazer com que sua direção mudasse.

Não queria olhar. Mas, de novo, sua cabeça se virou como se estivesse sendo controlada por outra pessoa.

O Livro se abrira sozinho na escrivaninha, e o vazio cilíndrico e negro reabrira, aquilo que ele presenciara antes voltando a acontecer, aquilo que não deveria ter mais do que noventa centímetros de profundidade do mata-borrão até o chão se abrindo para um abismo inescrutável...

Algo bateu em sua mão. E depois na outra.

Throe virou a cabeça para o outro lado. Duas das suas sombras estavam diante de si, e o atacavam, tentando fazer com que ele se soltasse ao mesmo tempo que tentava se manter naquele reino da realidade.

Throe gritou uma última vez quando não conseguiu mais se segurar, perdendo para a força que o puxava.

E seu corpo foi sugado para o vazio.

Caindo... Ele foi caindo, um ar frio e úmido foi ficando ainda mais frígido. Mais frio, mais rápido, mais frio... mais rápido. Gelo começou a se formar em suas mãos erguidas, nos seus cílios, nas bochechas.

À medida que sua velocidade aumentava, o smoking se movia ao redor do seu corpo, as fibras se rasgando devido ao vento indescritivelmente gelado, à velocidade da queda, à pressão que começava a forçá-lo para baixo. Nu... Então ele estava nu, a pele congelando, enegrecendo.

Em seguida, rasgando como as roupas se rasgaram antes.

Os músculos foram os próximos. Aquilo que sustentara suas entranhas descolando-se dos ossos, e, através dos olhos desintegrados, ele ainda conseguia ver o branco do seu esqueleto – até isso também enegrecer.

Toda a sua forma corpórea se dilacerou, restando apenas seu espírito.

E foi então que ele aterrissou numa espécie de fundo, como se ainda tivesse um corpo físico, a dor atravessando-o como se órgãos vitais tivessem sido pulverizados e sua coluna tivesse sido destruída com o impacto.

Throe ficou deitado de costas e encarou a construção circular de pedras iluminada pela luz de tochas. Um poço. Ele estava no fundo de um poço.

E aquilo não era uma tocha. Seu caminho, sua descida até ali, deixara um brilho na escuridão, e ele acompanhou o rastro até vê-lo sumir num ponto longínquo muito acima...

Uma batida metálica chamou sua atenção, e ele olhou para o corpo nu que, não sabia como, se regenerara. Grilhões o prendiam nos pulsos e nos tornozelos.

– O que... o que é isto? – Sua voz estava rouca. – O que é isto?

Ele puxou as amarras de metal e descobriu que não havia folga. Estava sobre uma espécie de mesa antiga, cujas manchas o deixaram bem mais que enojado.

– Onde est...

Não chegou a terminar o pensamento.

Uma mulher entrou no poço, como se houvesse alguma fenda por ali. Estava gloriosamente nua, os seios firmes coroados por mamilos perfeitos, o abdômen reto e os quadris adoráveis, as pernas longas e o sexo desprovido de pelos, o verdadeiro retrato da beleza. E foi só depois que lhe observou o corpo que ele olhou para o seu rosto.

Ela tinha cabelos castanhos encaracolados, longos e vicejantes até os ombros, e as feições eram seguras de si e impressionantes.

Seu sorriso era o paraíso. Assim como o som de sua voz.

— Bem-vindo.

— Quem é você? — Quando ele se sentiu endurecer, ela baixou o olhar para sua ereção. — Isto é um sonho?

A mulher se aproximou e tracejou um dedo pela lateral interna da coxa dele.

— Não. Isto é uma troca.

— ... uma o quê?

A fêmea afagou sua ereção, o toque suave atravessando-lhe o corpo, o sangue espessando imediatamente. Quando ele gemeu, ela sorriu de novo.

— Uma troca — ela murmurou quando a mão subiu e desceu pelo membro, lenta e demoradamente.

O prazer que ela lhe provocava parecia familiar. Na verdade... o cheiro dela era familiar. Ele a conhecia. De alguma forma, ele sabia quem...

O Livro.

Ela era o Livro.

— Isso mesmo — ela confirmou. — E apreciei nossos encontros apesar de poder participar apenas até certo ponto.

Um medo, tão fugaz e poderoso quanto o desejo, apoderou-se dele como a mortalha da morte, mas, mesmo assim, não cancelou a dilatação erótica que tomava conta de seu membro, levando-o ao limiar do êxtase.

Throe se debateu, mas não havia como se libertar. Nem do terror que tomava conta de suas entranhas, nem do orgasmo que estava prestes a explodir para fora de si, tampouco das suas amarras.

Nem dela.

A mulher soltou sua ereção pouco antes que ele chegasse ao ápice da crescente onda de prazer. E, quando recuou um passo, ele protestou, mesmo com medo dela. Mas ela não podia parar naquela hora. Não podia deixá-lo no limite... ou podia?

– Foi divertido, Throe. Fico muito feliz que tenha me procurado. Você apareceu bem quando eu precisava encontrar uma saída.

Dito isso, ela inclinou a cabeça para trás. Erguendo os braços, dobrou levemente os joelhos e se impulsionou num salto.

Que a fez voar.

O grito de Throe ecoou nas paredes úmidas do poço enquanto a fêmea seguia o rastro que ele iluminara com seu corpo e sua alma, a fuga elegante alçando-a ao alto...

... e deixando-o ali no lugar dela.

Capítulo 63

Murhder e John subiram dois degraus de cada vez na escada enquanto Vishous permanecia no andar de baixo com o corpo do macho que fora assassinado pela entidade sombra.

O Irmão parecia montar guarda sobre os restos mortais, como se esperasse que o aristocrata morto se levantasse para conversar ou algo assim. Murhder não discutiu quando Tohr designou o segundo andar para ele e para John.

No patamar de cima, ele foi para a direita. John cobriu a esquerda.

No entanto, não houve mais gritos. Nenhum gemido de alguém ferido. Nada se mexendo.

Contudo, apenas os inexperientes considerariam isso um bom sinal. Havia inúmeras explicações para alguém gritar e depois se calar. Ainda mais quando esse alguém era Throe, que tinha corrido ali para cima...

O assobio foi baixo, o tipo de ruído que podia ser gerado tanto pela ventilação quanto por alguém tendo um ataque de asma.

Murhder olhou para a direita de novo.

E assim que John assentiu em sua direção, Murhder foi atrás do macho, os dois atravessando o lado oposto do corredor, seguindo junto à parede que não tinha nenhuma porta. Com as armas em punho, os instintos em alerta, moveram-se perfeitamente coordenados, e Murhder não pôde deixar de sorrir, por mais que isso fizesse dele um esquisitão.

Só que John olhou para trás. E piscou.

Murhder perdeu o passo.

Há anos não via aquela expressão. Desde que ele e Darius caçaram assassinos juntos — e não era maravilhoso ver aquele macho valoroso viver através do filho? Tudo o que precisava fazer era olhar para John e saber que D. ainda estava vivo e bem... com seus irmãos.

De repente, o assobio cessou, e os dois pararam. Sem trocar nenhuma palavra, os dois se afastaram, encostando-se numa porta fechada.

Inexplicavelmente, o painel de madeira tinha uma borda preta ao redor dos batentes, como se tivesse ocorrido um incêndio na parte interna e a fumaça tivesse escapado. Só que não havia calor. Na verdade, estava bem mais frio lá dentro, um vento frio escapando pela fresta debaixo da porta.

Murhder apontou para si mesmo e John assentiu. Depois mostrou um dedo... dois...

No três, John girou e abriu a porta com um chute, e Murhder foi o primeiro a entrar com a arma empunhada.

— Mas que porra... — murmurou ao parar de pronto.

A janela do lado oposto da suíte estava escancarada, e a noite invernal invadia o cômodo com um vento gélido, balançando as cortinas. E todo o resto, a mobília antiga, a cômoda, a cama, as mesinhas laterais... tudo estava bagunçado num círculo ao redor de uma velha escrivaninha com uma marca de queimado no tampo.

John se aproximou e abriu com um soco a porta que dava para o closet. Quando meneou a cabeça para indicar que estava vazio, Murhder avançou mais adentro no quarto, aproximando-se da escrivaninha enquanto John verificava o banheiro.

Murhder abaixou a arma. A marca de queimado no mata-borrão de couro era um retângulo perfeito, de trinta por sessenta centímetros.

Do tamanho de um livro...

Um assobio agudo veio da direção do corredor, e John respondeu com três outros. Instantes depois, Tohr entrou com as armas erguidas.

– O que aconteceu aqui? – o Irmão perguntou.

– Não faço ideia. – Murhder olhou ao redor de novo, como se procurasse por... como é que ele ia saber? – Encontrou Throe...

Três tiros foram disparados logo abaixo deles no térreo.

– Merda! – Murhder disparou para a saída. – As sombras voltaram...

Tohr o segurou pelo braço, impedindo-o de sair.

– Não. Isso foi... o macho que morreu e não continuou morto.

– Do que está falando?

Tohr não respondeu, pelo menos não verbalmente. Em vez disso, o olhar do Irmão sugeria claramente que pesadelos podiam se tornar realidade e, de repente, Murhder soube sem sombra de dúvida como o ferimento de John fora causado.

– Merda! – ele murmurou.

Depois que verificou o banheiro, John se aproximou de Tohr e de Murhder e sinalizou:

Quantos feridos lá embaixo?

– Xcor foi alvejado, mas a bala atravessou a coxa – Tohr respondeu. – Tive que impedir que ele viesse atrás de Throe. Também temos uma fêmea com um provável tornozelo deslocado. E você.

Em pânico, John olhou para si mesmo, o cérebro disparando a mil quilômetros por horas ao imaginar que podia ter se ferido como antes.

Só que, nessa hora, Murhder disse:

– O que está falando? Eu é que fui atingido.

O Irmão cutucou no ombro, e foi então que John sentiu cheiro de sangue no ar. E lá estava, um furo na jaqueta de couro de Murhder – e John conseguiu respirar aliviado. Um ferimento normal. Totalmente tratável...

Faróis iluminaram as paredes do quarto, os fachos se infiltrando pela janela aberta.

— É a unidade cirúrgica — Tohr disse para Murhder. — Vamos levá-lo lá pra baixo. Você vem, John?

John apontou para a janela aberta e foi até lá a fim de fechá-la. Quando os dois saíram, ele pegou a veneziana e...

Inclinando-se para fora, olhou para o quintal coberto de neve logo abaixo. No que em outras circunstâncias deveria ser um manto imaculado branco, havia um par de pegadas que começavam logo abaixo da janela até o outro lado da propriedade. Na linha de árvores que separava o terreno com o do vizinho, as pegadas pareciam desaparecer, mas era difícil saber se era por que quem quer que as tivesse deixado se desmaterializara ou por ter entrado em meio às sempre-vivas.

Tudo isso era muito estranho, claro. Primeiro, se Throe quisesse desaparecer da cena, poderia simplesmente ter dado uma de fantasma para fora da casa. Por que a janela aberta? Não havia nenhuma tela de aço. E se o macho estivesse ferido e, portanto, não conseguisse se desmaterializar? Haveria sangue — ou as pegadas estariam irregulares, indicando que ele estava se arrastando.

Nada disso, no entanto, foi o que realmente chamou a atenção de John.

O que era estranho, de fato, e John teve que esfregar os olhos para olhar de novo, só para garantir que estava enxergando bem, era que as pegadas pareciam brilhar como fósforo.

John fechou a janela e saiu apressado do quarto. Lá embaixo, entrou na área protegida que, na verdade, era a biblioteca. Rhage, V., Blay e Qhuinn protegiam os civis ali reunidos, todos bastante abalados em suas roupas de gala. A doutora Jane avaliava cada um dos convidados e Manny, sem dúvida, devia estar realizando os procedimentos necessários na unidade móvel.

Tohr conversava ao telefone, e John esperou que o Irmão desligasse.

— E aí, filho, tudo bem?

John indicou a porta da frente com a cabeça, e os dois saíram e deram a volta até o jardim lateral. Não havia motivo para apontar para o rastro das pegadas. Elas ainda estavam brilhando.

– Que diabos é isso? – Tohr murmurou.

O Irmão avançou, agachou-se para verificar o início das pegadas. Em seguida, ele e John as seguiram até o limite formado pelas árvores, agachando-se debaixo dos aguilhões dos pinheiros e procurando sinais de que a trilha continuaria ali por baixo.

Nada.

Elas terminavam ali.

Saindo debaixo das árvores, viram o brilho diminuir. Até desaparecer de vez.

– Não faz o menor sentido. – Tohr pegou o celular e ligou a lanterna. Abaixando-se, balançou a cabeça. – De maneiras que nem consigo contar.

John se agachou e também fitou as pegadas.

Que porra é essa?

De perto, era evidente que não eram pegadas de botas, nem sapatos, pareciam ter sido feitas por... Bem, não fazia sentido algum, como Tohr muito bem observara.

As pegadas tinham uma forma triangular na frente e um ponto atrás.

Como se tivessem sido deixadas por alguém calçando saltos altos.

Capítulo 64

Em Ithaca, Sarah estava bem acordada e muito, muito ocupada. Pensando bem, boa parte de sua vida se desviara do caminho por ela traçado, seu navio havia sido lançado em águas desconhecidas, seu mapa se perdera, a bússola, quebrara.

Por isso, sim, ela estava arrumando a mudança da casa às... Que horas eram mesmo? Ah, sim, uma e meia da manhã.

Tentou aquele lance de dormir. Primeiro no andar de cima, na cama, com a trança de Murhder enfiada debaixo do travesseiro; e duas horas mais tarde, no sofá diante da tv. Não deu certo em nenhuma das vezes. No fim, foi incapaz de se aguentar por nem um minuto a mais.

Seu sofrimento emocional era imenso e ela não conseguia lidar com o peso da perda sem se mover, sem se mexer, sem mudar da posição em que estava. Sentia tanto a falta de Murhder que ficou atônita ao perceber que aquilo era muito mais doloroso do que os dias após a morte de Gerry.

Num nível incalculável.

Tentou não ficar pensando nessa comparação porque considerou desrespeitoso questionar seu relacionamento com Gerry agora que ele não podia mais se defender. A realidade, contudo, era que o sofrimento por causa de Murhder era absolutamente incapacitante, um choque, uma surpresa ruim.

Portanto, a tal da limpeza e organização lhe pareceu um uso produtivo da insônia. E, para começar, resolvera deixar a cozinha brilhando, incorporando Joan Crawford no filme *Mamãezinha Querida*: de quatro no chão.

Helga, quando encerar o chão, você tem que balançar *a árvore.*

Caramba, mal podia acreditar que se lembrava dessa fala.

Mas quando abriu a porta do gabinete da pia para pegar a cera líquida, viu um amontoado de caixas, embalagens de palha de aço e rolos de papel-toalha. Ao se levantar, acabou checando cada gaveta, cada prateleira, cada cantinho escondido.

Só para se sentir oprimida pela quantidade de coisas que teria de organizar antes de se mudar. De certa forma, era um alívio ter uma tarefa grande pela frente, ainda que, comparada a outras pessoas, ela não tinha uma montanha de pertences. Não seria o mesmo caso ela tivesse tido um filho...

Pensou em Nate nessa hora.

E foi a razão por que acabou indo para o andar de cima: tentou deixar o pesar que sentiu ao pensar naquele jovem macho na cozinha, onde a saudade batera. Além disso, era melhor começar de cima e ir descendo, certo?

Só que o que a aguardava no andar de cima era ainda pior.

Verificar as roupas lhe pareceu uma ideia boa e segura, tirar tudo do armário, decidir o que doar e o que guardar lhe pareceu o tipo de atividade com que seu cérebro exausto parecia capaz de lidar, por que, oras bolas, não era nenhuma cirurgia cerebral. Além do mais, guardara no sótão algumas das caixas de papelão que ela e Gerry usaram quando se mudaram para aquela casa, por isso poderia aplicar a regra do que não foi vestido poderia ser doado.

Sentindo como se tivesse voltado a "um" caminho, mesmo não sendo "o" caminho, puxou a escada dobrável escondida no teto do corredor e subiu para o sótão frio de vigas aparentes de sua casa.

Ok, que ideia mais idiota, pensou ao puxar a cordinha que acendia a lâmpada.

Sim, lá estavam as caixas vazias e abertas. Mas também havia uma fechada.

– Droga.

Ainda na escadinha, com o corpo meio para dentro, meio para fora do sótão, Sarah disse a si mesma para seguir com o plano. Pegar as caixas vazias e descer. Ir para o closet. Organizar.

Em vez disso, terminou de subir os últimos três degraus e foi até a caixa lacrada. Antes de perceber o que fazia – podendo, assim, bloquear o impulso –, seus dedos puxaram a fita crepe e abriram as abas.

Era uma caixa de mudança própria para roupas, que tinha até um varão acoplado no alto da caixa no qual dava para pendurar cabides e transportar as roupas sem amassá-las.

Só havia uma peça suspensa ali dentro – ou deveria haver. Em vez disso, em algum momento dos últimos dois anos, o paletó do terno que Gerry usaria no casamento escorregou do cabide e se juntou à calça numa poça no fundo da caixa.

Sarah fechou os olhos e cambaleou.

Depois que o noivo morreu, os pais dele insistiram em vir pegar o corpo de Gerry e conhecer a casa que ainda não tinham visitado. Sarah os convidou para ver os pertences pessoais do filho, pensando que gostariam de guardar alguns itens. Deixou a casa para lhes dar privacidade e, ao voltar uma hora mais tarde, descobriu que eles haviam embalado todas as roupas e tudo o que ele guardara da época da faculdade.

Teve a impressão de que a mãe dele enxergara a atitude como uma espécie de favor. Uma maneira de limpar a bagunça que a morte dele causara na vida de todos eles.

A única atitude que a mulher podia ter tomado para ficar inteira.

Sarah sabia que ele tinha objetos no trabalho, algumas lembranças na mesa do escritório. Deduziu que poderia ficar com aquilo, e também teria as fotos no celular, no computador. As suas lembranças. Além do mais, quem é que iria brigar com a mãe de alguém por um punhado de meias?

Portanto, deixara estar, e eles levaram tudo consigo, inclusive a roupa suja que estava no cesto da lavanderia. Nunca se esqueceu das malas que os quase-sogros compraram na Target. Foi bem triste pensar que todas as posses mundanas de Gerry cabiam em três malas médias da Samsonite. Mas, em retrospecto, ele fora um pensador. Posses materiais nunca foram uma prioridade para ele.

Foi uma surpresa, portanto, uma semana mais tarde, entrar em seu pequeno closet e encontrar o terno dele atrás de um vestido longo, duas blusas compridas e o terninho que ela usara na entrevista de emprego quando viera conhecer a BioMed.

A mãe de Gerry deixara passar porque tudo o que pertencera ao filho estava guardado numa cômoda do lado de fora do closet.

Acabou guardando o paletó e as calças ali em cima alguns dias mais tarde. Não porque queria esquecê-lo. A questão era o casamento. A quase realidade da cerimônia e da festa era dolorosa demais, embora não porque lamentasse o fato de nunca terem chegado ao altar.

O problema era não ter mais certeza de que acabariam se casando caso ele tivesse vivido.

Por isso... o terno estava guardado ali em cima.

Naquela caixa.

Pendurado num cabide da Macy's.

Pegou o cabide e alisou as calças. Após o Dia de Ação de Graças, a loja fez uma promoção de Black Friday, e Sarah o obrigou a ir até o shopping com ela para aproveitarem o desconto no departamento de roupas masculinas. Gerry sequer tinha um terno para entrevistas de emprego. Fora até a BioMed vestindo calças jeans e um blusão de Harvard com um buraco na manga. Mas, quando se é um gênio e as pessoas não querem te contratar pelo seu senso de estilo, que importância tinham o azul-marinho, as lapelas e as gravatas de listras?

Gerry sabia ser estranho. Desinteressado de tudo aquilo que normalmente as pessoas gostavam.

Era um pé no saco, para ser bem franca.

Mas, meu Deus, que cérebro ele tinha! Um dos mais magníficos. E, ao pensar no homem que ele tinha sido, percebeu que a inteligência dele era grande parte do que a atraíra. Gerry era um esboço do que um modelo masculino seria, uma combinação incomum de atributos que resultaram numa mente espetacular.

E, caramba, aquela ida até o shopping. Aquele passeio foi o primeiro indício de que a situação andava bem ruim entre eles. Ou melhor... a primeira vez que Sarah teve um pensamento consciente a respeito disso em vez de apenas ignorar a sensação estranha que de vez em quando tinha.

Evidentemente, ele jamais usou o terno. Mal o experimentara antes de voltarem para casa porque ele tinha que retornar aos seus estudos, ao seu computador, ao seu trabalho.

Deslizando a mão pela calça, sentiu o tecido macio. A barra ainda não estava feita porque ele precisava provar e medir para fazer o ajuste, e Sarah sabia que nem deveria insistir com Gerry para que ele esperasse o alfaiate da loja terminar de atender o outro cliente.

Haveria tempo para isso mais tarde, disse a si mesma.

Mas não. Não houve tempo.

Com uma imprecação, ela se inclinou e pegou o paletó no fundo da caixa. Puxou-o para fora...

Algo caiu no piso do sótão.

Um envelope.

Nate não fazia ideia de onde estava e do que fazia.

Ok, estava ao ar livre numa floresta em algum lugar e fazia frio. Bastante frio, na verdade. Vestia um blusão fofinho e folgado. Camisa e calças também emprestadas e bem maiores do que o seu tamanho. Até a cueca era emprestada. E as botas.

Já fazia umas três horas e quarenta e cinco minutos que estava ali fora. Mais ou menos.

De certa forma, já se acostumara ao quanto não gostava de olhar ao redor. Uma vista ampla demais, e tudo era demais: as árvores pontiagudas, as árvores cheias, os arbustos espinhosos, a sensação de que havia uma distância incalculável a ser percorrida em toda e qualquer direção. E não gostava *mesmo* de olhar para aquele céu imenso. A infinitude de pontos de luz brilhando na densa escuridão lhe deixava preocupado com a possibilidade de sair voando da Terra e acabar se perdendo no espaço.

E os cheiros. O complexo buquê de terra, de animais, de ar era demais para seu cérebro assimilar. Seu cérebro latejava como se ele estivesse sendo perseguido, e estava quente demais dentro daquele blusão, e seus olhos ficavam disparando de um lado a outro, o que o deixava tonto.

Mais uma vez, algo em que teria de trabalhar duro.

Quando seus olhos marejaram, Nate os esfregou impaciente. O vento frio. Sim, a causa era essa.

Ele definitivamente *não* estava chorando. De medo pela vastidão do mundo. De raiva por terem roubado vinte anos da sua vida. De tristeza por estar ali fora por causa da sua *mahmen*.

— Eles devem chegar logo — disse uma voz feminina. — A qualquer instante.

Nate olhou por cima do ombro. Xhex, a fêmea que fora mantida no mesmo laboratório que sua *mahmen*, estava de costas para o vento. Os cabelos curtos balançavam de um lado... a outro. Ela vestia couro preto e suas feições eram sérias.

Ficou se perguntando se, caso sua *mahmen* tivesse sobrevivido outras duas décadas, se ela teria se tornado tão dura quanto aquela fêmea evidentemente era. Ou se teria permanecido como ele se lembrava, gentil, educada, mas cheia de medo.

Queria perguntar a Xhex o que ela se lembrava de sua *mahmen* e do laboratório, mas tinha a sensação de que não queria saber. Vira o bastante sozinho. E tinha sentido o suficiente na própria pele.

– Você conseguiu superar? – perguntou, rouco. – O que eles fizeram com a gente?

Demorou um pouco para a fêmea responder.

– Não. Não penso muito a respeito, mas não acredito que seja por eu ter superado.

– Vou ficar bem?

– Vai, sim. Isso eu te prometo.

Nate estremeceu e se abraçou... depois olhou para o caixão simples de pinheiro que fora colocado numa plataforma no meio da clareira. Ele mesmo organizara tudo, cortando as árvores com um machado, afiado o melhor que pôde. Suas palmas estavam todas machucadas. O trabalho não foi muito bem feito. E o aroma dos pinheiros ainda permeava o ar denso.

No entanto, ele mesmo construíra aquela pira. Como deveria ser feito.

O caixão fora colocado ali uns vinte minutos antes. Murhder e John o trouxeram de carro até a clareira na parte de trás de uma bela caminhonete, e acabaram de levar o veículo de volta de onde vieram...

Uma a uma, duas figuras se materializaram na clareira. Murhder e John que retornavam.

– Oi, filho – Murhder disse ao se aproximar.

Abraçaram-se, e o macho mais velho disse:

– Você fez um belo trabalho. Muito bom.

Nate tirou as mãos dos bolsos. Quis dizer algo, mas ficou com um nó na garganta. As palmas machucadas, todavia, falaram por si só.

Murhder apertou o ombro dele e depois John também lhe deu um abraço. Quando os machos se afastaram, Nate desejou que Sarah também estivesse ali, por mais que não fizesse sentido, ele supôs.

A não ser pelo fato de que foi ela quem o encontrou. Que o ajudou a se libertar. Que cuidou dele.

Sentia falta da presença dela como se fosse alguém da família.

Nate inspirou fundo e encarou o caixão. Enquanto estava no centro de treinamento, perguntara a todos que foram visitá-lo como eles homenageavam seus mortos. Os humanos faziam de um modo. Os *symphatos* de outro. Os vampiros de uma terceira maneira. Depois de algumas noites, as pessoas começaram a procurá-lo para partilhar suas histórias. *Doggens* o procuraram. Dois Sombras.

E também um macho de cabelos negros e loiros que parecia um vampiro, mas que, ficou sabendo depois, era na verdade um anjo caído.

Um anjo caído de verdade. O que era bem mágico.

Nunca conhecera um anjo antes. Além de sua *mahmen*, claro.

Na verdade, não conhecia muitas pessoas.

O anjo caído lhe dera o melhor conselho. Disse que não existia um jeito certo ou errado de se homenagear os mortos. Os vivos podem prestar seus respeitos da maneira que acharem melhor. O importante era que o falecido fosse enviado para a vida após a morte numa onda de amor.

Porque ajudava as almas em partida a encontrar paz em seu novo lar.

Pelo menos era o que o anjo caído dissera. E se havia alguém que poderia entender desse assunto...

No fim, Nate escolheu o modo dos Sombras. Não gostava da ideia dos restos mortais de sua *mahmen* apodrecendo e se desintegrando debaixo da terra. E o calor seria levado ao paraíso, onde disseram que o Fade ficava.

Ao lado, havia uma tocha que ele tinha enfiado na neve. A parte de cima tinha um tecido banhado em querosene bem enrolado na haste de madeira e metal. Ele a acendeu com algo, chamado de Bic, que um dos Irmãos – aquele com a tatuagem na têmpora – lhe dera.

Chamas ganharam vida, laranjas e amarelas, brilhantes na escuridão da floresta.

Ao se aproximar dos restos de sua *mahmen*, resolveu que a clareira que escolhera praticamente fora feita para esse tipo de cerimônia, um círculo quase perfeito desprovido de mata.

Ao tocar com a tocha um suporte da pira, a gasolina se espalhou na madeira recém-cortada dos pinheiros provocando uma chama que se difundiu ao redor de toda a construção em questão de segundos.

O calor resultante se multiplicou e multiplicou até que ele teve que recuar um passo.

Sentiu a mão de alguém se apoiando em seu ombro. Murhder. E depois Xhex segurou sua mão. E John colocou a palma em suas costas.

Os três ficaram juntos ali, observando o caixão e o corpo queimarem, a fumaça branca subindo na noite escura em curvas que levavam fagulhas ainda mais para cima.

Até o Fade.

Queria saber desesperadamente se ela achava que ele havia sido um bom filho. Jamais teria essa resposta. O que poderia fazer? Viver uma vida honrada. Por mais que quisesse se trancar no quarto de paciente no centro de treinamento pelo resto de suas noites porque ali se sentia seguro e num ambiente familiar, não o faria.

Por sua *mahmen*, tentaria viver a liberdade da qual ela tão cruelmente fora roubada. Esforçaria-se para se aclimatar a esse mundo imenso. Superaria o medo que o atormentava.

Tudo o que fizesse seria por ela.

– Adeus, *mahmen*... – sussurrou no vento frio.

Capítulo 65

No sótão, Sarah só conseguia encarar o envelope caído para baixo numa das tábuas do assoalho. Quando voltou a se concentrar, olhou estupidamente para o paletó. O papel deve ter caído de um dos bolsos.

Suas mãos tremiam quando se curvou para pegá-lo. Preparando-se mentalmente, virou o envelope, esperando ver o nome de Gerry escrito e um recibo do lado de dentro. Um cartão de visitas do alfaiate. Ou…

Sarah.

Na letra cursiva de Gerry.

Seu nome, escrito por ele.

Suas pernas bambearam e ela se sentou ali mesmo onde estava, deixando as pernas penduradas por cima da escada dobrável do teto. Tremia tanto que quase derrubou o objeto quando o abriu. Dentro havia uma única folha de papel, dobrada em três, e ela precisou respirar fundo por algum tempo antes de conseguir abri-la para tentar ler.

Ele escrevera o bilhete todo à mão. Algo que nunca o vira fazer.

Seus olhos não conseguiam focar. Em parte, por causa das lágrimas ante a visão daquele papel. Em parte, pelo medo do que ele estava prestes a lhe contar. Em grande parte, pela ideia de que ele estava se comunicando com ela. Depois de todo aquele tempo, depois da busca recente que ela empreendera… Gerry lhe respondia do túmulo.

Querida Sarah,

Se você está lendo isto, quer dizer que as coisas não aconteceram do modo que eu espero que aconteçam. Significa que eu morri. Significa que não terei a oportunidade de vestir este terno com muito orgulho, ficando na frente do altar ao seu lado para me tornar o seu marido. E isso parte meu coração.

Sei que tenho me mantido distante nesses últimos meses. Talvez há mais tempo até. Por favor, me perdoe. Não sei bem por onde começar. Cerca de um ano após ter começado a trabalhar na BioMed, minha permissão de acesso foi ampliada pela segurança. Você se lembra disso. Achamos que havia sido uma promoção. Pouco depois de ter mais acesso no laboratório da minha divisão, tomei conhecimento de um experimento desumano que estava sendo conduzido secretamente nas instalações. Não era a primeira vez que a BioMed fazia tais testes e deduzo que pelo menos um pesquisador tenha sido morto por causa disso.

Sem entrar em detalhes, porque, quanto menos você souber, mais segura estará, tenho que tentar detê-los. Estou exportando informações e irei procurar as autoridades assim que tiver certeza de que poderei fazê-lo sem colocar em perigo a segurança da cobaia da pesquisa. Acredite em mim quando lhe digo que temo pela minha vida – e, por extensão, pela sua. Eles não vão parar por nada só para proteger seus próprios interesses e a pesquisa. É por isso que não tenho mais conversado sobre o meu trabalho.

Se eu estiver morto, saiba que o doutor Robert Kraiten me matou ou mandou alguém me matar. Há um cofre no banco em nosso nome. Vá até lá. Pegue o pen-drive e o cartão de segurança e leve-os até o FBI. *Esse é um crime interestadual com implicações e escopo incompreensíveis.*

Por favor, saiba que eu te amo. Como eu queria que existisse uma maneira de me abrir com você agora, mas não posso arriscar sua segurança. Sinto a sua falta. Eu te amo. Todas as noites, enquanto você dorme, fico parado na soleira da porta do nosso quarto e choro. Como foi que a situação chegou a este ponto?

Com amor, Gerry

Sarah não conseguiu parar de ler as palavras, tracejando as marcas permanentes da caneta, olhando para o paletó. O alívio da tensão que carregava há dois anos era tão imenso que ela até ficou tonta e teve que se apoiar na mão para não cair para trás.

Gerry ainda estava morto. Essa parte era verdade.

Mas também estava de volta agora. A carta ressuscitara o homem que ela sempre acreditou que ele fosse, substituindo a versão que ela temia que ele tivesse se tornado.

Se ao menos ele tivesse sabido a outra metade da história. Será que percebeu que o menino que desejava proteger pertencia a outra espécie? Ou talvez tenha percebido pelos exames de imagem...

Aproximando o paletó do colo, recolocou a carta no envelope e o guardou de novo no bolso. Por algum motivo, era muito importante que ela o deixasse onde Gerry o havia guardado. Era como se fosse o último abraço deles.

Não havia como trazê-lo de volta. E também não havia como voltar a ser quem era quando estiveram juntos. Murhder mudou quem ela era. Nate mudou. Saber da existência da outra espécie mudou.

O tempo a mudou.

Mas isto... isto lhe dava a medida de paz de que ela tanto precisava.

Trocando de posição e ficando de joelhos, pendurou o paletó por cima das calças e ajeitou o terno no varão de dentro da caixa. Não havia como fechá-la com a mesma fita. Já fazia dois anos e ela perdera toda sua aderência. Fechou as quatro abas uma por dentro da outra, porém, e depois voltaria ali com uma fita adesiva nova.

Ficou parada de pé junto à caixa, com as mãos apoiadas sobre ela por algum tempo. Pareceu-lhe apropriado não se apressar. E iria se certificar de levar aquele terno consigo onde quer que fosse dali por diante. Não o deixaria para trás, mesmo que Gerry não fizesse mais parte do seu futuro.

Com certeza, ele desempenhara um papel substancial em seu passado.

A perda de Murhder ainda doeria demais. Mas, pelo menos, não seria multiplicada pela sensação de que o homem com quem quase se casou não era quem ela acreditara que fosse.

Maldito Kraiten. Estava contente por ele ter se esfaqueado nas entranhas e sangrado até morrer no que, sem dúvida, deve ter sido sua cozinha elegante. Merecia coisa pior.

E, de certa forma, Murhder e sua raça vingaram a morte de Gerry...

Uma batida na porta da frente, forte e insistente, fez com que erguesse a cabeça. Depois... silêncio.

Mais batidas.

Por que não tinha uma arma em casa?

— Porque você não sabe atirar — murmurou ao descer pela escada dobrável.

Seguindo para o banheiro às escuras na frente da casa, afastou a cortina e...

Seu coração acelerou por um motivo bem diferente. Será que... será que estava vendo coisas?

Bateu no vidro, acenou e depois se virou tão rápido que escorregou no tapetinho e quase quebrou o braço ao amortecer a queda na beirada da banheira.

Chegou à escada aos tropeços e quase deu uma de papa-léguas até a porta. Tentou destrancar... e de novo... mais uma vez.

Sarah quase arrancou a maldita porta da dobradiça.

Ali, do outro lado, estava seu lindo vampiro de cabelos curtos, com um buquê de sempre-vivas presas com uma fita de cetim.

No instante em que seus olhos se encontraram, ele caiu sobre um joelho e ofereceu os galhos cheirosos e de flores delicadas.

— Deviam ser rosas. Sinto muito por não serem...

— O que... o que está fazendo aqui...?

— ... rosas. Pelo que sei, os machos humanos presenteiam as suas fêmeas com rosas vermelhas...

— Murhder, por que está aqui?

Ele se levantou devagar, os olhos percorrendo o rosto dela como se estivesse relembrando suas feições.

— Lutei por nós. Sou um guerreiro, e eu lutei por nós.

— Como assim? — ela sussurrou.

— Vamos entrar? Está frio aqui para você.

— Está? — ela sussurrou ao recuar.

Murhder fechou a porta, e Sarah não conseguia acreditar que ele estava na sua frente.

— Estou sonhando? — ela perguntou.

— Não. — Ele tocou em seu rosto. — Isso é real.

— Beije-me, então.

Ele fechou os olhos em reverência. E se inclinou para pressionar os lábios nos dela. Uma vez. Duas. E de novo.

Sarah passou os braços ao redor dele, tanto quanto a largura dos ombros permitiu — o que não foi muito por conta do tamanho dele.

— Como é que você está aqui? — ela disse, praticamente sem descolar os lábios dos dele.

— Sinto como se fizesse uma vida que não te vejo. — Os incríveis olhos azuis mergulharam nos dela. — Eu ansiava por você.

— E eu por *você*.

Falaram por cima um do outro. Ao mesmo tempo, e desconexos, mas nada disso importava. Ela estava tentando se acostumar ao vazio deixado pela ausência dele, nadando nas águas frias e tristes da solidão — e agora ele estava ali. Estavam juntos, eles...

Ela o afastou.

— O que aconteceu?

— Percebi que precisava brigar por você. A Irmandade, eles me quiseram de volta e pediram que eu lutasse pela raça novamente como um deles. Mas de jeito nenhum eu faria isso sem antes brigar por nós. E Wrath acabou mudando de ideia.

— Então tenho permissão para voltar?

Murhder se afastou e ergueu as mãos.

– Procurei seu nome na internet.

– Bem, pelo menos não tenho que me preocupar com fotos de nudez por aí.

– Você não é uma cientista qualquer. Você é muito importante...

– Não mais importante do que qualquer outra pessoa. Ego pra mim não quer dizer nada.

O sorriso lento de Murhder a fez corar. E, pensando bem, a expressão no rosto dele lhe dizia o quanto a respeitava, mesmo sem usar nenhuma palavra.

– Que assim seja – ele disse –, mas não vou forçá-la a vir comigo. Posso vir até aqui se você não quiser deixar o seu trabalho...

Sarah enfiou o buquê debaixo do braço, agarrou o rosto dele e o beijou.

– Ai, meu Deus! Então posso continuar a minha pesquisa no centro de treinamento? Porque preciso trabalhar com a doutora Jane na questão do estoque de sangue. Não sei se está ciente, mas vocês têm um problema crítico enquanto espécie no tocante ao armazenamento de sangue...

Caramba, como amava aquela fêmea. Ele a amava pra cacete.

Somente a sua Sarah poderia abraçá-lo e beijá-lo e fazer parecer que ele lhe dera o mundo nas mãos só por aparecer em sua soleira – e, em seguida, ficar toda animada falando sobre as pesquisas científicas que faria.

O sorriso de Murhder foi tão amplo que suas bochechas doíam de tão esticadas que estavam. E estava tão contente que deixaria que ela falasse até quando bem quisesse.

– ... olhando para mim assim? – ela perguntou com um sorriso.

– Porque eu te amo, Sarah Watkins. Te amo tanto, e eu... só quero estar com você.

Dito isso, ele pegou o "buquê" dela, colocou-o de lado e começou a beijá-la de verdade, com vontade. Em seguida, sem nem se darem conta, estavam no sofá de novo, dessa vez ela por cima, as coxas afastadas sobre os quadris dele. Sarah levantou a blusa por cima da cabeça, e depois... o sutiã. O sutiã desapareceu de uma vez só. Nua, lindamente nua. E quando ele agarrou os seios, e se ergueu para idolatrá-los com a boca, ele entendeu que estava em casa.

E seria verdade independentemente da casa em que estivesse com Sarah. A chave era ela. Por aquela noite e pelo resto da sua vida, a chave para tudo seria ela.

— Quer dizer que Wrath está ok com tudo isso? — ela perguntou sem ar.

— Podemos morar com a Irmandade ou ter uma casa nossa.

— Vou vender esta, então estou livre.

— Está?

— Eu ia te avisar para onde iria. — Ela o beijou mais um pouco. — Eu sempre deixaria você saber onde me encontrar.

Murhder a visualizou em seu sótão na Rathboone House e decidiu que aquele poderia ser um bom retiro para eles. Mas claro que mandaria colocar uma cama enorme lá. E ficou feliz em ter destruído o último testamento que rascunhara antes de tentar se matar. Não queria que ela soubesse o quanto ele esteve perto da morte provocada pelas próprias mãos.

Nem ele queria pensar na questão.

— Eu gostaria de termos uma casa nossa — ela disse ao desmontar para tirar os jeans como se eles estivessem lhe queimando. — Seria maravilhoso.

Ele quis dizer algo coerente. De verdade.

Mas logo Sarah voltou para cima dele e atacou sua braguilha. No instante em que a ereção se viu livre, ela partiu para cima dele. Literalmente.

— Ah... Deus... Sarah...

Fizeram amor por uma bela hora inteira. Ou talvez mais. E depois se enrolaram na manta e se abraçaram.

— Sarah.

— O que foi? — Ela se sentou. — Percebi algo na sua voz.

— Tenho que ir.

— Ah, antes do amanhecer. Esta casa não é segura para você, é? Posso ir junto?

Murhder sorriu.

— Sim. Por favor. Fritz está preparando um quarto para nós na mansão. E vai acontecer uma festa ao amanhecer.

— Verdade? — Ela sorriu. — Não poderia ser mais perfeito. Sinto que tenho todo motivo para comemorar.

— Eu também, meu amor. — Ele a beijou de novo. — Eu também.

Murhder tinha a intenção de parar por ali. Mas aquela era Sarah. Por isso, naturalmente, o beijo levou a outras coisas. E ele não permitiria que fosse de outro modo.

Capítulo 66

De volta à mansão da Irmandade, John Matthew saiu do chuveiro e se enxugou. Ao prender a toalha ao redor do quadril, olhou para as pias duplas e sorriu. A toalha molhada de Xhex estava jogada na bancada e ele a pegou para pendurá-la num gancho ao lado. Ela parecia apressada depois que fizeram sexo no chuveiro. Beijando-o enquanto ele se barbeava sob a água quente. Vestindo-se com rapidez.

Saindo correndo da suíte deles.

Contudo, ela perdera bastante tempo de trabalho aquela noite. Provavelmente havia bastante coisa para resolver na shAdoWs...

A batida forte à porta do quarto o fez se virar, sobressaltado.

Só existia um tipo de punho que produzia esse som, e ele se apressou em atender. Abrindo a porta...

John Matthew ficou paralisado.

Do lado de fora de seu quarto, no Corredor das Estátuas que estava absolutamente escuro, a Irmandade se reunia num semicírculo. Não conseguia ver seus rostos porque eles estavam cobertos da cabeça aos pés em mantos negros, as expressões escondidas por capuzes que lhes cobriam a cabeça. Mas seus cheiros... Ele conhecia aqueles cheiros.

Piscou. Tentou inspirar.

Ou alguém havia morrido ou...

— *John Matthew, filho do guerreiro da Adaga Negra Darius, filho adotivo do guerreiro da Adaga Negra Tohrment, ser-lhe-á feita uma pergunta. Você poderá dar uma e apenas uma resposta e ela valerá pelo resto de sua vida. Está pronto para responder?*

Era Murhder. Murhder estava falando.

Mesmo enquanto assentia em resposta, John não acreditava que aquilo estivesse acontecendo. Devia ser um erro. Talvez eles estivessem...

E depois a voz de Tohr, alta e clara:

— *Filho meu, você se unirá a nós esta noite e em todas as outras que o Destino lhe prover?*

John Matthew se curvou. Ao se endireitar, formou um "sim" com os lábios ao mesmo tempo em que assentia e gesticulava.

Só para o caso de haver alguma dúvida.

— *Vista isto.*

Um manto negro lhe foi entregue e ele passou a veste tão rápido pela cabeça que quase a rasgou. Erguendo o capuz, descobriu que tremia. Mas não de medo.

Não, não era de medo.

— *Abaixe os olhos e mantenha-os assim. Suas mãos ficarão presas às costas. Não poderá erguer os olhos até que lhe seja permitido. Não responderá a menos que algo lhe seja perguntado. A sua coragem e a honra da linhagem que você e eu partilhamos pela adoção será mensurada em cada ação que tomar. Entende?*

Conforme John Matthew assentia, fez o que lhe foi instruído, e sentiu os braços sendo agarrados às laterais do corpo. Tohr estava à sua esquerda. Murhder, à direita.

Os dois machos, um, o único pai que conhecera, e o outro, um novo amigo que ele conhecia muito bem, conduziram-no pela grande escadaria.

Estava escuro, pois todas as luzes da mansão haviam sido apagadas. Em seguida, estava do lado de fora, sendo colocado numa van.

Pouco depois, John Matthew se viu retirado pela parte da trás da van, os pés descalços pisando no solo congelado coberto pelos aguilhões caídos dos pinheiros. O ar estava extremamente frio, e tomado pelos aromas da floresta.

Levaram-no a algum ponto da montanha, mas ele não podia olhar ao redor. Não faria nada que não lhe dissessem para fazer. Seus braços mais uma vez foram agarrados por Tohr e Murhder e ele foi conduzido adiante, as passadas espelhando as deles, pois tinha confiança absoluta nos dois, de modo que nem percebia o frio do chão.

Em seguida, não estavam mais no vento, mas sim em um lugar com cheiro de terra úmida. Uma caverna. Estavam numa caverna.

Pausa. Em seguida, uma procissão ao longo de um declive suave. Outra pausa.

Teve a impressão de que um segundo portão estava sendo aberto. Sentia a presença dos outros Irmãos atrás de si, os corpos largos movendo-se em sucessão, a força do grupo ampliada pela proximidade.

Um leve calor surgiu depois de caminharem um pouco mais e, por baixo da barra do manto havia... luz de velas. E já não havia terra no chão, tampouco pedras ásperas, mas sim um mármore polido.

Seguraram-no para parar.

Ao seu redor, ouviu o barulho de tecido sendo mexido. Os Irmãos deviam estar retirando os mantos. Em seguida, uma mão pesada o segurou pela nuca, e o grunhido grave da voz do Rei entrou em seu ouvido.

– *Você não é digno de entrar aqui como está. Acene com a cabeça.*

John acenou.

– *Solte as mãos e diga que é indigno.*

Sou indigno, John sinalizou.

– *Ele declara ser indigno* – Tohr traduziu.

Imediatamente houve um grito no Antigo Idioma, um protesto proclamado por cada um dos Irmãos.

Wrath prosseguiu:

– *Apesar de ser indigno, você deseja tornar-se digno esta noite. Acene com a cabeça.*

John acenou.

– *Diga que quer se tornar digno.*

Quero me tornar digno, John sinalizou.

– *Ele declara que quer se tornar digno* – Tohr disse.

Outro grito no Antigo Idioma, dessa vez de aprovação e apoio.
Wrath continuou:

— *Só existe um modo de se tornar digno, e é o modo adequado e próprio. Corpo de nosso corpo. Acene com a cabeça.*

John acenou.

— *Diga que quer se tornar corpo do nosso corpo.*

Quero me tornar corpo do seu corpo, ele sinalizou.

Depois que Tohr traduziu novamente, um cântico baixo teve início, e John ouviu os Irmãos mudando de posição, os pés grandes deslizando pelo mármore brilhante, uma fila de corpos se formando adiante e atrás de si. E começaram a oscilar. Para a frente, para trás, para a frente, para trás, no ritmo das vozes graves.

John não teve dificuldades para encontrar seu lugar, seu movimento, o seu eco daquele grupo maior.

Como se já tivesse feito aquilo antes, ele seguiu o ritmo sem titubear.

E passaram a se mover adiante.

Juntos. Como uma entidade só...

Sem aviso, houve uma mudança na acústica, as vozes retumbantes crescendo num espaço vasto, ecoando, o cântico dobrando de volume, expandindo... explodindo. E com a mesma brusquidão, lágrimas se formaram nos olhos de John, e ele piscou rapidamente, mas não conseguiu impedi-las de caírem. À medida que se balançava junto dos outros, as lágrimas aterrissavam sobre seus pés desnudos.

Mas ele sorria.

Era estranho, mas ele sentia como se estivesse voltando para casa.

Até sabia, de alguma forma, quando precisava parar antes mesmo que a mão sobre seu ombro o detivesse.

O cântico silenciou, os acordes finais de suas vozes sumindo aos poucos. Seus braços foram segurados, e ele foi levado à frente de novo.

— Escada — Murhder avisou com suavidade.

John subiu os degraus de mármore, um de cada vez, e apesar de o capuz e da cabeça abaixada o impedirem de ver qualquer coisa, ele sabia que estava sendo levado para um patamar. E mesmo antes de ser posicionado de modo que os dedos dos seus pés tocassem algo e ele ser deixado ali sozinho, sua mente lhe disse que aquilo era uma parede.

    A Parede.

Capítulo 67

Nas profundezas do *sanctum sanctorum* da Irmandade da Adaga Negra, Murhder saiu da plataforma e ficou ombro a ombro com seus Irmãos, o grupo todo de frente para John Matthew que estava diante da parede com a inscrição dos nomes. Cada membro que já servira à Irmandade teve seu nome inscrito no mármore no Antigo Idioma, e a luz da tocha que iluminava a caverna subterrânea se despejava sobre os lindos caracteres.

Inspirando fundo, ele se preparou para a aparição da Virgem Escriba – só que não, a mãe da raça não apareceria. Tohr lhe contara. Wrath executaria a parte dela na cerimônia, e, como esperado, o Rei estava sendo conduzido pelos degraus de mármore por Tohr...

De repente, uma luz ofuscante preencheu a caverna, tão brilhante, uma explosão branca e quente. Todos cobriram os olhos, e até mesmo John, que ainda estava encapuzado e de costas para a fonte de luz, teve de encolher a cabeça entre os ombros.

Quando o jorro de luz diminuiu um pouco, Murhder abaixou o braço, olhou por cima do ombro... e ficou espantado, junto com muitos dos outros.

Uma figura masculina se materializou na entrada da caverna, o corpo reluzindo por dentro e por fora, uma aura cercando todo seu corpo nu. Coberto de correntes douradas, do pescoço passando pelos mamilos até os quadris, ele tinha cabelos compridos loiros e negros, e uma beleza etérea que desafiava qualquer descrição.

Nada disso, todavia, foi o que os surpreendeu de fato.

Abrindo-se por trás dos ombros, um par magnífico de asas translúcidas angelicais brilhava com todas as cores do arco-íris.

Ele não andou até a Irmandade. Ele flanou acima do corredor de mármore que desembocava na plataforma.

Ao lado de Murhder, Vishous afundou o rosto na mão e imprecou. Rhage deu uma risada.

— Então foi esse aí que a sua mãe escolheu como sucessor, é?

— É, eu sempre soube que ela nos odiava — V. resmungou.

Ao lado dos degraus, Tohr se inclinou na direção do Rei, evidentemente lhe contando o que chegara e Wrath sorriu lentamente.

— Sim, eu sei — disse o Rei.

O anjo passou pela fileira dos Irmãos, e parou diante de Vishous. Numa voz baixa, sussurrou:

— Quem é o seu papai?

Vishous revirou os olhos.

— Dá um tempo.

O anjo soprou um beijo e então olhou para Murhder. Subitamente, a voz do anjo ressoou na mente de Murhder:

Não se preocupe com o futuro de sua fêmea. Eu tenho tudo nas mãos.

Os olhos de Murhder reluziram à medida que ele se afastava.

— O quê?

Mas o anjo seguiu em frente, parando diante do Rei. Com uma mesura profunda, Tohr deu um passo para o lado, deixando que o anjo acompanhasse o líder da raça até o paredão do altar.

Numa voz límpida e grave, o anjo anunciou:

— *Quem indica este macho?*

— *Nós indicamos* — Tohr respondeu. — *Tohrment, filho do guerreiro da Adaga Negra Hharm.*

Murhder recobrou o foco e também falou:

— E Murhder, filho do guerreiro da Adaga Negra Murhder.

— Quem rejeita este macho?

Quando houve apenas silêncio, o anjo voltou a falar:

— Com base no testemunho de Wrath, filho de Wrath, pai de Wrath, e com base na indicação de Tohrment, filho de Hharm, e de Murhder, filho de Murhder, considero o macho diante de mim, John Matthew, filho de sangue de Darius e filho adotivo de Tohrment, uma indicação adequada para a Irmandade da Adaga Negra. E como gozo de poder e juízo para tanto, e por ser adequado para a proteção da raça, eu dou permissão para começarem.

Wrath assentiu.

— Vire, John. Dispa-se.

John se virou e retirou o manto, mantendo a cabeça abaixada enquanto o tecido caía no mármore aos seus pés.

— Erga os olhos — Wrath ordenou.

O convocado lentamente seguiu o comando — só para arquejar ao ver a caverna e a Irmandade diante de si. Seu olhar, então, passou pelo altar sobre o qual jazia uma caveira antiga, a representação tangível da grandiosa história de guerreiros a serviço da raça.

— Recue até a parede. Segure as estacas.

John Matthew fez o que lhe foi ordenado, segurando as cavilhas afixadas à parede, sua posição emoldurada pelas linhas de nomes talhados.

Wrath ergueu um braço, revelando uma arma ancestral que se prendia ao seu antebraço inteiro e à sua mão. Feita de prata, a luva flexível tinha espinhos nas juntas dos dedos e, junto dela, empunhava o cabo de uma adaga negra.

Tohr o conduziu pelo altar e posicionou o outro punho do Rei acima de uma taça de prata incrustada no alto do crânio. Com um golpe violento da lâmina, Wrath se cortou e deixou seu sangue puro e sagrado fluir para dentro do reservatório.

— *Meu corpo* — declarou o Rei. Depois lambeu a ferida para selá-la, abaixou a lâmina e se aproximou de John.

Depois que Tohr se certificou do alinhamento correto, o Rei segurou a mandíbula de John, empurrou a cabeça do macho para o lado e o mordeu no pescoço, sem poupar suas forças. O corpo de John sofreu um espasmo de dor, mas ele cerrou os dentes e nem mesmo soltou o ar, utilizando-se das cavilhas para controlar sua reação.

Wrath recuou e limpou a boca, sorrindo com agressividade.

– *Seu corpo.*

Em seguida, cerrou o punho dentro da luva de prata, levou o braço forte para trás, e socou com a luva de espinhos no peito de John... bem em cima de onde já havia a cicatriz.

Como se John já tivesse participado de uma cerimônia assim.

Tohrment foi o próximo, cortando-se com a adaga negra, misturando seu sangue ao do Rei na taça do crânio sagrado, mordendo John, e marcando com brutalidade o peito do macho no mesmo lugar em que Wrath marcara.

Depois foi a vez de Murhder como segundo indicador.

Trocando de lugar com Tohrment, ele aceitou a luva e a deslizou pela própria mão. No altar, pegou a adaga negra cuja lâmina era iluminada pela luz das velas. Por um momento, seus olhos se enevoaram com lágrimas. Nunca imaginou que voltaria a estar ali, com seus irmãos, com o Rei, iniciado outro macho no grupo.

Pensou em Sarah, à sua espera quando aquilo terminasse.

Pensou em Nate, que agora estava com ela.

Pensou no que esperava que o futuro lhe trouxesse.

Sem nenhum motivo em especial, olhou de relance para o anjo que estava afastado do grupo. O macho o observava, e o sorriso que lançou para Murhder estava repleto de amor e de aceitação, como se o anjo tivesse alguma responsabilidade em tudo aquilo.

Em tudo.

A mão no anjo se ergueu e fez um movimento no ar – e Murhder se sobressaltou ao sentir uma carícia no rosto, a lágrima sendo enxugada. Então o anjo cerrou o punho e abriu a palma. Algo brilhou na luz, emitindo uma centelha.

Estremecendo, Murhder voltou a se concentrar e se voltou para o crânio.

– *Meu corpo.*

A dor quando cortou a própria veia foi aguda e doce, e seu sangue brilhou rubro à luz da vela ao gotejar e se juntar ao de Wrath e de Tohr. Lambendo a ferida para fechá-la, aproximou-se do iniciado. Quando chegou perto de John, seus olhos passaram pela lista de nomes... e, ao encontrar o seu, sentiu uma onda de orgulho.

– *Seu corpo.*

Não teve que virar a cabeça de John para o lado. O macho fez isso sozinho.

As marcas das mordidas na garganta de John sangravam, deixando um rastro de sangue pela clavícula e pelo peito, pela lateral do tronco e do quadril. O macho aguentava firme sua dor, o rosto composto e o corpo forte, mesmo enquanto a mandíbula se contraía de agonia e os braços tremiam com a força com que ele segurava as cavilhas.

Murhder cerrou o punho dentro da luva e não poupou suas forças. Fazê-lo seria um desrespeito a John.

John recebeu todas as mordidas e todos os socos com a adrenalina percorrendo o corpo, mantendo-se de pé mesmo quando a dor se amplificava e ameaçava sua visão e audição.

Quando foi a vez de Qhuinn, seu melhor amigo parecia estar se segurando para não chorar quando seus olhos se encontraram. John também.

Zsadist foi o último da fila a se aproximar dele, e John encarou os olhos amarelos do macho quando as presas imensas o cravaram com profundidade no pulso ainda com a marca da escravidão. Em seguida veio o golpe em seu peito, expelindo o ar de seus pulmões, a parte superior do corpo afrouxando de tal modo que ele quase não conseguiu mais se segurar.

Mas permaneceu de pé.

A barriga vazia inflava e desinflava enquanto ele se recusava a perder a consciência. E quando, em seguida, voltou a enxergar com clareza, viu uma fila de machos reunidos ao redor do altar, guerreiros orgulhosos, todos com a mesma marca que ele tinha no peitoral.

Wrath pegou o crânio e ergueu a relíquia antiga no alto.

– *Este é o primeiro de nós. Saúdem o guerreiro que deu origem à Irmandade.*

Um urro de triunfo e de respeito ecoou na caverna banhada pela luz das velas e, em seguida, o Rei se virou para John e foi levado até ele por Tohr.

– *Beba e junte-se a nós* – convidou Wrath.

John soltou as cavilhas e estendeu as mãos, segurando o crânio e encostando os lábios na beirada de prata do recipiente. Abrindo a garganta, bebeu tudo, o sangue desceu ardendo numa trilha até as entranhas, queimando-o por dentro.

O Rei pegou o crânio de volta e disse com suavidade:

– Melhor se segurar nessas cavilhas, filho...

A súbita onda de vigor que o assolou não se parecia com nada que John já tivesse vivenciado antes. Foi uma descarga de dimensão incalculável, e ele teve certeza de que iria explodir – todavia, em meio a tudo aquilo, reconheceu cada um dos Irmãos dentro de si, suas características individuais invadindo-o, nutrindo-o... fortalecendo-o...

Com os dentes tiritando, os músculos em espasmos, o coração acelerado, ele se segurou... até não conseguir mais. Estava caindo... estava... caindo...

... John abriu os olhos e piscou... piscou de novo.

Estava no piso de mármore, de frente para as paredes com os nomes gravados, o corpo exaurido como se tivesse corrido uma centena de maratonas. A cabeça estava leve como um balão, a coluna era o que a prendia ao tronco, as pernas, inúteis...

De repente, tudo foi entrando em foco.

Abaixo da inscrição do nome de seu melhor amigo, Qhuinn... estava o seu. John Matthew. Nos símbolos do Antigo Idioma.

Levantando-se sobre o piso de mármore, começou a sorrir ao estender a mão e tracejar a inscrição.

Palmas o fizeram virar a cabeça para trás.

A Irmandade estava de pé atrás dele, de novo em seus mantos, com os capuzes abaixados. Todos os guerreiros bravios sorriam ao saudá-lo.

Tohr estendeu a mão da adaga.

– Deixe-me ajudá-lo a se levantar, meu irmão.

John olhou para o rosto do macho e se lembrou da primeira vez em que o viu. Quando as lágrimas ameaçaram cair, os olhos de Tohr também se umedeceram.

John se ergueu sozinho, e os dois se abraçaram, segurando-se firmes um ao outro.

Fora um longo caminho desde aquele terminal de ônibus em que ele nascera e fora abandonado para morrer, e cheio de perdas terríveis. Mas também aconteceram surpresas incríveis, e bênçãos, inesperadas ainda que suplicadas. Houve riso e choro, doença e saúde, confusão e clareza.

Durante tudo isso, John questionou seu caminho tantas e tantas vezes. Teve a certeza de que nunca superaria seus incontáveis problemas. Preocupara-se em ficar sozinho em todas as suas noites e seus dias.

E não foi assim que tudo terminou, não é mesmo?

Se ao menos ele tivesse tido um pouco mais de fé no Destino.

Pouco antes de se afastar do único pai que conheceu, interceptou o olhar, prateado e estranho, de Lassiter. O anjo caído sorriu para ele.

E depois deu uma de Taylor Swift, formando um coração com os indicadores e os polegares diante do peito.

– Ah, mas que porra, ninguém trouxe lenço de papel? – alguém murmurou.

Quando múltiplos irmãos começaram a fungar, alguém disse:

– Use o manto. Foi o que eu fiz.

– Maldição, odeio chorar.

– Então por que assiste *Grey's Anatomy*?

– A culpa é do anjo. O puto adora se autoflagelar...

Enquanto a Irmandade conversava e ria, John e Tohr se afastaram e, em seguida, ele abraçou Qhuinn. Murhder. Todos eles.

John não conseguia parar de sorrir. Era um deles de verdade.

E isso não era incrível?

Capítulo 68

Sarah saiu devagar da Mercedes, deixando o calor do veículo mas sem nem perceber o frio. Nem um pouco.

A estrutura diante de seus olhos estava mais para castelo do que para casa, uma construção de pedra monolítica com gárgulas no telhado, umas mil janelas com vitrais losangulares, e alas com andares múltiplos que pareciam não ter fim. A magnífica propriedade estava ancorada por um pátio com uma fonte, desligada durante o inverno, e também havia uma espécie de cocheira ou garagem mais ao longe e uma fila de carros muito diferentes e de caminhonetes do lado oposto.

— Bem... É aqui que a gente vive.

Sarah se sobressaltou quando Xhex deu a volta pelo lado do motorista.

— Sabe... isto é bem o tipo de lugar em que imaginei que o Rei de todos os vampiros moraria.

— Espere até ver lá dentro — a fêmea murmurou. — Pronta?

Sarah assentiu, mas não andou. Parecia incapaz de se mover.

Xhex a puxou pelo braço.

— Venha, eles não mordem... Ok, acho que foi uma escolha infeliz de palavras.

Juntas, avançaram na direção de uns degraus de pedra de onde a neve fora varrida, seguindo para uma entrada que parecia pertencer a uma catedral. Acima, a lua estava cheia no céu límpido e a noite estava fria. Sarah soltava lufadas de ar pelos lábios, e teve que enfiar as mãos nos bolsos da parca porque estava sem luvas.

Xhex abriu uma porta pesada que dava para um vestíbulo e olhou para uma câmera afixada ao lado de um monitor.

— Ei, pessoal, somos nós...

A porta interna foi aberta por uma mulher — ops, fêmea — morena e alta com um bebê de cabelos escuros enganchado no quadril.

— Você deve ser a Sarah! Que ótimo! Olá!

Antes de entender o que acontecia, Sarah se viu envolta num abraço, com o bebê agarrando seus cabelos, e um punhado de mulheres — opa, de fêmeas — se aproximando.

Em seguida, Sarah não acompanhou mais os acontecimentos, por causa da reação "caramba, olha só pra tudo isso!".

O vasto espaço do outro lado das portas duplas era tão luxuoso, tão colorido, tão acachapante que ela não conseguiu absorver tudo. Para onde quer que olhasse havia lustres de cristal, balaustradas, espelhos com molduras douradas, colunas feitas de mármore claret e... Aquilo era malaquita? Baixando o olhar, notou um complexo mosaico de uma macieira em flor e três andares acima havia um teto em forma de abóbada com um afresco de guerreiros montados em cavalos.

A escadaria fazia Tara* parecer apenas uma escadinha.

Também havia uma imensa sala de jantar num dos lados e uma sala de bilhar do outro e, dentro dessa última, era possível ouvir vozes masculinas...

Sarah voltou ao presente ao perceber que todas as fêmeas olhavam para ela com sorrisos indulgentes.

— Pode ser um tanto assustador — disse a fêmea de cabelos escuros com o bebê. — Mas, prometo, você vai acabar se acostumando. A propósito, sou Beth, e este é L.W.

O bebê olhou para ela com os olhos verdes mais claros que ela já vira — e esticou os bracinhos em sua direção.

---

* Referência à casa de fazenda de Scarlett O'Hara em ...*E o Vento Levou*. (N.T.)

– Ah, ele quer dizer olá. Ele gostou de você.

E foi assim que ela acabou com um bebê nos braços.

O pequenino era quentinho e tinha cheiro e frescor de sabonete de bebê e quando ele lhe sorriu, Sarah sentiu os olhos marejarem.

Esquecera-se do sonho de ter uma família. Deixara-o para trás depois da morte de Gerry. Resolvera que, de todo modo, ele não se adequava à vida de uma cientista. Mas, agora, enquanto segurava aquele peso vital contra seu corpo, e o sentiu se mexendo, e o viu reagindo a ela, sentiu aquela centelha se reacendendo. Só que...

– Não se preocupe – disse a mãe com suavidade. – Você pode ter um com Murhder. Minha mãe era humana. Acontece, se você tentar o bastante, e algo me diz que seu macho estará disposto a tentar.

Sarah olhou para a fêmea.

– É verdade?

– Sim, prometo. – Ela se voltou para as outras. – Deixe-me apresentá-la às demais. Estas são Bella e Nalla. Mary. Cormia e Autumn. Marissa... Payne. Ehlena. E, claro, você já conhece bem a doutora Jane.

Jane sorriu e ergueu a taça de vinho.

– Está lidando muito bem com o futuro rei.

Sarah empalideceu.

– O quê?

– Ele é o filho do rei. Esta é a nossa rainha.

Sarah de imediato devolveu o bebê à mãe.

– Puxa vida! Nossa, é responsabilidade demais. Não, não vou ser aquela que vai derrubá-lo.

Todas riram e, antes que se desse conta, Sarah já conversava com todas elas, respondendo às perguntas sobre o que fazia, o que tinha esperanças de vir a fazer, onde ela e Murhder pretendiam procurar uma casa para morar. Eram um grupo muito acolhedor de fêmeas, e ainda havia mais pessoas para conhecer onde estavam as mesas de bilhar.

Aquela era uma comunidade inteira.

Uma família, na verdade.

E depois de ter perdido a mãe e o pai, e então Gerry, e ter se preparado para enfrentar uma vida sozinha, ela mal podia esperar para conhecer...

Dando a volta na base da escadaria, um mordomo ancião com o rosto alegre lhe trouxe alguém bem familiar para o amplo espaço, e Sarah começou a sorrir.

— Podem me dar licença? — ela pediu antes de quase sair correndo ao longo do piso de mosaico.

Nate parecia tão chocado quanto ela ao olhar ao redor de tanta grandiosidade. Mas, no segundo em que a viu, ele exalou de alívio.

Sarah envolveu o rapaz num abraço tão forte que teve que se forçar a soltá-lo para deixá-lo respirar — só que ele não a soltou. Continuou abraçando-a, e abaixou a cabeça em seu ombro, suspirando.

Afagando-lhe as costas, ela se lembrou de quando o encontrou na gaiola daquele laboratório. Mal conseguia acreditar onde estavam agora, de pé ali naquele lugar suntuoso, com um grupo de pessoas desconhecidas que eram como uma família para ela.

Recuou alguns centímetros e segurou o rosto dele entre as mãos. Seus olhos estavam cansados e seu sorriso mais determinado do que franco.

— Oi — ela disse.

— Oi. — A expressão pseudocontente perdeu um pouco da tensão. — Você voltou.

— Voltei. E não vou mais embora. Venha cá.

Ela o abraçou de novo e teve que ficar nas pontas dos pés para conseguir envolvê-lo melhor.

— Está tudo bem — ela murmurou.

— Fiz a cerimônia do Fade da minha *mahmen* esta noite. Eu queria que você estivesse lá.

Sarah fechou os olhos.

— Ah, Nate. Sinto muito ter perdido.

— Está tudo bem.

— Eu não sabia.

— Talvez eu pudesse ter esperado. Mas só... eu só precisava fazer aquilo de uma vez.

— Senti o mesmo quando meu pai morreu.

Foi a vez de Nate recuar um pouco.

— Você perdeu seu pai?

— E minha mãe também. — Ela o acariciou nos cabelos. — É horrível. Não importa quando ou como aconteça... É uma droga.

Quando concordou, ele pareceu muito perdido.

E talvez ela devesse ter conversado antes com Murhder, talvez devesse ter pensado um pouco mais antes, mas não. Algumas coisas a gente simplesmente sabe.

— Nate, Murhder e eu vamos comprar uma casinha fora de Caldwell. Ela terá um quarto extra... Você gostaria de vir morar com a gente?

O rapaz — isto é, o macho — piscou algumas vezes.

— Está falando sério?

— Sim. Quero que você vá... quero que more com a gente. Mas, veja, se não gostar da ideia, se não gostar de nós, você pode...

O rosto de Nate se iluminou.

— É verdade? Está falando sério? Eu poderia morar... numa casa? Com vocês?

— Sim! — Ela começou a sorrir. — Nós vamos amar. Nós amamos... você.

Foi a vez de Nate abraçá-la com força, quase esmagando seus ossos, não que ela se importasse com isso. E quando ele se afastou, disse:

— Não tenho dinheiro. Não tenho emprego. Não sei nem ler direito...

— Não se preocupe. Daremos um jeito juntos.

O sorriso dele agora era real, os olhos brilhavam com felicidade genuína.

— Então, já escolheram uma casa?

— Não, nem começamos a procurar.

— Mas, espere, como sabe que vai ter um quarto extra?

Sarah pegou suas mãos e as apertou.

— Porque não compraremos nada que não tenha espaço para você.

Murhder quase derrubou as malditas portas da mansão. Fazia quanto tempo que estava afastado de Sarah, uma hora talvez? Mas já era tempo demais. Demais *mesmo*.

Quando a porta interna for aberta por Fritz, Murhder quase atropelou o pobre *doggen*. E ficou imediatamente frustrado porque havia pessoas em todo lugar por ali. Algumas ele reconhecia, como Rehvenge, Trez e iAm, outras eram novas, como algumas fêmeas, e quatro machos imensos armados até os dentes.

Nenhuma delas era quem ele procurava, no entanto, e sentiu um momento de pânico. Onde estava Sarah? Era para Xhex ter ido...

— Ela está ali, meu chapa.

A voz entediada de sua amiga *symphata* contradizia o sorriso no rosto dela; e Murhder deu um abraço em Xhex enquanto olhava para a sala de bilhar onde viu Sarah junto a uma das mesas ao lado de Nate.

— Obrigado por cuidar da minha fêmea — ele agradeceu.

— E obrigada por indicar meu macho. — Xhex ficou séria. — Significou muito para ele.

— Ele merece. É um tremendo de um guerreiro. — Murhder se inclinou para perto dela e disse baixinho. — E é bom você se preparar.

— Para o quê? — Quando ele não respondeu, ela franziu o cenho. — Para o que tenho que me preparar?

Murhder deu uma piscadela para a velha amiga.

— Digamos apenas que a era de a Irmandade ser um clube de rapazes está oficialmente encerrada. E sei que você é danada de boa com um *lys*.

Foi bom demais surpreender a *symphata* a ponto de ela se calar.

— Isso mesmo — ele confirmou ao perceber que John Matthew vinha na direção de Xhex. — Estamos de olho em você, soldado.

Murhder abriu caminho quando John suspendeu sua fêmea no ar e os dois se beijaram como se não se vissem há anos.

Aquele era um bom exemplo a seguir. Murhder avançou até a sala de bilhar e, no instante em que Sarah o viu, o brilho do amor em seu rosto foi como um farol que ele seguiria até o fim da Terra. Pegando-a nos braços, ele a suspendeu do chão e a rodopiou.

Depois que a beijou, esticou o braço e chamou Nate para perto.

— Abraço grupal!

O jovem macho se viu no meio dos dois como se fosse uma parte essencial daquela unidade, e Murhder pensou em Ingridge tentando contatá-lo todos aqueles meses atrás. Ainda bem que ela o fez. Graças a Deus por... tudo.

— Então, convidei Nate para morar com a gente — Sarah contou quando se soltaram do abraço. — Espero que...

— Fantástico! — Murhder apoiou a mão no ombro do rapaz. — Você aceita, filho?

— Sim, por favor. — A esperança naquele rosto era quase dolorosa de se ver. — Prometo não atrapalhar...

— Você sempre será bem-vindo. — Murhder puxou Sarah para bem junto de si. — Somos a sua família. Todos nós aqui somos sua família.

Alguém lhe ofereceu uma cerveja, ele aceitou com um agradecimento e depois só ficou mais para trás para apreciar a vista da entrada. Fritz e alguns *doggens* serviam bolo e ponche, e havia balões caindo e pessoas contentes.

Era gostoso fazer parte daquilo tudo. De novo.

Tantos rostos conhecidos, rindo, conversando. Mas sentiu saudades de Darius. O macho deveria estar...

De trás da grande escadaria, entrando na sala de estar, John voltava dos fundos da casa, ainda trajando o manto, ainda sorrindo com orgulho e alegria. E ele carregava um objeto... Não, dois, na verdade. Uma adaga negra, e a outro era...

Uma maçã verde.

O mais novo membro da Irmandade começou a descascar uma Granny Smith enquanto dava a volta no grupo e parava perto de Zsadist, que estava junto a uma bela fêmea, segurando nos braços fortes uma criança que era a cara dele. O irmão ria e sorria para sua *shellan*, até ver o que John estava fazendo com a maçã.

No mesmo instante, seu rosto ficou sério, ainda mais quando os dois machos prenderam seus olhares.

Depois que descascou toda a maçã numa tira longa que caiu sobre um pé descalço, John cortou um pedaço com a adaga negra – e o ofereceu sobre a lâmina para Z.

Zsadist esticou a mão e aceitou a fatia, levando-a à boca.

Seu sorriso era antigo. E belo até, mesmo com, se não justamente por causa, do rosto marcado por cicatrizes.

John comeu a fatia seguinte. E depois a criança comeu a terceira.

Nenhuma palavra foi trocada entre os dois, e Murhder tinha bastante certeza de que toda a festa ao redor deles estava esquecida enquanto alguma espécie de dívida era paga com alegria de ambos os lados.

– Uau. – Sarah enrijeceu quando olhou para o hall de entrada. – Puxa... vida.

A princípio, Murhder não teve certeza do que ela estava olhando. Havia um monte de gente ali se abraçando e amigos rindo, e Wrath apanhara o cachorro no colo, que estava tão animado com o reencontro com seu dono que o rabo balançava a cem por hora...

Só então Murhder viu qual era a questão.

Lassiter, o anjo caído, entrara na sala de bilhar depois de ter se trocado... e estava vestindo algo de lamê dourado. O que não seria exatamente um problema a não ser por...

– Aquilo são calças de vaqueiro sem traseiro? – Sarah perguntou. – Ou estou vendo coisas?

Murhder interceptou o campo de visão com o próprio corpo de modo que nem Sarah nem Nate vissem dois globos dourados aparecendo demais ali.

– Hum, sim... – murmurou. – Não acho que você precise de um oftalmologista. Infelizmente.

– Quem é ele? – Sarah perguntou quando Nate começou a rir.

– É a nossa divindade. Você sabe, o cara que está no comando lá em cima? Ele é um anjo caído.

Sua companheira teve que olhar de novo.

O SALVADOR | 523

— Você não pode estar falando sério.

— Não, ele é mágico de verdade. Sei o quanto é difícil para os humanos entenderem a magia do nosso mundo, mas existe outro plano, e Lassiter mora lá. De acordo com o que Tohr me contou, ele assumiu o lugar da Virgem Escriba, que era...

— Ah, não, entendo tudo isso. Não tenho problemas com o paranormal. — Ela riu e o beijou. — Quero dizer, oras, vou me casar com um vampiro. Mas como é que vocês são governados por algo que anda de traseiro de fora?

Murhder olhou por cima do ombro. Pois é. Ainda bundando para quem quisesse ver.

— Bem — disse ele —, sabe como é, provavelmente é melhor ter um deus com algum senso de humor, não acha? Quero dizer, toda aquela seriedade acaba ficando cansativa e, às vezes, você até acaba rezando para alguma loucura acontecer. Além do mais, o traseiro dele até que é bonito. Isto é, para ser sincero, olhando com objetividade, ele não tem por que pedir desculpas, certo?

Quando Sarah e Nate começaram a gargalhar juntos, Murhder abraçou os dois e resolveu que tudo estava bem no mundo.

Afinal, se você tem o amor da sua vida, seus amigos e sua família... e um deus que vela por vocês com muito amor — mesmo estando apenas parcialmente vestido?

O que mais existia para os meros mortais?

Exceto que o anjo em questão se aproximou, e Murhder não tinha certeza se aqueles globos dourados precisavam ser assim tão...

O anjo estendeu algo para Sarah.

— Um presente de boas-vindas para você.

— O que é isso? — Sarah corou. — Espere... isso é um diamante.

— E você sabe o que dizem sobre eles.

Murhder quase perdeu o fôlego.

— Eterno. Um diamante... é eterno.

De súbito, um brilho inundou o corpo de Sarah e ela olhou para si mesma, alarmada. Lassiter sorriu.

– Outro presentinho. Aproveite sua longa vida com seus machos. Ambos.

– O que você fez comigo...? – Sarah perguntou ofegante.

Mas o anjo caído já estava se afastando. Exibindo aquela bunda.

Assim que Lassiter se afastou, Murhder não sabia se queria rir ou chorar. Então abraçou seu verdadeiro amor bem junto ao seu coração... e fez os dois.

– Acho que acabamos de ganhar o nosso felizes para sempre... – sussurrou no ouvido dela. – E o devemos a esse anjo.

Sarah recuou.

– Podemos começar lhe dando um par de calças de verdade?

– Excelente ideia, minha cientista...

E então Murhder beijou sua *shellan* eterna.

Agradecimentos

Minha enorme gratidão aos leitores da Irmandade da Adaga Negra! Esta tem sido uma jornada longa, maravilhosa e excitante, mal posso esperar para ver o que acontecerá em seguida nesse mundo que tanto amamos. Também gostaria de agradecer a Meg Ruley, Rebecca Scherer e todos da JRA, e Lauren McKenna, Jennifer Bergstrom e a família inteira da Gallery Books e da Simon & Schuster.

Ao Team Waud, amo todos vocês. De verdade. E, como sempre, tudo o que faço é com amor e com a adoração pela minha família, tanto a de sangue quanto a adotiva.

E, ah, obrigada Naamah, minha WriterDog II, que trabalha tanto quanto eu nos meus livros!

TIPOGRAFIA GARAMOND E TRAJAN PRO
IMPRESSÃO IMPRENSA DA FÉ